KB073864

일본 중세시대 설화집

우지슈이 이야기

박연숙 · 박미경 옮김

지식과교양

|작품 해제|
우지슈이 이야기

〈우지슈이 이야기(宇治拾遺物語)〉는 일본 중세 시대(1185~1603)에 성립된 설화집이다. 일본에서는 이에 앞서 이미 불교설화집이나 궁정의 고사와 귀족들의 담화, 필기 등을 수록한 설화집이 여러 차례 편찬되었다. 그리고 헤이안 시대(794~1185) 말에 이르러서는 이러한 기존의 설화집이 지니는 성격을 아우르면서도 서민의 일화들을 모아놓은 〈곤자쿠 이야기집(今昔物語集)〉이 성립되었다. 1059화나 수록된 그 방대함과 동시에 사회 저변 인물에 관한 이야기들을 전하고 있는 〈곤자쿠 이야기집〉은 일본 설화문학의 최고봉으로서 후대 문학에 지대한 영향을 미쳤다는 평가를 받고 있는데, 그 뒤를 이어 일본 중세 시대의 설화문학을 대표하는 작품이 바로 〈우지슈이 이야기〉이다. 그 이전의 많은 설화집이 한문체이거나 한자를 다용한 딱딱한 문장으로 쓰인 것과 달리 〈우지슈이 이야기〉는 가나(仮名)문장으로 평이하면서도 흥미본위로 엮어져 있다. 고대에서 중세에 이르기까지 왕족·상층귀족을 위시하여 하급관리, 고승, 범속한 승려, 아동, 여성, 그리고 행상인이나 도적, 광대와 같은 저층 민중까지 다양한 계층의 인물들과 관련된 이야기들을 다채롭고도 핍진하게 담아내고 있어, 중세 이후 애독되었고 근세 시대(1603~1867)에 거듭 간행되기도 하였다. 뿐만 아니라 여

러 작품에 인용되고 모방작이 생겨날 정도로 중세 시대 설화집 중에서
도 독보적인 위치를 차지하고 있다. 내용적으로는 한국의 패관잡기나
야담에도 견주어볼 만한 성격의 작품이므로 주목할 만하다.

이와 같이 〈우지슈이 이야기〉는 일본의 고대에서 중세까지의 인물들
에 얽힌 일화나 역사적 사건, 항설(巷說), 불교계 설화 등을 통해 해당
시기 일본의 시대상과 사회상 및 종교상 등을 엿볼 수 있는 귀중한 자료
이다. 또한 인도와 중국, 한반도를 무대로 펼쳐지는 설화들 가운데 특히
신라를 배경으로 한 이야기에서는 한·일 교류의 사정과 동시대의 한
국에 대한 일본인의 인식도 가늠해 볼 수 있어 사료적 가치도 크다.

한국어로는 처음 번역되는 만큼 이 〈우지슈이 이야기〉는 새로운 흥
밋거리를 찾는 독자들을 만족시키기에 더할 나위없는 작품이 될 것이
다. 아울러 연구사적 측면에서는 패관·야담류 작품들을 비롯해 구전
설화 등과 비교도 시도해 볼 수 있는 열린 창구로서의 역할을 담당할
것으로 기대해 본다.

이하 작품 이해를 도모하기 위해 편자와 성립연대, 내용적 특징 등
에 대하여 개괄해 두고자 한다.

1. 서명(書名)과 편자, 성립

〈우지슈이 이야기〉가 언제 누구에 의해 쓰인 것인지에 대해서는 현
재까지 명확하게 알려진 바는 없다. 다만 그 서문에 서명의 유래와 성
립 과정이 서술되어 있어, 이를 바탕으로 그동안 학계에서는 편자와
성립 시기를 추정하기 위한 노력을 계속해 왔다.

서문에 의하면 본 작품의 모태가 된 〈우지다이나곤 이야기(宇治大

納言物語)〉라는 책이 있었던 모양이다. 그 저자는 미나모토노 다카쿠니((源隆國, 1004~1077)라고 전해진다. 그는 다이고 왕(醍醐天皇, 재위 897~930)의 아들인 니시노미야도노(西宮殿), 곧 미나모토노 다카아키라(源高明, 914~983)의 손자이자 곤다이나곤(權大納言, 정2품) 벼슬을 역임한 미나모토노 도시카타(源俊賢, 960~1027)의 아들로, 상당히 유서 깊은 집안의 자손으로 알려져 있다.

서문에 따르면 다카쿠니가 「나이가 들어서는 더위를 싫어하여 조정에 휴가를 내고 오월부터 팔월까지는 우지에 있는 뵤도인의 일체경당 남쪽 산모퉁이에 자리한 승방 난센보」에서 지내며 지나가는 행인들의 신분고하를 막론하고 불러 모아 옛이야기를 시키고는 기록한 것이 〈우지다이나곤 이야기〉라는 것이다. 그 구성은 인도나 중국, 일본 이야기로 되어 있으며, 내용은 「존귀한 것도 있고, 재미나는 것도 있고, 무서운 것도 있고, 슬픈 것도 있고, 더러운 것도 있고, 조금은 지어낸 것도 있고, 익살스러운 것도 있」는 등 다채롭다고 한다. 이 책은 그 당시도 제법 많은 독자를 확보하고 있었던 것으로 보이며, 시종(侍從, 품계 종5품) 도시사다라는 사람에게 14첩으로 전해져 오던 책에 이후 글을 더 보태어 이야기가 늘어난 것도 있고, 또한 다이나곤 후대의 일을 새로 써넣은 것도 있다고 한다.

말하자면 다카쿠니 필적의 정본(正本)과 거기에 가필 증보된 책, 그리고 그 후대에 더욱이 증보된 것이 또 나타났다는 것이다. 여기서 말하는 시종 도시사다라는 사람은 미나모토노 다카쿠니의 현손(玄孫)에 해당하는, 참의(參議, 품계 4품) 도시마사(俊雅, 1105~1149)의 아들인 도시사다(俊定, 생몰년 미상. 벼슬은 우쇼벤(右少弁), 정5품)라고 보는 것이 통설인데, 다른 한편에서는 동궁에게 경서를 가르치는 동궁학사(東宮學士) 후지와라노 도모미치(藤原知通, 1102~1141)의 양아들인 도시사다(俊貞, 히타치(常陸) 태수 역임, 품계 종5품)라는 사람일 가능성에 대해서도 지적되고 있다.

또한 서문에서는 근래에 〈우지다이나곤 이야기〉에 빠진 것들을 모으고 또한 그 후의 일 등도 써넣은 것이 새로이 나타났는데 그것이 바로 〈우지슈이 이야기〉라며 본 책의 성립 과정을 이야기하고 있다. 그리고 그 서명에 대해서는 〈우지다이나곤 이야기〉에 빠진 것을 주워 모았다(拾遺)는 의미로 붙여진 것인지, 아니면 시종을 '슈이(拾遺. 시종의 唐名)'라고도 하던 것과 관련하여 지어진 것인지 확실치 않다고 했다.

이상에서 알 수 있는 것은 〈우지슈이 이야기〉가 세상에 나오기 이전에 그 모태가 된 책이 있었고, 모태가 된 책에 가필 증보된 책들이 있었으며, 여기에 다시 근래에 가필 증보된 책이 출현하였는데 그것이 바로 본 책이라는 것이다. 그리고 그 서명의 유래에 대해서는 두 가지로 추정하고 있다.

그런데 이 서문이 전하는 내용으로만 보면 서문을 적은 사람은 이 작품의 편자가 아니라는 뜻이 된다. 그러나 서문의 내용을 액면 그대로 받아들이지 않고 오히려 작자가 후대의 사람을 내세워 자못 사람들의 이목을 끌기 위해 마련한 재미있는 장치로 볼 수도 있다는 견해가 있다. 따라서 서문에 대한 신빙성의 문제, 시종 도시사다라는 인물을 특정하는 문제, 그와 〈우지슈이 이야기〉와의 관련성, 그리고 본 작품이 누구에 의해 어느 정도의 손을 거쳐 얼마나 가필 증보되었는가 하는 문제 등 아직까지 해결되지 않은 여러 과제가 남아있는 상황이다.

이 때문에 성립에 대해서도 논의가 분분하다. 성립 시기는 서문에 언급되어 있는 시종 도시사다 사망 이후가 되는데, 지금까지 제시된

논의 가운데 유력한 설은 작품 내부의 분석을 통한 견해이다. 그 하나는 본 작품의 제116화(〈호리카와인이 묘센에게 피리를 불게 하다〉) 등이 설화집 〈고지단(古事談)〉에 있는 이야기를 가져온 것이라는 지적이 있다. 즉 〈고지단〉은 형부경(刑部卿) 미나모토노 아키카네(源顯兼, 1160~1215)의 작으로 1212년~1215년간에 성립된 것으로 추정되고 있기 때문에, 본 작품도 그 즈음에 성립된 것으로 보아야 한다는 입장이다(後藤丹治, 「建久巡禮記を論じて宇治拾遺の著述年代に及ぶ」, 『文學』, 昭和六年, 九月). 그러나 〈우지슈이 이야기〉와 〈고지단〉이 각각 같은 책을 서로 따로 참고했을 가능성도 지적되고 있다.

또 하나의 유력한 설은 제159화(〈미나세 별궁의 날다람쥐〉)의 서두가 「고토바인 때……」라고 되어 있는데, '현덕원(顯德院)'이었던 시호(諡號)(1240년~1240년에 받았음)가 고토바인(後鳥羽院)이 된 것은 닌지(仁治) 3년(1242) 6월이다. 따라서 이 이야기를 포함하는 〈우지슈이 이야기〉의 성립은 그 이후라고 보아야 한다는 것이다. 그러나 이 설도 원래 '혼인(本院)'이라고 있었던 것을 필사 과정에서 오히려 '고토바인'이라는 방주(傍注)를 본문으로 채용했을 수 있다는 견해도 있다. 여하튼 이상의 근거를 수렴해 보면 적어도 13세기에는 지금과 같은 형태의 작품이 성립되어 있었을 것으로 추정할 수 있겠다.

2. 구성

〈우지슈이 이야기〉는 필사본과 판본이 다수 전해지는 가운데, 2책 · 4책 · 5책 · 8책 · 15책 등 책수(冊數)는 일치하지 않아도 수록된 이야기나 그 배열 순서에는 거의 이동이 없는 것으로 알려진다. 수록

된 이야기는 총 197화가 된다(단, 2책본인 경우는 198화).

본 번역의 본문은 참조한 여러 활자본대로 유포본(流布本, 반지万治 2년, 1659년에 판행된 책. 15권 15책. 삽화가 있음)의 형식에 따라 15권으로 구성되고 총 197화의 이야기가 실려 있다. 각 권 수록 이야기의 수를 표시하면, 권1-18화, 권2-14화, 권3-20화, 권4-17화, 권5-13화, 권6-9화, 권7-7화, 권8-7화, 권9-8화, 권10-10화, 권11-12화, 권12-24화, 권13-14화, 권14-11화, 권15-12화이다. 이들 중 많은 이야기가 〈곤자쿠 이야기집(今昔物語集)〉(12세기), 〈고혼세쓰와슈(古本說話集)〉(12세기), 〈고지단(故事談)〉 등 당대나 이전 시대 설화집에 보이는 이야기들과 유사한 것이 지적되고 있어, 1차적으로는 기존 문헌에서 추출하고 나머지는 구전 등에서 수집하여 편성한 것으로 보인다.

본문의 각 이야기의 서두는 대부분 '옛날(昔)', '옛날에(今はむかし)', '이것도 옛이야기이다.(これも昔)', '이것도 지금은 옛이야기가 되었다.(これも今はむかし)'로 시작되고, 말미는 이야기를 전해들은 전문(傳聞) 형식을 취하는 경우가 많으며 편자의 감상을 덧붙이거나 교훈을 첨가하는 곳도 더러 있다.

이야기의 배열 순서에 있어서는 필사본이든 판본이든 거의 이동이 없기 때문에 본문을 통해서 이야기 편성 때의 의도를 그대로 엿볼 수 있다. 그 편성 방식에 있어 용의주도한 배열이라는 설과 잡록 형식이라는 설이 팽팽하게 맞서고 있다. 번역자의 눈에는 특별히 장르를 의식하여 배열했다거나 주제나 소재별로 나누어 채록했다는 인상은 적다. 다만, 이를테면 제12권의 제11화에서 제14화까지는 와카(和歌)에 얽힌 내용들인데 그중에 제11화, 제12화, 제14화는 와카에 대한 소양을 지니고 있을 것 같지 않은 의외의 자가 뜻밖에도 와카를 훌륭하게 읊은 일화들이다. 그러니까 서로 다른 상황 아래에서 뜻하지 않은 인물이 와카를 읊은 이야기들이 나열되어 있는 것이다. 또한 같은 권의 제16화와 제17화는 중국의 이야기이며, 같은 권의 제19화와 제20화는 대륙의 호랑이를 죽인 두 인물을 통해 일본의 무예를 찬양하는 내용들이다. 이처럼 같은 권에 둘 혹은 서너 정도로 성격이 유사한 이야기가 연이어 나열되어 있기는 하지만 전체로 본다면 통일된 체재를 갖추고 있다고 하기는 어렵다. 유사한 이야기의 배열은 우연히 어떤 한 이야기를 계기로 연상된 비슷한 이야기를 잇따라 편입시켰다는 인상을 떨칠 수 없다. 이렇게 보면 오히려 소재나 주제, 장르에 구애됨이 없이 자유분방하게 다채로운 이야기를 즐길 수 있도록 한 것이 편자의 의도라는 기존의 의견을 따르고 싶다.

표현 면에 있어서는 대화체가 많고 평이한 문장으로 쓰여 있기 때문에 일본고전문법에 소양을 지닌 외국인이라면 소학관의 두주 등을 참조하면서 독해할 수 있고, 또한 고전의 담백함은 맛볼 수 없더라도 현대어를 참조하면 일반인도 감상할 수 있다.

3. 소재와 내용

작품에 수록된 이야기들은 인물중심으로 서술되어 있다. 그 소재와 내용들은 다기에 걸쳐있는데 특징적인 것을 중심으로 개괄해보고자 한다. 다만 인도나 중국, 한반도가 공간적 배경이 되어있는 것은 그 채록에 대한 편자 의식과 관련하여 다음의 절에서 따로 언급하기로 한다.

본 책에서 두드러지는 내용적 특징은 첫째, 불교계 설화가 많다는 것이다. 발심(發心)에서부터 출가, 왕생, 전생, 고승의 법력, 민초들의 신앙에 대한 영이(靈異), 관세음보살 및 지장보살의 현현 및 영험에 이르기까지 다채롭게 구성되어 있다. 또한 고승들의 남다른 비범한 행위에 관한 것도 주목해 볼 필요가 있다. 이를테면 쇼호 승정(聖寶僧正)이라는 고승이 젊은 시절 도다이지절 상좌의 탐욕을 고치기 위해 승려들에게 보시하는 내기를 걸었다. 그런데 상좌의 요구는 쇼호가 아래만을 가린 알몸으로 허리춤에 연어를 끼운 채 암소를 타고 시내를 활보하라는 것이었다. 도저히 할 수 없으리라는 예상과 달리 쇼호는 구경꾼들이 군집을 이룬 대로를 알몸으로 암소를 타고 행보하였다는 이야기(제144화) 같은 것은 호탕하면서도 비속한 행위를 통해 고승의 존엄을 더욱 표출해내고 있어서 흥미롭게 감상할 수 있다.

이러한 고승들의 행적과 달리 절의 물건을 사사로이 사용하여 징벌을 받거나, 메기가 된 아버지가 꿈속에서 구해달라고 부탁하는데도 메기를 삶아먹다 가시가 목에 걸려 죽는 주지들의 이야기도 있다. 그러나 이러한 교훈적인 내용은 그리 많지 않다. 발심, 법험(法驗), 왕생 등에 관한 것이라도 소재 면에서는 희귀성을 띠거나 웃음을 자아내는 이야기들이 많은 부분을 차지하고 있는 점이 특징적이다.

불교계 설화 중에서 빼놓을 수 없는 것이 호색·성과 관련된 세속적인 이야기가 다수 수록되어 있다는 것이다. 인도의 우파굴다가 여성으로 변신하여 제자의 욕정을 교화한 이야기(제174화)는 성과 관련된 불교설화를 정면으로 다루었다. 그런가 하면 겐노다이나곤 마사토시라는 사람이 법회를 열어 일생불범(一生不犯)하는 승려에게 강설을 하게 하였으나 승려는 자위(自慰) 운운하며 도망을 친 이야기(제11화)는 세속성을 보다 짙게 드러내는 특징을 잘 보여주는 예이다. 또한 거짓 수행 승려를 들추어내어 웃음을 자아내는 내용들도 있다.

예를 들면 시주 받으러온 아주 근엄한 수도승의 이마에 난 상처가 수구라니경을 넣은 흔적이라고 하더니 실상은 여자와 내통하다가 남편에게 들켜서 난 상처라는 것이 드러나는 이야기(제5화)가 있다. 또한 세상을 기피하여 잘랐다는 남자의 물건이 실은 음경을 음낭자루 안에 틀어넣어 밥풀로 털을 붙여 굳혔던 것이 발각되는 이야기가 있다. 이 이야기들은 노골적으로 성과 관련지어서 웃음을 유도함과 동시에 수행의 행세를 하며 처세하는 인간의 실상도 여실히 폭로하고 있다고 볼 수 있다.

둘째, 헤이안 왕조시대의 상층귀족이나 무사, 하급관리에 얽힌 이야기들도 상당 부분을 차지하고 있다는 점이다. 정치에 밝아 인사에 대한 예언을 하는 족족 맞아떨어지고 간혹 틀렸을 때는 그 인사가 잘못되었다고 평을 들을 정도로 용한 간무 왕(桓武天皇, 재위 781~806)의 넷째 아들 도요사키 대군(제120화), 엔유 왕 때 당상관의 방에서 식사 도중에 급사한 구로도 관직인 사다타카(貞高)의 시체를 남의 눈에 띄지 않게 신속하게 처리한 오노노미야 대신(小野宮大臣, 957~1046)(제121화)의 일화는 인물호평에 대한 내용들이다.

또한 식탐을 자제하지 못하여 비대한 몸을 지닌 산조 주나곤(三條中納言, 917~974)(제94화), 사위를 대접한다고 딸 방에 들어갔다가 벌거벗고 자고 있는 사위에게 안길 뻔한 고토다(小藤太)라는 무사(제14화), 좌경직 장(長)의 비위를 맞추기 위해 도미 소동을 벌인 하급관리 모치쓰네(제23화)와 같은 일화들은 상하 계급을 불문하고 당시 사람들의 구설수에 오르내렸을 법한 인물들의 이모저모를 유머러스하게 담고 있다.

셋째, 호색담이나 골계담이 많이 수록되어 있다는 것이다. 이러한 특징은 앞에서 언급된 불교계 설화나 귀족과 관인들의 이야기들에서도 간취되는 바인데, 호색담으로는 당시의 여류가인인 고시키부노나이시에 관한 이야기가 있다. 오래도록 정을 나눠온 주나곤(中納言) 사다요리(藤原定賴, 995~1045)가 고시키부노나이시를 찾아갔을 때 그녀는 당시의 관백과 함께 있던 터라 사다요리는 물러갈 수밖에 없었고 방에 있던 관백도 그 난처함이란 이루 말할 수 없었다는 내용(제35화)이다. 이러한 호색담은 일본 특유의 성문화를 들여다 볼 수도 있어 색다른 재미를 주고 있다. 또한 골계담에서는 특히 동음이의어로 인해 사건이 뜻밖의 결말로 전개되어 웃음을 유발하는 이야기들의 반전이 흥미롭다. 예를 하나 들자면, 시라카와인(白河院, 재위 1073~1087) 저택의 무사 방에 모인 사람들이 비오는 날 저녁에 무료함을 달래기 위해 활달한 여종 '로쿠'를 불러들이려 하였다. 그런데 들기를 극구 사양하는 것을 강요하여 들게 하여 보니 들어온 사람은 나이 많은 형부성의 '로쿠'라는 하급 관리직의 영감이어서 서로가 낭패를 보았다는 이야기(제181화) 등이 그것이다.

넷째, 도적에 얽힌 이야기도 수록되어 있어 편자의 남다른 성향을 엿볼 수 있다. 예를 들어 도적(해적)이 개심하여 출가하거나 고승이 되는 이야기(제58화 · 제123화), 강도나 도둑의 우두머리, 해적 같은 강력한 힘을 지닌 무리를 물리치는 용력이나 무용(武勇)을 다룬 이야기들이 있다(제2화 · 제117화 · 제132화 · 제189화). 반면에 공자가 유하혜(柳下惠)의 제자 도척(盜跖)을 교화하러 가서는 오히려 도척의 위세에 압도당하고 그의 언설에 설복을 당한다는 내용도 있어(제197화), 예상치 못한 사건으로 전개되어 가는 흥밋거리를 취재하고 있음을 볼 수 있다.

다섯째, 괴기담에 관한 것이다. 괴담이나 기담에 흔히 보이는 여우

나 뱀의 변신담 같은 소재도 있고(제57화), '지하국 대적 퇴치 설화'와
같은 인신공양 설화(제119화), 낡은 가옥에 머물고 있는 요괴나 혼령
의 이야기도 있다. 뿐만 아니라 오색 사슴(제92화)이라는 이색적인 사
슴, 나찰국(羅刹國)(제91화)이나 교힐성(纐纈城)(제170화)이라는 이
계(異界)를 다룬 불교계 설화도 있다. 보다 일본적인 괴기담으로서는
심야에 돌아다니는 요괴들의 무리인 백귀야행(百鬼夜行)(제17화), 사
람을 미혹하는 구조(九條) 신령(제163화), 느타리버섯 정령(제2화)
등이 있다. 항간에 떠돌던 괴담기담에서 취재한 것으로 추정된다.

　여섯째, 민간설화로 잘 알려진 '혹부리영감' 계통(제3화)과 제비의 보
은을 다룬 '흥부와 놀부' 계통 설화(제48화)도 채록되어 있는 점이 특징
적이다. 또한 〈삼국유사〉에 실린 보희와 문희 자매처럼 꿈을 사서 출세
하는 내용을 다룬 민간설화도 있다(제165화). 그리고 도사 지방(土佐
國), 곧 현재의 고치현(高知縣) 하타군(幡多郡)에 전해지는 전설, 즉 오
누이가 탄 배가 바람에 휩쓸려 무인도에 닿아 하는 수 없이 오누이는 부
부가 되어 그 섬에 자손을 퍼뜨렸다는 '이모세섬' 전설(제56화)은 '홍수
설화' 계통 설화 중 '남매혼 전설'에 속하는 것이다. 이러한 소재 설화들
의 역사성을 보여주는 문헌자료로서도 귀중한 가치를 지니고 있다.

　마지막으로 들어두고자 하는 것은 일본 전통시가문학을 대표하는
와카(和歌)에 얽힌 가담(歌談)이다. 그 가운데 무엇보다 도사 지방의
태수로 부임해 갔다가 임기가 끝나 돌아올 때에 더할 나위 없이 애지
중지하던 일곱 살 난 아이가 죽어 함께 돌아오지 못하는 아버지의 심
경을 읊은 기노 쓰라유키(제149화)의 노래를 들 수 있다. 그 외에 오
랫동안 만나지 못한 남녀 간의 애정 노래(제81화), 초부의 노래(제40
화), 초동의 노래(제147화), 와카의 진의를 밝히는 노래(제10화), 병

환으로 임종하기 직전에 남긴 노래 등 때로는 에로틱하게, 때로는 애석하게, 때로는 의외로, 또 때로는 우스꽝스럽게 읊은 와카에 얽힌 이야기들이 눈길을 끈다. 와카와 일본인의 친밀한 세계를 들여다볼 수 있는 좋은 사례들이다.

이상에서 특징적인 소재와 그 내용들을 중심으로 서술해왔는데 그밖에도 역사적 사건에 대한 일화를 비롯해 화공, 씨름꾼, 광대, 피리 명인, 음양사 등 여러 인물들에 대한 일화, 그리고 시골 아이·시동·절간의 어린 동자의 동심(童心)이나 영특함을 다룬 이야기들도 흥미진진하게 수록되어 있어, 고대에서 중세에 이르는 인물의 이모저모, 사회 각계각층의 화젯거리의 제양상을 전망할 수 있을 것으로 생각된다.

4. 외국설화 채록에 있어서의 편자 의식

〈우지슈이 이야기〉의 서문에는 본서에 수록된 것은 「인도 이야기도 있고, 중국 이야기도 있고, 일본 이야기도 있다」라고만 되어 있으나, 실은 한반도 즉 신라에 관한 이야기도 기록되어 있다. 일본의 옛 문헌에서는 한반도의 옛 나라들을 '중국'으로 표현하는 경우를 종종 발견할 수 있는데, 일본 섬에 대한 대륙이라는 시각에서 그러한 의식들을 가지고 있었던 것으로 보인다. 전체 197화 중에서 이 외국설화가 차지하는 비중은 결코 크다고는 할 수 없으나 이국에 대한 편자의 호기심만이 아니라 일본 설화에서는 찾아볼 수 없는 채록 의식의 일면을 엿볼 수 있다. 더구나 한반도에 관한 설화에서는 한국에 대한 당시 일본인의 인식까지도 가늠해볼 수 있어 주목된다. 이하 설화의 배경이 중국 또는 한반도이거나, 혹은 일본인이 중국 또는 신라에 건너가 경험

한 일화들도 이 범주에 포함시켜 살펴보면 우선 인도설화는 총 7화
가 수록되어 있다. 그중에 2화(제137화 · 제171화)는 중국 승려가 인
도에 들어가서 경험한 이야기이다. 7화 모두 〈대당서역기〉나 〈법원주
림〉 등 불서에 보이는 것인데(소학관, 〈우지슈이 이야기〉, 1996년 발
행에 수록된 「관계설화표(關係說話表)」를 참조했음), 편자의 설화 수
집 태도에서 본다면 직접 불서를 이용한 것이 아니라 일본서적에 유
입되어 있는 것을 재수록한 것으로 보인다.

　이 중 불교적인 성격이 강한 것은 우파굴다가 제자의 욕정을 끊기 위
해 여성으로 변하는 술책을 써서 불도로 인도하는 제174화(〈우파굴다
의 제자〉)와 인도 승려의 특이한 수행을 목격하는 제137화(〈달마가 인
도 승려의 수행을 보다〉), 그리고 루시 장자가 제석천의 인도로 탐욕의
업에서 벗어나는 제85화(〈루시 장자 이야기〉)이다. 그런데 이처럼 불
교 색채를 띤 설화라 하더라도 예를 들면 루시 장자를 교화하는 과정에
서 제석천이 루시 장자와 완전히 똑같은 모습으로 나타나 서로 진짜임
을 우기는 삽화 같은 것은 골계미를 의도한 채록의도가 엿보인다. 또한
제137화의 오로지 바둑 하나에만 힘을 쏟아 증과(證果)의 경지에 이른
인도 승려 이야기도 소재 면에서 그 희소가치가 인정된다.

　소재의 희소성으로 색다른 흥밋거리를 제공하고 있다고 볼 수 있
는 것은 그 나머지 설화에서도 동일하게 말할 수 있다. 승가다의 나찰
국의 체험담(제91화), 오색 빛을 띤 사슴설화(제92화), 인도의 괴이한
구멍 기담(제171화), 용수보살의 남다른 지혜담(제138화), 거북의 보
은담(제164화) 등 일부 교훈적인 색채를 띠는 것도 있지만 머나먼 나
라, 먼 타지에서나 일어날 수 있는 희귀한 일들을 모은다는 편자의 의
식을 읽을 수 있겠다.

중국설화는 15화 실려 있다. 불교계 설화가 7화, 괴기담이 4화, 그리고 공자에 관한 이야기가 4화 실려 있다. 이 중 불교계 설화는 중국으로의 불교 전래나 출가, 인과응보를 주제로 하면서도 그 소재에 있어서는 대부분 희소성을 지닌 것이다. 그 가운데 일본인이 중국에서 겪은 2편에 주목해보면 다음과 같다. 제3대 천태좌주를 지냈던 지카쿠 대사가 불법을 배우러 당나라에 건너갔을 때 사람을 잡아다 피를 뽑아 염색약으로 사용하는 교힐성이라는 괴이한 성에 들어갔다가 살아나왔는데(제170화), 대사가 살아나온 배경에는 대사의 히에잔산을 향해 기도한 부처의 가피가 있었다. 마찬가지로 자쿠쇼(寂昭, 962~1034)라는 상인(上人)이 중국 황제로부터 바리때를 날려 밥을 받아오는 비법을 시험 당하였을 때 그 비법을 모르던 자쿠쇼가 바리때를 솜씨 좋게 던져 존귀한 승려로 칭송을 받았는데, 그것 또한 일본을 향해 기도한 삼보(三寶)와 천지신의 가호가 있었기 때문이었다(제172화). 요컨대 이들 이야기는 소재의 희소성이라는 재미와 더불어 불교대국이라 할 수 있는 중국에 대한 일본불법의 위대함을 말하려고 한 편자의 의도를 잘 드러내고 있다고 할 수 있다.

괴기담으로는 솔도파에 피가 묻으면 마을이 물에 잠긴다는 전설(제30화), 효성에 감명한 하늘의 조화로 태위까지 오른 정태위라는 인물(제153화), 그리고 무한한 진주의 가치에 얽힌 기담(제180화) 등을 들 수 있다. 그러나 여기에서 주목해 볼 것은 제156화의 기담이다. 내용은 견당사가 중국에 갈 때 데리고 간 10살 된 아이가 호랑이에게 물려갔는데 이에 견당사가 직접 나서서 호랑이를 찾아가 단칼에 죽이고 죽은 아이를 되찾아오자 중국 사람들이 무술에 있어서는 일본에 비견할 나라가 없다고 입에 침이 마르도록 칭송했다는 이야기이다. 전술

한 지카쿠와 자쿠쇼 대사의 일화에서 탐색되던 일본을 향한 편자의
인식이 동일하게 엿보이는 대목이다. 그런데 이 견당사의 일화가 〈일
본서기(日本書紀)〉(欽命天皇 六年)에서는 백제에 파견된 가시와데노
오미(膳臣) 하스히(巴提便)라는 사람의 일화로 전해지고 있다. 전술
한 바와 같이 일본문헌에서는 고대의 한반도를 중국으로 표기하는 사
례들을 볼 수 있어 이것도 그러한 경로를 거쳐 중국설화로 전해진 것
으로 여겨진다.

또한 이들 중국설화 중에서 공자 관련 설화는 모두 4화인데 이 중,
성인군자로 숭앙받고 있던 공자의 명성에 걸맞는 일화는 '뒤 늦은 천
금'이라는 속담의 유래에 대해 전하는 제196화뿐이다. 나머지 3화는
각각 세상에 정치를 바르게 펴고자 돌아다니는 공자에 대해 한 늙은
이가 비평을 가하고 있는 이야기(제90화), 석양과 낙양(洛陽)의 멀고
가까움에 대한 통설적인 공자의 대답과 달리 여덟 살배기 아이가 기
발한 해석을 가한 이야기(제152화), 사람을 살해하고 남의 것을 약탈
하는 온갖 나쁜 짓을 다 해대는 대도적 도척에게 사람의 도리를 내세
워 설교하려는 공자에 대해 도척이 불행한 삶을 살다간 인물들을 일
일이 들어 반박함으로써 설복시킨 이야기(제197화)인데, 이들 이야기
들이 하나같이 공자의 생각이나 견해, 처세관 등을 부정하고 있는 점
에는 주목할 만하다. 즉, 늙은이와 여덟 살배기 아이, 도척들은 사회의
저변에 머무는 인물들이며, 이러한 이야기들을 채록하고 있는 배경에
서 편자의 또 다른 의향을 짐작해 볼 수 있겠다.

한편 한반도에 관한 이야기는 3화인데 전술한 제156화의 견당사 이
야기를 포함하면 4화이다. 3화 모두 신라시대가 배경이 되고 있다. 그
중 하나는 신라의 황후가 외간남자를 만나다 발각되어 공중에 매달리

는 처벌을 받게 되었는데 이 때 일본의 하세 관음에 기도했더니 발밑에 금제 발판이 생겨 괴로움을 이겨낼 수 있었으며, 그 후 풀려나 귀중품을 하세데라에 공양하였다는 이야기(제179화)이다. 그 결말에서는 타국 사람도 기도하면 관음의 영험이 나타날 정도로 하세데라절이 용하다고 칭송하고 있는데 이를 통해 편자가 이 부분을 설화집에 편입할 때, 전술한 지카쿠와 자쿠쇼의 일화와 동일한 착안에 근거하고 있음을 알 수 있다.

나머지 두 이야기는 호랑이에 얽힌 이야기이다. 그 중 제155화는 이키 지방(현재의 나가사키현(長崎縣) 이키노시마(壹岐の島)) 태수 무네유키(宗行)의 가신이 사소한 일로 주인을 죽이려고 했다가 신라의 김해로 도망을 쳐서 숨어있었을 때의 일을 전한다. 당시 김해에서는 호랑이의 피해가 극심하였는데 무네유키가 사람을 잡아간 호랑이를 찾아내 단칼에 죽였다는 이 일화도 한반도 호랑이의 맹렬함을 소재로 하면서도 전술한 견당사 일화와 마찬가지로 호랑이를 퇴치한 가신의 무예 솜씨를 통해 신라에 대한 일본 무예의 뛰어남을 전면에 내세우고 있는 것이라고 하겠다. 그리고 제39화(〈호랑이가 악어를 잡다〉)는 쓰쿠시 사람이 행상하러 신라에 가서 호랑이에게 당할 뻔한 후, 그 호랑이가 악어와 대치하는 살벌한 광경을 목격한다는 한반도 호랑이의 맹렬함을 전하는 기담이다.

이상과 같이 〈우지슈이 이야기〉는 그 속에 수록되어 있는 인도, 중국, 한국 관련 설화를 통해 편자의 관심과 의식을 가늠해볼 수 있을 뿐만 아니라 고대 한 · 일 양국 간 교류의 실상이나 한국에 대한 당대 일본인의 의식도 탐색해 볼 수 있다는 측면에서 귀중한 사료적 가치를 지닌 문헌이라고 할 수 있다.

|서문|
우지슈이 이야기

　세상에는 우지다이나곤 이야기[1]라는 책이 있다. 여기서 다이나곤[2]이라는 사람은 다카쿠니[3]를 이른다. 그는 니시노미야도노[4]의 손자이자 다이나곤 도시카타[5]의 차남이다. 나이가 들어서는 더위를 싫어하여 조정에 휴가를 내고 오월부터 팔월까지는 우지에 있는 뵤도인[6]의

---

[1] 우지다이나곤 이야기(宇治大納言物語). 〈우지슈이 이야기〉 이전에 있었다고 추정되는 설화집으로 현재 전해지지 않는다.

[2] 다이나곤(大納言). 주 3을 참조.

[3] 다카쿠니(隆國). 미나모토노 다카쿠니(源隆國, 1004~1077)를 말한다. 헤이안 시대(平安時代, 794~1192)의 귀족으로 고레제 왕(御冷泉天皇, 재위 1045~1068) 때의 관백(關白)인 후지와라노 요리미치(藤原賴通, 992~1074)를 보좌했던 사람이다. 정2품 곤다이나곤(權大納言)을 지냈고 우지(宇治, 현재 교토부 우지시)에 별장이 있어서 우지다이나곤(宇治大納言)이라고 불렀다. 곤다이나곤은 당시 최고 행정기관인 태정관(太政官)에 소속된 관직으로 정3품 상당의 다이나곤 정원(3명) 외의 관직이다.

[4] 니시노미야도노(西宮殿). 미나모토노 다카아키라(源高明, 914~983)를 가리킨다. 다이고 왕(醍醐天皇, 재위 897~930)의 아들로 정2품 좌대신(左大臣)일 때 969년에 일어난 씨족 싸움인 안나(安和)의 난으로 실각했다. 저서로는 유직고실(有職故實, 예로부터 내려오는 선례에 의거하여 관직이나 의식, 예복 등을 연구하는 학문)의 책인 〈사이큐키(西宮記)〉를 남기고 있다.

[5] 도시카타(俊賢). 미나모토노 도시카다(源俊賢, 960~1027)로, 미나모토노 다카아키라의 삼남이다. 1017년에 곤다이나곤(權大納言)이 되었다.

[6] 뵤도인(平等院). 1052년 후지와라 가문의 전성기에 관백이었던 후지와라노 요리미치가 아버지 미치나가(藤原道長)의 별장을 사원으로 개축한 것. 교토부 우지시에

일체경당7) 남쪽 산모퉁이에 자리한 승방 난센보에 틀어박혀 지냈다. 그래서 우지다이나곤이라고 불렀다.

그는 상투를 틀어 매고 유유자적하게 판자바닥에 멍석을 깔아 더위를 식히면서 큰 부채로 부채질을 시켜두고는 신분 고하를 불문하고 길 가는 사람들을 불러 모아 옛이야기를 하게 했다. 그리고는 자신은 안쪽으로 드러누워 그들이 이야기하는 대로 책자에 기록을 하였다.

인도 이야기도 있고, 중국 이야기도 있고, 일본 이야기도 있다. 그 중에는 존귀한 것도 있고, 재미나는 것도 있고, 무서운 것도 있고, 슬픈 것도 있고, 더러운 것도 있고, 조금은 지어낸 것도 있고, 익살스러운 것도 있고, 여러 가지로 다양하였다.

세상 사람들은 재미있다며 이 책을 읽고 있다. 열네 첩으로 되어 있는데 그 원본이 전해져 시종8) 도시사다(俊貞)라는 사람이 가지고 있었다. 그런데 어찌 된 영문인지 그 후에 박식한 사람들이 여기에 글을 더 보태어 이야기가 늘어났다. 다이나곤 후대의 일을 써넣은 책도 있는 모양이다.

그런데 근래에 또 새롭게 이야기를 적어 놓은 책이 나타났다. 다이나곤 이야기9)에서 빠진 이야기를 주워 모으기도 하고 그 이후의 일 등을 모으기도 한 것으로 보인다. 제목은 우지슈이 이야기라고 한다. 이는 다이나곤 이야기에 수록되지 않은 채 남아 있던 것을 모았다는 뜻에서 그러한 이름이 붙여진 것인지, 아니면 시종(侍從)을 슈이(拾遺)

있다.
7) 일체경당(一切經堂). 일체경(一切經) 전권을 보관한 곳. 안에는 잇사이쿄조(一切經藏)라는 일체경을 수납한 회전대가 있다.
8) 시종(侍從). 천황을 가까이서 모시는 관직. 품계는 종5품.
9) 〈우지다이나곤 이야기〉를 일컫는다.

라고도 하던 것에서 유래하여 우지슈이 이야기라고 한 것인지[10] 모르
겠다. 확실하지 않다.

---

10) 시종은 슈이라고도 하여, 시종 도시사다(俊貞)가 〈우지다이나곤 이야기〉를 소장
하고 있는 데서 유래하여 붙여진 이름의 뜻인가 라는 말이다.

| 차례 |

제1권

제3권

제4권

제11권

제12권

제13권

제14권

제15권

제1권

01.
도묘가 이즈미 시키부 곁에서 독경할 때
고조의 도조신이 청문하다 (1)

옛날에 후도노[1]의 아들로 여색을 탐하는 도묘 아사리[2] 승려가 있었다. 그는 이즈미 시키부[3]와 정을 통하고 있었다. 그런데 이 승려는 독경 솜씨가 무척 뛰어났다. 하루는 그가 이즈미 시키부에게 가서 자다가 문득 잠이 깨어 열심히 경을 읽다 보니 여덟 권을 전부 읽게 되어 새벽녘에 꾸벅꾸벅 졸고 있는데 인기척이 났다. 그래서 도묘가 물었다.

"거기 뉘시오?"

---

1) 후도노(傅殿). 후지와라노 미치쓰나(藤原道綱, 955~1020)를 가리킨다. 아버지는 섭정을 한 후지와라노 가네이에(藤原兼家, 929~990)이며, 어머니는 〈가게로 일기(蜻蛉日記)〉를 지은 가인(歌人)이었다.
2) 도묘 아사리(道命阿闍梨, 974~1020). 헤이안 시대 승려이자 가인(歌人). 법화경을 읽는 소리가 뛰어났다고 알려진 인물이다. 〈도묘 아사리집(道命阿闍梨集)〉의 가집(家集)을 남기고 있다.
3) 이즈미 시키부(和泉式部, 978~?). 헤이안 시대의 여류가인. 〈이즈미시키부 일기(和泉式部日記)〉가 있다.

"나는 고조니시노토인[4] 부근에 사는 늙은이오."

"도대체 무슨 일인지요?"

"오늘밤 내가 이 경을 다 듣게 되다니 천년만년 살아도 결코 잊지 못할 것이오."

"법화경은 늘 읽고 있어요. 그런데 하필 오늘 밤에 그런 말씀을 하시는지요?"

그러자 고조의 도조신[5]이 대답했다.

"당신이 몸을 정갈하게 하고 읽을 때는 범천, 제석천을 위시하여 고귀한 분들이 청문을 하므로 나 같은 늙은이는 감히 범접을 못하오. 오늘밤은 목욕재계도 하지 않고 읽으니 범천도 제석천도 들으시지 않아 이 늙은이가 가까이 와서 들을 수 있었소. 그것이 감개무량하오."

그러므로 잠시잠깐 경을 읽을지라도 몸을 정갈하게 하고 읽어야 한다. '염불하거나 독경할 때는 사위의(四威儀)[6]를 깨서는 안 된다.'라고 에신 승도[7]도 경계하였던 것이다.

---

4) 고조니시노토인(五條西洞院). 교토 중앙부에 있는 동서 도로(五條)와 남북 도로(西洞院)가 교차하는 곳.

5) 도조신(道祖神). 마을 도로 등에 세워진 길신을 이르며 역신을 막고 행인들을 수호하는 것으로 신앙되고 있다. 고조(五條)의 도조신은 사루타히코(猿田彦, 일본 신화에 등장하는 천손이 하강할 때 지상으로 인도한 신)로 알려져 있다.

6) 사위의(四威儀). 수행자 생활에 있어서 갖춰야할 네 가지 몸가짐. 행 · 주 · 좌 · 와(行住坐臥) 즉 다니는 일, 머무는 일, 앉는 일, 눕는 일이다.

7) 에신 승도(惠心僧都, 942~1017). 헤이안 시대의 승려. 일본의 천태정토교(天台淨土敎)를 확립하였다. 도묘 아사리의 동문 선배이다. 저서에는 〈오조요슈(往生要集)〉가 있다.

02.
단바 지방 시노무라에 느타리가 나다 (2)

　이것도 지금은 옛이야기가 되었다. 단바 지방 시노무라[8]라는 곳에 오랫동안 느타리가 터무니없이 많이 났다. 마을사람들이 이것을 채취하여 남에게도 나누어 주고 그들도 먹으며 살아가는데 마을에서 제일 큰 어른의 꿈에 머리가 터부룩한 승려 이삼십 명 정도가 나타나서 드릴 말씀이 있다고 하였다. 그래서 무슨 일이냐고 물으니, "우리 승려들은 그동안 마을을 위해서 일을 해왔습니다만 이 마을과는 인연이 다 되어 다른 곳으로 옮겨가게 되었습니다. 참으로 섭섭합니다. 이런 사정을 말씀드려야겠다는 생각에 왔습니다."라고 하였다.

　이상한 꿈을 꾸고는 놀라 이게 도대체 무슨 일이냐며 아내와 아이들에게 꿈 이야기를 들려주고 있는데, 역시 같은 마을의 또 다른 사람

---

8) 단바 지방 시노무라(丹波國 篠村). 교토부 가메오카시 시노초(京都府 龜岡市 篠町) 일대. 교통의 요충지로 번성한 마을이었다.

들도 똑같은 꿈을 꾸었다는 소문을 듣고 영문을 모른 채 그 해도 저물었다.

그런데 그 다음 해 구시월에 매년 느타리가 나는 때가 되어 산으로 들어가 버섯을 찾았지만 버섯 같은 것은 전혀 발견되지 않았다. 마을 사람들은 영문을 몰라 의아해하며 지내고 있었는데 어느 날 지금은 고인이 된 분이지만 설법에 뛰어난 추인 승도(仲胤僧都)가 마을로 들어왔다. 마을 사람들의 이야기를 다 듣고 난 승도가 말했다.

"허허, 그것 참. 부정한 몸으로 설법하는 승려는 느타리로 다시 태어난다는 말이 있지만……"

그러기에 어떤 경우라도 느타리는 먹지 말아야 한다고 전해지는 것이다.

03.
도깨비에게 혹을 떼이다 (3)

　이것도 옛이야기이다. 오른쪽 얼굴에 커다란 혹이 붙어 있는 할아
버지가 있었다. 혹은 큰 밀감만한 크기였다. 그 때문에 다른 사람들과
는 어울리지 못하고 땔감으로 생계를 꾸리고 있었는데 어느 날 할아
버지는 산으로 나무를 하러 갔다. 때마침 비바람이 세차게 불어 집에
돌아갈 수 없어 부득이 산속에 머물게 되었다. 할아버지 외에는 다른
나무꾼은 없었다. 무서움이 엄습해왔다. 한 나무에 뻥 뚫린 구멍이 있
어 그 안으로 기어들어가 눈도 감지 않은 채 웅크리고 있으니 멀리서
많은 사람들이 왁자지껄 다가오는 소리가 들려왔다. 산중에 달랑 혼
자 있는 곳에 인기척이 나니 조금은 안심이 되어 밖을 내다보았다. 그
러자 갖가지 온갖 모습들을 한 무리들이 왔는데 빨간 피부에 푸른 옷
을 입거나 검은 피부에 붉은 것을 아랫도리에 두르고 눈이 하나밖에
없는 자, 입이 없는 자 등 무엇이라 형용할 수 없는 기묘한 모습들을
한 자들이 백 명가량 바글바글 모여들었다. 그들은 마치 태양빛과 같

이 불을 활활 피워 할아버지가 들어있는 나무구멍 바로 앞에 빙 둘러 앉았다. 할아버지는 정신이 아찔해졌다.

우두머리로 보이는 도깨비가 상좌에 앉아 있었다. 좌우에 두 줄로 쭉 늘어앉은 도깨비들은 다 셀 수가 없었다. 그 괴상한 모습들은 이루 말로 다 표현할 수 없었다. 술을 권하며 노는 짓거리가 이 세상 사람이 하는 것과 다름이 없었다. 때때로 술잔을 주고받아서 우두머리 도깨비는 몹시 취해 있는 듯하였다. 말석에서 젊은 도깨비 하나가 일어나더니 소반을 머리에 이고는 무슨 말인지 알 수 없으나 흥 돋우는 말투로 상좌에 앉은 도깨비 앞으로 춤추며 나아가 연신 말을 늘어놓는 것 같았다. 상좌의 도깨비는 잔을 왼손에 들고 몸을 가누지 못할 정도로 자지러졌는데 웃는 모습이 흡사 보통의 인간과 같았다. 젊은 도깨비는 춤이 끝나자 제자리로 물러났다. 잇따라 말석에서부터 도깨비들이 나와 춤을 추었다. 서툴게 추는 놈도 있고 살 추는 놈도 있었다. 할아버지가 어이없어 하며 보고 있자니 우두머리 도깨비가 말했다.

"오늘밤 주연은 여느 때보다도 흥겨웠다. 그러나 더욱 재미나는 춤을 보고 싶구나."

이 말을 듣고 할아버지는 무언가에 씌었는지 아니면 신령이나 부처가 그렇게 하도록 시켰는지, 당장 뛰어나가 춤추어 보고 싶다는 생각이 들었지만 이내 마음을 되돌렸다. 그래도 왠지 도깨비들이 흥을 돋우는 소리가 신명나게 들렸다. 뭐 될 대로 되라, 아무튼 나가서 춤추다 죽는 한이 있더라도 그 역시 어쩔 수 없는 일이라 생각하고 에보시⁹⁾를

---

9) 에보시(烏帽子). 옛날에 귀족이나 무사가 쓰던 건(巾)의 일종. 위계에 따라 모양이나 칠이 다른데 지금은 신관(神官) 등이 쓴다.

코에 닿을 정도로 늘어뜨리고 허리춤에는 나무 자르는 도끼를 꽂은 채 나무구멍에서 나와 우두머리 앞으로 춤추며 나아갔다. 그러자 도깨비들이 놀라 펄쩍 뛰며 '이건 뭐지?'라며 떠들어댔다.

할아버지는 위로 몸을 쭉 펴 뛰어오르기도 하고 웅크리기도 하며 있는 대로 몸을 비틀고 비비꼬며 '얼씨구 좋다!'고 추임새를 넣으며 이리저리 뛰어다니면서 춤을 추었다. 상좌의 도깨비를 비롯해 모여 있던 도깨비들은 놀라움을 금치 못하며 재미있어했다. 우두머리 도깨비가 말했다.

"오랫동안 주연을 해 왔지만 이렇게 재미있는 자는 본 적이 없네. 영감! 앞으로도 이 술잔치에 꼭 나오도록 하게."

"말씀 안 하셔도 또 오지요. 오늘은 너무 갑작스러워 마무리 춤도 잊어버렸습니다. 그렇게 마음에 드셨다니 다음에는 흡족하게 춰 보이지요."

"고맙네. 반드시 참석하게나."

그러자 상좌에서 세 번째 앉아 있던 도깨비가 말했다.

"영감이 말은 저렇게 해도 오지 않을지도 모릅니다. 뭔가 귀중한 것을 빼앗아 두는 게 좋을까 합니다."

"그렇지. 그렇게 하자!"

"그런데 무엇을 빼앗아 두지?"

저마다 서로 의견을 주고받고 있을 때 우두머리 도깨비가 말했다.

"영감 얼굴에 붙어 있는 혹을 빼앗는 게 좋겠어. 혹은 복을 가져다주니까 아까워할 거야."

할아버지가 말했다.

"눈이나 코는 상관없지만 이 혹만은 그대로 둬 주시오. 오랫동안 붙어 있는 것이라 무작정 떼는 것은 잔인하오."

"그토록 아까워하는 물건이니 그 혹을 떼어 두는 것이 좋겠어."

그러자 도깨비가 냉큼 다가가서,

"그럼, 뗍니다."

하고 비틀어 당겼지만, 할아버지는 조금도 아프지 않았다.

"반드시 다음 술잔치에도 와야 해!"

도깨비들이 이렇게 다짐을 해두었다. 이윽고 새벽을 알리는 닭소리가 나자 도깨비들은 모두 돌아갔다. 할아버지가 손으로 얼굴을 더듬어보니 늘 붙어 있던 혹은 간데없고 닦아낸 듯 맨들맨들하여 나무 자르는 일도 잊고 집으로 돌아왔다. 할머니가 보고 물었다.

"이게 도대체 어떻게 된 일이에요?"

할아버지는 여차여차한 일이 있었다고 이야기했다.

"어머나, 희한한 일도 다 있네요."

그 이웃에 사는 할아버지는 왼쪽 얼굴에 큰 혹이 있었는데 옆집 할아버지 볼에 있던 혹이 없어진 것을 보고 물었다.

"아니, 어떻게 하여 혹이 없어졌는가? 어느 의원이 떼어 주던가? 나한테도 가르쳐 주시게. 나도 혹을 떼고 싶구먼."

"이것은 의원이 뗀 것이 아닐세. 이러저러한 일이 있었다네. 그래서 도깨비가 뗀 것이야."

"나도 자네처럼 해서 떼고 싶네."

할아버지는 있었던 일을 소상히 묻는 이웃 할아버지에게 자세히 가르쳐주었다. 그 할아버지가 알려준 대로 이웃 할아버지가 나무구멍에 들어가 기다리고 있자 과연 정말로 도깨비들이 나타났다. 도깨비들은 빙 둘러 앉아서 술을 마시며 놀았다.

"영감은 어디 와 있지?"

이웃 할아버지는 무서워 몸을 부들부들 떨며 나갔다. 그러자 도깨비들이 일제히 말했다.

"여기에 할아버지가 와 있습니다."

우두머리 도깨비가 말했다.

"이쪽으로 오게. 빨리 춤을 추어보게나."

이웃 할아버지가 예의 할아버지보다 서툴게 휘청거리며 춤을 추자, 우두머리 도깨비가 소리를 질렀다.

"이번에는 춤이 엉망이구먼. 아무리 봐도 성에 차지 않아. 전번에 떼어 둔 혹을 돌려 줘라."

그러자 말석에 앉아 있던 도깨비가 나와,

"맡아두었던 혹을 되돌려주마."

하고 다른 한쪽의 얼굴로 혹을 냅다 던졌기 때문에, 이웃 할아버지는 양쪽 볼에 모두 혹이 붙은 사람이 되어버렸다.

그러므로 남의 것을 부러워하면 안 된다는 것이다.

04.
도모 다이나곤 (4)

　　이것도 지금은 옛이야기가 되었다. 다이나곤 도모 요시오[10]는 사도
지방[11] 군사(郡司)[12]의 가신이었다. 그 지방에 있을 때 요시오는 자신
이 사이다이지절[13]과 도다이지절[14] 사이에 가랑이를 벌리고 서 있는
꿈을 꾸어 부인에게 그 이야기를 했다. 그러자 부인이 "당신 가랑이가
찢어지려는 꿈일지도요."라며 꿈 풀이를 했기 때문에, 요시오는 놀라

---

10) 도모 요시오(伴善男, 809~868). 헤이안 시대의 귀족으로 864년에 다이나곤이 되
　　었다. 좌대신(左大臣, 정2품) 미나모토노 마코토(源信)와 대립하여 866년에 일어
　　난 궁궐 남쪽 정문인 오텐몬(應天門) 화재를 마코토에 뒤집어씌우려다가 체포되
　　어 이즈(伊豆)에 유배되었다. 이 책의 제10권 제1화(114)를 참조.
11) 사도 지방(佐渡國). 현재의 니가타현 사도시(新潟縣 佐渡市).
12) 군사(郡司). 태수 밑에서 군(郡)의 정무를 맡아보는 관인으로, 그 지방 호족에서
　　대부분 세습적으로 임명되었다.
13) 사이다이지절(西大寺). 나라시(奈良市)에 있는 진언율종의 총본산. 765년 건립.
14) 도다이지절(東大寺). 나라시에 있는 화엄종의 총본산. 쇼무 왕(聖武天皇, 재위
　　724~749)에 의해 749년에 건립되었다.

괜한 말을 했다고 걱정하며 상전인 군사의 집으로 갔다. 그런데 군사는 사람의 인상을 보고 점치는 것이 뛰어났는데 평소와 달리 그날은 각별히 접대를 하며 도래방석을 꺼내어주고 마주 앉듯 하였다. 요시오는 이상한 생각이 들어 혹여 후하게 대접해 두고는 집사람이 말한 것처럼 가랑이를 찢으려는 것은 아닌가 하며 두려워하고 있었다. 그때 군사가 말했다.

"자네는 아주 고귀한 지위에 오를 꿈을 꾼 거라네. 그런데 그것을 형편없는 사람에게 말해버렸어. 나중에 고위직에는 올라도 뜻하지 않은 사건이 생겨 화를 입게 될 걸세."

그 후 요시오는 연줄이 생겨 상경하여 다이나곤의 벼슬에까지 이르렀다. 그러나 마침내 화를 입게 되었다. 군사의 말과 조금도 다르지 않았다.

05.
수구다라니경을 이마에 넣은 법사 (5)

이것도 지금은 옛이야기가 되었다. 어떤 사람의 집에 아주 살벌하게 등에는 도끼를 메고 허리에는 소라 고동을 찬 채 석장을 짚은 수도승이 위엄 있게 들어와 무사가 유하는 방[15]의 가림막[16] 안쪽 마당에 섰기에, 무사가 물었다.

"어디서 오신 스님이신지요?"

"소승은 늘 하쿠산[17]에 있었는데 이번에 미타케[18]로 들어가 이천 날 동안 수행하려고 하나 제료(齋料)가 다 떨어졌습니다. 보시를 바란다

---

15) 상류 귀족에 소속된 무사들이 그 저택에서 업무를 보는 곳.
16) 가림막. 바람막이나 안을 들여다보지 못하게 문 안쪽에 세워진 가리개.
17) 하쿠산(白山). 이시카와현(石川縣)과 기후현(岐阜縣)에 걸쳐있는 산. 해발 2702 미터로 산 정상에는 하쿠산 신사가 있으며 수도장으로 영험한 곳으로 알려져 있다.
18) 미타케(御嶽). 나라현 요시노군(奈良縣 吉野郡)에 있는 긴푸센산(金峰山)을 말하며 해발 858미터. 긴부센지절(金峯山寺)을 중심으로 수도하는 영험한 곳이다.

고 말씀드려 주십시오."

수도승은 이렇게 말하고 서 있었다. 사람들이 그를 쳐다보니 이마와 눈썹 언저리 머리카락 가까이에 두 치정도 될 만한 상처가 나 있었는데 아직 아물지 않아 불그레하였다. 무사가 물었다.

"그 이마에 난 상처는 어떻게 해서 생긴 것인지요?"

수도승은 정말이지 자못 존귀한 목소리를 내어 대답했다.

"이것은 수구다라니경을 넣은 것이오."

"그거 놀라운 일이십니다. 손가락과 발가락을 자른 것은 많이 보았지만 이마를 째서 다라니경을 넣은 것은 본 적이 없습니다 그려."

무사들이 이구동성으로 말을 했는데 그때 나이 열 일곱 여덟 되어 보이는 젊은 무사가 느닷없이 뛰어나와 수도승을 힐끗 보더니 말했다.

"내 참, 듣고 있자니 못 말릴 중이군. 뭐, 수구다라니경이 들어있다고? 저 사람은 시치조마치[19]에서 우리[20] 집 바로 동쪽에 사는 주물사(鑄物師) 부인과 은밀히 내통해오다가 작년 여름에 둘이 함께 자고 있는데 주물사 남편이 들이닥치는 바람에 옷을 걸칠 틈도 없이 서쪽으로 줄행랑을 친 그런 사람이오. 우리 집 앞 부근까지 바짝 쫓아온 주물사가 호미로 그의 이마를 찍어서 난 상처란 말이오. 나도 보고 있었소."

기가 막히는 이야기라며 듣고 있던 사람들이 수도승의 얼굴을 쳐다보자 그는 난처해하는 기색도 전혀 없이 천연덕스럽게 이렇게 받아넘

___

19) 시치조마치(七條町). 교토 시치조(七條) 대로와 마치지리(町尻) 도로(현재의 신마치도오리新町通)가 교차하는 거리. 대장장이나 금속세공사들이 밀집해 있었다.
20) 원문에는 '고간자(江冠者)'로 되어 있다. 고(江)는 오에가(大江家)를 말하며, 간자(冠者)는 17,8세 되는 젊은 무사를 일컫는다. 그러니까 여기서는 젊은 무사 자신을 일컫고 있다.

겼다.

"그때 이마가 찢어진 김에 넣은 것이오."

이 말이 떨어지자마자 모여 있던 사람들이 일제히 '와하하!' 하며 웃음보를 터뜨렸다. 수도승은 그 어수선한 틈을 타 도망쳐 버렸다고 한다.

06.
주나곤 모로토키가 승려의 음경을 시험하다 (6)

　이것도 지금은 옛이야기가 되었다. 주나곤[21] 모로토키[22]라는 사람이
있었다. 그 사람 집에 유달리 색이 검은 짧은 승복에다 부동가사[23]라
는 것을 걸치고 커다란 모감주 염주를 굴리며 수행승이 들어와 섰다.
주나곤이 그에게 물었다.
　"스님은 뉘신지요?"
　수행승은 각별히 처량한 목소리로 대답을 하였다.
　"잠시잠깐 거쳐 가는 세상에 허무하게 살고 있는 것이 참을 수가 없

---

21) 주나곤(中納言). 당시 최고 행정기관인 태정관(太政官)의 차관. 다이나곤(大納言,
　정3품)의 다음 직위이며 일반적으로 종3품에 상당한다.
22) 모로토키(師時). 미나모토노 모로토기(源師時, 1077~1136)로, 1130년에 정3품
　곤주나곤(權中納言)에 올랐다. 당시 정치정세를 전하는 일기인 〈조슈기(長秋記)〉
　를 저술했다.
23) 부동가사(不動袈裟). 아홉 폭의 베를 가로로 꿰맨 구조가사(九條袈裟)를 접어 만
　든 것. 산속에서 수행하는 스님이 입었다.

습니다. 사람이 태고 적부터 오늘날에 이르기까지 생사를 윤회하는 것도 생각해 보면 다 번뇌에 사로잡혀 여태껏 이렇게 덧없는 세상을 떠나지 못함이 아닐는지요. 이런 삶이 무의미한 것임을 깨달아 이번에 번뇌를 끊고 오로지 생사의 경계를 벗어나려고 결심한 승려이옵니다."

"그 번뇌를 끊는다는 것은 무슨 말인지요?"

"자, 이것을 보십시오."

그러고는 아랫도리를 들어 올려 보였는데 분명 있어야할 물건은 없고 털만 보였다. 이상하게 생각한 주나곤이 눈여겨보니 밑으로 축 쳐진 자루가 유난히도 달라 보였다.

"거기 누구 있느냐?"

주나곤이 사람을 부르자, 무사가 두세 명 나왔다.

"그 승려를 힘껏 잡고 있어라."

이렇게 명을 내리는 데도 수행승은 담담하게 '나무아미타불.'이라고 염송하며 말했다.

"자, 자, 알아서들 하십시오."

수행승은 슬픈 듯 묘한 표정을 지으며 다리를 벌리고는 눈을 지그시 감았다.

"그 다리를 벌려라!"

주나곤의 말에 두세 사람이 다가가 다리를 펼쳤다. 그런 다음에 나이 열 둘 셋 되어 보이는 젊은 무사를 불러들였다.

"저 승려 가랑이 쪽에 손을 대고 위아래로 쓰다듬어 보거라."

분부대로 포동포동한 손으로 위로 아래로 쓱쓱 문질렀다. 그러고 나서 잠시 지나자 수행승이 태연자약하게 말했다.

"이제 그 정도로 해 두시지요."

"기분이 좋아지는 모양이구나. 더 문질러 줘라. 자, 어서."

주나곤은 더 문지르게 했다.

"민망합니다. 이제 그 정도로……"

이렇게 수행승이 말하는데도 아랑곳하지 않고 계속 문지르게 하자 털 속에서 송이버섯만한 것이 삐죽삐죽 빠져나오더니 배에 가볍게 가 닿았다. 그것을 지켜보고 있던 주나곤을 비롯해 모여 있던 많은 사람들이 모두 한꺼번에 탄성을 지르며 웃어댔다. 수행승도 손뼉을 치면서 데굴데굴 구르며 웃었다. 놀랍게도 이 승려는 음경을 음낭자루 안에 틀어넣어 밥풀로 털을 붙여 굳히고는 시치미를 떼며 사람을 속여 시주를 받으려고 한 것이었다. 그는 땡추중이었던 것이다.

07.
류몬 승려가 사슴 대신 죽으려 하다 (7)

　야마토 지방 류몬[24]이라는 곳에 덕 높은 승려가 있었다. 살고 있는 장소의 이름을 따서 류몬 승려라고 했다. 그 승려와 친하게 지내던 사내가 밤낮으로 사슴을 죽였는데 조사(照射)[25]로 사냥하던 무렵 칠흑 같은 어두운 밤에 사슴을 잡으러 나갔다.

　사슴을 찾아다니다 조사의 불빛에 사슴 눈이 빛나는 듯하여 아무래도 사슴이 있는 모양이라 말을 타고 주변을 빙빙 돌고 있으니 확실히 사슴의 눈이 불빛에 반사되고 있었다. 화살이 잘 닿을 수 있는 지점까지 말을 몰아 접근하여 횃불 꽂는 곳에 횃불을 꽂고 화살을 메겨 쏘려고 활을 들어 사슴 쪽을 보았다. 그런데 사슴의 눈과 눈 사이 간격이 여느 사슴의 그것보다 좁고 눈빛도 달랐다. 아무래도 이상하다는 생

24) 류몬(龍門). 야마토 지방(大和國), 즉 현재의 나라현 요시노군 요시노초(奈良縣 吉野郡 吉野町). 그 가까이 류몬 산악에 류몬지절(龍門寺)이 있었다.
25) 조사(照射). 사슴을 잡을 때 불을 피워 유인하여 잡는 방식.

각이 들어 활 당기는 것을 멈추고 자세히 살펴보아도 역시나 이상하여 화살을 풀고 불을 집어서 비쳐보니 사슴의 눈은 아닌 듯하였다. 그래서 '날뛰려면 뛰어봐라.'라는 심정으로 말을 가까이 대어 보니 틀림없이 사슴의 가죽이었다. '역시 사슴이야.'라고 생각하고 또 쏘려고 하였지만, 그래도 또한 사슴의 눈과 달라서 더욱 바싹 다가가 보니 승려의 머리처럼 보였다. 이게 도대체 무슨 일인가 하고 말에서 내려 곧장 달려가 불을 불어 밝게 하여 보자, 예의 승려가 눈을 껌뻑이며 사슴 가죽을 뒤집어쓰고 엎드려 있었다.

"도대체 왜 이런 모습을 하고 계십니까?"

사내가 물으니 승려는 눈물을 뚝뚝 흘리며 말했다.

"자네는 내가 한사코 말리는 것을 듣지 않고 함부로 사슴을 살생하지 않는가. 내가 사슴으로 변장하여 자네 손에 죽으면 이것으로 조금은 삼가겠지 싶어 화살을 맞으려고 이러고 있었던 것일세. 그런데 자네 화살에 맞지 않아서 유감이네."

승려가 이렇게 말을 하니 사내도 그만 이내 몸부림치듯 울음을 터뜨리며,

"이토록 저를 생각해 주시는데 제가 기를 쓰고 살생을 하다니요."

그러면서 그 자리에서 칼을 뽑아 활을 자르고 짊어진 활통도 모두 부수고 또 상투를 잘라버리고 그 길로 승려를 따라가서 중이 되었다. 그는 승려가 살아 있는 동안 승려를 줄곧 돌보았고 승려가 죽고 나서도 같은 장소에서 수행을 했다고 한다.

08.
역점을 쳐서 돈을 꺼내다 (8)

　　한 나그네가 저녁에 묵을 곳을 찾고 있는 중에 아주 황폐한 커다란 집을 발견하고는 다가가서 물었다.

　"여기에서 묵을 수 있는지요?"

　그러자 여자의 목소리가 들려왔다.

　"그렇게 하십시오."

　이 대답에 일행은 모두 말에서 내려 안으로 들어가 앉았다. 집은 큼지막한데도 다른 사람은 없는 듯하고 단지 여인 혼자 달랑 있는 것으로 보였다.

　이윽고 날이 밝아 조식(朝食)도 끝내고 나서려는데 이 여인이 나와서 말했다.

　"이대로는 떠나실 수 없어요. 그대로 계십시오."

　"왜 그러시오."

　나그네가 물었다.

"당신은 제게 돈 천 냥을 빚져 있습니다. 그것을 갚고 떠나주세요."

이 말에 나그네 종자들이 웃으며 말했다.

"내 참, 이봐요. 무슨 트집을 잡는 거요?"

그러자 이 나그네가 말했다.

"가만히 있어 보게나."

그러고는 말에서 다시 내려 가죽합을 가져오게 하여 막을 둘러치고 잠시 있다가 여인을 가까이 부르자, 여인이 나왔다. 나그네가 물었다.

"부모님께서 혹여 역점(易占)이라는 것을 하셨습니까?"

"글쎄요. 그러셨는지도 모릅니다. 당신이 하는 대로 똑같이 하고 계셨어요."

"그러실 겁니다."

나그네는 다시 물었다.

"그런데 왜 내가 돈 천 냥을 빌렸으니 갚으라고 하는지요?"

"제 부모님이 돌아가셨을 때 살아갈 정도의 물건을 제게 건네주시고는 말씀하셨어요. '앞으로 열 해가 지나 아무 달이 되면 한 나그네가 여기에 와서 묵을 것이야. 그 사람은 나한테 돈 천 냥을 빚진 사람이다. 그 사람에게서 그 돈을 받아 생활이 힘들어지면 팔아서 살아가도록 해라.'라고 하셨어요. 그래서 지금까지는 부모님이 남겨주신 것을 조금씩 팔아서 살아왔습니다만 올해가 되고 보니 팔 것도 없어졌습니다. 부모님이 말씀한 날이 빨리 왔으면 하고 기다리고 있는 중에 오늘이 바로 그날로 마침 당신이 오셔서 묵었습니다. 부모님이 말씀하신 돈을 빌려간 그 사람일거라고 생각하여 말씀을 드리는 것입니다."

"돈에 관한 일은 말씀하신 대로입니다. 그러한 일이 있었지요."

나그네는 여인을 한쪽 모퉁이로 데리고 갔다. 그리고 다른 사람이 알아채지 못하게 기둥을 두드리자 속이 빈 듯한 소리가 나는 곳이 있어 말했다.

"자, 이 안에 말씀하신 돈이 있으니까 열어서 조금씩 꺼내 사용하시지요."

이렇게 가르쳐주고 나그네는 떠나갔다.

이 여인의 부모는 역점을 잘 쳤던 사람이었다. 딸의 운세를 점쳐 보고는 앞으로 열 해 지나고 나면 빈곤해지고 아무 달 아무 날에 역점을 치는 남자가 와서 묵을 것이라는 점괘를 봤다. 그래서 여기에 이런 돈이 있다는 것을 미리 딸아이에게 알리면 아직 쓸 때가 되지 않았는데도 꺼내 쓰고 막상 가난해졌을 때는 돈이 없어져서 난처해할 것이라고 생각하여 그렇게 일러주었던 것이다. 그래서 여자는 부모가 죽은 후에도 이 집을 팔아치우지 않고 목이 빠져라 오늘이 되기를 기다렸다가 이 사람에게 이렇게 추궁을 한 것이었다. 이 나그네도 역점을 치는 사람이어서 일의 사정을 짐작하고 점을 쳐서 여자에게 가르쳐주고 돌아간 것이었다.

역점이라는 것은 앞날을 손바닥 보듯이 훤하게 들여다보게 하는 것이었다.

09.
우지도노가 넘어져 짓소보 승정을 부르다 (9)

　이것도 지금은 옛이야기가 되었다. 가야노인[26]을 축조할 때, 우지도노[27]가 말을 타고 오다가 넘어져서 정신이 혼미하였다. 신요 승정[28]에게 기도를 부탁하려고 사람을 보냈는데 승정이 채 도착하기도 전에 시중드는 여인[29]의 거처에 따린 몸종이 귀신에 씌어 말했다.

　"아무 일도 아닙니다. 뭔가를 응시하다가 그렇게 되신 것입니다. 승

---

26) 가야노인(高陽院). 간무 왕((桓武天皇, 재위 781~806)의 왕자인 가야 친왕(賀陽親王, 794~871)의 저택. 현재의 교토시 가미교구(京都市 上京區)에 있었다. 가야노인(賀陽院)이라고도 한다.

27) 우지도노(宇治殿). 후지와라노 요리미치(藤原賴通, 992~1074)로, 고이치조(後一條)·고스자쿠(後朱雀)·고레제(後冷泉) 왕 3대에 걸쳐 섭정하였다.

28) 신요 승정(心譽僧正, 971~1029). 헤이안 시대의 천태종 승려. 기도에 뛰어나 당대에 섭정한 후지와라노 미치나가(藤原道長, 966~1028)에 중용되어 1028년에 승정이 되었다. 일반적으로 짓소보(實相房) 승정이라고 하였다.

29) 원문에서는 뇨보(女房)라고 표기하고 있는데 주로 귀족의 집에서 시중드는 높은 직급의 여인들을 말하며 출퇴근하는 사람도 있었다.

정께서 도착하시기 전에 호법(護法)동자를 먼저 보내 내쫓아서 도망 갔습니다."

그리하여 우지도노는 금세 회복하였다. 신요 승정은 정말로 영험이 대단한 분이었다고 한다.

10.
하타노 가네히사가 미치토시 경을 방문하여
흥을 보다 (10)

　옛날에 치부경[30] 미치토시 경[31]이 고슈이[32]라는 시가집을 편집하고 있었을 때의 일이다. 어느 날 하타노 가네히사[33]가 이 시가집에 혹시나 자신의 노래도 넣을 수 있을까 하는 생각에 상황을 살피러 찾아갔다. 마침 치부경이 나와서 여러가지 이야기를 나누던 중에 말이 나와 치부경이 물었다.

---

30) 치부경(治部卿). 승계, 혼인, 장례 등 의례를 관할하는 관청인 치부성(治部省)의 장(長). 품계는 정4품.

31) 미치토시 경(通俊卿). 후지와라노 미치토시(藤原通俊, 1047~1099)를 가리킨다. 헤이안 시대 귀족이자 가인(歌人). 여동생이 시라카와 왕(白河天皇. 재위 1073~1087)의 아들을 낳아 왕의 측근으로 출세의 가도를 달렸다. 종2품에까지 이르고 곤주나곤(權中納言)의 벼슬을 했다.

32) 고슈이(後拾遺). 정식 명칭은 〈고슈이와카슈(後拾遺和歌集)〉. 1075년 시라카와 왕의 어명으로 후지와라노 미치토시가 1086년에 편집한 가집. 총 20권에 약 1200수가 수록되어 있다.

33) 하타노 가네히사(秦兼久). 근위부(近衛府)의 관인으로 알려진다. 근위부는 궁중의 경호와 왕의 호위를 맡은 관청으로 좌근위부와 우근위부로 구성되어 있다.

"이떤 노래를 지으셨는가?"

"그리 대단한 것은 못됩니다만, 고산조인³⁴⁾께서 승하하시고 나서 엔슈지절³⁵⁾을 참배했을 때 벚꽃향기가 옛날과 조금도 다르지 않아 읊어보았습니다."

> 지난해 보았거늘 빛깔도 변함없이 아름다워라
> 꽃이야 시름에 빠지는 일 없다네

이렇게 읊어보았다고 하자 미치토시 경은,

"잘 읊었네. 다만 '워라(けり)', '다네(けれ)', '였던(ける)' 등은 그리 좋은 표현은 아닐세. 그건 그렇다 치더라도 '꽃이야(花こそ)'라는 글자는 여자아이 이름 따위에 붙이는 말과 닮았어."

하고 썩 달가워하지 않았다. 그래서 가네히사는 시무룩해져 그 자리를 떠 무사들이 모여 있는 곳에 들렀다.

"이 나리는 노래에 대해 전혀 식견이 없는 분이네. 이런 사람이 찬집(撰集)의 어명을 받아 맡고 있다니 참 어이가 없군. 시조다이나곤³⁶⁾의 노래에,

---

34) 고산조인(後三條院). 고산조 왕(後三條天皇, 재위 1068~1073)을 말하며, 인(院)은 왕위에서 물려난 후에 붙여지는 존칭이다.

35) 엔슈지절(円宗寺). 고산조 왕에 의해 건립된 사찰. 교토시 우쿄구(京都市 右京區)에 있었다.

36) 시조다이나곤(四條大納言). 후지와라노 긴토(藤原公任, 966~1041)로 섭정한 후지와라노 요리타다(藤原賴忠 924~989)의 아들. 한시, 음악, 노래에 조예가 깊었다.

봄이 와서 사람들도 찾아드는 산골마을은
꽃이 쉬어갈 집 주인이로세

　라고 읊은 것은 멋진 노래로 사람들 입에 회자되지 않는가. 그 노래
에 '사람들도 찾아드는'의 '드는(ける)'이 있고, '집 주인이로세'에 '로
세(けれ)'도 있어. 내가 읊은 '꽃이야(花こそ)'는 '꽃이(花こそ)'와 같
은 기법인 것을. 어떻게 시조 다이나곤의 노래는 훌륭하고 가네히사
의 것은 나쁘단 말인지. 이런 사람이 선집의 명을 받고 노래를 선별하
다니 한심하기 짝이 없군."
　그리고 가네히사는 나가버렸다.
　무사가 미치토시에게 가서 가네히사가 이런저런 말을 하고 돌아갔
다고 전하자 치부경은 고개를 끄덕이며,
　"그래, 그래. 이제 더 이상 그 말은 하지 말게나."
　라고 하였다.

11.
겐노다이나곤 마사토시가 일생불범의
종을 치게 하다 (11)

　이것도 지금은 옛이야기가 되었다. 교고쿠[37]에 겐노다이나곤 마사토시[38]라는 사람이 있었다. 법회를 개최했을 때, 불전에서 승려들에게 종을 치게 하고 일생불범[39]하는 승려를 골라 강설을 하였는데, 한 승려가 예반[40]에 오르자 조금 안색이 굳어지더니 당목[41]을 잡아 휘두르면서 종은 치지도 않고 잠시 멈춰서 있었다. 다이나곤이 무슨 일인가 하고 있는데 한동안 아무 말도 하지 않고 있어서 사람들도 불안해하고 있는 참에 승려가 떨리는 목소리로 말했다.

---

37) 교고쿠(京極). 당시 교토의 변두리.
38) 마사토시(雅俊). 미나모토노 마사토시(源雅俊, 1064~1122)로, 곤다이나곤(權大 納言, 정3품)의 벼슬을 지내 겐노다이나곤(源大納言)이라 하였다.
39) 일생불범(一生不犯). 한평생 불교의 계율을 지켜 여자를 가까이 하지 않음을 말한다.
40) 예반(禮盤). 예불하기 위해 승려가 앉는 한 계단 높은 단(壇).
41) 당목(撞木). 종을 치는 나무막대.

"자위는 좋은 것일까요?"

이 말에 사람들은 턱이 빠질 정도로 웃었는데, 거기에 있던 무사 하나가 물었다.

"자위는 얼마나 하셨습니까?"

승려는 고개를 갸우뚱하다가 대답을 했다.

"분명 지난밤에도 했습니다."

그랬더니 좌중에 있던 사람들은 또 왁자그르르 웃음을 터뜨렸다. 그 어수선한 틈을 타서 이 승려는 재빠르게 도망을 가버렸다고 한다.

12.
떡을 만들 때 동자가 짐짓 자는 체하다 (12)

이것도 지금은 옛이야기가 되었다. 히에잔산[42]에 어린 동자가 있었다. 동자는 밤에 무료해진 승려들이 떡이라도 해 먹자는 말을 듣고 잔뜩 기대를 품고 있었다. 그렇다고 떡이 될 때까지 일어나 있는 것도 멋쩍고 하여 방 한쪽 구석으로 가서 자는 척하며 떡이 나오기를 기다리고 있었는데 그 사이에 다 되었는지 시끌벅적하였다. 동자는 깨워 주겠지 하며 기다리고 있었는데 과연 한 승려가 말했다.

"동자스님. 일어나세요."

동자는 기뻤지만 한 번 만에 일어나면 자지 않고 기다렸다고 생각할 것 같아 한 번 더 깨우면 일어나자고 꾹 참고 계속 누워 있는데 소

---

42) 히에잔산(比叡山). 교토시(京都市) 동북 방향과 사가현(滋賀縣)의 경계에 있는 산. 동쪽은 다이히에(大比叡, 해발 848미터), 서쪽은 시메가타케(四明岳, 해발 838미터)의 두 봉우리가 있고 동쪽 산 중턱에는 788년에 창건된 천태종 본산사인 엔랴쿠지절(延曆寺)이 있다.

리가 들렸다.

"스님, 깨우지 마세요. 어린 나이에는 푹 자야 합니다."

'어라 안 되는데 한 번 더 깨워주지' 라고 생각하며 동자가 누운 채로 귀를 기울이자 우적우적 냠냠 먹는 소리가 났다. 시간이 한참 흐른 뒤 더 이상 참을 수가 없게 된 동자가,

"네. 일어납니다."

라고 대답을 하는 바람에 승려들이 끊임없이 웃어댔다.

13.
시골 아이가 벚꽃 떨어지는 것을 보고 울다 (13)

이것도 지금은 옛이야기가 되었다. 시골아이가 히에잔산에 들어가 수행을 하고 있었는데, 벚꽃이 흐드러지게 피어 있는 곳으로 바람이 세차게 불어오자 하염없이 눈물을 흘렸다. 그 모습을 본 한 스님이 조용히 다가가 달랬다.

"무슨 연유로 울고 있어요? 꽃이 떨어지는 게 아까운가요? 벚꽃은 덧없는 것이에요. 금방 이렇게 져 버리지요. 원래 그러한 꽃이랍니다."

이렇게 아이를 위로하자, 아이가 말했다.

"벚꽃이 지는 것을 마음대로 어찌 하겠어요. 괜찮아요. 다만 우리 아버지가 농사지으신 보리 꽃이 이 바람으로 떨어져 열매를 맺지 않을까 하여 마음이 아픈 것입니다."

아이는 딸꾹질까지 하며 엉엉 울었다고 하는데, 허, 그것 참 어이없는 이야기이다.

14.
사위가 장인 고토다를 덮치다 (14)

　이것도 지금은 옛이야기가 되었다. 다이나곤 미나모토노 사다후사[43]라는 사람 밑에 고토다(小藤太)라는 무사가 있었다. 같은 집에서 일하는 여인과 결혼하여 그 집에서 살고 있었다. 그 딸도 같은 집에서 시중들고 있었다. 고토다는 다이나곤 집안의 대사를 도맡아보고 있어서 거처하는 곳도 세 곱절 네 곱절 넓었다. 딸은 양가 자제와 부부의 연을 맺고 있었다. 그가 밤을 틈타 딸의 방으로 들어갔는데[44] 새벽녘부터 비가 내려 돌아가지 못하고 그대로 누워 있었다.

　이 딸은 시중들러 웃전에 가고 없었고 사위는 병풍을 치고 자고 있었다. 봄비는 언제 그칠지도 모르게 내려 돌아가지 못하고 누워 있는데, 장인인 고토다는 우리 사위가 따분할 것이라며 안주를 각진 소반

---

43) 미나모토노 사다후사(源定房, 1130~1188). 헤이안 시대 귀족으로 호리카와 다이나곤(堀川大納言)이라 불렸다.
44) 초서혼(招婿婚)으로 남자가 밤에 여성의 집을 방문하고 새벽에 돌아간다.

에 담아 들고 다른 한손에는 넓적한 주전자에 술을 넣어 마루에서 딸
방으로 넣으면 사람들이 볼 것이라고 생각하여 일부러 집 안쪽으로
슬그머니 들어갔다. 사위는 이불[45]을 머리끝까지 끌어올리고 똑바로
누워 있었다. 아내가 빨리 돌아오면 좋겠다고 생각하며 할 일 없이 누
워 있자니 안쪽에서 미닫이문을 여는 소리가 났다. 아내가 웃전에서
돌아왔구나 싶어 이불은 얼굴을 덮어쓴 채 아랫도리는 다 드러내어
허리를 젖히며 벌떡 일어나 덮치려 했다. 그러자 고토다는 기겁을 하
고 몸을 뒤로 젖혔는데 그 바람에 안주도 흩어지고 술도 전부 쏟아져
주전자를 받든 모양새로 그대로 벌러덩 나자빠졌다. 그 순간 머리를
심하게 부딪쳐서 눈이 뒤집힌 채 뻗어버렸다고 한다.

---

45) 원문에는 '衾'로 되어있으며 옷 모양으로 만든 침구이다.

15.
동자승이 연어를 훔치다 (15)

　이것도 지금은 옛이야기가 되었다. 에치고 지방[46]에서 연어를 말에
실은 스무 바리(駄)정도가 아와타구치[47]에서 교토로 바삐 향했다. 그
런데 아와타구치의 대장장이가 살고 있는 부근에서 머리 정수리가 벗
겨진 나이깨나 먹은 동자승[48]이 가슴츠레한 눈에 왠지 까칠까칠하고
무게 없이 방정맞은 모습으로 연어를 실은 말 속으로 뛰어들었다. 길
은 비좁아 말들이 흠칫 놀라 욱실거리며 나아가지 않는 사이에 동자
승이 재빠르게 바짝 붙어 연어 두 마리를 빼내어 가슴팍에 집어넣고
는 태연하게 앞질러 달려갔다. 연어를 운반해 가던 사내가 그 모습을
보고 있다가 냅다 달려가서 동자승의 목덜미를 움켜잡고 당겨 멈춰

---

46) 에치고 지방(越後國). 현재의 니가타현(新潟縣).
47) 아와타구치(粟田口). 현재의 교토시 히가시야마구(東山區). 도카이도(東海道)에
　서 교토로 들어가는 입구에 해당하는 교통의 요지였다.
48) 동자승 머리를 한 어른.

세우고는 말했다.

"영감! 연어를 왜 훔치는 거요?"

"무슨 소리요, 무슨 증거라도 있소이까? 당신이 훔쳐내고서는 나한테 뒤집어씌울 작정이오."

이렇게 옥신각신하는 사이에 오르내리는 많은 사람들이 모여들어 구경하며 서 있었다. 그러는 중에 연어를 운반해 가던 인부의 우두머리가 말했다.

"분명히 영감이 빼내어 품속에 넣었잖소."

그러자 동자승은 또 소리를 질렀다.

"당신이 훔친 게로군."

연어를 운반하던 아까 그 사내가 말했다.

"그렇다면 나나 영감이나 품을 열어 보입시다."

"그렇게까지 할 필요가 있소이까?"

이러는데 사내가 아랫도리를 벗고 가슴을 헤쳐보이며,

"자, 보시오. 봐요."

하며 거세게 다가가서 동자승에게 달려들었다.

"영감도 어서 옷을 벗으시오."

"보기 흉하오. 그렇게까지 해야겠소."

이 말에도 사내는 억지로 동자승의 옷을 하나하나 벗겨 앞자락을 잡아 열어젖히자, 허리춤 배 언저리에 연어 두 마리가 꽂혀 있었다.

"봐. 보란 말이오."

사내가 연어를 잡아 빼내려들자 동자승이 말했다.

"무슨 이런 돼먹지 않은 놈이 다 있어! 이렇게 발가벗겨서 찾는다면 어느 뇨고[49]나 왕후인들 허리에 한 두 척 되는 연어[50]가 없을 리가 있느냐."

동자승의 말이 떨어지기가 무섭게 서서 구경하던 사람들은 한꺼번에 '와하하!' 하며 자지러졌다고 한다.

---

49) 뇨고(女御). 후궁이며 서열은 왕후(后)의 아래이고 고이(更衣)의 위가 된다.
50) 연어의 일본어는 '사케(さけ(鮭))'이며, 그것과 동음이의어인 '사케(さ(裂)け)' 즉 여성의 국소를 빗대고 있다.

16.
비구니가 지장보살을 배견하다 (16)

옛날에 단고 지방[51]에 나이든 비구니가 있었다. 지장보살[52]은 매일 이른 아침에 다닌다는 소리를 어디서 듣고 지장을 만나고 싶은 마음에 새벽녘만 되면 정처 없이 주변을 돌아다니고 있었는데, 노름꾼이 한창 노름을 하다가 그 모습을 보고 물었다.

"스님께서는 이 추운데 무엇을 하고 계십니까?"

"지장보살님이 새벽에 다니신다 하기에 만나 뵙고자 이렇게 걷고 있는 중입니다."

"지장님이 다니시는 길은 내가 알고 있어요. 자, 같이 가십시다. 만나게 해드리지요."

---

51) 단고 지방(丹後國). 현재의 교토부 북쪽 지역.
52) 지장보살(地藏菩薩). 석가여래가 입멸한 뒤부터 미륵보살이 출현할 때까지 무불(無佛)시대에 중생을 제도한다는 보살. 일본에서는 일반적으로 왼손에 보주(寶珠), 오른손에 석장을 들고 있는 모습을 하고 있다.

그러자 비구니가 말했다.

"이렇게 고마우실 때가. 지장보살님이 다니시는 곳으로 저를 데려다 주세요."

"나에게 뭔가를 주십시오. 그러면 데려다 드리겠습니다."

"지금 입고 있는 이 옷을 드리지요."

"그래요. 그럼, 갑시다."

노름꾼은 비구니를 데리고 이웃집으로 향했다.

비구니는 기뻐하며 서둘러 따라갔다. 도착한 집에는 '지장'이라는 이름의 아이가 있었는데 노름꾼은 그 부모를 잘 알고 있었다.

"지장은 있어요?"

아이의 부모가 대답했다.

"놀러 갔네. 이제 곧 돌아올 걸세."

"자, 이 집입니다. 지장님이 계신 곳은."

비구니가 기뻐서 명주옷을 벗어 건네자, 노름꾼은 옷을 받아들고 이내 서둘러 나갔다. 비구니는 이제 곧 지장보살님을 친견하게 되겠다고 기대하며 앉아 있었다. 아이의 부모는 무슨 영문인지 종잡을 수가 없어 무슨 이유로 자신의 아이를 보려고 하는 것인지 의아해하고 있는데 열 살 정도 되어 보이는 사내아이가 들어왔다.

"이 애가 지장입니다."

비구니는 아이를 보자마자 느닷없이 구를 듯이 엎어져 마구 절을 하고는 땅바닥에 납작 엎드렸다. 아이는 나무막대기를 들고 놀다 오는 중이어서 아무 생각 없이 그 막대기로 이마를 긁었는데, 그러자 곧바로 이마에서 얼굴 부근까지 찢어지더니 그 속에서 뭐라고 형용할 수 없는 존귀한 지장의 얼굴이 나타났다. 비구니가 연거푸 절하며 우러러보니 지장은 거기에 그대로 서 있었고, 이에 감격의 눈물을 흘리며 계속 절을 하다가 비구니는 그대로 극락왕생을 하였다.

  그러므로 일심으로 깊이 염원을 하면 부처도 모습을 드러내는 것이라고 믿을 일이다.

17.
수행자가 백귀야행[54]을 만나다 (17)

옛날에 한 수행자가 셋쓰 지방[54]까지 갔을 즈음 날이 저물었다. 그곳에 류센지(龍泉寺)라는 크고 오래된 절이 있었는데 기거하는 사람도 없어 보였다. 사람이 머물 곳이 못되었지만 그렇다고 주변에 딱히 머무를 곳도 없어 어떻게 할까 하다가 하는 수 없어 등에 멘 짐짝을 내리고 절 안으로 들어갔다.

부동명왕(不動明王)의 진언을 외우고 있었는데 한밤중이 되었을 무렵 많은 사람들이 와글와글 다가오는 소리가 들려왔다. 소리 나는 쪽으로 바라보자 저마다 손에 불을 들고 백 명 정도가 당(堂) 안으로 모여들었다. 가까이에서 보니 눈이 하나 붙어 있기도 하고 모습들이

---

53) 백귀야행(百鬼夜行). 일본 설화에 등장하는 심야에 돌아다니는 도깨비나 요괴들의 무리.
54) 셋쓰 지방(攝津國). 현재의 오사카부(大阪府) 북서부와 효고현(兵庫縣) 남동부 일대.

가지가지였다. 사람은 아니고 흉측한 모습을 한 요괴들이었다. 그 중에는 뿔이 나 있는 것도 있었다. 생김새들이 뭐라 말할 수 없을 정도로 무서웠다. 무시무시한 생각이 들면서도 어찌 할 도리가 없어 가만히 있었다. 도깨비들은 모두 각자 자리를 잡고 앉았다. 그 중 자리를 잡지 못한 한 도깨비가 손에 불을 들고 나를 향해 이리저리 비추며 유심히 바라보고는 "내가 앉을 자리에 새 부동존(不動尊)이 와 계시네. 오늘밤만은 다른 장소로 옮겨 주십시오."라며 한 손으로 나를 버쩍 들어 당 처마 밑에 두었다. 그러고 있자니 "날이 밝아 온다."며 요괴들은 떠들썩하게 돌아갔다.

'참으로 으스스 무서운 곳이로군. 밤아 속히 밝아라. 어서 여기를 나가고 싶다.'는 생각을 하고 있는데 드디어 날이 밝았다. 주변을 빙 둘러보자 간밤에 있었던 절은 온데간데없었다. 저 멀리 자신이 지나온 들판도 보이지 않고 사람들이 밟아 생긴 길도 없었다. 가야 할 방향도 찾지 못하여 아연실색하고 있는데 때마침 말을 탄 사람들이 많은 일행을 거느리고 나타났다. 너무나 반가워서 물었다.

"여기는 어디인지요?"

"무슨 말씀이시오. 히젠 지방[55]이지요."

이 말에 기가 차서 자초지종을 자세히 이야기했다. 그러자 말을 탄 사람도 어이없어 하며 말했다.

"그 참으로 희한한 일이오. 히젠 지방 중에서도 여기는 외딴 고을입니다. 저는 관아로 가는 길이고요."

---

55) 히젠 지방(肥前國). 현재의 사가현(佐賀縣)와 나가사키현(長崎縣)에 걸쳐있는 지역.

수행자는 기뻐하며 말했다.

"그러면 길도 모르겠고 하니 길 나오는 데까지 따라 가겠습니다."

그리고 일행을 따라가다가 교토로 가는 길을 가르쳐 주어서 배를 구해 서둘러 상경하였다.

"희한한 일을 다 겪었습니다. 셋쓰 지방 류센지라는 절에서 밤을 보내고 있을 때, 도깨비들이 나타나서 나한테 장소가 비좁다며 '새 부동존은 잠시 처마 밑에 있으시오'라고 하며 나를 안아 처마 밑에 두었다고 생각했는데, 히젠 지방 외딴 고을에 내가 있지 뭡니까. 참말로 괴이한 경우를 다 당했습니다."

교토에 올라온 수행자가 사람들에게 이렇게 이야기했다고 한다.

18.
도시히토의 참마죽 (18)

옛날에 도시히토[56] 장군이 젊었을 때, 당시 최고의 권세가 집안에서 무사로 일을 하고 있었다. 설날에 큰 연회를 베풀었는데 그때는 향연이 끝나더라도 거지를 안으로 들이지 않고 윗사람이 먹고 물린 음식이라며 음식 나르는 무사들이 먹었다.

거기에 오랫동안 음식 나르는 일을 해 온 사람 가운데 짐짓 거드름을 피우는 오품(五品)관직인 나이 지긋한 무사가 있었다. 그가 물린 음식을 먹는 자리에서 참마죽을 훌쩍거리며 입맛을 다시며 말했다.

"아이, 정말로 참마죽을 질릴 정도로 먹어봤으면."

도시히토가 이 말을 듣고 물었다.

---

56) 도시히토(利仁). 헤이안 시대의 무장(武將)이었던 후지와라노 도시히토(藤原利仁)로 생몰년은 알 수 없다. 915년에는 진주후(鎭守府. 현재의 아오모리현靑森縣, 이와테현岩手縣, 미야기현宮城縣, 후쿠시마현福島縣, 아키타현秋田縣 북동부) 장군이 되어 도둑무리를 진압했고, 설화에서는 신라 토벌 장군에 임명되었으나 도중에서 급사한 이야기가 전해진다.

"대부[57] 어른, 아직 질릴 정도로 참마죽을 먹은 적이 없습니까?"

"아직 질릴 만큼 못 먹어 봤네."

"질리도록 먹게 해 드릴까요."

"그거 고맙지."

그 자리에서는 그렇게 파했다.

그리고 네 닷새나 지나 오품이 거처하는 곳으로 도시히토가 찾아왔다.

"대부 어른! 자, 함께 가십시다. 목욕하러."

"참말로 고맙네. 안 그래도 오늘밤 몸이 가려웠는데. 그런데 탈 것이 있어야지 말일세."

"보기에는 썩 좋지 않습니다만 말을 준비했습니다."

"아이쿠, 고맙네, 고마워!"

오품은 얇은 솜이 든 옷 두 장에다 옷자락이 해진 감청빛 사시누키[58]를 입고 그 위에 같은 감청색의 어깻죽지가 처진 가리기누[59]를 걸쳤는데 속바지는 입지 않았다. 코는 높지만 코끝이 붉고 콧구멍 주위가 젖어 있는 것은 콧물을 닦지 않아 그런 것처럼 보였다. 가리기누의 뒤쪽은 허리띠로 인해 구겨진 채로 가지런히 하지 않아 보기가 흉했다. 모양새가 우스웠지만 이 오품을 앞세우고 도시히토와 그 일행은

---

57) 대부(大夫). 1품 이하, 5품 이상의 관직을 지닌 자를 말하는데, 특히 5품 관직을 통칭하는 말이다.
58) 사시누키(指貫). 귀족 남자들이 입던 폭이 넓은 바지. 발목에 대님을 매게 되어있다.
59) 가리기누(狩衣). 귀족들이 사냥할 때 입었던 옷이었으나 활동적이라서 평상복이 되었다. 아랫도리는 사시누키를 입는다.

말에 올라타 가와라[60) 쪽으로 나아갔다. 오품에게는 딸린 시동(侍童)
조차 없었다. 도시히토를 따르는 사람으로는 무구(武具)를 든 이, 말
고삐를 잡은 이, 그리고 잡일을 보는 종놈이 하나 붙어 있었다. 가와라
를 지나 아와타구치[61)에 다다르자 오품이 물었다.

"어디로 가는가?"

"다 왔습니다."

이 말만 하고는 야마시나[62)도 지나쳤다.

"어찌된 일인가? 다 왔다고 하면서 야마시나도 지났네."

"저기입니다. 저-기."

이 말만 하고 또 세키야마[63)도 스쳐 지나갔다.

"여기입니다. 여기!"

도시히토가 알고 지내는 미이데라절[64)의 승려에게 갔기 때문에, 오
품은 여기가 목욕물을 데우는 곳인가 라는 생각을 하면서도 터무니없
이 멀리 왔다고 여겼다. 그러나 물이 있을 것 같지도 않았다.

"목욕물은 어디에?"

"실은 이제부터 쓰루가[65)로 모셔 가려고요."

"제정신이 아니구먼. 교토에서 그렇다고 말을 했다면 종놈이라도
데리고 왔을 텐데 말일세."

---

60) 가와라(河原). 교토 시조(四條)에 있는 지역. 가모가와강(賀茂川)이 흐르고 있다.
61) 아와타구치(粟田口). 주 47을 참조.
62) 야마시나(山科). 교토시 야마시나구(山科區).
63) 세키야마(關山). 관문소가 있었던 오사카야마산(逢坂山).
64) 미이데라절(三井寺). 시가현 오쓰시(滋賀縣 大津市)에 있는 천태종 사문파 총본
　　사인 온조지절(園城寺)로, 산호는 나가라산(長等山). 창립은 7세기경이며 아스카
　　(飛鳥)시대의 왕족 오토모노 요타 왕(大友与多王)이 건립하였다.
65) 쓰루가(敦賀). 후쿠이현 쓰루가시(福井縣 敦賀市).

도시히토는 큰 소리로 웃었다.

"저 도시히토 하나면 다른 사람 천 명 있는 것과 다름없습니다."

이렇게 주고받은 후 음식을 먹고 서둘러 출발했다. 도시히토는 화살통을 등에 짊어졌다.

쓰루가로 가는 도중에 미쓰[66] 호변에서 여우 한 마리가 튀어나오자 도시히토는 '마침 심부름시킬 놈이 걸렸군!' 하며 여우를 뒤쫓았다. 여우가 몸을 내던지듯이 쏜살같이 도망쳤지만 바짝 추격해 더 이상 달아날 수 없었다. 도시히토는 상체를 말 아래로 떨어뜨려 여우의 뒷다리를 잡아 끌어올렸다. 타고 있던 말은 겉보기에는 그리 훌륭해 보이지 않았으나 실은 뛰어난 준마이어서 여우가 멀리 도망가지 못하는 사이에 잡았다. 그곳으로 오품이 말을 달려 쫓아오자 도시히토는 여우를 들어 올리며 말했다.

"여우야! 오늘밤 안으로 우리 집이 있는 쓰루가로 가서 전하거라. 갑작스럽게 손님을 모셔 가는 길이니 내일 미시(未時)에 다카시마 부근까지 가신들이 말 두 필에 안장을 얹어 마중하러 오라고. 만약 내 말대로 전하지 않으면 가만두지 않겠다. 여우야! 어디 한번 해 보거라. 너는 신통력을 지녔으니까. 오늘 중으로 당도하여 전해야 한다."

그리고는 여우를 풀어 주었다.

"여우가 전하기나 할런지."

이 말에 도시히토가 말했다.

"잘 보고 계세요. 꼭 전할 테니까요."

---

66) 미쓰(三津). 현재의 오쓰시 시모사카모토(大津市 下阪本) 지역. 비와(琵琶)호수와 닿아 있다.

그런데 놀랍게도 여우는 이 두 사람을 자꾸 돌아보면서 앞으로 달려갔다.

"틀림없이 갈 것 같은데."

이 말과 함께 여우는 전방을 향해 달리더니 금세 사라졌다.

이렇게 해서 그날 밤은 도중에서 지새우고 다음날 아침이 되어 일찍 출발하였는데 참으로 미시 즈음에 말 서른 기(騎) 되는 한 무리가 저쪽에서 오는 것이 보였다. 무슨 일인가 하며 보고 있자니 도시히토를 따르던 사내가 말했다.

"가신들이 맞이하러 온 모양입니다."

"놀라운 일이군."

오품이 말하였다. 말들이 더 가까이 다가와서는 가신들이 저마다 말에서 휙휙 내리는 것을 보고 사내가 소리쳤다.

"저거 봐라, 정말로 왔어!"

도시히토는 미소를 지으며 물었다.

"무슨 일인가?"

나이가 지긋한 가신이 앞으로 나와서 말했다.

"이상한 일이 있어서 말입니다."

도시히토가 우선 물었다.

"말은 가져 왔는가?"

"두 마리 끌고 왔습니다."

가신들이 먹을 것을 가지고 왔기에 도시히토 일행이 말에서 내려 먹고 있는데 도중에 나이 든 가신이 말을 꺼냈다.

"지난밤에 이상한 일이 있었습니다. 술시(戌時) 즈음에 마님께서 가슴이 쿡쿡 찌르듯 아프다고 하셔서 무슨 일인가 하고 놀라 급히 스님을 부르는 등 한바탕 소동이 일어났습니다. 그러자 마님께서 말씀하시기를, '소란 피우지마라. 나는 여우이다. 다름이 아니라, 요 닷새 날 미쓰 호변에서 이 댁 나으리가 돌아오는 길에 우연히 마주쳐 도망을 쳤으나 멀리가지 못하고 이내 붙잡혔다. 그때 나으리가 나한테 "오늘 안으로 우리 집으로 가서 손님을 모시고 내려오는 길이니 내일 미시에 말 두 필에 안장을 얹어서 다카시마 호구까지 마중하러 가신들을 보내라고 전하거라. 만약 오늘 중에 내 말을 전하지 않으면 그때는 가만두지 않겠다."고 하셨다. 가신들을 바로 출발시켜라. 늦어지면 나는 질책을 받을 것이다.'라고 하셨는데, 마님은 겁에 질린 것 같았습니다. 그래서 가신들을 불러 모아 그 뜻을 전해 떠나도록 분부하시니, 마님께서는 정신이 돌아오셨습니다. 그런 후 저희들은 새벽 닭소리와 함께 출발해 온 것입니다."

도시히토가 미소를 머금으며 오품을 쳐다보자, 오품은 놀랍다는 표정을 지었다. 음식을 다 먹고 서둘러 출발하여 어둑어둑할 즈음 집에 도착하였다. 도시히토 일행이 당도한 것을 보고 집안사람들은 "저 봐라. 여우의 말이 사실이었어."라며 놀라워했다.

오품이 말에서 내려 집을 쳐다보니 유복하고 훌륭한 것이 비할 바가 없었다. 입고 있던 두 장의 옷 위에 도시히토가 밤에 입는 옷을 겹쳐 입었지만 몸 속 틈새[67]로 인해 매우 춥게 느껴졌다. 그러나 긴 화로에 불을 많이 피우고 있는 것이 눈에 들어왔다. 다다미를 두껍게 깔고 과자와 음식이 놓여 있어서 흐뭇해하는데, 오는 길에 추웠을 것이라며 솜을 두툼하게 넣은 연노랑 옷 석 장을 겹쳐 가지고와 오품을 또 덮

---

67) 오품은 속바지를 입고 있지 않았다.

어 주었기 때문에 그 아늑함은 말로 표현할 길이 없었다.

음식을 먹고 잠시 쉬고 있을 때 장인인 아리히토(有仁)가 나와서 말했다.

"무슨 일로 이렇게 내려왔는가? 그 일과 관련해서 심부름 보낸 이의 모습도 기묘하고, 딸도 갑자기 병이 난 사람처럼 뭔가에 씌어 놀랐다네."

도시히토는 웃으며 대답했다.

"여우를 시험해 보고자 했던 것인데 정말로 와서 전달한 것입니다."

"희한한 일도 다 있네."

장인도 웃었다.

"함께 오신 사람은 자네가 있는 곳의 나으리이신가?"

"그렇습니다. 아직 참마죽을 질리도록 먹어본 적이 없다고 하시기에 싫증나도록 먹여 드리고 싶어 모셔왔습니다."

"그것 참 아무것도 아닌 것을, 여태 질리도록 못 드셨나 보네."

이렇게 우스갯소리를 하고 있자 오품도 거들었다.

"히가시야마[68] 쪽에 목욕물이 마련되어 있다고 사람을 속여서는 여기까지 데려와 저런 말씀을 하십니다 그려."

이런 농담을 주고받고 있는 사이에 밤이 조금 깊어지자 장인도 자러 들어갔다.

침소로 보이는 방에 오품이 자려고 들어가니 네다섯 척(尺)이나 될 성 싶은 솜이 든 두꺼운 이불[69]이 놓여 있었다. 자신이 입고 왔던 솜옷

---

68) 히가시야마(東山). 교토시 가모가와 강둑 좌측 주변.
69) 옷 모양으로 만든 침구이다.

은 얇고 낡은데다 뭔가가 있어 가렵기도 하였다. 그래서 벗어 두고 연노랑 옷 석 장 위에다 이불을 끌어당겨 덮고 누웠는데 그 안락함은 여태껏 맛본 일이 없는 것이어서 마음이 들떴다. 땀을 흘리며 누워 있자니 옆에서 이불속으로 기어드는 인기척이 났다. "누구요?"라고 물었더니, "발(足)을 풀어 드리라는 말씀을 받자와 왔습니다."라고 대답하는데 그 목소리가 사랑스러워서 품에 안고 바람 통하는 곳에 누웠다.

그러고 있을 때에 밖에서 고함지르는 소리가 났다. 무슨 일인가 싶어 듣고 있으니 사내가 소리를 질렀다.

"근처에 있는 종들은 들어라. 내일 아침 묘시(卯時)에 참마 자른 입구가 세 치, 길이는 오 척 되는 것을 각자 하나씩 가지고 오도록 하라."

이런 소리가 들려서 '무슨 당치 않은 소리를.' 하고 있는 중에 잠이 들어 버렸다.

새벽녘 잠결에 들으니 마당에 거적 까는 소리가 났다. 무얼 하려나 하고 귀를 기울였다. 밤에 망을 보는 오두막 보초를 비롯해 모두 일어나 있는 때라 덧문을 열고 있었는데, 내다보니 마당에 긴 거적이 네댓 장 깔려 있었다. 무엇에 쓰려는 걸까 하고 보고 있자니 종들이 나무 같은 것을 어깨에 메고 와서 하나씩 놓고 갔다. 그리고 계속해서 가지고 와서는 놓고 갔는데 그것을 보자 확실히 자른 입구가 세 치 되는 것이었다. 이러한 참마 토막을 하나씩 매번 가지고 와서 사시(巳時)까지 놓고 가므로 그 높이는 오품이 머물고 있는 건물과 같이 쌓였다.

지난밤에 소리를 지른 것은 가까이에 있는 종들에게 모두 전달하려는 요량으로 '사람 부르는 언덕'이라는 흙무더기 위에서 지른 것이었다. 지르는 소리가 미치는 범위 안에 있는 종들이 가지고 온 것만으로도 이정도로 많았다. 하물며 멀리 떨어져 있는 가신들의 수를 짐작

해보면 상상이 갈 것이다. 그저 놀라울 따름이라 보고 있자니 다섯 석
(石)이나 들어갈 만한 솥을 대여섯 개 메고 와서는 마당에 말뚝을 박
아 나란히 걸어 놓았다. 어떻게 하려나 하고 계속 지켜보고 있으려니
흰 천으로 된 겹옷을 입고 허리띠를 꽉 두른 젊고 청순한 여인들이 새
하얀 나무통에 물을 담아 와서 가마에 주르륵 부었다. 무슨 물을 끓이
는 건지 보니 물로 보였던 것은 실은 음식 맛을 내는 국물이었다. 젊은
사내 열 명가량이 소맷자락에 쑤셔 넣은 손을 내어 얇은 긴 칼을 들고
나와 참마를 벗기면서 쳐내듯 얇게 자르고 있었다. 정말로 참마죽을
쑤고 있는 모양으로 그 모습을 지켜보는 사이에 오품은 먹고 싶은 마
음도 싹 가시고 도리어 질려버렸다.

　보글보글 깔끔하게 끓이고는,

“마죽이 다 되었습니다.”

하였다.

“손님께 대접해 드리거라.”

이렇게 분부가 떨어지자, 우선 커다란 대접을 손에 들고 한 말은 들
것 같은 넓적한 금속제 주전자 서너 개에 넣어 가져왔다.

“자, 드십시오.”

그러나 물려서 한 그릇도 다 먹을 수가 없었다.

“벌써 물립니다.”

그 소리를 듣고 사내들이 한바탕 웃고는 모여들어 빙 둘러앉으며
이구동성으로 말했다.

“손님 덕분에 저희들이 마죽을 다 먹습니다.”

　이때, 나란히 늘어서 있는 맞은편 집 처마에서 얼굴을 내밀어 이쪽
을 보고 있는 여우를 발견하고 도시히토가 말했다.

"저것을 보십시오, 어제 그 여우가 와 있습니다."

그리고,

"저것에게도 죽을 먹이거라."

하여 여우에게 죽을 먹이자 여우는 날름거리며 먹었다.

이렇게 하여 오품은 만사 더없이 느긋하게 지냈다. 한 달가량 머물다 상경할 때는 평상복과 나들이옷들을 많이 받았고, 또 견직물 여덟 장(丈), 솜, 비단 등을 넣은 고리짝도 여러 개 받았다. 첫날밤에 사용한 옷이나 이불도 물론 받았다. 도시히토는 안장 얹은 말도 오품에게 주고 집까지 보내주었다.

신분은 낮은 사람이었지만 같은 곳에 오래도록 함께 일을 해서 사람들로부터도 존경을 받는 사람은 이런 일도 있는 법이었다.

제2권

01.
세토쿠히지리의 비범함 (19)

　옛날에 세토쿠히지리(清德聖)라는 덕 높은 승려가 있었다. 어머니가 죽어 입관하고는 혼자 관을 들고 아타고야마[1] 산에 들어가서 큰 돌 네 개를 모퉁이 삼아 그 위에 관을 놓고 천수다라니경을 외웠다. 잠시도 쉬지 않고 잠도 자지 않으며 먹지도 않고 물도 마시지 않은 채 끊임없이 소리를 내어 독송하며 관 주위를 돈 지가 세 해가 되었다.

　그 해 봄, 비몽사몽에 어머니의 목소리가 희미하게 들려왔다.

　"이토록 다라니를 밤낮으로 독송해 주어 나는 벌써 천상계에서 남자로 다시 태어났다. 그러나 같은 값이면 부처가 되고 나서 알리려고 지금까지 잠자코 있었는데 이제 부처가 되었으니 알리느니라."

　이 말을 듣고 승려는 그러실 줄 알았는데 이제는 어머니가 이미 부처님이 되신 모양이라며 유해를 꺼내 태우고 뼈를 모아 묻은 다음에

---

1) 아타고야마(愛宕山). 교토시 우쿄구(右京區)에 있는 산. 해발 924미터.

그 위에 돌로 솔도파(率堵婆)를 세우고 형식에 따라 장례를 치렀다.
그리고는 교토로 돌아오는데 도중에 도읍 서쪽에 순채가 많이 나 있
는 것이 보였다. 허기져 있던 차에 몹시 먹고 싶어 지나가는 길에 순채
를 꺾어 먹었다. 마침 주인 남자가 나오다 보니 무척 존귀한 스님이 게
걸스럽게 순채를 꺾어 먹고 있는 모습을 보고 기가 막혀서 물었다.

"왜 그렇게 허겁지겁 드시는 겁니까?"

"너무 허기져서 먹고 있습니다."

"그럼, 드시고 싶은 만큼 더 드십시오."

주인의 허락을 받은 승려는 서른 줄기가량 꺾어 마구 먹었다. 이 순
채는 세 정(町)[2] 정도 심어져 있었는데 밭주인은 승려의 먹는 모습이
너무나 기가 차서 도대체 얼마나 먹는지도 알고 싶었다.

"얼마든지 드시고 싶은 만큼 드십시오."

"참으로 고맙습니다."

승려는 앉은 자세로 자리를 옮겨가며 세 정의 순채를 꺾어 전부 먹
어버렸다. 밭주인 남자는 '세상에 밑도 끝도 보이지 않는 식성을 가진
스님이구나.' 하고 생각하였다.

"잠시 앉아 계십시오. 먹을 것을 만들어 드리겠습니다."

백미 한 섬을 꺼내어 밥을 지어 주었더니,

"오랫동안 먹지 못하고 굶주려 있어서요."

라며 밥도 남김없이 먹고 그 집을 나와 떠나갔다.

이 주인남자는 참으로 대단하다는 생각에 사람들에게 그 이야기를

---

2) 세 정(町). 일만 평(坪) 가량이다.

했다. 그 말을 듣고 누군가가 보조(坊城) 우대신[3]에게 전하자 우대신은 어떻게 그런 일이 있을 수 있는지 납득이 가지 않아 어디 불러서 한 번 먹여봐야겠다고 생각을 하고 이참에 승려를 대접하여 불가와 인연을 맺도록 하자며 승려를 불러들였다. 보기에도 존귀한 승려가 걸어 들어왔다. 그런데 그 뒤를 따라서 아귀, 축생, 호랑이, 늑대, 개, 까마귀 등 수 만의 조수(鳥獸)가 그야말로 수없이 연이어 걸어 들어왔다. 우대신 외의 다른 사람에게는 그것이 전혀 보이지 않고 오로지 승려 한 사람만이 보였다. 우대신이 그렇다는 것을 알고 '그럼 그렇지. 존귀한 스님이었군, 성스럽구나.'라고 생각하고 백미 열 석(石)으로 밥을 지어 소반, 통, 궤 등에 넣어 새 거적자리 여기저기에 몇 개씩이나 늘어놓았다. 그래서 승려의 뒤를 따르던 짐승들에게 먹게 하니 모두 모여들어 손에 들고 먹어치웠다. 승려는 조금도 밥을 입에 대지 않고 흡족해 하며 물러갔다. '생각대로 보통사람이 아니었어. 부처님 같은 분이 모습을 바꾸어 걸어 다니고 계시는 게지.'라고 우대신은 생각했다. 다른 사람에게는 오직 이 승려 혼자서 먹는 것으로만 보였기 때문에 더더욱 놀랍게 여겨졌던 것이다.

그런데 승려는 우대신 집을 나서 걸어가는 도중에 시조(四條) 북쪽 길[4]에서 똥을 푸드덕 쌌다. 그의 꽁무니를 따르는 짐승들을 쫓아버리

---

3) 보조(坊城) 우대신. 후지와라노 모로스케(藤原師輔, 908~960)를 지칭한다. 헤이안 시대 귀족으로 947년에 정2품 우대신(右大臣)에 올랐다. 그의 사후, 딸인 안시(安子)가 낳은 두 아들이 각각 레제 왕(冷泉天皇, 재위 967~969)과 엔유 왕(円融天皇, 재위 969~984)에 올라 외척으로서 실권을 잡고 번성하였다.

4) 시조(四條) 북쪽 길. 현재의 니시키코지도오리길(錦小路通). 교토시를 동서로 난 도로의 하나로 옛날에는 구소쿠코지(具足小路), 혹은 구소노코지(屎の小路) 즉 똥길이라고 하였다. 1054년에 고레제 왕(後冷泉天皇, 재위 1045~1068)에 의해 니시키노코지(錦の小路), 곧 비단길로 변경되었다.

려는 심산으로 마치 먹물과 같은 시커먼 똥을 저 멀리까지 살살이 홀뿌렸기 때문에 종들도 더러워하여 그 길을 똥길이라고 불렀다. 국왕이 그 이야기를 듣고 "시조 남쪽을 뭐라고 하는 것이 좋을꼬?"라고 하문하여, "비단(綾)길라고 하는 것이 좋겠사옵니다."라고 진상하였다. 그러자 "그렇다면 거기를 비단(錦)길(니시키노코지)이라고 부르도록 하라. 똥길이라 부르는 것은 너무 흉하니."라고 하교하였다. 그로 인해 그곳을 니시키노코지라고 하게 된 것이라고 한다.

02.
조칸 승정이 법력으로 비를 내리게 하다 (20)

옛날에 엔기⁵⁾ 때 가뭄이 들었다. 존귀한 고승들 예순 명을 초대하여 대반야경을 독송하게 하였다. 고승들은 호마(護摩)를 태워 검은 연기가 일도록 하여 징험을 나타내려고 기도하였다. 그러나 하늘은 더없이 청명하고 햇살이 강하게 내리쬐어 왕을 비롯해 고관대신,⁶⁾ 일반 백성들은 오로지 이 일만을 탄식했다. 그래서 구로도⁷⁾의 장(長)을 불러 조칸 승정⁸⁾에게 하명하여 기도를 하게 했다.

---

5) 엔기(延喜). 일본의 연호. 다이고 왕(醍醐天皇, 재위 897~930) 시대인 901~923년 간을 말한다.
6) 정치의 실권을 잡고 있는 태정대신(太政大臣)을 비롯해 좌대신(左大臣), 우대신(右大臣), 다이나곤(大納言), 주나곤(中納言), 참의(參議) 및 3품 이상의 고관을 간다치메(上達部) 혹은 구교(公卿)라고 하였는데 '고관대신'으로 번역하였다.
7) 구로도(藏人). 조정의 기밀문서나 소송 등의 일을 하거나 왕의 식사 등을 맡은 관리. 품계는 5·6품.
8) 조칸 승정(靜觀僧正, 843~927). 헤이안 시대 천태종의 스님. 이름은 조묘(增命)이다. 조칸 승정이라는 호는 사후에 하사받은 것. 히에잔산(比叡山, 제1권의 주 42를

"각별히 뫼시라는 데는 연유가 있습니다. 보시다시피 여러 스님께 기도를 시켰지만 이렇다 할 징험이 없습니다. 스님은 자리를 옮겨 따로 담 옆에 서서 기원하라고 하셨습니다. 생각하시는 바가 있어서 특별히 하명을 내리신 줄로 압니다."

이 하명이 내려졌을 당시 조칸 승정은 아직 율사[9] 신분이었다. 그 위에는 승도(僧都), 승정(僧正), 상랍(上臘) 등이 있었지만 더없는 명예를 입고 남전(南殿)[10] 계단을 내려와 담 옆으로 가 북쪽을 향해 서서 향로를 단단히 쥔 채로 이마에 대고 기원하였다. 그 모습을 지켜보는 사람들조차 괴로웠다. 열기를 뿜어내는 날이어서 잠시도 밖으로 나갈 수 없을 정도였는데 승정이 눈물을 흘리며 검은 연기를 내어 기원을 하자, 향로의 연기가 하늘로 올라가더니 이윽고 부채만 한 검은 구름이 되었다.

고관대신은 남전에 늘어서서 이 광경을 보고, 당상관[11]은 궁장전[12]에 서서 보았다. 고관대신을 호위하는 벽제꾼은 미복문(美福門)에서 들여다보고 있었다. 그렇게 보고 있는 사이에 부채만한 그 검은 구름이 넓은 하늘로 퍼져 뒤덮는가 싶더니 뇌신이 진동하고 번갯빛이 온 천지에 번쩍이며 차축(車軸) 같은 비가 쏟아져 내렸다. 세상이 금방 축축이 젖어들어 오곡이 풍요롭게 영글고 나무마다 과실을 맺었다. 이것을 보고 들은 사람들은 모두 탄복하지 않을 수 없었다. 왕을 비롯

참조)에 올라 출가했으며 906년에 제10대 천태좌주가 되었다.
9) 율사(律師). 승려의 직급.
10) 남전(南殿). 궁궐의 정전인 시시덴(紫宸殿)의 정면.
11) 당상관. 4품과 5품 이상, 6품의 구로도(藏人)로서 정전에 오를 수 있는 관인을 덴조비토(殿上人)라 하였는데 '당상관'으로 번역하였다.
12) 궁장전(弓場殿). 정전의 서쪽에 있는 교서전(校書展) 북쪽에 있다.

해 고관대신들도 기쁨을 감추지 못하였다. 이로 인해 조칸 승려는 승도에 올랐던 것이다.

기이한 일이므로 후세까지 남을 이야기에 이렇게 적어 놓았던 것이다.

03.
조칸 승정이 기도로 산 바위를 깨뜨려 흩어지게 하다 (21)

옛날에 조칸 승정은 서탑(西塔)[13] 천수원에서 살고 있었다. 그곳은 남향으로 험준한 산봉우리[14]가 지켜보듯 마주보고 있는 곳이었다. 산 봉우리 북서쪽 경사진 면에 커다란 바위가 있었다. 바위의 모양새는 용이 입을 벌리고 있는 모습과 닮아 있었다. 그런데 그 바위와 비스듬히 마주보며 사는 스님들은 오래 살지 못하고 수없이 죽어나갔다. 한 동안은 왜 그리 죽는지 영문을 몰라 하다가 이 바위 탓이라는 말이 퍼지게 되었다. 그로 인해 그 바위는 '독룡(毒龍)의 바위'라고 불리게 되었다. 이런 연유로 서탑 주변은 황폐해질 대로 황폐해져 버렸다.

이 천수원에도 많은 사람이 죽어나가는 바람에 살기를 꺼렸다. 바위를 보면 참으로 용이 커다란 입을 떡 벌리고 있는 모습과 닮았다. 이

---

13) 서탑(西塔). 히에잔산(比叡山, 제1권의 주 42를 참조)의 서탑을 말한다.
14) 히에잔 산맥의 최고봉인 다이히에(大比叡)를 말하며 해발 848미터이다.

에 승정은 세상 사람들이 하는 소리가 실로 맞는다는 생각이 들어, 이 바위를 향해 칠일 밤낮으로 가지기도(加持祈禱)를 행하였더니 그 이레 되는 한밤중에 하늘에 구름이 끼고 땅이 심하게 흔들렸다. 산봉우리는 시커먼 구름에 가려 보이지 않았다. 잠시 지나자 하늘이 개었다. 날이 밝아 산봉우리를 올려다보니 독룡의 바위는 부서져 흩어지고 없었다. 그 일이 있은 이후 서탑에 사람이 살아도 뒤탈이 없었다.

서탑의 승려들은 좌주(座主)가 되신 승정을 지금도 진심으로 공경하고 있다고 전해지고 있다. 불가사이한 일이다.

04.
긴푸센산과 도금사 (22)

옛날에 시치조[15]에 도금사가 살고 있었다. 그는 미타케[16]라는 산에 참배를 하였다. 참배 중에 가나쿠즈레(金崩)[17]를 찾아가 보니 진짜 금과 같은 것이 있었다. 기뻐하며 금석을 채취하여 소매에 집어넣어 집에 돌아왔다. 금석을 깎으니 반짝반짝 빛나는 것이 금이 틀림없었다.

'참, 이상도 하네. 이 금을 가져오면 번개가 치고 지진이 일어나며 비도 내리고 하여 조금도 채취할 수 없는데, 이번은 그런 일이 일어나지 않았어. 앞으로도 이 금을 가져와 생활을 꾸려 나가야겠다!'

도금사는 기꺼워하며 금을 저울에 달아보니 열 여덟 냥이 되었다.

---

15) 시치조(七條). 교토에 있는 도로명칭. 금속관계의 점포와 직공들이 많았다.

16) 미타케(御嶽). 나라현 요시노군에 있는 긴푸센산(金峰山)을 말하며 해발 858미터. 산 정상에 있는 긴푸 신사(金峯神社)에는 금광을 지키는 수호신이 안치되어 있다.

17) 가나쿠즈레(金崩). 긴푸센산에 있는 지명으로 산이 깎여 금이 노출된 것에 의해 붙여진 것이다.

금을 금박으로 가공을 하자 칠 팔 천 장이나 되었다. 이 금박을 전부 살 사람이 있으면 좋겠다는 생각을 하고 있는데, 검비위사[18]가 도지절[19]에 부처를 만들 금박을 대량으로 사고 싶어 한다는 말을 전해주는 사람이 있었다. 도금사는 기뻐하며 금박을 품에 넣고 검비위사에게 갔다.

"금박이 필요한지요?"

"얼마나 가지고 있는가?"

"칠 팔 천장은 됩니다."

"가지고 왔는가?"

"네. 가지고 왔습니다."

도금사가 품속에서 종이꾸러미를 꺼냈다. 검비위사가 도금사의 금박을 보니 흠도 없고 폭이 넓은데다 색도 썩 좋았다.

"어디 펴서 세어 보도록 하지."

그래서 금박을 폈는데 금박에는 '금 봉우리, 금 봉우리'라는 작은 글자가 빼곡히 적혀 있었다. 검비위사가 영문을 몰라 물었다.

"여기에 왜 이런 것이 적혀 있는가?"

"적힌 것이 없는데요. 글이 있을 리가 있습니까?"

"있네. 이것을 보게나."

보여주는 금박에는 정말로 글이 쓰여 있었다. 도금사는 흠칫 놀라 입을 떼지 못했다.

---

18) 검비위사(檢非違使). 교토의 치안유지와 민정을 살폈던 벼슬. 현재의 검찰·재판·경찰 업무를 겸한 직책이다.

19) 도지절(東寺). 교토시 미나미구(南區)에 있는 불교사원. 진언종의 도장으로서 위세를 떨쳤으며, 본존은 약사여래이다.

"이건 예사 일이 아닌 듯한데. 필시 까닭이 있을 것이야."

검비위사는 동료를 불러 금박을 그의 관청 관리에게 건넨 후 도금사를 데리고 관청 장(長)에게 갔다. 그리고 자초지종을 아뢰자 관청 장은 놀라며 어서 가와라[20]에 끌고 가서 심문하라고 하였다. 검비위사들은 도금사를 끌고 가와라에 가서 말뚝에 도금사를 움직이지 못하도록 묶어두고 일흔 번이나 채찍을 가했다. 그리하여 도금사의 등은 붉은 홑옷을 물에 적셔 입힌 것같이 피로 흥건히 젖어 있었다. 그리고는 그대로 감옥에 넣었는데 도금사는 불과 열흘 만에 죽어 버렸다. 금박은 긴푸센산의 원래 장소에 가져다 놓았다고 한다.

그런 일이 있은 이후, 사람들은 두려운 마음에 더욱더 그 금을 가지려는 생각을 하지 않게 되었다. 아아, 무서운 일이다.

---

20) 가와라(川原). 현재의 교토시 가모가와(鴨川) 가와라(河原) 지역. 여기에 처형장(刑場)이 있었다.

05.
모치쓰네의 도미 두름 (23)

옛날에 좌경직[21]의 장(長)으로서 오래도록 출세 못한 귀족[22]이 있었다. 그는 나이를 먹어 몹시 늙어 있었다. 시모교[23] 부근에 있는 집으로 나들이도 하지 않고 틀어박혀 있었다. 또한 좌경직의 사칸[24]으로 기노 모치쓰네(紀用経)라는 사람이 있었는데 나가오카[25]에 살고 있었다.

---

21) 좌경직(左京職). 헤이안 도읍 한 중앙에 있는 스자쿠 대로(朱雀大路)를 중심으로 동측과 서측으로 나뉜 그 동측을 지키던 부서. 서측을 지키는 부서는 우경직(右京職)이라 하였다. 사법, 행정, 경찰의 일을 담당하였다. 좌·우경직(左右京職) 각 부서에는 대부 즉 다유(大夫. 장관. 정5품) 1인 , 스케(亮. 차관. 종5품) 1인 , 다이신(大進. 판관. 종6품) 1인 , 쇼진(少進. 정7품) 2인 , 다이사칸(大屬. 정8품) 1인 , 쇼사칸(少屬. 종8품) 2인을 두었다.
22) 원문에는 후루간다치메(古上達部)로 되어 있으며 3품 이상의 고관대신 가계를 지닌 유서 깊은 집안사람이지만 빛을 보지 못한 인물을 말한다.
23) 시모교(下京). 당시 교토 니조도오리길(二條通)의 이남 지역. 그 일대에 중소 상인들이 살았다.
24) 사칸(屬). 좌경직에 소속된 관리. 대·소(大小)로 나뉘며 품계는 각각 정8품과 종8품. 위의 주 21을 참조.
25) 나가오카((長岡). 현재의 교토부 나가오카교시(長岡京市)로 일시적으로 도읍지

좌경직의 사칸이어서 그 관청의 장을 찾아와 비위를 맞추고 있었다.

이 모치쓰네가 대신[26] 댁에 가서 지전[27]에 있는데 마침 아와지[28] 태수인 요리치카[29]가 도미 두름을 많이 헌상하여 지전으로 가지고 왔다. 모치쓰네가 지전의 책임 관리인 요시즈미(義澄)에게 두 두름을 청하여 문 위 선반에 올려놓으며 말했다.

"이것을 가져 갈 사람을 보낼 테니 오면 그때 보내주시오."

이렇게 말해두고 내심 나중에 이것을 우리 좌경직 어르신께 보내 비위를 맞추자는 생각을 하였다. 도미를 선반에 올려 둔 채 좌경직의 장한테로 와보니 손님 두 세 분이 와 있고 장이 손님방에서 음식을 대접하려고 화로[30]에 불을 지피고 있었다. 그런데 음식을 마련하려 하였지만 집안에 별다른 안주가 없어 잉어나 닭 같은 것이 있었으면 하는 눈치였다. 그래서 모치쓰네가 말했다.

"저 모치쓰네한테 말입니다. 셋쓰 지방에 있는 종놈이 도미 세 두름을 보내왔습니다. 한 두름을 맛보았는데 뭐라고 말 못할 정도로 맛이 있었습니다. 그래서 두 두름은 손도 대지 않고 두었습니다. 서둘러 이쪽으로 오는 바람에 종놈도 없어 가져오지를 못했습니다. 지금 당장

였던 때가 있었다.

26) 대신(大臣). 일반적으로 대신은 정권의 실권을 잡고 있는 태정대신(太政大臣)을 비롯해 좌대신(左大臣), 우대신(右大臣), 그리고 내대신(內大臣)을 통틀어 말하는데 여기서는 후지와라노 요리미치(藤原賴通, 992~1074)로 추정된다.

27) 지전(贄殿). 상류 귀족 집안에 있는 헌납된 각종 음식물을 저장하는 곳.

28) 아와지(淡路). 현재의 효고현 아와지시마(兵庫縣 淡路島).

29) 요리치카(賴親). 미나모토노 요리치카(源賴親)라는 무사로 생몰년은 확실치 않다. 아와지를 비롯해 여러 지방의 태수를 지냈으며 1050년에 고후쿠지절(興福寺)을 둘러싸고 승려들과의 마찰로 인해 도사(土佐) 지방으로 유배되었다.

30) 농가 등에서 마룻바닥을 사각형으로 도려 파고 난방용 겸 취사(炊事)용으로 불을 피우는 화로, 즉 이로리(囲爐裏).

보내 가져오게 할까 하는데 그리 할까요?"

　모치쓰네는 소리를 높여 자신만만한 얼굴로 소맷자락을 걷어 입가를 훔치듯 하면서 몸을 쭉 펴서 안을 들여다보며 말했다. 그러자 좌경직의 장이 당부했다.

　"마침 마땅한 것이 없었는데 그거 잘 되었군. 서둘러 가지고 오도록 하게."

　손님들도 이구동성으로 말했다.

　"먹을 만한 것이 없는 모양인데, 지금은 구월이니 이 시기에 조류 맛도 별로지. 잉어가 나오기는 아직 이르고 도미가 맛있다니 별미가 되겠군."

　모치쓰네는 말을 지키고 있는 사내아이를 불러들였다.

　"말을 문 옆에 묶어두고 곧장 달려 대신의 댁에 가서 지전의 관리에게 몰래 전하거라. 선반에 올려둔 도미 두름을 달라고. 주거든 곧장 이리로 가져오너라. 다른 데 가서 허튼짓해서는 안 되느니라. 어서 뛰어라!"

　두름을 가지러 아이를 보냈다. 그러고 나서 모치쓰네는,

　"도마를 씻어서 가져오너라."

　라며 소리를 지르고 곧바로,

　"오늘 요리 담당은 저 모치쓰네가 하겠습니다."

　하고는 생선 요리를 할 젓가락을 깎고 칼집에서 칼을 빼 준비하면서,

　"왜 이리 늦어. 어디야? 어디쯤 왔어!"

　라며 목을 빼고 기다리고 있었다.

　"늦다, 늦어!"

하고 있는데 심부름 간 아이가 두릅 둘을 나뭇가지에 묶어서 가지고 왔다.

"잘했다, 잘했어! 날듯이 뛰어갔다 왔구나."

아이에게 칭찬을 하고는 도미를 받아서 도마 위에 올려놓았다. 그리고 정말이지 야단스레 커다란 도마라도 요리하는 양 좌우의 소매를 걷어 올려 끈으로 묶고 한쪽 무릎은 세우고 다른 한쪽 무릎은 꿇은 채 실로 그럴듯한 모양새를 하고는 두릅의 새끼줄을 자르고 칼로 짚을 눌러 풀어헤치니 후드득 흘러내렸다. 그런데 땅에 떨어진 것을 보니 굽이 낮거나 뒤쪽 끈이 떨어져나간 나막신, 헌 짚신, 앞덮개가 있는 낡은 신발, 이러한 것뿐이었다. 모치쓰네는 기가 막혀서 칼이고 젓가락이고 내팽개치고 신을 신을 틈도 없이 줄행랑을 쳤다.

좌경직의 장도 손님도 어이가 없어 눈과 입이 벌어진 채 다물질 못했다. 그 앞에 있던 무사들도 어안이 벙벙한 얼굴로 서로 눈만 쳐다보며 나란히 앉아 있었는데 그 모습들이 참으로 가관이었다. 음식을 먹고 술을 마시는 흥도 깨져 버려 하나 둘씩 일어서더니 마침내 모두 사라져 버렸다. 좌경직의 장이 말했다.

"내 저 놈이 저토록 바보짓을 하는 자라고는 알고 있었지만, '나으리' 하며 곧잘 따르길래 내키지는 않았으나 내칠 일도 아니라서 내버려두었는데 이런 짓거리를 꾀하다니 이를 어쩌면 좋단 말이냐. 복 없는 나 같은 인간은 이런 사소한 일에도 이 모양이니. 사람들이 내 이야기를 듣고 얼마나 웃음거리로 삼을지."

이렇게 말하며 하늘을 쳐다보고 탄식하는 것이 이만저만이 아니었다.

모치쓰네는 말을 마구 몰아 대신의 댁으로 되돌아가서는 지전의 요시즈미에게 퍼부어댔다.

"이 도미가 아까우면 조용히 가지면 될 것을. 그리 하지 않고 왜 이런 짓을 일삼는단 말이오."

지금 당장이라도 울듯이 시끄럽게 원망소리를 쏟아냈다. 그러자 요시즈미가 말했다.

"이건 또 무슨 말씀을 하시는 게요. 두름을 그대에게 건네고 나서 잠시 거처에 가 있으려고 아랫것에게 좌경직의 장 댁에서 두름을 가지러 사람이 오면 선반에서 내려 주라고 하고 가 있었소. 방금 전에 돌아와 보니 두름이 없길래 어디에 보냈느냐고 물었더니 여차여차 심부름꾼이 왔기에 말씀하신 대로 건넸다고 합니다. 그래서 그래, 그렇구먼. 하고 있던 참입니다. 그러고 나서는 어떻게 된 일인지는 모릅니다."

"일이 그렇게 되었다면 하는 수 없소이다만, 일을 맡긴 그 사람을 불러 물어 보시오."

그래서 일을 시킨 아랫것을 불러 물어보려고 했지만 마침 나가고 없었다. 그 자리에 있던 음식을 담당하는 사내가 말했다.

"제가 방에 있다가 듣자니, 젊은이들이 '문 선반에 도미 두름이 올려 있네. 누가 놓아두었지. 무엇에 쓸려고?' 하고 물어서, 누군가가 '좌경직의 사 칸 것이오.'라고 하였습니다. 그러자 '그렇다면야 아무 문제가 없지. 우리들에게 생각이 있어.' 하며 도미를 내려서 모두 잘라 먹고는 대신에 낡은 짚신, 굽 낮은 나막신 등을 넣어서 선반에 두는 것 같았습니다."

모치쓰네는 이야기를 듣고 마구 호통을 쳐댔다. 그 소리에 사람들은 그가 안 됐다고는 하지 않고 도리어 큰 소리로 한바탕 웃음보를 터뜨렸다. 모치쓰네는 어찌 할 도리 없이 이렇게 비웃음을 사는 한은 밖으로 나가지 못하겠다는 생각이 들어 나가오카의 집에 틀어박혀 있었다. 그런 일이 있은 후 좌경직의 장 댁에도 갈 수 없게 되었다고 한다.

06.
아쓰유키가 옆집 망자를 집 대문으로 내다 (24)

   옛날, 우근위부의 장감[31]으로 시모쓰케노 아쓰유키(下野厚行)라는 사람이 있었다. 그는 경마를 썩 잘하여 왕을 비롯하여 실로 평판이 높았다. 스자쿠인[32] 대부터 무라카미 왕[33] 대에 이르기까지는 한창 일할 나이였던지라 세상 사람들로부터도 훌륭한 도네리[34]로 인정을 받았다. 나이가 들어서는 서경[35]에 살고 있었다.

   그런데 그의 옆집에 살고 있던 사람이 돌연 사망하였다. 아쓰유키는 조문하러 가서 그 사람의 자식을 만나 임종 때의 모습을 이것저것 물으며 조의를 표했다. 그러자 자식이 이렇게 말했다.

---

31) 우근위부 장감(右近衛府 將監). 우근위부의 관리인 쇼겐(將監), 즉 장감은 종6품이다. 근위부는 제1권의 주 33을 참조.
32) 스자쿠인(朱雀院). 스자쿠 왕(朱雀天皇, 재위 930~946)이다.
33) 무라카미 왕(村上天皇, 재위 946~967).
34) 도네리(舍人). 왕과 왕실에서 잔일을 시중들던 하급관리.
35) 서경(西京). 교토 도읍의 서쪽 방향.

"부모님을 장송하려고 합니다만, 대문이 나쁜 방향을 향해 있습니다. 그렇다고 이대로는 둘 수 없으니 그 문으로 나갈 수밖에 없게 되었습니다."

이 말을 듣고 아쓰유키가 말했다.

"액운의 문으로 내는 것은 당치않네. 자네들을 위해서도 기피해야할 것일세. 우리 집 사이에 있는 담을 허물고 그쪽으로 내보내도록 함세. 고인은 살아생전에는 무슨 일이든 정을 베풀어주신 사람일세. 이와 같은 때에 그 은혜에 보답하지 않으면 무엇으로 보답하겠는가."

망자의 자식들이 말했다.

"아무 상관도 없는 남의 집을 통해서 관을 내보내는 것은 아니 될일입니다. 설사 불길한 방향이더라도 우리 집에서 내보내야지요."

이렇게 말을 했지만 아쓰유키는,

"쓸데없는 소릴랑 하지 말게나. 우리 집 대문으로 내보내도록 함세."

하고 돌아갔다.

집으로 온 그는 자식에게 말했다.

"옆집 어르신이 돌아가셔서 마음이 안 됐어. 조문하러 갔더니 그집 자식들이 걱정을 하더구나. 장송하려는데 문 하나 있는 것이 기문(忌門)이라서. 그래도 그쪽으로 나갈 수밖에 없다고 하는데 가엽더구나. 그래 옆집 사이에 있는 담을 허물어 우리 집 대문으로 나가라고 했다."

아쓰유키의 말에 처자들이 입을 모아 말했다.

"아버지는 무슨 말씀을 하십니까. 설령 음식을 입에 대지 않고 수행하는 훌륭한 스님일지라도 누가 그렇게 하는지요. 아무리 자신의 몸을 먼저 돌아보지 않는다고 하지만, 제 집 문으로 옆집의 죽은 사람을 내보내는 사람이 어디 있을까요. 정말로 당치도 않은 말씀입니다.”

“말도 안 되는 소리들은 하지도 말거라. 그냥 내가 하는 대로 두고 보도록 해라. 부정 탄다고 호들갑을 떨며 고집 피우는 사람은 오래 살지 못하고 일도 잘 되지 않기 마련이야. 그러한 것에 신경 쓰지 않는 사람이 오래도 살고 자손도 번창하는 법이란다. 무턱대고 기피하며 걱정하는 것은 옳은 사람이라 할 수 없지. 은혜를 알고 자신의 몸 따윈 잊는 것이 제대로 된 사람인 게야. 하늘도 그러한 사람에게는 은혜를 베풀어 주시지. 그러니까 쓸데없는 일에 걱정을 마라.”

그리고는 종들을 불러 노송 담장을 탕탕 부수고 관을 나가게 했다.

그런데 이 일이 세상에 알려지자 웃전 사람들도 놀라면서도 칭찬을 아끼지 않았다. 그 후 아쓰유키는 아흔까지 살다 죽었다. 그 자식들도 모두 장수하였고 시모쓰케 씨의 자손들 중에는 도네리를 역임한 자가 많았다고 한다.

07.
코가 긴 승려 (25)

옛날, 이케노오[36]에 젠친(善珍) 내공[37]이라는 승려가 살고 있었다. 진언(眞言)의 비법을 잘 익혀 오랫동안 가지(加持)를 행하다 보니 영험이 있어서 세상 사람들이 여러 기도를 부탁해온 덕에 들어오는 수입이 많아 법당이고 승방이고 어느 한 곳 헐은 데가 없었다. 불전에 바치는 음식이나 등명(燈明)을 밝히는 일도 끊이지 않고 그때그때의 승려들 음식도 좋고 강연법회도 빈번하여 승방에는 빈 곳 없이 승려들로 가득 차 떠들썩했다. 절 목간에서는 물을 끊이지 않는 날 없이 모두 왁자지껄 목욕들을 했다. 또 절 주변에는 자그마한 집들도 생겨나 촌락을 이루며 번화하였다.

그런데 이 내공은 코가 길었다. 코가 대여섯 치나 되어서 아래턱보

---

36) 이케노오(池の尾). 현재의 교토부 우지시(宇治市) 시내.
37) 내공(內供). 궁중에 출사했던 승직(僧職). 전국에서 선발된 승려 10명으로 구성된다.

다 내려와 보였다. 코의 빛깔은 붉은 자색으로 커다란 귤껍질 같이 오돌토돌 부어 있었다. 그래서 더없이 가려웠다. 넓적한 주전자에 물을 끓이게 하고 코가 들어갈 정도로 소반에 구멍을 내어 김이 얼굴에 닿지 않도록 해서 구멍으로 코를 주전자에 집어넣은 후 빼내면 코 색깔은 짙은 자색을 띠었다. 그리고는 코를 옆으로 누이어 그 아래에 뭔가를 깔아 사람에게 밟게 하면 오돌토돌한 구멍마다 연기와 같은 것이 나왔다. 코를 더욱 세게 밟으면 하얀 벌레[38]가 구멍마다 삐져나왔는데 그것을 털 뽑는 집게로 뽑아내면 네 푼(分) 길이의 하얀 벌레가 구멍에서 나왔다. 그러면 구멍만이 남았다. 그 상태로 또 뜨거운 물에 넣어서 소르르 끓여 데치면 코는 작게 오므라들어 일반 사람의 코와 같이 되었다. 하지만 이틀 사흘 지나면 또다시 예전과 같이 커져버렸다.

이러한 상황이어서 부어 있는 날이 많았기 때문에 음식을 먹을 때에는 제자 승려를 맞은편에 앉게 해서 길이는 한 척, 폭은 한 치 되는 평평한 나무판을 코 밑으로 넣어서 위로 들어 올리게 하여 다 먹을 때까지 그대로 있게 했다. 다른 사람에게 그 일을 시키면 마구 함부로 들어 올리는 통에 내공은 화를 내고 먹지도 않았다. 그리하여 이 제자 승려에게만 먹을 때마다 들어 올리게 했다. 그런데 이 승려가 몸이 좋지 않아 나오지 못하는 날에 아침 죽을 먹을라치면 코를 들어 올리는 사람이 없어서 '어떻게 하지.' 하고 있었다. 그때에 절에서 부리던 아이가 말했다.

"저라면 잘 해 낼 수 있을 것 같습니다. 결코 그 스님보다 못하지는 않을 것입니다."

---

38) 엉긴 지방을 말한다.

이 말을 들은 제자 승려가 이렇게 전했다.

"그 아이가 이런 말을 했습니다."

이 아이는 나이가 있는 데다 인물도 나쁘지 않은 터라 안쪽의 방으로 불러들였다. 아이가 코를 들어 올리는 나무를 잡고 맞은편에 반듯하게 앉아 높지도 않고 낮지도 않게 좋은 상태로 들어 올려 죽을 먹게 하자, 내공이 말했다.

"아주 잘 하는구나. 늘 해주는 스님보다 나아!"

그런데 내공이 죽을 훌쩍거리고 있을 때 마침 아이가 재채기를 하려고 옆으로 얼굴을 돌려 '에취!' 하는 바람에 손이 흔들리면서 코를 들어 올린 나무까지도 흔들려 그만 코가 죽 속으로 쑤욱 빠져 버렸다. 내공의 얼굴에고 아이의 얼굴에고 죽이 튀어서 온통 죽투성이었다. 내공은 화가 치밀어 머리와 얼굴에 묻은 죽을 종이로 닦으면서 호통을 쳤다.

"네 이 죽일 놈! 생각 없는 비렁뱅이라더니 네 놈을 두고 하는 말이구나. 나 말고 귀한 분의 코를 들어 올리러 가서 이 짓은 못할 테지. 괘씸하구나. 형편없는 바보 녀석 같으니. 냉큼 나가거라!"

이렇게 아이를 쫓아내자, 아이는 그 자리에 우뚝 선 채로 내뱉었다.

"세상에 그런 코를 가진 분이 계시다면 그야 들어 올리러 가지요. 스님은 무슨 말 같지도 않은 말씀을 다 하십니까."

이 말이 떨어지기가 무섭게 다른 제자들은 보이지 않는 곳으로 숨어들어 킥킥거렸다.

08.
세메가 구로도 소장에 들러붙은 악령을
물리치다 (26)

　옛날, 세메[39]가 근위부[40] 관아로 향하고 있었을 때, 당상관이 위풍당당하게 벽제를 하며 잡인들의 통행을 금지시키고 입궐하는 모습을 보았다. 구로도 소장[41]이라는 아직 젊고 눈부실 정도로 용모가 수려한 사람이 수레에서 내려 대궐로 향하고 있는 중이었다. 마침 그때 소장의 위로 까마귀가 날아가면서 똥을 뿌렸는데 그 광경을 보고 세메는 '저런, 세상의 평판도 좋고 젊은데다 인물도 수려한 분이건만 저주를 받고 있지 않은가. 저 까마귀는 틀림없이 식신(式神)[42]일게야.'라고 생

---

39) 세메(晴明). 아베노 세메(安倍晴明, 921~1005)를 가리킨다. 헤이안 시대 굴지의 음양사(陰陽師)로 음양도의 경전이라 할 만한 〈호키나이덴(簠簋內伝)〉의 저자로 추정된다. 음양사는 천문, 점술, 역학 등을 맡아 보던 관청 음양료(陰陽寮)의 관직이다.
40) 근위부(近衛府). 제1권의 주 33을 참조.
41) 구로도 소장(藏人少將). 구로도 관직을 겸임하고 있는 소장을 말한다. 소장(少將)은 근위부에 소속되고 중장(中將) 아래에 해당하는 벼슬. 품계는 정5품.
42) 식신(式神). 음양도(陰陽道)에서 음양사의 명에 따라 조화를 부린다는 신령.

각했다. 이렇게 세메를 만난 것도 이 소장이 살 수 있는 전생의 과보가 있었던 모양으로 세메는 이를 가엾게 여기고 소장의 곁으로 다가가 말했다.

"전하를 알현하러 가나이까. 황공한 말씀이오나 어이 입궐하시는지 요? 제가 보기에는 나으리는 오늘밤을 넘기기 힘들 것으로 보입니다. 그러한 숙명이기에 저를 만나게 되었나 봅니다. 자, 저를 따라 오시지 요. 어떻게든 주술을 해 보도록 하겠습니다."

세메가 소장의 수레에 올라타자, 소장은 부들부들 떨었다.

"무섭군요. 제발 구해주시오."

소장도 함께 타고 소장의 집으로 향했다. 마침 신시(申時) 즈음이었 기 때문에 그렇게 두 사람이 돌아오는 사이에 날도 저물었다. 세메는 소장을 꽉 껴안아 기도 자세를 취하여 무언가 중얼중얼하며 밤새 한 숨도 붙이지 않고 끊임없이 소리를 내어 가지기도(加持祈禱)를 외웠 다.

가을의 긴긴 밤 동안에 정성들여 기도를 하고 있으니 새벽녘이 되 어 문을 똑똑 두드리는 소리가 났다.

"무슨 일인지 사람을 내보내 이야기를 들어보게 하시지요."

그래서 사람을 내보내 들어보니 이야기는 이러했다. 소장의 동서인 오품(品) 구로도가 같은 처가댁에서 따로따로 살고 있었는데, 처가댁 에서는 소장은 좋은 사위라며 귀하게 여기고 구로도는 심하게 멸시를 하여 구로도가 시기하여 음양사를 시켜 식신을 보내 저주하였던 것이 다. 그 때문에 소장이 이제 곧 죽으려는 참에 세메가 발견하여 밤새도 록 기도해 음양사를 제압하였기에 그 음양사 쪽에서 사람이 와 소리 높여 말했다.

"마음이 혼미한 채, 이렇다 할 이유 없이 몸을 지키려는 사람의 명을 거역할 수 없어 저주하여 식신을 보냈지만, 식신이 되돌아와 내가 도리어 표적이 되어 죽게 되었습니다. 해서는 안 될 일을 했으니……"

세메가 소장을 향해 말했다.

"자, 들어 보시지요. 지난밤 제가 소장을 뵙지 못했다면 저렇게 되었을 것입니다."

그리고는 심부름꾼에 사람을 딸려 보내 들어보니 이러한 대답이 돌아왔다.

"음양사는 이미 죽어 있었습니다."

식신으로 소장을 죽이려고 했던 동서는 장인이 당장 내쫓았다고 한다. 소장은 세메에게 감사의 눈물을 흘리며 많은 사례를 하면서 은혜를 다 갚지 못할 정도라며 기뻐했다. 이 소장이 누구인지는 알 수 없으나 다이나곤까지 지냈다고 한다.

09.
스에미치가 화를 면하다 (27)

옛날, 스루가[43]의 전 태수인 다치바나노 스에미치[44]라는 사람이 있었다. 그 사람은 젊었을 적에 어엿한 신분을 가진 집안에서 시중드는 여인과 정을 통하고 있었다. 그때 그 집의 무사들이 들락거리는 그를 지켜보다가 이 집안사람도 아니고 이제 막 육품(6品)이 된 하잘 것 없는 것이 밤이고 낮이고 여기에 출입하여 눈에 거슬리니 녀석을 잡아 가두어 본때를 보여주자며 모여 서로 의논을 했다.

스에미치는 그런 줄도 모르고 평소에 하던 일이라 시동(侍童) 하나를 데리고 여인의 거처에 들어갔다. 그리고 "내일 아침에 데리러 오너라."라며 시동을 돌려보냈다. 스에미치를 혼내주려는 사내들은 상황을 엿보며 기다리고 있다가 녀석이 와서 방으로 들어갔다는 말을 전

---

43) 스루가(駿河). 현재의 시즈오카현(靜岡縣) 중앙부와 동부 일대.
44) 다치바나노 스에미치(橘季通, 965~?). 무쓰 지방(陸奧國) 태수를 역임하였으며 종4품이었다.

해 듣고, 여기저기에 있는 출입문을 잠그고 열쇠는 수중에 쥐고, 무사
들은 몽둥이를 끌며 토담으로 걸어가 허물어진 곳에서 지키고 서 있
었다. 이 낌새를 눈치 챈 여인의 몸종이 여인에게 알렸다.

"이런 상황인데 어찌 된 일일까요?"

몸종이 고하는 말을 듣고 여인도 놀라서 스에미치와 함께 누워 있
다가 일어나자 스에미치도 벗어놓은 옷을 걸쳤다. 여인이 안채로 들
어가 사정을 알아보니, "무사들이 서로 미리 짜고 하는 일이라서 주인
나으리도 모르는 척 내버려 두는 모양인지라……"라고 하여 어쩔 도
리가 없어 거처로 돌아와 울었다.

스에미치는 '이거 곤란하게 되었군, 우사를 당하겠는걸.' 하고 생각
을 했지만 어찌 할 방도가 없었다. 몸종을 불러 빠져나갈 틈은 없는지
보러 가게 했더니 돌아와서는 이런 대답을 했다.

"빠져나갈 만한 곳에는 죄다 네댓 명씩 서 있습니다. 모두 아랫도리
를 걷어 올려 허리춤에 넣고는 칼도 차고 몽둥이도 옆구리에 끼고 서
있어서 나갈 수가 없습니다."

이 스루가 전 태수는 힘이 무척 강했다. 그는 이렇게 생각했다. '어
찌 한담. 아침이 밝아도 이 방에 꼼짝 않고 이대로 있다가 끌어내려고
들어오면 맞붙어 싸워서 죽는 게 나으려나. 하지만 날이 밝아 서로 누
구라는 것을 알게 되면 그렇게 하기도 어려울 테고. 가신들을 불러오
게 해서 어떻게든 나가는 게 좋겠어.' 그는 또다시 생각했다. '새벽녘
에 시동이 나를 데리러 와서는 아무것도 모르는 채 문을 두드리다 내
게 온 아이임을 알고 붙잡혀 결박당하는 것은 아닐는지…….'

스에미치는 걱정이 되어 몸종을 내보내 아이가 왔는지 상황을 살펴
보도록 했지만, 몸종은 무사들에게 호되게 한 소리를 들었다고 울며 돌

아와서 웅크리고 있었다.

그러고 있는데 동이 틀 즈음 시동이 어떻게 들어왔는지 밖에서 소리가 났다.

"웬놈이냐, 너는?"

시동이 들어온 것을 눈치 챈 무사가 엄하게 캐물었기 때문에, 스에미치는 시동이 있는 그대로 대답하는 것은 아닌지 전전긍긍하였다.

"독경하시는 스님을 따르는 아이입니다."

아이의 대답을 듣고 무사가 말했다.

"빨리 들어가!"

'용케도 대답을 살 했구나. 이제 다가와서 몸종의 이름을 부르겠지'라며 그것이 또 걱정되었지만, 아이는 다가오지 않고 그냥 지나갔다. '녀석 눈치를 챘군, 영리한 놈이니. 돌아가는 상황을 안 이상 뭔가를 꾀할 테지.' 스에미치는 시동의 마음을 알고 기대를 걸고 있었는데 마침 그때 큰 길 쪽에서 여자의 목소리로 "날강도야, 사람 살려!"라며 외치는 소리가 났다.

대문에 서 있던 무사들이 소리쳤다.

"저 놈부터 잡아라. 여기는 문제없어."

문이 잠겨있어 열 수 없으므로 허물어진 담 쪽으로 달려 나갔다.

"어디로 갔지?"

"이쪽인가?"

"저쪽인가?"

밖에서 시끌벅적하는 소리를 들으며, 이 아이가 꾸민 일이라고 생각하고 서둘러 빠져나오려는데 문이 잠겨 있었다. 무사들은 문이 잠겨 있다고 문 쪽은 신경 쓰지 않고 담이 허물어진 곳에만 몇몇이 남아

이러쿵저러쿵 이야기들을 하고 있었다. 그래서 스에미치는 문 쪽으로 재빠르게 다가가 자물쇠를 비틀어 뽑아 문을 열고는 냅다 달려 나와 허물어진 담쪽을 지나려는데 마침 쫓아온 시동과 만났다.

시동을 데리고 세 정(町) 정도 도망쳐 와서는 평소와 같이 유유히 걸으면서 물었다.

"도대체 어떻게 된 것이냐?"

"문이 여느 때와 다르게 잠겨 있더라고요. 게다가 무사들이 허물어진 담을 막아 서 있고, 내가 오자 삼엄하게 물었어요. 그래서 독경하는 스님을 따라온 아이라고 했더니 들여보내 주더군요. 그러고 나서 다시 나가서 어떻게 할까 생각하다가 제가 온 것을 나으리께 알려야겠다는 마음에 되돌아와서 소리를 냈어요. 그런 후 다시 밖으로 나갔는데 마침 옆집 여자아이가 쪼그리고 앉아 있어서 그 머리채를 낚아채 엎어두고 옷을 벗겼더니 그가 소리를 질렀어요. 그 고함소리를 듣고 사람들이 모여들기에 이제 나으리는 빠져나왔겠다 싶어 달려 나와 허물어진 담 쪽으로 오니 마주친 거예요."

어린 시동이라 하더라도 영특한 아이는 이렇게 일을 해내는 법이다.

10.
하카마다레가 야스마사를 만나다 (28)

옛날, 하카마다레[45]라는 대단한 도적 두목이 있었다. 시월 무렵이 되자 옷이 필요한 때라서 도적질 할 만한 곳들을 물색하고 있는 중에, 한밤중에 인적이 끊어져 고요할 즈음 희미한 달빛아래 옷을 많이 껴 입은 사내가 걸어가고 있었다. 사내는 아랫도리 사시누키[46]의 옷자락 을 걸어 올려 허리춤에 끼운 채 비단 가리기누[47]와 같은 것을 걸치고 달랑 혼자서 저(笛)를 불며 걸어가는 것 같지 않게 조용히 가고 있었 다. '이 자야말로 나에게 옷을 주려고 나온 사람이로구나' 하는 생각에 그에게 달려들어 옷을 벗기고자 하였다. 그런데 이상하게 왠지 무서 운 생각이 들어 그냥 두세 정(町) 정도 따라가 보았는데, 사내는 누군

---

45) 하카마다레(袴垂, ?~988). 헤이안 시대의 도적으로 후지와라노 야스스케(藤原保 輔)라는 인물로 추정되고 있다. 야스스케는 교토의 민생치안을 담당한 우경직(右 京職, 정5품) 벼슬을 역임한 관인이었다.
46) 사시누키(指貫). 제1권의 주 58을 참조.
47) 가리기누(狩衣). 제1권의 주 59를 참조.

가가 따라오고 있다고 느끼는 기색도 없어 보였다. 저를 부는 데만 더욱 정신을 팔며 걸어가기에 어디 한번 해 볼까 생각하고 발소리를 크게 내며 바짝 따라붙었다. 그러자 사내가 저를 불면서 뒤돌아 쳐다보았는데, 그 모습에는 당황하는 기색이 전혀 없어서 하카마다레가 도리어 뒷걸음질을 쳤다.

이렇듯 여러 차례나 이렇게 저렇게 해 보았지만 조금도 동요하는 기색이 없었다. 참으로 기이한 사람이라고 생각하면서 여남은 정을 따라갔다. 그렇다고 이대로 물러날 수는 없다고 보고 칼을 뽑아 달려들자 그제서야 사내는 불던 저를 멈추고 되돌아섰다.

"웬놈이냐?"

이 소리와 함께 하카마다레는 얼빠진 사람처럼 저도 모르게 땅에 무릎을 찧고 주저앉아 버렸다.

"뭐하는 놈이지?"

다시 묻기에 이제 도망쳐도 필시 그냥 놔주지 않을 것 같아 대답했다.

"날강도요."

"이름은?"

"보통 사람들이 하카마다레라고 부르고 있습니다."

"그러한 놈이 있다고 듣기는 했다. 위험천만한 몹쓸 놈."

그러고는,

"따라 오너라!"

이 말만 하고는 다시 조금 전과 같이 저를 불며 걸어갔다.

이 사람의 기세에 눌려 이제 도망치려고 해도 순순히 놓아주지 않을 터, 마치 귀신에게 홀린 듯 따라 가는 중에 어느 집에 다다랐다. 누

구의 집인가 하고 보니 셋쓰[48]의 전 태수 야스마사[49]라는 사람의 집이
었다. 사내는 도적 두목을 집안에 불러들여 두꺼운 솜옷 한 벌을 주며
말했다.

"옷이 필요하면 언제든지 여기에 와서 말을 하거라. 잘 알지도 못하
는 사람에게 덤벼들어서 화를 당하지 말고, 이놈아!"

나중에 붙잡힌 하카마다레는 이 말을 듣고 굉장히 무섭고 두려웠지
만 대단히 위엄을 가진 사람이었다고 했다 한다.

---

48) 셋쓰(攝津). 현재의 오사카부(大阪府) 서북부와 효고현(兵庫縣) 동남부 일대.
49) 야스마사(保昌). 후지와라노 야스마사(藤原保昌, 958~1036)로, 무용(武勇)에 뛰
    어나 당대 섭정한 최고 권력자인 후지와라노 미치나가(藤原道長)의 청을 받아 셋
    쓰 등 여러 지방의 태수를 역임하였다. 동생도 유명한 도적이었다.

11.
아키히라가 화를 당할 뻔하다 (29)

옛날, 문장박사로 대학료[50]의 장(長)이었던 아키히라[51]라는 사람이 있었다. 그는 젊을 때에 어느 신분이 높은 저택에서 시중드는 여인과 만나고 있었지만 여인의 거처에 자유롭게 드나들지 못하여 그 옆에 사는 미천한 사람의 집을 빌려 "이 집에서 여인과 만나게 해 주시오." 라고 부탁을 했다. 때마침 그 집에 남자 주인은 없었고 아내만이 있었는데 그렇게 하라며 하나밖에 없는 자신이 자는 방을 비워주어 여인이 쓰는 돗자리를 가지고 오게 해서 둘은 함께 잤다. 그런데 집주인 남자가 자신의 처와 내통하는 사내가 있다는 소리를 듣고, 더구나 "그 사내가 오늘밤 만나러 온다 하오."라며 누군가가 일러주기에, 사내가

---

50) 대학료(大學寮). 관리 양성을 위한 최고 교육기관. 식부성(式部省, 국가의 의식이나 인사를 맡았던 관청)에 소속되어 있었다.

51) 아키히라(明衡). 후지와라노 아키히라(藤原明衡, 989~1066)로 헤이안 시대의 유학자. 다재 박식하고 종4품 우경직(右京職) 대부(大夫) 벼슬을 역임. 이 대부(大夫)는 우경직의 장(長)을 지칭한다. 우경직에 관해서는 제2권의 주 21을 참조.

오면 죽어 버리겠다고 생각하고 아내에게 말했다.

"내 볼 일이 있어 멀리 가니 한 네댓새는 돌아오지 못하네."

집주인은 이와 같이 말해두고 나가는 모양새를 보이고는 그날 밤 상황을 엿보고 있었다.

밤이 이슥해져 집주인 남자가 엿들으니 남녀가 소곤소곤 주고받는 소리가 들렸다. '역시 그랬군. 숨겨둔 남자가 와 있어.' 하고 몰래 들어가 방안을 들여다보니 자기가 늘 자던 자리에 사내가 여자와 누워 있었다. 어두워서 모습은 확실히 보이지 않았다. 집주인이 코고는 쪽으로 천천히 들어가 칼날을 밑으로 해서 배인 듯한 곳을 더듬어 팔을 번쩍 들어 올려 푹 꽂으려고 했다. 그때 달빛이 판자벽 사이로 스며들어와 아랫도리 사시누키를 맸던 끈이 길게 풀어져 있는 것이 얼핏 보였다. 집주인이 문득 생각했다. '집사람한테 이런 사시누키를 입을 만한 사람이 올 리가 없을 텐데, 만일 상대를 잘못 보고 해치면 불쌍하지.' 그리고는 내민 손을 접고 옷을 더듬어보는데 옆에 누워 자는 여인이 흠칫 놀라며 말했다.

"옆에 누가 있어요."

숨죽여 말하는 소리가 자신의 아내 목소리가 아니었다. 역시나 하고 뒤로 물러나는데 함께 누워있던 사내도 놀라서 소리를 냈다.

"거기 누구요?"

그 소리를 듣고 부엌 쪽에서 자고 있던 아내가, 우리 양반의 행위가 아무래도 수상하다 싶더니 사람을 잘못 보고 몰래 들어온 게 아닌가 하고 놀라 소리를 쳤다.

"그 누구요! 도둑이 들어왔나?"

큰소리로 떠드는 것이 분명 자기 아내의 목소리였다. 그래서 다른

사람이 와서 자고 있구나 하는 생각이 미쳐 방에서 달려 나와 아내한
테로 가서 아내의 머리채를 잡아 엎어놓고 추궁했다.

"이게 어찌 된 일이야."

부인은 역시 그랬구나 생각하고 소리를 질렀다.

"도대체 무슨 짓을 하고 있어요. 저 분은 신분이 높은 분인데 오늘밤
만 방을 빌리고 싶다 하여 빌려드리고, 나는 여기서 자고 있던 중이에
요. 당신이라는 사람은 참말로 못 말릴 사내로군요."

이 소동에 아키히라도 놀랐다.

"대체 무슨 일인가?"

그제야 집주인도 앞으로 나와서 말했다.

"소인은 가이 나으리[52]의 종놈으로 아무개라는 사람입니다. 일가친
척 분이 계신지도 모르고 위험천만하게 잘못 해치려 했습니다. 마침
달빛에 사시누키의 끈이 보이기에 이래저래 생각해 보고 내밀었던 팔
을 거두었던 것입니다."

이렇게 말하며 몹시 황송해했다.

가이 나으리라는 사람은 이 아키히라의 여동생 남편이었다. 생각지
도 않게 사시누키의 끈 덕분에 겨우 목숨을 부지할 수가 있었다. 이런
일이 있고 보면 은밀히 사람을 만난다 하여 미천한 곳을 찾아들어서
는 안 되는 법이다.

---

52) 가이 나으리(甲斐殿). 후지와라노 기미나리(藤原公業, ?~1028)로, 중궁 등에 관
   련된 일을 하였으며 아키히토 여동생의 남편이었다. 가이(현재의 야마나시현山梨
   縣)의 태수를 역임한 시기는 1023~1025년간이다.

12.
중국에서 솔도파에 피가 묻다 (30)

옛날, 중국에 큰 산이 있었다. 산 정상에는 큼직한 솔도파가 하나 서 있었다. 그 산 기슭 마을에 살고 있는 나이 여든 되는 노파가 날마다 솔도파를 보러 산봉우리에 올랐다. 높이 우뚝 솟은 산이기 때문에 산기슭에서 봉우리로 오르려면 산은 험하고 경사지며 길도 멀었지만, 노파는 비가 오나 눈이 오나 바람이 불며 천둥치고 얼어붙어도, 또 아무리 찌는 여름철이라도 하루도 거르지 않고 올라서 솔도파를 확인했다.

노파가 이러한 일을 하고 있는 것은 아무도 몰랐다. 젊은 청년들과 아이들이 더운 여름철에 봉우리에 올라 솔도파 곁에서 몸을 식히고 있노라면, 노파가 땀을 닦으며 꼬부라진 허리에 지팡이를 의지하여 솔도파 앞으로 와서 솔도파를 빙 돌았다. 참배하러 온 건가 생각하고 보고 있자면 솔도파를 돌고는 바로 돌아가는 것이 한두 번이 아니었다. 여러 번이나 솔도파에서 더위를 식히는 사람들에게 목격되었다. 이 노파가 무슨 생각으로 이렇게 고생하며 올라 이런 일을 하고 있는 것인지 이상하게 여기고 오늘 오면 그 이유를 물어 봐야겠다고 서로 이야기를 했다. 마침 그때에 여느 때와 같이 노파가 기어올라 왔다. 남자들이 노파에게 물어보았다.

"할머니는 무엇 때문에 이렇게 올라오세요. 우리들은 더위를 식히려고 오는 데도 덥고 괴롭고 힘든 길을 말이에요. 시원한 곳을 찾으러 올라오는 것이라면 몰라도, 그렇다고 바람 쐬는 것도 아니고요. 이렇다 할 목적 없이 솔도파만 돌아보는데 매일 오르락내리락 하시다니 여자의 몸으로 할 일은 아닌 듯해요. 무슨 연유인지 말씀해 주시겠어요."

그러자 노파가 대답했다.

"젊은 당신들에게는 이상하게 느껴질 일일테지만 내가 이같이 올라와 이 솔도파를 참배하는 것은 비단 요즘 시작한 일은 아닐세. 철이 들고부터 일흔 해나 더 되는 지금까지 매일같이 이렇게 솔도파를 보러 올라오는 것이라네."

"바로 그것이 이해가 가지 않아요. 그 이유를 말해 주세요."

"우리 부모님들은 백 스무 해로 세상을 떠나셨네. 조부님은 백 서른에 돌아가셨고. 그리고 조부님의 아버지와 그 조부님들 또한 이백 해 남짓까지 살아 계셨고. 아버지 말씀에는 그 분들의 말씀이라며 이 솔도파에 피가 묻게 되면 그때 이 산은 무너지고 주변은 깊은 바다가 될 것이라고 했네. 나는 산기슭에 사는 몸인지라 산이 무너지면 파묻혀 죽을 수도 있으니 만약 피가 묻으면 도망가려고 이렇게 매일같이 보러 오는 것이라네."

이 말을 들은 남자들은 노파가 바보 같아 보여 조롱을 하였다.

"그것, 무섭네요. 무너질 때에는 알려 주십시오."

노파는 자신을 비웃는 말인지도 눈치 채지 못하고 대답했다.

"말하고말고. 어찌 나 혼자 살겠다고 가만히 있겠는가."

이 말을 남기고 돌아가려고 산을 내려갔다.

남자들이 말했다.

"저 노인은 이제 오늘은 올라오지 않을 거고. 내일 다시 와서 볼 텐데, 우리가 놀라게 해주자. 놀라서 여기저기 뛰어다니도록 놀려주자."

이렇게 서로 말을 맞추고 피를 내서 솔도파에 칠해두고 하산하였다. 그리고 마을로 돌아와서는 사람들에게,

"이 산기슭에 사는 노파가 매일 봉우리에 올라 솔도파를 보고 있기에 무엇 때문에 그리 하느냐고 물어보니 여차여차하다고 하였어요. 그래 내일 피 묻은 것을 보고 놀라 사람들에게 쫓아다니며 알리게 골려주자고 우리들이 짜고 솔도파에 피를 마구 칠해 두고 왔어요. 내일 필경 산이 무너질 것입니다."

하고 킥킥대며 말을 퍼뜨렸다. 마을사람들도 노파의 말을 전해 듣고 바보 같은 일도 다 있다며 서로 화젯거리로 삼아 웃어댔다.

드디어 이튿날, 노파가 산에 올라 보니 솔도파에 피가 흠뻑 묻어 있었다. 노파는 그것을 보자마자 갑자기 얼굴에 혈색이 사라지더니 구르듯 산을 뛰어내려와 소리를 쳤다.

"마을 여러분! 어서 피하십시오. 그래야 살 수 있어요. 이 산은 곧 무너져 큰 바다가 될 겁니다."

마을을 죄다 돌아다니면서 소리를 친 후에 자신의 집으로 돌아와 자식과 손자들에게 가재도구를 짊어지거나 들게 하고 또 자신도 들고 허둥지둥 다른 마을로 옮겨갔다. 이 모습을 보고 피를 묻힌 남자들은 손뼉을 치면서 웃어댔는데, 바로 그때 어디서라고도 할 것 없이 우르

르 하는 요란한 소리가 크게 들려왔다. 바람이 밀려오는 건가 천둥이 치는 건가 의아해하는데 하늘이 온통 시커멓게 변하여 굉장히 무섭더니 저 산이 흔들리기 시작했다.

"이게 무슨 일인고. 어찌 된 게지."

모두 소란을 피우고 있는 사이에 산이 우르르 그대로 무너져 내렸다.

"저 노파의 말이 사실이었어!"

사람들이 도망을 치는 가운데 무사히 빠져나간 사람도 있는가 하면 부모의 행방도 모르고 아이도 잃고 가재도구도 다 잃은 사람들이 신음하며 울부짖었다. 이 노파 혼자만은 자손들을 이끌고 미리 피해 집 물건 하나 잃지 않고 안정될 수 있었다. 이리하여 이 산은 완전히 무너져 깊은 바다가 되었고, 노파의 말을 흘려듣고 조롱하며 놀려대던 사람들은 모두 죽고 말았다. 참으로 놀랄만한 일이었다.

13.
나리무라가 막대한 힘을 지닌 학사를 만나다 (31)

　옛날, 나리무라[53]라는 씨름꾼이 있었다. 여느 때와 같이 각 지방의 씨름꾼이 교토에 모여 씨름시합[54]을 기다리고 있을 때의 일이었다. 스자쿠몬문[55]에 모여 더위를 식히면서 주변을 유유히 걸어 대학료[56]의 동문을 지나 남쪽으로 향하려고 하였다. 그런데 마침 그때 대학료에서 많은 학사(學士)들이 동문에 나와 시원한 바람을 쐬고 있다가 이 씨름꾼들이 지나는 것을 보고는 못 지나가게 할 생각으로 "소리를 죽여라. 너무 시끄러워." 하며 가로막고 서서 보내주지 않았다. 그렇다고

---

53) 나리무라(成村). 마카미노 나리무라(眞髮成村)이며 생몰년은 확실치 않다. 헤이안 시대의 씨름꾼. 히타치(常陸, 현재의 이바라기현(茨城縣)) 출신으로 알려진다.

54) 매해 7월 하순에 궁궐에서 열리는 연중행사로 왕이 관람한다. 시합이 있기 전 2,3월에 사람을 전국에 파견하여 씨름꾼을 끌어 모아 상경하여 한 달 전부터 근위부에서 연습을 하였다. 근위부의 좌ㆍ우 각각 부서에 소속된 씨름꾼들이 있었다.

55) 스자쿠몬문(朱雀門). 대궐의 남쪽 중앙에 있는 정문.

56) 대학료(大學寮). 제2권의 주 50을 참조.

신분이 높은 집안의 자제들이라 헤치며 지나갈 수도 없어 서 있으니, 학사들 중에서 키가 자그마한 사람이 쓰고 있는 관모나 상의가 다른 사람에 비해 월등히 나았는데 유달리 나서서 강하게 제지하려고 하였다. 나리무라는 그 자를 눈여겨 두고 "자, 자, 그만 돌아가세!" 하고 원래 있던 스자쿠몬문으로 돌아왔다.

돌아와서 나리무라가 말했다.

"아까 대학료의 학사들이 얄미워 죽겠군. 무슨 마음을 먹고 우리들을 막아섰는지 모르겠네. 무시하고 통과하려 했지만, 어쨌든 오늘은 지나가지 못했으니 내일은 통과해야겠어. 키가 자그마한 것이 유달리 나서서 조용히 하라고 고함을 지르며 못 가게 막다니 얄미운 놈 같으니. 내일 지나갈 때도 필시 오늘과 같이 하겠지. 어이 아무개! 그 남자의 엉덩이를 피가 날 정도로 세게 걷어차 줘."

그 말을 들은 씨름꾼은 옆구리를 쓸어내리며 말했다.

"내가 차면 살아남지 못할 터. 온 힘을 다해서 밀고 나가지."

엉덩이를 차라는 지시를 받은 이 씨름꾼은 힘이 강하기로는 견줄 이가 없을 만큼 세다고 평판이 나 있고 달리는 것도 민첩하였기 때문에, 나리무라도 그것을 아는 터라 말을 했던 것이다. 그날은 그 정도로 하고 각각 집으로 돌아갔다.

다음날이 되어, 어제 오지 않았던 씨름꾼도 많이 불러 모아 뒤지지 않을 인원으로 동문을 통과하려고 꾀하였다. 대학료의 학사들도 그것을 짐작했을 터라 어제보다 많은 사람들이 나와 시끄럽게 "조용히 해라!"라고 옥박질렀지만 씨름꾼들은 무리를 지어 지나가려고 하였다. 어제 유달리 못 가게 막아선 학사가 예상했던 대로 큰길 한가운데에 턱 버티고 서서 보내주지 않을 기세였다. 나리무라가 어제 엉덩이를 걷어차라고 했던 씨름꾼에게 눈짓을 했다. 이 씨름꾼은 남보다 키가 월등히 큰데다 젊어 혈기가 왕성한 남자로 아랫도리를 걷어 올려 허리춤에 끼운 채 성큼 다가갔다. 그 뒤를 따라 다른 씨름꾼도 강인하게 밀며 지나가려고 하자, 학사들도 못 가도록 막아섰다. 학사의 무리 속으로 엉덩이를 차기로 한 씨름꾼이 달려들어 작은 남자를 차 넘어뜨리려고 발을 높이 들었다. 그 순간 놓치지 않고 작은 남자가 등을 굽히며 몸을 비켰다. 그 바람에 씨름꾼은 헛발질을 하고 높이 올린 발로 인해 뒤로 넘어질 듯 엉거주춤하였는데 그 발을 작은 학사가 잡았다. 그리고는 씨름꾼을 마치 가느다란 막대기라도 든 양 잡고 다른 씨름꾼 쪽으로 달려들었다. 그러자 씨름꾼은 달아났고 학사는 그를 쫓아가 손에 잡은 씨름꾼을 냅다 던졌다. 던져진 씨름꾼은 두 세 단(段)[57]이나 나가떨어져 꼬꾸라졌는데 몸이 부서져 일어날 수가 없게 되었다. 학사들은 그것에 개의치 않고 나리무라 쪽으로 달려들었고, 나리무라도 그와 동시에 쏜살같이 도망을 쳤다. 학사들이 정신없이 뒤쫓아와 스자쿠몬문 쪽으로 달려 옆문으로 피했지만 곧바로 따라붙어 왔기 때문에 잡히겠다 싶어 식부성(式部省)의 담을 뛰어넘었다. 바짝 추궁해온 학사들이 뛰어넘는 나리무라를 잡으려고 손을 뻗쳤는데 넘는 것이 빨라 다른 것은 잡지 못하고 채 다 넘어가지 못한 한쪽 발의 뒤꿈치를 신발과 함께 잡았다. 그리고 잡은 것을 칼로 잘라버렸는데, 발의 피부가 신발에 붙은 채 잘린 모양새로 신발 뒤꿈치에 살갗이 붙어있었다.

　나리무라가 담을 넘어가서 발을 보니 피가 흘러 멈추지 않았다. 신발 뒤꿈치는 잘려나가고 없었다. 자신을 쫓아온 학사는 무시무시할 정도의 힘을 지닌 사람인 듯하였다. 엉덩이를 걷어찬 씨름꾼을 막대기를 든 것처럼 잡아 던져버렸으니. 세상이 넓어 저런 사람도 다 보다니 무서운 일이구나 하는 생각을 하였다. 던져진 씨름꾼은 다 죽어가서 들것에 넣어 짊어지고 갔다.

나리무라는 같은 편인 씨름대회 심판관에게 말했다.

"여차여차한 일이 있었습니다. 대학료의 그 사람은 굉장히 씨름을 잘 할 것 같습니다. 저 나리무라도 말입니다, 맞붙기 싫을 정도입니다."

심판관은 상소문을 올렸다.

"가령 식부성의 조(丞)[58]이더라도 이쪽 길에 뛰어난 사람은 불러들인 일도 있는 줄 아옵니다. 그러니 대학료의 사람인들 무슨 탈이 있겠사옵니까."

그리고는 그 사람을 열심히 찾아보았지만, 결국 누구인지도 모른 채 끝나버렸다.

---

58) 조(丞). 식부성의 관리. 다이조(大丞, 정6품)와 소조(少丞, 종6품)가 있다.

14.
감나무에 부처가 현신하다 (32)

옛날, 엔기 왕[59] 때 고조텐진[60] 주변에 열매가 열리지 않는 큰 감나
무가 있었다.[61] 그 나무 위에 부처가 왕림하여 교토 사람들이 죄다 참
배를 하였다. 말도 수레도 세울 빈틈도 없이 사람들이 빼곡히 밀려들
어 시끌벅적하게 절들을 했다.

이런 일이 있고 대엿새 지나 우대신이 생각을 해보니 도무지 납득
이 가지 않았다. 진짜 부처가 이 말세 시대에 나타날 리가 없고. 어디
한번 가서 시험해 봐야겠다고 생각하고 옷을 말끔히 갖춰 입고 빈랑
나무 잎으로 덮개를 씌운 수레[62]를 타고 많은 벽제꾼을 앞세워 갔다.

---

59) 엔기(延喜) 왕. 다이고 왕(醍醐天皇, 재위 897~930)을 이른다. 엔기는 다이고 왕
   재위기간의 연호.
60) 고조텐진(五條天神). 현재의 교토시 시모교구(下京區)에 있는 신사 고조텐진샤
   (五條天神社).
61) 열매가 달리지 않는 나무에는 신이 깃든다고 여겼다.
62) 4품 이상의 귀족이나 고승, 상급 여관들이 탔다.

그리고 모여 있었던 사람들을 물리고 수레에서 소를 분리하여 끌채를 받침대에 놓고 나뭇가지를 지긋이 응시하였다. 눈도 깜박이지 않고 옆도 돌아보지 않은 채 한 두 시간 그렇게 지켜보고 있었다. 그러자 이 부처는 한참 동안은 꽃도 뿌리고 빛도 발하고 있었으나 오래도록 계속 감시당하는 것에 지쳐서 그만 땅에 뚝 떨어졌는데, 떨어진 데서는 부러진 커다란 날개를 가진 말똥가리가 푸드득 푸드득대고 있었다. 그것을 아이들이 모여들어 때려 죽였다. 우대신은 '그럼, 그렇지!' 하고 돌아갔다.

당시의 사람들은 이 대신을 매우 현명한 사람이라고 호평을 아끼지 않았다.

제3권

01.
도적 다이타로 (33)

옛날, 다이타로(大太郎)라는 대단한 도적 우두머리가 있었다. 그는 교토에 올라가 물건을 훔칠만한 곳이 있으면 들어가 훔쳐야겠다는 생각을 하며 상황을 살피면서 걷고 있었다. 그런데 집 주위도 황폐한데다 한쪽으로 쓰러진 문짝을 옆으로 기대어 세워놓은 것이 아무래도 경계가 허술해 보이는 곳이 있었다. 남자라고는 하나 보이지도 않고 여자들뿐이었다. 풀을 먹여 말린 빳빳한 옷감이 여기저기 흩어져 있는데다 팔장견(八丈絹)[1] 비단을 파는 상인들을 많이 불러들여서는 비단을 잔뜩 꺼내놓고 이것저것 골라가며 물건을 사고 있었다. '이거, 물건이 많이 있을 듯해 보이는 걸' 하며 멈춰 서서 안을 들여다보는데 때마침 바람이 불어와 남쪽 발을 걷어 올렸다. 발 안쪽에 무엇이 있는지

---

1) 하치조기누(八丈絹)라 하여 한 필이 8장(丈) 되는 비단을 말하며 미노(현재의 기후현)나 오하리(현재의 아이치현)에서 나는 특산물이었다.

는 모르겠지만, 가죽고리짝이 산더미 같이 수북이 쌓여 있는 앞으로 뚜껑이 열려서 비단으로 보이는 것이 어지러이 흩어져 있었다. '이렇게 기쁠 수가. 하늘이 나에게 은혜를 베풀어 주시는구나.' 하는 생각이 들어 달려 나와 다른 사람에게 팔장견 비단 한 필을 빌려다가 파는 척하며 다가가 보니 안이고 밖이고 남자라고는 한 사람도 없었다. 모두가 여자들뿐인데 자세히 보니 가죽고리짝이 많이 있었다. 내용물은 보이지 않지만 뚜껑이 높이 들려 있고 비단 같은 것도 의외로 많은데다 옷감이 여기저기 흩어져 있는 것이 아무래도 물건이 가득한 곳으로 보였다. 값을 비싸게 불러 비단을 팔지 않고 있다가 가지고 돌아와 아까 빌린 비단주인에게 되돌려주고는 놀아다니며 도적들에게 이런 곳이 있다고 알렸다.

그런데 그날 밤, 낮에 왔던 그 집 문으로 들어가려 하자 뜨거운 물을 얼굴에 뒤집어쓰는 듯한 느낌이 들어 도저히 들어갈 수가 없었다. 이게 어찌된 일이지 하며 다함께 들어가려고 해도 으스스한 기분이 들어, 뭔가 이유가 있을 테니 오늘밤은 들어가지 말자고 하며 철수했다.

다음날 아침, 간밤에는 어찌된 일인지 영문을 몰라 동료들을 데리고 팔 물건을 들고 다시 가서 보니 조금도 꺼림칙한 데가 없었다. 여자들이 많은 물건을 다함께 꺼내기도 했다가 넣기도 하고 있어서 '이거라면 아무것도 아닌데' 하며 몇 번이고 꼼꼼히 살펴본 후 다시 해가 저물고 나서 단단히 준비해 들어가려고 하자 역시 무서운 느낌이 들어 들어갈 수가 없었다.

"자네가 먼저 들어가게, 들어가."

이 말만 서로 주고받다가 이날 밤도 역시 결국 들어가지 못하고 말았다.

또 그 이튿날 아침에도 마찬가지로 상황을 살펴보니 별반 다를 바가 없었다. 그저 스스로가 겁쟁이라서 무섭게 느껴지는 것이려니 하고 또다시 그날 밤 잘 준비해서 그 집으로 가 문 앞에 서 보니 어제보다도 더 무서운 생각이 들었다. 도대체 이게 어찌된 일인가 하며 되돌아온 후 모두가 말했다.

"제일 먼저 이번 일을 하자고 말을 꺼낸 사람이 먼저 들어가는 것이 좋겠어. 그러니 당연히 먼저 다이타로가 들어가야지."

"그 말도 일리가 있군."

다이타로는 목숨을 버릴 각오로 들어갔다. 그의 뒤를 이어 다른 사람들도 들어갔다. 들어가기는 했으나 역시 왠지 으스스하여 슬그머니 다가가보니 보잘 것 없는 집안에 불이 밝혀져 있었다. 안채 가장자리에 쳐져 있는 발을 내리고 발 밖으로 불을 밝히고 있었다. 정말로 가죽고리짝이 많았다. 그 발 안쪽이 무섭게 생각되는데다 안쪽에서 화살을 다듬는 소리가 들리고 그 화살이 날아와 몸에 박히는 듯한 기분이 들어 형언할 수 없이 겁이 났다. 그래서 돌아 나오려고 해도 뒤에서 무언가가 잡아당기는 것 같아 모두들 간신히 밖으로 나올 수 있었다. 땀을 닦으면서 모두들 이렇게 말하며 돌아갔다.

"이게 대체 어찌된 노릇이지? 정말 겁나게 무서운 걸. 그 화살 다듬는 소리하며."

그 다음날 아침, 그 집 옆에 사는, 다이타로가 전부터 아는 사람 집에 갔더니 다이타로를 알아보고는 무척 환대하며 말했다.

"언제 상경했는가? 만나고 싶던 차였거늘."

"방금 막 상경한 참이라네. 곧장 이곳으로 온 것일세."

"한 잔 하지."

그는 술을 데워 검고 큰 토기 술잔에 술을 따라 다이타로에게 주고
이어 자신도 마시더니 다시 다이타로에게 건넸다. 다이타로가 받아들
자 술을 넘칠 듯이 가득 술잔에 따라주었다. 다이타로가 물었다.

"이 북쪽 이웃에는 누가 사시는가?"

그러자 그는 놀란 표정으로 대답했다.

"아직 모르는가? 오오야노스케 다케노부[2]가 최근에 상경해 계신다
네."

그렇다면 그 집에 들어가기라도 했더라면 한 사람도 남김없이 모조
리 사살되었겠구나 하는 생각이 들자, 정신이 아득해지고 두려워 받
은 술을 집 주인에게 다짜고짜 확 끼얹고 달아나듯 허겁지겁 나왔다.
술자리에 있던 물건들은 모두 뒤엎어졌다. 집주인이 놀라 물었다.

"대체 이게 무슨 일인가? 왜 그러는가?"

그러나 뒤도 돌아보지 않고 도망가 버렸다.

다이타로가 붙잡혀서 무사의 집이 무서운 이유를 말한 이야기이다.

---

2) 구체적으로 누구인지 불분명하나 왕이나 궁궐, 도읍의 치안을 담당한 위부(衛府,
제5권의 주 39를 참조)의 차관으로 임명된 적이 있는 무사로, 활을 잘 쏘는 사람으
로 추정된다.

02.
도다이나곤 다다이에와 밀회중인 여자가
방귀를 뀌다 (34)

옛날에 도다이나곤(藤大納言) 다다이에(忠家)[3]라는 사람이 아직 당상관이었던 시절, 자태가 아름답고 색을 밝히는 여인과 정을 나누는 사이에 밤이 깊어졌다. 달이 대낮 같이 밝아 정취에 취해 발을 들어 올리고 문지방 위에 올라가 여인의 어깨에 손을 올리며 끌어안았더니 여인이 머리카락을 흩날리며 "아이 부끄러워요." 하고는 몸을 비꼬며 달아나려다가 그만 큰 소리를 내며 방귀를 뀌고 말았다. 여인은 아무 말도 못하고 털썩 주저앉아 버렸다.

도다이나곤은 '정말이지 한심한 꼴을 다 당하는구면. 이 세상에 오래 살아 무엇 하리오, 출가하자!'며 발 가장자리를 살짝 들어 올려서 살금살금 기어 나왔다. 이번만큼은 반드시 출가해야겠다는 다짐을 하

---

3) 도다이나곤(藤大納言) 다다이에(忠家). 후지와라노 다다이에(藤原忠家, 1033~ 1091)이며 할아버지는 섭정으로 권력을 손아귀에 쥐었던 후리와라노 미치나가(藤原道長)이다. 품계는 정2품이었다.

고 열대여섯 자 정도 걸어 나오다가 생각하기를, 하지만 이 여인이 실수를 했다고 해서 내가 출가해야만 하는 것은 아니지 않은가 하는 생각에 마음을 고쳐먹고 재빨리 그곳을 뛰쳐나와 버렸다.

이 여인이 그 후 어떻게 되었는지는 아무도 모른다고 한다.

03.
고시키부노나이시가 사다요리 경의 불경 외는
소리에 감탄하다 (35)

이것도 지금은 옛이야기가 되었다. 고시키부노나이시[4]와 오래도록 정을 나눠온 주나곤(中納言) 사다요리[5]라는 사람이 있었다. 그런데 이 고시키부노나이시는 또한 당시의 관백[6]과도 정을 통하고 있었다. 어느 날 관백이 고시키부노나이시의 방에 드러누워 있었는데 그 사실을 모르고 주나곤이 찾아와 방문을 두드렸다. 그러자 몸종이 여차 여차한 상황이라고 설명을 했는지 주나곤은 발길을 되돌렸다. 그런데

---

4) 고시키부노나이시(小式部內侍, ?~1025). 헤이안 시대의 여류가인으로 이치조 왕(一條天皇, 재위 986~1011)의 중궁인 쇼시(彰子)의 시중을 들었다. 어머니는 역시 여류가인인 이즈미시키부(和泉式部)이다.

5) 사다요리. 후지와라노 사다요리(藤原定賴, 995~1045)를 지칭한다. 그는 헤이안 시대의 고관이자 가인으로 음악에 뛰어나고, 능서(能書)로 유명하였다. 품계는 정2품 곤주나곤(權中納言).

6) 후지와라노 노리미치(藤原敎通, 996~1075)를 말한다. 후지와라노 미치나가(藤原道長)의 아들로 형 요리미치(賴通)로부터 관백을 이어받고, 후에 태정대신이 되었다.

좀 걸어 나가다가 갑자기 소리를 높여 불경을 외기 시작했다. 두 번째 소리까지는 고시키부노나이시가 약간 귀를 기울여 듣는 정도라 누워 있던 관백도 이상하게 여기지 않았다. 그런데 그 사이 목소리가 좀 멀어지는 듯하기는 했으나 그렇다고 아주 멀리 가지도 않고 네댓 소리까지 계속 외었을 즈음에는 '아아' 하며 여인이 뒤쪽을 향해 돌아누워 버렸다.

방에 누워 있던 이 사람이 그렇게 참기 어렵고 창피한 일은 없었노라고 후일에 말했다고 한다.

04.
수행승이 기도로 배를 돌아오게 하다 (36)

이것도 지금은 옛이야기가 되었다. 에치젠 지방 가부라기[7] 나루터라는 곳에서 사람들이 바다를 건너려고 모여 있는 가운데 게토보라는 수행승이 있었다.

구마노,[8] 미타케[9]는 말할 것도 없고 시라야마,[10] 호키의 다이센,[11] 이즈모의 와니부치[12] 등지에서 두루 수행하여 남은 성지가 하나도 없었다.

---

7) 가부라기(甲樂城). 에치젠 지방(越前國), 곧 현재의 후쿠이현(福井縣)의 동북부.

8) 구마노(熊野). 와카야마현(和歌山縣) 구마노에 있는 산. 혼구(本宮), 하야타마(速玉), 나치(那智)의 세 신사가 있다. 예로부터 승려들이 수행하는 영지였다. 이하 열거되는 산들도 수행영지로 알려져 있다.

9) 미타케(三岳). 나라현(奈良縣) 요시노군에 있는 긴푸센산(金峰山)을 말한다.

10) 시라야마(白山). 이시카와현(石川縣)과 도치기현(栃木縣)에 걸쳐있는 산. 해발 2702미터. 후지산 및 다테야마산(立山)과 더불어 일본 3대 영산이다.

11) 호키(伯耆)의 다이센(大山). 돗토리현(鳥取縣)에 있는 산. 해발 1729미터. 정상에는 제3대 천태종 좌주인 지카쿠 대사(慈覺大師, 794~864)가 건립한 다이센지절(大山寺)이 있다.

12) 이즈모(出雲)의 와니부치(鰐淵). 시마네현(島根縣)에 있는 천태종 가쿠엔지절(鰐

그런 그가 이 가부라기 나루터에서 바다를 건너려는데 그때 마침 마찬가지로 바다를 건너려는 사람이 구름같이 많이 모여 있었다. 나룻배 사공은 한 사람 한 사람으로부터 뱃삯을 받고 건네주었다. 이 게토보가 자신을 건너게 해달라는 말에 나룻배 사공은 그의 청을 들어주지 않고 노를 저어 가기 시작했다. 그때 게토보가 사공에게 왜 이렇게 무정한 짓을 하느냐고 말했지만 사공은 조금도 들으려 하지 않고 노를 저었다. 게토보는 이를 악물고 염주를 계속 돌렸다. 나룻배 사공이 뒤돌아보며 바보 같은 짓을 다 한다는 표정으로 서너 정(町)[13] 노를 저어 앞으로 나아갔다. 그것을 바라보던 게토보는 모래 속에 정강이를 절반쯤 들여놓고, 충혈된 눈으로 노려보며 염주가 부서질 정도로 세차게 돌리면서 외쳤다.

"다시 돌아오게 하라, 다시 돌아오게 하라!"

그런데도 여전히 배는 앞으로 나아갔다. 그러자 케토보는 가사(袈裟)와 염주를 함께 들고 물가 근처로 걸어가 외치며 가사를 바다에 던져 넣으려고 했다.

"호법동자시여, 저 배를 다시 돌아오게 하소서. 다시 돌아오지 않으면 저는 이것으로 불법과는 연을 끊겠습니다."

모여 있던 사람들은 그의 모습을 보고 어안이 벙벙해 멍하니 서 있었다.

이렇게 말하고 있는 사이에 바람도 불지 않는데 떠나간 배가 이쪽으로 다가왔다. 되돌아오는 배를 보고 게토보가 염주를 흔들며 말했

淵寺)이다.
13) 거리의 단위로 1정(약 110미터)은 60간(間)이다.

다.

"가까이 온다. 가까이 온다. 호법동자시여, 빨리 몰고 오소서. 빨리 몰고 오소서."

보고 있던 사람들은 한층 더 파랗게 질렸다.

이러는 사이에 배는 한 정 남짓한 거리까지 접근해 왔다.

"자, 이번에는 배를 뒤집으소서. 배를 뒤집으소서!"

게토보가 외쳤다. 이 소리를 듣고 모여서 보고 있던 사람들은 입을 모아 말했다.

"그것은 잔혹한 말씀이십니다. 무서운 죄도 됩니다. 그 정도만 하십시오."

그러나 게토보가 약간 표정을 바꾸어 "뒤집으소서!"라고 외치자 이 나룻배에 타고 있던 스무여 명이 첨벙 첨벙 바다로 내던져졌다. 게토보는 땀을 닦으며 말했다.

"아, 어처구니없는 멍청한 놈들. 나의 법력이 어느 정도인지 알겠지."

그는 그렇게 말하고 사라졌다.

사람들은 말법의 시대라고는 하지만 불법은 여전히 영험하다는 이야기들을 했다고 한다.

05.
도바 승정이 구니토시와 장난치다 (37)

　이것도 지금은 옛이야기가 되었다. 대승정으로 호린인 가쿠유[14]라는 사람이 있었다. 그 조카이자 무쓰[15]의 국사였던 구니토시(國俊)[16]라는 사람이 승정이 있는 곳에 가서 구니토시가 만나 뵈러 왔노라고 전하게 하자, 금방 갈 테니 거기서 잠시 기다리라고 하여 기다리고 있었다. 그런데 네 시간을 기다려도 나오지 않았다. 그래서 화가 난 구니토시는 돌아가야겠다고 생각하고 함께 데리고 온 종을 불러 신을 가져오라고 명했다. 가지고 온 신을 신고 돌아가려고 했더니 이 종이 말

---

14) 호린인(法輪院) 가쿠유(覺猷). 가쿠유(1053~1140)는 헤이안 시대 천태종의 승려. 1132년에 승정, 1134년에 대승정에 올랐다. 현재의 시가현(滋賀縣)에 있는 온조지절(園城寺), 곧 미이데라절(三井寺)에 있는 호린인에 거처하여 이렇게 불렀다. 〈우지다이나곤 이야기〉의 저자인 미나모토노 다카쿠니(源隆國. 이 책의 서문을 참조)의 아들이었다.
15) 무쓰(陸奧). 지금의 아오모리현(青森縣)과 이와테현(岩手縣) 북부 지역.
16) 구니토시(國俊, ?~1099). 헤이안 시대에 활약한 귀족으로 종5품 미카와 지방(三河國, 현재의 아이치현(愛知縣) 동부) 태수를 지냈다.

했다.

"승정께서 무쓰 국사 나으리께 말씀을 올리니 어서 타라고 하셨다며 수레를 끌고 오라고 하시더니 바로 쪽문으로 가자고 하시길래 무슨 사정이 있으시려니 했습니다. 소치는 아이가 승정을 태우자, 승정께서는 두 시간 정도면 돌아올 테니 금방 돌아온다고 나으리께 말씀 드리라고 하시고는 훨씬 전에 이미 수레를 타고 나가셨습니다. 그럭저럭 두 시간 지났습니다."

"대체 너란 놈은 왜 이렇게 멍청한 거냐! 이러저러한 이유로 승정께서 수레를 좀 빌리시겠다고 하신다는 말을 나에게 미리 말하고 나서 빌려 드려야지. 얼빠진 놈 같으니라고."

그러자 종이 말했다.

"승정께서는 남도 아니십니다. 게다가 바로 신을 신으시면서 그렇게 부탁해 두었다고 하셔서 어떻게 할 도리가 없었습니다."

구니토시는 원래 있던 방으로 돌아와 대체 어찌된 일인지 이리저리 생각해 보았다. 이 승정은 언제나 습관적으로 욕조에 짚을 잘게 잘라 가득 넣고 그 위에 멍석을 깔고 외출했다가 돌아오자마자 곧장 욕실로 가서 옷을 다 벗고 "에사이, 가사이, 도리후스마"[17]라고 하며 재빨리 욕조에 발랑 눕는 방식으로 목욕을 하였다. 구니토시가 욕조에 다가가 멍석을 걷어 올려 보니 정말로 짚을 잘게 잘라 넣어 놓았다. 그래서 욕실 입구에 드리워져 있는 발을 풀어 짚을 모두 건져 단단히 싸고 그 욕조 바닥에 물통을 놓은 후 그 위에 바둑판을 뒤집어 놓고 멍석을 뒤집어씌웠다. 그리고 아무렇지도 않은 얼굴을 하고 발에 싼 짚을 대

---

17) 주문소리, 또는 맞춤소리인 듯하나 그 뜻은 명확하지 않다.

문 옆에 숨겨두고 기다리고 있자, 네 시간 남짓 지나 승정이 쪽문으로 들어오는 소리가 났다. 구니토시는 그와 엇갈리게 대문으로 나와 타고 온 수레를 불러들여 수레 뒤쪽에 감추어두었던 짚 꾸러미를 싣고 황급히 집으로 달려 수레에서 내리자마자 소치는 아이에게 건네주며 말했다.

"소도 여기저기 달리느라 힘들었을 테니 이 짚을 먹이거라."

한편 승정은 늘 언제나처럼 하던 대로 옷을 벗자마자 욕실로 들어가 "에사이, 가사이, 도리후스마"라고 하며 무작정 욕조로 뛰어들어 벌러덩 드러누웠다가 높이 튀어 나온 바둑판 다리에 엉덩이뼈를 호되게 찧고 말았다. 여하튼 나이가 나이인지라 다 죽은 듯이 봄을 뒤로 섖힌 상태로 쓰러져 있었는데, 욕조에 들어간 후 아무 기척이 없어 가까이서 시중을 드는 승려가 달려가 보니 눈을 치켜뜨고 졸도해 있었다. 대체 이게 어찌된 일이냐고 말을 걸어도 대답이 없었다. 가까이 다가가서 얼굴에 물을 뿌리기도 하고 하자 한참 뒤에 겨우 고통스럽게 숨을 쉬며 뜻 모를 소리를 입안에서 중얼거렸다.

이것은 좀 장난이 지나친 것이 아닌가.

06.
화공 료슈가 집이 타는 것을 보고 희열하다 (38)

이것도 지금은 옛이야기가 되었다. 불화가(佛畵家)로 일하던 료슈[18]라는 화공이 있었다. 옆집에서 불이 났는데 바람이 마구 불어 불길이 가까이로 닥쳐와 집에서 뛰쳐나와 큰 길로 나왔다. 다른 사람에게 주문받은 불화(佛畵)도 두고 나왔다. 또 옷도 입지 않은 처자식들도 모두 집에 있었다. 그것도 상관하지 않고 오로지 본인만 도망쳐 나올 수 있게 된 것을 다행으로 여기며 길 맞은편에 서 있었다.

바라다보니 이미 자기 집으로 불이 옮겨 붙어 연기가 피어오르고 불꽃을 내기 시작했다. 줄곧 길 맞은편에 서서 그 광경을 쳐다보고 있었다. 사람들이 어이없어 하며 와서 걱정들을 하였지만, 전혀 허둥대

---

18) 료슈(良秀, 생몰년 미상). 헤이안 시대의 불화가. 다이고지절(醍醐寺)의 〈밀교도상집(密敎圖像集)〉에 〈부동명왕도상(不動明王圖像)〉 전사본(轉寫本)이 전해진다. 이 설화는 아쿠타가와 류노스케(芥川龍之介, 1892~1927)의 작품 〈지옥변(地獄変)〉의 소재가 된 것으로도 유명하다.

지 않았다. 어찌된 일이냐고 물어도 개의치 않고 서서 자신의 집이 타는 것을 보고는 고개를 끄덕이며 때때로 빙그레 웃었다.

"아, 이거 아주 뜻밖의 횡재인 걸. 지금까지 완전히 잘못 그리고 있었는데."

걱정을 해 모인 사람들이 말했다.

"아니 대체 이건 또 어찌된 일인가. 저렇게 서 있기만 하다니 기가 막히는 일이군. 귀신에라도 홀린 건가"

그러자 비웃으며 말했다.

"왜 그런 것에 홀리겠는가? 지금까지 부동존(不動尊)의 화염을 잘못 표현하고 있었던 것이구먼. 지금 보니 어떻게 타는지를 알겠는걸. 이것이야말로 내가 뜻하지 않은 행운일세. 불화를 그리는 화공의 길을 닦으며 세상을 살아가는데, 부처님만 잘 그릴 수 있다면야 집 같은 것은 얼마든지 세울 수가 있지. 자네들은 그런 재능을 가지고 있지 않기 때문에 물건을 아까워하는 것이라네."

그 후에 그린 작품이었겠지만 료슈의 '몸을 비트는 부동명왕'은 여태껏 사람들의 칭송을 받고 있다.

07.
호랑이가 악어를 잡다 (39)

　이것도 지금은 옛이야기가 되었다. 쓰쿠시[19] 사람이 행상을 하러 신라로 건너갔다가 장사를 마치고 돌아오는 길에 해안가의 산기슭을 따라 나아가다 배에 물을 퍼 넣으려고 물이 흘러나오고 있는 곳에 배를 정박하고 물을 퍼 올리고 있었다.

　그 때 배에 타고 있던 사람이 뱃전에 엎드려 바다를 보니 산 그림자가 비치고 있었다. 삼사십 길 남짓 될 만한 높은 산비탈 언덕 위에 호랑이가 몸을 움츠리고 뭔가를 노리고 있었다. 그 그림자가 물에 비쳤다. 그것을 보고 사람들에게 알려, 물을 퍼 올리고 있던 이들을 급히 불러 태우고는 다함께 노를 저어 서둘러 배를 출발시켰다.

　그 때 호랑이가 뛰어들어 배에 타려고 하였지만, 배는 이미 재빨리 출발해 있었다. 호랑이가 내려오기까지는 거리가 있어서 달려들지 못

---

19) 쓰쿠시(筑紫). 규슈(九州)의 후쿠오카현(福岡縣) 일부.

하고 한 길 정도 남겨둔 곳에서 바다로 첨벙 빠졌다.

배를 저어 서둘러 달아나면서 이 호랑이를 눈여겨보았더니 잠시 후 호랑이가 바다에서 나왔다. 헤엄쳐 육지로 올라가 물가에 있는 평평한 돌 위에 오른 것을 보자 왼쪽 앞다리 무릎을 물어 뜯기어 피가 떨어지고 있었다. 악어한테 물어뜯긴 모양이라고 생각하며 보고 있는데, 그 물어뜯긴 곳을 물에 담그고 자세를 낮추어 태세를 갖추고 있어 '어쩌려고 저러나' 하고 보고 있으니 가까운 바다 쪽에서 악어가 호랑이를 노리고 다가왔다. 그 순간 호랑이가 오른쪽 앞다리로 악어 머리에 발톱을 세우고 육지를 향해서 냅다 던져 올리자, 물가로 한 길 정도 날아가 떨어졌다.

악어는 하늘을 보고 벌렁 누워 발버둥치고 있었다. 호랑이가 덤벼들어 악어의 아래턱 밑을 물고 늘어져 두세 번 휘둘러 악어를 지쳐 떨어지게 하고 나서 그것을 어깨에 걸치고, 손바닥을 바로 세운 것 같이 대여섯 길이나 되는 절벽을 세 개의 다리로 내리막길을 달리듯이 올라갔다. 배 안에 있던 사람들은 그 위세를 보고 거의 죽은 듯이 어안이 벙벙했다.

'저 호랑이가 배에 달려들었다면 아무리 예리한 검이나 칼을 빼서 대항해도, 이 정도로 힘이 세고 재빨라서야 어떻게 막을 수가 있었겠는가.'

이런 생각이 들자 완전히 얼이 빠져 얼떨떨한 상태로 배를 저어 쓰쿠시로 돌아왔다고 한다.

08.
초부의 노래 (40)

옛날에 산지기에게 도끼를 빼앗긴 나무꾼이 마음이 괴롭고 한심하다는 생각을 하며 손으로 턱을 괴고 있었다. 이를 본 산지기가 말했다.
"어디 멋진 노래라도 한 수 읊어 보거라. 도끼를 돌려줄 테니."

대수롭지 않아도 없어지면 불편하거늘
쓸 만한 도끼를 빼앗겨 나 어이 하리

이렇게 읊었더니 산지기는 답가를 지어주겠다며 고심했으나 결국 답가를 짓지 못했다. 그 덕에 산지기가 도끼를 되돌려 주었기 때문에 나무꾼은 다행이라고 생각했다.
그러기에 평소에 항상 잊지 않도록 주의하여 노래를 잘 읊을 수 있도록 해야 하는 법이다.

09.
하쿠 어머니 (41)

옛날에 다케 대부[20]라는 사람이 히타치[21]에서 상경하여 소송할 때, 맞은편에 사는 에치젠의 태수[22] 집에서는 자주 경전 강설이 열렸다. 이 에치젠의 태수는 진기하쿠 야스스케오의 어머니[23]라는 유명한 여류가인의 아버지였다. 아내는 이세노타이후(伊勢大輔)[24]인데 딸이 많

---

20) 다케 대부(多氣大夫). 히타치(常陸) 다이라(平) 씨의 조상인 다이라노 고레모토 (平維幹)를 말한다. 종5품 대부였다.

21) 히타치(常陸). 현재의 이바라키현(茨城縣).

22) 에치젠의 태수(越前守). 다카시나노 나리노부(高階成順, ?~1040)를 말한다. 나리 노부는 1025년 지쿠젠(筑前, 후쿠오카현 서부)의 태수를 역임하고 품계는 정5품. 에치젠의 태수라고 한 것은 오류이다.

23) 진기하쿠(神祇伯) 야스스케오(康資王)의 어머니. 헤이안 시대의 여류 가인. 진기 하쿠(神祇伯)는 여러 지방의 신사와 제사를 관장하던 기관인 신기관(神祇官)의 장이었다. 그 장을 역임한 야스스케오(康資王, ?~1090)를 낳아 하쿠(伯)의 어머 니라고 불렸다. 이후에 등장하는 이세노타이후(伊勢大輔)가 어머니이다.

24) 이세노타이후(伊勢大輔, 989?~1060?). 다카시나노 나리노부와 결혼하여 뛰어난 가인을 낳았다. 이치조 왕(一條天皇, 재위 986~1011)의 중궁 쇼시(彰子)의 시중 을 들었다.

았던 모양이다.

다케 대부는 하도 심심해서 경을 들으러 갔다가, 바람에 발이 젖혀
졌을 때 주홍색 기모노를 입고 있는 아리따운 여인을 얼핏 보았다. 그
후 이 여인을 아내로 삼고 싶어 애를 태웠다. 그래서 그 집의 어린 여
종을 구슬려 캐물었더니 주홍색 옷을 입고 있는 사람은 큰 아씨라고
하였다. 다케 대부가 그 아씨를 훔치게 해달라고 하자 어림도 없는 소
리 말라고 하였다. 그래서 그 유모를 가르쳐달라고 하자 유모는 알려
줄 수 있다며 안내해 주었다. 그리하여 그는 유모를 잘 구슬려내어 돈
백 냥을 주며 큰 아씨를 훔치게 해달라고 조르자, 그렇게 될 운명이었
던지 결국 훔치게 해 주었다.

다케 대부는 그대로 유모도 데리고 히타치로 서둘러 내려가 버렸
다. 나중에 그 집 사람들이 울며불며 원망을 해보았지만 어쩔 도리가
없었다. 얼마 후 유모가 편지를 보내왔다. 억장이 무너지듯 괴로웠지
만 하는 수 없는 일이므로 때때로 편지를 주고받으며 세월이 흘러갔
다.

하쿠(伯) 어머니는 히타치로 이렇게 써 보냈다.

> 교토의 꽃내음 동쪽 길목에 가득한가요
> 동풍 되돌이 바람에 실려 보냈는데

언니가 보내온 답가.

> 동풍 되돌이 바람은 뼛속까지 스며들어라
> 교토의 꽃내음 풍기는 길잡이인지라

오랜 세월이 흘러 하쿠 어머니가 히타치 태수의 아내가 되어 내려갔을 때, 그 언니는 세상을 떠나고 없었다. 언니에게는 딸이 둘 있었는데 이렇게 하향했다는 소식을 듣고 찾아왔다. 시골사람 같아 보이지도 않았을 뿐만 아니라 매우 단아하고 고상한 것이 아름다웠다. 두 사람은 태수 부인인 하쿠 어머니를 보고 죽은 어머니와 많이 닮았다며 슬피 울었다. 하지만 네 해의 임기 동안에 이모가 태수 부인이라는 것을 명예로 여기지도 않는 모양으로 무언가를 부탁하러 오는 일도 없었다.

임기가 끝나고 상경할 즈음, 히타치 태수가 "참 정 없는 딸들이로다. 이제 이렇게 상경하게 되었노라고 말해 주구려."라고 하여, 하쿠 어머니가 상경하게 된 사정을 전하자 "알겠습니다. 찾아뵙겠습니다." 하더니 그 다음 다음날 상경하기로 한 날이 되어서야 찾아왔다.

두 딸은 각자 열 마리씩 말을 가지고 왔는데, 한 마리만 해도 보물로 삼을 정도인데 하나같이 뭐라 표현할 수 없을 만큼 훌륭한 명마였다. 또한 피롱을 짊어진 말을 백 마리씩 앞세워 역시 두 사람이 가져왔다. 이 정도의 선물을 하고도 별반 생색을 내는 기색도 없이 대수롭지 않은 듯 전달하고 돌아갔다.

히타치 태수가 말했다.

"지금까지 히타치에서 네 해 동안 들어온 수입은 이 전별품에 비하면 아무것도 아니군. 그 피롱속의 물품들을 사용하면 부처님께 공덕을 베푸는 일이든 뭐든 할 수 있을 것 같구나. 진정 부유한 사람들의 통 큰 마음 씀씀이란 이런 것이란 말인가!"

이 이세노타이후의 자손들 중에는 매우 출세한 사람이 계속해서 배출되었는데, 큰 딸이 이렇게 시골 사람이 된 것은 참으로 불쌍하고 안쓰러운 일이었다.

10.
하쿠 어머니의 불사(佛事) (42)

옛날에 하쿠 어머니가 불상의 개안공양을 했다. 요엔 승정[25]을 초대하여 여러 가지 물건을 시주했는데 그 중에 질이 좋은 엷은 보라색 안피지에 싼 것이 있었다. 열어 보니 놀랍게도 다음과 같은 글과 함께 나가라교(長柄橋)[26] 다리의 나뭇조각이 들어있었다.

> 썩어버린 나가라교의 다리기둥
> 불법을 위해서라면 드리리라

다음날 이른 아침에 와카사[27]의 아사리(阿闍梨)인 류겐[28]이라는 사

---

25) 요엔 승정(永緣僧正, 1048~1125). 헤이안 시대의 승려로 1061년에 출가하고 1124년에 나라현에 있는 고후쿠지절(興福寺)의 별당이 되었다.
26) 나가라교(長柄橋). 요도가와강(淀川)의 지류인 나가라가와강(長柄川)에 812년에 건설된 다리. 썩어 낡아빠진 것의 비유로 사용되는 곳이다.
27) 와카사(若狹). 후쿠이현(福井縣) 남서쪽 지역.

람이 왔는데 이 사람은 가인(歌人)이기도 하였다. 승정은 '아이쿠, 이 사람 그 이야기를 들은 게로군.' 하고 생각했다.

류겐이 품속에서 이름 적힌 명찰을 꺼내 내밀며[29] 말했다.

"이 다리의 목편을 갖고 싶습니다."

"이렇게 귀한 것을 어떻게 드릴 수 있겠습니까."

승정의 말에 류겐은,

"아무래도 저에게 양보하실 수는 없으신 모양이군요. 지당하십니다. 그러나 유감입니다."

라는 말을 던지고 돌아갔다.

가도(歌道)를 향해 집착하는 노습에 탄복케 하는 이야기이다.

---

28) 류겐(隆源, 생몰년 미상). 와카사 태수인 후지와라노 무네미치(藤原通宗, ?~ 1084)의 아들로 알려진다. 가인이자 천태종 스님이다. 숙부 후지와라노 미치토시 (藤原通俊)를 도와 가집인 〈고슈이와카슈(後拾遺和歌集)〉을 편집하였다.
29) 요엔의 제자가 될 생각임을 내비친 것이다.

11.
도로쿠 이야기 (43)

　옛날에 도로쿠(藤六)라는 가인이 있었다. 미천한 신분의 사람의 집에 들어갔는데 집안에 아무도 없음을 알고는 안쪽으로 들어갔다. 그러고는 냄비에 끓여놓은 음식을 떠서 먹고 있는데 마침 이 집 주인여자가 물을 떠가지고 큰 길 쪽에서 돌아왔다. 여자는 남자가 냄비에 들어 있는 음식을 먹는 모습을 보고 말했다.

　"누구냐? 아무도 없는 집에 이리 함부로 들어와 귀한 음식을 먹다니. 정말 어처구니없군. 아니, 당신은 도로쿠님 아니십니까? 들어오신 김에 노래나 한 수 읊으시지요."

　　그 옛적 아미타부처님의 서언대로
　　불 가마솥 중생을 건져 올리고 있느니

　도로쿠는 이렇게 재치 있게 읊었다.

12.
다다의 가신이 불문에 들어가다 (44)

　이것도 지금은 옛이야기가 되었다. 다다노 미쓰나카[30] 밑에 사납고 악독한 부하가 있었다. 그는 살아 있는 것의 생명을 빼앗는 일을 생업으로 하고 있었다. 들로 나가고, 산으로 들어가 사슴을 사냥하고 새를 잡으며, 조금도 선행을 하는 일이 없었다. 어느 날 밖으로 나가 사냥을 했는데 말을 달려 사슴을 뒤쫓았다. 화살을 메기고 활을 당겨 사슴을 쫓아가는 도중에 절이 있었다.

　그 앞을 지나가면서 문득 쳐다보니 안에 지장보살이 서 있었다. 그래서 왼손에 활을 들고 오른손으로 삿갓을 벗어 잠시 불심을 표한 뒤 달려갔다.

---

30) 다다노 미쓰나카(多田滿仲). 미나모토노 미쓰나카(源滿仲, 913~997)로 세와 왕(淸和天皇)의 증손, 정4품 진주후(鎭守府, 무쓰 지방에 있었던 군사기관)의 장군이었다. 안나(安和)의 변으로 미나모토노 다카아키라(源高明)를 실각시키고 후지와라씨(藤原氏)에 협력하여 그 정권 확립에 힘썼다. 세쓰 지방(攝津國) 다다(多田)에 살아서 다다겐지(多田源氏)라 불렸다.

 그 후 몇 년 되지 않아 그는 병으로 며칠간 고통스러워하다가 죽었다. 저승에 가서 염라대왕의 법정에 불려나갔다. 둘러보니 많은 죄인들이 생전에 지은 죄의 경중에 따라 고통을 당하고 벌을 받고 있었는데 참으로 혹독했다. 이 남자도 자신의 일생의 수많은 죄업을 계속 생각하다 보니 견딜 수 없이 눈물이 흘렀다.

 그러고 있는데 한 스님이 나타나 말했다.

 "자네를 도우려고 한다네. 빨리 속세로 돌아가 죄를 회개하시게."

 남자가 물었다.

 "대체 누구신데 이런 말씀을 하시는지요?"

 그러자 스님이 대답했다.

 "나는 자네가 사슴을 쫓아 절 앞을 지났을 때 자네가 본 절 안에 있던 지장보살이라네. 자네는 업보가 깊고 죄가 중하나 잠시나마 나에 대한 신심을 일으킨 그 공덕을 사서 내가 지금 자네를 도우려 하는 것이라네."

 그 말과 동시에 다시 살아났다.

 그 이후로는 살아있는 것들을 죽이지 않고 지장보살을 모셨다고 한다.

13.
이나바 지방의 별당이 지장을 만들다 말다 (45)

　이것도 지금은 옛이야기가 되었다. 이나바 지방[31] 다카쿠사군(郡)에 있는 사카 마을[32]에 사원이 있었는데 이 사원의 이름은 고쿠류지(國隆寺)이었다. 이 절은 이 지방의 국사였던 지카나가라는 이가 세운 것이다. 그 지방에 사는 노인이 이런 이야기를 했다.

　이 절에는 별당이 있었다. 집에 불사[33]를 불러 지장보살을 만들고 있었을 때 별당의 아내가 외간 남정네와 행방을 감추고 말았다. 별당은 놀라서 어찌할 바를 몰라 부처에 관한 것이고 불사에 관한 것이고 모두 내팽개치고 마을사람들과 함께 찾아다니는 사이에 일곱 여드렛 날이 흘러 버렸다.

　불사들은 돌봐주는 주인을 잃고 하늘을 올려다보고 한숨지으며 어

---

31) 이나바 지방(因幡國). 현재의 돗토리현(鳥取縣) 동부 지역.
32) 사카 마을. 다카쿠사군, 즉 현재의 게타군(氣多郡) 노사카(野坂) 마을.
33) 불사(佛師). 불상이나 부처 앞에 쓰는 제구(祭具) 따위를 만드는 사람.

찌할 바를 모르고 허무하게 아무것도 하지 못하고 있었다. 그 절에 살면서 잡무를 담당하던 승려가 이 모습을 보고 적선하는 마음이 일어 음식을 구해다 불사들에게 먹여서 간신히 나무로 지장보살을 만드는 것까지는 진행되었지만, 채색이나 장식까지는 할 수가 없었다.

그 후, 이 잡무를 보던 승려가 병이 들어 죽었다. 그의 처자식이 슬피 울며 관에 넣은 채 장사를 지내지 못하고 그대로 두고 보았는데 죽은 지 엿새가 되는 날 미시(未時)경에 갑자기 이 관이 움직이기 시작했다. 이를 본 사람들은 두려워 달아나 버렸다. 아내가 슬피 울면서 관을 열어보자 승려가 다시 살아나 물을 마시더니 잠시 후 저세상 이야기를 시작했다.

"커다란 두 귀신이 와서 나를 붙잡고 재촉해 넓은 들판을 나아가는데 하얀 옷을 입은 스님이 나타나, '귀신들아, 이 스님을 어여 용서하거라. 나는 지장보살이니라. 이 사람은 이나바 지방의 고쿠류지절에서 나를 만든 스님이시다. 불사들이 며칠씩 먹지 못하고 난처해 있을 때 이 스님이 신심을 일으켜 먹을 것을 가져다가 불사들을 보시하여 내 불상을 완성시켰다. 이 은혜는 잊을 수 없어. 꼭 용서해야 할 사람이니라.'고 했다. 그러자 귀신들이 나를 놓아주고 자세히 길을 가르쳐 주며 돌려보내주는 듯 싶더니 정신을 차려보니 다시 살아나 있었다."

그 후 스님의 아내와 자식들은 이 지장에 색을 입히고 공양하여 오래도록 받들어 모셨다. 그 불상은 지금도 이 절에 안치되어 있다.

14.
후시미의 수리대부 도시쓰나 (46)

이것도 지금은 옛이야기가 되었다. 후시미의 수리대부[34]는 우지도노[35]의 아들이었다. 아들이 많은 우지도노는 후시미의 수리대부를 자신이 키우지 못하고 다치바나노 도시토오(橘俊遠)라는 사람에게 양자로 보냈는데, 구로도에 올라 나이 열다섯에 오와리(尾張) 태수가 되었다. 그래서 그는 오와리 지방으로 내려가 정무를 보고 있었다.

그런데 그 무렵 아쓰타(熱田)신궁의 신은 영험이 대단하여 깜박하고 삿갓을 벗지 않고 말의 코끝을 그쪽으로 향하게 한다거나 무례한

---

34) 후시미(伏見)의 수리대부(修理大夫). 후지와라노 도시쓰나(藤原俊綱, ?~1094)이다. 수리대부는 궁궐의 수리, 조영을 담당하던 수리직(修理職)의 장이다. 품계는 정4품. 여러 지방의 수령을 역임하면서 부를 쌓아 후시미에 있는 저택이 호화스러웠다고 한다.

35) 우지도노(宇治殿, 992~1074). 후리와라노 미치나가(藤原道長)의 장남으로 통칭 우지관백(宇治關白)·우지도노(宇治殿)라고 불렸다. 고이치조(後一條)·고스자쿠(後朱雀)·고레제(後冷泉) 왕 3대에 걸쳐 섭정·관백이 되지만, 왕의 외척이 되지 못하여 섭관가의 후퇴를 초래했다.

태도를 보이거나 하는 자에게는 그 자리에서 단박에 신벌을 내리는 통에, 대궁사[36)]의 위세가 태수를 능가해 그 지방 사람들은 겁을 내고 있었다.

그런 상황에 후시미의 수리대부가 이 지방 태수로 부임해 내려와 정무를 보았는데 대궁사가 자신이 제일이라며 교만을 떨고 있어서 태수가 이를 질책했다.

"제 아무리 대궁사라 하더라도 이 지방 사람이면서 나에게 인사하러 오지 않는 법이 있는가?"

그러나 전례가 없다며 버티자, 태수는 버럭 화를 냈다.

"태수라도 사람에 따라 다르거늘. 나를 향해 그런 건방진 소리를 해 대다니!"

태수는 얄밉게 생각해서 명을 내렸다.

"대궁사가 가진 영지를 몰수하라!"

어떤 이가 대궁사에게 충고하며 말했다.

"같은 태수라도 이런 분도 계시니 어쨌든 인사하러 가시지요."

"알았네."

대궁사는 의관에다 안의 옷자락을 슬쩍 내민 차림으로 수행원들을 서른 명 정도 데리고 태수가 있는 곳으로 향했다. 태수가 나와 대면하더니 아랫것을 불러들여 분부했다.

"저놈을 잡아서 처벌하라. 신관이기는 하지만, 이 지방에 태어나 실로 발칙한 짓을 다한다."

강제로 연행해 결박하고 목욕통 속에 가두어 처벌했다.

---

36) 대궁사(大宮司). 아쓰타 신궁(熱田神宮)의 신직(神職) 중 최고위.

그 때 대궁사가 "참으로 어이없는 일입니다. 신은 안 계십니까? 미천한 사람이 무례한 짓을 하면 당장 벌을 주시더니, 지금 이 대궁사가 이와 같은 괴로운 일을 당하고 있는데 가만히 계시다니요." 하며 울며불며 호소하다 잠시 졸았는데 꿈에 아쓰타 신이 나타나 말했다.

"이번 일은 나의 힘이 미치지 않느니라. 그 연유는 이러하다. 옛날에 이 오와리에 한 스님이 있었다. 그 스님은 법화경을 천 부 읽어 나에게 공양하려고 마음먹고 그 중 백여 부는 읽기를 마쳤다. 이 지방 사람들이 그를 존경하여 많은 사람이 귀의하기에 이르렀는데 네가 이를 기피하여 그 스님을 추방해 버렸다. 그 때 이 스님에게는 복수심이 생겨 자신이 이 지방 태수가 되어 보복을 하겠노라고 맹세했다. 그리고 다시 태어나서 드디어 지금의 태수가 되어 돌아온 것이다. 그래서 나도 어쩔 수가 없느니라. 전세의 그 스님의 이름은 순고(俊綱)였는데 이 태수의 이름도 도시쓰나(俊綱)라고 하느니라."

그러기에 인간의 악심은 신세를 망치는 근원이라고 한다.

15.
나가토 전임 국사의 딸이 장송 때 거처로
되돌아오다 (47)

옛날에 나가토[37]의 국사였던 사람에게 딸이 둘 있었는데, 언니는 이미 시집을 갔다. 여동생은 훨씬 어려서 궁중에 출사를 하고 있었는데, 그 후에 그만두고 집에 돌아와 있었다. 남편으로 정한 남자도 없이 그저 가끔 찾아오는 남자가 있는 정도였다.

그 자매의 집은 다카쓰지무로마치[38] 근처에 있었다. 부모도 죽고 집 안채에는 언니 부부가 살고 있었다. 사랑채 서쪽 방향으로 나 있는 여닫이문이 있는 공간은 여동생이 평소 남자를 만나 정담을 나누기도 하는 곳이었다.

그 후 여동생은 스무 일곱 여덟 살 즈음에 심하게 앓다가 그만 죽어 버렸다. 시신을 안채에 두는 것은 별로 좋지 않다고 하여 여닫이문이

---

37) 나가토(長門). 현재의 야마구치현(山口縣) 북서부 지역.
38) 다카쓰지무로마치(高辻室町). 교토시(京都市) 시모교구(下京區) 다카쓰지코지길(高辻小路)과 무로마치코지길(室町小路)이 교차하는 지점.

있는 방에 그대로 눕혀 두었다. 그러나 언제까지나 그대로 놓아 둘 수
없어서 언니가 장례 준비를 하여 도리베노³⁹⁾로 옮겨갔다. 그런데 장례
를 치르려고 수레에서 내려 보니 관이 가볍고 뚜껑이 조금 열려 있었
다. 수상히 여겨 관 뚜껑을 열고 들여다보니 어찌된 일인지 속이 완전
히 비어 있었다. 도중에 떨어뜨렸을 리도 없는데 어떻게 된 일인지 납
득이 가지 않아 말문이 막혔으나 어쩔 도리가 없었다. 그렇다고 해도
이대로 둘 수도 없어 사람들이 달려가 어쩌면 도중에 떨어져 있지 않
을까 싶어 찾아보았지만 있을 리도 없어 집으로 돌아왔다.

혹시나 해서 보니 여닫이문이 달려 있는 방에 원래대로 누워 있었
다. 기가 차기도 하거니와 무섭기도 해서 친분이 있는 사람들이 모여
어찌된 일이냐는 이야기를 하느라 떠들썩한 사이에 밤이 깊었다. 이
대로는 어쩔 도리가 없으니 날이 밝고 나서 다시 관에 넣고 이번에는
꼼꼼히 잘 처리해서 어떻게든 해야겠다고 생각하고 있었는데, 저녁
때 보니 관 뚜껑이 또 살짝 열려 있었다.

너무 무섭고 어찌하면 좋을지 몰라 친분이 있는 사람들이 가까이
가서 잘 살펴보자며 다가가서 보니 시체가 관에서 나와 다시 여닫이
문이 있는 방에 누워 있었다.

"이거 참 어처구니없는 일이군."

다시 실어내려고 이리저리해 보지만, 시신은 전혀 꼼짝도 하지 않
았다. 마치 땅에 난 거목을 뒤흔드는 것 같은 상태여서 손 쓸 방도가
없었다. 망자가 어떻게든 여기 있고 싶어 하는 모양인지라 관계자가

---

39) 도리베노(鳥辺野). 교토시 히가시야마구(東山區) 기요미즈데라절(清水寺)에서
니시오타니(西大谷)로 통하는 부근의 지명. 옛날에 여기에 화장터가 있었다.

모였다.

"오로지 여기에 있고 싶으신 겐가. 그렇다면 이대로 여기에 있게 해 드립시다. 하지만 이대로는 아무래도 보기 흉해서."

그래서 여닫이문이 달려 있는 방의 마룻바닥을 뜯어내고 거기에 묻어 무덤을 높이 만들었다. 집안사람들도 그런 식으로 죽은 사람과 같이 사는 것도 꺼림칙하게 생각되어 모두 다른 곳으로 이사를 가버렸다. 그렇게 세월이 지나 거처도 모두 무너져 없어져 버렸다.

어찌된 일인지 이 무덤 부근에는 신분이 미천한 사람조차 자리 잡고 사는 일이 없었다. 꺼림칙한 일이라고 전해져 정착해 사는 사람이 없어서 그곳에는 오로지 이 무덤만 하나 있었다. 다카쓰지에서 북쪽, 무로마치에서는 서쪽, 다카쓰지로에 면해서 예닐곱 간(間) 정도인 곳에는 오두막집도 없고, 이 무덤만 하나 우두커니 높이솟아 있을 뿐이다.

어찌된 영문인지 무덤 위에 신사가 한 채 세워져 있다고 한다. 이것은 지금도 아직 전해지고 있다고 한다.

16.
참새의 보은 (48)

옛날에 화창한 어느 봄날 햇살 아래에서 예순 살 가량 되어 보이는 늙은 여자가 이를 잡고 있었을 때의 일이다. 뜰에 참새가 걸어 다니는 것을 본 아이가 돌을 주어 던졌는데 마침 참새에 맞아서 허리뼈가 부러져 버렸다. 참새는 날개를 푸드득거리며 괴로워하고 있는데 하늘에 까마귀가 날고 있었다.

"아이고, 불쌍해라. 까마귀가 잡아가겠네."

여자는 서둘러 손에 올려놓고 숨을 불어넣기도 하며 먹이를 먹였다. 작은 통에 넣어 밤에는 가만히 놔두었고, 날이 밝으면 쌀을 먹이고, 구리를 깎아 약으로 주기도 하자, 아들과 손자들이 와서 놀리며 웃었다

"아이고, 할머니는 저 연세에도 참새를 기르신대요."

이렇게 몇 개월이나 정성껏 보살펴 주자 참새가 서서히 걸을 수 있게 되었다. 참새도 마음속으로 이렇게 돌봐주신 것을 매우 기쁘게 생

각했다. 잠시 외출을 나갈 때에도 할머니는 가족들에게 당부하였다.

"이 참새를 잘 돌봐 다오. 먹이를 좀 주렴."

그러면,

"왜 참새 같은 것을 키우시는지."

하며 아들과 손자들이 놀리며 웃어댔다.

"어쨌든 불쌍하잖니."

하며 기르는 사이에 참새는 날 수 있을 정도로 회복되었다. '이제 까마귀에게 잡아먹히지는 않을 테지' 하며 밖으로 나와 손바닥에 올려놓고 날 수 있을지 살펴보려고 손을 들어 올리자, 참새는 비슬비슬 날아가 버렸다.

"오늘까지 오랫동안 날이 저물면 집으로 들이고, 아침이 되면 먹이를 먹이는 것이 일과가 되었는데. 아아, 날아가 버렸네. 다시 또 올지 어떨지 두고 봐야겠어."

이렇게 섭섭한 듯한 말을 하여 가족들의 웃음을 샀다.

그런데 스무날 정도 지났을 즈음, 여자가 있는 주변에서 시끄럽게 참새 우는 소리가 들렸다. 참새가 꽤나 많이 우는 것이 왠지 요전 날 날아간 참새가 돌아온 것일지도 모르겠다는 생각에 나가 보니 역시나 그 참새였다.

"기특하게도 잊지 않고 다시 와 주다니 기쁘구나."

여자의 말에 참새가 그의 얼굴을 얼핏 보더니 입에서 이슬만한 작은 알을 떨어뜨리고 날아가 버렸다.

"뭘까? 참새가 뭔가 떨어뜨리고 갔는데."

여자가 가까이 가서 보니, 박씨 하나가 떨어져 있었다. 물고 온 데는 이유가 있을 터라 주워서 가지고 있었다.

"어처구니가 없네. 참새한테 받은 것을 보물로 삼고 있다니."

아이들은 비웃었지만, 어쨌든 심어 봐야겠다고 생각하고 심었는데 가을이 될수록 아주 무성하게 자라서 여느 박과는 달리 크고 많은 박이 열렸다. 여자는 기뻐하며 근처 사람들에게도 나누어 주며 계속 수확을 했지만 박은 다 딸 수 없을 만큼 한없이 많았다.

지금까지 비웃던 아들과 손자들도 이것을 아침저녁으로 먹었다. 온 마을에 다 나누어준 후, 큼지막한 것 일곱 여덟 개는 표주박으로 만들려고 집안에 매달아 두었다.

그 후 몇 개월이 지나, 이제 적당한 상태가 되었겠다 싶어 살펴보니, 딱 좋은 상태였다. 내려서 박을 타려고 하자 좀 무거웠다. 이상하다고 생각하며 박을 타 보니 무언가가 가득 들어 있었다. 속에 들어 있는 것을 다른 그릇으로 옮겨 보니 흰쌀이었다. '생각지도 못했는데 이거 놀라운 걸.' 하며 큰 그릇에 전부 옮겨 보았으나 박 속에는 옮겨놓기 전과 마찬가지로 흰쌀이 들어 있었다. '이것은 보통일이 아닌 걸. 참새가 은혜를 갚은 것이로구나.' 하며 놀랍기도 하고 한편 기쁘기도 해서 이를 숨겨두었다. 나머지 박도 살펴보니 처음 박과 같이 모두 흰쌀이 가득 들어 있었다. 이것을 그릇에 옮겨서 사용했는데 다 쓸 수 없을 정도로 가득했다.

이렇게 할머니는 굉장한 자산가가 되었다. 이웃 마을 사람들도 이를 보고 깜짝 놀라며 대단하다고 부러워했다.

이 옆집에 살고 있는 여자의 아이들이 말했다.

"같은 노인인데도 옆집 할머니와 이렇게 다를 수 있을까. 우리 어머니는 뭐 이렇다할만한 일은 아무것도 못하시니."

이런 말을 들은 옆집 할머니가 이 할머니에게 와서 말했다.

"그런데 어떻게 된 일입니까? 참새가 어떻게 했다는 둥 얼핏 듣긴 들었는데 자세히는 알지 못하니 처음부터 있는 사실대로 얘기 좀 해주세요."

"참새가 박씨를 하나 떨어뜨리고 가서 심었더니 이리 되었습니다."

여자는 그렇게만 말하고 자세히는 말하지 않았다. 그러자 다시,

"있는 사실대로 좀 더 자세히 말해주세요."

하고 끈질기게 캐물어서 속 좁게 감출 일도 아니다 싶어 대답했다.

"실은 여차여차한 일이 있어 허리뼈가 부러진 참새를 돌봐주었는데 그것을 고맙게 생각했는지 박씨를 하나 가지고 와서 심었더니 이리 되었답니다."

그러자 옆집 여자가 말했다.

"그 씨앗을 한 알만이라도 나누어 주세요."

"그 박에 들어 있던 쌀이라면 드릴 수 있지만 씨앗은 드릴 수가 없어요. 절대로 다른 사람에게는 나누어 드릴 수 없습니다."

그렇게 말하며 할머니는 주지 않았다. 그렇다면 나도 어떻게든 허리 부러진 참새를 찾아내 키워야겠다고 생각하고 뚫어져라 지켜보았지만 허리가 부러진 참새를 찾을 수가 없었다.

아침마다 살펴보면 뒷문 쪽에 흩어져 있는 쌀을 먹으려고 참새가 걸어 다니고 있다. 돌을 주워 혹시나 하고 던져보았다. 어쨌거나 많이 모여 있는데 여러 차례 던지다 보니 마침내 돌에 맞아 날 수 없게 된 참새가 있었다. 기뻐하며 가까이 다가가 힘껏 허리뼈를 부러뜨리고 데려다가 집에서 먹이를 먹이고 약을 주기도 하며 보살폈다. 한 마리만으로도 저런 득을 보았는데. 하물며 여러 마리면 얼마나 큰 부자가 될까. 아이들에게도 저 옆집 여자보다도 더 많은 칭찬을 듣겠지 하는

생각에 뒷문 주변에 쌀을 뿌려놓고 지켜보고 있자니 참새들이 먹으러 와서 다시 여러 번 돌을 던지자 세 마리가 허리를 다쳤다. 이제 이 정도면 되겠지 생각하고 허리뼈가 부러진 참새를 세 마리 정도 나무통에 집어넣고, 구리를 깎아 먹이며 몇 달을 보내자 모두 나아서 기뻐하며 통 밖으로 꺼내 주었다. 그러자 모두 비슬비슬 날아갔다. 여자는 아주 훌륭한 일을 했다고 생각했다. 하지만 참새는 허리가 부러져 이렇게 몇 개월이나 갇혀 있었던 것을 참으로 억울하게 생각했다.

그런데 열흘정도 지난 어느 날, 이 참새들이 찾아왔다. 여자가 기뻐하며 먼저 입에 무엇을 물고 있는지 살펴보니 모두가 박씨를 한 알씩 떨어뜨리고 갔다. '옳거니, 역시나 생각했던 대로구나.' 하고 기뻐하며 이것을 주워 세 군데 심었다. 여느 것보다도 빨리 쑥쑥 자라서 상당히 커졌다. 그러나 열매는 별로 달리지는 않아 일곱 여덟 개뿐이었다.

그것을 보고 여자는 싱글벙글 웃으면서 아이들을 향해 말했다.

"이렇다할만한 일은 못하는 노인이라고 하더니 어떠냐? 내가 옆집 여자보다 훌륭하지?"

아이들은 제발 그랬으면 좋겠다고 생각했다. 숫자가 적기 때문에 쌀을 많이 얻기 위해서 남에게도 먹이지 않고, 스스로도 먹지 않았다.

그러자 아이들이 말했다.

"옆집 할머니는 마을 사람들에게 먹이고 자기도 먹었어요. 우리는 더욱이 씨앗이 세 톨입니다. 우리도 먹고 다른 사람들에게도 줘야 합니다."

할머니는 그도 그렇다고 생각하여 이웃집 사람들도 먹이고 자신과 아이들도 함께 먹으려고 잔뜩 삶았더니 그 쓴 맛이라 함은 황벽나무 껍질로 만든 약 같아 속이 울렁거렸다. 이를 먹은 가족들은 모두 아이

들이고 자신이고 너나할 것 없이 토하고 고통스러웠다. 옆집 사람들
도 모두 기분이 상해 몰려와 화를 내었다.

"이건 대체 뭘 먹인 건가? 아이고 무서워라. 잠시 그 삶는 김 냄새
를 맡은 사람까지 토하고 고통스러워하며 죽을 것 같이 야단법석이었
어."

불평을 말하려고 와 보니 그 여자를 비롯해 아이들도 모두 정신을
잃고 토하고 쓰러져 있었다. 이를 보고 하는 수 없어 그냥 모두 되돌아
갔다.

이틀 사흘 지나자 겨우 모두의 상태가 호전되었다. 여자는 아직 쌀
이 되지도 않았는데 서둘러 먹었기 때문에 이런 일이 벌어지고 말았
다고 생각해 나머지 박은 모두 매달아 두었다.

그러고 나서 몇 개월이 지나, 이제 때가 되었겠지 싶어 쌀을 옮겨 담
을 통을 들고 방으로 들어갔다. 기뻐서 치아도 없는 입을 귀밑까지 벌
리고 혼자 실실 웃으면서 통을 가까이대고 옮기려고 하자, 모기, 벌,
지네, 도마뱀, 뱀 등이 나와서 눈이고 귀고 사정없이 몸속으로 들어와
물어도 여자는 아픔을 느끼지도 못했다. 그저 쌀이 쏟아져 넘치는 것
이라고만 생각하고 말했다.

"조금 기다려라 참새야. 조금씩 옮길 테니."

일곱 여덟 개의 박에서 많은 독충이 나와서 아이들을 쏘고 여자를
쏘아 죽여 버렸다. 참새가 허리를 부러뜨린 것을 원망스럽게 생각하
여 모든 벌레들을 불러 모아 박 속에 넣었던 것이었다.

옆집 참새는 원래 허리가 부러져 까마귀에게 잡아먹힐 뻔한 목숨을
구해 주었으니 고맙게 생각했던 것이다. 이래서 다른 사람을 시기해
서는 안 되는 법이다.

17.
오노노 다카무라가 큰 재주를 가지다 (49)

　옛날에 오노노 다카무라(小野篁)[40]라는 사람이 있었다. 사가 왕[41] 때 누군가 대궐에 팻말을 세웠는데, 거기에는 '무악선(無惡善)'이라고 쓰여 있었다. 왕이 오노노 다카무라에게 읽어보라고 분부하였다.

　"읽으시라면 읽겠습니다. 그러나 황송한 일이오라 굳이 말씀드리지는 않겠습니다."

　그렇게 아뢰자, 신경 쓰지 말고 말하라고 여러 번 말씀이 있어 대답했다.

　"'사가[42]가 없으면 좋을 텐데.' 라고 쓰여 있습니다. 그러니까 왕을

---

40) 오노노 다카무라(小野篁, 802~852). 헤이안 시대의 문인. 젊었을 때 무예에 열중하여 학문을 뒤돌아보지 않았기 때문에 사가 왕(嵯峨天皇, 재위 809~823)의 탄식을 자아내게 했다. 이에 크게 결심하고 학업에 열중하여 문장생(文章生) 시험에 급제했다고 하며, 그 이후 여러 관직을 역임하였다.

41) 사가 왕. 위의 주 참조.

42) 사가(さが)는 사람의 품성이나 성질을 말하는데 그 좋고 나쁜 품성에 두루 사용되

저주하는 말입니다."

"너 이외에 누가 이런 글을 쓰겠느냐."

"그러실 줄 알고 말씀드리지 않겠다고 했던 것입니다."

왕이 다시 물었다.

"그럼 뭐든지 쓰여 있는 것은 다 읽을 수 있다는 말이더냐?"

"무엇이든 읽겠습니다."

그러자 왕이 가타카나로 「子」자를 열두 번 쓰더니 읽어 보라고 하였다.

"고양이 새끼인 새끼 고양이, 사자 새끼인 새끼 사자."

오노노 다카무라가 읽자, 왕은 방긋 미소를 지으며 문책하지 않았다고 한다.

는 표현이다. 원래 '와루사가(惡さが)'라고 하는 것을 무리해서 사가(惡)라고 했고, 이는 곧 사가 왕을 가리키고 있다.

18.
다이라노 사다훈과 혼인노지주 (50)

옛날에 병위부의 스케[43)인 다이라노 사다훈[44)을 헤추(平中)라고 했다. 호색가라 출사한 궁중의 여인은 물론이고 출사를 하지 않은 여인까지 몰래 정을 통하지 않은 여인이 없었다. 게다가 마음을 담은 편지를 보낸 사람 중에 그의 뜻을 따르지 않은 여인이 없었다.

그런데 그 무렵 무라카미 왕의 모친 황태후를 모시는 혼인노지주(本院侍從)라는 여성이 있었다. 이 여인 역시 굉장한 호색가였는데 헤추가 편지를 보내면 밉지 않게 의미심장한 답장은 보내면서도 만나주지는 않았다.

---

43) 병위부(兵衛府) 스케(佐). 병위부는 궁중을 경비하던 관청으로 좌·우 병위부로 구성되어 있는데, 스케는 좌병위부의 차관. 품계는 정6품.

44) 다이라노 사다훈(平貞文, ?~923). 헤이안 시대의 가인으로 이름은 '사다후미' 라고도 한다. 우타(歌)는 〈고킨와카슈〉 이하 칙찬가집에 26수가 수록되어 있다. '헤추(平中)'라고 알려져 있고, 〈헤추 이야기(平中物語)〉의 주인공으로 호색의 미남자로 전해진다.

'좌우당간 언젠가는 내 뜻에 따라주겠지.' 하며 운치 있는 저녁 노을이나 달 밝은 밤 등 여인의 마음을 끌 듯한 정취 있는 때를 골라서 방문했기 때문에, 여인 쪽도 헤추의 마음을 알고 다정한 만남은 하지만, 마음까지는 허락하려고 하지 않았다.

아무렇지도 않은 듯 어련무던한 답장을 하고, 다른 사람과 함께 아무 지장이 없을 것 같은 장소에서는 말을 주고받으면서도 잘 빠져나가서 마음을 허락하려고 하지 않았다. 남자는 그런 줄도 모른 채, 그런 애매한 상태로 보내는 것이 성에 차지 않아 평소보다 빈번히 편지를 보내 만나고 싶다는 말을 했지만 언제나처럼 여인은 어련무던한 답을 해왔다. 사월 말경에 비가 억수같이 쏟아져 어쩐지 무서운 느낌이 드는 때에 남자는 이런 때일수록 감동할 것이라는 생각을 하며 그녀를 찾아갔다.

도중에 엄청나게 비가 퍼부었지만 '이런 때에 가면 설마 만나주지 않고 그냥 돌려보내지는 않겠지.' 하며 안심하고 여인의 집으로 가자, 몸종이 나와 헤추를 한켠으로 안내하고 나갔다.

"안채에 계시니 안내해 드리지요."

가만히 보니 희미하게 불이 켜져 있고, 잠옷으로 생각되는 옷을 배롱(焙籠)[45]에 걸쳐 둔 채 향을 피워 두었는데, 그 향기가 뭐라 말할 수 없이 멋졌다. 정말 그윽하고 은은하여 '과연'이라고 생각하고 있는데 몸종이 돌아와 곧 내려오실 것이라고 하였다. 기쁘기 그지없었다. 곧바로 내려와 말했다.

"이렇게 비가 오는데 어떻게……"

---

45) 배롱(焙籠). 불 위에 씌워 놓고 옷을 걸어서 말리는 등의 일에 쓰는 통.

"이 정도의 비에 가로막혀 못 와서야 애정이 부족한 것이지요."

헤추가 옆으로 다가가서 머리를 만져보니 얼음을 펼쳐 놓은 듯이 시원한 것이 손의 감촉이 더할 나위 없었다.

이런 저런 세상 이야기를 하다 이제 틀림없이 여인이 자신의 뜻에 따를 것이라고 생각하고 있던 차에, 여자가 말했다.

"이런, 미닫이문을 닫는 것을 잊어버리고 열어둔 채로 왔네요. 아침이 되어 누군가가 열어둔 채로 갔다고들 하면 성가시게 될 테니 닫고 오겠습니다. 곧 돌아오겠습니다."

일리 있는 말이라고 생각된 데다가 어느 정도로 마음을 터놓았다는 생각에 헤추는 안심하고 동의하였다. 여인은 웃옷을 남긴 채 사라졌다. 정말로 미닫이문을 닫는 소리가 나서 이쪽으로 돌아오겠거니 하고 기다리고 있는데 다가오는 소리도 들리지 않고 안쪽으로 들어가 버렸다. 그래서 마음의 평정을 잃고 안절부절못하며 여인이 간 쪽으로 몰래 들어가고도 싶었으나 어쩔 도리가 없었다. 여자를 보낸 것을 후회해본들 이제 와서 어쩔 수 없어 눈물을 흘리며 새벽녘에 물러나 왔다.

집으로 돌아와 분한 마음에 날이 완전히 밝기를 기다렸다가 자신을 속이고 홀로 두고 가 버린 것에 대한 원망을 길게 글로 써 보내자,

"어째서 속이겠습니까? 돌아가려고 하는데 위에서 부르셔서요. 그럼 또 언젠가."

라는 답장과 함께 그냥 지나가 버렸다.

헤추는 '아마도 가까운 시일 내에 이 여인과 함께 할 가능성은 거의 없겠지. 이제는 이 여인의 추하고 정나미 떨어지는 것을 보고 포기하고 싶다. 이런 식으로 고민하는 것은 이제 질색이다.'라고 생각하고 종

자를 불러 명령했다.

"변기를 청소하는 여종이 그 여인의 변기통을 가지고 가는 것을 빼앗아 내게 가져오너라."

종자는 매일 여종을 악착스럽게 따라다니며 상황을 엿보고 있다가 여종이 달아나는 것을 뒤쫓아 가서 겨우 변기통을 강제로 빼앗아 주인에게 내밀었다. 혜추는 기뻐하며 보이지 않는 곳으로 가지고 가서 보니, 노란색 빛이 감도는 엷은 적색의 얇은 천 석 장을 포개어 싸여 있었다. 그 방향(芳香)이 유례없이 훌륭하였다.

풀어서 열어 보니 향기가 비할 데 없이 좋았다. 자세히 보니, 침향(沈香), 정향나무와 같은 향목(香木)을 진하게 달인 물이 들어 있었다. 또한 향료 가루에 꿀을 넣어 굳혀 만든 향이 가득 들어 있었다. 이러니 그 향기로움이란 상상이 갈 것이다. 혜추는 이를 보고 아연실색하였다.

'만약 이 여성이 진짜 대소변을 더럽게 배설해 두었더라면 그것을 보고 정나미가 떨어져 마음도 위로받을 것이라고 생각했는데 이게 어찌된 일이지. 이렇게까지 마음을 쓰는 사람도 있을까. 보통 사람이라고는 여겨지지 않는 행동이군.'

혜추는 더욱더 죽을 만큼 그 여인이 그리워졌지만 어찌할 방법이 없었다. 설마 자신이 이렇게 보리라고는 생각도 못했을 텐데 이토록 마음을 쓴 것을 본 이후로는 한층 더 미칠 듯이 그 여인이 사랑스러웠으나 결국 인연을 맺지 못하고 끝났다.

혜추는 사람들에게 스스로 생각해도 그 여성의 일은 참으로 부끄럽기도 하면서 한편으로는 원망스럽기도 했다고 한다.

19.
이치조 섭정의 노래 (51)

옛날에 이치조 섭정(攝政)[46]은 히가시산조도노[47]의 형이었다. 용모는 물론이거니와 배려심도 훌륭하고, 학식과 행동도 뛰어났는데, 한편으로는 호색가답게 여러 여자와 만나 새롱거리고 있었다.

스스로가 그것을 좀 경박한 일이라고 생각하여 이름을 숨겼는데 신분이 높지 않은 여자에게는 대장성[48]의 판관(判官)인 도요카게(豊蔭)라는 이름으로 편지를 주고받으며 마음을 나누기도 하고, 또 만나기도 했다. 그러나 사람들은 모두 그 주변의 일을 헤아려 알고 있었다.

---

46) 이치조 섭정(一條攝政, 924~972). 후지와라노 고레타다(藤原伊尹)이다. 엔유 왕(円融天皇, 재위 969~984) 시대에 섭정(970~972)을 하였다. 그가 살았던 집이 이치조전(一條殿)이어서 이치조 섭정이라 하였다. 시가집에 〈이치조셋쇼교슈(一條攝政御集)〉가 있다.

47) 히가시산조도노(東三條殿). 후지와라노 가네이에(藤原兼家, 929~990)로 가잔 왕(花山天皇, 984~986)을 퇴위시키고 그의 딸이 낳은 이치조 왕(一條天皇)을 등극시켜 섭정을 하였다. 이후 아들에게 섭정을 물려주면서 세습화되었다.

48) 대장성(大藏省). 국가의 재정을 담당하던 관청.

그런데 그런 이치조 섭정이 고귀한 신분을 가진 사람의 딸과 관계를 맺기 시작했다. 딸의 유모와 어머니를 자기편으로 끌어들여 아버지에게는 알리지 않고 있었는데 이 사실을 우연히 들은 아버지가 매우 화를 냈다. 아버지가 어머니를 책망하고 비난하며 몰아세우는 바람에 어머니는 그런 사실이 없다고 발뺌하고는 이치조 섭정에게 말했다.

"아직 만나고 있지 않다는 취지를 편지로 좀 써 주세요."

그래서 다음과 같이 읊어 보냈다.

> 남모르게 몸은 안달이 나거늘 해 지나도
> 막혀 넘기 어려운 오사카의 관문[49]

아버지에게 이를 보이자, 아버지는 '그럼, 헛소문이군.'라고 생각하고 답가를 지어 보냈다.

> 동국(東國)을 오가는 신분이 아니니
> 언제 넘을 소냐 오사카의 관문

이치조 섭정이 이 노래를 보고 틀림없이 미소를 지었을 것이라고 〈이치조셋쇼교슈(一條攝政御集)〉에 쓰여 있다. 참으로 재미있는 이야기다!

---

49) 오사카의 관문(逢坂關). 오사카야마산(逢坂山)에 있었던 관문. 일본 3대 관문의 하나로 교토에서 동국 지방으로 나가는 요지였다. 와카(和歌)에서는 동음이의인 만나다(逢う)와 관련된 시어(詩語)로 사용된다.

20.
여우가 집에 불을 지르다 (52)

옛날에 가이 지방[50]의 관청에서 봉공하던 무사가 저녁 무렵에 그곳을 나와 자신의 집 쪽을 향해 가는 도중에 여우와 마주쳤다. 여우를 뒤쫓아 가서 히키메[51]를 쏘자, 여우의 허리에 명중했다. 화살에 맞은 여우는 나뒹굴며 울부짖으면서 고통스러워하더니 이윽고 허리를 질질 끌며 풀숲으로 들어갔다. 이 남자가 히키메를 주워 들고 가는데 여우가 앞서 허리를 끌면서 가고 있어서 한 번 더 쏘려고 하자 여우는 순식간에 사라지고 보이지 않았다.

자신의 집 앞으로 네댓 정(町) 정도 전방쯤에 접어들었을 때, 조금 전의 여우가 두 정 정도 앞서서 입에 불을 물고 달려갔다. '불을 입에

---

50) 가이 지방(甲斐國). 현재의 야마나시현(山梨縣).
51) 히키메(引目)라 하여 화살촉은 목제로 12센티 되고 안은 동공으로 구멍이 뚫려 있다. 날아갈 때 큰 소리가 나 적을 사살하는 데 사용하지 않고 활쏘기 경기 등에 사용하였다.

물고 달리다니 무슨 일이지?' 하며 말을 달려가자 여우가 무사의 집 쪽으로 달려가더니 사람으로 변신하여 집에 불을 붙였다. '결국에는 사람이 불을 지른 것이로군.' 하며 화살을 시위에 메기고 말을 달려갔으나 여우는 불을 지르고는 원래의 여우의 모습으로 되돌아와 풀숲으로 쏜살같이 도망쳐 자취를 감추었다. 이리하여 무사의 집은 불타고 말았다.

여우와 같은 이런 짐승이라 하더라도 바로 복수를 하는 법이다. 이 이야기를 듣고 앞으로 절대로 이런 동물들을 괴롭혀서는 안 된다.

제4권

01.
여우가 사람을 홀려 공양 떡을 먹다 (53)

옛날, 귀신에게 홀린 사람의 집에서 기도를 하여 그 귀신을 무당에게 옮겨 붙게 했을 때 귀신이 그 무당의 입을 빌어 말했다.

"나는 화를 부르는 귀신이 아니다. 여기저기 헤매고 다니다가 우연히 이곳을 지나가던 여우이니라. 묘지 오두막집에서 우리 아이들이 배를 곯고 있는데 이런 곳에는 먹을 것이 널려 있을 것 같아 왔을 뿐이니, 공양 떡이라도 먹으면 물러날 것이니라."

그래서 공양 떡을 만들어 쟁반에 가득히 내자, 조금 먹더니 소리쳤다.

"와, 이거 맛있네. 정말 맛있어!"

사람들은 이 무당이 자기가 떡이 먹고 싶어서 여우에게 홀린 척을 하며 이런 말을 하는 거라며 몹시 밉살맞게 여겼다.

"종이를 주면 이 떡을 싸 가지고 돌아가 나이 드신 어머니랑 우리 아이들에게도 먹이고 싶다."

그래서 종이를 두 장 교차시켜 싸니 큰 꾸러미가 되었다.

무당이 그 큰 꾸러미를 허리춤에 끼워 넣자 가슴까지 불룩해졌다. 그러자,

"자 나를 내쫓으라. 물러가겠느니라."

퇴마사인 수험자(修驗者)에게 그렇게 말을 하기에,

"물러가라, 물러가라."

하며 쫓자, 무당이 일어섰다가 그대로 고꾸라졌다. 잠시 후 무당이 일어섰는데 가슴에 넣어두었던 종이꾸러미가 사라지고 없었다. 그것이 없어지다니 정말 신기한 일이다.

02.
사도 지방에 금이 있다 (54)

　노토 지방[1]에는 철이라는 광석을 채취해 고을 태수에게 헌상하는 사람이 예순 명이나 된다고 한다.

　그런데 사네후사(實房)라는 사람이 태수로 있을 때의 일이다. 철을 채취하는 사람 예순 명 가운데 대표가 사도 지방[2]에는 정말로 황금 꽃이 피어 있는 곳이 있다는 말을 했다는 소리를 전해들은 태수가 그 사람을 불러 물건 등을 하사하며 상세히 묻자, 그가 대답했다.

　"사도 지방에는 정말로 황금이 있습니다. 있는 곳을 확인해 두었습니다."

　"그러면 가서 채취해 오겠느냐?"

　"저를 보내신다면 가겠습니다."

---

1) 노토 지방(能登國). 이시카와현(石川縣) 북쪽 지역.
2) 사도 지방(佐渡國). 구체적으로 어느 지역인지는 아직 밝혀지지 않고 있다.

"그러면 배를 마련하겠네."

"다른 사람은 필요 없습니다. 그저 작은 배 하나와 식량을 조금 주시면 가지고 오겠습니다."

그래서 그냥 이 남자의 말대로 누구에게도 알리지 않고, 배와 식량을 조금 주자 그것을 가지고 사도로 건너갔다.

한 달 정도 지나 이 일에 관한 것을 잊고 있을 무렵 느닷없이 이 남자가 돌아와 사네후사에게 눈짓을 하여, 이를 알아챈 태수가 안내를 통하지 않고 직접 나와 만나자, 자기 옷소매에서 사네후사의 옷소매로 검게 그을린 천 조각에 싼 물건을 슬쩍 건네주었다. 그러자 사네후사는 무거운 듯이 이것을 가슴에 넣고 방으로 들어갔다.

그 후, 이 금을 채취해 온 남자는 어디론가 자취를 감춰버렸다. 백방으로 수소문했으나 행방이 묘연하여 그대로 흐지부지 되고 말았다. 이 남자가 무슨 생각을 하고 사라진 것인지 알 길이 없다. 다만 그가 황금이 있는 장소를 추궁당할 거라고 생각했을지도 모른다고 태수는 의아해했다. 그 금은 천 냥 정도였다고 전해진다. 그래서 노토 지방 사람들은 사도 지방에는 금이 있었다고 하더라는 말을 서로 주고받았다고 한다.

03.
야쿠시지절의 별당 (55)

    옛날에 야쿠시지절(藥師寺)에 별당 승도라는 이가 있었다. 그는 절을 총괄하는 별당이라는 지위에 있었지만 딱히 절의 물건을 사용하지도 않고 오로지 극락에 다시 태어나는 것만을 바라고 있었다.

    이 별당이 나이가 들어 병에 걸려 죽음을 눈앞에 둔 때에 이르러 염불을 외고 막 숨을 거두려고 하였다. 그런데 이제 정말로 마지막이라 보이는 순간에 잠시 정신을 차리더니 제자를 불러 모아 말했다.

    "모두가 아는 바와 같이 오로지 염불만 외다 죽으니 극락에서 나를 데리러 마중을 나오려니 하고 기다리고 있었는데 극락에서는 마중 나오지 않고 지옥으로 가는 화차가 오더군. 내가 '이게 대체 어찌된 일이오? 이럴 리가 없소. 내가 무슨 죄가 있기에 지옥에서 데리러 왔단 말이오?'라고 했더니, 화차에 붙어 있던 귀신들이 이 절에서 어느 해엔가 쌀을 닷 말 정도나 빌렸는데 아직 갚지 않아 그 죄로 인해 지옥에서 마중을 나온 것이라고 하는 것이 아니겠나. 그래서 내가 '그 정도의 죄

로 인해 지옥으로 떨어진다는 것은 말도 안 되오. 내 그것을 갚겠소.'
라고 하자, 귀신들이 화차를 끌어당긴 채 기다리고 있지 뭔가. 그러니
급히 서둘러 쌀 한 섬을 독경료(讀經料)로 보시해 주게나."

제자들은 시키는 대로 황급히 쌀을 보시하였다. 그 공양의 종소리
가 울릴 즈음 화차는 돌아갔다. 그리고 잠시 지나자,

"화차는 돌아가고 이제야 정말 극락에서 나를 데리러 오시는구나."

하고, 승도는 손을 모아 기뻐하며 숨을 거두었다.

승도가 살던 승방은 야쿠시지절 대문의 북쪽 옆에 있었는데 지금도
그 건물은 그대로 남아 있다.

닷 말 정도의 쌀을 사사로이 썼을 뿐인데도 지옥의 화차가 승도를
데리러 왔다. 하물며 사찰의 물건을 나의 욕망대로 사사로이 썼던 많
은 절의 별당들이 얼마나 지옥의 부름을 받았을지는 상상이 가는 바
이다.

04.
이모세지마섬 (56)

　도사 지방의 하타군[3]이라는 곳에 천한 사람이 살고 있었다. 이 남자는 자기 고향이 아닌 다른 지역에 논밭을 만들었다.

　그런데 어느 해, 모내기를 할 때가 되어 이 사람이 자기 마을에서 못자리를 준비하여 그 모를 배에 싣고 모내기를 하는 사람의 식사는 물론, 냄비, 가마솥, 그리고 가래에, 괭이, 쟁기 등에 이르기까지 가재도구를 배에 실은 뒤 배를 지키라고 열 한 두 살 정도 되는 아들과 딸 둘을 배에 태워놓고, 부부는 모내기를 도와줄 인부를 구하러 간다며 잠시 육지 쪽으로 올라갔다. 아주 잠깐 동안이라고 생각하여 배를 약간 육지로 끌어올려 놓기만 하고 묶지는 않았는데 이 아이들이 배 밑에서 잠이 들고 말았다. 그런데 그 사이에 바닷물이 밀려들어 와 배가 물 위에 떠올랐는데 강한 바람에 떠밀리는 바람에 배는 썰물에 이끌려

먼 바다 쪽으로 나가 버렸다. 먼 바다에서는 더욱 바람이 거세게 불어 배는 돛을 올린 것처럼 달려갔다.

그 때 배안에서 자고 있던 아이들이 일어나 보니, 배를 세울 곳도 없는 망망대해에 나와 있어 어찌할 바를 모르고 울부짖었지만 어쩔 도리가 없었다. 어디로 가는 것인 줄도 모르고 그저 바람이 부는 대로 흘러갔다.

한편 부모들은 모내기 할 사람들을 모아 배를 타려고 되돌아 왔지만 배가 없었다. 바람이 불지 않는 곳에 숨어 있나 싶어 한참을 아이들의 이름을 부르며 찾아다녔으나 아무런 대답이 없었다. 바닷가 여기저기를 찾아 헤맸지만 어디에도 없어서 할 수 없이 결국 찾는 것도 단념해 버렸다.

이리하여 이 배는 멀리 남쪽 먼 바다에 있는 섬으로 흘러가 닿았다. 아이들은 울면서 내려서 배를 묶어 놓고 보니 인기척이라고는 전혀 없었다. 어디로 가면 좋을지도 알 수 없어서 섬에 내려서서 한 아이가 말했다.

"이제 어쩔 도리가 없어. 그렇다고 해서 목숨을 버릴 수도 없고. 이 음식이 있는 동안에는 조금씩이라도 먹으면 어떻게든 살아갈 수 있을 거야. 하지만 이 음식이 떨어지면 죽을 수밖에 없어. 자, 이 모가 시들어 버리기 전에 심자."

그렇게 말하자 나머지 한 아이도 그게 좋겠다며 고개를 끄덕였다. 물이 흐르고 논을 만들 수 있을 것 같은 곳을 찾아내어 가래, 괭이가 있었기 때문에 그것으로 땅을 갈아 심고, 나무를 잘라다가 오두막집을 만들었다.

과일나무가 많아서 그것을 먹으며 생활하는 동안에 어느덧 가을이 되었다. 전생의 운명이었던지 농사가 잘 지어져 본토에서 지은 것보다 훨씬 수확량이 좋아 많이 베어다 저장해 두기도 했다. 언제까지고 남매로 살 수만은 없어서 두 사람은 부부가 되었다. 그리고 아들, 딸을 많이 낳았는데 그들이 다시 연달아 부부가 되어 살았다. 큰 섬이었기 때문에 논밭도 많이 만들어 근래에는 이 남매의 자손이 섬에서 넘쳐 날 정도가 되었다고 한다.

　이 섬은 이모세지마(妹背島)라고 하는데 도사 지방의 남쪽 먼 바다에 있다고 한다.

05.
돌다리 밑에 있던 뱀 (57)

비교적 최근의 일이다. 한 여자가 우린인[4] 사원의 보리강(菩提講)을 듣기 위해 오미야 대로(大宮大路)를 올라가는데 도중에 사이인(西院) 주변 가까이에 돌다리가 있었다.

때마침 나이가 스물은 넘은 서른 가량의 여인이 가느다란 속띠를 매고 강 주변을 걷다가 돌다리를 밟아 뒤집고 지나가 버렸다. 그런데 밟아 뒤집어진 다리 밑에 얼룩무늬 뱀이 칭칭 몸을 서리고 있었다. '돌 밑에 뱀이 있었네.' 라는 생각을 하고 있는데, 그 뱀이 돌다리를 밟아 뒤집은 여인의 뒤를 따라 구불구불 따라가는 것이었다. 뒤에 있던 여자가 이것을 보고 이상히 여겼다.

'저 뱀은 무슨 생각으로 저 여인을 따라 가는 걸까, 밟아서 밖으로

---

4) 우린인(雲林院). 교토시 기타구(北區) 무라사키노(紫野) 다이토쿠지절(大德寺)의 동남쪽에 있던 천태종 사원. 10세기 후반부터 해마다 3월 21일에 법화경을 강설하는 법회, 곧 보리강((菩提講)이 있어 많은 사람이 모여들었다.

드러나게 된 것을 원한으로 생각하여 보복을 하려는 것은 아닐까? 이 뱀을 좀 지켜봐야겠어.'

이렇게 생각하고 따라가자, 돌다리를 밟아 뒤집은 여인은 때때로 뒤를 돌아다보기도 하지만, 자기 바로 뒤에 뱀이 따르고 있다는 것은 알아채지 못하는 듯했다.

또 주변에는 같은 길을 가는 사람도 있었지만, 뱀이 이 여인을 따라가는 모습을 발견하고 말을 하는 사람도 없었다. 단지 한 사람 처음에 알아차린 여자의 눈에만 뱀이 보여서 어떻게 되는지 지켜봐야겠다는 생각으로 뒤처지지 않도록 이 여인의 뒤를 바짝 따라가는 사이에 우린인에 당도했다.

이 여인이 절 마루방에 올라가 앉자, 뱀도 마루방에 올라가 그 옆에 몸을 서리고 웅크리고 있었다. 그러나 이를 눈치채고 소란을 피우는 사람은 없었다. 신기한 일이라고 생각하며 눈을 떼지 않고 관찰하고 있는 사이에 보리강이 끝나고 여인이 일어나 나가자 뱀도 역시 따라나갔다. 이를 지켜보고 있던 여자도 이 뱀이 어떻게 하는지 보려고 뒤따라 교토 방면으로 나갔다. 마침 시모쿄(下京) 쪽에 집이 한 채 있었다. 여인이 그 집으로 들어가자 뱀도 따라 들어갔다. '여기가 이 여인의 집이로구나. 뱀은 낮에는 아무것도 하지 않겠지. 밤에야말로 뭔가 할 것이야. 이 뱀이 밤에 무슨 짓을 하는지 보고 싶은데…….' 그렇게 생각하지만 확인할 방법이 없어서 여자는 그 집으로 걸어가서 부탁했다.

"시골에서 올라온 사람인데 오늘 밤 묵을 곳이 없습니다. 오늘밤만 묵게 해 주시겠습니까?"

여자는 뱀이 붙은 여인이 이 집 주인이라고 생각하고 있었는데, 그 여인이 여기에 묵으실 분이 있다고 하자, 한 노파가 안에서 나와 누구냐고 물었다. '그럼 이 사람이 이 집 주인이로구나.' 하고 생각하며 다시 부탁했다.

"오늘밤만 묵을 곳을 빌려 주십시오."

"아, 잘 오셨습니다, 자 들어오세요."

그거 잘됐다고 생각하고 들어가 보니, 아까 그 여인이 마루방에 올라가 앉아 있었다. 뱀은 마루방 아래 기둥 밑에 몸을 서리고 있었다. 주의 깊게 살펴보니 뱀은 이 여인을 뚫어져라 올려다보고 있었다. 뱀이 붙어 있는 여인이 '영주님은……'라며 이야기를 하고 있는 것으로 보아 아무래도 출사하고 있는 사람이라고 생각되었다.

그러는 사이에 금세 해가 져서 어두워졌다. 어두운 곳에서는 뱀의 모습을 관찰할 수 없기 때문에 집 주인처럼 보이는 노파에게 말했다.

"이렇게 묵을 수 있게 해 주셨으니 그 보답으로 삼 있으세요? 실을 만들어 드릴 테니 불을 좀 켜 주세요."

"이렇게 고마울 때가."

노파가 불을 붙였다.

노파가 건네준 삼을 꼬면서 주의 깊게 보니 아까 그 여인은 잠들어 버린 듯하였다. 이제 뱀이 다가가겠거니 하고 보고 있었지만 다가가지 않았다. '이 일을 당장이라도 알리고 싶지만 알렸다가는 나에게도 무슨 일이 생길지 모른다.' 이런 생각에 아무 말도 하지 못한 채 망설이며 한밤중이 지나도록 지켜보고 있었지만 아무것도 보이지 않을 정도로 불이 희미해져서 결국 이 여자도 잠을 자버렸다.

날이 밝고 어떻게 되었는지 궁금해서 서둘러 일어나니, 때마침 여인은 기분 좋게 잠을 깨서 아무 일도 없었던 듯이 집 주인으로 보이는 노파에게 말했다.

"어젯밤에 세상에 꿈을 꾸었습니다."

"어떤 꿈을 꾸셨나요?"

"제가 자고 있던 베갯맡에서 인기척이 느껴져서 보니 허리부터 위는 사람이고, 아래는 뱀인데 매우 아름다운 여자가 말을 하는 것이었습니다. '저는 어떤 사람을 원망해 이렇게 뱀의 몸으로 환생해 돌다리 밑에서 고통스러운 긴 세월을 보내왔습니다. 어제 저를 짓누르고 있던 누름돌을 당신이 밟아 뒤집어 주신 덕에 돌에 눌린 고통으로부터 해방되어 기뻤습니다. 그래서 당신이 가시는 곳을 확인해 감사의 말씀을 드리고 싶어 함께 따라갔더니 보리강 자리에 나가시더군요. 함께 따라간 덕분에 이런 몸으로도 불법을 들을 수 있었고, 많은 허물까지 소멸되어 그 법력으로 곧 인간으로 환생할 수 있는 공덕도 입었기 때문에 너무나 기뻐서 이렇게 찾아온 것입니다. 사례로 유복하게 해 드리고 좋은 남편과 만나게 해드리지요.' 하는 꿈을 꾸었습니다."

이 이야기를 듣고 크게 놀라 묵을 곳을 빌린 여자가 말했다.

"사실 저는 시골에서 올라온 사람이 아닙니다. 저는 여차여차한 곳에 살고 있어요. 그러니까 그게 어제 보리강에 가는 도중에 우연히 당신과 마주쳐 뒤따라가고 있었는데 오미야 주변의 강가에서 당신이 밟아 뒤집은 돌다리 아래에서 얼룩무늬의 작은 뱀이 나와서 당신 뒤를 따라 가길래 이러저러하다고 알려드리려고 했습니다만, 저에게도 좋지 않은 상황이 될지도 몰라 두려워서 말씀을 드릴 수가 없었습니다. 그러고 보니 그 뱀이 보리강 자리에도 분명히 와 있었는데 다른 사람들에게는 보이지 않는 모양이었습니다. 법회가 끝나고 나오자 그 뱀이 역시 당신의 뒤를 따라가고 있어서 어떻게 되는지를 지켜보기 위해 본의 아니게 어젯밤에는 저도 여기서 밤을 보내게 되었던 것입니다. 간밤에는 한밤중이 지날 때까지 이 뱀은 기둥 밑에 있었는데 날이 밝고 나서 보니 보이지 않았습니다. 그 일과 앞뒤를 맞춘 듯한 꿈 이야기를 하셔서 놀랍기도 하고 무서워지기도 하여 모두 털어놓는 것입니다. 앞으로는 이를 인연으로 서로 뭐든지 이야기하기로 합시다."

그 이후로 두 사람은 항상 서로 왕래하는 친한 사이가 되었다.

그런데 그 후 이 여인은 정말로 매우 행복해졌다. 요즘은 아무개라는 대신의 집을 관리하는 관리로 아주 유복한 사람의 아내가 되어 만사 하고 싶은 대로 하며 살고 있다. 찾아가 보면 그 사람이 누군지 바로 알 수 있을 것이라고 한다.

06.
도호쿠인 사원에서 보리강을 하는 고승 (58)

　도호쿠인(東北院)[5]에서 보리강을 시작한 고승은 원래 극악무도한 사람으로 감옥에 일곱 차례나 들어갔었다. 일곱 번째 붙잡혔을 때, 검비위사[6]들이 모여서 의논하였다.

　"이 자는 엄청난 악인이다. 한두 번 감옥에 들어가는 것만 해도 사람으로서 할 도리가 아닌데 하물며 여러 차례 죄를 저질러 이렇게 일곱 번씩이나 감옥에 들어가다니 기가 막히고 당치도 않은 일이다. 이번만큼은 이놈의 다리를 잘라 버리자."

　그렇게 결정하고 다리를 자르러 데리고 가서 다리를 자르려고 하는데 마침 유명한 관상가가 지나가다가 다리를 자르려고 하는 사람들에게 다가가 말했다.

---

5) 도호쿠인(東北院). 교토시 사쿄구(左京區)에 있는 사원.
6) 검비위사(檢非違使). 제2권의 주 18을 참조.

"이 사람을 저를 봐서 용서하시지요. 이 사람은 반드시 극락왕생할 상을 가진 사람입니다."

"쓸데없는 소리 마라. 영문도 모르는 관상쟁이 중놈아."

모두들 당장에라도 자르려고 했다.

그러자 관상쟁이가 자르려는 다리 위에 올라앉아 외쳤다.

"이 사람의 다리 대신에 나의 다리를 자르시오. 왕생할 상을 가진 사람의 다리가 잘리는 것을 어찌 보고만 있을 수 있겠소. 아아."

자르려던 사람들도 어쩔 줄 몰라 검비위사에게 이 사정을 보고했다. 유명한 관상가의 말이라 무시할 수도 없어 별당[7]에게 이러저러한 일이 있다고 진언하자, 용서해주라고 하여 풀려났다.

이로 인해 이 도둑은 불심을 일으켜 승려가 되었고, 마침내 후에 고승이 되어 이 보리강을 시작하게 된 것이다. 그리고 관상가가 말한 대로 멋지게 극락왕생을 이루었다.

이렇기 때문에 장래에 이름을 떨칠 사람이 설령 그런 상을 가지고 있어도 보통의 관상가들이 이를 알아보기는 힘든 법이다. 이 고승이 시작한 법회도 오늘날에 이르기까지 끊어지지 않고 이어지고 있는 것은 정말로 찬탄할 만한 일이다.

---

7) 검비위사 관청의 장.

07.
미카와 입도가 불도에 입문하다 (59)

　미카와 입도[8]가 아직 속인이었을 때의 일이다. 젊고 예쁜 여자에게 마음을 두어 본부인과 헤어지고 이 여자를 부인으로 삼아 미카와로 데리고 갔다.

　하지만 그 여자는 한동안 병을 앓아 아름다웠던 모습도 잃고 죽어 버렸다. 입도는 너무나 슬픈 나머지 장례도 치르지 않고 밤이고 낮이고 이야기를 하면서 옆에 바싹 누워 입을 빨기도 하며 지냈는데 그러는 사이에 입에서 아주 지독한 냄새가 나오게 되자, 겨우 기피하는 마음이 들어 할 수 없이 장사를 지냈다.

　그 이후로 입도는 이 세상에 염증을 느꼈다. 그런데 미카와 지방에

---

8) 미카와 입도(三河入道). 오에노 사다모토(大江定基, 962~1034)이다. 미카와 지방 (현재의 아이치현 동쪽 지역)의 태수를 지냈고, 986년에 출가한 천태종 승려이다. 1003년에 송나라에 건너가 진종황제(眞宗皇帝, 재위 998~1022)로부터 원통대사라는 호를 받았다. 법명은 자쿠쇼(寂照)이다.

서 풍신제(風神祭)[9]라는 것을 할 때 산제물로 멧돼지를 산 채로 찔러 잡는 것을 보고 이 지방을 떠나야겠다는 생각이 들었다. 때마침 꿩을 산 채로 잡아서 들고 온 사람이 있어 입도가 말했다.

"자, 이 꿩을 산 채로 요리해서 먹자. 제법 맛이 좋을 것 같은데 어디 한번 시험해 보세나."

그러자 어떻게든 잘 보이려던 하급 관리들 중에 고약한 무리들이 맞장구를 치며 말했다.

"그거 좋은데요. 틀림없이 맛이 좋을 것입니다."

좀 분별이 있는 사람은 가혹한 말을 한다고 생각했다.

이리하여 입도의 눈앞에서 산 채로 꿩의 깃털을 뽑게 했다. 한동안 퍼드덕거리는 꿩을 누르고 계속해서 깃털을 쥐어뜯자 꿩이 눈에서 피눈물을 흘리며 눈을 껌벅거리면서 이쪽저쪽으로 도움의 눈길을 보냈다. 그것을 보다가 견디다 못해 도중에 자리를 뜨는 사람도 있었다.

"이 놈이 이렇게 우네 그려."

재미있어 하며 낄낄거리면서 한층 더 인정사정 볼 것 없이 쥐어뜯는 사람도 있었다.

깃털을 다 뽑자, 드디어 배를 갈랐다. 식칼을 찔러 넣을수록 핏방울이 뚝뚝 베어 나오는데 그것을 닦아가면서 칼질을 하자 꿩이 비통한 소리를 내고 죽어 버렸다. 꿩을 잡아 볶아 먹어보자며 사람들에게 맛을 보게 하였다.

"특별히 아주 맛이 좋습니다. 죽은 것을 잘라서 볶은 것보다 훨씬 맛

---

9) 바람의 신에게 제사를 지내 농작물의 풍해(風害)를 막아 오곡의 풍작을 기원하는 행사.

있습니다."

미카와 입도가 이를 지켜보다가 눈물을 흘리며 소리를 내어 울기 시작했기 때문에, 맛있다고 말했던 사람들도 태수의 마음에 들게 하려고 했던 기대가 어긋나 버리고 말았다.

입도는 그날로 임지 관청을 나와 교토로 돌아와 승려가 되었다. 불도의 마음이 일었는데 확실히 그 마음을 굳히려고 이러한 잔혹한 짓을 해 본 것이었다.

그런 그가 탁발이라는 것을 하고 있었을 때의 일이다. 어느 집에서 마당에 돗자리를 깔고 맛있는 음식을 잔뜩 차려주어서 먹으려고 하는데, 안쪽에 멋진 옷을 입은 한 여자가 발을 걸어 올리고 앉아 있었다. 자세히 보았더니 그가 내쫓아버린 전처였다.

"저 비렁뱅이가 이런 꼴이 되는 것이 보고 싶었지."

꼼짝 않고 쏘아보고 있었지만 입도는 별로 부끄럽다거나 괴롭다거나 하는 모습도 없었다.

"아이고 이렇게 고마운 일이 있나."

그는 차려진 음식을 잘 먹고 돌아갔다.

정말로 존귀한 마음을 가졌다. 불심을 견고히 가지고 있었기 때문에 그런 일이 있어도 괴롭거나 하지 않고 아무렇지도 않았던 것이다.

08.
신묘부가 기요미즈데라절에 참배하다 (60)

　옛날에 신묘부[10]가 아직 젊었을 때, 항상 기요미즈데라절로 참배를 다니고 있었는데, 그 절의 설교 승려는 사음을 범하지 않은 실로 청정한 사람이었다. 나이가 여든인데 법화경을 팔만 사천 부 이상 읽은 고승이었다. 그런 그가 어느 날 신묘부를 보고 욕정을 일으켜 갑자기 병이 나더니 다 죽게 되어버렸다. 제자들이 이상히 여겨 여쭤보았다.

　"병환의 상태가 아무래도 예사롭지 않습니다. 무슨 걱정이라도 있으신 겁니까? 말씀을 하시지 않으시면 어찌할 방법이 없습니다만."

　이 때 노승이 말했다.

　"실은 교토에서 이 불당에 참배하러 오시는 이러저러한 여성을 가까이하여 정담을 나누고 싶다는 생각을 하게 된 이후로 요 세 해 동안

---

10) 신묘부(進命婦). 미나모토노 기시(源祇子, ?~1053)를 지칭하며, 고스자쿠 왕(後朱雀天皇, 재위 1036~1045)·고레제 왕(後冷泉天皇, 재위 1045~1068)의 시대에 관백이었던 후지와라노 요리미치(藤原賴通)의 사랑을 받았다.

목구멍으로 음식을 넘길 수도 없게 되었다네. 이제는 사도(蛇道)의 축생도로 떨어지려고 하는 모양이야. 괴로운 일일세."

그래서 제자 중 한 사람이 신묘부에게 달려가 이 일을 전하자, 신묘부가 곧바로 찾아왔다. 환자는 머리를 깎지 않고 세월을 보냈기 때문에 수염, 머리 등이 은색 바늘을 세운 듯 귀신과도 같은 모습이었다.

하지만 신묘부는 무서워하는 기색도 보이지 않고 말했다.

"오래 전부터 제 스승으로 의지해 온 마음이 얕지 않습니다. 무슨 일이든 말씀하시면 어찌 거절할 수가 있겠습니까? 왜 몸이 쇠약해지시기 전에 말씀하시지 않으셨습니까?"

그러자 노승이 주변에 도움을 받아 겨우 일어나 염주를 쥐고 돌리면서 말했다.

"고맙게도 이렇게 와 주셨군요. 내가 팔만 부 이상을 읽은 법화경 중에서 가장 중요한 문구의 공덕을 당신에게 드리지요. 속인을 낳으신다면 관백, 섭정을 낳으시길. 딸을 낳으신다면 뇨고(女御), 왕비를 낳으시길. 승려를 낳으신다면 법무(法務)의 대승정을 낳으시길."

이 말을 끝내자마자 그대로 숨을 거두었다.

그 후, 신묘부는 우지도노[11]의 총애를 입어 노승의 말대로 교고쿠오도노[12], 시조노미야[13], 미이(三井)의 가쿠엔(覺円)[14] 좌주(座主)를 낳

___

11) 우지도노(宇治殿). 후지와라노 요리미치(藤原賴通, 992~1074)이다. 위의 주 10을 참조.
12) 교고쿠오도노(京極大殿). 후지와라노 모로자네(藤原師實, 1042~1101)로 후지와라노 요리미치의 여섯 번째 아들이며 섭정 관백을 지냈다.
13) 시조노미야(四條宮). 후지와라노 간시(藤原寬子, 1036~1127)로 고레제 왕(後冷泉天皇)의 왕후.
14) 가쿠엔(覺円, 1031~1098). 헤이안 시대의 천태종 승려. 1065년에 대승정에 오르고 1077년에 천태좌주가 되었으나 엔랴쿠지절(延曆寺) 사문들의 반대로 3일 만

게 되었다고 한다.

에 사임하고 홋쇼지절(法勝寺) 초대 별당이 되었다.

09.
나리토노 아손이 소생하다 (61)

이것도 지금은 옛이야기가 되었다. 나리토노 아손[15]이 죽었을 때, 미도 입도[16]가 말했다.

"무언가 남기고 싶은 말이 있었을 텐데, 가엾도다."

그래서 게다쓰지절[17]의 간주(觀修)[18] 승정을 불러 나리토노를 향해 가지기도(加持祈禱)를 거행하였다. 그러자 죽은 사람이 갑자기 소생하여 용건을 전한 후, 다시 눈을 감았다고 한다.

---

15) 나리토노 아손(業遠朝臣). 다카시나노 나리토(高階業遠, 965~1010)이다. 관백 후지와라노 미치나가(藤原道長)를 받들었다.
16) 미도 입도(御堂入道). 후지와라노 미치나가(藤原道長)이다. 당시 44세였다.
17) 게다쓰지절(解脫寺). 미치나가의 누나 센시(詮子)가 국가 진호를 위해 세운 사찰. 교토시 사쿄구(左京區) 이와쿠라나가타니초(岩倉長谷町)에 있었다.
18) 간쥬(觀修, 945~1008). 헤이안 시대의 천태종 승려. 997년에 온조지절(園城寺)의 장리(長吏)가 되고 1000년에 대승정이 되었다.

10.
아쓰마사, 다다쓰네 (62)

이것도 지금은 옛이야기가 되었다. 홋쇼지도노[19] 때, 민부성의 다이후[20] 아쓰마사[21]라는 사람과 구로도 관리처의 소사(所司)[22]인 요시스케(義助)라는 사람이 있었다. 어느 날 요시스케가 아쓰마사에게 노역을 부과해 불러냈다. 그러나 아쓰마사는 자신은 그런 노역을 할 사람이 아니라며 응하지 않았다.

이 때문에 소사가 하급관원들을 많이 데리고 가서 가차 없이 재촉하자 나왔다. 그리고 먼저 아쓰마사는 하고 싶은 말이 있다며 이 소사

---

19) 홋쇼지도노(法性寺殿). 후지와라노 다다미치(藤原忠通, 1097~1164)이다. 섭정, 관백, 태정대신을 역임하였고 말년에는 출가하여 홋쇼지절(法性寺)에서 살았다.
20) 민부성(民部省)의 다이후(大輔). 민부성은 호적·조세·부역 따위를 관장하던 관청이며 다이후는 그 부서의 차관에 해당한다.
21) 아쓰마사(篤昌). 시모우사 지방(下總國)의 태수인 후지와라노 노리쓰나(藤原範綱)의 아들. 이요 지방(伊予國, 현재의 에히메현(愛媛縣))의 태수도 역임하였다.
22) 구로도 관리처의 장(長)을 보좌하는 차관에 해당하는 벼슬.

를 불렀다. 그래서 소사가 나가자, 아쓰마사는 심히 역정을 내면서 말했다.

"이런 노역에 부르다니 무슨 이유인가? 도대체 이 아쓰마사를 뭐라고 생각하고 있는지 말해 보게."

계속해서 몰아세웠으나 그는 아무 말도 하지 않고 잠자코 있었다. 아쓰마사가 꾸짖으며 말했다.

"자, 말해 보아라. 우선 이 아쓰마사를 어떻게 생각하고 있는지 말하라."

이렇게 심하게 몰아세우자 말했다.

"특별한 것은 없습니다. 다만 민부성의 다이후 오품(五品)이자 코가 빨간 분이라고 알고 있습니다."

그랬더니 아쓰마사는 '아이쿠야!'라며 도망가 버렸다.

또한 어느 날 요시스케가 앉아 있는데 다다쓰네(忠恒)라는 호위무사가 좀 색다른 차림으로 그 앞을 지나가기에,

"호위무사의 차림이 여간하네"

라고 작은 소리로 중얼거렸다.

다다쓰네가 귀도 밝게 이 소리를 알아듣고 소사의 앞으로 되돌아와 꾸짖었다.

"'여간하지 않다'라는 말은 매우 훌륭하다, 뛰어나다는 의미인데 '여간하다'라는 말은 어떤 의미로 한 것인가?"

"저는 다른 사람의 여간하고 안하고는 모릅니다. 다만 조금 전에 다케마사[23] 호위무사가 이 앞을 지나갔을 때, 여기 있는 사람들이 그 모

---

23) 시모쓰케노 다케마사(下野武正)이다. 관백 후지와라노 다다자네(藤原忠實)와 후

습을 두고 여간하지 않다는 말을 주고받았는데 그 모습이 당신과는
전혀 달라서 그렇다면 어쩌면 여간하신 것인가 싶어 말했던 것입니
다.”

　이 말을 들은 다다쓰네는 ‘아이쿠야’ 라며 달아나 버렸다.

　이런 이유로 이 소사는 간큰 소사라 불리게 되었다고 한다.

　지와라노 다다미치(藤原忠通)를 모시던 호위무사다. 제8권 제2화를 참조.

11.
고스자쿠인이 일장육척의 불상을 만들다 (63)

이것도 지금은 옛이야기가 되었다. 고스자쿠인[24]이 무거운 병에 걸려 위독하게 되었을 때, 사후 환생에 대해 걱정을 했다.

그 때, 꿈에 미도 입도[25]가 찾아와서 말했다.

"일장육척(一丈六尺) 되는 불상을 만든 사람은 자자손손 결코 삼악도(三惡道)에 떨어지는 일은 없다. 나는 그런 크기의 불상을 많이 만들었다. 그러니 너는 반드시 성불한다. 절대로 그것을 의심해서는 안 된다."

그래서 고스자쿠인은 메카이 좌주[26]와 상의하여 높이 일장육척의

---

24) 고스자쿠인(後朱雀院). 고스자쿠 왕(後朱雀天皇, 재위 1036~1045)이며, 이치조 왕(一條天皇, 재위 986~1011)의 셋째 아들.

25) 미도 입도(御堂入道). 고스자쿠인의 할아버지인 후지와라노 미치나가(藤原道長)로 1027년에 사망했다.

26) 메카이 좌주(明快座主, 985~1070). 제32대 천태좌주로 1053년에 취임했다.

불상을 만들었다. 이 불상은 히에잔산의 고부쓰인(護佛院)[27]에 안치
하였다.

---

27) 히에잔산(제1권의 주 42를 참조) 동탑의 고부쓰인(五佛院)을 말하는 듯하다.

12.
식부성의 다이후인 사네시게가 가모 신사의
신체를 배례하다 (64)

  이것도 지금은 옛이야기가 되었다. 식부성의 다이후[28]인 사네시게[29]는 다른 사람과는 비교도 할 수 없을 만큼 열심히 가모 신사(賀茂神社)에 참배를 하고 있었다. 하지만 전생의 운이 나빠 이렇다 할 부처의 은혜를 얻지도 못했다.

  그런데 어떤 이의 꿈에 가모의 대명신(大明神)이 나타나 사네시게가 또 왔다며 한탄하시는 모습을 보았다고 한다. 꿈에 그 사네시게는 대명신의 본체(本體)에 배례를 드리고 싶다는 기도를 하고 있었는데, 어느 날 밤에 시모가모 신사(下賀茂神社)에 머물며 기도를 올리고 가미가모 신사(上賀茂神社)에 참배하는 도중에, 나카가모(中賀茂) 근처에서 왕의 행렬과 조우했다. 문무백관을 거느린 위용은 여느 때와 같

---

28) 식부성의 다이후(式部大輔). 국가의 의식이나 인사(人事)를 맡았던 관청인 식부성(式部省)의 차관.
29) 사네시게(實重). 다이라노 사네시게(平實重, ?~1150)로 품계는 정5품.

왔다. 사네시게가 한쪽 덤불에 몸을 숨기고 이를 보고 있는데 왕이 탄 가마 안쪽에 금가루로 쓴 불경이 한 권 놓여 있고, 그 표제에는 「일칭 남무불, 개이성불도(一稱南無佛 皆已成佛道)」[30]라고 적혀 있었다.

그런데 갑자기 그 부분에서 꿈에서 깼다고 한다.

---

30) 한번 나무아미타불이라고 하면 이미 모든 불도는 이루어진 것이라는 뜻으로, 법화경 방편품(方便品) 게(偈)의 일절이다.

13.
치카이 법인이 나병 환자와 법담하다 (65)

　이것도 지금은 옛이야기가 되었다. 치카이 법인(智海法印)이 아직 유직[31]의 지위에 있었을 무렵의 일이다. 법인이 기요미즈데라절에 백일동안 참배하고 한밤중이 되어 절에서 돌아오는데 다리 위에서 '유원교의, 역즉시순, 자여삼교, 역순정고(唯圓敎意 逆卽是順 自餘三敎 逆順定故)'[32]라며 경문을 외는 소리가 들렸다. 존귀한 일이로다. 어떤 사람이 경을 외고 있는 것일까 하는 생각에 가까이 가서 보니, 그 사람은 보기 흉하게 피부가 하얗게 되는 나병 환자였다.

　그 옆에 앉아서 경문에 대해 여러 가지 이야기를 나누었는데 그 대단한 치카이도 무색해질 만큼 설복당해 버렸다. 교토, 나라에도 이 정

---

31) 유직(有職). 승강(僧綱)의 뒤를 잇는 승려의 직위.
32) 당나라 담연(湛然)의 〈법화문구기(法華文句記)〉(8권)에 보이는 것으로, 천태의 4교(원교(円敎), 장교(藏敎), 통교(通敎), 별교(別敎)) 중에서 원교만이 삼악도에 떨어질 업인(業因)을 순연(順緣)으로 되게 하는 힘이 있다는 뜻이다.

도의 학자는 없다며 감탄하여 물었다.

"어디에 사십니까?"

"이 언덕에 있을 뿐입니다."

이후 치카이 법인이 몇 번이나 찾아갔으나, 결국 만날 수가 없었다. 그래서 법인은 그 사람은 부처님이 중생을 구하기 위해서 사람의 모습으로 변신한 화신이었을지도 모른다고 생각했다.

14.
시라카와인이 가위에 눌리다 (66)

이것도 지금은 옛이야기가 되었다. 시라카와인(白河院)[33]이 침소에서 자고 있을 때, 원령(怨靈)으로 인해 가위에 눌렸다. 그래서 원령을 물리칠 수 있는 무기를 머리맡에 두라는 분부가 있어 요시이에 아손[34]에게 헌상을 명했더니 그가 참빗살나무로 만든 검은색 활을 하나 바쳤다. 그것을 머리맡에 세워둔 이후로는 가위에 눌리는 일이 없어졌다. 시라카와인이 이에 탄복하여 물었다.

"이 활은 열 두 해 전쟁[35] 때에 사용했던 것 아닌가?"

---

33) 시라카와인(白河院). 시라카와 왕(白河天皇, 재위 1073~1087)으로 상왕(上皇) 때 원정(院政)을 행하였다.

34) 요시이에 아손(義家朝臣). 미나모토노 요시이에(源義家, 1039~1106)로 이요 지방(伊予國, 현재의 에히메현愛媛縣) 태수를 지낸 무장. 가마쿠라(鎌倉) 막부를 연 미나모토노 요리토모(源賴朝, 1147~1199), 무로마치(室町) 막부를 연 아시카가 다카우지(足利尊氏, 1305~1358)의 선조에 해당한다.

35) 헤이안 말기에 있었던 무쓰(陸奧)의 호족들의 반란을 미나모토노 요리요시(源賴義, 998~1075)와 그 아들 요시이에(義家)들이 평정한 전투. 이 전쟁은 1051년에

그러나 요시이에는 기억하지 못한다고 진언하였다. 시라카와인은 끊임없이 감동을 받았다고 한다.

서 1062년까지 12년간 이어졌다.

15.
에초 승도가 생선을 먹다 (67)

  이것도 지금은 옛이야기가 되었다. 나라(奈良)의 에초 승도[36]는 생선이 없으면 오전 식사와 오후 식사를 전혀 하지 않았던 사람이었다.

  그런데 조정의 법회를 맡아 교토 체재가 길어지는 바람에 생선을 먹지 못해 쇠약해진 상태로 나라로 돌아가던 도중에 나시마(奈島)[37]의 조로쿠도(丈六堂) 근처에서 점심 도시락을 먹는데, 한 제자가 인근의 민가에서 생선을 구해다가 승도에게 권했다.

  그런데 그 생선을 준 사람이 나중에 이런 꿈을 꾸었다. 무서워 보이는 사람들이 그 주변 민가에 표시를 하고 다녔는데 자신의 집에는 표시를 하지 않아 사자에게 그 이유를 물었더니, 이런 대답을 하였다.

  "여기는 에초 승도에게 생선을 보시한 집이기 때문에 표시에서 제

---

36) 에초 승도(永超僧都, 1014~1095). 호류지절(法隆寺)의 별당으로 대승도를 역임하였다.
37) 교토부 조요시(京都府 城陽市)에 있다.

외한 것이다."

그해 이 마을은 집집이 모조리 역병을 앓아 많은 사망자가 나왔다. 그런데 생선을 바친 집 한 채만이 이 재난을 면했다. 그래서 그 집의 사람이 에초 승도를 찾아가 이 사실을 전했다. 승도는 이 이야기를 듣고 답례로 옷 한 벌을 선물로 들려 보냈다.

16.
지치인의 영혼이 호수 안에서 료엔에게
법문하다 (68)

이것도 지금은 옛이야기가 되었다. 료엔보(了延房) 아사리가 히에신사[38]에 참배하고 귀로에 올랐다. 가라사키(唐崎) 근처를 지날 때 '유상안락행, 차의관사(有相安樂行 此依觀思)'[39]라는 경문을 외자, 출렁이는 물결 속에서 '산심송법화, 불입선삼매(散心誦法花 不入禪三昧)'라고 이어받아 마지막 문구를 송독하는 소리가 들려왔다.

이상하다는 생각이 들어 물었다.

"거기 누구십니까?"

"구보 승도 지치인[40]이오."

---

38) 히에신사(日吉神社). 시가현(滋賀縣) 오츠시(大津市) 사카모토혼마치(坂本本町)에 있는 히에타이샤(日吉大社)로, 천태종 엔랴쿠지절(延曆寺)의 수호 신사이다. 원숭이를 신의 사자로 섬기고 있다.

39) 중국의 혜사 대사(惠思大師, 515~577)의 〈법화경안락행의(法華經安樂行義)〉에 있는 문구이다.

40) 구보 승도(具房僧都) 지치인(實因, 945~1000). 헤이안 시대 천태종 사찰인 히에

대답을 들은 료엔보가 물가에 주저앉아 서로 법문을 주고받는데 상대방이 다소 교리에 맞지 않는 대답을 해서 물었다.

"그것은 맞지 않는 것 같은데 아닌가요?"

그러자 상대가 대답했다.

"틀림이 없을 테지만 아무래도 생사의 경계를 사이에 두고 있으니 어쩔 수 없는 일입니다. 하지만 나니까 이 정도도 문답이 가능한 것이지요."

잔산(比叡山, 제1권의 주 42를 참조) 엔랴쿠지절(延曆寺)의 승려. 998년에 대승도가 되었다.

17.
지에 승정이 계단을 쌓아 올리다 (69)

이것도 지금은 옛이야기가 되었다. 지에 승정[41]은 오미 지방 아사이 군(郡)의 사람이다. 그가 히에잔산(比叡山)에 계단(戒壇)[42]을 쌓는데, 인부를 모으지 못해 아직 계단을 쌓아올리지 못하고 있던 때의 일이다.

아사이군의 군사(郡司)와 지에 승정은 친하게 지낼 뿐만 아니라 스승과 단가(檀家)[43] 사이였는데 법요를 하게 되어 이 승정을 초대해 식사를 올리기 위해 승정 앞에서 대두를 볶아 식초를 쳤다. 승정이 그것을 보고 물었다.

"왜 식초를 치는 것인가?"

---

41) 지에 승정(慈惠僧正). 료겐(良源, 912~985)이라는 사람으로 18대 천태좌주를 지냈고 엔랴쿠지절을 중흥시켰다.
42) 계율을 받는 의식을 거행하기 위해서 설치하는 단(壇).
43) 일정한 절에 속하여 시주를 하며 절의 재정을 돕는 집이나 그 사람을 이른다.

군사가 대답했다.

"대두가 따뜻할 때에 식초를 치면 주름이 생겨서 젓가락으로 집기 쉬워집니다. 이렇게 하지 않으면 미끄러워서 집을 수가 없습니다."

그러자 승정이 말했다.

"식초를 뿌리든 안 뿌리든 왜 젓가락으로 콩을 못 집는가? 내게 콩을 던져주면 젓가락으로 집어 먹어 주겠네."

"그게 가능할 리가 없지요."

두 사람은 서로 언쟁을 하였다.

그래서 승정이 말했다.

"내가 이기면 다른 것은 필요 없고 반드시 계단을 쌓아올려 주시게."

"그야 식은 죽 먹기지요."

군사가 볶은 대두를 승정에게 던지사, 승정은 여섯 척 정도 떨어진 곳에 있으면서도 한 알도 떨어뜨리지 않고 젓가락으로 집었다. 이를 보고 놀라지 않는 사람이 없었다.

군사가 살짝 유자 열매를 갓 짜낸 것을 섞어 던져주웠는데도 일단은 미끄러워서 잘못 잡았다가도 밑으로 떨어뜨리는 일 없이 바로 젓가락으로 잡아냈다.

이 군사는 일족이 널리 번영했던 사람이라서 인원을 계속 투입하여 며칠 되지 않아 히에잔산에 계단을 쌓아 올렸다고 한다.

제5권

01.
시노미야가와라의 지장보살 (70)

이것도 지금은 옛이야기가 되었다. 야마시나(山科)로 가는 길목에 시노미야가와라(四宮河原)라는 곳에는 소데쿠라베라고 불리는 상인들이 모이는 장소가 있었다.

그 주변에 살던 천한 사람이 지장보살을 하나 만들었지만, 개안공양(開眼供養)도 하지 않고 궤에 넣어 자기 집 안쪽 방에 넣어 둔 채로 일상에 파묻혀 살다 세월이 흘러 잊고 있는 사이에 다시 서너 해가 지났다.

어느 날 밤, 꿈속에서 대로를 지나던 사람이 큰 소리로 사람을 부르는 소리가 나서 무슨 일인가 싶어 들어보니 이 집 앞에서,

"지장보살님, 지장보살님!"

하고 소리 높여 부르는 소리가 들려왔다. 그러자 집안에서는 무슨 일이냐고 묻는 소리가 들리는 듯했다.

"내일 제석천(帝釋天)이 지장법회를 개최하는데 오시지 않으시겠

습니까?"

집안에서 대답하는 소리가 들렸다.

"가고야 싶지만, 아직 눈이 열리지 않아 갈 수가 없을 것 같네만."

그러자 다시 밖에서 말했다.

"꼭 오세요."

안쪽에서 소리가 들렸다.

"눈도 보이지 않는 몸으로 어떻게 가겠는가?"

문득 잠에서 깨어나 어째서 이런 꿈을 꾸었는지 아무리 생각해 보아도 이상해서 날이 밝고 나서 집 안쪽을 차근차근 살펴보다가 예전에 지장을 넣어둔 채로 두었던 것이 생각나 찾아내었다. '꿈에 보인 것이 이거였구나.' 하며 놀라 서둘러 개안공양을 했다고 한다.

02.
당상관이 후시미의 수리대부의 집을
찾아가다 (71)

이것도 지금은 옛이야기가 되었다. 후시미의 수리대부[1] 집으로 스무 명 정도의 당상관이 몰려들 갔는데 갑작스러운 일이라서 한바탕 난리가 났다. 안주 같은 것을 준비할 겨를도 없었기에 급한대로 침향목으로 만들어진 최고급 상 위에 제철 음식을 이것저것 차려놓은 모습은 상상에 맡기겠다. 술잔을 거듭 주고받다가 술자리를 파하고, 손님들은 우스꽝스러운 이야기를 하면서 방을 나갔다.

마구간에는 이마가 좀 하얀 검은 말이 스무 마리 정도 매어 있었고, 호위무사나 당상관들이 사용하는 안장 스무 개가 안장 걸이에 걸려 있었다. 당상관들은 고주망태가 되어 있었는데, 이 말에 안장을 올려 놓고 한 사람 한 사람을 태워 보냈다.

---

1) 후시미의 수리대부(伏見修理大夫, 1028~1094). 다치바나노 도시쓰나(橘俊綱)를 말한다. 헤이안 시대의 관리, 가인(歌人)이었다.

이튿날, 어제는 굉장한 대접을 받았다는 이야기를 하다가 말했다.

"자 다시 한 번 더 몰려들 가보세."

또다시 스무 명이서 후시미의 수리대부의 집으로 몰려갔다. 그런데 이번에는 사전에 준비가 잘 갖추어져 있고 당황해 하던 어제의 모습과는 전혀 다르게 방바닥을 사각으로 파서 만든 난로도 깨끗하게 닦아져 있었다. 마구간을 보니 검은 밤색 털의 말을 스무 마리 매어 두었는데 이 말도 모두 이마가 하얬다.

아마 이정도로 호사스러운 사람은 없을 것이다. 이 분은 우지도노의 아들이다. 그러나 우지도노에게는 자식이 많아 다치바나노 도시토[2]라는 대부호의 양자가 되어 이렇게 부유한 사람이 되었다고 한다.

---

2) 다치바나노 도시토(橘俊遠, 생몰년 미상). 하리마 지방(播磨國, 효고현(兵庫縣) 서부), 사누키 지방(讚岐國, 가가와현(香川縣)) 등의 태수를 지냈다.

03.
모치나가의 액막이 (72)

이것도 지금은 옛이야기가 되었다. 대선직(大膳職)의 스케(亮) 대부인 다치바나노 모치나가[3]라는 오품 구로도가 있었다.

어느 날 우지 좌대신[4]의 부름을 받고 말했다.

"오늘, 내일은 액막이를 위해 엄중히 외출을 삼가야 할 때라 칩거중이라서요."

그러자 엄중한 명령을 내렸다.

"이건 대체 무슨 소리인가? 공직에 있는 자가 액막이 타령이나 하고 있을 때인가? 반드시 들어오게."

---

3) 다치바나노 모치나가(橘以長, ?~1169). 치쿠고 지방(筑後國, 후쿠오카현(福岡縣) 남부)의 태수를 지냈고 종5품이었다.

4) 우지 좌대신(宇治左大臣). 후지와라노 요리나가(藤原賴長, 1120~1156)로 종1품인 좌대신을 역임하였고 사후 정1품 태정대신을 하사받았다. 학식이 높은 인재였으나 다혈질적인 데다 타협할 줄 모르는 성격 탓으로 악좌부(惡左府)로 불렸다. 아버지는 섭정, 관백인 후지와라노 다다자네(藤原忠實, 1078~1162)이다.

모치나가는 겁이 나서 출사했다.

그런데 열흘 정도 후의 일이다. 좌대신에게 액막이로 아주 엄중하게 근신해야 할 일이 생겼다. 대문 사이에는 방패 등을 둘러 세우고 인왕강(仁王講)을 집행하는 승려들조차 가야노인⁵⁾에 면한 쪽에 있는 토담의 문을 통해 함께 온 동자승들도 들이지 않고 승려들만 안으로 들이게 했다.

모치나가가 액막이를 위해 근신중이라는 말을 듣고 서둘러 찾아가 토담의 문을 통해 들어가려고 하자,

"아무도 들이지 말라는 명령입니다."

하며 두 녕의 도네리가 잎을 가로막았다.

"이보게 자네들. 나는 부름을 받고 오는 길일세."

모치나가의 말에 공무 관계로 늘 그를 보고 있는 터라 어쩔 수 없이 안으로 들었다.

안으로 들어간 모치나가는 구로도 관리처에서 이것저것 큰소리로 이야기를 하고 있었다. 그 소리를 들은 좌대신이 물었다.

"액막이로 근신을 하는 날에 저렇게 큰 소리로 떠드는 것이 누구인가?"

모리카네(盛兼)가 대답했다.

"모치나가입니다."

"이렇게 액막이를 위해 심히 근신중에 있는데, 지난밤부터 와 있는 이유가 무엇인지 물어보라."

명령을 받고 가서 분부한 내용을 전했다.

---

5) 가야노인(高陽院). 좌대신 저택 서북쪽에 있던 아버지 다다자네(忠實)의 저택.

구로도 관리처가 좌대신의 거처와 아주 가까운데도 불구하고 모치나가가 큰소리로 거침없이 말했다.

"얼마 전에 저도 액막이를 위해 근신중이었는데 입궐하라는 명령을 받았지요. 그래서 제가 액막이를 위해 근신중이라고 말씀드렸더니 액막이라는 것이 있느냐 그런 게 다 뭐냐? 반드시 들어와야 한다고 하셔서 입궐했었지요. 그래서 저는 액막이라는 것은 없는 것으로 알고 있습니다만."

이 말을 들은 좌대신은 고개를 숙인 채 아무 말도 하지 못했다고 한다.

04.
한큐 아사리가 서쪽으로 등을 두지 않다 (73)

이것도 지금은 옛이야기가 되었다. 한큐 아사리(範久阿闍梨)라는 승려가 있었다. 히에잔산의 료곤인(楞嚴院)이라는 법당에 살면서 오로지 극락왕생을 빌면서 행주좌와(行住坐臥) 한시도 서쪽을 등지는 일이 없었다. 침을 뱉거나 대소변을 할 때도 서쪽을 향하지 않았다. 석양을 등지는 일도 없었다. 서쪽 언덕 쪽에서 산으로 오를 때에는 몸을 옆으로 하고 걸었다.

그리고 항상 이렇게 말했다.

"나무가 넘어질 때는 반드시 기울어져 있는 쪽으로 넘어진다. 마음을 서방정토에 두고 있으면, 어찌 극락왕생의 소원을 이루지 못하겠는가? 임종정념(臨終正念)[6]을 의심하지 않는다."

---

6) 염불 수행을 하는 사람이 죽을 때 마음을 어지럽히지 않고 극락왕생을 믿어 의심하지 않는 일이다.

이 이야기는 〈속본조왕생전〉[7]에 쓰여 있다고 한다.

---

7) 〈속본조왕생전(續本朝往生伝)〉. 오에노 마사후사(大江匡房, 1041~1111)의 저술로 왕을 비롯해 대신, 부녀자 등 42명의 왕생을 기술한 열전이다. 한큐 아사리 전기는 20번째에 나온다.

05.
베주 이에쓰나와 유키쓰나가 서로를 속이다 (74)

이것도 지금은 옛이야기가 되었다. 베주[8]가 익살스러운 짓을 해서 다른 사람을 웃기는 역할을 하는 광대라지만 이에쓰나와 유키쓰나 두 형제는 세상에 견줄 이가 없을 정도로 사루가쿠[9]에 뛰어난 예능인이 었다.

호리카와인[10] 때, 나이시도코로[11]에서 무악(舞樂)이 개최되는 밤

---

8) 베주(部從). 궁중의 의식 등에서 춤추는 사람들 밑에서 관현악기를 연주하면서 때로는 익살스러운 흉내를 내던 예능인.

9) 사루가쿠(猿樂). 가마쿠라 시대에 행해진 익살스러운 동작과 곡예를 주로 한 연극으로, 후에 가무극인 노(能)와 노의 막간에 상연된 희극 교겐(狂言)으로 발전했다.

10) 호리카와인(堀河院). 호리카와 왕(堀河天皇, 재위 1087~1107)으로 아버지인 시라카와 왕(白河天皇, 재위 1073~1087)의 둘째 아들이며 8세 때 등극하여 22년간 왕의 자리에 있었다.

11) 나이시도코로(內侍所). 궁중 내 신경(神鏡)을 모신 곳. 매년 12월 길일에 그 뜰에서 무악(舞樂) 즉 가구라(神樂)의 연행이 있었다. 가구라는 신에게 제사지낼 때 연주하는 악무이다.

에 '오늘밤에는 무언가 특별한 것을 연기하도록 하라.'는 왕의 분부가 있어, 그 일을 맡은 이에쓰나[12]를 불러 어명을 전했다.

이 말을 들은 이에쓰나는 '무엇을 하지?' 하고 궁리하다 동생 유키쓰나를 한 쪽으로 불러들여 물었다.

"이렇게 저렇게 하라는 주상의 어명이 있어서 내가 생각한 것이 있는데 어떨지 모르겠네?"

"어떤 것을 하실 생각이신지요?"

"뜰에 화톳불을 밝게 피워 놓은 앞에서 하카마를 높이 들어 올려 야윈 정강이를 드러내며, '밤, 밤, 밤도 깊어지고 얼얼 추운데 어디어디 고환이라도 쭉쭉 쬐어볼까.' 하며 화톳불을 세 바퀴 뛰며 돌려고 하는데 어떠냐?"

"그것도 재미있겠는데요. 다만 주상 앞에서 야위어 빠진 정강이를 드러내고 고환을 쬐겠다는 말을 하는 것은 좋지 않을 것 같은데요."

"그렇지. 지당한 말이네. 그럼 뭔가 다른 것을 해야겠구나. 자네한테 의논하길 잘했어."

이에쓰나가 말했다.

왕의 분부를 들은 당상관들은 오늘밤에는 어떤 것을 보여줄지 잔뜩 기대하고 기다리고 있었다. 무악담당의 장(長)[13]이 '이에쓰나! 들라.' 며 불러냈는데, 이에쓰나가 나와서 별반 재미도 없는 동작만으로 끝내고 들어가 버리자, 왕을 비롯해 모두가 기대에 미치지 못했다는 느

---

12) 이에쓰나(家綱). 시나노 지방(信濃國, 현재의 나가노현(長野縣)) 태수를 역임한 후지와라노 이에쓰나이며, 품계는 정5품.

13) 닌조(人長)라 하여 궁중의 가구라 공연 때 춤꾼을 지휘하는 장으로, 이는 근위부 (近衛府, 제1권의 주 33을 참조) 소속 관리가 맡았다.

낌을 받았다.

　그러는 사이에 무악담당의 장이 다시 나와 "유키쓰나! 들라."고 불러냈다. 그러자 유키쓰나가 무척이나 추운 듯한 모습으로 등장하여 바지 하카마를 허벅지까지 걷어 올리고 야윈 정강이를 드러낸 채 추위에 벌벌 떠는 듯한 목소리로, '밤, 밤, 밤도 깊어지고 얼얼 추운데 어디어디 고환이라도 쭉쭉 쬐어볼까.' 하고는 뜰에 피워 놓은 불 주위를 열 바퀴 뛰어다니자, 지위 고하를 막론하고 모두가 그에 대단한 갈채를 보냈다.

　한 쪽에 숨어 이를 지켜보고 있던 이에쓰나가 말했다.

　"괘씸하게도 저 녀석에게 빼앗겨 버리다니."

　이를 계기로 두 사람은 사이가 틀어져 서로 얼굴도 대하지 않으며 지냈다. 그러나 그러던 중 이에쓰나는 속은 것은 분하지만 언제까지나 이렇게 지낼 수야 없다고 생각하고 유키쓰나에게 말했다.

　"그 일은 이제 그만 접기로 하지. 뭐니 뭐니 해도 형제간의 불화를 언제까지나 계속할 수야 없지 않겠느냐."

　이에 유키쓰나도 기꺼이 나가 화해를 했다.

　가모의 임시제(臨時祭)[14] 후에 열린 사연[15]에서 무악 공연이 있었을 때 유키쓰나가 이에쓰나에게 말했다.

　"장(長)이 부를 때 저는 대나무 받침대 밑에서 수선을 떨 테니, 형님께서는 '저건 뭐 하는 놈이냐?'고 큰 소리로 흥을 돋으세요. 그러면 저

---

14) 가모(賀茂)의 임시제. 4월 중순 유일(酉日)에 행해지는 상례제 외에 11월 하순 유일에 행해지는 기모신사(賀茂神社)의 임시제.
15) 사연(賜宴). 왕이 베푸는 주연.

는 '죽표(竹豹)[16]다, 죽표야.'라고 하면서 표범 흉내를 최대한 열심히 내 보겠습니다."

그러자,

"간단한 일이군. 크게 소리쳐 주마."

하며 이에쓰나도 동의했다.

그런데 무악담당의 장이 앞으로 나와서 "유키쓰나! 들라."고 하자, 유키쓰나가 서서히 일어서서 대나무 받침대 밑으로 다가가 기어다니며 "저건 무엇을 하는 겐고?"라고 형이 말하면 그 말에 맞춰 "죽표다." 라고 말하려고 기다리고 있었다. 그런데 이에쓰나가 "저건 무슨 죽표이더냐?"라고 물었다. 자기가 대답하려던 '죽표'를 형이 먼저 말하는 바람에 할 말이 없어진 유키쓰나는 잽싸게 달아나 들어가 버렸다.

이 일을 왕이 전해 듣고 오히려 무척 재미있다고 했다고 한다. 이는 앞서 유키쓰나에게 속은 것에 대한 복수였다고 한다.

---

16) 죽표(竹豹). 얼룩무늬가 큰 호랑이.

06.
같은 베주 기요나카 (75)

이것도 지금은 옛이야기가 되었다. 니조노오미야[17]라고 하는 분은 시라카와인의 공주이자 도바인[18]을 키운 준모[19]다. 니조(二條)에서는 북쪽, 호리카와(堀川)에서는 동쪽 방면에 살았다. 사시던 거처가 부서졌는데 아리카타 오오쿠라 경[20]이 빈고 지방[21] 국사로 다시 임용되자

---

17) 니조노오미야(二條大宮). 시라카와 왕(白河天皇, 재위 1073~1087)의 셋째 딸 레이시(令子, 1078~1144).

18) 도바인(鳥羽院, 1103~1156). 도바 왕(鳥羽天皇, 재위 1107~1123)으로 생후 7개월 만에 태자가 되고 5세 때 등극하여 16년간 재위하였다. 또한 1129년부터 원정(院政, 왕을 대신하여 정무를 봄)을 행하여 스토쿠(崇德, 재위 1123~1142), 고노에(近衛, 재위 1142~1155), 고시라카와(後白河, 재위 1155~1158) 왕 3대에 걸쳐 28년 간 하였다.

19) 준모(准母). 생모와 같은 지위를 받은 여성.

20) 아리카타 오오쿠라 경(有賢大藏卿). 미나모토노 아리가타(源有賢, 1070~1139)로 관현의 명수이며 호리카와 왕에게 관현을 가르쳤다. 1092년부터 빈고 지방(備後國, 현재의 히로시마현(廣島縣) 동부)을 다스렸고 벼슬은 종3품까지 지냈다.

21) 빈고 지방(備後國). 위의 주 참조.

그 은혜로 거처를 수리하게 되어 니조노오미야도 다른 곳으로 옮겨 살고 있었다.

베주 기요나카(清仲)[22]라는 사람이 늘 니조노오미야의 거처에서 시중을 들고 있었는데, 집주인이 살고 있지 않은데도 여전히 가마를 세워 두는 여닫이문 곁에 있으면서 낡은 물건은 물론이거니와 새로 세운 짤막한 기둥과 칸막이 같은 것까지 부수어 불태워 쬐고 있었다. 이 일을 아리카타가 도바인에게 호소해서 도바인은 기요나카를 불러 그 이유를 물었다.

"니조노오미야가 안 계시는데도 여전히 저택에 머무르며 낡은 물건이고 새 물건이고 부수어 불태운다고 하는데, 대체 무슨 일인가? 수리를 하는 사람이 호소를 하고 있어. 오미야도 안 계신데 거기 있는 이유가 무엇이더냐?"

그러자 기요나카가 대답했다.

"특별한 것은 없습니다. 땔감에게 문안드리고 있었습니다."

이 정도의 일을 가지고 이러쿵저러쿵 말할 것까지도 없다고 생각한 도바인은, 어서 쫓아내라며 웃었다고 한다.

또, 홋쇼지도노[23] 시대에 가스가 신사[24]에서 제례가 있었을 때, 기요나카가 경마 기수[25]로 나섰는데, 신마(神馬)를 다루는 사람들이 모

---

22) 기요나카(淸仲). 누구인지 확실하지 않다.
23) 홋쇼지도노(法性寺殿). 후지와라노 다다미치(藤原忠通, 1097~164)로, 도바(鳥羽)·스토쿠(崇德, 재위 1123~1142)·고노에(近衛, 재위 1142~1155)·고시라카와(後白河, 재위 1155~1158) 왕 4대에 걸쳐 섭정 또는 관백을 지냈다.
24) 가스가 신사(春日神社). 나라현(奈良縣)에 있는 신사.
25) 조정에서 가스가노타이샤(春日大社)로 신마 4마리, 경주마 12마리를 봉납하는데, 그 경주마의 기수이다.

두 사성이 있어 출사하지 않고 제대로 근무를 한 것은 기요나카뿐이
었다. 그래서 홋쇼지도노가 당부하듯 명하였다.

"신마 담당이 빠졌으니, 조심하고 또 조심해서 근무하도록 하라. 하
다못해 교토 안만이라도 무사히 지날 수 있도록 주의해 근무하라."

"잘 알겠습니다."

그런데 기요나카가 그대로 가스가 신사 입구까지 무사히 도착을 해
서, 홋쇼지도노가 거듭 감탄해 마지않았다. 잘 해냈다고 칭찬하며 말
을 하사하자, 기요나카는 뛸 듯이 기뻐하며 말했다.

"언제나 이렇게 후한 상을 내려주신다면 신마를 전적으로 맡아 일
하고 싶습니다."

이 말을 듣고 어명을 전하는 사람이고, 마침 그 자리에 있던 사람이
고, 모두가 배꼽을 잡고 웃어 웃음바다가 되었다. 이 소리를 들은 홋쇼
지도노가 무슨 일이냐고 하문하여 이러저러한 일이 있었노라고 상주
(上奏)하니, 재미있는 소리를 다 한다고 말씀하셨다.

07.
가나 달력을 만들다 (76)

　이것도 지금은 옛이야기가 되었다. 어떤 사람 밑에 시중드는 여인 중에 젊은 신참이 있었는데, 다른 사람에게 종이를 받아 그 집에 있던 젊은 승려에게 가나 달력을 만들어 달라고 하였다. 그러자 스님이 간단한 일이라며 써 주었다. 처음에는 '신사에 참배, 절에 불공드리기에 좋음', '흉일(凶日)'[26], '흉회일(凶會日)'[27] 등이라고 되어 있었으나, 점점 끝 쪽으로 갈수록 어느 날은 '음식을 먹지 않는 날' 등이라고 쓰여 있고, 또 '이것 이것이 있으면 잘 먹는 날' 등이라고 적혀 있었다.

　이 여인은 색다른 달력이라는 생각은 했지만, 설마 그렇게 엉터리

---

26) 만사 흉하여 외출 등을 삼가는 날로 1월은 진일(辰日), 2월은 축일(丑日), 3월은 술일(戌日), 4월은 미일(未日), 5월은 묘일(卯日), 6월은 자일(子日), 7월은 유일(酉日), 8월은 오일(午日), 9월은 인일(寅日), 10월은 해일(亥日), 11월은 신일(申日), 12월은 사일(巳日).

27) 음양의 조화가 서로 맞지 않은 어떤 일을 하기에는 최악의 날로 월에 따라 2일 ~12일에 해당하는 날.

일 것이라고 생각하지 못한 채 그럴만한 뭔가가 있을 것이라고 생각하여 그대로 어기지 않고 따랐다. 또 어떤 날은 '대변을 보지 말라'고 되어 있어서 이상하게 여겼지만, 역시나 그럴만한 이유가 있을 것이라는 생각에 참고 지내는데, 오래 이어지는 '흉회일'과 같이 '대변을 보지 말라', '대변을 보지 말라'고 연일 적혀 있어서 이틀, 사흘까지는 참고 있었지만, 도저히 참을 수 없게 되어 양손으로 엉덩이를 붙잡고 '어떻게 하지, 어쩌나?' 하며 몸을 비틀고 비비꼬고 있는 사이에 엉겁결에 싸고 말았다고 한다.

08.
친자식이 아닌 아이 (77)

　이것도 지금은 옛이야기가 되었다. 스스로는 그 사람의 자식이라고 주장하지만, 결정적으로 친자식이라고는 생각되지 않는 사람이 있었다. 그 내막을 아는 세상 사람들은 말도 안 되는 일이라고 생각하고 있었다.

　그런데 그 아버지라는 사람이 죽고 나서 그의 밑에서 오랫동안 시중을 들던 무사가 아내와 함께 시골로 내려갔다. 하지만 무사는 아내가 죽자, 생계가 어려워져 다시 교토로 올라왔다. 살아가기에 이렇다 할 좋은 계책도 없고, 형편도 좋지 않았다. 어느 날, 자칭 친자식이라는 사람이 분명히 죽은 나으리의 친아들이라고 하며 부모의 집에 살고 있다는 소문을 듣고 이 무사는 집을 나섰다.

　"작고하신 나으리를 오래도록 모셨던 아무개라고 하는 사람이 찾아와서 뵙고 싶어 하십니다."

　아랫것이 아뢰었다.

"그런 일이 있었다고 들었네. 잠시 기다리게 하게나. 만나 보겠네."

이 말을 전해들은 무사가 잘 됐다고 생각을 하며 눈을 지그시 감은 채 기다리고 있는데, 가까이에서 모시는 무사가 나와서,

"손님방으로 드시지요."

라고 하여 기꺼이 들어갔다. 안내를 한 무사는 잠시 기다리라는 말을 남기고 맞은편으로 나가 버렸다.

주위를 둘러보니 방의 모습은 돌아가신 나으리가 살아 계셨을 적의 모습 그대로였다. 장지(障子) 같은 것이 좀 낡았나 하고 바라보고 있는데 안쪽 방문이 열려서 무심코 올려다보니 아들을 자처하고 있는 사람이 걸어 나왔다. 이 아들을 보자마자 오랜 세월 모셨던 무사가 훌쩍거리더니 이내 엉엉 울기 시작하고 끝내는 소매가 짜질 정도로 완전히 젖어버렸다. 대체 왜 이렇게 우는 걸까 하는 생각을 하며 한쪽 무릎을 땅바닥에 짚으며 아들이 물었다.

"왜 이렇게 우는가?"

"돌아가신 나으리의 살아생전의 모습과 똑같으신 것이 제 가슴을 울려서요."

무사가 대답했다.

그렇지 않아도 스스로도 돌아가신 아버지를 닮았다고 생각하고 있는데, 세상 사람들이 안 닮았다고들 하는 것 같아 의외라는 생각을 떨치지 못하던 차, 이 남자는 울고 있는 무사를 향해 말했다.

"자네도 생각보다 나이를 먹었군. 지금은 어떻게 지내고 있는가? 나는 아직 어릴 때부터 어머니 집에 있어서 돌아가신 아버지의 모습은 잘 기억하지 못하네. 앞으로는 자네를 돌아가신 아버지라고 생각하고 의지하겠네. 필요하면 무엇이든 말하게. 우선 지금 추운 것 같군. 이

옷을 입게나.”

숨이 두툼하게 들어 있는 옷을 하나 벗어 주며 아들이 말했다.

“아무것도 사양할 필요 없네. 이 집으로 오면 좋겠군.”

이 무사는 장단을 잘 맞췄다.

어제 오늘 시중을 든 사람이 이런 말을 해도 기쁜데 하물며 돌아가신 아버지를 오래 모신 사람의 말이라 기분이 좋아진 아들은, '이 사내는 오랫동안 어렵게 살아온 모양인데 딱한 일인걸.' 하며, 후견인을 불러 말했다.

“이 사람은 돌아가신 아버지께서 총애했던 사람이라네. 우선 이렇게 교토로 올라왔으니, 이야기를 잘 들어보고 돌봐 주도록 하게.”

그러자 후견인은 조심스러운 목소리로,

“아, 네.”

라고 대답하고 나갔다. 한편 이 늙은 무사는 올라오기 전에 거짓말은 하지 않겠노라고 부처님께 맹세를 했었다.

그 후 이 집 주인아들은 자신을 친아들이 아닌 것 같다고 하는 사람들을 불러 이 무사에게 자세한 이야기를 하게 해서 들려주려고 생각하고 후견인을 불러 말했다.

“모레 여기로 손님들이 오신다고 하니 빈틈없이 준비해 접대에 차질이 없도록 해 주게.”

“아, 네.”

이렇게 대답한 후견인은 이것저것 준비해 마련하였다.

이 집 주인아들과 허물없는 사람 네댓 명이 모였다. 주인아들은 여느 때보다도 한층 짐짓 점잔을 빼며 마주하면서 가끔 술을 주고받으며 말했다.

"제 아버지 밑에서 오랫동안 시중을 들던 사람이 있는데 만나보시
겠습니까?"

그러자 모인 사람들이 기분 좋게 얼큰히 취해 말했다.

"꼭 좀 불러주시지요. 돌아가신 나으리를 모셨다니 참으로 감개무
량한 일 아닙니까."

"누구 없느냐? 누구든 이리 오너라."

그러자 한 사람이 일어서 그 무사를 불러왔다. 들어온 이를 보니, 육
십을 넘긴 듯한 구레나룻이 벗겨진 남자였는데, 눈빛으로 보아 거짓
말 같은 것을 할 것 같지 않은 사람이었다. 윤이 나는 명주로 만든 하
얀 가리기누[28]에 연한 황색 웃옷을 입고 있었는데 세벌 밋진 옷이었
다. 분명 하사받은 옷인 듯하였다. 불려온 그는 부채를 홀[29]같이 들고
단정히 엎드려 있었다.

집주인이 물었다.

"여보게 내 선친께서 살아 계실 때부터 자네는 여기서 오래 지냈던
사람이지?"

"아, 네."

"아버지를 모시고 있었던 겐가? 어떤가?"

무사가 대답했다.

"그렇습니다. 돌아가신 나으리 밑에는 열세 살 적부터 있었지요. 쉰
이 될 때까지 밤낮으로 떨어져 지낸 적이 없었습니다. 그리고 돌아가
신 나으리도 저를 '소관자[30], 소관자!'라고 부르셨지요. 처음 시중을

---

28) 헤이안 시대, 귀족들의 평상복.
29) 속대(束帶)할 때 오른손에 드는 가늘고 긴 얇은 판.
30) 소관자(小冠子)의 소는 친근감을 표현하는 접두사이며, 관자는 성인식을 마치고

들기 시작하여 제대로 도움을 드리지 못했을 때도 나으리 발밑에 자면서 한밤중이나 새벽녘에 요강을 받치기도 했습니다. 그 당시에는 힘들고 견디기 어려웠습니다만 돌아가시고 나니 어째서 그런 생각을 했는지 한스럽습니다."

주인아들이 다시 물었다.

"지난번에 자네가 처음 나를 찾아왔을 때 말일세, 방문을 여는 나를 올려다보며 하염없이 울었는데 그건 무슨 연유에서였는가?"

그러자 무사가 말했다.

"그것은 다름이 아니오라, 시골에 있는데 나으리께서 돌아가셨다는 말을 듣고 다시 한 번 찾아뵙고, 하다못해 사시던 집이라도 봐야겠다는 생각에 조심스레 찾아왔드랬습니다. 그랬더니 바로 저를 손님방 쪽으로 불러주셨습니다. 정말로 황송한 일이라고 생각하고 있는데, 방문을 열고 들어오시는 것을 무심코 올려다보니 검은 에보시가 우선 서서히 보였는데 돌아가신 나으리께서 나오셨을 때도 이렇게 검은 에보시였던 기억이 나서 저도 모르게 그만 눈물이 흘렀던 것입니다."

이 말을 듣고 거기 모인 사람들이 실실 웃고 있었다.

한편 이 집주인은 얼굴색이 변하여 물었다.

"그런데 또 나의 어떤 부분이 돌아가신 아버님과 닮았는가?"

"그 외에는 전혀 닮은 곳이 없습니다."

무사가 대답하자, 사람들은 낄낄대며 한 사람, 한 사람, 자리를 떠나가 버렸다.

관을 쓴 젊은 남자를 일컫는다.

09.
미무로도 승정과 이치조지 승정 (78)

이것도 지금은 옛이야기가 되었다. 이치조지 승정[31]과 미무로도 승정[32]이라는 미이데라(三井寺)[33] 유파로 고귀한 분들이 있었다. 미무로도 승정은 다카이에 소치[34]의 넷째 아들이다. 이치조지 승정은 쓰네스케 다이나곤[35]의 다섯째 아들이다. 미무로도를 다카아키(隆明)라고

---

31) 이치조지(一乗寺) 승정. 조요(増誉, 1032~1116)이다. 교토시 사쿄쿠구(左京區)에 있는 미이데라절(三井寺)의 별당(別堂)인 이치조지절에 거주했고, 미이데라절의 장리(長吏), 천태좌주 등을 역임. 시라카와 왕(白河天皇) · 호리카와 왕(堀川天皇)의 호지(護持)승려.

32) 미무로도(御室戸) 승정. 후지와라노 다카아키(藤原隆明, 1021~1114)로 조요의 숙부. 미이데라절의 장리(長吏), 대승정을 역임. 교토 우지(宇治)의 미무로도 사원에서 살았다.

33) 미이데라절(三井寺). 시가현(滋賀縣) 오쓰시(大津市)에 있는 사찰로 천태사문종의 총본산. 일반적으로 미이데라절로 불리지만 정식 명칭은 온조지절(園城寺).

34) 다카이에 소치(隆家帥). 후지와라노 다카이에(藤原隆家, 979~1044)를 지칭하며 소치는 규슈에 놓인 지방행정기관인 다자이후(大宰府)의 장(長). 아버지는 관백인 후지와라노 미치타카(藤原道隆, 953~995).

35) 쓰네스케 다이나곤(経輔大納言). 후지와라노 쓰네스케(藤原経輔, 1006~1081)로

한다. 이치조지를 조요(增譽)라고 한다. 이 두 사람은 모두 존귀하며 산부처와 같은 분들이다.

미무로도는 뚱뚱해서 산과 들을 걸으며 수행을 할 수 없었다. 그래서 오로지 본존 앞에서 밤낮으로 근행하는 방울소리가 끊기는 일이 없었다. 가끔 사람이 찾아가거나 하면 언제나 문이 닫혀 있었다. 문을 두드리면 불쑥 사람이 나타나서 "누구요?" 라고 물었다. "아무개라는 사람이 왔습니다.", 혹은 "상황전하의 사자입니다."라고 하면 "안내해 드리지요."라고 해서, 안으로 들어가 장시간 기다리고 있노라면 방울소리가 계속 들렸다.

그런데 한참 후 문의 자물쇠를 풀고 문 한쪽을 사람 하나가 들어갈 정도로 열었다. 안을 보니 뜰에는 풀이 무성하게 자란 것이 발을 디딘 흔적도 없었다. 풀 이슬을 헤치고 불당으로 올라가자, 넓은 행랑방이 한 칸 있었다. 여닫이문에는 얇은 종이를 바른 명장지가 세워져 있는데 그을음이 끼여 언제 붙인 것인지도 알 수 없었다.

한참 후, 검은 승복차림의 승려가 발소리도 내지 않고 나와서 전했다.

"잠시 기다려 주십시오. 지금 근행중이십니다."

기다리고 있으니 잠시 후 안쪽에서 소리가 들렸다.

"이쪽으로 들어오십시오."

그래서 그을린 장지문을 열자, 향 연기가 조용히 흘러나왔다. 거기에 앉은 승정은 쭈글쭈글한 옷을 입고 가사도 여기저기 찢어져 있었

후지와라노 미치타카(藤原道隆)의 손자이자 후지와라노 다카이에(藤原隆家)의 아들. 정2품 다자이후의 장을 역임, 1066년에 곤다이나곤(權大納言)이 되었다.

다. 아무 말도 하지 않고 있기에 찾아간 사람도 어떻게 된 일인가 하고
마주앉았는데, 승정은 손을 모으고 약간 몸을 앞으로 기울인 자세로
있었다. 잠시 후 승정이,

"충분히 기도를 올렸습니다. 그럼 이만 어서 돌아가시지요."

라고 하여, 할 말도 제대로 하지 못하고 나오자, 다시 문을 바로 잠가
버렸다. 이 사람은 이렇게 오로지 틀어박혀 수행만 하는 사람이었다.

한편 이치조지 승정은 오미네산[36]을 두 차례 순례했다. 그는 뱀을
찾아내는 주법을 행했다. 또 용마(龍馬)[37] 등을 찾아내거나 하여 색다
른 수행을 하는 사람이었다. 그 숙방(宿坊)은 한, 두 정(町) 정도나 앞
에서부터 몰려드는 사람들로 붐비있는데, 덴가쿠[38], 시루가쿠를 연기
하는 승려들이 많았으며, 호위 무관과 위부(衛府)[39] 소속 사내들도 활
발히 출입하고 있었다. 또한 물건을 파는 사람들이 들어와 말안장과
검 등, 여러 가지 물건을 팔면 그들이 말하는 대로 대금을 치러서 몰려
드는 사람들로 성시를 이루었다. 이리하여 이 승정에게는 세상의 보
물이라는 보물은 다 모여들게 되었다.

그런데 이 승정은 주사(呪師) 쇼인[40]이라는 동자를 총애했다. 이 동

---

36) 오미네산(大峰山). 나라현(奈良縣)에 있는 산으로 수행자들이 수행하는 영지(靈地).
37) 말과 같이 네 발을 가진 용이라는 설이 있다.
38) 덴가쿠(田樂). 농악에서 발달한 무용의 하나. 원래 모내기할 때 행해졌는데 점차 덴가쿠노(能)로 발전하다가 사루카쿠에 밀려 쇠퇴하기 시작하였다.
39) 위부(衛府). 궁중을 경비하던 여섯 관청, 즉 육위부(六衛府)의 총칭. 육위부는 좌·우 근위부(近衛府), 위문부(衛門府), 병위부(兵衛府).
40) 주사 쇼인(呪師小院). 주사(呪師) 연기를 하는 소년의 애칭. 주사(呪師)는 나라(奈良)의 고후쿠지절(興福寺), 교토의 호세지절(法成寺)·손쇼지절(尊勝寺)과 같은 대사원에 예속되어 법회 등에서 예능을 상연하는 역승(役僧).

자가 도바(鳥羽)의 모내기제에 미쓰키[41]를 했다. 전에는 목에 올라 미쓰키를 했는데, 이번 모내기제에서는 승정이 이 동자와 상의한 결과, 요즘 유행하는 연기중의 하나로 동자가 남자의 어깨에 올라서면서 힘차게 등장하여, 보는 이들은 모두 그저 놀라울 따름이었다.

이 동자를 총애한 나머지 승정이 말했다.

"계속 이런 상태로는 좋지 않지. 승려가 되어 밤이고 낮이고 언제나 나와 함께 있자꾸나."

그러자 동자가 대답했다.

"왜 그러시는지요? 저는 좀 더 이런 상태로 있고 싶은 걸요."

그러나 승정이 더욱 집요하게 여하튼 승려가 되라고 강요하여, 결국 동자는 마지못해 승려가 되었다.

이리하여 함께 있게 되어 세월이 흘렀다. 봄비가 보슬보슬 계속 내리고 할 일도 없어 승정이 사람을 불러 물었다.

"그 동자가 승려가 되기 전에 입던 옷[42]이 있느냐?"

"창고에 아직 있습니다."

"가져 오너라."

가지고 온 것을 보더니 승정이 말했다.

"이걸 입거라."

"보기 흉할 겁니다."

주사 쇼인은 거절했다.

그러나 승정이 한사코 입어보라고 계속 권하여, 쇼인은 한쪽 구석

---

41) 주사(呪師)의 곡예 중의 하나로, 다른 사람의 목과 어깨 같은 높은 곳에 올라타 몸을 가볍게 날려 하는 곡예.
42) 출가 전에 주사 곡예 상연 시 입던 옷.

으로 가서 옷을 입고 악사들이 쓰는 고깔을 쓰고 나왔다. 그 모습이 예전과 전혀 다를 바가 없었다. 승정이 문득 그 모습을 보고 눈물지었다. 쇼인도 표정이 바뀌어 서 있었는데 승정이 물었다.

"아직 하시리[43]라는 곡은 기억하고 있느냐?"

"기억하지 못합니다. 다만 가타사라와[44]라는 곡만은 자주 했던 것이라 조금 기억하고 있습니다."

그러더니 작은 물건 속을 비집고 통과할 만한 좁은 곳을 달려 단번에 날아올랐다. 고깔을 들고 순식간에 건너뛰는 것을 보고 승정은 감동해 소리 높여 울었다. 그리고 가까이로 오라고 부르더니 동자를 어루만지며 울면서 말했다.

"어째서 출가 같은 것을 시켰는고."

그러자 쇼인도 말했다.

"그래서 조금만 더 기다려 주십사 말씀드렸건만……"

그러자 승정이 옷을 벗기고 문 안으로 데리고 들어갔다. 그 후로는 어떤 일이 있었는지 모른다.

---

43) 주사(呪師)의 곡예 중 하나이나 구체적인 상연 방법은 명확하지 않다. 주사의 곡예는 재빠른 움직임이 특징적이라서 '하시리(走り)'라고 총칭하였다.
44) 주사(呪師)의 곡예 중의 하나.

10.
한 승려가 남의 집에서 은어 치어를
훔쳐 먹다 (79)

이것도 지금은 옛이야기가 되었다. 한 승려가 어떤 사람의 부름을 받고 그 사람의 집으로 갔다. 그 집 주인이 술 등을 권했는데, 은어의 치어가 나오기 시작하자 귀한 것으로 여겨 승려의 상에 올렸다. 그런데 용무가 있어서 주인이 안으로 들어갔다가 다시 나와 보니 은어 치어가 뜻밖에도 줄어 있어서 주인이 이상하다고는 생각했지만, 말을 할 만한 것도 아니어서 그대로 환담을 나누고 있는데 이 스님의 코에서 은어 치어가 한 마리 툭 튀어 나왔다. 의아하게 생각한 주인이 물었다.

"스님의 코에서 은어의 치어가 나오다니 어떻게 된 일인지요?"

그러자 스님이 지체 없이 말했다.

"요즘은 은어 치어가 눈코에서 나옵니다."

이 말을 들은 사람들이 모두 일제히 웃음을 터뜨렸다.

11.
주인 승도가 지주권현의 설법을 하다 (80)

　이것도 지금은 옛이야기가 되었다. 히에잔산의 승려들이 히에(日吉)신사의 니노미야(二宮)에서 법화경을 공양하는데 그 도사로 주인(仲胤) 승도[45]를 초대했다.

　설법은 과연 훌륭했는데, 마지막에 '지주권현[46]이 말씀하시기를.'라고 운을 떼며 '차경난지, 약잠지자, 아즉환희, 제불역연(此經難持 若暫持者 我則歡喜 諸佛亦然)'이라는 법화경의 게문(偈文)[47]을 한층 소리 높여 읽으며 '제불(諸佛)'이라는 부분을 '지주권현이 말씀하시길, 아즉환희, 제신역연(我則歡喜 諸神亦然)'이라고 하여서, 가득 모여 있던 승려들은 이구동성으로 감탄의 소리를 내며 부채를 펼쳐 부채질하면

---

45) 생몰연대는 확실하지 않다. 헤이안 시대 후기의 승려로 히에잔산(제1권의 주 42를 참조) 엔랴쿠지절(延曆寺)의 명설법사로 유명하다.
46) 지주권현(地主權現). 그 땅을 수호하는 본래의 신. 여기서는 니노미야의 제신(祭神).
47) 부처의 공덕이나 가르침을 찬탄하는 노래인 가타(伽陀)의 글귀.

서[48] 진심으로 칭찬해 마지않았다.

그런데 어떤 사람이 히에신사의 감실(龕室)을 열어 평소에 보이지 않는 불상을 공개하여 각각의 신체(神體) 앞에서 천일 법회를 열었는데, 니노미야의 신을 위해 설법할 때 한 승려가 이 문구를 고스란히 그대로 설법에 사용했다.

어떤 이가 주인 승도에게 이 일을 이야기하자, 그가 웃으며 말했다.

"그건 이러저러할 때 내가 제창한 문구지. 하하하. 요즘의 경전 해석은 대개가 개똥 해석이야. 개는 사람의 똥을 먹고 똥을 싸는 법이지. 요즘의 설경사(說經師)는 주인(仲胤)이 한 경전 해석을 훔쳐 경전을 해석을 하고 있으니 개똥 설경이라고 하는 걸세."

---

48) 진심으로 칭찬 공감의 마음을 표현하는 행위.

12.
다이니조도노에게 고시키부노나이시가 노래를 읊어주다 (81)

이것도 지금은 옛이야기가 되었다. 다이니조도노[49]는 고시키부노나이시[50]를 사랑하고 있었는데 만남이 소원해지게 되었을 즈음 병이 났다. 한참 후에 거의 회복되어 조토몬인[51]을 찾아뵈었는데 집으로 돌아가려던 참에 수라간에 있는 고시키부를 발견하고는 말했다.

"완전히 죽을 뻔했다오. 어째서 찾아와 주지 않았는고?"

고시키부는 그냥 지나가려는 다이니조도노의 노시[52] 소맷자락을 당기면서 말했다.

---

49) 다이니조도노(大二條殿). 후지와라노 노리미치(藤原教通, 996~1075)로 관백 후지와라노 미치나가(道長)의 셋째 아들. 고산조 왕(後三條天皇, 재위 1068~1073) 때 관백, 태정대신을 역임하였다.

50) 고시키부노나이시(小式部內侍, ?~1025). 헤이안 시대의 여류 가인으로, 여러 지방 태수를 지낸 다치바나노 미치사다(橘道貞)의 딸. 1009년경 어머니인 이즈미시키부(和泉式部)와 함께 이치조 왕의 왕비인 쇼시(彰子)의 시중을 든 여관.

51) 조토몬인(上東門院). 이치조 왕의 왕비인 후지와라노 쇼시(藤原彰子, 988~1074).

52) 노시(直衣). 옛 귀족의 평복.

　　나 홀로 죽도록 괴롭고 또 괴로웠어라
　　살아생전 찾아갈 처지가 아니기에

　이 노래를 듣고 견딜 수 없을 정도로 사랑스럽게 여겼는지 끌어안
고 고시키부의 방으로 들어가 누웠다.

13.
히에잔산 요가와의 가노지장 (82)

　이것도 지금은 옛이야기가 되었다. 히에잔산[53] 요카와(橫川)의 가노지인(賀能知院)이라는 승려는 계율을 파괴하고 악업을 저지르고도 부끄러움을 모르는 둘도 없는 악승이었는데, 밤낮으로 부처의 물건을 마음대로 쓰는 일만 하고 있었다. 이 승려는 요카와에서 사무를 맡아 집행하는 승려이었다. 절 사무소로 가는 길에 탑 아래를 늘 지나치는데, 탑 밑에 낡은 지장이 잡동사니들 속에 버려져 있는 것을 문득 보고는 때때로 두건을 벗어 머리를 숙이고 예를 다해 공손히 절을 하고 지나가는 때도 있었다. 그러던 어느 날 가노는 그만 헛되이 죽고 말았다. 스승 승도가 그의 죽음을 알고는 '그 스님은 계율을 어긴 파렴치한이었기 때문에 내세에는 틀림없이 지옥에 떨어질 것이야.'라며 마음 아파하면서 무척 가엾게 여겼다.

---

53) 히에잔산(比叡山). 제1권의 주 42를 참조.

그런데 사원내 사람들이 요즘 아무래도 탑 아래 지장이 보이지 않는데 어찌된 일이냐는 말들을 했다. 누가 수리하려고 가져간 것이 아니겠느냐는 말을 하는 사람들도 있었는데 어느 날 이 승도가 꿈을 꾸었다.

꿈에 승도가 물었다.

"이 지장이 보이지 않는데 어찌 된 일인가?"

옆에 있던 승려가 대답했다.

"이 지장보살은 전에 가노지인이 무간지옥에 떨어지던 날 그를 구하려고 바로 함께 지옥으로 가셨습니다."

꿈결에 들어도 참으로 뜻밖의 일이라 다시 물었다.

"어째서 그런 죄인과 함께 가셨습니까?"

"언제나 탑 아래를 지날 때 가노는 지장보살님을 언뜻 보고, 가끔 절을 하고 지나갔기 때문이지요."

꿈에서 깨어나 승도가 직접 그 탑 밑으로 가보니 정말로 거기에는 지장보살이 없었다. 그럼 정말 죽은 승려를 따라 함께 가셨단 말인가 하는 생각을 하고 있는데 그 후 다시 승도가 꿈을 꾸었다.

꿈에 탑 아래로 가서 보니 그 지장보살이 서 있는 것이었다. 그래서 물었다.

"이거 모습을 감추셨던 지장보살님 아니십니까? 어째서 다시 모습을 드러내신 것인지요?"

그러자 어떤 한 사람이 대답했다.

"가노를 따라 지옥으로 들어가 그를 구출하고 다시 돌아오신 것이지요. 그래서 발에 화상을 입으셨습니다."

발을 쳐다보자 정말로 지장보살의 발이 검게 타 있었다. 꿈결에 생각해도 그저 놀라울 따름이었다. 이윽고 꿈에서 깨어나고도 감격의 눈물이 멈추지 않아 서둘러 탑 아래로 가보니 눈앞에 지장보살이 서 있었다. 발을 보니 정말로 검게 타 있었다. 이를 보니 이 이상 감사하고도 가여운 일이 없었다. 그래서 눈물을 흘리면서 이 지장보살을 탑 아래에서 안아 올렸다.

사람들은 이 지장보살이 지금도 있는데 그 크기가 두 척하고도 다섯 치 된다고들 한다. 이 이야기를 들려준 사람은 실제로 이 지장보살에게 합장 배례를 했다고 한다.

제6권

01.
히로타카가 염라대왕의 부름을 받다 (83)

이것도 지금은 옛이야기가 되었다. 후지와라노 히로타카(藤原廣貴)라는 사람이 있었다. 죽어 염리청으로 불려가 염라대왕 앞이라고 생각되는 곳으로 갔는데, 대왕이 물었다.

"네 아이를 가져 출산하던 여자가 잘못되어 죽었느니라. 그 여인이 지옥에 떨어져 고통을 당하고 있는데 그가 슬픔을 호소해서 너를 불러들인 것이야. 먼저 그런 사실이 있었더냐?"

"그런 일이 있었습니다."

히로타카가 대답했다. 대왕은 다시 말했다.

"네 아내가 호소하고 있는 심정은 그러니까, '저는 남편과 살면서 함께 죄를 지었고, 게다가 남편의 아이를 낳다가 잘못되어 죽어서 지옥에 떨어져 이런 견디기 어려운 고통을 받고 있는데, 남편은 조금도 제 내세의 명복을 빌어주지 않습니다. 저 혼자만 고통을 받을 이유는 없습니다. 그러니 히로타카도 함께 불러서 같이 고통을 받고 싶습니다.'

라는 것이야. 그래서 부른 것이니라."

히로타카가 말했다.

"아내의 호소는 너무도 지당한 일입니다. 공사다망하여 생계를 꾸려나가기 급급해 생각은 하면서도 사후의 명복을 비는 일도 하지 못한 채로 허송세월을 했습니다. 그러나 이제는 함께 부름을 받아 고통을 받는다 해도 아내가 고통을 면할 리도 없겠지요. 그래서 이번에는 시간을 좀 주시면 사바세계로 돌아가 아내를 위해 모든 것을 버리고 경전을 쓰고, 공양을 하여 사후 명복을 빌겠습니다."

대왕은 잠시 기다리라고 하더니 그의 아내를 불러 남편 히로타카의 말을 전하고 의견을 물었다. 그러자 그의 아내가 말했다.

"참말로 옳은 말입니다. 경전까지 써서 공양을 해준다고 하니 어서 용서해 주시지요."

그래서 대왕은 다시 히로타카를 불러 아내의 말을 그대로 전달하고, 돌아가는 것을 허락했다.

"그럼 이번에는 돌아가는 것이 좋겠느니라. 반드시 아내를 위해 경전을 쓰고, 공양을 하여 명복을 빌어야만 하느니라."

히로타카는 그러나 여기가 도대체 어디며 이렇게 선처해 준 이가 누구인 줄도 몰랐다. 허락을 받고 그 자리를 떠나 돌아오는 길에 생각하기를, '저 멋지게 쳐진 발 안쪽에서 이와 같은 판결을 내려 나를 이렇게 돌려보내 준 사람은 누구였을까?' 라며 무척 마음에 걸려서 가던 길을 다시 뛰어 돌아와 아까 그 자리에 있었다. 그러자 발 안쪽에서 물었다.

"저 히로타카는 돌려보내지 않았더냐? 왜 다시 돌아온 거냐?"

히로타카가 아뢰었다.

"뜻하지 않게 이번에는 자비를 베풀어주셔서 좀처럼 되돌아갈 수 없는 인간 세계로 돌아가게 되었습니다만, 어느 분의 말씀인지도 모른 채 그대로 돌아가 버리는 것이 아무래도 마음에 걸리고 개운치가 않아 황공하오나 그것을 여쭙고자 다시 돌아온 것입니다."

"참 어리석기도 하지. 인간세계에서는 나를 두고 지장보살이라고 하느니라."

이 말을 듣고, '그런데 여태껏 염라대왕으로 알고 있었는데 염라대왕이라는 분이 지장보살님이셨구나. 이 보살님을 잘 모시면 지옥의 고통을 면할 수 있겠는 걸.'라고 생각했다. 히로타카는 사흘 지나 다시 살아나, 그 후 아내를 위해 불경을 쓰고 공양을 했다고 한다.

이 이야기는 〈일본법화험기〉에 기록되어 있다고 한다.

02.
세손지절에서 죽은 사람을 찾아내다 (84)

옛날에 세손지(世尊寺)[1]라는 곳에는 모모조노 다이나곤(桃園大納言)[2]이 살고 있었다. 근위부 대장에 임명되는 선지를 받았을 때 그 축하연회를 열어 손님을 대접하기 위해 집을 수리하고 일단 축하를 먼저 받았는데, 드디어 내일 모레 열릴 공식적인 축하연회를 앞두고 갑자기 죽고 말았다. 그래서 거기서 일하던 사람들도 모두 뿔뿔이 흩어지고 부인과 아들만 쓸쓸히 살고 있었다. 그 아들이 주전료[3]의 장(長)

---

1) 세와 왕(清和天皇)의 아들인 모모조노(桃園) 대군의 거처. 후에 본 이야기의 후지와라노 모로우지, 후리와라노 고레타다 섭정의 저택이 되었으나 1001년에 그의 손자 유키나리(行成)가 사찰로 삼았다.
2) 모모조노 다이나곤(桃園大納言). 후지와라노 모로우지(藤原師氏, 913~970)로 관백이었던 후지와라노 다다히라(藤原忠平, 880~949)의 아들. 969년에 곤다이나곤(權大納言)에 올라 다음해에 사망. 품계는 정3품. 거처하는 곳이 모모조노다이(桃園第)인 것과 관련하여 모모조노 다이나곤이라 하였다.
3) 주전료(主殿寮). 궁중의 여련(輿輦), 탕목(湯沐), 정료(庭燎), 뜰의 청소 등을 맡던 관아.

인 치카미쓰이다.

그 후 이 집을 이치조 섭정(一條攝政)이 압수했는데 태정대신(太政大臣)이 되어 축하연을 베풀었다. 집의 서남쪽 구석에 무덤이 있었는데 토담이 둘러쳐져 있고 그 구석에는 버선바닥과 같은 좁고 긴 형태로 되어 있었다.

"거기다 사당을 지어야겠다. 이 무덤을 부수고 그 위에 사당을 지을 테다."

섭정이 결정하자, 다른 사람들도,

"무덤을 위해서 그것은 좋은 공덕이 되겠지요."

라고들 하여, 무덤을 부수었다. 그런데 부순 무덤 속에 석관이 들어 있었다. 열어 보니 스물 대여섯 정도 되어 보이는 비구니가 얼굴색도 곱고, 입술색도 전혀 변하지 않은 채 뭐라 형언할 수 없는 아름다운 모습으로 잠들어 있는 것처럼 누워 있었다. 실로 멋진 형형색색의 옷을 입고 있었다. 젊었을 때 급사해서인지 금으로 된 그릇이 말끔히 놓여 있었다. 석관 속에 들어 있는 물건에서는 모두가 더할 나위 없이 좋은 향기가 났다. 이 엄청난 광경에 놀라서 사람들이 모여들었는데, 그 사이에 서북쪽에서 바람이 불어오자 그것들이 모두 형형색색의 먼지가 되어 날아가 버렸다. 금 그릇 이외에는 아무것도 남지 않았다.

이보다 훨씬 오래 전의 옛날 사람일지라도 뼈와 머리가 흩어져 사라질 리가 없는데, 이렇게 바람에 날려 먼지가 되어 날아가 버리다니 기이한 일이라며 사람들은 놀라워했다.

그 후 섭정이 바로 돌아가셨는데 사람들은 이 뒤탈인가 하고 의심했다고 한다.

03.
루시 장자 (85)

옛날에 천축국에 루시(留志) 장자라는 세상에 둘도 없는 부유한 사람이 있었다. 창고를 수없이 소유하고 있어 무척 풍요로웠으나, 아주 인색한 마음을 가지고 있어 처자에게나 종에게도 음식을 베풀거나 옷을 나누어주는 일이 없었다. 자신이 무언가가 먹고 싶을 때에는 다른 사람에게도 보이지 않고 몰래 먹었는데 어느 날 굉장히 먹고 싶어져서 아내에게 말했다.

"밥, 술, 과일 같은 것을 잔뜩 준비해 주시오. 내게 붙어서 뭐든지 아까워 쓰지 못하게 하는 욕심 많은 신에게 제사를 지내려는 것이니."

"인색하게 만드는 마음을 없애려고 하는 것은 좋은 일이죠."

아내가 기뻐하며 여러 가지 만들어 잔뜩 준비해 주자, 부자는 그것을 받아들고 다른 사람들이 보지 않는 곳으로 가서 실컷 먹어야겠다는 생각에 찬합에 음식을 넣고, 술병에 술을 담아 들고 나갔다.

'이 나무 밑에는 까마귀가 있고. 저기에는 참새가 있고.' 하면서 장소를 고르고 다니다가 인적이 드문 산속 나무 그늘 아래 새나 짐승도 없는 곳에서 혼자서 먹고 있었다. 그 즐거움이란 그 무엇과 견줄 수 없는 것이라서 '금광야중, 식반음주대안락, 유과비사문천, 승천제석(今曠野中 食飯飮酒大安樂 猶過毘沙門天 勝天帝釋)'이라고 흥얼거렸다. 그 뜻은 '오늘 사람이 없는 곳에서 혼자 음식을 먹고, 술을 마시는 이 즐거움은 비사문천과 제석천보다 낫다.'는 것이었는데 이를 제석천이 하늘에서 가만히 지켜보고 있었다.

그러더니 얄밉게 여겼는지 루시 장자로 변신해 그의 집으로 가서 말했다.

"내가 산에서 뭐든지 아까워하는 신께 제사를 올린 징험이 나타난 것인지, 그 신이 나에게서 떠나 모든 게 아깝지 않게 되었다. 하여 이렇게 하는 것이다."

그리고는 여러 창고를 열게 하더니 처자를 비롯해 종들, 그 밖의 모르는 사람들에게는 물론 수행자, 거지에 이르기까지 많은 보물을 꺼내서 나누어주었다. 사람들은 모두 기뻐하며 받아가지고 있는데, 거기에 마침 장본인인 부자가 돌아왔다.

와서 보니 창고를 모두 열어 수많은 보물을 사람들이 서로 나눠가지고 있으니 그 놀라움과 울분은 이루 다 말할 수 없었다. 대체 왜 이런 짓을 하느냐고 외쳐보지만 자신과 완전히 똑같은 모습을 한 사람이 나와서 이렇게 하고 있으니 도무지 이상해 견딜 수가 없었다.

"저건 가짜야. 나야말로 진짜라구."

말해도 들어주는 사람도 없었다.

그래서 국왕에게 호소하자,

"네 어머니에게 물어보라."

라고 분부하여 어머니에게 물었다.

"다른 사람에게 물건을 주는 사람이야말로 제 아들일 겁니다."

이런 대답을 하기에 어쩔 도리가 없었다.

"허리 부분에 점 같은 자국이 분명 있었습니다. 그것을 증거로 봐 주십시오."

허리를 살펴보았으나 제석천정도 되는 분이 그것을 흉내 내지 않았을리 만무했다. 두 사람 모두에게 틀림없이 똑같이 점이 있어 어쩔 도리가 없었다. 두 사람이 부처 앞으로 나아가자, 바로 그 때 제석천이 원래 모습으로 돌아왔다. 이제와 따져보아도 소용이 없다는 생각을 하고 있는데 부처의 힘으로 곧 수타원과(須陀洹果)⁴⁾가 증명되어 부자는 깨달음의 경지에 들어갈 수 있게 되었고, 악심을 떠나 남 주기를 아까워하는 마음도 없어졌다.

이와 같이 제석천이 사람을 선도하는 일은 이루 다 헤아릴 수가 없다. 이유도 없이 부자의 재산을 없애려는 생각을 왜 하시겠는가? 다른 사람 주기를 꺼려하는 깊은 욕심의 업에 의해 지옥에 떨어질 뻔한 부자를 가엾게 여기시는 마음에서 이렇게 배려해 주신 것이니 정말로 감사한 일이다.

---

4) 소승(小乘)불교의 승려가 깨달음을 얻어 부처가 되는 네 단계 중에서 첫 단계로 욕계(欲界)의 탐(貪)·진(瞋)·치(癡)를 끊어 버리는 경지를 말한다.

04.
쌍륙에 빠져 기요미즈데라절의 이천 번 참배를
탕진하다 (86)

　옛날에 어떤 사람 밑에서 시중을 드는 젊은 무사가 있었다. 아무것도 할 일이 없어 남의 흉내를 내어 기요미즈데라절로 천일 참배를 두 차례나 갔다. 그 후 얼마 되지 않아 주인 밑에서 시중을 들고 있던 같은 처지의 무사와 쌍륙놀이를 했는데, 참패를 하여 상대에게 줄 것이 없었다. 그로 인해 상대에게 심하게 책망을 당해 난처해진 그가 말했다.

　"나는 아무 것도 가진 것이 없다네. 지금 당장 가지고 있는 것이라면 기요미즈데라에 이천 번 참배를 한 그 공덕뿐일세. 그걸 주겠네."

　옆에서 듣던 사람은 한번 놀려 주려고 그러는가 싶어 웃고 있었으나, 이 이긴 무사는 말했다.

　"그거 굉장히 좋은데. 준다면 받지."

　그러더니 다시 말했다.

　"아닐세. 이 상태로는 받을 수 없지. 사흘 동안 정진하고 이러한 상황을 신불에게 아뢰고 나서 자네가 넘겨주겠다는 증서를 써서 주면 그때야말로 받겠네."

무사도 그러겠노라고 약속을 했다.

그날부터 정진을 시작해 사흘째 날 이긴 무사가 말했다.

"그럼, 자 기요미즈로."

이 진 무사는 진짜 바보를 만났구나 싶었으나, 웃고 싶은 기분을 억누르고 기꺼이 함께 갔다. 요구하는 대로 증서를 써서 부처 앞에서 스승인 승려를 불러 자초지종을 대신 말하게 하고 '이천 번 참배한 것, 그것을 이러이러한 자에게 쌍륙 내기로 양도했다.'고 써주자, 이를 받아든 상대는 기뻐하며 엎드려 절을 하더니 떠나갔다.

그 후 얼마 되지 않아 이 진 무사는 뜻밖의 일로 붙잡혀 감옥에 갔다. 반면에 증서를 받은 무사는 뜻밖에도 생활력 있는 아내를 얻어 한층 운이 트여 유복한 봄이 되어 관직에도 올라 풍요로운 삶을 살게 되었다.

사람들은 눈에 보이지 않는 것이지만 성심을 다해 받아서 부처님도 기특하게 여겨주신 것이라고들 했다.

05.
관음경이 뱀으로 변하다 (87)

  옛날에 매를 사육하여 팔아 생활을 꾸려가는 사람이 있었다. 야생 매를 잡으려고 날아가는 매의 뒤를 따라가는데 멀리 산속 골짜기 벼랑 끝에 높은 나무가 있었고 거기에 매가 둥지를 틀고 있는 것을 발견했다. 마침, 좋은 것을 발견했다며 기쁜 마음으로 일단 집으로 돌아가서 이제 슬슬 새끼 매가 적당히 자랐을 것으로 생각되는 즈음에 '새끼를 잡아야겠다.'고 생각해 다시 가보았다. 그랬더니 말할 수도 없는 깊은 산속, 끝도 없이 깊은 골짜기에 아주 높은 팽나무가 있고, 골짜기 쪽으로 뻗어 있는 그 나무의 가지 위에 둥지를 틀고 새끼를 낳은 것이었다.
  매는 둥지 주변을 돌고 있었다. 살펴보니 말할 수 없이 훌륭한 매라 그 새끼도 훌륭하겠지 하는 생각에 정신없이 올라갔다. 그런데 드디어 거의 둥지에 다다랐을 때 밟고 있던 가지가 부러져 골짜기 아래로 떨어졌다. 간신히 골짜기 절벽으로 뻗어 나온 나뭇가지에 걸려 그 나

못가지를 붙잡고 있었는데 살아있는 듯한 기분도 들지 않고 몸을 움직일 수도 없었다. 아래를 내려다보니 끝도 없는 깊은 골짜기였다. 위를 올려다보니 아주 높은 봉우리였다. 기어오를 방법도 없었다.

함께 따라간 종자들은 골짜기로 떨어졌으니 의심할 것도 없이 주인은 죽었을 것이라고 생각했다. 그렇다 하더라도 어떻게 되었는지 확인은 해봐야겠다며 벼랑 끝으로 다가가서 간신히 발끝으로 서서 두려움에 살짝 내려 보았다. 그러나 끝도 없는 깊은 골짜기로 나뭇잎이 우거져 시야를 가리고 있는 아래쪽이라 전혀 보일 턱도 없었다. 현기증이 나고 슬픔이 밀려와 잠시도 보고 있을 수가 없었다. 어쩔 도리가 없을 뿐만 아니라 그렇다고 언제까지나 거기에 있을 수도 없어 전원이 집으로 돌아와 상황을 이야기하자, 그의 아내와 아이들은 울부짖었다. 그러나 어쩔 도리가 없는 노릇이었다. 가족들은 만나지 못하더라도 현장만이라도 보러 가고 싶다는 의향을 내비쳤다.

"전혀 길도 기억하지 못합니다. 그리고 가신다고 해도 끝도 없는 깊은 골짜기라 우리가 아무리 여러 가지 방법을 동원해 보았지만 보이지 않았습니다."

한 사람이 말하자 다른 사람들도 말했다.

"가 보아도 전혀 소용이 없을 것입니다."

그래서 결국 가지 못했다.

한편, 골짜기로 떨어진 남자는 어쩔 수가 없어 돌 모서리의 사각 쟁반 정도 넓이로 돌출되어 있는 한쪽에 엉덩이를 걸치고 나뭇가지를 붙잡은 상태로 꼼짝도 못하고 있었다. 조금만 움직여도 골짜기로 떨어져 버릴 것 같았다. 도저히 어찌할 도리가 없었다. 이렇게 매를 잡는 일을 하며 살아왔지만 이 남자는 어려서부터 관음경을 읽고 신심을

가져왔기에 도와달라는 간절한 바람으로 오로지 의지하며 이 불경을
밤낮으로 몇 번이고 읽고 있었다. '홍서심여해(弘誓深如海)'라는 부분
을 읽고 있는데 골짜기 밑에서 무언가가 버석버석 소리를 내며 다가
오는 느낌이 들어 '뭐지' 하는 마음으로 보니 형언할 수 없이 큰 뱀이
었다. 길이가 3척이나 될 것 같은데 곧장 이쪽을 향해 기어올라 왔다.

'결국 나는 이 뱀에게 잡아먹혀 버리는 건가? 슬픈 일이도다. 관세
음 보살님께 도와달라고 기도했건만 이것이 도대체 어떻게 된 일이란
말인가?'

이렇게 생각하며 간절히 빌고 있는데 그런 사이에도 큰 뱀은 점점
가까이 다가와서 남자의 무릎 부분을 지났으나 전혀 자신을 잡아먹으
려고 하지는 않았다. 그저 골짜기에서 위쪽으로 올라가는 모습이었다.

'어떻게 하지? 어쨌든 이 뱀을 붙잡고 있으면 틀림없이 벼랑 위로
올라갈 것 같은데.'

남자가 허리에 차고 있던 칼을 뽑아 이 뱀의 등에 꽂아 거기에 의지
해 뱀이 가는대로 갔더니 골짜기 밑에서 벼랑 위쪽으로 버석버석 소
리를 내며 올라가 닿았다. 그래서 남자는 뱀에서 내려 칼을 빼내려고
했지만 강하게 박혀 빠지지 않았다. 그러는 사이에 뱀은 남자를 흔들
어 떨어뜨리고 등에 칼을 꽂은 채 꿈틀꿈틀 맞은편 골짜기로 건너갔
다. 남자는 기뻐하며 서둘러 집으로 돌아가려고 했지만 최근 이삼일
간 전혀 꼼짝도 않고 있었을 뿐만 아니라 아무것도 먹지 못해 백지장
처럼 야위어 겨우겨우 집에 도착했다.

그런데 집에서는 이제 더 이상 가망이 없다고 사후의 명복을 비는
독경과 불교 의식을 치르고 있던 중에 이렇게 뜻밖에도 남자가 비틀
거리면서 돌아오는 것을 보고 놀라 울며 야단법석이었다. 남자는 그

동안의 상황을 이야기하며 관음보살님의 도움으로 이렇게 살 수 있었던 것이라며 눈물을 흘렸다. 자신이 겪은 신기한 일을 이야기하며 음식을 먹고 그날 밤은 쉬고 다음날 아침 일찍 일어나 손을 씻고 언제나 읽던 불경을 읽으려고 펼치자, 그 골짜기에서 뱀 등에 꽂았던 칼이 이 경전의 '홍서심여해'라는 문구 부분에 꽂혀 있었다. 이를 보고 그는 소스라치게 깜짝 놀랐다. '그럼 이 경전이 뱀이 되어 나를 구해 주었단 말인가' 하고 생각하니 더없이 존귀하고 감사하고 황송한 마음이 들었다. 그 주변 사람들도 이 이야기를 듣기도 하고 그 증거를 보기도 하며 경탄해 마지않았다고 한다.

　새삼스레 말할 것도 없지만 관세음보살에 의지하여 그 효험이 없다는 것은 결코 있을 수 없는 일이다.

06.
가모 신으로부터 종이와 쌀 등을 받다 (88)

옛날에 히에잔산에 승려가 있었다. 무척 가난했으나 구라마데라절[5]에 칠일기도를 하러 갔다. 부처님의 계시 같은 꿈이라도 꾸려나 하고 참배를 했으나 그런 꿈을 꾸지 않아 다시 이레 동안 참배했다. 그러나 역시 아무런 꿈도 꾸지 않아 칠일을 계속 연장해 결국 백일을 참배했다. 그 백 일째 밤에 '나는 어쩔 도리가 없으니 기요미즈데라절로 가거라.'라는 꿈을 꾸어 다음날부터 다시 기요미즈데라절로 가서 백일을 참배했더니 이번에는 '나는 어쩔 수가 없다. 가모신사로 가서 말하거라.' 하는 꿈을 꾸어 다시 가모신사에 참배했다. 처음에는 칠일 동안이라고 생각했지만 앞서와 마찬가지로 꿈을 꾸려고 다니다 보니 백일이 되었는데, 그날 밤 꿈에 '네가 이렇게 오는 것이 정말로 가여워서 신장대 종이와 신전에 뿌리는 쌀 정도의 물건을 틀림없이 주겠노라.'고 하

---

5) 구라마데라절(鞍馬寺). 교토시 사쿄구 구라마야마산(鞍馬山)의 중턱에 있는 사원.

는 꿈을 꾸고 문득 잠에서 깨고 나니 기분이 어쩐지 울적하고 왠지 슬 펐다. 여기저기 참배를 드리고 다녔는데 그 결과가 고작 이 정도라니. 이제 와서 신전에 뿌리는 쌀정도의 물건을 대신 받아 무엇 하리오. 히에잔산으로 돌아가는 것도 남 보기에 부끄러운 일이다. 차라리 가모가와강에라도 뛰어들어 죽어버릴까? 하는 생각도 했지만 정말로 몸을 던질 수는 없었다.

또 한편으로는 어떤 식으로 조처를 해주시려는 것인지 궁금한 마음도 있어서 원래 있던 히에잔산의 승방으로 돌아와 있었는데 지인의 집에서 왔다고 하며 사람이 찾아왔다.

"계십니까?"

"뉘신지요?"

나가 보자 껍질만 벗기고 칠을 하지 않은 흰 목재로 만든 긴 궤를 짊어지고 와서 툇마루에 놓고 돌아갔다. 아무래도 이상해서 심부름 온 사람을 찾았으나 어디에도 전혀 사람의 모습은 없었다. 열어보니 흰쌀과 질 좋은 종이가 긴 궤에 가득 들어 있었다. '이건 정말로 전에 꾼 꿈대로군. 설마 했는데 정말로 겨우 이런 것을 주시다니' 하며 정말로 한심한 생각이 들었다. 하지만 어쩔 수 없는 일이라고 생각하고 이 쌀을 여기저기에 써 보았는데 늘 같은 양으로 줄지를 않았다. 종이도 마찬가지로 사용했지만 없어지지를 않아 특별히 눈에 띄는 정도는 아니지만 아주 유복한 승려가 되어 살았다고 한다.

역시 신불에게는 오래 느긋하게 참배해야 하는 법이다.

07.
시나노 지방 쓰쿠마 온천에서 관음보살이 목욕하다 (89)

옛날에 시나노 지방[6]의 쓰쿠마 온천에는 누구든 목욕하면 병이 낫는 약탕이 있었다. 그 부근에 사는 한 사람이 꿈을 꾸었다.

"내일 오시(午時)에 관세음보살께서 오시어 목욕을 하실 것이오."

"어떠한 모습을 하고 현현하시오."

이렇게 묻자 대답을 했다.

"나이 서른 되어 보이는 남자로 검은 수염에 등심초로 만든 삿갓[7]을 쓰고 있으며, 옻칠된 화살촉을 넣은 활통을 매고 가죽을 감은 활을 들고 있을 것이오. 또한 곤색 가리기누 옷에다 아랫도리에는 여름철 사슴 가죽을 두르고 청부루를 타고 오실 것이오. 그런 모습을 한 사람이 오면 관세음보살인 줄 아시오."

---

6) 시나노 지방(信濃國). 현재의 나가노현(長野縣).

7) 등심초로 만든 안쪽에 천을 바르고 턱에서 매는 끈이 있으며 중앙에 돌출부가 있다. 무사가 원거리에 나설 때 착용하였다.

이런 꿈을 꾸고 잠에서 깨어났다. 이 사람은 놀라 날이 밝는 대로 돌아다니며 마을 사람들에게 알렸다. 이 이야기를 들은 사람들이 온천에 수없이 모여들었다. 물을 갈아 넣고 주변을 청소하고 금줄을 두르며 꽃과 향을 공양하고 모여 앉아 기다리고 있었다.

드디어 오시를 지나 미시(未時) 즈음에 꿈에 본 대로 남자가 나타났는데 얼굴이며 옷가지며 말이며 무엇 하나 조금도 틀리지 않았다. 기다리던 사람들이 죄다 급히 몸을 일으켜 땅에 이마가 닿도록 절을 하였다. 남자는 몹시 놀라 영문을 모르고 사람들에게 물었으나 사람들은 절만 하고 어찌 그러는지를 알려주지 않았다. 남자는 사람들 중에 손을 모아 이마에 대고 열심히 절을 하고 있는 승려가 있어 그에게 다가가 사투리로 물었다.

"이게 도대체 무슨 일입니까? 나를 보고 왜 이렇게 절들을 하시오."

이에 승려가 지난밤에 마을사람이 꾼 꿈을 들려주었다.

"나는 요전에 사냥을 하다가 말에서 떨어져 오른팔을 다쳤어요. 그래서 상처를 치료하려고 온천하러 왔소."

남자가 이렇게 말하며 이리저리 떠밀려 왔다갔다 하자, 사람들은 그 꽁무니를 따라 다니며 절을 하느라 야단법석이었다.

남자는 곤혹스럽다 못해 '그래, 나를 관세음보살이라 하니 그럼 이참에 승려가 되어야겠다.'고 생각하고 활과 활통, 크고 작은 칼을 모두 내던지고 승려가 되었다. 사람들은 그 모습을 보고 눈물을 흘리며 감격해 마지않았다. 그 자리에 마침 이 남자를 아는 사람이 있어 나서서 말했다.

"아이고, 그는 고즈케 지방[8)에 사는 바토이오."

이 말을 듣고 사람들은 이 승려의 이름을 '바토관음'[9)이라고 불렀다.

남자는 승려가 된 후에 요카와[10)에 올라 가초 승도의 제자가 되어 거기서 살았다. 그 이후는 도사 지방[11)으로 옮겨 살았다고 한다.

---

8) 고즈케 지방(上野國). 현재의 군마현(群馬縣).

9) 바토관음(馬頭觀音). 바토는 마두(馬頭)의 일본어 소리이다. 마두관음보살은 6관음의 하나로 머리에 말의 형상을 하고 성난 얼굴을 하고 있다. 중생의 마장(魔障)과 번뇌를 구제한다.

10) 요카와(橫川). 히에잔산(제1권의 주 42를 참조) 엔랴쿠지절에 있는 동탑 및 서탑과 더불어 3탑의 하나.

11) 도사 지방(土佐國). 현재의 고치현(高知縣).

08.
모자를 쓴 노인이 공자와 문답하다 (90)

옛날에 중국의 공자가 숲속 언덕진 곳에서 소요하고 있었다. 그는 거문고를 타고 제자들은 책을 읽고 있었다. 기기에 모자를 쓴 한 노인이 배를 타고 와서는 갈대로 묶어두고 육지로 올라 지팡이를 짚고 서서 거문고 소리가 끝나기를 기다리고 있었다. 사람들은 괴상하게 여겼다. 이 노인이 공자의 제자를 손짓하며 부르기에 한 제자가 다가갔다.

노인이 물었다.

"방금 거문고를 켰던 자는 뭐 하는 사람이오? 혹여 이 나라의 국왕이신가?"

"아닙니다."

"그럼, 나라의 대신인가?"

"그렇지 않습니다."

"그렇다면 나라의 일을 보는 관리이신가?"

"아닙니다."

노인이 다시 물었다.

"그럼, 누구란 말이오."

"현명한 분이십니다. 정치를 논하시고 그릇된 일을 바로잡는 현인이십니다."

이 대답에 노인은 조소하였다.

"참으로 어리석은 자로군."

그리고 노인은 거기를 떠났다.

제자가 기이하여 들은 대로 공자에게 이야기를 하자 공자가 말을 했다.

"현명한 사람이구나. 어서 가서 모셔오너라."

제자가 달려가서 막 배를 저어가려는 노인을 불러왔다.

"무엇 하시는 분이십니까?"

"변변치 않은 늙은이오. 그저 마음을 달래려 배를 타고 떠돌아다니고 있소. 그대는 무얼하는 사람이오?"

"세상에 정치를 바로 펴도록 하기 위해 돌아다니고 있는 사람입니다."

"참으로 헛된 짓을 하는 사람이군. 세상에는 자신의 그림자를 싫어하는 사람이 있소. 맑은 날에 나와서 그림자를 몸에서 떼어내려고 아무리 뛰어본들 그 그림자는 떨어지지 않소. 그늘에서 유유자적하게 있으면 그림자는 사라지거늘. 그렇게 하지 않고 햇빛에 나와 떼려고 안간힘을 다해도 떨어지지 않는 것이라오. 또한 물에 떠내려 오는 개의 사해를 잡으려고 뛰는 사람은 물에 빠져 죽기 마련이오. 이처럼 덕되지 않은 일을 하고 계시는 것이오. 그저 적당한 곳에 머물며 일생을 보내는 것이야말로 이 세상의 바람이오. 이것을 하지 않고 마음을 세상에 두고 분주하게 다니는 것은 헛된 일이오."

노인은 이 말을 하고는 대답도 듣지 않은 채 배로 돌아가 삿대질하여 나아갔다. 공자가 노인의 뒷모습을 바라보고 두 번 절하고는 배 젓는 소리가 나지 않을 때까지 배례한 채 앉아 있었다. 더 이상 삿대 소리가 들리지 않게 된 다음에야 수레에 올라 돌아왔다고 제자가 이야기하였다.

09.
승가다가 나찰국에 가다 (91)

옛날, 인도에 승가다[12]라는 사람이 있었다. 상인 오백 명을 데리고 배를 타고 보석의 항구도시[13]로 향해 갈 때의 일이다. 갑자기 폭풍이 휘몰아쳐 배가 남쪽으로 거침없이 떠 밀려가는데 마치 활이 날아가는 속도와 같았다. 배는 낯선 땅으로 밀려가 닿았는데 죽지 않고 살아난 것을 천만다행으로 여기며 머뭇거릴 틈 없이 모두 앞을 다투어 배에서 내렸다. 해변에 잠시 서 있으니 참으로 아름다운 여인이 열 명 정도 나타나 노래를 부르며 승가다 일행 앞을 지나갔다. 알지 못하는 낯선 땅에 닿아 불안해하던 차에 이렇게 아리따운 여인들을 보고는 기쁜

---

12) 승가다(僧伽多). 동일한 이야기는 〈대당서역기〉(제11권 '승가라국과 인도 경내') 에도 실려 있는데 거기서는 '승가라(僧伽羅)'라고 하였다. 승가라는 첨부주(瞻部 州)의 호상(豪商) 승가(僧伽)의 아들로 알려지며, 승가라국(僧伽羅國)은 사자국 (獅子國)이라고도 하는 현재의 스리랑카이다.
13) 원문에는 '가네노쓰(かねのつ)'로 되어있는데 금은 등을 거래하는 시장이 있는 항 구도시로 여겨진다.

마음에 그들을 불러 가까이 오게 했다. 부르는 소리를 듣고 다가온 여인들의 모습은 그 무엇에도 비할 바 없을 만큼 무척이나 매혹적이었다. 오백 명의 상인들은 여인들을 뚫어져라 쳐다보며 마냥 탄복할 따름이었다.

상인이 여인에게 말을 걸어 물었다.

"우리 일행은 보석을 구하고자 바다로 나왔는데 폭풍을 만나 낯선 곳에 닿아 몹시 당혹스럽습니다. 그러던 차에 뜻하지 않게 아름다운 당신들을 만나니 불안하던 마음도 싹 가시었습니다. 바라옵건대 어서 저희들을 당신들 사는 곳으로 데려가 먹을 것을 좀 주시오. 배는 완전히 파손되어 돌아갈 방법이 없어요."

그러자 이 여인들은 말했다.

"그러시다면 어서 저희들과 함께 가시지요."

그러고는 앞장서서 일행을 인도해 갔다. 여인들이 사는 곳에 도착하여 보니 하얀 담이 저 멀리까지 높다랗게 둘러쳐져 있고 대문이 위풍당당하게 서 있었다. 여인들은 일행들을 문 안쪽으로 데리고 들어가더니 안으로 들어서자 그대로 문에 자물쇠를 채워버렸다. 안으로 들어가니 여러 건물들이 여기저기 띄엄띄엄 서 있고 남자는 단 한 사람도 보이지 않았다.

이윽고 상인들은 모두 저마다 각자 여인들을 아내로 삼아 살았다. 서로 깊은 애정을 주고받으며 한시라도 떨어지지 않고 살고 있었는데, 이 여자들은 날마다 낮잠을 아주 오래 잤다. 얼굴은 이전처럼 아름다우나 잠이 들어 버리면 어쩐지 섬뜩한 느낌이 들었다. 승가다는 이런 꺼림칙한 얼굴을 보고 영문을 몰라 이상하게 여기고 슬그머니 일어나 이리저리 둘러보니 수많은 별채 건물들이 여기저기 흩어져 있었다. 그 중에 건물 하나는 담장이 높다랗게 둘러쳐져 있었다. 문에는 자물쇠가 단단히 채워져 있었다. 담벼락 한쪽으로 기어올라 안을 들여다보니 안에는 사람이 많이 있었다. 어떤 이는 죽어 있고 어떤 이는 신음소리를 내고 있었다. 하얗게 백골이 된 이도 있었으며 한창 피를 흘리고 있는 시체들도 즐비했다. 승가다는 살아있는 한 사내에게 손짓하여 가까이 오게 한 후 물었다.

"여기 있는 사람들은 어떤 자들이기에 이러고 있는 거요?"

"나는 남인도 사람이오. 바닷길을 따라 장사하러 가다가 폭풍에 휘말려 이 섬에 오게 되었고, 난생 처음 보는 아리따운 여인들을 만나 그들에게 속아넘어가 돌아가려는 마음도 잊고 살았는데 태어나는 아이는 하나같이 모두 여자아이더군요. 너무 귀여워서 애지중지하며 살아왔지요. 그러나 또다시 다른 상인들의 배가 이리로 오면 그 전에 있던 남자들은 이런 신세가 되어 여인들의 일용할 양식이 되는 거요. 당신네 일행도 여기로 또 다른 배가 들어오면 필시 이와 같은 처지가 될 것이오. 어떻게든 하루라도 속히 여기를 도망치시오. 이 괴물들은 낮에 여섯 시간가량 낮잠을 잡니다. 그 사이에 잘 도망을 친다면 빠져나갈 수 있을 거요. 사방으로 둘러싸인 높은 담벼락은 단단히 철로 굳혀져 있습니다. 게다가 우리들은 다리 뒤의 오금이 끊어져서 도망칠 수도 없답니다."

남자는 울면서 말했다.

그래서 어쩐지 이상하다 생각했던 승가다는 원래 자리로 돌아와 다른 상인들에게 이 남자에게 들은 이야기를 하였다. 모두 깜짝 놀라 여인들이 자고 있는 틈을 타 승가다를 앞세워 황급히 해변으로 나왔다.

일행이 아득히 먼 보타락(補陀落)[14]세계 쪽을 향해 함께 소리를 높여 관세음보살에게 기도를 올리고 있으니 바다 저 멀리에서 커다란 백마가 파도를 헤치며 상인들의 앞으로 와서 땅에 엎드렸다. 이것이야말로 관세음보살에게 기도한 영험이라고 생각하고 그 자리에 있던 사람들은 한 사람도 남김없이 있는 힘을 다해 말에 달라붙어 올라탔다.

한편 여인들은 잠에서 깨어나 보니 남자들이 한 사람도 남김없이 사라지고 없었다. '이런, 도망쳤네!'라고 소리를 지르며 일제히 해변으로 나와 바라보자 남자들은 회색 말을 타고 바다를 건너가고 있었다. 여인들도 순식간에 한 상(丈)[15] 되는 나찰(羅刹)로 변하더니 열 네댓 장이나 높이 솟구쳐 올라 찢어질듯 괴상한 소리를 질러댔다. 그러자 이 상인들 중에 여인의 아리따웠던 모습을 떠올리는 사내가 있었는데 그 자는 잡은 손을 놓치고 그만 바다 속으로 떨어지고 말았다. 나찰들은 그 사내에게 달라붙어 서로 앞을 다투어 사내를 갈기갈기 찢어 먹어치웠다. 이리하여 상인들을 태운 이 말은 남인도의 서쪽 해변에 이르러서 엎드렸다. 상인들은 기뻐하며 말에서 내렸다. 그러자 말은 순식간에 사라져 버렸다.

승가다는 몸서리를 치고는 남인도에 온 후로 그 전에 있었던 일을 아무에게도 말하지 않았다. 그런데 이태가 지나 이 나찰 중에서 승가다의 아내였던 여인이 승가다의 집을 찾아왔다. 이전보다도 한층 더 예뻐져 이루 형용할 수 없을 정도로 사랑스러운 모습을 하고 승가다

---

14) 보타락(補陀落). 인도 남해안에 있는 팔각형의 산으로 관세음보살이 산다는 정토.
15) 한 장(丈)은 약 3미터.

를 향해 말했다.

"당신과 부부가 된 것도 전생에 인연이 있어서가 아닐는지요. 유달리 당신을 사모했는데 이렇게 버리고 도망을 치다니요. 우리나라에서는 저런 괴물들이 때때로 나타나 사람을 잡아먹곤 합니다. 그래서 단단히 문단속도 하고 토담도 높이 쌓은 거예요. 그런 곳이라서 사람들이 해변에 많이 나와 있기라도 한다면 웅성거리는 소리에 괴물들이 나타나 미친 듯이 날뛴답니다. 결코 우리들이 한 짓이 아니에요. 당신이 떠난 뒤 정말로 그리워 가슴이 쓰라렸는데……. 당신은 그렇지 않으신 모양이네요?"

그러면서 여인은 닭똥같은 눈물을 뚝뚝 흘렸다.

예사 사람의 마음 같으면 여인의 말이 정녕 그러하다 싶었을 것이다. 그러나 승가다는 크게 화를 내며 검을 뽑아들고 여인을 죽이려고 덤벼들었다. 여인은 몹시 원망을 하며 승가다의 집을 나와 왕궁으로 가서 호소를 하였다.

"승가다는 저와 오랫동안 함께한 남편이옵니다. 그런데 저를 버리고 함께 살지 않으니 이 원통함을 누구에게 하소연해야 하옵나이까? 왕이시여, 부디 시비를 가려주시기 바라옵나이다."

이 여인을 눈앞에서 본 고관대신과 당상관들은 더없이 아름답다고 생각하며 마음을 빼앗기지 않는 자가 없었다. 왕이 소문을 듣고 숨어서 여인을 살피니 말할 수 없이 아름다웠다. 궐 안에는 뇨고[16]나 왕후들도 많이 있지만 그에 견주어보면 모두 흙덩이들이고 이 여인은 옥과 같았다. 이렇게 아리따운 여인과 살지 않는 승가다는 도대체 무슨 마

---

16) 뇨고(女御). 제1권의 주 49를 참조.

음인가 하는 생각에 승가다를 불러들여 물어보자, 승가다가 아뢰었다.

"저것은 궁궐에 들여서 정을 베풀만한 것이 못 되옵니다. 거듭 되풀이해서 말씀드리지만 아주 무서운 여자입니다. 그를 상대하면 상서롭지 못한 일이 일어날 것이옵니다."

이렇게 아뢰고 그는 물러갔다. 왕이 이 이야기를 듣고,

"승가다는 고집불통이라 말이 통하지 않는구나. 좋다. 궁궐 뒷문으로 들게 하라."

하고 구로도에게 분부를 내렸기 때문에, 저녁 무렵에 여인을 입궁하게 하였다. 왕이 여인을 가까이 불러 보니 몸짓이며 자태며 생김새며 더없이 향기롭고 매력적이었다. 그래서 이 여인과 잠자리를 함께 하였는데, 이틀 사흘이 지나도 자리에서 일어나지 않고 정무도 보지 않았다. 승가다가 입궐하여 아뢰었다.

"흉측한 일이 벌어진 겁니다. 참으로 큰일입니다. 이 상황을 보건대 저 요물이 왕을 죽였을 것입니다."

그러나 그 말을 누구 하나 귀담아 듣는 이가 없었다. 그리고 사흘이 지나 아침에 격자문도 채 올리기 전에 이 여인이 침전을 빠져나와 서 있었는데 보기에도 눈매가 심상치 않은 것이 참으로 무서웠다. 입가에는 피가 묻어 있었다. 여인은 잠시 주위를 둘러보며 살피더니 처마에서 뛰어올라 날듯이 구름 속으로 사라졌다. 사람들이 이 광경을 주상하려고 어전 침소에 들어가자 침대 휘장 안에서부터 피가 흘러나와 있었다. 괴이하게 생각되어 휘장 안을 들여다보니 피투성이가 된 목이 하나 달랑 남아 있고 그 외에는 아무것도 없었다. 그리고 나서 잠잠하던 궐 안이 크게 술렁이더니 신하고 남녀고 할 것 없이 울부짖기 시작하였다.

왕의 아들 동궁이 바로 즉위하게 되었다. 왕이 승가다를 입궐시켜 일의 전후 사정을 하문하여 승가다는 아뢰었다.

"소인이 말씀드리지 않았사옵니까? 이런 일이 생길 것이니 하루 빨리 쫓아내야 한다고 말이옵니다. 일이 이리 된 바에는 선지를 받들어 저것들을 물리치러 갈 수밖에 없사옵니다."

"그대가 말하는 대로 명을 내리겠노라."

"그러시다면 병사 백 명에게는 양날로 된 검을 차도록 하고, 또 백 명에게는 활을 들려서 빠른 배를 태워 출병시켜 주십시오."

이에 왕은 승가다가 원하는 대로 하여 출병을 시켰다.

승가다가 군병들을 이끌고 나찰의 섬으로 배를 저어가서 먼저 상인 차림을 한 병사 열 정도를 해변에 내리게 하자, 예전처럼 옥 같이 아름다운 여인들이 노래를 부르며 다가와 상인들을 꾀어내어 그들의 성으로 데리고 갔다. 그 뒤를 따라 병사 이백 명이 난립하여 여인들을 마구 베고 활을 쏘았는데 여인들은 잠시 동안 원망스러운 눈초리로 슬픈 기색을 보였다. 그러나 승가다가 소리를 지르면서 이리저리 뛰어다니며 여인들을 퇴치하라고 지시하자 그제서야 여인들은 나찰로 변해 큰 입을 벌리고 달려들었다. 병사들이 검으로 머리를 쪼개고 손발을 자르고 하자 두려움에 공중으로 솟구쳐 올라 도망치려 하는 것을 활을 쏘아 떨어뜨려 하나도 살아남지 못하도록 퇴치하고, 집집마다 불을 질러 태워 버렸다. 이로 인해 그 섬은 누구 한 사람 없는 땅이 되어버렸다.

그런 후 남인도로 돌아와 왕에게 보고를 하자 왕은 승가다에게 포상으로 그 땅을 하사했다. 승가다는 이백 명의 군사를 이끌고 그곳으로 가서 살았는데 더없이 행복한 생활을 하였다. 지금은 승가다의 자손이 그 땅의 주인이 되었다는 말이 전해지고 있다.

제7권

01.
오색 빛을 띤 사슴 (92)

이것도 옛이야기이다. 인도에 몸에서 오색 빛이 나고 뿔은 하얀빛 깔인 사슴이 한 마리 있었다. 깊은 산속에만 살고 있어 사람들이 알지 못했다. 사슴이 살고 있는 산 부근에 큰 강이 있었다. 산에는 또 까마귀가 있었는데 이 사슴을 벗 삼아 살고 있었다.

하루는 이 강물에 사내 하나가 떠내려 왔는데 다 죽어가고 있었다. 그 때 이 사슴이 사람 살리라고 외치는 소리를 듣고 몹시 불쌍히 여겨 헤엄쳐 가 사내를 구해주었다. 사내는 목숨을 건지게 되어 기뻐하며 양손을 모아 공손히 사슴에게 말했다.

"무엇으로 이 은혜를 갚아야 할지요?"

사슴이 말했다.

"무엇으로 이 은혜를 갚겠느냐고요? 그냥 이 산에 내가 있다는 것만 다른 사람들에게는 말하지 말아주세요. 나는 몸이 오색으로 되어 있어요. 사람들이 그것을 알면 가죽을 얻으려고 나를 죽이려 들 것입니다. 그것이 두려워 이렇게 깊은 산속에 몸을 숨기고 살아 사람들이 나를 전혀 발견하지 못해요. 그런데 당신이 부르짖는 소리가 하도 딱해서 나에게 닥칠 위험을 감수하고 도와드린 거예요.”

“참으로 지당하신 말씀입니다. 결코 사람들에게 말하지 않겠습니다.”

사내는 거듭 약속을 하고 그곳을 떠나갔다. 그리고 자신이 사는 마을로 돌아와서는 날이 지나도 결코 사람들에게 말을 하지 않았다.

그러던 중에 나라의 왕후가 꿈을 꾸었는데 꿈속에 몸은 오색 빛으로 빛나고 뿔은 흰 큰 사슴이 나타났다. 잠을 깬 왕후는 왕에게 주청을 했다.

“이러이러한 꿈을 꾸었사옵니다. 이 사슴은 필시 이 세상 어디엔가 있을 것이옵니다. 반드시 찾아내어 저에게 가져다주시옵소서.”

왕후의 말을 듣고 왕은 칙령을 내렸다.

“만약 오색 빛을 발하는 사슴을 찾아 가져오는 자가 있다면 그에게 금은보화는 말할 것도 없고 일국(一國)을 하사하겠노라.”

이렇게 칙령이 널리 공포되자, 사슴 덕분에 살아났던 사내가 대궐로 들어가서 아뢰었다.

“왕께서 찾으시는 오색 사슴은 어느 지역의 아주 깊은 산속에 있사옵니다. 제가 그곳을 알고 있습니다. 사냥꾼들을 내려주시면 잡아 대령하겠사옵니다.”

왕은 크게 기뻐하며 친히 많은 사냥꾼을 이끌고 이 사내를 길잡이로 앞세워 행차하였다. 왕의 일행이 깊은 산속으로 들어갔으나 이 사슴은 전혀 이 사실을 알지 못한 채 동굴 안에서 잠을 자고 있었다. 그런데 사슴의 친구인 까마귀가 왕 일행을 발견하고 깜짝 놀라 소리 높여 울부짖으며 사슴의 귀를 물어 잡아당기자, 그제야 사슴은 눈을 떴다. 까마귀가 사슴에게 말했다.

"국왕이 많은 사냥꾼을 이끌고 와 산을 에워싸고 당장이라도 너를 죽이려 하고 있어. 이제는 도망을 치지 못해. 어떻게 할 셈이냐?"

까마귀는 이를 알리고 울며 날아가 버렸다.

사슴이 놀라서 왕의 가마 앞으로 나아가자 사냥꾼들이 활을 시위에 메겨 쏘려고 하였다. 그러자 왕이 말했다.

"사슴이 두려워하지도 않고 직접 여기를 왔구나. 필시 그럴만한 이유가 있을 것이니라. 쏘는 것을 멈추어라."

왕의 명을 받은 사냥꾼들이 활을 내리고 사슴을 쓱 쳐다보니, 사슴은 가마 앞에 무릎을 꿇고 말했다.

"저는 몸의 털 빛깔로 인해 신상에 닥칠 위험을 두려워하여 이 산속 깊숙이 숨어 살고 있었습니다. 그런데 왕께서는 어떻게 제가 여기 있다는 것을 아시었사옵니까?"

"가마 옆에 서 있는 얼굴에 점이 있는 이 사람이 알려주어서 여기까지 왔느니라."

이 말에 사슴이 가마 옆을 보니 얼굴에 점 있는 남자가 있었다. 남자는 자신이 살려준 바로 그 사내였다. 사슴이 그를 향해 말했다.

"네 목숨을 살려주었을 때 네가 이 은혜를 아무리 갚아도 다 갚지 못할 것이라고 하여, 내가 여기 사는 것을 다른 사람들에게 말하지 말라고 부탁했고, 너도 내 말에 거듭 말하지 않겠노라 약속을 했거늘. 그런데 이제 그 은혜를 저버리고 나를 죽이려고 하는구나. 나는 네가 강에 빠져 익사하게 되었을 때 내 목숨 따윈 돌아보지 않고 헤엄쳐 가 구해주었다. 그때 너는 구사일생으로 살아나 너무나 기뻐했는데 이제

너는 그것을 잊었느냐?"

사슴은 몹시 원망스러운 모습을 하고 눈물을 흘리며 울었다. 그러자 왕도 눈물을 글썽이며 말했다.

"사슴아 너는 짐승인데도 자비의 마음을 가지고 사람을 구했구나. 그런데 저 남자는 욕심에 눈이 멀어 그 은혜를 잊은 짐승이로다. 은혜를 아는 것이야말로 사람의 도리이거늘."

왕은 그 자리에서 바로 사내를 포박하여 사슴이 보는 앞에서 목을 쳐버렸다. 그리고,

"이제부터 나라 안에서 사슴을 사냥하는 것을 금하노라. 만약에 내 명령을 어기고 사슴 한 마리라도 잡는 이가 있다면 그 즉시 죽음을 면치 못하리라."

이렇게 분부를 내리고 돌아갔다.

이 일이 있은 이후로 천하는 평안해졌고 국토도 비옥해져 내내 풍요로웠다고 한다.

02.
하리마 태수 다메이에의 무사 사타 (93)

옛날에 하리마의 태수 다메이에[1]라는 사람이 있었다. 그 밑에 딱히 내세울 것이 없는 무사가 있었다. 보통 사타(佐多)라고 불렸기 때문에 주인도 동료들도 정식 이름은 부르지 않고 그저 사타라고 부르고 있었다. 내세울만한 것은 없어도 바지런히 일을 한 지 오래되어 벽촌 작은 고을로 세금을 징수하러 보내면 기꺼이 그 고을까지 가서 군사(郡司)의 집에서 묵었다. 내려가서는 해야 할 일들을 이것저것 지시하고 네댓새 정도 있다가 올라왔다.

이 군사의 집에는 이렇다 할 목적지 없이 교토를 나섰다가 사람들에게 속아 벽촌으로 흘러들어온 여인이 있었는데 군사가 이를 불쌍히 여겨 그 집에 두고 보살펴주고 있었다. 바느질 등을 시키면 곧잘 해서

---

1) 다메이에(爲家). 다카시나노 다메이에(高階爲家, 1038~1106). 시라카와 왕(白河天皇)의 측근으로 홋쇼지절(法勝寺)을 세우는 데 공적이 인정되어 1077년 12월에 하리마 태수로 임명되어 1081년 3월까지 재임했다.

이여삐 여겨 두었던 것이다. 그런데 이 사타의 종자(從者)가 사타에게 이렇게 말했다.

"군사의 집에는 교토 여자라고 하는데 인물이 좋고 머리가 긴 여인이 있습니다. 그런데 나리께는 이를 숨기고 알리지 않고 있습죠."

그러자 사타가 말했다.

"괘씸하구나, 네 이놈! 거기에 있을 때 말을 해야지 여기까지 와서 말을 하느냐, 얼간이 같으니."

"나리께서 거기 계셨을 때는 방 옆에 칸막이가 놓여 있었습니다. 그 맞은편에 여자가 있어서 알고 계신다고 생각했습죠."

"이번에 갔다 와서는 조만간 내려가지 않으려고 했는데 나으리께 시간을 얻어 다시 내려가 그 여자를 차지해야겠구나."

그리고 이삼일 지나 다메이에에게 주청을 올렸다.

"이것저것 지시해 두어야 할 일이 있었는데 다 하지 못하고 올라왔습니다. 잠시 짬을 내서 내려가고자 합니다."

"일을 남겨두고 뭐 하러 올라왔느냐? 서둘러 내려가도록 하라."

그래서 사타는 기뻐하며 벽촌 고을로 내려갔다.

고을에 도착하자 그대로 여인에게는 인사말도 건네지 않은 채, 이전부터 잘 알던 사이더라도 마음을 터놓을 정도가 아니면 좀처럼 하기 어려운 일임에도, 마치 종자들에게 시키듯이 오래 입어서 낡아 기운 곳이 터진 옷을 칸막이 위로 던지고는 소리를 높였다.

"헤진 곳을 기워서 도로 이쪽으로 돌려 보내도록 하라."

그러자 잠시 후 옷이 던져졌다.

"이 집에서 바느질일을 한다고 들었다만 실로 빨리도 기워 보내는구나."

소리 높여 칭찬을 하고 옷을 들어올려 보니 헤진 곳은 바느질되어 있지 않고 미치 지방산(産)[2] 종이에 적은 글을 헤진 곳에 붙여 던진 것이었다. 이상한 생각이 들어 펼쳐 보니 이렇게 적혀 있었다.

이내 몸은 대나무 수풀더미도 아니건만
사타[3]가 옷을 벗어 던지다니

이 노래를 보면 아주 잘 지었다고 으레 감탄을 하건만 사타는 보자마자 버럭 화를 냈다.

"이런 눈깔 빠진 년 같으니. 헤진 곳을 기우라고 주었더니 헤진 곳은 찾지도 못하고, '사타님'이라고 말해야 하거늘. 입에 담기도 황송한 태수 나리께서도 여태 저런 말투는 쓰시지 않으셨다. 그런데 네가 감히 '사타가'라고 하느냐? 말을 어찌 사용해야 하는지를 좀 가르쳐야겠구나."

이렇게 말한 후 입에 담지도 못할 곳까지 입 밖으로 내며 이러쿵저러쿵 계속해서 욕을 했기 때문에, 여인은 저도 모르게 눈물이 나왔다. 사타는 화가 머리끝까지 치솟아 군사에게도 마구 욕을 퍼부었다.

"이 일을 태수 나으리께 말씀드려 본때를 보여야겠어!"

---

2) 미치 지방산(陸奧國産). 미치 지방은 무쓰(陸奧) 지방을 말하며 현재의 후쿠시마 (福島), 미야기(宮城), 이와테(岩手), 아오모리(青森) 일대를 말한다. 무쓰에서 산 출되는 종이는 두껍고 소박하여 옛 여류작가들이 애호하였다.

3) 사타에는 무사 사타와 살타(薩埵. 일본어 소리로는 삿타さった) 태자를 중첩하고 있다. 살타 태자는 석가불의 전신으로 옷을 벗어 대나무 가지에 걸어두고 굶주린 호랑이 어미와 새끼에게 몸을 내던졌다는 고사를 남기고 있다. 사타는 이 고사를 알지 못하고 사타가 자신을 호칭하는 것으로만 여겼다.

군사도,

"낯선 여인을 괜히 보살펴서 그 탓에 마침내 처벌을 받게 되는구나."

하여, 여자는 이래저래 두렵기도 하고 미안하기도 하여 괴로웠다. 사타는 이렇게 불같이 화를 내며 질타하고 상경하여 무사들이 모여 있는 곳으로 와서 떠들어댔다.

"억장이 무너지는 일이 있었네. 지랄 염병할 여자한테 미친 소리를 다 들었네. 태수 나으리께도 '사타'라고 들은 적이 없는데 그 미친년이 나를 '사타가'라고 하다니."

그저 무턱대고 화를 내며 말을 하여 이를 듣는 사람들은 영문을 알지 못했다.

"도대체 무슨 일을 당해서 이렇게 화를 내는겐가?"

"들어보시오. 내 말하리다. 내가 그런 모욕을 당한 것을 여러분 모두가 당한 수치라 여기시고 태수 나으리께 좀 전해주시오. 그런 일은 여러분 각자의 불명예나 마찬가지이니 말이오."

사타가 있었던 일을 자세하게 들려주자, 이야기를 들은 사람들 중에는 '저런, 저런' 하며 쓴웃음을 짓는 이도 있는가 하면 사타를 나쁜 놈이라고 생각하는 자도 많았다. 모두들 여자를 가엽게 여기고 고상한 여인으로 생각하였다. 다메이에가 이 일을 듣고 사타를 불러들여 물었기에 사타는 자신의 호소가 먹혀들었다며 득의만만하여 자초지종을 말하였다. 그러자 다메이에는 사타의 말을 귀 기울여 듣더니 당장 그를 그 집에서 쫓아내 버리고 오히려 그 여인을 가엽게 여겨 선물을 하사하기도 하였다.

사타는 자만으로 인해 자신의 신세를 망친 남자라고 소문이 자자했다고 한다.

03.
산조 주나곤이 물에 밥을 말아 먹다 (94)

옛날에 산조 주나곤[4]이라는 사람이 있었다. 그는 산조 우대신의 아들이었다. 한문에 조예가 깊고 중국에 관해서고 일본에 관해서고 식견이 높았다. 마음씨도 좋고 담력도 두둑한데다 강하게 밀어붙이는 성격도 있었다. 생황(笙)을 유달리 잘 불었다. 그는 키가 크고 몹시 뚱뚱하였다.

몸에 살이 너무 쪄 움직이기가 괴로울 정도이어서 전의인 시게히데[5]를 불렀다.

"내가 이렇게 살이 쪄서 걱정이 되는구먼. 거동하기가 아주 괴롭네."

---

4) 산조 주나곤(三條中納言). 후지와라노 아사히라(藤原朝成, 917~974)로 다이고 왕(醍醐天皇, 재위 897~930)의 외숙부인 후지와라노 사다카타(藤原定方, 873~932)의 여섯째아들. 피리를 부는 데 뛰어났다.
5) 시게히데(重秀). 965년에 전의의 장(長)으로 취임한 만다 시게히데(茨田滋秀, ?~998)로 추정된다.

시게히데가 말했다.

"겨울에는 더운 물에 밥을 말아 드시고, 여름에는 찬물에 밥을 말아 드십시오."

주나곤은 전의가 일러준 대로 하여 먹었지만 여전히 그대로 살이 쪄서 하는 수 없이 다시 시게히데를 불렀다.

"시키는 대로 하였네만 효과가 없었네. 자네 앞에서 물에 만 밥을 먹어보겠네."

이 말을 하고 가신을 부르자 한 무사가 대령했다.

"평소처럼 물에 밥을 말아 가지고 오너라."

잠시 후 가지고 온 밥상을 보니 한 쌍의 밥상 중 한쪽만을 가져와 앞에 놓았다.

밥상에는 우선 젓가락받침만 놓여 있었다. 이어서 음식을 얹은 소반을 가지고 왔다. 시중드는 무사가 밥상으로 옮기는 음식을 보니 말린 하얀 오이[6]를 세 치(寸)정도로 잘라 열 개정도가 그릇에 담겨 있었다. 또 머리와 꼬리를 눌러 포개 절인 듯한 몸통 큼직한 은어 서른 마리가 놓여 있었고, 커다란 금속제 밥그릇이 곁들여져 있었다. 또 한 명의 무사가 크고 넓적한 은제 주전자에 은제 숟가락을 꽂아 무거운 듯이 들고 왔다. 주나곤이 밥그릇을 내밀자 무사가 받아 숟가락으로 밥을 퍼 수북이 담고 거기에 물을 조금 넣어서 건넸다. 주나곤이 소반을 끌어당겨 밥그릇을 드니 큼직한 손에 커다란 밥그릇이 잘 어울리는 모양새였다. 먼저 말린 오이를 세 번 잘라 먹고 그렇게 대여섯 개를 먹었다. 다음에 은어 하나를 두 번 잘라 먹고 그렇게 해서 대여섯 마리를

6) 오이를 세로로 잘라 소금에 절여 말린 음식.

간단히 먹어치웠다. 다음에 물에 말은 밥을 당겨 두어 번 젓가락으로 젓는가 싶더니 어느새 밥이 전부 없어져 버렸다. 그러고는 '더 줘!' 하며 그릇을 내밀었다. 그렇게 하여 두세 번 주전자 안을 비우자 또다시 다른 주전자를 가지고 왔다. 이 광경을 보고 시게히데는 말했다.

"물에 만 밥을 드신다고 하시더니 이토록 드실 줄은 몰랐습니다. 이대로 드시면 비만이 나을 리가 없습니다."

그는 이 말을 던지고 도망치듯 나갔다. 이런 까닭에 주나곤은 예전과 다를 바 없이 씨름꾼마냥 몸이 비대해 있었다.

04.
검비위사 다다아키라 (95)

이것도 지금은 옛이야기가 되었다. 다다아키라(忠明)라는 검비위
사[7]가 있었다. 그가 젊었을 때, 기요미즈데라절 법당 마루 난간 부근
에서 교토의 젊은 무뢰한들과 맞붙었다. 젊은이들은 각자 저마다 손
에 칼을 뽑아 들고 다다아키라를 에워싸 찌르려고 했기에 다다아키라
도 검을 뽑아 법당으로 올랐는데 법당의 오른쪽 가장자리에도 많은 이
가 서 있다가 공격해왔다. 그래서 법당 안으로 도망을 쳐서 격자문 바
깥쪽 판자문 아랫부분을 잡아 떼어내 겨드랑이에 끼우고는 앞 계곡 쪽
으로 뛰어내렸다. 판자문이 바람에 지탱되어 계곡 바닥으로 새가 날아
앉듯이 사뿐히 떨어졌기 때문에 다다아키라는 거기서 도망칠 수가 있
었다. 젊은이들은 계곡 아래를 내려다보며 어이없다는 표정으로 죽 늘
어서 있었지만 어찌할 도리가 없어 싸움은 그렇게 끝나버렸다고 한다.

---

7) 검비위사(檢非違使). 제2권 주 18을 참조.

05.
하세데라절에 머물며 기도하던 남자가
공덕을 입다 (96)

  옛날에 부모도 없고 받드는 주인도 없고 처도 아이도 없이 혈혈단신인 젊은 무사가 있었다. 도저히 살아갈 방도가 서지 않아 관세음보살에게라도 도움을 청해 보자고 하세데라절에 참배하여 관음 앞에 엎드려 빌었다.

  "이런 상태로 이 세상을 살아가느니 차라리 관세음보살님 앞에서 굶어죽을까 합니다. 혹여 또 살아갈 방편이라도 있으면 그것을 꿈속에서나마 가르쳐주소서. 이대로는 이 절을 떠나지 않겠나이다."

  이러고 있는데, 이 절의 승려가 엎드려 있는 젊은 무사를 보고 물었다.

  "당신은 어떤 사람이기에 여기서 이러고 있는 거요. 음식도 먹지 않은 것 같은데. 이렇게 계속 엎드려 있으면 불상사가 생겨 우리 절에도 좋지 않아요. 어느 스님을 의지하여 여기에 있는 것이오? 어디에서 밥을 먹고 있소?"

"저 같이 의지할 데 없는 자에게 사승(師僧)이 계실 리가 있겠습니까? 음식을 얻어 먹을 데도 없고 불쌍히 여겨주는 사람도 없으니 부처님께서 주시는 것을 먹고 부처님을 사승으로 의지하고 있습니다."

그래서 절의 스님들이 하나둘 모여들어,

"이거 아주 난처한 일입니다. 절을 위해서도 좋지 않고요. 관세음보살님을 원망하는 듯한 자입니다. 우리 모두가 이 사람을 먹여줍시다."

이리하여 돌아가면서 음식을 가져왔기 때문에 그 음식을 먹으며 관음 앞을 떠나지 않고 있는 사이에 삼칠일이 되었다.

삼칠일이 끝나고 동이 트는 새벽 무렵 꿈에 방장 뒤에서 사람이 나타나더니 말했다.

"너는 전생에 지은 죄의 과보를 돌아보지 않고 관세음보살을 원망하고 불평을 하며 이러고 있으니 참으로 괘씸하구나. 그렇지만 간절히 비는 것이 가여워 얼마간의 가호를 내려주셨다. 우선 속히 여기를 나가거라. 나가는 길에 무엇이든 손에 닿는 물건이 있으면 버리지 말고 주워 가지고 있도록 해라. 속히 여기를 떠나라."

이렇게 말하며 쫓아냈다. 그래서 꿈에서 깨어나 손을 짚어 상체를 일으켜 음식을 준다는 승려에게 가서 밥을 얻어먹고 그길로 절을 나서는데 그만 문턱에 걸려 고꾸라졌다.

넘어진 몸을 일으키다가 무의식중에 손으로 무언가를 잡았는데 보니 벼이삭 한 줄기를 잡고 있었다. 부처님이 주신 것이려니 하면서도 참으로 보잘 것 없다는 생각이 들었지만 무슨 까닭이 있어 주신 것이라 여기고 그것을 손으로 만지작거리며 가는데, 등에가 한 마리 윙윙 소리를 내며 얼굴 주위를 맴돌았다. 시끄러워서 나뭇가지를 꺾어 흔들어 쫓았지만 여전히 똑같이 성가시게 윙윙거려서 등에의 허리를 벼

이삭으로 묶어 나뭇가지 끝에 매달아 들었다. 등에는 허리가 묶여 있어 날아가지 못하고 매달린 채 빙글빙글 돌며 소리를 내었다. 그러자 하세데라절에 참배하는 여인이 타고 있는 수레 앞에 쳐져 있던 발을 머리 위에 덮어쓰듯이 한 상태로 고개를 내밀어 밖을 내다보고 있던 아주 귀여운 아이가 말했다.

"저 사람이 들고 있는 게 뭐야? 저것을 갖고 싶어."

말을 타고 따르던 무사에게 말을 했기 때문에 무사가 부탁했다.

"이보시오! 우리 도련님께서 당신이 들고 있는 그것을 원하니 드리시오."

"부처님께서 내려주신 것이지만 그리 말씀하시니 드리지요."

젊은 무사는 등에를 건넸다.

"마음이 착한 사람이구려. 도련님께서 떼쓰시는 것을 선뜻 내주다니. 이거, 목이 마를 때 드시오."

수레 안에서 큰 감귤 세 개를 내밀었다. 감귤은 아주 좋은 향기가 나는 미치 지방산(産)[8] 종이에 싸여 있었다. 따르던 무사가 받아서 건넸다.

'벼이삭 하나가 감귤 세 개가 되었다.'고 생각하며 감귤을 나뭇가지에 묶어 어깨에 걸치고 갔다. 도중에 좋은 가문의 사람이 남의 눈을 피해 어디를 가는 길인 듯이 보였는데 무사를 많이 데리고 걸어오던 여인이 걷다가 지쳐 괴로운 듯 땅바닥에 털썩 주저앉아 있었다.

"목이 마르니 물을 주게나."

여인이 금방이라도 정신을 놓을 듯하여 동행하는 사람들은 당황해

---

8) 미치 지방산(陸奥國産). 앞 주 2를 참조.

하며 소리를 쳤다.

"근처에 물이 있는지 찾아 보거라."

이리저리 달려 부산을 떨며 찾아보아도 물은 없었다.

"이를 어찌하나? 짐을 싣고 오는 말에 혹여 있을지도……."

"짐말은 아주 뒤쳐져 있습니다."

짐말은 보이지 않았다. 여인이 금방이라도 숨이 넘어가려 하여 사람들은 당황하여 쩔쩔매고 있는 듯하였다. 목이 타서 야단을 떠는 것임을 알고 젊은 무사가 조용히 다가가니, 일행이 물었다.

"당신은 물 있는 곳을 아는 모양인데, 이 근처에서 맑은 물을 얻을 수 있소?"

"여기서 네다섯 정(町) 내에는 물을 구할 수 없습니다. 무슨 일이오?"

"모시는 분이 걷다가 지쳐 목이 말라 물을 마시고 싶어 하시는데 마실 물이 없어 야단이오. 그래서 물어보는 것이오."

"저런 딱한 일이. 물 있는 곳은 여기서 멉니다. 가지러 가려면 시간이 걸리니 이것이라도 드시게 하면 어떨는지요?"

종이에 싼 감귤 세 개를 건네자, 몹시 기뻐하며 받아 여인에게 먹이니 여인은 귤을 먹고 나서 가까스로 눈을 떴다.

"이게 도대체 어찌 된 일인가?"

"목이 말라 물을 마시고 싶다고 하시고는 그대로 정신을 놓으셔서 물을 구했습니다만, 마실 물이 없었습니다. 그러던 차에 뜻하지 않게 여기에 있던 이 남자가 저희들의 급한 사정을 알고 감귤 세 개를 주었습니다. 그래서 받아 드시게 했습니다."

"그럼, 내가 목이 타서 기절을 했던 거로구먼. 물을 마시고 싶다고 말한 것은 기억나도 그 뒤는 전혀 생각나지 않네. 이 감귤을 먹지 않았다면 길바닥에서 죽을 뻔했어. 고마운 사람일세. 그 사람은 아직 여기에 있는가?"

"아직 여기 있습니다."

동행인이 아뢰었다.

"그 사람에게 잠시 있으라고 하게나. 우리가 가는 곳에 아무리 좋은 일이 있다 한들 죽은 다음에야 무슨 소용이 있겠나. 길 가던 중이라 만족할 만한 사례야 어떻게 하겠냐만. 그 사람 먹을 것은 가지고 있는가? 없다면 음식을 나누어 주도록 하게."

"이보시오. 잠시 여기에 있다가 짐이 도착하면 뭐라도 들고 가도록 하시오."

"그렇게 하겠습니다."

남자가 그렇게 대답하고 잠시 기다리고 있으니 짐바구니를 실은 말, 가죽고리짝을 실은 말들이 도착했다.

"왜 이리 늦은 겐가? 짐을 실은 말은 언제나 선두에 있어야 하거늘. 급히 일이 생길 수도 있고 한데 이렇게 늦어서 되겠는가?"

그리고는 바로 장막을 둘러치고 자리를 깔았다.

"물 있는 곳은 아직 더 가야 하지만 지쳐 계시니 진지는 여기서 드시게 하겠다!"

동행한 인부들을 서둘러 보내 물을 퍼오게 하여 음식을 마련하고 젊은 무사에게도 가득 차려주었다. 무사는 음식을 먹으면서 '앞서 받은 밀감이 이번에는 또 무엇으로 불어날지. 관세음보살께서 보살펴 주시니 그냥은 넘어가지 않을 터.'라고 생각하고 있는데 여인이 좋은 흰 포목을 세 필 꺼내어 말했다.

"이것을 저 사람에게 주도록 하게. 밀감으로 살아난 은혜는 말로 다 표현할 길이 없지만, 여행 도중이라 흡족한 답례는 할 수 없으니 말일세. 지금 가진 것은 이것뿐이라 급한대로 일단 이것을 답례로 생각하고 나중에 교토의 어디어디에 살고 있으니 꼭 들르라고 전하게나. 밀감의 답례는 그때 분명히 해 드리겠다고."

젊은 무사는 내미는 포목을 기꺼이 받으며 벼 이삭 하나가 포목 세 필이나 되었다고 생각하고 옆구리에 끼고 길을 가는 중에, 그 날은 그렇게 날이 저물었다.

그 무사는 도로로 나있는 인가에 들어가 그날 밤을 묵고 날을 밝히는 새벽닭 울음소리에 일어나 그 집을 나왔다. 길을 가는 도중에 해가 떠오르고 진시(辰時) 즈음 되었을 때, 뭐라 형용하기 어려울 정도로 훌륭한 말을 탄 사람이 말을 소중히 다루며 말고삐를 돌리면서 서두르는 기색도 없이 유유히 지나가고 있었다. 참으로 멋진 말이구나. 이 말은 천 관(貫)의 값어치는 될 것이라고 생각하며 바라보고 있는데, 갑자기 말이 쓰러지더니 눈앞에서 그대로 뻗어버려 말 주인은 아연실색한 모습으로 말에서 내려 우두커니 서 있었다. 따르는 사람들도 이를 어쩌냐며 허겁지겁 안장을 내려 살펴보기도 하나 말은 어이없이 죽어서 모두가 울상이 되어버렸다. 그러나 도리가 없는지라 주인은 짐말에 올라탔다.

"여기서 이러고 있을 수만은 없으니. 나는 가는 길을 갈 테니 말을 어떻게든 처리하도록 하여라."

종 하나를 남기고 주인은 떠나갔다. 젊은 무사가 이를 지켜보고 있다가 생각했다. 이 말은 내 말이 되려고 죽은 게야. 벼이삭 하나가 감귤 세 개나 되었어. 감귤은 또 포목 세 필로 늘어났고. 이 포목은 말로 늘어날 거야. 이렇게 생각하고 종에게 다가가 물었다.

"이 말은 어디 말입니까?"

"미치 지방[9]에서 손에 넣은 말이오. 많은 사람이 갖고 싶어 하는 말이라 값은 생각지 않고 돈을 써 구입했지요. 아까워서 내놓지도 못하고 있다가 이렇게 방금 죽어버렸소. 이제 이 놈을 사느라 치른 값은 한 푼도 되돌릴 수 없게 되었소. 나도 하다못해 가죽이라도 벗겨야지 싶지만 길가는 도중이라 어쩌지 못하고 그냥 쳐다보고 있는 중이라오."

"실은 그래서 말입니다. 참 훌륭한 말이라며 보고 있었는데 이렇게 어이없이 죽어 버리니 살아있는 목숨은 순식간인지라 안타까울 따름이지요. 길가는 도중이어서 가죽을 벗기시더라도 말릴 수 없을 테지요. 저는 이 근처에 살고 있으니 제가 이 가죽을 벗겨 사용하면 어떨는지요. 대신에 이것을 드리겠습니다."

그는 포목 한 필을 종에게 주었다. 종은 뜻밖의 수확이라 무사가 마음이 바뀌기 전에 얼른 떠나려는 마음에 포목을 받자마자 그대로 뒤도 돌아보지 않고 달려갔다.

젊은 무사는 그 종이 보이지 않게 완전히 사라진 후에 손을 깨끗이 씻고 하세데라절 쪽을 보며 제발 이 말을 살려 주십사 하고 빌었다. 그러자 말이 눈을 뜨더니 머리를 치켜들고 일어나려고 하여 살며시 손을 대어 일으켰다. 너무나 기뻤다. 아까 일행 중 뒤따라오는 종자가 혹여 있을지도 모르는데다 포목을 받아간 종이 되돌아오지나 않을는지 불안하여 숨길만한 곳으로 말을 끌고 들어가 시간이 지나가기를 기다렸다. 잠시 쉬고 있으니 말이 원래대로 생기를 되찾아 장사치에게 끌

---

9) 미치 지방(陸奧國). 미치 지방은 앞의 주 2를 참조. 목장이 많고 명마의 산지이다.

고 가서 가지고 있던 포목 한 필을 주고 재갈과 변변치 않은 안장으로 바꾸어 말에 올랐다.

교토를 향해 올라가는데 우지(宇治) 부근에서 날이 저물었다. 그날 밤은 인가에 머무르기로 하고 남은 포목 한 필로 먹을 음식과 말에게 먹일 풀을 샀다. 그날은 거기서 묵고 이튿날 아침 일찍 교토로 향해 가다가 구조 대로(九條大路)[10]에 접어들자, 한 집에서 어디로 출타를 하려는지 웅성웅성 떠들고 있었다. '이 말을 타고 시중에 들어가면 말을 알아보는 사람이 있어 말을 훔쳤다고 의심받을지도 몰라. 그러면 성가시게 되니 얼른 말을 팔아버리는 게 낫겠지. 이런 곳이야말로 말이 필요하리라.'고 생각하고 말에서 내려 다가가서 물었다.

"혹시 말을 사시지 않겠소?"

마침 말이 있었으면 하던 차라 말을 보고는 어찌 하나 망설이다가 말했다.

"지금 말을 사려고 해도 비단 같은 것은 없소이다. 도바[11]에 있는 전답이나 쌀을 드려도 되겠소?"

무사는 오히려 비단보다는 전답이나 쌀이 훨씬 낫겠다는 생각을 했지만, 대답했다.

"비단이나 돈 쪽이 도움 됩니다만, 저는 나그네인지라 전답이 있은들 무엇에 쓰겠소만 말이 필요하시니 그렇게 하지요."

말을 사려는 사람이 말을 타 보기도 하고 달려 보기도 하고는 말했다.

"생각대로 멋진 말이오."

---

10) 구조 대로(九條大路). 교토시의 주요한 동서로 통하는 큰 길.
11) 도바(鳥羽). 현재의 교토시 미나미구(南區)에 있는 곡창지대.

그래서 도바 근처에 있는 전답 세 정(町)과 벼 조금, 쌀 등을 건네고 또한 이 집을 맡기며 말했다.

"내가 살아서 교토에 돌아온다면 그때 이 집을 돌려주시오. 돌아오지 않는 동안은 내내 살아도 좋소. 만약 내가 죽게 되면 그때는 당신 집이라 생각하고 사시오. 나는 자식이 없으니 이러쿵저러쿵 시비 걸 사람도 없을 것이오."

이렇게 집을 맡기고 말을 산 사람은 그대로 시골로 내려갔다. 그 집으로 들어가서 얻은 쌀과 벼 등을 제자리에 두었다. 달랑 혼자이지만 먹을 것이 넉넉하고 근처 종들이 와서 시중도 들고 하여 그대로 거기에 눌러 살게 되었다.

이월이 되어 얻은 전답은 반을 남에게 빌려주고 나머지 반은 자신을 위해 경작케 했더니 빌려준 전답도 수확이 괜찮은 편이었지만 자신의 몫으로 농사지은 쪽은 각별히 수확이 좋아 벼를 많이 저장하게 되었다. 이로부터 이후 복이 바람을 타고 밀려들듯이 재산이 불어나 큰 자산가가 되었다. 그 집주인도 소식이 끊겨 결국 집도 무사의 소유가 되고 자식과 손자들도 태어나 더할 나위 없이 번성하였다고 한다.

06.
오노노미야의 연회, 니시노미야도노 · 도미노코지 대신의 연회 (97)

옛날에 오노노미야도노[12]가 베푼 대연회[13] 때, 구조도노[14]가 선물로 보낸 여성 기모노에 딸려온 기다란 붉은 비단옷을 심부름꾼이 부주의로 마당에 끌어들인 물길 속에 빠뜨려 버렸는데, 바로 옷을 건져내 털어서 이내 물은 말랐다. 젖은 쪽의 소매는 전혀 젖은 흔적이 없고 여전히 다듬이질로 만든 무늬가 살아있었다. 옛날에는 다듬이질을 해서 광택을 낸 옷감은 이러했다.

또한 니시노미야도노[15]가 베푼 대연회 때, 오노노미야도노를 주빈

─────────────

12) 오노노미야도노(小野宮殿). 후지와라노 사네요리(藤原實賴, 900~970)로, 좌대신과 우대신을 역임하고 태정대신에 올라 섭정을 행한 인물로 박식하였다.
13) 대신들이 주최해서 정월에 여는 피로연. 대신의 취임을 축하하는 잔치도 포함된다.
14) 구조도노(九條殿). 후지와라노 모로스케(藤原師輔, 908~960)로 후지와라노 사네요리의 아들. 섭정의 절정을 이룬 후리와라노 미치나가(藤原道長)의 조부. 귀신을 꿰뚫어보는 신통력을 가졌던 것으로 전해진다.
15) 니시노미야도노(西宮殿). 미나모토노 다카아키라(源高明, 914~982)이며 다이고

16)으로 모시고 싶다며 전갈을 보냈는데, 이런 답신이 왔다.

"내가 나이 들어 허리가 아파서 뜰에서 맞는 절차17)도 어려울 것 같으니 가지 않겠네만, 만약 비가 내리면 그 절차도 없을 것이니 그럼 가겠네. 비가 내리지 않으면 가지 않겠네."

그래서 비가 내리기를 빌고 또 빌었다. 그 기도의 영험이 있었는지 잔칫날이 되자 마치 꾸민 양 하늘에 구름이 끼더니 비를 뿌려 오노노 미야도노는 옆 계단 쪽으로 올라왔다. 뜰 연못 안에 만들어진 섬에 아주 큰 소나무가 한 그루 서 있었다. 그 소나무를 바라보는 사람마다 이구동성으로 '저기에 등나무라도 걸려 있으면……'라는 말을 했었는데, 이날 연회 때는 정월달인데도 등나무꽃을 참으로 정취 있게 만들어 소나무 가지에 온통 빈틈없이 걸쳐 놓았다. 여느 때라면 계절에 걸맞지 않아 음산할 텐데 이때는 하늘이 흐리고 비가 부슬부슬 내리는 것과 어울려 진풍경으로 운치가 넘쳐났다. 등나무가 연못 수면에 비치고 바람이 불어 물결과 함께 가지들이 살랑거렸다. '등나무가 물결친다.'는 말은 실로 이를 두고 하는 듯이 보였다.

그 후 도미노코지 대신18)의 대연회 때는 집도 조촐하고 여기저기 장식도 수수하여 변변찮은 잔치라고 사람들은 생각했다. 그런데 날이 저물고 연회도 점차 막바지에 이르러 기념품을 증정할 즈음 동쪽 툇

왕(醍醐天皇, 재임 897~930)의 아들. 좌·우 대신을 역임.

16) 다카아키라가 우대신일 때는 나이가 53세가 되고 그때 사네요리는 좌대신으로 67세였다. 다카아키라가 좌대신일 때는 사네요리는 태정대신이었다.

17) 윗사람이 향연을 베푸는 자리에 착수하기 전에 뜰에서 주객 사이에 주고받는 예의절차. 주객 두 사람은 이 절차를 끝내고 나란히 남쪽에 있는 계단을 올라 자리에 앉는다.

18) 도미노코지 대신(富小路大臣). 후지와라노 아키타다(藤原顯忠, 898~965)이며 좌·우 대장을 거쳐 우대신을 역임.

마루 앞에 둘러친 장막 안에 선물용 말이 서 있었는데 장막 안인데도 울부짖는 소리가 하늘을 찔렀다. 사람들이 우렁찬 울음소리라며 듣고 있을 때 말이 장막기둥을 차 부수고 뛰쳐나왔는데 말을 돌보던 사내가 말에 매달려 질질 끌려 나왔다. 검은 빛깔을 띤 갈색 말로 높이는 넉 자 여덟 치 남짓이고 몸도 널따란 것이 굵고 살쪄 있었다. 앞 머리털도 이마로 흘러내리지 않아 이마에 난 흰털 때문에 이마가 보름달처럼 훤해 보였다. 이 말을 보고 모두 칭찬해 마지않았는데 그 소리가 시끄러울 만큼 우렁찼다. 말의 거동, 얼굴생김새, 엉덩이 모양, 걸음걸이 등 어디 하나 흠잡을 데라곤 없어 선물로는 안성맞춤이었다. 이로써 대신의 집 장만이 조촐하다는 생각도 사라지고 정말로 멋진 연회가 되었다. 그래서 후세까지도 전해지고 있는 것이다.

07.
노리나리, 미쓰루, 노리카즈 세 무사의
활 솜씨 (98)

  이것도 지금은 옛이야기가 되었다. 도바인[19] 재위 때, 시라카와인[20]
의 무사 집무처 내에서도 미야지노 노리나리,[21] 미나모토노 미쓰루,[22]
노리카즈[23]는 과녁을 쏘는 명사수로 당시 유달리 평판이 높았다. 도바
인 재위 때 궁궐 경비무사로 세 사람을 함께 소환했다. 시사(試射)가
있을 때는 한 번도 이들을 뺀 적이 없었다. 도바인은 이 세 사람을 보
는 것을 즐거움으로 삼았다. 하루는 석 자 다섯 치(寸)나 되는 과녁을
주며 "이 과녁의 검은 동심원 중 두 번째를 맞추고 가지고 오너라."고

---

19) 도바인(鳥羽院). 제5권의 주 18을 참조.
20) 시라카와인(白河院). 제4권의 주 33을 참조.
21) 미야지노 노리나리(宮道式成). 1132~1134년경에 좌마료 쇼벤(少弁)인 것으로
    알려지는 인물. 말의 사육과 조련을 담당하던 관청을 메료(馬寮) 즉 마료라고 하
    며, 마료는 좌·우 마료(左馬寮·右馬寮)로 구성되어 있는데, 쇼벤은 종7품에 상
    당하는 관리이다.
22) 미나모토노 미쓰루(源滿). 우마료(右馬寮)에 속한 관리로 알려진다.
23) 노리카즈(則員). 누군지 확실치 않다.

분부했다. 사시(巳時)에 과녁을 받아 미시(未時)에 정확하게 쏘아 가지고 왔다. 주어진 연습용 활은 세 사람 할당으로 세 쌍 모두 여섯 개였다. 쏜 활을 뽑아 돌아오는 동안을 기다리면 늦어지리라 보고 활을 쏘는 사람 이외는 뛰어가서 활을 뽑아오는 순서로 서로 쏘고 뽑고 하는 중에 미시(未時) 중반 즈음 두 번째 동심원 부분을 빙 둘러 쏘아 가지고 왔던 것이다. 이 세 사람의 활솜씨를 보고 "마치 양유[24]와 같구나!"라며 당시 사람들은 칭찬을 아끼지 않았다고 한다.

---

24) 양유(養由). 중국 춘추시대 초나라 때 활의 명사수 양유기(養由基). 백보 떨어진 곳에서 버들잎을 쏘면 백발백중이었다고 한다.

제8권

01.
다이젠 대부 모치나가의 전방호위에 관한
예의범절 (99)

　이것도 지금은 옛이야기가 되었다. 다치바나노 다이젠노스케[1]의 대
부(大夫)[2] 모치나가[3]라는 오품(品) 구로도가 있었다. 홋쇼지절[4]의 천
승공양[5]에 도바인[6]이 행차하였는데 그때에 우지 좌대신[7]도 나갔다.
좌대신 수레 앞에 고관(高官)의 수레가 가고 있었다. 그 뒤에서 좌대

---

1) 다이젠노스케(大膳亮). 다이젠시키 즉 대선직(大膳職) 관청의 관리. 품계는 5품. 대
　선직은 궁중 식사를 관리하는 관청이다.
2) 대부(大夫). 제1권의 주 57을 참조.
3) 모치나가(以長). 다치바나노 모치나가(橘以長, ?~1169)이다. 헤이안 시대 귀족으
　로 치쿠고 지방(筑後國, 현재의 후쿠오카현(福岡縣) 남부) 태수를 역임하였다.
4) 홋쇼지절(法勝寺). 교토시 사쿄구(左京區)에 있던 사찰이다. 시라카와 왕(白河天
　皇, 재위 1073~1087)이 건립하고 왕실의 두터운 후원을 받았으나 오닌(応仁)의 난
　(1467~1477) 이후 쇠퇴했다.
5) 천승공양(千僧供養). 천 명의 승려를 청하여 재를 베풀어서 공양하는 법회.
6) 도바인(鳥羽院). 제5권의 주 18을 참조.
7) 우지 좌대신(宇治左大臣). 후지와라노 요리나가(藤原賴長, 1120~1156)를 말하며
　1149년에 좌대신이 되었다.

신이 가고 있으니 앞서던 고관이 수레를 세워 좌대신이 지나가도록 하였다. 그래서 좌대신의 앞 호위무사가 말에서 내려 지나갔다. 그런데 이 모치나가 혼자만 내리지 않았다. 어찌 된 일인지 영문을 몰라 좌대신은 지켜만 보았는데, 법회도 끝나고 해서 대신은 돌아왔다. 그리고 돌아와서 모치나가에게 물었다.

"고관이 우리를 만나서 예의를 갖추느라 수레를 세웠기에 앞서가던 호위무사들이 모두 말에서 내렸건만 모치나가 자네 혼자 내리지 않은 것은 어찌된 영문이더냐? 일을 갓 시작한 사람이라면 몰라도 말이다."

"나으리는 무슨 말씀을 하시는 겁니까? 앞에 가는 자가 뒤에서 높은 사람이 오면 수레를 되돌려 높은 사람을 향해두고 소를 수레에서 떼어내 끌채 받침에 멍에를 두고 지나가시도록 하는 것이 예의이거늘, 먼저 가는 사람이 가령 수레를 멈추었다 해도 뒤꽁무니를 보이게 해서 지나가시도록 하는 것은 예법에 어긋납니다. 그쪽이 무례한 짓을 했는데 그런 사람에게는 말에서 내려 예의를 갖출 이유가 없다고 생각해 내리지 않았습니다. 고관이 혹여 모르고 그렇게 한 것이라면 다가가서 한마디 하는 것이 맞습니다만, 저 모치나가는 이제 나이가 들어 참고 있었습니다."

좌대신이 이 이야기를 듣고,

"글쎄, 자네 말이 어떨지?"

하고 그 분[8]에게 물어보았다.

"모치나가가 이런 말을 했습니다. 어느 쪽이 예절에 맞습니까?"

그러자,

---

8) 좌대신의 부친이라는 설이 유력하다.

"모치나가는 참으로 노련한 사무라이구나!"

라고 하였다.

옛날에는 이와 같은 상황에서는 소를 수레에서 떼어내 끌채 받침을 나룻 안에 두어 내리는 행세를 했었다. 이것이 진정으로 올바른 예의 범절이 되는 것이다.

02.
시모쓰케노 다케마사가 폭풍우 치던 날에
홋쇼지도노 댁에서 지휘하다 (100)

　이것도 지금은 옛이야기가 되었다. 시모쓰케노 다케마사[9]라는 도네리[10]는 홋쇼지도노[11]를 모시고 있었다. 어느 날 거센 비바람이 몰아쳐 교토 내의 집들이 온통 부서지고 무너졌다. 이때 홋쇼지도노는 자택의 근위전에 있었는데 남측 정전(正殿) 쪽에서 소리를 지르며 다니는 자가 있었다. 누구인가 싶어 바라보니 다케마사가 아래위 붉은 빛깔 옷에다 도롱이를 걸치고 그 위에 밧줄을 끈같이 말고, 또 노송삿갓 위에서 턱으로 밧줄을 휘감아 맨 채 지팡이를 짚고 쫓아다니며 피해 입

---

9) 시모쓰케노 다케마사(下野武正). 생몰년은 확실치 않다. 관백 후지와라노 다다자네(藤原忠實, 1078~1162) 밑에서 시중을 들고 후에 좌근위부 장조(左近衛將曹)가 되었다. 좌근위부 장조는 좌근위부 소속의 관리로 품계는 종7품.
10) 도네리(舍人). 제2권의 주 34를 참조.
11) 홋쇼지도노(法性寺殿). 후지와라노 다다미치(藤原忠通, 1097~1164)이며 앞 이야기 후지와라노 요리나가의 형에 해당한다. 도바 왕(鳥羽天皇)을 대신하여 정치를 돌보고, 그 후도 스토쿠, 고노에, 고시라카와 왕 3대에 걸쳐 섭정을 행한 정치가.

은 곳을 복구하라고 지시를 하고 있었다. 그렇게 하며 돌아다니는 모습이 뭐라 할 수 없을 정도로 진지하면서도 늠름하였다. 홋쇼지도노는 남측으로 가서 발 사이로 그 모습을 내다보았는데, 참으로 대단한 일이라며 감탄하여 자신의 말을 하사하였다고 한다.

03.
시나노 지방의 고승 (101)

옛날에 시나노 지방[12]에 한 승려가 있었다. 그런 외지 시골에서 승려가 되어 아직 정식으로 수계(受戒)를 하지 못해 어떻게든 상경하여 도다이지절이라는 곳에서 계를 받으려고 마음먹다 어렵사리 올라가서 계를 받았다.

그런 후 시나노로 돌아가려 하였으나 재미없이 그런 무불세계(無佛世界) 같은 벽촌으로 돌아가지 말고 여기에 남아야겠다고 생각하고 도다이지절 법당에 들어가 저 멀리 이쪽저쪽을 둘러보며 편안히 수행하면서 살만한 곳을 찾으니, 남서쪽 방향에 희미하게 산이 보였다. 수행하며 살고자 그 산으로 들어가 산속에서 이루 다 말할 수 없는 고된 수행을 하며 보내는 중에 뜻하지 않게 자그마한 주자불(廚子佛)[13]을

---

12) 시나노 지방(信濃國). 현재의 나가노현(長野縣).
13) 주자불(廚子佛). 주자는 불상을 모셔두는 좌우에 여닫이문이 달린 집 모양으로 만든 불구(佛具)이며 그 안에 안치하는 작은 불상을 주자불이라 한다.

얻는 가호를 입었다. 그 불상은 비사문천(毘沙門天)이었다.

그곳에 작은 불당을 세워 안치하고 고된 수행을 계속하며 세월을 보내고 있었는데, 이 산 기슭에 신분은 천하지만 대단히 부유한 사람이 있었다. 그 사람 집으로 이 승려의 바리때가 늘 날아가 음식을 얻어 왔다. 하루는 부유한 집에서 큰 창고[14]를 열어 물건을 꺼내고 있는데 언제나처럼 승려의 이 바리때가 보시하러 날아왔다. "저 바리때가 또 날아왔네. 욕심도 지독히 많은 바리때놈."이라며 잡아 창고 구석에 던져두고 바로 음식도 담지 않았다. 바리때는 기다리고 있었지만 사람들은 창고 물건들을 다 정리하고 바리때에 음식을 담는 것도 꺼내는 것도 깡그리 잊은 채 창고 문을 채우고 주인도 돌아가 버렸다. 그러자 잠시 지나 이 창고가 저절로 흔들흔들하며 흔들리기 시작했다. 도대체 어찌된 일이냐며 영문을 몰라 웅성거리고 있는데, 아주 심하게 흔들거리더니 땅에서 한 척정도 뛰어 올라 저것이 무슨 일이냐며 불안에 떨며 소리쳤다. "아, 그래 맞다. 창고에 저 바리때를 두고 나왔어. 그것이 한 짓이야." 하고 있는데 이 바리때가 창고 틈사이로 빠져나와 창고를 싣고서 쑥 오르더니 공중의 한 두 장(丈) 높이까지나 올랐다. 그리고는 날아갔는데 사람들이 이를 올려다보고 기가 막혀 웅성웅성 시끄럽게 떠들어댔다.

창고 주인도 어찌해볼 도리가 없어 이 창고가 어디로 날아가는지 확인해 보려고 뒤를 쫓았다. 그 주변에 있던 사람들도 모두 따라 달려갔다. 그렇게 쫓아가니 바리때는 점점 날아 가와치 지방의 이 승려가

---

14) 원문에는 '校倉(あぜくら)'로 되어있다. 재목을 井자 모양으로 벽을 쌓아올려 지은 창고이다.

수행하는 산중으로 날아들더니 승려의 승방 한 켠에 툭 떨어졌다.

참으로 어이가 없었지만 이대로 보아 넘길 수는 없어 창고 주인은 승려 곁으로 다가가 말했다.

"이런 기막힌 일이 또 있습니까? 이 바리때가 늘 우리 집에 날아들기에 그때마다 음식을 넣어 보냈는데 오늘은 바쁜 와중에 창고 안에 둔 것을 깜박 잊고 문을 닫아버렸습니다. 그랬더니 창고가 저절로 심하게 흔들거리더니 여기로 날아와서 떨어졌습니다. 이 창고를 돌려주십시오."

승려가 말했다.

"참으로 이상한 일도 다 있지만, 여기로 날아 왔다면 창고는 돌려줄 수 없소. 여기에는 그만한 창고가 없으니 여러 모로 물건을 넣기에 아주 좋아요. 안에 있는 물건은 모두 가져가시오."

"창고 안에는 쌀이 천 석이나 들어있는데 어떻게 금방 옮길 수 있단 말입니까?"

"그것은 아주 손쉬운 일이오. 틀림없이 내가 옮겨주겠소."

그리고는 이 바리때에 가마니 하나를 얹어 날리자 기러기가 줄지어 날아가듯 나머지 가마니도 그 뒤를 따라 줄줄이 날아갔다. 마치 참새 떼가 무리지어 날아가는 양 날아가는 것을 보니 그저 마냥 놀라우면서도 존귀하게 생각되었다.

"잠시 기다리십시오. 가마니를 전부 옮기지 말고 쌀 이삼백 석은 남겨두고 사용하십시오."

"당치 않은 말씀이오. 그만큼이나 여기에 놓아두고 뭐에 쓰겠소."

"그러시다면 사용하실 만큼 열이나 스물 석을 드리지요."

"그 정도도 필요 없소."

이렇게 말하고 주인집에 확실히 천 석을 모두 날려주었다.

이와 같이 승려가 존엄하게 수행을 쌓으며 보낼 즈음, 엔기 왕[15]이 병환이 위독하여 가지기도(加持祈禱)며 독경이며 백방으로 손을 써 보아도 전혀 차도가 없었다. 어떤 한 사람이 아뢰었다.

"가와치 지방 신기(信貴)라는 곳에 오랫동안 수행하며 마을로 내려 간 적도 없는 고승이 있습니다. 그 분이야말로 존귀하고 영험도 있어 바리때를 날리는 등 앉아서 온갖 희귀한 일들을 행합니다. 그 분을 불 러 기도를 올리신다면 반드시 쾌차하실 것입니다."

이 이야기를 듣고 그럼 한번 불러보자며 구로도를 칙사로 파견하였 다.

산으로 가서 고승을 만나니 유달리 존귀하고 훌륭하게 보였다. 고 승에게 이러이러한 선지를 받아 왔으니 일각도 지체 말고 가자고 하 였지만, 고승은 나를 무엇 때문에 부르느냐며 전혀 움직이려고 하지 않았다.

"왕께서 여차여차하여 중환중이시오니 가셔서 기도를 올려주시오."

"그러시다면 기도는 가지 않고 여기서 하지요."

"그래서야 왕께서 쾌차하시더라도 스님의 영험 덕분임을 어떻게 아 시겠소?"

"병이 나으시면 그것으로 됐지 않소이까? 누구의 영험이든 알아서 뭐하겠소."

이에 구로도가 말했다.

"그렇다 하더라도 수많은 기도 중에 스님의 기도가 영험함을 아시

---

15) 엔기(延喜) 왕. 제2권의 주 59를 참조.

면 좋지 않아요."

그래서 승려가 말했다.

"그렇다면 기도를 올릴 때 검(劍) 호법동자[16]를 보내겠소. 혹시라도 꿈에서건 환영으로건 동자를 보시면 제가 보낸 동자임을 아시오. 검으로 옷을 만들어 입은 호법동자입니다. 나는 교토에는 가지 않아요."

그러자 칙사는 교토로 돌아와 이러저러하다고 있었던 이야기를 상고하였다. 그리고 사흗날 낮 즈음, 왕이 비몽사몽간에 번쩍번쩍 빛나는 것을 보고 무언가 하고 살펴보니 그 고승이 말한 검 호법동자이었다. 그때부터 몸이 홀가분해지며 고통도 싹 사라지고 평소와 같이 회복되었다. 사람들은 기뻐하며 고승의 존귀함에 칭찬을 아끼지 않았다.

왕도 고승을 한없이 존귀하게 여기어 사람을 보내 물었다.

"스님께서는 승정이 되시겠소, 승도가 되시겠소? 아니면 그 절에 장원이라도 기진해 드릴까요?"

왕의 전갈을 듣고 고승이 대답했다.

"승도도 승정도 생각해 본 일이 없사옵니다. 또 이러한 곳에 장원이 기진되면 그에 필요한 별당이나 일 돌볼 사람들을 들여야 하는데 그러면 번거로워지고 죄를 짓는 것과 같사옵니다. 그냥 이대로 있게 해주소서."

이렇게 해서 그 일은 그렇게 매듭지어졌다.

그런데 이 고승에게는 누이가 하나 있었다. 누이는 '우리 스님이 수

---

16) 검(劍) 호법동자(護法童子). 검을 엮어 만든 옷을 입은 동자모습을 한 불법수호의 신.

계를 받는다며 상경한 뒤로는 보지 못했는데. 이토록 오랜 세월 돌아
오지 않아 어찌된 것인지 걱정이 되니 찾아가 봐야겠다.'라는 생각이
들어 교토로 갔다. 도다이지절, 야마시나데라절[17] 부근을 여기저기 다
니며 '모렌코인'이라는 사람을 보지 못했는지를 물었으나 하나같이
모른다는 말뿐이고 안다는 사람은 하나도 없었다. 찾아다니다 지쳐서
그냥 돌아갈까 하였지만 그러나 동생의 행방은 알고 돌아가야겠다는
생각에 그날 밤 도다이지절 대불 앞에서 동생 모렌이 있는 곳을 가르
쳐 달라고 밤새 빌었다. 빌다가 잠시 졸았다 싶었는데 꿈에 부처의 계
시가 있었다.

"네가 찾고 있는 승려는 여기서 남서쪽에 있는 산에 있노라. 그 산에
구름이 드리운 데를 찾아가도록 하라."

이런 꿈을 꾸고 잠을 깨니 새벽녘이 되어 있었다. 어서 빨리 날이 밝
았으면 하고 밖을 내다보고 있는 중에 어렴풋이 밝아왔다. 남서쪽을
바라보니 저 멀리 산이 희미하게 보이고 자운이 드리워져 있었다. 기
뻐하며 그곳을 향해 올라가니 정말로 법당이 있었다. 사람이 살고 있
는 듯한 곳으로 다가가 불렀다.

"모렌코인 있는가?"

"누구시오."

고승이 나와 보니 시나노에서 온 자신의 누이였다.

"누님이 어찌 여기까지 찾아오셨소. 뜻밖입니다."

누이는 그 동안의 일을 소상히 들려주었다.

---

17) 야마시나데라절(山階寺). 현재의 고후쿠지절(興福寺). 나라시 노보리오지초(奈
良市 登大路町)에 있는 법상종의 대본산 사원. 후리와라 씨족의 명복을 빌기 위해
세운 사찰이다.

"추운데 얼마나 고생이 많았는가? 이것을 입혀드리려고 가지고 왔네."

내미는 것을 보니 복대이었는데 보통 복대와는 달리 굵은 실로 두툼하고 단단하게 만든 것이었다. 반갑게 받아 입었다. 여태 종이옷[18] 한 장만 입고 있어서 몹시 추웠는데 이것을 아래에 두르니 따뜻하고 좋았다. 그렇게 하여 오랫동안 수행을 쌓았다. 또한 이 누이 비구니도 고향으로 돌아가지 않고 거기에 머물러 수행을 했다고 한다.

긴 세월동안 고승은 이 복대만을 입고 수행하여 마침내 너덜너덜해져 버렸다. 바리때에 실려 온 창고를 '비창(飛倉)'이라고 하였다. 그 창고에 다 떨어진 복대를 넣어두었는데 여태까지 전해오고 있다고 한다. 그 낡은 복대 조각을 우연히 어떤 연유로든 아주 조금이라도 손에 넣으면 그 사람은 그것을 부적으로 삼았다. 창고도 썩어 무너진 채 아직 남아 있다고 한다. 그 창고의 나무 조각을 조금이라도 손에 넣은 사람 역시 그것을 부적으로 삼거나 비사문천을 만들어 가지고 있으면 누구라도 반드시 부유해졌다고 한다. 그래서 이 이야기를 들은 사람들은 연줄을 찾아 그 창고 나무 파편을 사들였다고 한다. 그리고 신기라는 곳은 이루 말할 수 없을 정도로 영험한 땅으로 지금도 밤낮으로 참배하는 사람들이 끊이지 않고 있다. 그곳의 비사문천은 모렌 고승이 수행하여 얻은 것이라고 전해진다.

---

18) 종이옷. 닥나무 재료인 일본종이로 만든 옷으로 방수나 보온을 위해 감물을 칠해 건조시키고 비벼서 부드럽게 한 다음에 밤이슬을 맞도록 하여 냄새를 제거했다. 처음에는 승려가 입었으나 나중에는 일반인도 착용했다.

04.
도시유키 아손 (102)

　이것도 지금은 옛이야기가 되었다. 도시유키[19]라는 가인(歌人)은 글씨를 아주 잘 써서 여기저기서 부탁을 받아 법화경[20]을 이백 부 가량[21] 완성했다. 그런데 그가 갑자기 죽고 말았다. 자기가 죽을 것이라고는 생각도 못했는데 갑자기 붙잡아 끌고 가기에 '나정도 되는 사람

---

19) 후지와라노 도시유키(藤原敏行, ?~901 또는 907). 헤이안 시대 전기의 가인, 귀족. 같은 이야기가 실린 〈곤자쿠 이야기집〉 24권 29화에서는 '다치바나노 도시유키(橘敏行)'라고 한다.

20) 〈법화경〉은 초기 대승(大乘) 경전의 대표적인 것으로 인도에서 기원전 1세기부터 기원후 2세기경까지 성립한 것으로 추정된다. 〈법화경〉에는 3종의 한문 번역이 현존하지만 구마라십(鳩摩羅什) 번역의 「묘법연화경(妙法蓮華經)」(406년)이 가장 유행하였다. 대승불교권에서 〈법화경〉이라 하면 일반적으로 이 「묘법연화경」을 가리킨다. 화엄사상과 함께 중국불교의 쌍벽을 이루게 된 매우 유명한 경전으로, 모든 불교경전 중에서 가장 넓은 지역에 걸쳐 수많은 민족들이 애호했던 대승경전이라고 할 수 있다. 일본에서는 구마라십을 한역한 「묘법연화경」 8권28품이 가장 많이 보급되었다.

21) 〈곤자쿠 이야기집〉에서는 '60부' 정도라고 되어 있다. 〈법화경〉 전권을 1부로 계산한다.

을……, 설령 국왕이라도 이런 식으로 막무가내로 다룰 리가 만무한데 이해가 되지 않는 일이군.' 라고 생각해 잡아가는 자에게 물었다.

"이게 어찌된 일이오? 내가 무슨 잘못을 했길래 이렇게 잡아간단 말이오?"

"글쎄 난 모르는 일이오. 분명히 불러들이라는 명을 받고 끌고 가는 것뿐이오. 그런데 당신은 법화경은 썼소?"

"이러이러한 것을 썼소."

"당신 스스로를 위해서는 얼마나 썼소?"

"나를 위해서는 아니오. 그저 다른 사람들이 써 달라고 해서 이백 부 정도 썼을 거요."

"그 일로 소송이 일어 아무래도 재판이 벌어질 모양이오."

이 말만 하고 다른 말은 하지 않은 채 걸어갔다.

가는 도중에 마주보기에도 이루 말할 수 없을 정도로 소름이 끼치는 으스스한 군병 이백 명가량이 저쪽에서 왔다. 그들의 눈빛은 번갯불과 같이 번쩍였고 입은 타는 불꽃과 같고 갑옷과 투구를 입고 있었다. 뭐라 형용하기 어려울 정도로 무시무시한 말을 타고 있었다. 그것을 보자 간담이 서늘해져 졸도해버릴 것 같았다. 도시유키는 거의 제정신이 아닌 채 끌려갔다.

이윽고 군병들이 앞서 지나가자, 자신을 잡아가는 자에게 물어보았다.

"저건 어떤 병사들이오?"

"모르겠소? 저들은 당신에게 부탁해서 불경을 쓰게 한 자들인데 그 공덕[22]으로 천상에도 태어나고[23] 극락에도 가고, 또 인간으로 태어날

---

22) 〈법화경〉을 베껴 쓰는 선행의 공덕. '공덕'이란 내세에 다시 좋은 신분으로 태어날

예정이었소. 그것도 훌륭한 신분으로 말이오. 그런데 당신이 그 불경을 쓸 때 생선도 먹고, 여자도 접촉하고, 목욕재계도 하지 않고, 마음을 온통 여자한테 빼앗긴 채 전혀 정성들여 쓰지 않았기 때문에 그 공덕이 이루어지지 않아 저토록 우락부락하고 무시무시한 몸으로 태어났소. 그들이 당신을 원망하며 이 원수를 갚도록 당신을 데려와 달라고 호소들을 하였소. 그래서 이번에 불러들일 마땅한 때도 아닌데 소송으로 인해 당신을 잡아온 것이오."

도시유키는 이 말을 듣고 몸이 잘려나가듯 온몸이 얼어붙어 숨이 멎을 지경이었다.

"그래서 저들은 나를 어쩔 생각으로 그토록 호소를 한 것이오?"

"물을 것도 없는 일이지오. 저들은 가지고 있는 장검과 단검으로 당신의 몸을 우선 이백 개로 토막을 내 저마다 한 토막씩 가지겠다는 것이오. 그 이백 개로 나뉜 토막에는 각각 당신 마음이 들어있어서 고통을 당할 때마다 괴로움을 당해 보라는 것이라오. 고통으로 말할 것 같으면 그 무엇에도 견줄 수 없을 정도로 견디기 힘든 것이라오."

"그럼 어떻게 하면 거기서 벗어날 수 있겠소?"

"그건 나도 모르오. 더욱이 당신은 그 고통을 견뎌낼 재간이 없소."

이 말을 듣고 어안이 벙벙한 심정으로 발도 땅에 닿지 않았다.

좀 더 나아가니 큰 강이 있었다. 그런데 물을 보니 검게 간 먹빛을 띠며 흐르고 있었다. 물색이 이상해 물었다.

것을 기대할 수 있는 적선의 공을 말한다.

23) 여기서는 6도의 천상계를 말한다. 6도(六道)는 전통적인 관점에서는, 불교에서 중생이 깨달음을 증득하지 못하고 윤회할 때 자신이 지은 업(業)에 따라 태어나는 세계를 6가지로 나눈 것으로, 지옥도(地獄道)·아귀도(餓鬼道)·축생도(畜生道)·아수라도(阿修羅道)·인간도(人間道)·천상도(天上道)를 말한다.

"이건 무슨 물인데 이렇게 먹색을 띠고 있는 것이오?"

"모르겠소? 이 강물은 당신이 쓴 법화경의 먹물이 이렇게 흐르고 있는 것이라오."

"그건 또 어째서 이렇게 강이 되어 흐르고 있는 게요?"

"바른 마음가짐을 가지고 정성을 다해 깨끗하게 쓴 불경은 그대로 염라대왕의 왕궁에 바쳐지지요. 허나 당신처럼 마음도 더럽고 몸도 추잡한 상태로 쓴 불경은 넓은 들로 버려지기 때문에 그 먹이 비에 젖어 이렇게 강이 되어 흘러나오는 것이오."

이 말을 들으니 정말이지 더욱더 두렵기 짝이 없었다.

"그렇다 하더라도 어떻게든 여기서 살아날 방법은 없는지요? 가르쳐 주시오."

도시유키가 울면서 물어보자, 잡아가는 사람이 대답했다.

"안됐지만 어지간한 죄라면 어떻게든 살아날 방법도 강구해 보지요. 그러나 당신 죄는 생각조차 할 수 없고 말로도 표현할 수 없기 때문에 어쩔 도리가 없소."

그래서 더 이상 아무 말도 못하고 앞으로 걸어가는데 무시무시한 자가 달려와서 호통을 쳤다.

"늦었잖아! 끌고 오는 게."

저승사자는 그 말을 듣고 도시유키를 들어 올려 데리고 갔다.

큰 문에는 자신과 같이 끌려오고, 또 목에는 항쇄가 채워진 채 칭칭 묶여 견딜 수 없는 고통을 당하는 자들이 여기저기서 수없이 모여들었다. 문안에는 빈틈도 없이 가득 차 있었다. 안을 들여다보니 아까 만났던 군병들이 눈을 부릅뜨고 입맛을 다시다가 자신을 발견하고는 '왜 빨리 안 끌고 오지' 하는 생각으로 서성대고 있는 듯했다. 그것을 보자 더욱더 발이 땅에 닿지 않았다.

"아이고, 아이고, 이를 어쩌나!"

도시유키가 말하자, 붙잡아 온 자가 슬그머니 말했다.

"어서 사권경(四卷經)[24]을 쓰고 싶다는 소원을 비시오."

이 말에 따라 막 문으로 들어서면서 '이 죄는 사권경을 써서 공양해 갚겠습니다.' 하고 소원을 빌었다. 도시유키는 문안으로 끌려들어가 지옥법정에 꿇어 앉혀졌다. 재판을 하는 사람이 물었다.

"그 자가 도시유키인가?"

"그렇습니다."

옆에 붙어 있던 자가 대답했다.

"소송이 몇 번이나 있었는데 어째서 늦었는가?"

"체포해서 곧장 데리고 온 길입니다."

"속세에서 어떤 공덕을 쌓았는가?"

도시유키가 대답했다.

"이렇다할만한 일을 한 것은 없습니다. 단지 사람들이 부탁하길래 법화경 이백 부를 썼습니다."

그 말을 듣고 재판하는 사람이 말했다.

"네가 원래 받은 수명은 아직 한참 있지만 그 불경을 모사한 방법이 추잡하고 청정하지 못했다는 소송이 제기되어 잡아온 것이다. 소송을 제기한 자들에게 빨리 이 자를 넘겨주어 그들이 하고 싶은 대로 하도록 하라."

---

24) 담무참(曇無讖)이 번역한 〈금광명경(金光明經)〉. 4권 18품으로 나눈 경이므로 이렇게 부른다.

그러자 방금 전에 거기에 있던 군병들이 기뻐하며 도시유키를 받으려고 했다.

도시유키가 벌벌 떨면서 말했다.

"사권경을 써서 공양하겠다고 소원을 빌었습니다만, 아직 그것을 완수하지 못한 채로 끌려와 그 죄가 무거워 더욱더 항변할 도리가 없습니다."

재판하는 사람이 듣고 놀라 말했다.

"그러한 일이 있는가? 그게 사실이라면 딱한 일이다. 장부를 펼쳐보아라."

다른 사람이 커다란 장부를 꺼내 한 장 한 장 넘겨가며 보았다. 장부에는 도시유키가 한 일이 하나도 빠짐없이 적혀 있었는데 죄에 해당하는 일만 있고 공덕이 되는 일은 하나도 없었다. 소원을 빈 것은 이 문을 들어왔을 때의 일이라 안쪽 마지막에 적혀 있었다. 장부를 거의 다 넘겼을 즈음에,

"그런 사실이 있습니다. 장부 끄트머리에 정말로 기록되어 있습니다."

"이거 실수를 할 뻔 했구나. 이번에는 용서하고 시간을 주어 그 소원을 이루게 한 후에 어떻게든 하는 것이 좋겠어."

이렇게 재판 결과가 내려졌다. 그러자 눈을 부릅뜨고 도시유키를 어서 손에 넣으려고 손에 침을 바르고 기다리고 있던 군병들이 순식간에 사라져 버렸다. 속세로 돌아가 반드시 소원을 이루게 하라는 말을 듣고 죄를 용서받았구나 하고 생각한 순간 도시유키도 다시 살아났다.

처자식이 울고 있던 이틀째에 도시유키가 마치 잠에서 깨어난 것

같은 모습으로 눈을 뜨자, 가족들은 다시 살아났다고 기뻐하며 따뜻한 물을 먹였다. 도시유키는 자신이 정말로 죽었었다는 사실을 알고 저승에서 문책을 당하던 조금 전까지의 모습, 소원을 빌어 그 공덕에 용서를 받은 일 등을 마치 명경을 마주대하듯 모두 선명하게 기억이 났다. 그래서 조만간 기력이 나면 목욕재계하고 마음도 정결히 하여 사권경을 써서 공양을 해야겠다고 생각했다. 이윽고 날도 지나고 달도 지나 몸도 평소처럼 회복되어 사권경을 쓸 종이를 표구사[25)]에게 잇게 하고 괘선을 그리게 하여 빨리 써야겠다고 생각했다. 그러나 역시 천성이 색을 좋아하여 불경이나 부처 쪽에는 마음이 가지 않고 이 여자에게 다니고 저 여자에게 마음을 두고 어떻게든 좋은 시를 읊어야겠다는 마음뿐이었다. 그러는 사이에 붓을 잡을 겨를도 없이 허무하게 세월이 흘러버려 불경도 쓰지 못한 채 주어진 수명도 다해 도시유키는 결국 죽고 말았다.

그 후 한 해 두 해 지나 기노 도모노리[26)]라는 가인의 꿈에 도시유키인 듯한 사람이 나타났는데 그 모습과 얼굴 생김새가 비할 데 없이 무섭고 꺼림칙하였다. 그는 생전에 했던 이야기를 하며 이렇게 부탁했다.

"사권경을 쓰겠다는 소원으로 얼마간의 목숨을 연장하여 이승으로 돌아왔으나 역시 무분별한 마음으로 태만해져 불경을 쓰지 못한 채로 다시 죽었습니다. 그 죄가 커서 엄청난 고통을 당하고 있는데 만약 저를 불쌍히 여기신다면 그 종이를 찾아내 미이데라절의 아무개 스님에게 부탁하여 모사 공양을 해 주십시오.”

　큰 소리를 내며 울부짖는 것을 보고 식은땀을 흘리며 잠을 깼다. 기노 도모노리는 날이 새기도 전에 급히 그 종이를 찾아 곧장 미이데라 절로 가서 꿈에서 들은 스님을 찾아갔다.

　미이데라절 스님이 말했다.

　“이렇게 와 주시니 기쁩니다. 지금 곧 사람을 보내든지 제가 찾아뵙든지 하려던 참이었습니다.”

　기노 도모노리는 자신이 꾼 꿈 이야기는 하지 않고 물었다.

　“무슨 일이신지요?”

　“지난밤에 죽은 도시유키 아손이 꿈에 보였습니다. 사권경을 쓰려다 마음이 나태해져 불경 모사 공양을 하지 않은 채 죽고 만 죄로 한없이 고통을 받고 있는데 쓰려던 종이는 당신한테 있으니 그 종이를 찾아내 사권경의 모사 공양을 해 달라는 것이었습니다. 자세한 자초지종은 당신에게 들으라고요. 울부짖고 있었습니다.”

　스님의 말을 들으니 너무 가여워 견딜 수가 없었다. 마주앉아 둘이서 하염없이 울었다.

　“저도 이러저러한 꿈을 꾸고 그 종이를 찾아내어 가지고 왔습니다. 이 종이가 그것입니다.”

　종이를 건네자 스님도 불쌍해 진심을 다해 손수 모사 공양을 해 주었다.

　그 후 도시유키가 다시 두 사람의 꿈에 나타나 두 분의 공덕으로 견디기 힘들었던 고통을 조금은 면할 수 있었다며 기분 좋은 듯이 말했고, 얼굴도 처음과는 달리 좋아진 것 같았다고 하였다.

05.
도다이지절의 화엄회 (103)

　이것도 지금은 옛이야기가 되었다. 도다이지절[27]에 상례 대법회[28]가 있었는데 이를 화엄회라고 하였다. 이 법회 때에는 대불전 안에 고좌(高座)[29]를 마련하여 거기에 강사(講師)[30]가 앉는데 강사는 설법을 마치면 불당 뒤쪽으로 사라지듯이 빠져 나왔다. 이에 대해 고로(古老)는 그 유래를 이렇게 전했다.

　"불당이 건립되었을 때에 고등어를 파는 한 노인이 찾아왔다. 이에 원주(願主)인 상왕[31]이 이 사람을 여기에 머물게 해서 법회의 강사로

---

27) 도다이지절(東大寺). 제1권의 주 14를 참조.
28) 말하자면 화엄회로, 국가 진호를 기원하는 법회. 쇼무 왕 시대(740년)에 신라 승려인 심상(審祥)이 설법을 한 데서 유래하여 744년부터 정식 행사가 되었다.
29) 설법의 강사가 앉는 높은 대좌(臺座).
30) 화엄경을 설법하는 승려.
31) 신불에게 소원을 빈 장본인인 상왕(上皇), 즉 쇼무 왕(聖武天皇, 재위 724~749)을 말한다.

삼았다. 노인이 팔던 고등어를 경상(經床)에 올려놓았는데 그 고등어
가 변하여 팔십 권의 화엄경이 되었다. 그리고 설법을 하는 동안에 노
인은 범어를 읊조리듯 외웠다. 게다가 법회 도중에 고좌에 앉은 채 갑
자기 사라져 버렸다."

또 이런 이야기도 하였다.

"고등어를 파는 한 노인이 지팡이를 짚고 고등어를 짊어지고 왔다.
고등어가 모두 팔십 마리였는데 그것이 갑자기 변하여 팔십 권의 화
엄경이 되었다. 짚고 온 지팡이는 대불전 안 동쪽 회랑 앞에 꽂아두었
는데 갑자기 나뭇가지와 잎이 달리고 무성해졌다. 향나무였다. 그런데
이 절이 번영하고 쇠퇴함에 따라 이 나무도 무성했다가 시들었다."

이 법회의 강사가 지금까지도 법회 도중에 고좌에서 내려와 뒷문으
로 사라지듯이 밖으로 나가는 것은 이를 모방한 것이다.

그 고등어 지팡이에서 자란 나무는 서른네 해 전까지는 잎이 푸르
고 무성했었다. 그 후에도 고목이 된 채 서 있었는데 이번[32]에 헤이케
군(平家軍)의 공격에 의해 불타고 말았다. 이제 이 세상도 말세인지
안타까운 일이었다.

06.
사냥꾼이 부처를 쏘다 (104)

옛날, 아타고노야마산[33]에 오래도록 수행을 해 온 고승이 있었다. 그는 오랫동안 수행을 쌓느라 선방에서 나오는 일이 없었다. 그 서쪽에 사냥꾼이 살고 있었는데 이 고승을 존경하여 평소에 찾아가서 먹을 것을 공양하였다. 그런데 한동안 가지 않다가 오랜만에 말린 밥을 싸서 고승을 찾아갔다. 고승은 기뻐하며 요즘 통 만나지 못해 걱정했다고 하였다. 그러고는 사냥꾼 곁에 다가와 말했다.

"요즘 정말로 성스러운 일이 있었다네. 오랜 세월 오로지 법화경을 계속 외어 온 영험이 있었는지 요전날 밤에 보현보살이 코끼리를 타고 오셨다네. 그대도 오늘밤 여기 머물러 절을 올리시게나."

---

33) 아타고노야마산(愛宕山). 교토부(京都府) 교토시(京都市) 우쿄구(右京區)의 서북부, 야마시로 지방(山城國)과 단바 지방(丹波國) 국경에 있는 산. 교토 시가를 둘러싼 산 중에서 히에잔산(比叡山, 제1권의 주 42를 참조)과 나란히 신앙 영지로 잘 알려져 있다.

"그거 정말로 성스러운 일이군요. 그럼 저도 여기 머무르며 절을 올리지요."

사냥꾼은 그곳에 묵기로 하였다.

사냥꾼이 고승의 시중을 드는 동자에게 물어보았다.

"큰 스님께서 이런 말씀을 하시던데 어찌 된 일이냐? 너도 이 부처님을 친견했느냐?"

"대여섯 번 친견했습니다."

사냥꾼은 자신도 배례를 올릴 수 있을지도 모르겠다는 생각으로 고승 뒤에서 잠도 자지 않고 일어나 있었다. 때는 구월 스무 날이라 밤도 길었다. 이제나 저제나 하고 기다리고 있는데 자정이 지났을 즈음에 동쪽 산기슭에서 달이 떠오르고 산기슭의 거친 바람이 심하게 불어오더니 갑자기 빛이 비추는 듯이 선방 안이 환해졌다. 그러자 보현보살이 코끼리를 타고 홀연히 나타나 선방 앞에 섰다.

고승이 울면서 절하며 말했다.

"어떤가? 자네도 보았는가?"

"어떻게 보지 않을 수 있겠습니까? 이 동자도 보았습니다. 오오, 오오 정말로 존귀한 일입니다."

그렇게 말은 하면서도 사냥꾼은 마음속으로 생각했다.

'큰 스님께서는 오랜 세월 불경을 계속 외워 오셨기에 보살님을 친견하시는 것도 이상할 게 없지. 그러나 이 동자나 나 같은 사람은 불경의 위아래도 모르는데 우리 같은 사람의 눈에 보이는 것은 아무래도 납득이 가지 않는 일인 걸.'

그리고, '어디 한 번 시험해 봐야겠다. 죄가 되지는 않을 테지.'라고 생각하고 뾰족한 화살을 활시위에 대고 고승이 엎드려 절하고 있는 머리 너머로 힘껏 당겨 쏘았다. 화살은 가슴팍에 맞았는지 불을 끄듯이 빛도 사라져 버렸다. 계곡 쪽으로 큰 소리를 울리며 달아나는 소리가 들렸다.

"이게 무슨 짓인가?"

고승이 한없이 눈물을 흘렸다.

"큰 스님께서는 오랫동안 수행을 쌓아오셨기에 보살님이 눈에 보이시는 것은 당연한 일입니다만, 저 같은 죄 많은 사람의 눈에까지 보이는 것은 아무래도 이상하여 시험해 보려고 쏜 것입니다. 진짜 부처님이시라면 설마 화살에 맞는 일은 없으시겠지요. 그런데 화살에 맞은 것을 보면 요사스러운 이물입니다."

날이 밝아 핏자국을 따라가 보니 한 정(町)[34] 정도 앞쪽에 있는 골짜기 바닥에 화살이 가슴을 관통한 채 커다란 너구리가 벌렁 나자빠져 죽어 있었다.

고승은 수행을 쌓았더라도 무지해서 저렇게 너구리에게 홀린 것이었다. 사냥꾼은 비록 엽사이기는 하지만 사려가 깊어 너구리를 잡아 그 정체를 밝힌 것이었다.

---

34) 거리의 단위이다. 1정은 1간(間)의 60배로 약 109미터이다.

07.
천수원 승정이 신선을 만나다 (105)

  옛날, 히에잔산³⁵⁾의 서탑(西塔) 천수원³⁶⁾에 살던 조칸 승정³⁷⁾이라는 좌주는 밤이 깊어지면 존승다라니³⁸⁾를 읽으며 밤을 지새운 지 오래되었다. 이를 듣는 사람들도 그를 매우 존경하고 있었다. 요쇼(陽勝)³⁹⁾ 선인(仙人)이라는 신선이 어느 날 하늘을 날아 이 승방 위를 지나다가

---

35) 히에잔산(比叡山). 제1권의 주 42를 참조.

36) 천수원(千手院). 일본 천태종을 연 사이초(最澄, 766~822)가 건립했다고 하는 천수당(千手堂)을 가리킨다.

37) 조칸 승정(靜觀僧正). 헤이안 시대의 천태종 승려인 조묘(增命, 843~927)의 시호. 그가 천태좌주에 취임한 것은 906년이다.

38) 존승다라니(尊勝陀羅尼). 존승불정의 공적을 풀이한 다라니. 이 다라니를 외어 지니면 오래 살고, 병과 재난이 없어지며 몸과 마음이 편해진다고 한다. 모두 87구로 되어 있다.

39) 이시카와현(石川縣) 출신으로 기(紀) 씨이다. 11세 때 히에잔산에 올라 수학하였으며, 후엔 긴부센산(金峰山)에 올라 무덴지절(牟田寺, 나라현(奈良縣) 요시노군(吉野郡)에 있는 사찰)에서 선법(仙法)을 배워 901년 선도(仙道)를 터득해 자유자재로 비행할 수 있는 몸이 되었다고 전해진다(〈本朝法華驗記〉 등).

이 다라니 읽는 소리를 듣고 내려와 난간 기둥 두부의 창끝 같은 곳에 앉았다. 승정이 이상하게 여겨 물었더니 모기가 우는 듯한 목소리로 말했다.

"요쇼입니다. 하늘을 날아가다가 존승다라니를 읽으시는 소리를 듣고 왔습니다."

승정이 문을 열어 안으로 초대하자, 요쇼는 날아들어 와 앞에 앉았다. 그동안 쌓인 이야기를 나누다가,

"그럼 이제 가봐야겠습니다."

라며 일어섰다. 그런데 사람의 기운에 억눌려 일어서지를 못하였다.

"향로의 연기를 가까이 대 주십시오."

승정이 향로를 가까이로 바싹 가져다 대자 요쇼는 그 연기를 타고 하늘로 올라갔다.

그 후 승정은 오랜 세월 항상 향로를 올리고 연기를 피우고 있었다.

이 신선은 원래 승정이 부리던 승려였는데 수행 중에 실종되어 오랫동안 마음에 걸려 있었던 참에 이렇게 나타나 만나게 되었으니 감개무량하였고, 늘 그 일을 떠올리고는 눈물을 흘렸다고 한다.

제9권

01.
다키구치 미치노리가 비술을 배우다 (106)

옛날, 요제인(陽成院)[1]이 즉위해 있었을 때, 다키구치 미치노리[2]가 칙서를 받고 미치노쿠[3]로 내려가는 도중에 시나노 지방[4] 히쿠라는 곳에 묵었다. 군사(郡司)[5]의 집에 숙소를 잡았다. 주인 군사는 진수성찬을 만들어 대접하더니 가신들을 끌고 나가고 없었다. 미치노리는 좀처럼 잠을 이룰 수가 없어서 슬그머니 일어나 나와 어슬렁어슬렁 걸었다. 문득 방 하나가 눈에 들어왔는데 방에는 병풍을 둘러치고 다타미도 말쑥하게 깔고 불도 켜 놓은 것이 아주 보기 좋게 잘 갖추어져 있

---

1) 요제 왕(陽成天皇, 재위 876~884)으로 기행(奇行)이 많이 전해지고 있다.
2) 다키구치 미치노리(瀧口道則). 누군지 확실치 않다. '다키구치(瀧口)'는 궐내의 경호를 맡은 무사를 이르던 말.
3) 미치노쿠(陸奧). 현재의 아오모리(靑森) · 이와테(岩手) · 미야기(宮城) · 후쿠시마(福島) 일대를 가리킨다.
4) 시나노 지방(信濃國). 현재의 나가노현(長野縣).
5) 군사(郡司). 제1권의 주 12를 참조.

었다. 향을 피워놓았는지 향기로운 냄새가 났다. 참으로 운치 있게 느껴져 자세히 안을 들여다보니 스무 일곱 여덟 가량 되어 보이는 한 여인이 있었다. 얼굴 생김새나 인품, 자태, 모습 등 무엇 하나 빠질 것 없이 아름다웠는데 홀로 자고 있었다. 그 모습을 보고 있자니 그냥 지날칠 수 없는 심정이었다. 마침 주위에는 사람도 없었다. 등불이 휘장 밖에 켜져 있어서 밝았다.

미치노리는 생각했다.

'정성껏 대접을 해 주고 호의를 베풀어 주신 군사의 아내에게 내가 이토록 흑심을 품다니 군사에게는 더없이 미안한 일인데. 그렇지만 여인의 모습을 보니 이대로 가만히 보고만 있을 수도 없는 길.'

여인에게 다가가 옆에 누웠다. 여인은 저항하는 모습도 보이지 않고 놀라지도 않고 그저 소매로 입을 가리고 웃으며 누워 있었다. 뭐라고 형언할 수 없을 정도로 기뻤다. 구월 초열홀 즈음이라 옷도 얇게 입어 남자도 여자도 한 겹만 입고 있었다. 더할 나위 없이 아리따웠다. 미치노리가 옷을 벗고 여인의 품속으로 들어가려고 하자 여인은 잠시 몸을 가리는 듯 했지만 애써 거부하지도 않아 품속으로 들어갈 수 있었다. 그 때 남자는 앞쪽 거기가 가려운 것 같아 만져 보니까 그것이 없었다. 놀랍고 이상해서 주의 깊게 더듬어 보았지만 턱수염을 만지듯 전혀 흔적도 없었다. 너무 놀라 여인의 아리따움이고 뭐고 머릿속에서 온데간데없이 사라졌다. 여인은 남자가 더듬어 찾다가 당황해하는 모습을 미소만 지으며 보고 있었다. 점점 더 납득이 가지 않아 슬그머니 일어나 자신의 침소로 돌아와 다시 만져보아도 전혀 없었다. 기가 막혀 가까이에 두고 부리던 가신을 불러 이러이러하다는 말은 하지 않고,

"이런 곳에 예쁜 여인이 있어 나도 지금 다녀온 참이네."

하였다. 가신은 반기며 나갔다.

잠시 후 가신이 정말로 어이없다는 표정으로 돌아왔다. '이것도 나 같이 당했구나.' 싶어 또 다른 남자에게 권하여 여인이 있는 곳으로 보냈다.

잠시 후 이 남자도 멍하니 허공을 쳐다보며 납득이 가지 않는다는 표정으로 돌아왔다. 이와 같이 일곱 여덟 가신을 보냈는데 모두 똑같은 모습을 보였다.

그러는 사이에 밤도 깊어 미치노리는 생각했다.

'초저녁에 주인이 아주 환대해 준 것은 기쁜 일이지만 이렇게 영문을 알 수 없는 이상한 일이 있었으니 어서 여기를 나가야겠어.'

미처 날이 밝기도 전에 서둘러 출발했다. 일곱여덟 정(町) 갔을 때에 뒤에서 그를 부르면서 말을 타고 달려오는 사내가 있었다. 사내는 하얀 종이에 싼 물건을 떠받치듯 들고 왔다. 말을 멈추고 기다리자 방금 전 숙소에서 시중을 들던 그 집의 가신이었다.

"그게 무엇인가?"

"이것은 군사께서 드리라는 물건입니다. 이런 것을 어째서 버리고 가십니까? 격식대로 조식 준비를 하고 있었는데 얼마나 서두르셨기에 이것까지 떨어뜨리고 가십니까 그려. 그래서 주워 모아 가져왔습니다."

"어디 뭔가?"

물건을 받아 보니 송이버섯을 모은 것처럼 남자의 그것이 아홉 개 싸여 있었다. 깜짝 놀라 가신 여덟 명이 교대로 살펴보니 정말로 그것이 아홉 개 있었다. 그리고 순간 한꺼번에 그것들이 싹 사라졌다. 사내

는 그대로 말을 달려 돌아갔는데, 그러자 미치노리를 비롯해 가신들
이 모두 외쳤다.

"있다, 있어!"

이윽고 미치노리가 미치노쿠에서 사금을 받아 돌아가는 길에[6] 다
시 시나노 군사의 집으로 가서 묵었다. 군사에게 사금과 말, 독수리 날
개 등을 많이 주었다.

군사가 무척 기뻐하며 말했다.

"아이고 이건 또 어째서 이렇게까지 주시는지요?"

미치노리가 군사에게 바짝 다가가 물었다.

"말씀드리기에 좀 창피한 이야기인데 실은 처음에 여기에 왔을 때
이상한 일이 있었지요. 도대체 어찌된 일입니까?"

군사는 선물을 잔뜩 받아놓고 입을 다물고 있을 수 없어 솔직하게
대답했다.

"실은 제가 아직 젊었을 적에 이 지역의 오쿠노라는 고을에 나이 든
한 군사가 있었지요. 그 군사에게는 젊은 부인이 있었는데 저는 몰래
그 부인에게 숨어들었지요. 그런데 그런 식으로 남자의 거시기가 사
라져 버렸습니다. 이상하게 생각되어 늙은 군사에게 정중히 부탁을
드려 비법을 배웠지요. 만일 당신도 배우고 싶으면 이번에는 조정에
서 파견된 사자의 몸이니 어서 상경하셨다가 다시 내려와서 배우십시
오."

미치노리는 그러기로 약속을 하고 교토에 돌아가 사금 등을 바치고

---

6) 미치노리의 사명은 미치노쿠산 사금과 말을 미치노쿠의 국사에게서 받아 교토로
   운반하는 것이었다.

다시 짬을 얻어 내려왔다.

군사에게 적당한 선물을 가져다주었더니 군사는 크게 기뻐하며 최선을 다해 비법을 전수해주려고 하였다.

"이것은 어설픈 마음으로 배울 일이 아닙니다. 이레간 물을 뒤집어쓰고, 몸을 정결하게 하고 배워야 하는 일이지요."

미치노리는 그의 말대로 목욕재계하고, 그 날이 되어 둘이서만 함께 깊은 산중으로 들어갔다. 큰 물줄기가 흐르는 하천 강변에 가서 온갖 것을 해서 정말로 죄 많은 맹세 등을 하게 하더니 군사는 상류 쪽으로 향했다.

"강 상류에서 떠내려 오는 물건이 설령 도깨비든 뭐든 꼭 붙잡으십시오."

잠시 후 강 상류 쪽에서 비가 오고 바람이 불고 어두워지더니 강물이 불어났다. 이윽고 상류에서 머리가 한 아름이나 되는 큰 뱀이 나타났다. 눈은 금 밥공기를 넣은 듯 번쩍였고 등은 군청색을 바른 듯이 퍼렇고, 목 아래는 주홍색같이 시뻘겠다. 군사는 일단 나오는 물건을 꼭 붙잡으라고 했지만 너무나도 두려워 풀숲에 몸을 숨겨 버렸다. 잠시 후 군사가 와서 물었다.

"어찌 되셨습니까? 붙잡았습니까?"

"이러저러해서 도저히 무서워 붙잡지 못했소."

"그거 안타깝게 되었네요. 그럼 이것은 못 배우십니다."

군사는 다시 산속으로 들어가며 말했다.

"다시 한 번 해 봅시다."

잠시 후, 이번에는 여덟 자나 되는 멧돼지가 나와서 돌을 산산이 부쉈는데 그러자 불꽃이 튀었다. 멧돼지는 털을 곤두세우고 달려들었다.

정말로 무서웠지만 '이것도 못 잡아서야.' 생각하고 과감히 달려들어 붙잡았다. 잡은 것을 보자 석 자 되는 썩은 나무를 안고 있었다. 화가 치밀고 억울하기 짝이 없었다. '처음 것도 이런 것이었을 텐데. 왜 못 잡았을까?' 하는 생각을 하고 있는데 군사가 다가왔다.

"어떠셨습니까?"

"이러저러했다네."

"남자의 거시기를 없애는 비술은 결국 배우지 못하게 되었지만 그 것과는 다른, 간단한 것을 다른 물건으로 바꾸는 비법은 다행히 배울 수 있습니다. 그것을 가르쳐 드리지요."

미치노리는 간단한 비법만 배워 교토로 돌아왔다. 안타깝기 그지없었다.

궁궐로 돌아온 미치노리는 가신 무사들이 신고 있는 신발을 이러쿵저러쿵 입씨름 끝에 모두 개로 만들어 달리게 하고, 낡은 짚신을 석 자 되는 잉어로 만들어 상 위에 팔딱거리게 하기도 했다.

왕이 이 이야기를 듣고 미치노리를 구로도[7] 방으로 불러들여 그에게 그 비법을 전수받아 휘장 위에서 가모 축제 행렬 등에 나아갔다고 한다.

---

7) 구로도(黑戶). 궁중의 정전인 세료덴(淸涼殿)의 북쪽, 다키구치(궁중 경호 무사)의 집무처 서쪽에 있었던 가늘고 긴 방. 장작의 그을음으로 검게 그을린 데서 유래된 이름.

02.
호시 화상의 초상화 (107)

옛날, 당나라에 호시 화상[8]이라는 고승이 있었다. 무척 존귀한 분이라 왕은 그 고승의 모습을 초상화로 남기려고 화가 세 사람을 파견했다.

"만일 한 사람만 그린다면 잘못 그릴 수도 있을 것이다."

셋이서 각각 따로따로 그리라는 분부와 함께 이들을 파견하였다. 세 명의 화가가 고승이 있는 곳으로 가서 왕의 명을 받고 찾아간 이유를 말했다.

"잠시만 기다리시게나."

고승이 들어가더니 법의를 차려 입고 나왔다. 세 명의 화가가 각자 그릴 비단 천을 펼쳐놓고 나란히 붓을 적시려는데 고승이 말했다.

"잠시 기다리시게. 나의 진정한 모습이 있네. 그것을 보고 그려 주시

---

8) 호시 화상(寶志和尙, 418~514). 중국, 송 · 양 대의 선승.

게."

그래서 화가들이 잠시 붓을 멈추고 고승의 얼굴을 바라다보고 있으니 고승이 엄지손톱으로 이마의 피부를 잘라 좌우로 당겨 벌렸다. 그러자 그 안에서 금색의 보살이 얼굴을 내밀었다. 한 화가에는 그것이 십일면관음(十一面觀音)으로 보였고, 다른 화가에게는 성관세음(聖觀世音)[9]으로 보여 절을 했다. 각자가 본대로 그려 가지고 왕을 배알하자 왕이 놀라서 다른 사자를 보내 물었더니 화상은 감쪽같이 사라지고 없었다. 그 때부터 뭇사람들은 다음과 같은 말들을 했다고 한다.

"화상은 보통 사람이 아니었다."

---

9) 성관세음(聖觀世音). 모든 관음의 본래 모습의 관음을 말한다.

03.
관세음보살이 에치젠 쓰루가의 여인을 돕다 (108)

　에치젠 지방[10] 쓰루가(敦賀)라는 곳에 사는 사람이 있었다. 이것저것 궁리하여 자기 몸 하나만은 그다지 부족할 것 없이 살고 있었다. 자식이라고는 딸 하나밖에 없어서 이 딸을 둘도 없이 애지중지하였다. 자기가 살아있는 동안에 이 딸이 안정된 생활을 하는 것이 보고 싶어서 혼인을 시켰지만 남자가 오래가지 않았다. 그럭저럭 네댓 사람과 혼인을 시켰지만 역시나 오래가지 않았다. 하는 수 없어 나중에는 억지로 남자를 만나게 하지 않았다. 살던 집 뒤에 불당을 짓고 '우리 딸을 도와주세요.' 하는 염원을 담아 관세음보살을 안치했다. 그런 개안공양(開眼供養)을 하고 얼마 되지 않아 아버지가 죽고 말았다. 아버지가 돌아가신 것만 해도 슬픔이 깊었는데 연이어 어머니도 죽고 말았다. 울면서 슬퍼했지만 어쩔 도리가 없었다.

---

10) 에치젠 지방(越前國). 현재의 후쿠이현(福井縣) 동북부.

가진 땅도 없어 이 딸은 이것저것으로 융통하여 생활했는데 미망인으로 홀로 남겨진 여자가 어떻게 잘 살 수 있겠는가? 부모님의 재산이 얼마간 남아 있는 동안에는 그래도 부리는 종이 네댓 명은 있었지만 재산이 없어지게 되자 종도 하나 없게 되었다. 점점 끼니를 잇는 것도 어려워졌고 어쩌다가 먹을 것이 생기면 손수 만들어 먹었다.

"우리 부모님이 바라시던 대로 도와주세요."

관세음보살을 마주보고 울면서 기도를 드렸다. 그러던 어느 날 꿈을 꾸었다. 집 뒤 불당에서 한 늙은 스님이 와서 말했다.

"너무 가여워서 남자를 만나게 해주고 싶어 부르러 보냈으니 내일이면 여기에 도착할 것이니라. 그러니 그 사람이 하는 대로 따르도록 하거라."

이런 말을 들은 듯 한 순간 잠에서 깼다. 부처님이 도와주시려나 보다 하는 생각에 목욕을 하고 불당에 가서 울면서 기도를 올렸다. 그리고 꿈을 믿고 의지하면서 그 사람이 오기를 기다리며 청소도 했다. 집이 커서 부모님이 돌아가신 후로는 혼자서 살기에 어울리지 않아 넓은 집 한쪽 구석에 살고 있었다. 깔 거적마저 없었다.

이윽고 저녁이 되어 말발굽 소리가 나고 많은 사람들이 들어왔는데 그 중에는 집안을 기웃거리는 자들도 있었다. 보아하니 아무래도 나그네들이 이 집을 숙소로 삼으려는 모양이었다.

"어서 들어들 오게."

무리 중 상전이 말하자, 모두 들어왔다.

"여기 좋은 걸. 집도 넓고. 묵어도 되냐는 허락을 구할 집주인도 없어서 마음대로 들어와 버렸네 그려."

가만히 보니 상전은 서른 정도의 남자로 무척 말끔한 느낌이었다.

가신이 이삼십 명 되고 시종도 데리고 있어서 모두 칠팔십 명은 될 성
싶었다. 사람들이 들어와서 그대로 바닥에 주저앉아 있어서 멍석이나
다타미를 내주고 싶지만 아무것도 없어서 창피하게 생각하고 있는데
상전이 피롱을 포함한 멍석을 가져오게 하더니 가죽 깔개를 겹쳐 깔
고 막을 치게 했다. 와글와글하는 가운데 날도 저물어 버렸으나 식사
를 하는 모습도 보이지 않는 것이 먹을 것이 없는 모양이었다.

'뭔가 먹을 게 있으면 내줄 수 있으련만……'

이런 생각을 하는 사이에 밤이 깊었다. 그런데 남자의 인기척이 나
더니 말했다.

"그 쪽에 계신 분, 가까이로 오시지요. 드릴 말씀이 있습니다."

"무슨 일이신지요?"

여자가 무릎걸음으로 다가가자, 아무런 방해가 될 것도 없어서, 남
자는 불쑥 들어와 여자를 덮쳤다.

"이거 왜 이러세요."

하지만 남자가 그 말을 들을 것 같지도 않을뿐더러 간밤에 꾼 꿈도
있어, 저항할 수 없었다.

이 남자는 미노 지방[11]에 사는 용맹한 무장의 외아들이었는데 부모
가 죽어서 모든 것을 이어받아 부모 대에도 뒤지지 않는 재력가였다.
사랑하는 아내가 먼저 죽어 홀아비 생활을 하고 있었는데, 여기저기
서 사위로 삼으려는 사람이 많았지만, 전 부인을 닮은 사람을 부인으
로 삼고 싶은 생각에 홀아비로 지내고 있었다. 그러던 중 이번에 와카

---

11) 미노 지방(美濃國). 현재의 기후현(岐阜縣) 남부.

사[12]에 처리할 일이 있어 길을 나선 참이었다. 낮에 이 집에 머무는 동안에 아무런 칸막이도 없이 한쪽 구석에 한 여자가 있는 것을 보고 어떤 사람인가 싶어 들여다보고는 정말로 죽은 아내가 거기에 있는 것 같아 눈앞이 캄캄하고 가슴도 콩닥콩닥 뛰었었다.

'어서 빨리 날이 저물어줬으면. 가까이서 그 모습을 한번 자세히 보고 싶구나.'

이런 생각을 하다가 들어온 것이었다. 말투를 비롯해 죽은 아내와 조금도 다를 바가 없었다. 신기하게도 이런 일이 다 있구나 하는 생각과 함께 와카사로 갈 생각을 하지 않았더라면 이 사람을 만나지 못했으리라는 생각도 들어 남자에게는 반가운 여행이었다. 와카사에도 얼흘정도 있어야만 했지만 이 사람의 일이 마음에 걸렸다.

"날이 새면 나갔다가 다음 날에는 돌아오지요."

거듭 약속을 했다. 여자가 추워 보여 옷을 주고 네댓 명의 가신과 그 시종들을 합해 스물 정도를 남겨두고 떠났다. 여자는 그 사람들에게 식사를 대접할 방법도 없고, 말에 풀을 먹일 수도 없어 어떻게 하면 좋을까 하고 걱정하고 있었다.

때마침 돌아가신 부모님이 부엌에서 부리던 여종에게 딸이 있다는 말은 들었지만 찾아오는 일도 없었고, 좋은 남편을 만나 유복하게 살고 있다는 말만 소문으로 들었는데 그 딸이 생각지도 않게 찾아왔다. 처음에는 누구인지 몰라 그녀에게 물었다.

"그대는 뉘신가?"

"아이고 서운하네요. 저를 잊어버리시다니 제 잘못입니다. 저는 돌

---

12) 와카사(若狹). 지금의 후쿠이현(福井縣) 서부 일대.

아가신 마님이 계셨을 때, 부엌에서 일하던 어멈의 딸입니다. 그간 어떻게든 찾아뵈어야지 하는 생각만 하고 지내다가 오늘은 만사 제쳐두고 왔습니다. 이렇게 외롭게 지내실 거 같으면 비록 보잘 것 없는 곳이지만 제가 사는 곳으로 네댓새라도 와 계시지요. 마음으로는 생각하고 있어도 멀리에 있으면 자나 깨나 문안드린다 해도 아무래도 흡족히 해드리지 못할 테니까요."

공손하게 말하고는,

"그런데 여기 계신 분들은 누구십니까?"

하고 물었다.

"우리 집에 묵고 있는 사람들인데 와카사로 떠난 일행들이 내일 다시 돌아오기로 되어 있어서 나머지 사람들은 그동안에 이곳에 남아 있게 된 걸세. 그런데 이 사람들도 먹을 것이 없는 모양이네. 우리 집에도 대접할만한 음식이 없어서 해가 중천에 떠도 딱하지만 어쩔 도리가 없던 참이네."

"대접을 해드려야 할 분들이십니까?"

"꼭 그럴 필요는 없지만 우리 집에 묵고 있는 사람이 식사도 못하고 있는 것을 묵묵히 모르는 체 하기도 힘들고, 또 그냥 내버려 둘 수도 없는 분들이네."

"그야 아주 간단한 일이지요. 오늘 마침 제가 잘 왔네요. 그럼 돌아가서 필요한 준비를 해 가지고 오겠습니다."

그 딸이 나갔다.

'비참한 심경으로 있던 참에 생각지도 않았던 사람이 와서 마음 든든한 말을 하고 돌아가다니 정말로 관세음보살이 이렇게 도와주시는구나.'

여자는 두 손을 모아 기도드렸다. 돌아갔던 그 딸이 곧 종들에게 여러 가지 것을 들려 보내왔다. 음식도 많이 왔다. 말 여물까지 준비해 왔다. 여자는 뭐라 말할 수 없을 정도로 기뻤다. 사람들에게 먹을 것을 먹이고 술을 마시게 하고 다 대접했을 즈음에 그 딸이 들어왔다. 여자가 기쁨의 눈물을 흘리며 말했다.

"이건 정말 부모님이 살아 돌아오신 것 같네. 아무튼 놀라울 따름일세. 비참한 이 신세의 부끄러움을 감춰 주었네."

그 딸도 울며 말했다.

"그렇지 않아도 그간 어떻게 지내시나 하고 걱정을 하면서도 세상살이 하느라 생각대로 하지 못하고 지내오다가 오늘 마침 이럴 때 왔는데 어떻게 소홀히 할 수 있겠습니까? 와카사에 가신 분은 언제 돌아오시는 겁니까? 일행은 어느 정도입니까?"

"글쎄 어찌되려는지? 내일 저녁에 여기에 온다고 했네. 일행은 여기 남아 있는 사람들을 합해 칠팔십 명은 되네."

"그럼 그 준비를 해야겠네요."

"생각지도 않았는데 이렇게까지 마련해 준 것만으로도 기쁜데 또 그렇게까지 어떻게 부탁을 하겠나?"

"앞으로는 무슨 일이든 시중을 들어드려야죠."

그 딸은 든든한 말을 남기고 돌아갔다. 그리고 이 사람들의 저녁과 다음날 아침 먹을 것까지 준비해 주었다. 갑작스레 놀라운 일이 계속되는 가운데 여자는 오로지 관세음보살에게 기도를 드리고 있었는데 어느새 날도 저물었다.

이튿날이 되었다. 남아 있던 사람들이 오늘은 틀림없이 주인님이 돌아오실 거라며 기다리고 있으니 신시(申時)경에 돌아왔다. 일행이 도착하자마자 그 딸이 많은 것을 가지고 와서 이것저것 큰 목소리로 지시하며 돌보아 주어 아주 든든했다. 돌아온 남자는 어느새 들어와서 보고 싶었다며 옆에 누웠다.

"내일 아침에는 이대로 당신을 데리고 함께 떠날 생각이오."

여자는 앞으로 어떻게 될지 걱정되었지만 꿈속에서 부처가 그냥 하는 대로 몸을 맡기도록 하라고 하였으니 그 말만을 믿고 여하튼 남자의 말에 따랐다.

그 딸이 새벽에 출발할 준비를 해주러 왔다. 바쁘게 돌아다니는 것이 미안해서 여자는 고맙다는 인사로 뭔가를 주고 싶었지만 줄만한 것이 없었다. 생사로 짠 빨간 비단 하카마가 하나 있었는데 어쩌면 쓸모가 있을지 모르겠다는 생각에 그녀에게 주려고 자신은 남자가 벗어 놓은 하카마를 입고 그 딸을 불렀다.

"오랫동안 자네가 있는 줄도 몰랐는데 우연히 마침 찾아와 망신을 톡톡히 당할 뻔하던 차에, 그것을 이토록 시원하게 해결해 주니 더없이 기쁘네. 이런 내 마음을 무엇으로 표현해야 할지 모르겠네. 이것은 정말로 마음뿐이지만……."

"아니요. 당치 않습니다. 혹시 주인님이 보시게 되면 입고 계신 옷차림이 초라해서 이대로는 안 되겠다 싶어 오히려 제가 드리려고 생각하고 있었는데……. 이건 정말 받을 수가 없습니다."

주는 것을 받지 않았다.

"실은 최근에 줄곧 함께 가자고 하는 사람만 있으면 따라가야겠다는 생각을 하고 있었는데 뜻밖에도 이 사람이 데려가 주겠다고 하니 내일 일은 알 수 없지만 어쨌든 따라갈 작정이네. 그러니 기념으로 생각하고 받아주게."

여자는 하카마를 다시 건넸다.

"아씨 마음을 결코 제가 소홀히 여기는 것은 아니지만 기념이라고 하시니 기꺼이……."

남자는 여자와 그 딸이 주고받는 이야기를 그리 멀지 않은 곳에 누워서 듣고 있었다.

새벽닭이 울어서 남자는 서둘러 일어나 그 딸이 준비해 준 것을 먹고 말에 안장을 얹어 끌어내어 이 집 여자를 태우려고 했다.

"사람의 목숨은 알 수 없으니 두 번 다시 합장 배례하지 못하게 될 수도 있으니……."

여자는 길 떠날 차림을 한 채 손을 씻고 뒤쪽에 있는 불당으로 가서 관세음보살에 합장 배례하려고 보니 관음의 어깨에 빨간 것이 걸려 있었다. 이상하다고 생각하고 살펴보니 그 딸에게 준 하카마였다. '이게 어찌 된 일이지?' 그 딸이라고 생각했었는데 실은 이 관세음보살이 하신 일이었다는 생각이 들자 눈물이 빗물처럼 뚝뚝 흘러 참을 수 없었다. 여자는 몸부림치며 울었다. 우는 소리를 듣고 남자가 이상하게 생각해 달려와 무슨 일이냐고 물어도 여자의 우는 모습이 심상치 않았다. 무슨 일이 있었나 하고 둘러보니 관세음보살의 어깨에 빨간 하카마가 걸려 있었다.

"이게 어찌 된 일이오?"

자초지종을 묻자, 여자는 그 딸이 와서 해 준 일들을 자세히 말해주었다.

"그 딸에게 준 하카마가 이 관세음보살의 어깨에 걸려 있는 것입니다."

여자는 채 말도 다 마치지 못하고 목 놓아 울었다. 남자도 아끼는 자는 척하며 두 사람의 대화를 듣고 있었는데 이것이 그 딸에게 준 하카마였다고 생각하니 감동이 되어 마찬가지로 울었다. 가신들도 정리(情理)를 아는 자들은 합장하며 울었다. 이리하여 불당 문을 꼭 닫고 미노로 떠났다.

그 후 두 사람은 깊이 애정을 주고받으며 다른 사람에게 마음을 빼앗기는 일 없이 살았다. 계속 아이를 낳았으며 이 쓰루가에도 자주 오가며 관세음보살을 정성껏 모셨다. 그 딸에 대해서는 그런 사람이 있는지 원근 각지로 수소문했으나 그런 여자는 찾을 길이 없었다. 그 후도 두 번 다시 그 딸이 찾아온 적이 없었으니 모든 것이 이 관세음보살이 베푼 일이었다. 이 남자와 여자는 모두 일흔 여든까지 장수하여 아들딸을 낳고 죽을 때까지 백년해로하였다.

04.
구스케가 부처를 공양하다 (109)

대놓고 완력을 휘두르는 구스케[13]라는 법사가 있었는데 친하게 지내던 승려 집에 기거하고 있었다. 이 법사가 "불상을 만들어 공양하고 싶다."라며 떠들어대자, 이 말을 들은 사람은 불상을 조각하는 장인에게 보수를 지불하고 만들려는 것이겠지 하고 집으로 장인을 불렀다. 법사가 말했다.

"석 자 되는 불상을 만들고 싶소. 사례로 드릴 것은 이거요."

사례품을 꺼내 보여주었다. 장인이 좋다 싶어 받아가려고 하니 법사가 말했다.

"장인에게 이것을 드렸다가 완성이 늦어지면 나도 마음 상하는 일이 생길 테고, 늦어져서 책임을 추궁당하는 그쪽도 좋은 기분이 들지 않을 테니, 그러면 모처럼 공덕을 쌓는 보람도 없지 않겠소. 이 사례품은 실로 훌륭한 것이니 봉인을 해서 여기에 두었다가 지금부터 바로 불상을 만들어 완성된 날에 모두 가져가시는 것이 좋겠소.”

장인은 성가신 일이라고 생각했으나 사례품이 많아 하라는 대로 불상을 만들기 시작했다.

“장인의 집에서 오고가며 만든다면 식사는 거기서 하지 여기서 하겠다고는 하지 않으시겠죠?”

하며 식사도 제공하지 않았지만, 그것도 일리가 있는 말이라고 생각해 장인은 자기 집에서 식사를 하고 이른 아침에 와서 하루 종일 일하고 저녁에는 돌아가는 식으로 하여 여러 날이나 걸려 불상을 만들었다.

“제가 받을 수 있는 사례품을 저당으로 다른 사람에게 돈을 빌려 옻칠을 하고 금박도 사고해서 더할 나위 없이 멋지게 만들고 싶습니다. 그런데 그렇게 해서 다른 사람의 돈을 빌리기보다는 옻칠 비용만큼은 우선 먼저 받아 금박도 부치고 옻칠 비용도 지불하고 싶습니다.”

“왜 그런 말을 하시는 겐가? 처음에 모두 정하지 않았는가? 물건은 모두 모아서 한꺼번에 받는 것이 좋지 조금씩 나눠 받겠다는 것은 좋지 않은 생각일세.”

법사가 사례품을 건네주지 않아 결국 장인은 다른 사람에게 돈을 빌렸다.

이리하여 불상을 다 만들고 불상의 눈을 넣으며 장인이 말했다.

“이제 사례품을 받아 가야겠습니다.”

어떻게 해야 할지를 고민하던 법사가 거기 있던 어린 여자아이 둘을 내보내며 말했다.

“하다못해 오늘만이라도 장인에게 대접을 해야겠구나. 뭐든지 가져

오너라."

법사도 뭔가를 가져오려는 척하면서 칼을 차고 나갔다. 장인을 상대하라고 아내만 홀로 남겨두었다. 장인은 불상의 눈을 다 그려 넣고는, '법사께서 돌아오시면 진수성찬을 대접받고 봉인을 해 둔 물건도 확인해 집으로 가지고 가서 이 물건은 여기에 쓰고 저 물건은 저기에 써야겠다.'라고 마음속으로 생각하고 있었다.

그런데 법사가 몰래 들어와서는 느닷없이 눈을 부라리며 말했다.

"남의 아내와 정을 통한 자가 있다. 야, 이놈아!"

칼을 뽑아 장인을 베려고 달려들었다. 장인은 머리가 박살날 것 같은 생각에 일어나 달아나는데, 법사가 따라와 칼을 헛짓으로 휘둘러대며 내쫓고 말했다.

"못된 놈을 놓쳤군. 그 놈의 머리통을 박살내주려고 했는데. 장인은 틀림없이 내 아내와 정을 통한 게 분명해. 이 놈 어디 두고 보자."

법사는 매섭게 노려보며 돌아갔다. 장인은 무사히 도망쳐 피해 안도의 한숨을 내쉬며 멈춰 서서 생각했다.

'머리가 박살나지 않은 게 다행이야. 어디 두고 보자면서 매섭게 노려보지만 않았다면 당장의 화풀이만 한 것이라 생각하겠건만, 저 정도로 서슬이 퍼러니 다시 만나면 또 머리를 박살내겠다고 하겠지. 뭐니 뭐니 해도 목숨보다 중한 것이 없지.'

장인은 자기 연장마저도 챙기지 않고 숨어버렸다. 금박과 옻칠 때문에 돈을 빌린 사람이 심부름꾼을 보내 독촉해서 장인은 어떻게든 돈을 마련해 변제했다.

한편 구스케는 "훌륭한 불상을 만들었으니 어떻게든 공양을 해야겠는데." 하자, 이 말을 들은 사람들 중에는 웃는 사람도 있는가 하면 못

마땅하게 생각하는 사람도 있었다. 길일을 택해 부처에게 공양을 올리겠다며 모시고 있던 주인에게도 부탁하고, 지인들에게도 물건을 받아 강사(講師)에게 낼 음식 같은 것도 다른 사람에게 주문하게 했다. 그날이 되어 강사를 불러 왔다.

강사가 수레에서 내려 들어가니 손님방을 쓸고 있던 이 법사가 나와서 맞이하였다.

"이건 또 어찌된 일이신지요?"

"아무래도 이렇게라도 받들어 모시지 않고는 있을 수 없지요."

법사가 제자가 되는 명찰을 써서 건네자 강사가 말했다.

"이건 생각지도 못한 일인데요."

"오늘부터 쭉 모시려고 생각해 드린 것입니다."

그러고는 멋진 말을 끌어내오더니 말했다.

"다른 것은 없으니 이 말을 시주로 드리지요."

법사는 또 진한 쥐색 비단의 고급 물건을 슬그머니 꺼내 보여주며 말했다.

"이것은 아내가 드리는 시주입니다."

강사는 미소를 띠우며 속으로 '이거 멋진 걸.' 하고 생각했다.

음식을 준비해서 늘어놓아 강사가 먹으려 했다.

"먼저 부처님께 공양을 드리고 나서 드셔야지요."

지당한 말이라고 생각해 설법 단상에 올랐다. 시주로 받는 물건이 모두 좋은 것이라 강사가 의욕적으로 설법을 해서 듣는 사람도 귀하게 여겼고, 이 법사도 감동을 받아 주르르 눈물을 흘렸다.

설법이 끝나서 종을 치고 설법 단상에서 내려와 음식을 먹으려는데 법사가 다가와 손을 합장하면서 말했다.

"정말 훌륭했습니다. 이제부터는 스님께 오래도록 의지해야겠습니다. 스승으로 모시는 몸이 되었으니 식사 시중을 드는 자로서 남기신 음식을 제가 먹지요."

법사가 음식에는 젓가락도 못 대게 하고 들고 들어갔다. 이 일만으로도 이상하게 생각하고 있는데 법사가 말을 끌어내오더니 강사에게 말했다.

"이 말은 행렬을 선도하는 말로 받겠습니다."[14]

그러고는 다시 끌고 갔다. 이번에는 옷감을 가지고 오므로 강사는 속으로 '아무리 그래도 이것은 받을 수 있겠지' 하고 생각했다.

"이것은 겨울철에 입을 옷[15]으로 받겠습니다."

법사는 옷감도 거두었다. 그런 후에,

"그럼 이만 돌아가 주시지요."

하였다.

강사는 꿈속에서 부자가 된 듯한 기분으로 그 집을 나섰다.

이 강사는 다른 곳에서 설법 의뢰를 받았지만 법사가 멋진 말 같은 것을 시주로 준다고 미리 듣고 있었던 터라 다른 곳의 요청에는 응하지 않고 이곳으로 왔다고 들었다. 이런 불공을 드려도 그나마 얼마간의 공덕이라도 되는 것인지는 모를 일이다.

---

14) 행렬 등의 전방을 기마로 선도하는 역할을 하는 자(구스케)의 말로써 스승인 강사에게 내주지 않고 합법적으로 빼앗은 것으로 이해하여 옮겼다.

15) 시키세(仕着せ)라 하여 철따라 주인이 고용인에게 해 입히는 옷을 말한다. 법사가 강사를 모신다고 하였으니 고용인의 입장에서 옷을 미리 받겠다고 한 것이다.

05.
쓰네마사의 가신이 부처에게 공양하다 (110)

옛날, 효도 대부 쓰네마사[16]라는 사람이 있었다. 이 남자는 지쿠젠 지방 야마가노쇼[17]라고 하는 곳에 살고 있었는데, 그 곳에 잠시 체류하고 있던 사람이 있었다.

쓰네마사의 가신 중에 마사유키라는 사내가 부처를 만들어 불공을 드리고 싶다는 소리를 전해들은 사람들이 쓰네마사가 있는 집에서 음식을 먹고, 술을 마시며 떠들어대고 있었다. 이를 보고 임시 체류자가 물어보았다.

"이것이 도대체 무슨 일입니까?"

"마사유키라는 사내가 불공을 드린다고 주인댁에서 이렇게 한턱내서 동료 가신들이 먹고 떠들고 있는 것이지요. 오늘은 진수성찬 요리

---

16) 효도 대부 쓰네마사(兵藤大夫恒正). 누구인지 확실하지 않다.
17) 지쿠젠 지방 야마가노쇼(筑前國 山鹿の庄). 후쿠오카현(福岡縣) 온가군(遠賀郡) 아시야마치(芦屋町) 산록.

를 백인분정도 대접했습니다. 당신께 드릴 음식은 쓰네마사가 내일 중에 가져올 것입니다."

"불공을 드리려는 사람은 반드시 이와 같이 합니까?"

"시골 사람은 불공을 드리려면 미리 네댓새부터 이런 일을 합니다. 어제 그제는 아주 가까운 이웃과 친척, 지인들을 불러 모았습니다."

"꽤나 이상한 일도 다 있군요. 내일을 기대해 보지요."

이야기는 그것으로 끝났다.

날이 밝고 이제나 저제나 하며 기다리고 있자니 쓰네마사가 찾아왔다. 드디어 가지고 왔나 보다 하고 생각하는데,

"자, 어서 이것 좀 드시죠."

라고 했다. 역시 들은 대로구나 하는 생각을 하고 있자니 높이 쌓아 올린 음식들을 계속해 들고 와 가지런히 놓았다. 동행한 무사에게도 그리 나쁘지 않은 음식을 한 두 상 차려 앞에 놓았다. 종과 여인들 몫에 이르기까지 잔뜩 가지고 왔다. 강사에게 줄 음식도 가득 담아 놓았다. 강사는 이 임시 체류자가 데려온 승려에게 맡기자는 것이었다.

이렇게 음식을 먹고, 술을 마시고 있는데 강사로 초빙될 승려가 물었다.

"내일 강사를 하라는 말을 듣긴 들었습니다만, 이러저러한 불공을 드리려고 한다는 말씀은 아직 듣지 못했습니다. 어떤 부처님께 불공을 드리는 것인지요? 부처님 중에도 여러 부처님이 계십니다. 이에 대한 이야기를 듣고 설법을 했으면 합니다."

쓰네마사가 이 말을 듣고 지당한 말이라고 생각하고 "마사유키는 있느냐?" 하고 부르자, 불공을 드리려고 하는 사내인 듯, 키가 크고 등이 약간 굽었으며 붉은 수염을 한 쉰 가량 된 남자가 칼을 차고 대퇴부

까지 오는 신발을 신고 나왔다.

"이쪽으로 오게."

사내는 뜰 가운데로 가서 대기했다. 쓰네마사가 물었다.

"자네는 어떤 부처님께 불공을 드리게 되는 건가?"

"그런 것은 저는 모릅니다."

"그건 또 무슨 소린가? 자네가 모르면 누가 알겠는가? 설마 다른 사람이 불공을 드리고 자네는 그저 불공을 드릴 준비를 돕기만 하고 있는 것은 아니겠지?"

"아닙니다. 소인 마사유키가 불공을 드리는 것입니다."

"그럼 어째서 어떤 부처님인지를 모르느냐?"

"필시 불상을 조각한 장인은 알 것입니다."

'이상한 이야기지만 어쩌면 그럴 수도 있겠지. 이 사람이 부처의 이름을 잊어버린 모양이군.'

이렇게 생각하며 다시 물었다.

"그 장인은 어디에 있느냐?"

"에메지절(叡明寺)에 있습니다."

"그럼 가깝군. 불러오너라."

마사유키가 장인을 불러왔다. 넓적한 얼굴을 한 승려로 뚱뚱하며 예순 가량 된 남자였다. 아무런 분별이 없어 보이는 모습으로 나와 마사유키와 나란히 앉아 있어서 물었다.

"스님은 불상을 조각하는 사람이신가?"

"그렇습니다."

"마사유키의 부처님을 만들었는가?"

"네, 만들었습니다."

"몇 체를 만들었는가?"

"다섯 체 만들었습니다."

"저건 어떤 부처님을 만드신 겐가?"

"모릅니다."

"이건 또 무슨 소리냐? 마사유키도 모른다고 하였다. 장인이 모르면 도대체 누가 안단 말이더냐?"

"장인이 어떻게 알겠습니까? 장인이 알 리가 없지요."

"그럼 도대체 누가 안단 말이더냐?"

"강사 스님이 아시겠지요."

이것이 어찌된 일인가 하고 모여든 사람들이 시끄럽게 웃어대자 장인은 사정도 모르면서 그런다고 화를 내며 일어서서 자리를 떴다.

이게 어떻게 된 것인가를 들어보면, 실은 여하튼 불상을 만들어 달라는 마사유키의 부탁을 받고, 상인은 그냥 둥근 머리에 관이 없는 도조신(道祖神)의 모습을 한 불상 다섯 체를 조각해서 불공을 드리는 강사에게 '이 부처님, 저 부처님'이라고 이름을 붙여 달라고 할 생각이었다는 것이다. 그런 사정을 듣고 우스웠지만 어쨌거나 그것이 공덕이 된다면 그것도 괜찮을 것이라고 생각했다. 신분이 낮은 천한 사람들[18]은 정말 이렇게 희귀한 일을 한다.

---

18) 교토 사람들의 의식에서 무지한 지방 사람들을 이르는 말이다.

06.
노래를 읊어 죄를 용서받다 (111)

옛날에 오스미 지방[19]의 태수였던 사람이 임지의 행정을 보고 있었는데 군사(郡司)가 제대로 일을 하지 않아 말했다.

"불러와 벌을 줘야겠다."

전부터 이와 같이 직무 태만이 있으면 그 죄에 따라 때로는 엄하게 때로는 가볍게 징계를 해왔는데 이 군사는 한 번이 아니라 종종 말썽을 부려 이번에는 엄하게 벌하려고 불러오게 한 것이었다.

"여기에 대령했습니다."

부르러 갔던 이가 아뢰었다. 전부터 그러했던 것처럼 엎드리게 해놓고 엉덩이와 머리 위에 앉아 누르는 사람, 곤장과 곤장을 칠 사람을 준비해 먼저 두 사람이 앞장서서 끌고 나왔다. 그 모습을 보니 머리에는 검은 머리 하나 섞이지 않은 백발의 노인이었다.

---

19) 오스미 지방(大隅國). 현재의 가고시마현(鹿兒島縣) 동부.

막상 얼굴을 보니 채찍질을 하는 것도 가엾게 생각되어 '무슨 핑계를 대서라도 용서해 주어야겠다.' 라고 생각했지만 구실로 삼을 만한 일이 없었다. 아무것이나 닥치는 대로 과오를 묻자, 오로지 나이가 많아서 태만했다는 핑계만 대고 있었다. 어떻게든 이 사람을 용서해 주려고 생각하고 물었다.

"자네는 정말 어쩔 수가 없는 사람이군. 노래는 잘 짓나?"

"대단한 건 아니지만 짓습니다."

"그럼 읊어 보게나."

군사는 곧 떨리는 목소리로 읊었다.

나이 먹어 백발의 눈 쌓여도 서리 같은
곤장 보니 몸이 시리고 떨리는구나[20]

노래가 매우 흥취가 있어 감동을 받아 용서해 주었다. 사람에게는 정말이지 온정이 있어야 하는 법이다.

---

20) 일본어로 서리는 '시모(しも)', 곤장은 '시모토(しもと)' 라고 하는데, 이 노래에서는 이러한 유사한 음을 가진 두 단어를 재치 있게 활용하고 있다.

07.
다이안지절 별당의 딸과 정을 통한 남자가
꿈을 꾸다 (112)

옛날에 나라(奈良)의 다이안지절[21] 별당을 지내던 승려의 딸에게 구로도[22]이었던 사람이 몰래 다니며 정을 통하고 있는 사이에 사랑이 깊어져 때로는 낮에도 머물게 되었다. 어느 날 이 남자가 낮잠을 자다가 꿈을 꾸었다.

갑자기 이 집안에서 상하를 막론하고 사람들이 술렁거리며 울어서 무슨 일인가 하고 이상하게 여겨 나가 보니 장인인 승려와 그 아내인 아마기미(尼君)[23]를 비롯해 모든 사람들이 커다란 질그릇을 들고 울고 있었다. 무슨 연유로 이 질그릇을 들고 울고 있는 걸까 하고 잘 살펴보니 구리를 녹인 열탕이 저마다 질그릇에 담겨 있었다. 억지로 귀

---

21) 다이안지절(大安寺). 나라시 중심부에 있는 고야산(高野山) 진언종 불교 사원.
22) 구로도(藏人). 제2권의 주 7을 참조.
23) 비구니의 높임말이지만 남편과 생활하면서 불도에 든 상태이어서 이렇게 호칭했다.

신이 먹이려고 해도 마실 수도 없는 열탕을 스스로 애써 울며 마시는 것이었다. 간신히 다 마시고 다시 따라 달라고 부탁해 마시는 사람도 있었다. 아랫것들까지 마시지 않는 사람이 없었다. 자기 옆에 자고 있던 딸을 여종이 와서 깨웠다. 일어나 나간 것이 걱정되어 다시 보자, 이 딸도 여종이 커다란 은그릇에 구리물을 가득 담아 건네자 받아들고 가늘고 가여운 목소리를 높여 울며 마셨다. 그 눈과 코에서 연기가 나왔다. 기가 막혀서 서서 보고 있는데, "손님께도 드려라." 라고 하자 여종이 질그릇을 받침대에 놓아 들고 왔다. '나도 이런 것을 마셔야 하나?' 하는 생각에 놀라서 당황하고 있는데 꿈이 깼다.

눈을 떠보니 여종이 먹을 것을 가지고 왔다. 장인이 있는 쪽에서도 식사를 하는 소리가 나고 떠들썩했다. '절의 음식을 맘대로 먹는 것이겠지. 그것이 이와 같이 꿈에 보인 것이리라.' 라고 생각하자, 역겹고 싫은 기분이 들어 여자를 향한 애정도 식어 버렸다. 그리고 몸이 좋지 않다고 하고 음식도 먹지 않고 돌아왔다. 그 후로는 결국 그 여자와는 만나지 않게 되어 버렸다고 한다.

08.
도박꾼의 아들이 데릴사위가 되다 (113)

옛날, 도박꾼 아들인 젊은이가 있었는데 눈과 코를 한 곳에 모아놓은 듯한 아주 눈에 띄게 못생긴 추남이었다. 부모는 이 아들을 어떻게 하면 남들 같이 이 세상을 살아가게 하나 하는 걱정을 하고 있었다. 때마침 고이고이 기른 부잣집 딸이 있었는데 그 어머니가 이 딸에게 잘생긴 사위를 얻어 주려고 찾고 있다는 소문을 듣고, 천하에 둘도 없는 미남이 데릴사위가 되겠노라고 하였다. 그러자 부자가 기뻐하며 사위로 맞이하겠다고 길일을 정해 굳게 약속했다. 그 날 밤이 되어 다른 사람에게 의복 등을 빌려 달은 밝지만 얼굴이 보이지 않도록 꾸몄다. 도박 친구들도 모여 당당하게 보였고 믿음직스럽게 생각되었다.

그리하여 밤마다 찾아갔는데 드디어 낮에 상대 여인을 만나지 않으면 안 되게 되었다. 어떻게 할까 고심한 끝에 도박 친구 중 한 사람이 부잣집 천정 위로 올라가 두 사람이 자고 있는 방 천정을 밟아 삐걱삐걱 소리를 내며 무서운 목소리로 "천하의 미남자여." 라고 불렀다. 집

안사람들도 이 소리를 듣고 무슨 일인가 하고 허둥댔다. 신랑은 매우 두려워하며,

"저를 세상 사람들이 천하의 미남자라고 한다는 소리는 들었는데 무슨 일일까요?"

하며 가만히 있자 세 번이나 거듭되어 대답했다. 그러자 천정에서 묻는 소리가 들려왔다.

"이건 무슨 생각으로 대답을 한 것이냐?"

"그냥 저도 모르게 대답을 하고 말았습니다."

도깨비로 변한 천정 위의 남자가 말했다.

"이 집의 딸은 내가 차지한 지 세 해나 되는데 너는 무슨 생각으로 이렇게 그녀와 정을 통하는 것이냐?"

"그런 사정이 있는 줄도 모르고 정을 통하고 말았습니다. 부디 용서해 주십시오."

"아무래도 분한 일이다. 한번 혼내주고 가야겠다. 너는 목숨하고 외모하고 어느 것이 아까우냐?"

도깨비의 말에 사위가 장인 장모에게 물었다.

"어떻게 대답하면 좋을까요?"

"외모 같은 것이 뭐가 중요하겠나? 목숨만 무사하다면야……. 그냥 그 잘생긴 얼굴이나 가져가시라고 하게."

사위가 시키는 대로 말하자,

"그럼 그렇게 하도록 하지."

라고 함과 동시에 사위가 얼굴을 감싸고 '어, 어.' 라고 하며 나뒹굴었다. 도깨비는 천정을 밟아 삐걱삐걱 소리를 내며 돌아갔다.

그래서 사람들이 등잔불을 밝혀 얼굴이 어떻게 되었는지 보았더니

눈코를 한 곳으로 모아 놓은 듯했다. 사위는 울면서 한탄하며 말했다.

"목숨을 가져가라고 할 것을. 이런 얼굴이 되어 살아서 무엇 하리오. 이렇게 되기 전의 잘생긴 내 얼굴을 한 번도 보여주지 않았을 뿐만 아니라 애시 당초 이런 무서운 도깨비의 여자가 된 사람에게 오다니 내 잘못이야."

이를 불쌍히 여긴 장인이 말했다.

"그 대신 내가 가지고 있는 보화를 자네에게 주겠네."

장인이 마음을 다해 소중히 여겨 주어 사위는 매우 기뻤다. 더욱이 터가 좋지 않아 그런 것일지도 모른다고 따로 멋진 집을 지어 살게 해 주어서 아주 행복하게 살았다고 한다.

제10권

01.
반다이나곤이 오텐몬문을 불태우다 (114)

　옛날에 세와 왕[1] 시대에 오텐몬문[2]이 불탔다. 누군가가 방화한 것이었다. 그런데 도모노 요시오[3]라는 다이나곤이 왕에게 이는 미나모토노 마코토[4] 대신의 짓이라고 고해 왕은 그 대신을 처벌하려고 했다.

　당시 주진 공[5]은 정치를 동생 니시산조 우대신[6]에게 맡기고 시

---

1) 세와 왕(淸和天皇, 재위 858~876). 외조부인 후지와라노 요시후사(藤原良房, 804~872)의 후견으로 생후 8개월에 태자가 되어 9세 때 즉위했다.
2) 오텐몬문(應天門). 헤이안쿄(平安京)의 대궐 안쪽에 있던 문. 866년에 화재가 있었다.
3) 도모노 요시오(伴善男, 811~868). 정3품 다이나곤을 역임하여 반다이나곤(伴大納言)이라고 불렸다. 오텐몬문 방화사건으로 866년 9월에 이즈(伊豆)에 유배되어 거기서 죽었다.
4) 미나모토노 마코토(源信, 810~869). 사가 왕(嵯峨天皇)의 7남. 품계는 정2품 좌대신이었고 사후 정1품으로 추증되었다.
5) 주진 공(忠仁公). 후지와라노 요시후사의 시호.
6) 니시산조 우대신(西三條右大臣). 후지와라노 요시미(藤原良相, 813~867)로 몬토쿠 왕(文德天皇, 재위 850~858)의 외조부. 품계는 정2품의 우대신, 사후 정1품으로 추증되었다. 달변가로 알려진다.

라카와(白川)에 칩거해 살고 있었는데 이 이야기를 듣고 놀라 에보시[7]에 히타타레[8] 차림으로 역마를 타고 달려와 말을 탄 채로 북진(北陣)[9]까지 와서 왕 앞으로 나아가 진언했다.

"이것은 말한 자의 참언일 것이옵니다. 대신을 벌하는 것 같은 심각한 사태까지 빚으시는 것은 매우 이상한 일이옵니다. 이런 일은 재삼 잘 규명하시어 마땅히 진위를 확실히 밝히신 후에 조치하셔야 할 것이옵나이다."

왕도 이 말이 일리가 있다고 생각하여 조사해 보니 대신의 혐의가 결정적인 것이 아니어서 마코토 대신을 용서한다는 내용의 문서를 하달했다. 주진 공은 그제야 돌아갔다.

좌대신은 과오를 범한 일이 없는데도 이러한 억울한 죄를 뒤집어쓴 것을 한탄하며 관복을 차려 입고 마당에 거적을 깔고 나와 왕에게 호소하였는데 사면을 전하는 사자로 구로도의 장(長)이자 근위부의 중장[10]인 사람이 말을 타고 달려왔다. 집안사람들은 즉각 처벌하라는 어명을 전하는 사자라고 생각하고 울고불고 한바탕 소란을 피웠는데 사면한다는 어명을 받고 돌아와서 이번은 반대로 기쁨에 차 눈물을 흘리며 야단법석이었다. 좌대신은 사면되기는 하였으나 조정에 나가 일을 하다 보면 어찌되었든 간에 억울한 죄를 뒤집어쓰게 되는 경우도 있다고 하며 이전처럼 열심히 일을 하지는 않게 되었다.

---

7) 제1권의 주 9를 참조.
8) 옛날 예복의 일종으로, 소매 끝을 묶는 끈이 달려 있고 문장(紋章)이 없으며 옷자락은 하의 속에 넣어서 입었다.
9) 궁궐의 사쿠헤몬문(朔平門)으로 병위부(兵衛府, 제3권의 주 43을 참조)의 집무처가 있다.
10) 중장(中將). 궁중과 왕의 호위를 맡은 관청인 근위부(近衛府)의 차관.

실은 이 일과 관련해 다음과 같은 일이 있었다.

지난해 가을 즈음에 우병위부[11]의 도네리[12]라는 자가 히가시시치조(東七條)에 살고 있었는데 관청에 나왔다가 밤이 깊어 집으로 돌아가려고 오텐몬문을 지나는데 인기척이 들리고 소곤소곤 이야기하는 소리가 났다. 마루 옆에 몸을 숨기고 보고 있자니 기둥을 타고 내려오는 자가 있었다. 수상해서 눈여겨보았더니 반다이나곤(伴大納言)이었다. 이어 그 아들이 내려왔다. 또 그 다음에 종인 도요키라는 자가 내려왔다. 도대체 뭘 하고 내려오는 걸까 하는 생각에 영문도 모른채 보고 있는데 이 세 사람이 다 내려오자마자 쏜살같이 달리기 시작했다. 남쪽 스자쿠몬문(朱雀門) 쪽으로 사라져서 이 도네리도 집으로 향했는데 니조호리카와(二條堀川) 쯤 오자 "궁궐 쪽에 불이 났다."하며 대로 쪽에서 사람들이 떠들어대고 있었다. 뒤돌아보니 대궐 방향 같았다. 뛰어 돌아와 보니 오텐몬문이 절반정도 타고 있는 것이었다.

'그러고 보니 아까 그 사람들이 이 불을 내려고 올라갔던 것이구나.'

그제야 납득이 갔지만 여하튼 다른 사람의 일신상에 관여되는 중대사이기 때문에 입을 다물고 절대로 말하지 않고 있었다. 그 후 이 일은 좌대신이 벌인 일이고 그에 대한 죄를 받게 될 것이라는 소문이 자자했다.

'아아 일을 저지른 사람은 따로 있는데 말도 안 되는 일이다.'

그런 생각은 했지만 그렇다고 말을 꺼낼 수도 없는 일이어서 안타깝게 생각하며 지내고 있었는데 대신이 사면되었다는 소리를 듣고,

---

11) 우병위부(右兵衛府). 좌 · 우 2부로 나뉘어 있던 병위부(兵衛府)에 속하여 궁문을 지키고, 임금 행차의 경비, 시중의 순검(巡檢) 등을 맡았다.
12) 도네리(舍人). 제2권의 주 34를 참조.

'죄가 없으면 결국 사면을 받게 되는구나' 라고 생각하게 되었다.

구월 즈음이 되었다. 어느 날 반다이나곤의 출납 일을 보던 관리의 어린아이와 도네리의 아이가 싸움을 하다가 출납 관리의 아이가 큰소리로 울어대기 시작했다. 도네리가 나와서 달래려고 하는 참에 이 관리도 나와서 도네리가 보고 있는 앞에서 둘을 떼어내더니 자기 아이는 집으로 들여보내고, 도네리의 아이의 머리채를 잡아 땅바닥에 처박고 죽도록 짓밟았다.

'자기 아이든 남의 아이든 어쨌거나 아이들 싸움인데 그것을 그냥 두지 않고 우리 아이만 이렇게 인정사정없이 짓밟다니 정말 지나친 처사다.'

도네리는 화가 나서 말했다.

"여보시오. 어째서 어린 아이에게 이렇게까지 인정사정없이 심하게 구는 것이요?"

"당신 지금 무슨 소리 하는 거야? 당신 같은 말단 도네리 주제에. 내가 좀 때렸다고 해서 뭐 어떤데? 우리 상관인 다이나곤께서 계시니 어떤 과오를 범해도 비난받을 리 없지. 멍청한 소리나 하는 바보 같은 놈."

도네리도 울화가 치밀어 올랐다.

"당신이야말로 무슨 소리야? 당신 상관 다이나곤이 뭐 훌륭한 사람이라도 된다고 생각하고 있는 거야? 당신 상관은 말이야 내가 입 다물고 있는 덕에 남들같이 살 수 있다는 것이나 알아 두시지. 내가 발설만 하면 당신 상관은 조용히 못 살 걸."

이 말에 출납 관리는 화를 내다 말고 집으로 들어가 버렸다.

이웃 사람들이 싸움을 보려고 몰려들었다가 이 말을 듣고 '저게 도대체 무슨 소리지?'라고 생각해 어떤 사람은 처자에게 말하고, 또 어떤 사람은 다른 사람에게 말하여 계속 이야기가 퍼져나가 소문이 크게 번져 항간에 떠돌게 되는 바람에 결국 왕의 귀에까지 들어가 도네리는 불려가서 심문을 받았다. 처음에는 부인을 했으나 자신도 죄를 받게 된다는 말에 사실대로 고하고 말았다. 그 후 다이나곤도 심문을 받고 일이 발각되어 유배를 가게 되었다.

오텐몬문을 불태워 마코토 대신의 짓이라고 하여 대신에게 그 죄를 뒤집어 씌우고 상좌인 다이나곤 자신이 대신이 되려고 계획한 것이었는데 오히려 스스로가 벌을 받게 되니 얼마나 분했겠는가.

02.
고레스에가 방응악을 묘센에게 배우다 (115)

이것도 지금은 옛이야기가 되었다. 방응악¹³⁾이라는 당악(唐樂)을 묘센이코¹⁴⁾가 오로지 혼자서 배워 전수하고 있었다. 시라카와인(白河院)¹⁵⁾이 이틀 후 들녘으로 행차를 나가게 된 시점에 그는 야마시나데라절¹⁶⁾의 세 면(三面) 승방에 있었는데,

"오늘밤에는 문을 닫지 말거라. 찾아오는 사람이 있을지도 모르니."

라고 하여 기다리고 있는데 과연 들어오는 이가 있었다. 누군지를 묻자,

---

13) 방응악(放鷹樂). 왕이 들녘으로 행차 나갔을 때 연주된 곡으로 매사냥을 하는 모습을 춤춘다.

14) 묘센이코(明暹已講, 1059~1123). 피리의 명인. 그가 피리의 명인이라는 것은 다음 이야기에도 보임.

15) 시라카와인. 제4권 주 33을 참조.

16) 야마시나데라절(山階寺). 나라현 나라시에 있는 남도 육종(六宗)의 하나인 법상종 대본산 사원인 고후쿠지절(興福寺)의 시원이 되는 사찰로 동·서·북의 3면에 승방이 있다.

"고레스에[17]입니다."

라고 하였다.

"방응악을 배우러 왔는가?"

라고 묻자,

"그렇습니다."

라고 대답했다. 그래서 바로 방안으로 들여보내 그 곡을 전수했다고 한다.

---

17) 고레스에(是季). 헤이안 시대의 아악가인 오미와노 고레스에(大神惟季, 1026~1094)이다. 〈회중보(懷中譜)〉의 작품을 남기고 있다.

03.
호리카와인이 묘센에게 피리를 불게 하다 (116)

이것도 지금은 옛이야기가 되었다. 호리카와인[18] 시대에 나라의 승려들을 불러모아 대반야 독경을 했을 때 묘센이 이들과 함께 와 있었다. 그 때 왕이 피리를 불었는데 여러 가지로 가락을 바꾸어 불었다. 묘센이 그 가락대로 목소리를 조절해 큰 소리로 경전을 읽었는데 이를 들은 왕이 기이하게 생각해 이 승려를 불렀다. 묘센은 무릎을 꿇고 뜰에서 배례를 드렸다. 어명을 받고 툇마루에 올라 대기하고 있는데 물었다.

"피리를 부는가?"

"좀 불 줄 압니다."

"역시 그렇군."

피리를 건네며 불게 하였다. 그러자 묘센이 만세악[19]을 멋지게 불

---

18) 호리카와인(堀河院, 재위 1087~1107). 제5권의 주 10을 참조.
19) 만세악(万歳樂). 당악으로 황제의 장수와 번영을 축하하는 곡.

어서 이에 감동을 받은 왕이 그대로 그 피리를 그에게 하사했다. 그 피리가 전해져서 지금은 신사 이와시미즈하치만구[20]의 별당인 유키키요[21]가 가지고 있다고 한다.

---

20) 이와시미즈하치만구(石淸水八幡宮). 교토부 야와타시(八幡市)에 있는 일본 3대 하치만구의 하나.
21) 유키키요(幸淸, 1177~1235). 제33대 이와시미즈하치만구 별당.

04.
조조의 야사카 승방에 강도가 들다 (117)

　이것도 지금은 옛이야기가 되었다. 덴랴쿠[22] 시대에 조조[23] 승려가
있던 야사카지절[24]의 승방에 여러 명의 강도가 들어왔다. 그런데 도둑
들은 불을 밝히고, 칼을 뽑고, 눈을 부릅떠도 각각 그 자리에 우뚝 선
채로 전혀 아무것도 하지 않았다. 이렇게 몇 시간이 흘렀다. 날이 점점
밝아오자 조조는 본존을 향해 공손히 "이제 용서해 주십시오."라고 하
였다. 그러자 그제서야 도둑들은 그냥 빈손으로 도망쳤다고 한다.

---

22) 덴랴쿠(天曆). 무라카미 왕(村上天皇, 재위 946~967) 때의 연호로 947~957년간
　　에 사용되었다.
23) 조조(淨藏, 891~964). 미요시 기요유키(三善淸行)의 아들. 4살에 천자문을 읽었
　　다고 전해지는 수재.
24) 야사카지절(八坂寺). 교토시(京都市) 히가시야마구(東山區) 야사카가미마치(八
　　坂上町)에 있는 호칸지절(法觀寺)이라는 설도 있다.

05.
하리마 지방 태수의 아들 사타이후 (118)

옛날에 하리마 지방[25] 태수 긴유키(公行)[26]의 아들로 사타이후(佐大夫)라는 사람이 고조(五條) 근처에 살고 있었다. 이 사람은 아키무네[27]라는 이의 아버지였다. 사타이후는 아와 지방[28]의 태수 사토나리와 함께 동행하여 아와로 내려가는 길에 죽었는데, 가와치 지방[29]의 국사를 역임했던 사람의 일족이었다.

그런데 전임 가와치 국사에게 조청빛 얼룩이 있는 소가 있었다. 어떤 사람이 그 소를 빌려 수레를 달아 요도(淀)[30]로 향했는데 히즈메

25) 하리마 지방(播磨國). 현재의 효고현(兵庫縣) 서남쪽.
26) 긴유키(公行, ?~1033). 사에키(佐伯)씨. 현재의 시즈오카현(靜岡縣) 서부에 해당하는 도토우미(遠江) 지방, 지금의 에히메현(愛媛縣)인 이요(伊予) 지방의 태수를 역임했다.
27) 아키무네(顯宗). 누구인지는 확실하지 않다.
28) 아와 지방(阿波國). 현재의 도쿠시마현(德島縣).
29) 가와치 지방(河內國). 오사카부(大阪府)의 동부.
30) 교토시(京都市) 후시미구(伏見區)에 있는 교통의 요충지. 가쓰라가와(桂川), 가모

다리[31]에서 소를 부리는 사람이 잘못해서 다리에서 한쪽 바퀴가 떨어져 나갔다. 그 바람에 수레가 다리에서 밑으로 떨어졌다. 수레가 떨어질 것을 알아차린 소가 다리를 벌리고 힘껏 버티고 있어서 가슴에 건 굴레가 끊어져 수레는 떨어져 부서져 버렸지만, 소는 다리 위에 남았다. 수레에는 사람이 타고 있지 않아 화를 입은 자는 없었다. 풋내기 소였더라면 끌려가 떨어져 소도 죽었을 것이다. 그 일대 사람들은 정말 대단한 힘을 가진 소라며 입이 마르도록 칭찬했다.

　이렇게 이 소를 정성껏 기르던 어느 날 어떻게 없어졌는지도 모르게 이 소가 행방불명이 되고 말았다. 어찌 된 일인가 하고 백방으로 찾아다니고 난리가 났지만 없었다. 줄을 끊고 나갔나 싶어 가까이에서 먼 곳까지 찾아보게 했으나 발견되지 않아 훌륭한 소를 잃었다고 한탄을 하고 있었는데 전임 가와치 국사가 꿈을 꾸었다. 꿈에 사타이후가 나타나, '이 사람은 바다에 빠져 죽었다고 들었는데 어떻게 온 걸까?' 하고 어쩐지 섬뜩한 생각이 들었지만 나가 만났더니, 사타이후가 말했다.

　"저는 이 동북쪽 구석진 곳에 있습니다. 거기서 하루에 한 번 히즈메다리로 가서 고통을 받고 있답니다. 그런데 저의 죄가 깊고, 몸이 아주 무거워 이 무게를 탈 것이 견디지 못해 할 수 없이 걸어서 가는데 그것도 힘이 들어 이 조청빛 얼룩이 있는 소는 힘이 세기에 좀 빌려 타고 있습니다. 당신이 열심히 찾고 계시니 닷새만 더 타고 엿샛날 사시(巳

時)경에는 돌려드리지요. 그러니 그렇게 허둥지둥 찾지 말아주십시오."

잠이 깬 전임 국사는 별 희한한 꿈을 다 꿨다고 생각하며 지내고 있었다.

그런 꿈을 꾼 지 엿새 째 되는 사시 즈음 어디서랄 것도 없이 홀연히 소가 걸어 들어왔는데 무척 힘든 일이라도 한 것 같은 모습으로 고통스러운 듯 혀를 늘어뜨리고 땀범벅이 되어 들어왔다.

"히즈메 다리에서 수레만 떨어지고 소는 남아 있는 것을 본 사타이후가 힘이 센 소라는 사실을 알고 빌려 타고 다닌 것인가 하고, 생각만 해도 무서웠다."

전임 가와치 국사가 전한 말이다.

06.
동부 사람이 산 제물 공양을 멈추게 하다 (119)

옛날에 산요도[32) 미마사카 지방[33)에 주산[34), 고야[35)라고 하는 신이 모셔져 있었다. 고야에 안치되어 있는 신은 뱀, 주산은 원숭이였다. 그런데 이 신에게는 매년 제사 때 반드시 산 제물을 바쳤다. 아가씨들 중에 얼굴이 예쁘고 머리가 길며 피부가 하얗고 자태가 곱고 귀여운 모습을 한 아이를 골라 바쳤다. 예로부터 지금까지 이 제사는 끊긴 적이

---

32) 산요도(山陽道). 옛날 7도의 하나. 주고쿠(中國) 지방의 세토나이카이(瀬戶內海)에 면한 8개 지방(하리마(播磨)·미마사카(美作)·비젠(備前)·빗추(備中)·빙고(備後)·아키(安芸)·스호(周防)·나가토(長門)의 각 지방)을 관통하는 간선도로.

33) 미마사카 지방(美作國). 지금의 오카야마현(岡山縣)의 북동부.

34) 주산(中山). 오카야마현(岡山縣) 쓰야마시(津山市) 이치노미야(一宮)에 있는 주산 신사(中山神社)에 안치되어 있는 주산명신(中山明神). 주제신은 가가미쓰쿠리노미코토(鏡作命)인데 오나무치노미코토(大己貴命), 니니기노미코토(瓊瓊杵尊)가 함께 모셔져 있다.

35) 고야(高野). 쓰야마시(津山市) 니노미야(二宮)에 있는 고야 신사(高野神社)에 안치되어 있는 고야명신(高野明神).

없었다. 그런데 어떤 사람의 딸이 그 산 제물로 바쳐지게 되었다. 부모들의 슬픔은 이루 말할 수 없었다. 부모가 되고 자식이 되는 것은 전생에서부터의 인연이기 때문에 못생긴 아이라도 소홀히 할 수 없는 법이다. 하물며 이 아이는 모든 면에서 뛰어나서 내 몸보다도 더 귀하게 여기는 아이인데 그렇다고 도망을 갈 수도 없는 일이어서 한숨만 지으며 나날을 보내고 있었다. 그렇게 딸이 죽을 날이 점점 다가왔다. 부모 자식으로 함께 살 날도 앞으로 얼마 없다고 생각할 때마다 남은 날수를 세어 보고는 자나 깨나 그저 소리 높여 울고만 있었다.

한편 워낙 사냥으로 다져져 화가 나서 미쳐 날뛰는 멧돼지조차 두려워하지 않고 마음대로 잡아먹는 동부 지방[36] 출신의 한 무사가 있었다. 무지막지하게 힘이 센데다가 성미가 과격하며 무섭고 우악스런 이 사람이 때마침 그 일대를 다니다가 이 딸의 부모 집에 들르게 되었다.

이야기를 나누다가 이야기 끝에 그 딸의 아버지가 말했다.

"저에게는 외동딸이 하나 있는데 이번에 이렇게 산 제물로 바쳐지게 되어 자나 깨나 슬퍼하며 세월만 보내고 있답니다. 세상에는 이런 슬픈 일도 다 있지 뭡니까? 전생에 무슨 죄를 지어 이런 지방에 태어나 이렇게 고통스러운 일을 당하는 것인지. 우리 아이도 생각지도 못한 너무나도 어이없는 죽음을 맞게 되었다고 말합니다. 정말이지 불쌍하고 슬퍼 견딜 수가 없습니다. 이런 말씀을 드리는 것은 제 자식이라서가 아니라 정말로 어여쁜 아이입니다."

"그럼 그 따님이 이제 곧 죽는 것은 기정사실이로군요. 인간에게 목

---

36) 동부 지방(東國). 제 12권의 주 50을 참조.

숨보다 귀한 것은 없습니다. 자기 자신을 위한 일이라면 신도 인정사 정없는 법이군요. 이번에는 산 제물을 바치지 말고 그 따님을 제게 맡 겨 주시지요. 죽으면 끝이라고 생각하면 결국 같은 것이니까요. 하나 밖에 없는 따님을 눈앞에서 산채로 갈기갈기 찢어 먹게 할 수는 없는 일이지 않습니까? 너무도 잔인한 이야기입니다. 이대로라면 그런 일 을 당하게 되겠지요. 그러니 그냥 그 분을 저에게 맡겨 주십시오.”

남자의 당찬 말에 그 아버지는 ‘정말이지 눈앞에서 무참히 죽어가 는 딸의 모습을 보는 것보다야…….’ 라고 생각해 딸을 남자에게 맡기 기로 했다.

이리하여 동부 지방의 남자가 그 딸이 있는 곳으로 가보니 용모도 아름답고, 자태도 고운 것이 매력적인 여인이었다. 그런 그녀가 근심 에 잠겨 있는 모습으로 기대어 글씨 연습을 하고 있었는데 눈물이 소 매 위에 떨어져 젖어 있었다. 그러다가 인기척이 느껴졌는지 머리카 락으로 얼굴을 가리고 고개를 숙였는데 머리도 젖고 얼굴도 눈물에 씻겨 근심에 잠겨 있는 모습이었다. 낯선 사람을 보고 쑥스러운 듯한 표정으로 살짝 옆을 향하는 모습이 너무나도 예뻤다. 고상하고 품위 있는 자태가 도저히 시골 사람의 딸로는 보이지 않았다. 동부 지방의 남자는 그런 그녀의 모습을 보니 더욱 사랑스러워 견딜 수가 없었다. ‘이렇게 된 바에는 내 몸 같은 것은 이제 죽어도 상관없다. 오로지 이 아가씨의 대역이 되어야겠다’고 생각하고 아가씨의 부모를 향해 말했 다.

“한 가지 계략이 있습니다. 만일 따님일로 인해 이 집이 망하게 되면 어쩌시겠습니까?”

“우리 아이를 위해서라면 저야 죽어도 괜찮습니다. 전혀 아무렇지도 않습니다. 어차피 살아서 무엇 하겠습니까? 그저 당신 생각대로 어서 좋을 대로 하십시오."

"그럼 이 제사를 위해 정결 의식을 행한다고 하시고 금줄을 쳐서 어떻게든 절대로 다른 사람들을 접근하지 못하도록 해 주십시오. 그리고 여기에 제가 있다는 사실도 절대로 다른 사람에게 말하지 말아 주십시오."

그러고는 남자는 며칠을 집에 틀어박혀 이 여인과 정답게 지냈다.

그 사이에 남자는 오랫동안 산에서 지내 익숙한 개 중에 특히 영리한 두 마리를 골라 살아있는 원숭이를 주어 밤이고 낮이고 오로지 잡아 죽이는 훈련만 시켰다. 그렇지 않아도 원숭이와 개는 천적 사이인데 이런 식으로 길을 들이니 개는 원숭이만 보면 달려들어 가차 없이 물어 죽이는 것이었다.

한편 남자는 매일 허리에 차는 날카로운 장검을 닦고 단검을 갈아 준비를 하면서 그저 이 여인을 향해 입버릇처럼 말했다.

"아, 전생에서 무슨 약속을 했기에 당신 목숨을 대신해서 죽으려고 내가 이러는 것인지 모르겠소. 하지만 당신을 위한 것이라면 이 목숨은 조금도 아깝지 않소. 그저 당신과 헤어질 것을 생각하면 어쩐지 불안하고 고통스러울 따름이오."

여자도 무척 슬프고 가엾은 모습으로 말했다.

"도대체 무슨 인연이 있는 분이시길래 제게 오셔서 이렇게도 자비를 베풀어 주시는 것인지요."

이렇게 며칠이 지나고 드디어 제사 지내는 날이 되어 궁사(宮司)[37]

---

37) 신사(神社)의 제사를 맡은 신관(神官)으로 최고위.

를 비롯해 모든 사람들이 다 모여서 떠들썩하게 맞이하러 왔다. 새로 만든 긴 궤를 여인이 있는 집으로 넣더니 말했다.

"전처럼 산 제물을 여기에 넣어 내보내 주시게나."

"그저 이번 일은 제 말씀대로 따라 주십시오."

동부 지방의 남자는 이렇게 말하고 궤 안에 몰래 들어가서 좌우 양측에 개들을 넣었다.

"너희들! 그간에 잘 길러주었으니 그 보답을 하도록 하여라. 너희들이 이번에는 내 목숨을 대신하는 것이다."

개들을 쓰다듬자 개들은 낮은 소리로 으르렁거리며 바짝 다가와 납작 엎드렸다. 그리고 평소에 항상 갈고 닦은 창칼과 검을 모두 집어넣었다. 이렇게 하여 궤 뚜껑을 닫고 헝겊으로 묶어 봉한 뒤 마치 자기 딸을 넣은 것처럼 꾸며서 내주자, 사람들이 창, 비쭈기나무, 방울, 거울 등을 흔들어 부정을 씻어가면서 떠들썩하게 운반해 갔는데 그 모습이 더할 나위 없이 삼엄했다.

한편 여인은 이 소리를 듣고 자신을 대신해 남자가 이렇게 떠나가는가 싶어 정말로 안타까웠다. 더욱이 뜻하지 않게 일이 꼬여 버리면 자기 부모님들은 어떻게 될지 이것저것 생각하니 슬퍼 견딜 수 없었다. 그러나 부모는 침착하게 말했다.

"내 몸을 위하기 때문에 신도 부처도 두려운 법이다. 어차피 죽을 목숨이니 이제는 더 이상 무서운 것도 없다. 같은 값이면 이렇게 죽자. 이제는 우리 집이 망하는 것도 고통스럽지 않아."

이렇게 산 제물을 신사로 가지고 가서 신관이 엄숙하게 축문을 외고 신전의 문을 열어 이 긴 궤를 집어넣은 후 원래대로 문을 닫고 나서 바깥쪽으로 궁사를 비롯해 저마다 관리들이 순서대로 나란히 줄지어서 있었다.

그러는 사이에 동부 지방의 남자가 칼끝으로 몰래 궤에 구멍을 뚫어 내다보니 정말로 말로 형언할 수 없을 정도로 큰 원숭이가 보였다. 신장이 일곱 여덟 척이나 되고 얼굴과 엉덩이는 빨갛고 쥐어뜯어 놓은 면을 입은 것처럼 눈에 띄게 하얀 털이 쭈뼛 선 채 상좌에 앉아 있었다. 잇달아 좌우로 원숭이들이 이백 마리 정도는 줄지어 있는데 저마다 얼굴을 붉히고 눈썹을 치켜 올리며 제각기 시끄럽게 울어대고 있었다. 상당히 큰 도마에 기다란 부엌칼이 함께 올려져 있었다. 주위에는 식초, 술, 소금이 들어있는 병으로 보이는 것이 가득 놓여 있었다.

한참을 그러고 있는 사이에 상좌에 앉아 있던 큰 원숭이가 다가와서 긴 궤를 묶은 끈을 풀어 뚜껑을 열려고 하자 나란히 줄지어 서 있던 원숭이들도 일제히 달려들려고 했다. 그 때에 이 남자가 소리쳤다.

"개들아! 물어뜯어라, 저거."

개 두 마리가 뛰쳐나가 그 중에서도 큰 원숭이를 물고 늘어져 넘어뜨리고는 서로 잡아끌어 죽이려고 했다. 이 남자도 머리카락을 풀어헤치고 궤에서 뛰쳐나와 얼음 같은 칼을 뽑아 그 원숭이를 도마 위에 끌어다 올려놓고 목에 칼을 대고 말했다.

"이 놈! 사람의 목숨을 끊어 그 고기를 먹는 놈은 이렇게 된다. 너희들 만일 귀가 있다면 잘 들어라. 반드시 너희들 목을 잘라 개가 먹도록 줄 테다."

그러자 큰 원숭이는 얼굴이 새빨갛게 달아오르고 눈을 껌벅거리며 새하얀 이를 드러내고 눈에서는 피눈물을 흘리며 정말로 비참한 표정으로 두 손을 모아 빌며 애원했다. 남자는 전연 용서하지 않았다.

"네 놈이 오랜 세월동안 인간의 아이들을 먹어 인간을 멸종시켜 왔
는데 네 놈의 그 모가지를 잘라 버릴 절호의 찬스가 바로 지금이다. 아
니면 네 놈이 정말로 신이라면 나를 죽여 보아라. 나는 전혀 상관없
다."

그래도 역시 목을 즉각 자르지는 않았다. 그러는 사이에 개 두 마리
에게 쫓긴 많은 원숭이들이 모두 나무 위로 도망쳐 올라가 허둥대며
시끄럽게 소리를 질러댔고, 그 바람에 산도 울리고 대지도 뒤집혀질
듯했다.

그 때 신관 한 명이 신이 들려 말했다.

"오늘부터 앞으로는 더 이상 결코 산 제물은 빌지 않겠노라. 영원히
금하겠다. 사람을 죽이는 것은 이제 아주 진력이 났느니라. 목숨을 빼
앗는 것은 이제부터 영원히 하지 않겠노라. 그리고 나를 이렇게 만들
었다고 이 남자를 이러니저러니 비난하거나 오늘 산 제물이 된 사람
의 부모 친척들을 괴롭히거나 하는 복수는 절대로 하지 않도록 하라.
나는 오히려 그 자손들의 영원한 수호신이 되고자 하느니. 어서 한시
라도 빨리 내 목숨을 건져달라고 하여라. 정말로 견딜 수 없는 심정이
니라. 어서 나를 구해 주도록 하라."

이 신의 명에 궁사와 신관을 비롯해 많은 사람들이 놀라 모두 신사
안으로 들어가 허둥지둥 남자에게 빌며 애원했다.

"전적으로 지당하신 일입니다. 다만 상대는 신이시니 용서해 주시
지요. 신께서도 용서를 구하고 계십니다."

"그렇게 순순히 용서할 수는 없소이다. 사람의 목숨을 끊어 죽인 놈
이니 저 놈에게도 그 고통을 알게 해 주어야 하오. 내 몸은 어찌 되어
도 괜찮소. 지금 죽어도 전혀 상관없단 말이오."

동부 지방의 남자는 좀처럼 용서하지 않았다.

이러다가 이 원숭이의 목이 잘려나갈 듯해서 궁사도 당황해 허둥대지만 전혀 손 쓸 방도가 없어 이것저것 맹세하는 말을 하며 기도했다.

"이제부터는 이러한 일은 '결코, 절대로, 하지 않겠다."

신도 말을 하기에,

"그럼 됐다. 좋아, 이제부터는 이런 일이 있어서는 안 될 것이다."

라고 잘 알아듣게 타이른 후 용서했다. 그 후로는 사람을 산 제물로 바치는 일은 하지 않게 되었다.

이 남자는 집으로 돌아가 딸과 사이좋게 애정을 주고받으며 오래도록 부부가 되어 살았다. 남자는 원래 유서 있는 집안의 자손으로, 세상 사람들이 얕보지 못할 인물이었다. 이후, 이 지방에서는 산 제물로는 멧돼지와 사슴을 바쳤다는 것이다.

07.
도요사키 대군 (120)

옛날에 가시와바라 왕[38]의 다섯째 아들로 도요사키(豊前)라는 대군이 있었다. 정4품으로 관직은 형부경[39], 야마토 지방의 태수이었다. 세상의 정세를 잘 알고, 성격도 솔직하고, 조정의 정치에 대해서도 장단점을 잘 알고 있어서 국사(國司)의 결원이 많아 임명이 있을 때에도 희망하는 사람이 있으면 고을의 대소에 따라 적용시켜 "이 사람은 그 지방의 태수가 될 것이다. 혹은 그 사람은 순서와 도리를 내세워 희망해도 도저히 안 될 것이다."라고 각 고을에 대해 말했다. 다른 사람들이 그 말을 듣고 임관이 있던 다음날 아침 조사해 보니 이 대군의 예상이 조금도 틀리지 않았다. 그래서 대군의 벼슬 임명 예상이 용하다는

---

38) 가시와바라 왕(柏原天皇). 간무 왕(桓武天皇, 재위 781~806)을 말한다. 가시와바라에 능이 있어 가시와바라 왕이라고도 불렸다.
39) 형부경(刑部卿). 형벌과 소송을 취급하던 관청인 형부성(刑部省)의 장으로 품계는 정4품. 853년에 야마토 지방의 태수에 임명되었다.

소문이 나서 임관 전에는 이 대군 집에 사람들이 몰려들었다. 틀림없이 될 것이라는 말을 들은 사람은 손을 모아 기뻐했고, 못 되겠다는 말을 들은 사람은 "무슨 헛소리야. 이 쭈글탱이 영감이. 도조신[40]을 모시다 정신이 이상해졌나 보군." 하고 중얼거리며 돌아갔다. 될 것이라고 예상한 사람이 되지 않고 의외로 다른 사람이 되었을 때는 "이 인사는 실패다."라며 세상 사람들이 욕을 했다. 그래서 왕도 "도요사키 대군은 이번 인사에 대해 무슨 말을 하던가?"라고 가까이서 시중드는 사람에게 가서 물어보라고 분부하였다. 이것은 다무라(田村)[41], 미즈노오(水尾)[42] 왕 시절의 일이었을 것이다.

---

40) 도조신(道祖神). 제1권의 주 5를 참조.
41) 다무라(田村). 몬토쿠 왕(文德天皇, 재위 850~858)이다.
42) 미즈노오(水尾). 세와 왕(清和天皇, 재위 858~876)이다.

08.
구로도가 급사하다 (121)

옛날 엔유인(円融院)[43] 때의 일이다. 궁궐에 화재가 나 왕은 양위 후에 살려고 마련해 둔 거처에 머물러 있었다.

어느 날 많은 사람들이 당상관이 유하는 방[44]에 모여서 식사를 하고 있었는데 구로도 사다타카(貞高)가 식탁에 이마를 대고 코를 골고 있는 것이 잠들어 있는 것처럼 보였다. 그러나 꽤나 오래 계속되어 이상하다고 생각하고 있는데 식탁에 이마를 대고 캑캑거리고 있었다. 그래서 당시는 아직 도노추조[45]였던 오노노미야 대신[46]이 주전사(主殿

---

43) 엔유인(円融院). 엔유 왕(円融天皇, 재위 969~984)이다.
44) 궁중의 정전(正殿) 내 특히, 세료덴(淸凉殿)에 있는 당상관들이 유하는 방.
45) 구로도 장(長)이자 근위부의 중장을 겸한 통칭.
46) 오노노미야 대신(小野宮大臣). 후지와라노 사네스케(藤原實資, 957~1046), 유직 고실에 정통한 당대 최고의 지식인으로 종1품 우대신을 역임. 당대 시대상을 알 수 있는 일기 〈쇼우키(小右記)〉를 남겼다.

司)[47]에게 말했다.

"저 식부성의 조(丞)[48]의 모습이 아무래도 이상해. 깨워 보게."

주전사가 다가가 깨우자 몸이 딱딱하게 굳은 듯하고 움직이지 않았다. 이상하게 여겨 살펴보았다.

"이미 죽어 버렸어. 이거 정말 큰일났네."

이 말을 듣고 함께 있던 당상관, 구로도들은 모두 아연실색해 부정(不淨)을 탈까봐 그대로 제각각 흩어져 버렸다.

도노추조가 지시했다.

"그렇다고 이대로 둘 수는 없는 일이지. 속히 관청의 종들을 불러 모아 실어내게."

"어느 쪽 궐문으로 실어낼까요?"

"동쪽 궐문으로 실어내는 것이 좋겠네."

거처에 머물던 사람들이 이 말을 듣고 죄다 동쪽 궐문에 모여 있었다. 그런데 당상관 방에 있던 돗자리로 싸서 반대로 서쪽 궐문으로 실어내어 사람들이 보지 못하도록 하여 일을 끝내 버렸다. 궐문 입구로 실어내자, 벼슬이 3품이던 사다타카의 아버지가 와서 데려갔다. 감쪽같이 타인의 눈에 띄지 않게 끝냈다고 감탄들을 했다.

그런데 그 후 스무 날정도 지나 도노추조의 꿈에 고인이 생전의 모습으로 눈물을 흘리면서 다가와서 무슨 말인가를 했다. 들어보니 다음과 같은 말이었다.

"정말로 기쁘게도 부끄러운 제 죽음을 감춰 주신 것은 언제까지고

---

47) 주전사(主殿司). 궁궐 내 청소, 광열을 관할하는 주전료(主殿寮)의 관리.
48) 식부성은 국가의 의식이나 인사(人事)를 맡았던 관청이며, 조(丞)는 그 관청의 제3등관.

잊지 않겠습니다. 융통성 있게 잘 조치하여 서쪽으로 내보내 주시지
않았더라면 많은 사람들에게 얼굴을 보이게 되어 죽어서까지 치욕을
당할 뻔했습니다."[49]

　고인이 울면서 두 손을 모아 기뻐하는 모습을 꿈에 보았던 것이다.

---

49) 타인에게 자신의 사체를 보이는 것을, 흉한 것을 드러내는 부끄러움으로 여기는
　　관습이 있었던 것으로 보인다.

09.
오쓰키 모스케 (122)

옛날에 주계료[50]의 장(長)인 오쓰키 마사히라[51]라는 사람이 있었다. 그에게는 산박사(算博士)[52] 아들이 있었는데 이름이 모스케[53]였다. 주계료의 장인 다다오미[54]의 아버지이자 아와지 지방[55] 태수인 대부사(大夫史)[56] 도모치카[57]의 할아버지였다. 오래 살았더라면 높은 지

---

50) 주계료(主計寮). 민부성(民部省)에 속하여 지방에서 거두어 드린 세수의 계산, 국비 지출을 관장하는 관청.

51) 오쓰키 마사히라(小槻當平, ?~929). 산박사(算博士).

52) 산박사(算博士). 식부성(式部省) 대학료(大學寮)의 전문직. 산술을 가르쳤다. 정원 2명. 미요시(三善)와 오쓰키(小槻) 두 집안의 세습직.

53) 모스케(茂助). 마사히라(當平)의 아들(?~958), 산박사(算博士).

54) 다다오미(忠臣). 모스케의 아들(933~1009).

55) 아와지 지방(淡路國). 현재의 아와지시마(淡路島)에 해당되는데 세토나이카이(瀨戶內海) 동쪽 끝에 있는 섬으로 효고현(兵庫縣)에 속한다.

56) 당시 최고 행정기관인 태정관의 문서, 기록을 전달, 보존을 담당하던 5품의 관리.

57) 도모치카(奉親). 오쓰키 도모치카(小槻奉親, 963~1025)로 다다오미(忠臣)의 아들(963~1020). 산박사(算博士).

위에도 오를 만한 기량을 가진 사람이었기 때문에 사람들은 '어떻게
든 죽어 주면 좋으련만. 이 자가 출사를 하면 주계료의 장, 주세료[58]의
장, 스케(助), 대부사 자리에는 다른 사람은 도저히 맞설 수가 없지.'라
며 시기했다. 대대로 이어오는 가업일 뿐만 아니라 학식도 뛰어나고
성품도 훌륭해서 육품의 지위였지만 평판도 점점 높아져갔다. '죽어
버리면 좋으련만.' 하고 생각하는 사람도 있었다. 그런데 이 모스케의
집에 신의 계시가 있었다. 당시의 음양사(陰陽師)에게 물어보니 아주
엄중히 근신해야 하는 날 같은 것을 적어 주기에 그대로 문을 굳게 닫
고 두문불출하고 있었다. 그러자 그를 적시하는 사람이 몰래 음양사
에게 부탁해 어떻게든 죽는 주술을 해달라고 하였다. 이 부탁을 받고
주술을 부리는 음양사가 말했다.

"재계(齋戒)를 한다는 것은 틀림없이 근신해야만 하는 날일 것입니
다. 그러니 그 날에 맞춰 함께 저주를 하면 반드시 영험이 있을 섭니
다. 저를 데리고 그 집으로 가서 그를 불러내 주십시오. 근신중이라
면 필시 대문을 열어주지 않을 것입니다. 그냥 목소리만 들어도 반드
시 저주하는 효과가 있을 것입니다."

그래서 음양사를 데리고 그 집으로 가서 대문을 세차게 두드리자
종이 나와서 물었다.

"이렇게 문을 두드리는 분이 누구신지요?"

"제가 급한 용무로 찾아뵈었습니다. 아무리 중한 금기중이라고 하
더라도 조금만 열어 들여보내 주시지요. 중요한 일입니다."

---

58) 주세료(主稅寮). 민부성(民部省) 소속이며 각 지방의 토지세 및 국창(國倉)의 출
납 등을 관장한 관청.

이 종이 안으로 들어가 이러저러하다고 자초지종을 말하자 모스케가 대답했다.

"그건 아무래도 안 되겠다. 세상사람 중에 제 몸을 소중히 여기지 않는 사람이 어디 있겠느냐? 도저히 들여보낼 수 없다. 절대 무리이니어서 돌아가시라고 전하라."

그러자 재차 부탁했다.

"그럼 대문은 열지 않아도 좋으니 덧문 미닫이로 얼굴만이라도 내주시지요. 그럼 제가 말씀을 드릴 테니."

전생에 죽을 운명이었던지 결국 이 말에 모스케가 문밖으로 얼굴을 내밀고 말했다.

"무슨 일입니까?"

음양사는 그 목소리를 듣고 얼굴을 보며 가능한 저주를 다했다.

그를 만나겠다던 사람은 중대한 이야기라는 말은 했지만, 할 말도 생각이 나지 않아 대충 둘러대어 말했다.

"지금 막 지방으로 출발하게 되어 그 말씀을 드리려고 왔습니다. 이제 들어가시지요."

"별 것도 아닌 일로 사람을 불러내다니. 도무지 분별력이 없는 사내로군."

모스케는 그 직후 바로 머리를 앓더니 사흘 후 죽었다.

그래서 금기 중에는 목소리를 크게 내며 외부 사람을 만나서는 안 되는 것이다. 이와 같이 주술을 부리는 사람은 그런 식으로 주술을 걸어 이런 못된 짓을 하니 실로 무서운 존재다. 그런데 그 저주를 시킨 사람도 얼마 후 재난을 당해 죽었다고 한다. 사람들은 남을 저주해 죽인 죄를 자기 몸으로 갚은 것 같다며 정말 무시무시한 일이라고들 했다.

10.
해적이 보리심을 일으켜 출가하다 (123)

옛날에 셋쓰 지방[59]에 아주 나이 많은 입도(入道)가 열심히 수행을 하고 있었다. 하루는 어떤 사람이 해적을 만난 이야기를 했다. 그 이야기를 들은 입도가 다음과 같은 말을 들려주었다.

나는 젊었을 때는 아주 유복하게 살았다네. 입는 것, 먹는 것도 질릴 정도로 넘쳐났고 매일 바다 위를 떠다니며 살고 있었지. 당시에는 아와지의 로쿠로쓰이부쿠시[60]라고 불렸다네. 그런데 아키섬에서 다른 배도 별로 없었을 때 배 한 척이 가까이 다가오더군. 가만히 살펴보니 주인으로 보이는 스물 대여섯 정도 되는 남자가 말쑥한 차림을 하고 있었어. 그 외에는 젊은 남자가 두세 명 정도였고, 함께 타고 있는 사

---

59) 셋쓰 지방(攝津國). 현재의 오사카부와 효고현의 일부를 합친 지역.
60) 아와지(淡路)의 로쿠로쓰이부쿠시(六郎追捕使). 입도가 해적 시절에 불리던 이름.

람은 적은 듯했네. 그리고 아리따운 여인들이 타고 있는 것 같더군. 그리고 발 사이로 가죽으로 만든 고리짝 같은 것이 많이 보였지. 짐은 한가득 싣고 있었는데 딱히 힘쓸만한 사람도 없이 그저 우리 배를 따라 움직이고 있었어. 배 지붕 위에서는 한 젊은 승려가 불경을 읽고 있었고. 우리 배가 강을 내려가면 똑같이 내려가고, 섬에 대면 역시 따라서 섬에 대더군. 멈추면 또 따라 멈추는 것으로 보아 우리 배가 해적선이라는 것을 모르는 것 같더군. 이상해서 물어보았지.

"이렇게 우리 배를 따라 오시는 양반은 도대체 누구시오? 어디로 가시는 게요?"

"스오 지방[61]에서 급한 용무가 있어서 나왔는데 이렇다 할 의지할 사람도 없고, 무서워서 뒤따르고 있던 중입니다."

'이런 어리석은 자가 다 있나……'라는 생각을 하며 말했다네.

"이 배는 교토로 안 가오. 여기서 사람을 기다리고 있는 것이라오. 기다렸다가 사람이 오면 우리는 스오 쪽으로 내려가려고 하는데 어찌 같이 가려고 하는 것이오? 교토로 올라가는 배를 따라가시구려."

"그럼 내일은 말씀대로 어떻게든 할 테니 오늘만은 옆에 정박하게 해주시지요."

그래서 멀리서는 다른 사람의 눈에 띄지 않는 곳으로 가서 섬 그늘에 숨어 정박했지.

동료 무리들도,

"지금이야말로 마침 좋은 때다. 자, 저 배의 물건을 이쪽으로 빼앗아 오자."

---

61) 스오 지방(周防國). 현재의 야마구치현(山口縣) 동부 지역.

하며 그 배로 모두 옮겨 탔어. 상대는 그저 아연실색하여 당황해 허둥댈 뿐이었지. 싣고 있던 물건은 모조리 우리 배로 옮겨 실었네. 타고 있던 사람들은 남자고 여자고 모두 바다로 던져 넣었는데 그들 주인은 열심히 두 손을 모아 빌며 수정 묵주의 끈이 끊어진 것 같은 커다란 눈물을 뚝뚝 흘리며 말했지.

"뭐든지 있는 물건은 모두 가져가십시오. 그저 제 목숨만 살려주십시오. 교토에 계신 연로하신 부모님이 중병에 걸려 마지막으로 한 번 더 보고 싶다는 말씀을 전하려고 밤을 낮 삼아 서둘러 사람을 보내와서 지금 급하게 올라가던 참입니다."

말도 다 못 끝내고 나를 보고 비는 모습이 필사적이더군.

"이놈이 이런 죽는 소리를 못하게 해라. 언제나처럼 빨리 바다 속으로 던져 넣어라."

눈을 바라보며 울어대는 주인의 모습이 뭐라 말할 수 없이 처참하고, 불쌍하고, 잔혹하다는 생각은 했지만 그렇다고 뭘 어쩌랴 싶어 과감히 바다로 던져 넣었지.

그리고, 배 지붕 위에서 경전 주머니를 목에 걸고 밤낮으로 경전을 읽고 있던 스무살 가량의 가냘픈 승려를 붙잡아 바다에 던져 넣었다네. 그러자 승려는 당황하여 경전 주머니를 들어 물 위에 띄우면서 손을 들어 올려 경전을 들고 둥둥 물 위에 떠 있었다네.

"이상한 중놈. 아직도 안 죽었네."

노로 머리를 세게 내리치고, 등을 바다로 떠밀어 넣어도 역시 둥둥 떠서 끈질기게 이 경전을 들고 있더군. 도무지 납득이 가지 않아 잘 살펴보니 물에 떠 있는 이 승려의 앞뒤로 아리따운 동자 두세 명이 미즈라[62]로 머리를 묶고 흰색의 가는 가지를 들고 있지 뭔가. 한 사람은 승려의 머리에 손을 대고 있고, 또 한 사람은 경전을 든 팔을 붙잡고 있는 듯이 보이더군. 옆에 있는 자들에게 물었지.

"저것 좀 봐. 저 중에게 붙어 있는 동자는 뭐지?"

"어디? 어디? 어디에도 사람 같은 것은 없는데."

라고 하는 거야. 분명히 내 눈에는 틀림없이 보이는데 말일세. 이 동자들이 붙어 있어서 절대로 바다에 가라앉지 않고 저렇게 떠 있는 건가 싶어 이상해서 확인하려고 말했지.

"이것을 잡고 오시오."

장대를 내밀어 주자 승려가 붙잡길래 잡아당겨 주었지. 같은 무리의 사람들은 말렸어.

"왜 그런 일을 하는 건가? 말도 안 되는 짓을 하네."

그러나,

"아아 이 승려 한 사람은 살려주자."

하며 배에 태웠네. 가까이에 오자 동자들은 보이지 않더군.

이 승려에게 물어 보았네.

"당신은 교토 사람이오? 어디로 가는 길이오?"

"시골 사람입니다. 승려가 되어 오랫동안 아직 계율을 받지 못해서 어떻게든 교토에 올라가서 계율을 받고 싶다고 말씀드렸더니 이 배의 주인이 '그럼 저와 함께 가시지요. 산사[63]에 아는 사람이 있으니 그 사

---

62) 남자 결발(結髮)의 하나로, 머리를 중앙에서 좌우로 갈라서 귓가에 고리처럼 맸다.

63) 히에이잔산(比叡山) 엔랴쿠지절(延曆寺)에는 조정 공인의 계단소(戒壇所)가 있었다.

람에게 부탁해서 계율을 받게 해 주겠소.'라고 하길래 같이 교토로 올라가던 중이었습니다."

"당신 머리와 팔에 붙어 있던 동자들은 누구요? 도대체 정체가 뭐요?"

"언제 그런 사람이 있었습니까? 전혀 기억이 없습니다."

"그런데 또 경전을 들고 있던 팔에도 동자가 붙어 있었는데 대체 무슨 생각으로 금방 죽는 마당에 경전을 들고 있었던 거요?"

"죽을 각오는 하고 있어서 목숨은 아깝지도 않았습니다. 저는 죽는 한이 있더라도 잠시라도 경전을 물에 적시지는 말아야겠다고 생각해 경전을 들고 있었는데 팔이 아프기는커녕 오히려 전보다 가벼워지고, 팔도 길어지는 듯한 느낌이어서 높이 들 수 있었던 것이지요. 그래서 곧 죽을 것만 같은 심정이었으나 이것이야말로 부처님의 은혜라고 생각했습니다. 이렇게 목숨을 살려 주시니 기쁩니다."

눈물을 흘리며 이렇게 말하는 승려를 보니 나처럼 사도를 신봉하는 사악한 사람의 마음에도 그저 고맙고 존귀하게 생각되어 말했지.

"이제 고향으로 돌아갈 생각이시오? 아니면 끝까지 교토로 올라가 계율을 받을 마음이 있는 것이오? 데려다 주겠소."

"이제 계율을 받을 마음은 없습니다. 시골로 돌아가고 싶을 따름입니다."

"그럼 여기서 돌려보내 주겠소. 그건 그렇고 그토록 아름답게 보였던 동자는 뭐겠소?"

"일곱 살 때부터 법화경을 읽어 평소에도 잡념이 없었고, 무서운 생

각이 들 때에도 계속 불경을 읽었기 때문에 십나찰[64]께서 오신 것이겠
지요."

감사하고 귀하게 생각해 눈물을 뚝뚝 흘리는 승려를 보고 이 악한
사람의 마음에도 '이토록 불경이란 뛰어나고 귀한 것이구나.' 하는 생
각이 들어 나는 이 승려를 따라가 산사에라도 몸을 숨겨야겠다는 심
정이 되었다네.

그래서 이 승려와 둘이서 함께 식량만 조금 가지고, 나머지 물건들
은 모두 상관하지 않고 다 동료무리들에게 주고 나오려고 했더니 동
료들이 말렸지.

"제정신이야? 도대체 왜 그러는 거야? 갑작스런 불심 같은 것은 오
래 가지 못할 거야. 귀신에라도 홀린 거 아냐?"

그러나 듣지 않고 화살, 장검, 단검도 모두 버리고 이 승려를 따라
그의 스승이 있는 산사로 가 승려가 되어 그곳에서 법화경 일부를 읽
으며 수행하게 된 거지. 때마침 이렇게 죄만 짓고 있는 것이 잔혹하게
느껴지던 차에, 그때 그 주인이 두 손을 모아 빌며 눈물을 뚝뚝 흘리면
서 울부짖는데도 바다에 던져 넣었으니 그때부터 약간 불심이 일었던
모양이고. 거기에 이 승려에게 십나찰이 붙어 있던 것을 생각하자 법
화경이 존귀하고, 그것을 꼭 읽어보고 싶은 마음에 갑작스레 이렇게
출가의 몸이 된 것이라네.

---

64) 십나찰녀(十羅刹女)의 줄임말. 법화경을 담당하고 있는 자의 수호신. 처음에는 인
  간의 피와 살을 먹는 악귀였으나 정토로 가서 개과천선하여 수호자로 변했다.

제11권

01.
아오쓰네 (124)

　옛날에 무라카미 왕[1] 때, 유서 깊은 왕족[2]의 아들이자 좌경직 대부[3]
인 사람이 있었다. 좀 마른 체형에 키가 크고 매우 기품이 있기는 하였
으나 언행은 어딘가 모르게 멍청하고 어색해 보였다. 머리가 이른바
짱구머리라서 관 뒤로 늘어지는 갓끈이 등에 붙지 않고 떨어져서 흔
들렸다. 안면은 닭의장풀꽃을 바른 것 같이 창백하고, 눈꺼풀은 움푹
패인데다가 코는 눈에 띄게 높고 빨겠다. 입술은 얇고 핏기도 없는 것

---

1) 무라카미 왕(村上天皇, 재위 946~967). 다이고 왕(醍醐天皇)의 14번째 왕자.
2) 다이고 왕(醍醐天皇)의 4번째 아들. 무라카미 왕의 형에 해당하는 시게아키라 친왕
　(重明親王, 906~954). 왕위를 둘러싼 정쟁과는 인연이 멀고 학문과 음악에 뛰어난
　풍류인으로 호탕한 성격을 지닌 인물로 알려진다.
3) 좌경직 대부(左京大夫). 시게아키라 친왕(重明親王, 906~954)의 아들인 미나모토
　노 구니마사(源邦正, 생몰연대 미상). 추남으로 얼굴빛이 파랗고 창백하여 아오쓰
　네(靑常)라고 불렸다. 도읍인 교토의 행정 · 사법을 맡아본 관청 경직(京職)에는 좌
　경직(左京職, 교토 내의 동측 담당 관청) 및 우경직(右京職, 교토 내의 서측 담당 관
　청)이 있었는데 이 대부(大夫)는 좌경직의 장이다.

이 웃으면 치아가 다 드러났는데 잇몸은 빨갛고 수염도 불그스름하고 길었다. 목소리는 콧소리에 새된 목소리라 말을 하면 온 집안에 울려서 들렸다. 걸을 때는 몸과 어깨를 흔들며 걸었다. 얼굴색이 매우 파래서 당상관들은 '창백 왕자'라는 별명을 붙여 놀렸다.

젊은 사람들이 그 행동거지에 대해 함부로 놀려대는 소리를 듣고 왕은 너무 지나치다고 한탄하며 말했다.

"당상관들이 이 분을 이렇게 비웃다니 안타까운 일이로다. 선군께서 과인이 듣고도 말리지 않았다고 과인을 원망하시지 않겠느냐?"

정색을 하고 꾸짖는 왕의 말에 당상관들은 송구하니 더 이상 놀리지 말자는 말을 했다. 그리고 서로 상의한 끝에 굳게 약속을 하고 맹세를 했다.

"이렇게 야단을 맞았으니 신에게 맹세하고 약속하시지요. 만일 이렇게 맹세를 하고도 앞으로도 계속 '창백 왕자'라고 부르는 자가 있으면 술과 안주 같은 것을 내게 해서 속죄하게 하십시다."

그러나 그 후 머지않아 당상관이었던 호리카와도노[4]가 좌경직 대부가 지나는 뒷모습을 보고 그만 맹세한 것을 잊고,

"'창백 왕자'는 어디에 가시는지요?"

라는 말을 입에 담고 말았다.

"이렇게 맹세를 어긴 것은 정말로 괘씸한 일이오."

당상관들은 말했다.

"약속한 대로 즉각 술과 안주를 가져와 그 죄를 씻으시오."

---

4) 호리카와도노(堀河殿). 후지와라노 가네미치(藤原兼通, 925~977). 972~977년간에 걸쳐 관백. 975년에 종1품 태정대신으로 승진, 사후 정1품으로 추증되었다.

모두 모여 소리 높여 비난했다. 그러자 호리카와도노가 항변하였다.

"그럴 생각이 없소."

이렇게 잘라 거절했는데 집요하게 몰아붙였다.

"그럼 내일 모레쯤 창백 왕자에게 속죄를 하겠소. 당상관과 구로도
는 그날 모이시오."

하고는 호리카와도노는 물러갔다.

그 날이 되자 호리카와 중장(中將)[5]이 창백 왕자의 일을 속죄하리
라는 생각에 입궐하지 않는 사람이 없었다. 당상관이 나란히 서서 기
다리고 있는데 노시[6] 차림을 한 호리카와 중장이 빛이 날 정도의 용모
에 뭐라 형언할 수 없는 좋은 향기를 풍기며 매력이 넘쳐나는 모습으
로 나타났다. 노시의 길고 멋진 소매에는 파란 빛을 낸 아코메[7]를 좀
드러내고, 사시누키[8]도 파란색으로 입고 있었다. 호위 무관 세 명에게
파란 가리기누[9]와 하카마[10]를 입히고, 한 사람은 파랗게 채색된 네모
난 쟁반 위에 청자 접시를 놓고 고쿠와[11]라는 과일을 가득 담아 들고
있었다. 또 한 사람은 대나무 지팡이에 파란 비둘기를 네댓 마리 정도
붙여 들었다. 나머지 한 사람은 술을 담아 주둥이를 푸른색의 얇은 종

---

5) 호리카와 중장. 가네미치는 955년 7월에 근위부 좌소장(左小將)에 취임했는데 당
　시 31세였다. 중장 승임은 명확하지 않다.
6) 옛 귀족의 평복.
7) 남자들이 '히토에(헤이안 시대, 상류 계급이 입던 홑옷의 하나)'와 '시타가사네(옛
　관리의 정장에서 속옷 밑에 받쳐 입는 옷. 뒷길 자락을 길게 도포 밑으로 나오게 하
　여 끌며 걸음)' 사이에 입던 '고소데(통소매의 평상복)'이다.
8) 사시누키(指貫). 제1권의 주 58을 참조.
9) 가리기누(狩衣). 제1권의 주 59를 참조.
10) 일본 옷의 겉에 입는 주름 잡힌 하의.
11) 덩굴성 식물로 초겨울에 녹황색 메추리알과 같은 크기의 열매가 달린다.

이로 감싼 청자 단지를 들고 있었다. 이런 모습을 하고 당상관이 유하는 방[12] 앞으로 졸졸 따라 나오는 것을 보고 당상관들은 모두 일제히 큰소리로 유쾌하게 웃었다.

왕이 이를 듣고 물었다.

"무슨 일이냐? 당상관들의 방이 소란한데."

시중드는 여관(女官)이 아뢰었다.

"가네미치(兼通) 나리가 창백 왕자라는 말을 하시어 그 일로 모두에게 비난을 받았는데 그에 대해 속죄하는 것을 보고 웃고들 있사옵니다."

왕이 히노오마시[13]로 나와 차양이 달려 있는 작은 창문으로 어떤 식으로 속죄를 하고 있는지 들여다보았다. 그러자 가네미치 본인을 비롯해 모두가 새파란 옷을 입고 파란색 음식 등을 들고서 속죄를 하고 있었다. 모두들 이것을 보고 웃는 듯하여 왕도 화를 내지도 못하고 크게 웃었다.

그 후로는 진지하게 혼내는 사람도 없었기 때문에 더더욱 창백 왕자라고 놀렸다고 한다.

---

12) 궁중의 정전(正殿) 내, 특히 세료덴(清涼殿)에 있는 당상관이 유하는 방.
13) 히노오마시(晝御座). 왕이나 귀인의 거처 또는 좌석.

02.
야스스케가 도둑질을 하다 (125)

　옛날에 단고(丹後) 지방[14] 태수 야스마사[15]의 동생 중에 병위부 조(尉)[16]로 오품의 관위를 받은 야스스케(保輔)라는 사람이 있었는데 그는 도둑의 우두머리였다. 집은 아네가코지길[17] 남쪽 다카쿠라(高倉)의 동쪽에 있었다. 집 안쪽 깊숙이 창고를 만들어 그 아래를 우물같이 깊게 파고, 칼, 말안장, 갑옷, 투구, 비단, 천 등 모든 상인들을 불러들여 부르는 대로의 가격으로 구입한 후 부하에게 말했다.

　"대금을 치르게 안쪽으로 데리고 가라."

　상인이 대금을 받을 생각으로 따라가면 창고 안으로 불러들여서는

---

14) 지금의 교토부(京都府)의 북부.
15) 야스마사(保昌). 후지와라노 야스마사(藤原保昌, 958~1036)는 야마토(大和), 셋쓰(攝津), 단고(丹後), 히젠(肥前) 등의 태수를 역임했다.
16) 병위부(兵衛府) 조(尉). 병위부(제3권의 주 43을 참조)의 3등관.
17) 아네가코지길(姉小路). 히가시산조(東三條) 궁궐 근처. 현재의 주쿄구(中京區) 일각.

미리 파 놓은 구멍으로 밀어 떨어뜨리고 밀어 떨어뜨리고 하여 가지고 온 물건을 빼앗는 것이었다. 이 야스스케에게 물건을 가지고 들어간 사람 중에 한 사람도 돌아온 사람이 없었다. 상인들은 이를 이상하게 여겼지만 매장해 죽여 버리기 때문에 야스스케의 집에서 일어나고 있는 일을 증언할 사람이 없었다.

　이뿐만 아니라 온 도읍지를 활보하고 다니면서 도둑질을 거듭하고 있었다. 그 일은 어렴풋이 소문이 나돌고 있었지만 어찌 된 일인지 붙잡히는 일도 없이 끝나 버렸다.

03.
승려가 세메(清明)를 시험하다 (126)

옛날, 세메[18]의 쓰치미카도[19] 집에 늙어빠진 승려가 찾아왔다. 열 살 가량의 동자 둘을 데리고 왔다.

"뉘신지요?"

"하리마 지방[20]에서 올라온 사람인데 음양사의 재주를 배우고 싶습니다. 당신이 이 분야에서 특히 뛰어나다는 말을 듣고 좀 배우고 싶어 왔습니다."

세메는 생각했다.

'이 법사는 아무래도 현자(賢者)인 듯하다. 나를 시험하려고 온 게야. 이런 사람에게 무시당해서는 앞으로 좋지 않겠지. 이 법사를 좀 놀

---

18) 세메(清明). 아베노 세메(安倍清明, 921~1005)이다. 제2권의 주 39를 참조.
19) 쓰치미카도(土御門). 쓰치미카도 대로(土御門大路)와 마치지리코지길(町尻小路)이 교차하는 부근에 있었던 세메의 본가.
20) 하리마 지방(播磨國). 현재의 효고현(兵庫縣)의 서남쪽.

려줘야겠어. 함께 온 두 동자는 식신(式神)[21]인 듯해. 만일 식신이라면 사라져라.'

마음속으로 이렇게 기원하고, 소매 속에서 결인[22]하며 몰래 주문을 외었다.

"어서 돌아가 주십시오. 나중에 좋은 날을 정해 배우고 싶은 것이 있으면 가르쳐 드리지요."

"오오, 감사합니다."

법사는 손을 모아 이마에 대고 떠나갔다.

세메는 '이제 돌아갔을 테지.' 하고 있는데 법사가 멈춰 서서 갈만한 곳과 수레 등이 놓여 있는 곳을 들여다보다가 다시 세메 앞으로 다가왔다.

"제가 함께 데리고 왔던 동자가 둘 다 없어졌습니다. 그 아이들을 돌려주셔야 돌아가지요."

"거참 이상한 말씀을 하시는 스님이시오. 제가 뭣 때문에 다른 사람이 데리고 온 사람을 취한단 말씀이오?"

"세메 나리, 정말로 지당하신 말씀이십니다만 어쨌거나 용서해 주시지요."

법사가 사과했다.

"좋습니다. 당신이 나를 시험하려고 식신을 데리고 온 것이 좀 부럽기도 하고 마음이 좋지 않기도 했습니다. 다른 사람에게 그런 시험을 하시는 것은 상관없겠지만 이 세메에게는 그런 장난은 하시면 안 됩

---

21) 식신(式神). 음양도(陰陽道)에서 음양사가 이르는 대로 조화를 부린다는 신령.
22) 부처 보살 등이 손이나 손가락으로 특수한 형태를 만들어 해탈의 정도나 서원의 내용 등을 나타내는데 여기서는 어떤 신통력을 발동하기 위한 손 기술.

니다.”

　주문을 외듯이 말하고 조금 있으니 바깥쪽에서 동자 둘이 달려와서 법사 앞에 섰다.

　“분명히 제가 시험을 했습니다. 식신을 쓰는 것은 간단한 일이지요. 그러나 다른 사람이 쓴 것을 감추는 것은 도저히 불가능한 일입니다. 앞으로는 제자가 되어 모시겠습니다.”

　이렇게 말하며 법사는 품에서 입문의 징표인 명찰을 꺼내 건네는 것이었다.

03 속편(續篇)

세메가 개구리를 죽이다 (127)

이 세메가 어느 날 히로사와 승정[23]에게 찾아가 용건을 듣고 있는데 젊은 승려들이 세메를 향해 물었다.

"당신은 식신을 부리신다고 들었는데 순식간에 사람을 죽일 수도 있습니까?"

"간단히 죽일 수는 없겠지만 힘을 모아 하면 죽일 수도 있습니다. 그렇기 때문에 벌레 같은 것은 조금만 하면 틀림없이 죽일 수 있지요. 그러나 소생시키는 법을 몰라서 살생죄를 짓게 되기 때문에 그런 일은 무익한 것입니다."

뜰에 개구리 대여섯 마리 정도가 나와서 연못으로 뛰어들었다. 그

---

23) 히로사와 승정(廣澤僧正). 간초(寬朝, 916~998)를 지칭하며, 헤이안 시대 진언종의 승려. 진언성명(眞言聲明)의 일인자이기도 했다. 히로사와(廣澤)의 사루사와 노이케(猿澤池, 나라현 나라시奈良縣 奈良市 나라공원에 있는 연못) 근처에 있는 헨조지절(遍照寺)의 주지였기 때문에 '사루사와 승정(猿澤の僧正)', '히로사와 승정(廣澤僧正)', '헨조지 승정(遍照寺僧正)'이라고 불렸다.

것을 보고 승려가 말했다.

"그럼 저것을 죽여 보십시오. 시험 삼아 한 번 보여 주시지요."

"죄 짓는 일을 하시는 스님들이시군요. 그러나 저를 시험해 보는 것이라면 죽여 보이지요."

풀잎을 뜯어 주문을 외운 후에 개구리 위로 던지자 그 풀잎이 개구리 위에 덮이는 듯 싶더니 개구리가 납작하게 눌려 죽어 버렸다. 이를 보고 승려들은 얼굴색이 변하고 두려움에 오싹했다.

세메는 집 안에 아무도 없을 때는 식신을 부리는지 사람이 없는데도 격자문이 상하로 움직이기도 하는가 하면 문이 닫히기도 했다고 한다.

04.
가와치 태수 요리노부가 다이라노 다다쓰네를 공격하다 (128)

    옛날, 가와치 지방 태수 요리노부[24]가 고즈케 지방[25] 태수이었을 때의 일이다. 간토(關東)에 다이라노 다다쓰네(平忠恒)[26]라는 무사가 있었다. 명령도 무시하고 제멋대로 행동해서 베어 죽이려고 대군을 모아 그가 살고 있는 곳으로 출발했는데 다다쓰네는 내해(內海)에서 멀리 떨어져 있는 건너편 해안에 집을 짓고 살고 있었다. 이 내해를 돌려면 일곱 여드레는 걸릴 듯했다. 그러나 똑바로 건너면 그 날 안으로 공격을 당할 것을 알고 있던 다다쓰네가 나룻배를 모두 감춰 버렸다. 그래서 바다를 건널 방법도 없었다.

---

24) 미나모토노 요리노부(源賴信, 968~1048). 관백 후리와라노 미치카네(道兼). 미치나가(道長)의 시중을 들고 여러 지방의 태수와 진주후(鎭守府, 제1권의 주 56을 참조)장군을 역임. 1047년에 가와치 태수가 되었다. 종4품.
25) 고즈케 지방(上野國). 현재의 군마현(群馬縣).
26) 다이라노 다다쓰네(平忠恒, ?~1031). 일반적으로 다다쓰네는 '忠常'. 요리노부에게 항복하고 낙향하던 도중에 미노에서 병사했다.

병사들이 바닷가에 서서 생각했다.

'역시 이 해안선을 따라 돌 수밖에 없겠는 걸.'

그때 고즈케 태수가 병사들에게 물었다.

"이 해안선을 따라 돌아 공격을 하면 며칠이 걸릴 것이다. 그 사이에 도망치거나 아니면 다가가지 못하도록 준비를 할 것이다. 오늘 안으로 공격해야만 저 놈도 의외의 공격에 당황해 우왕좌왕할 것인데 배는 모두 감춰버려서 없으니 어떻게 하면 좋겠느냐?"

"도저히 곧장 건널 방법은 없습니다. 빙 돌아 우회해서 공격해야 합니다."

"병사들 중에 특별한 길을 알고 있는 이는 없느냐? 나는 간토 쪽은 이번에 처음 경험하지만 우리 집안에 전해지는 이야기를 통해 들은 적이 있다. 바다 속이 둑처럼 되어 있고 그 너비가 열 척이나 되는데 똑바로 통해 있는 길이 있다고 한다. 깊이는 말의 배 부분에 물이 닿을 정도라고 들었다. 틀림없이 그 길은 이 근처였다. 아무리 그래도 이렇게 많은 병사들 중에는 그 길을 알고 있는 사람이 있지 않겠느냐. 있다면 그 사람이 앞장서서 말을 건너가게 해라. 나도 뒤따라 건너겠다."

고즈케가 말을 재촉해 물가로 달려갔다. 과연 그 길을 알고 있는지 네다섯 기(騎)가 말을 바다로 몰고 들어가 성큼성큼 건너가기에 그들을 따라 오천 육백기의 군사들도 건넜다. 정말로 물이 말의 배 부분에 닿을 정도이어서 건너갔다. 많은 병사들 중에 실은 불과 세 사람만 이 길을 알고 있었다. 나머지 병사들은 속삭이듯,

"전혀 몰랐네. 들은 적도 없어. 그런데 이 태수 나리는 이 지방에는 그야말로 이번에 처음 오신 것이라면서 이 지역에 대대로 살아온 주민인 우리도 들은 적도 없고 전혀 몰랐던 것을 이렇게 알고 계시다니

과연 남달리 뛰어난 무장 그릇이구나."

라고 소곤대며 놀라서 건너갔다.

한편 다다쓰네는 생각했다.

'바다를 돌아 공격해 올 것이 분명해. 배는 모두 숨겨 놓았고, 얕은
물길은 나만 알고 있으니 바로 건너오지는 못할 것이야. 저들이 해안
을 따라 돌아오는 사이에 이것저것 준비해 달아나면 되겠지. 쉽게 공
격하지는 못할 것이다.'

이렇게 생각하고 여유롭게 군세를 갖추고 있었다. 그러던 중에 집
주위에 있던 부하가 부랴부랴 달려와서 떨리는 목소리로 쩔쩔매며 말
했다.

"고즈케 나리께서 이 바다 속에 있는 얕은 물길을 통해 대군을 이끌
고 이미 이곳으로 오셨습니다. 어떻게 하시겠습니까?"

"우리 군은 이제 곧 함락되겠구나. 그렇다면 사자를 보내야겠다."

다다쓰네는 예상이 빗나가자, 바로 항복 명패를 써서 나무막대기
끝 쇠집게에 끼워 높이 들어올리고 작은 배에 부하를 한 사람 태워 이
것을 들고 가게 했다. 명패는 상대방 사자를 통해 건넸다.

고즈케 태수가 이 명패를 받아들고 말했다.

"이렇게 명패에 사죄문을 첨부해 보냈으니 이미 항복해 온 것이나
마찬가지다. 그러니 굳이 공격할 필요는 없다."

사죄문을 받아들고 말을 되돌리자 병사들도 모두 돌아갔다.

이 일이 있은 후로 고즈케 태수는 각별히 뛰어나고 훌륭한 분이라
는 소문이 더욱더 자자했다.

05.
시라카와 법왕의 북면무사가 수령 부임의 흉내를 내다 (129)

　이것도 지금은 옛이야기가 되었다. 시라카와 법왕이 도바도노[27] 궁에 있었을 때 북면무사[28]들에게 수령(受領)[29]이 임지로 내려가는 흉내를 내게 해 구경하기로 되어 있었다. 현번료[30]의 장(長) 히사타카(久孝)라는 사람을 국사(國司)로 세워 관복 차림에 밑으로 속옷자락이 조금 보이게 입히고, 그 밖에 오품 관직의 사람들을 앞세워 육위부

---

27) 도바도노(鳥羽殿). 법왕(法皇)이 후시미(伏見) 도바(鳥羽)에 지은 별궁.
28) 북면무사(北面武士). 상왕의 신변을 호위하거나 상왕 법왕 등의 행차에 수행하는 무사를 말함. 11세기 말에 시라카와 법왕(白河法皇)이 창설했다.
29) 수령은 국사(國司) 중에서 실제로 부임하는 최고위직을 말한다. 국사는 4등관으로 태수(守), 스케(介), 조(掾. 大掾와 少掾로 나뉨), 사칸(目. 大目와 少目으로 나뉨)이 있는데 태수가 부임하지 않을 경우, 수령은 스케(介)가 된다. 부임하지 않는 국사는 요닌(遙任)국사라고 한다.
30) 현번료(玄蕃寮). 치부성(治部省)에 속하여 외교 사무나 절 승니(僧尼)의 명부 등을 다룬 관청.

(六衛府)³¹⁾의 관리들에게는 화살통을 짊어지게 하고 구경을 한다고 하여 저마다 비단과 당능(唐綾)³²⁾을 입고 서로 앞을 다투어 남에게 질세라 차려입었다. 그 때 좌위문의 조(尉)³³⁾ 미나모토노 유키도오(源行遠)는 특히 정성껏 치장을 하고 '사람들이 미리 보면 눈에 익어 재미없겠지.' 라고 생각해 궁 근처에 사는 어느 집에 들어가 종자를 불렀다.

"여봐라! 궁 주변의 상황을 보고 오너라."

그런데 아무리 지나도 보낸 종자가 돌아오지 않았다. '왜 이리 늦는 거지? 행사는 진시(辰時)라고 했으니 아무리 늦어진다 하더라도 오미(午未) 시각에는 행렬이 올 텐데' 라며 기다리고 있는데 문 쪽에서 소리가 났다.

"아아 정말 멋졌다. 훌륭했다."

그러나 그것은 그저 궁에 입궐하는 사람들에게 하는 말이러니 하고 생각했다.

"히사타카 국사의 모습이 특히 볼만했어."

"후지노사에몬(藤左衛門) 나리는 비단옷을 입고 계셨고, 미나모토노 헤에(源兵衛) 나리는 자수를 놓아 돈 무늬를 새겨……"

이상한 생각이 들어 불렀다.

"여봐라!"

앞서 보고 오라고 보낸 남자가 웃으며 나와서 말했다.

---

31) 육위부(六衛府). 제5권의 주 39를 참조.
32) 중국에서 들여온 능직의 비단.
33) 좌위문의 조(左衛門尉). 좌위문부(左衛門府, 대궐의 여러 문의 경비를 맡았던 관청으로 좌위문부左衛門府와 우위문부右衛門府로 나뉨)의 3등관.

"이보다 좋은 구경거리가 없었습니다. 가모 축제(賀茂祭)[34]도 별것 아니던 걸요. 법왕께서 관람석 쪽으로 가시는 모습은 눈이 부실 정도로 볼만했습니다."

"그래서 어찌 되었는가?"

"이미 훨씬 전에 끝났습니다."

"이런 어이없는 일이 있나. 어째서 알리러 오지 않았는가?"

"무슨 말씀이신지요? 가서 보고 오라고 하셔서 눈 한번 깜박이지 않고 잘 보고 있었습니다."

참으로 말도 안 되는 상황이었다. 얼마 지나지 않아 법왕의 명이 내려졌다.

"유키도오는 행차에도 오지 않고 대단히 괘씸하도다. 단단히 근신하게 하라."

스무 날 남짓 그러고 있었는데, 그 사이에 자초지종을 들은 법왕이 웃으며 근신을 풀어주었다고 한다.

---

34) 교토(京都)에 있는 가모 신사((賀茂神社)의 제사행사, 매년 5월 15일에 행해짐.

06.
구로도 도쿠고와 사루사와 연못의 용 (130)

이것도 지금은 옛이야기가 되었다. 나라(奈良)에 구로도 도쿠고 에
인[35]이라는 승려가 있었다. 코가 크고 빨개서 '코쟁이(大鼻) 구로도
(藏人) 도쿠고' 라고 불렸는데 나중에는 이 말이 너무 길다고 사람들
은 '코쟁이(鼻) 구로도(藏人)'라고 했다. 그러다가 또다시 줄여 '코쟁
이(鼻藏)[36], 코쟁이' 라고만 불렸다.

그런데 이 승려가 젊었을 때에 사루사와(猿澤) 연못가에 '모월 모
일, 이 연못에서 용이 승천할 것이다.' 라는 팻말을 세웠다. 그것을 보

---

35) 구로도 도쿠고 에인(藏人得業惠印). 구로도(제2권의 주 7을 참조)는 속세 때의 관
　　직명인지 확실치 않다. 도쿠고는 불교용어이며 소정의 학업을 마친 승려를 말한
　　다. 에인은 고후쿠지절(興福寺, 제8권의 주 17을 참조)의 승려이다.

36) 코쟁이(鼻藏)는 일본어로 '하나쿠라'라고 하며 이야기의 말미에서 코쟁이가 어두
　　운 밤에 외나무다리 위에서 갑자기 맹인을 만나서 위험하여 '맹인(메쿠라)이다'
　　라고 소리를 지르니 맹인이 이에 응수하여 내 눈이 어두운 탓이 아니라 밤이라 눈
　　앞이 어두운 탓이라는 의미를 가진 '하나쿠라(鼻暗)'라고 소리치는 것으로 웃음을
　　유도하는 동음이의어로 사용된다.

고 오가는 사람들은 나이 먹은 사람이고 젊은 사람이고 또 상당히 분
별력이 있는 사람까지 보고 싶다고 소곤거렸다. 이 코쟁이 구로도는
‘재미있는 일인데. 내가 한 일이 세상 사람들의 화제가 되고 있다니.
말도 안 되는 이야기군.’ 라며 마음속으로 신기해하면서도 묵묵히 사
람들을 속여야겠다고 모른 척 하며 지내고 있는 사이에 드디어 그 달
이 되었다. 야마토(大和), 가와치(河內), 이즈미(和泉), 셋쓰(攝津) 지
방 사람들까지 이 이야기를 전해 듣고 모여들었다. 에인은 ‘왜 이렇게
모여드는 거지? 무슨 이유라도 있는 걸까? 정말 묘한 일인 걸.’라고 생
각했지만 모르는 체 하며 지내고 있는 사이에 드디어 그 날이 닥쳤고,
길도 지나가지 못할 정도로 붐비어 사람들이 밀고 밀리며 온통 북새
통이었다.

그 즈음이 되어 에인은 생각했다.

‘이건 예삿일이 아닌데. 원래 시작은 내가 한 일이지만 뭔가 이유가
있겠지. 어쩌면 정말로 용이 승천하는지도 모르지. 나도 한 번 가봐야
겠다.’

에인은 머리를 숨기고 나갔다. 많은 인파 때문에 도저히 연못 근처
까지 다가갈 수도 없었다. 그래서 고후쿠지절(興福寺) 남문의 단상으
로 올라가 이제나 저제나 하고 승천을 기다리고 있었지만 어찌 승천
하리오. 결국 날도 저물었다.

깜깜해져서 언제까지나 그러고 있을 수도 없어서 되돌아오는데 마
침 외나무다리 위에서 건너오는 맹인과 마주쳤다.

“아아 위험해. 맹인(메쿠라)³⁷⁾이다.”

---

37) 여기서 메쿠라(盲めくら, 눈봉사)는 메쿠라(眼暗めくら), 즉 ‘눈앞이 어둡다’의 동

"아니지. 눈앞이 어두운(하나쿠라, 鼻暗)게지."

맹인은 사람들이 에인을 '코쟁이(하나쿠라)'라고 하는 줄을 모르고 '맹인(메쿠라)'이라는 말을 듣고 순간적으로 '아니지. 눈앞이 어둡지 (하나쿠라).'라고 한 것이었다. 그런데 그것이 우연히도 별명인 '코쟁이(하나쿠라)'와 소리가 묘하게 일치해 웃음거리가 된 것이다.

음이의를 가진다.

07.
기요미즈데라절에서 방장을 받은 여자 (131)

옛날에 의지할 데도 없는 가난한 한 여자가 기요미즈데라절로 열심히 불공을 드리러 다니고 있었다. 여러 해가 지나도 전혀 그 효험이라고 여겨지는 일은 없고 더욱더 가난해져 결국에는 오래도록 살고 있던 곳에서도 나와 이렇다 할 것도 없이 떠돌아다니게 되어 몸을 의탁할 곳도 없게 되었다. 그래서 할 수 없이 관세음보살을 원망하며 말했다.

"아무리 보잘 것 없는 전생의 업으로 이렇게 되었다 하더라도 눈곱만큼의 자비라도 베풀어 주세요."

끈질기게 기도하다 관세음보살 앞에 엎드려 잠이 들었는데 밤에 꿈을 꾸었다.

"이렇게 열심히 기도를 하니, 불쌍하다마는 너에게는 조금도 은혜를 베풀만한 것이 없어 한스럽도다. 그 대신 이것을 주마."

방장 천을 가지런히 잘 접어서 앞에 놓는 것을 보고 여자는 잠에서 깼다. 등명(燈明)의 불빛으로 보니 꿈에서 본 것과 같이 방장 천이 접혀 앞에 놓여 있었다. '그럼 이것 말고 다른 것을 주실만한 것은 없다는 것인가.' 하고 생각하니 자신의 불행함이 절실히 느껴져 슬퍼졌다.

"이것은 절대로 받지 않겠습니다. 약간의 자비라도 베풀어 주신다면 방장을 비단으로 누비어 바쳐야겠다고 생각했었는데 이 방장만 받고 돌아갈 수는 없습니다. 반납하겠습니다."

방장을 칸막이[38] 안에 찔러 넣어 두었다.

또 꾸벅꾸벅 졸았는데 꿈속에서 일렀다.

"어째서 이렇게 주제 넘는 짓을 하는 것이냐? 그냥 주겠다는 물건을 받지 않고 이렇게 반납하는 것은 괘씸한 일이로다."

방장을 다시 주었다. 잠이 깨어 보니 역시 마찬가지로 앞에 놓여 있어서 하는 수 없이 반납했다. 이런 식으로 세 번이나 반납했지만 역시 다시 또 주며 마지막에는 이번에 또다시 반납하는 것은 무례한 일이라고 금하였다. 그래서 이런 사정이 있는 줄도 모르는 절의 스님이 방장 천을 훔친 것이라고 의심할지도 모르겠다는 생각에 아주 난처해져서 아직 밤이 깊을 때 그것을 품속에 넣고 나왔다.

'이것을 어쩌면 좋을까?' 하고 생각하며 펼쳐 보다가 입을 만한 옷도 없어서 '그럼 이것을 옷으로 만들어 입어야겠다.'는 생각이 들었다. 그런데 이것을 옷으로 만들어 입은 후로는 만나는 사람은 남자나 여자나 불문하고 사랑스럽고 귀한 사람으로 생각해 주는가 하면, 아무런 연고도 없는 사람으로부터 많은 물건을 받기도 했다.

---

38) 불당 내의 내진(內陣)과 외진(外陣)을 막는 경계. 즉 불단 앞에 세우는 낮은 격자 가리개.

또한, 다른 사람의 어려운 소송에도 그 옷을 입고 아무런 면식도 없는 고귀한 분이 있는 곳에 같이 가서 말하면 반드시 성사가 되었다. 이리하여 그녀는 다른 사람에게 물건을 받고 훌륭한 남편을 만나 사랑을 받으며 유복하게 살았다.

그래서 여자는 이 옷을 잘 보관해 두었다가 큰일이 있을 때에는 반드시 꺼내 입었다. 그러면 틀림없이 소원이 이루어지는 것이었다.

08.

노리미쓰가 도둑을 베다 (132)

　옛날에 스루가[39]의 전직 국사(國司) 다치바나노 스에미치[40]의 아버지에게 미치노쿠[41]의 전직 국사 노리미쓰(則光)[42]라는 아들이 있었다. 무사 집안 출신은 아니었지만 사람들에게 존경을 받았고 의외로 힘이 강했다. 세상 사람들의 평판도 좋았다.

　젊어서 위부(衛府)[43]의 구로도였을 때 숙직실에서 만나던 여자 집으로 가려고 칼을 차고 시종 하나만 데리고 히가시오미야(東大宮) 대로를 남쪽으로 내려가자 궁궐 큰 담장 아래에 사람이 서 있는 기색이

---

39) 스루가(駿河). 지금의 시즈오카현(靜岡縣)의 중앙부.
40) 다치바나노 스에미치(橘季通). 스루가의 태수. 1060년에 사망.
41) 제9권의 주 3을 참조.
42) 다치바나노 도시마사(橘敏政)의 아들(965~?). 무쓰(陸奧) 지방의 태수. 헤이안 시대에 〈마쿠라노소시(枕草子)〉 수필을 남긴 세쇼나곤(淸少納言)의 남편으로도 알려져 있다.
43) 위부(衛府). 제5권의 주 39를 참조.

있어 무서워하며 지나갔다. 마침 초이레 초여드레 즈음으로 밤도 깊어 달은 서산으로 기운 통에 서쪽 담장 앞은 그늘이 져서 사람이 서 있는 것도 보이지 않았다. 담장 쪽에서 소리만 들려왔다.

"거기 지나가는 남자 그 자리에 서라. 귀한 댁 도련님들이 납시어 계시니 지나가게 할 수 없지."

'예상대로 일이 벌어지겠군.' 생각하고 재빨리 지나갔다.

"네놈을 그대로 지나가게 두지 않겠다."

누군가가 뛰어나와 달려들었다. 그래서 엎드려 살펴보니 활 같은 것은 보이지 않고 번쩍번쩍 빛나는 검이 보였다. '그러고 보니 목검(木劍)이 아닌데.'라고 생각하며 몸을 낮추어 도망치자 뒤쫓아 왔다. 이러다가는 머리가 박살날 것 같은 생각이 들어 순간 옆으로 살짝 몸을 피했다. 뒤쫓아 오던 자는 달려오던 힘에 의해 멈춰 서지 못하고 앞쪽으로 나아갔다. 미쓰노리가 그를 앞으로 지나가게 두었다가 검을 뽑아 단칼에 베었더니 정수리가 갈라졌다. 상대방은 엎어져 쿵하고 쓰러졌다.

해치웠다고 생각하고 있는데,

"이봐! 무슨 일이야?"

다른 누군가가 또 달려왔다. 칼을 칼집에 넣을 틈도 없이 옆구리에 끼고 도망가는데 '건방진 놈'이라며 달려오는 자는 처음 사람보다 뛰는 것이 빠르게 느껴졌다. 그래서 이번에는 아무래도 앞서 했던 것처럼 되지 않으리라는 생각에 급히 웅크리고 앉았다. 그랬더니 상대방은 기세 좋게 달려오다 걸려 엎어졌고, 쓰러진 순간에 바로 달려들어 일어나지 못하게 압박하여 그 놈의 머리도 박살내 버렸다.

'이제 이것으로 됐다'고 생각하고 있는데 실은 세 사람이 있었던 터

라 또 한 사람이,

"그대로 달아나게 두지는 않겠다. 건방진 자식."

라며 끈덕지게 덤벼왔다. '이번에는 이제 내가 당하겠구나. 신불이 시여 저를 도우소서.' 하고 기도를 하고, 검을 창처럼 들고 힘껏 달려 오는 자를 향해 홱 돌아섰더니 정면으로 맞닥뜨렸다. 상대방도 칼을 휘둘렀으나 너무 가까이까지 달려왔기 때문에 옷도 자르지 못했다. 그러나 그는 칼을 창처럼 들고 있었기 때문에 칼이 상대방의 몸 한가 운데를 관통했다. 그래서 상대방의 몸을 밀치며 칼을 빼니 뒤로 벌렁 나자빠지려는 순간에 칼을 든 그의 팔을 어깨에서 베어 떨어뜨려버렸 다.

그리고 달아나며 또 다른 사람이 있는지 상황을 살폈으나 인기척은 없었다. 그래서 미친 듯이 달려 나카미카도(中御門)[44] 문으로 들어가 기둥 그늘에 몸을 바싹 숨겼다. '시동은 어찌 되었을까' 하고 기다리고 있는데 히가시오미야 대로를 북쪽으로 시동이 울면서 걸어왔다. 불러 세우자 기뻐하며 뛰어왔다. 숙직실로 시종을 보내 갈아입을 옷을 가 져오게 하고 입고 있던 피 묻은 호(袍)[45]와 사시누키는 시종을 시켜 사람들 눈에 띄지 않게 감췄다. 그리고 말하지 못하게 입단속을 한 뒤 칼에 묻은 피를 씻어내는 등 차림새를 새로 갖추고 노리미쓰는 아무 렇지도 않은 척 숙직실로 들어가 자 버렸다.

그는 밤새 자신이 한 짓이라고 소문이 나는 것은 아닐까 하고 가슴

---

44) 나카미카도(中御門). 대궐의 동측으로 나카미카도(中御門) 대로로 통하는 대현문 (大賢門).
45) 의관속대 등의 정장을 할 때 입는 상의. 노리미치는 여인에게 다니러 가기 위해 정 장을 하고 있었는데 그 옷차림으로 습격자들에게 맞서 싸운 것이다.

졸이고 있었는데 날이 새자 사람들이 왁자지껄 떠들어댔다.

"오미야 오이(大炊) 문 근처에서 거구의 남자를 세 명이나 연달아 쓰러뜨리다니 칼솜씨가 무서울 정도로 대단하구먼. 서로 같은 패끼리 싸우다 그런 것인가 하고 살펴보았더니 모두 같은 칼을 쓴 듯한데 ……. 원수가 한 짓일까? 하지만 아무래도 도적 같은데 말이야."

당상관들이 이 말을 듣고 "자, 어디 한번 가보세." 하며 가는데 가고 싶지 않았지만 안 가면 또 사람들에게 의구심을 사기 때문에 마지못해 따라나섰다.

수레에 겨우 매달려 타고서 그 자리에 가 보니 사체는 아직 정리되지 않은 채 그대로 방치되어 있었다. 그런데 거기에 담쟁이덩굴처럼 빼곡히 수염을 기르고 문양이 없는 하카마에 색이 바랜 아오[46]를 입고, 잘 빨아 말린 적황색 비단 가자미 속옷을 끼어 입은, 나이 마흔이 넘은 한 사내가 서 있었다. 그는 가지런히 나 있는 멧돼지 털을 곤두세운 칼집 주머니를 한 칼을 차고, 원숭이 가죽 버선에 신발을 꽉 졸라매어 신은 채 의기양양하게 옆구리 밑을 어루만지면서 손가락으로 가리켜가며 이쪽저쪽을 보면서 계속해서 떠들어대고 있었다.

누구지 하고 보고 있는데 아랫것이 다가와서 말했다.

"저 사내가 도둑을 만나 해치운 것이라고 말합니다."

기분 좋은 말을 해 주는 사내라고 생각하는데 우차 앞에 타고 있던 당상관이 말했다.

"저 사내를 불러오너라. 자세한 이야기를 들어봐야겠다."

아랫것이 달려가서 불러왔다. 사내를 살펴보니 텁수룩하게 수염이

---

46) 아오(襖). 옛 조정에서 공사를 볼 때 관복의 겉에 입었던 조복(朝服). 무관의 제복.

진한 얼굴에 주걱턱을 하고 매부리코의 코끝은 아래로 쳐져 있었다. 붉은 수염의 사내로 핏발이 선 눈으로 한쪽 무릎을 짚고 칼자루에 손을 걸고 있었다.

어떻게 된 일이냐고 묻자, 사내가 대답했다.

"밤중에 어디를 좀 가려고 여기를 지나는데 수상한 세 사람이 나타나 왜 여기를 지나는 거냐며 계속해서 달려들기에 아무래도 도둑 같다는 생각이 들어 때려눕혔지요. 그런데 오늘 아침에 보니 평소에 틈만 나면 나를 노리던 놈들이어서 결국 적을 물리친 격이라고 생각해 그 놈들의 목을 잘라 이렇게 한 것이오."

사내는 일어섰다 앉았다 손가락으로 가리키기도 하며 설명을 하고 있었다.

"그래서, 그래서?"

사람들이 이것저것 묻자, 사내는 더욱 더 열중해서 이야기를 했다. 그제야 노리미쓰는 자신이 한 행위를 다른 사람에게 양보할 수 있게 되었고 겨우 고개를 들어 다른 사람의 얼굴을 볼 수도 있었다. 그때까지는 남몰래 누군가 자신이 죽인 것을 눈치 채면 어떡하나 하고 걱정하고 있었는데 스스로 자신이 해치웠다고 나선 이가 있어서 그 사람에게 양보한 채 그대로 두었다고 나중에 미쓰노리가 나이가 들어서야 아이들에게 말했던 것이다.

09.
물속에 거짓 투신한 승려 (133)

이것도 지금은 옛이야기가 되었다. 가쓰라가와강(桂川)[47]에 몸을 던지기로 한 고승이 먼저 기다린지절[48]에서 백일간의 법화참법(法華懺法)[49]을 한다는 소문에 길이 막힐 정도로 원근 각지의 사람들이 모여들었다. 여기에 불공을 드리러 왕래하는 여인네들의 수레까지 나와 빈틈이 없을 정도였다.

그 와중에 서른을 넘겼을 승려가 바짝 마른 모습으로 사람들과 눈을 맞추지도 않고 감은 듯한 눈으로 때때로 아미타불을 외고 있었다. 입만 움직이고 있는 것으로 보아 염불을 하고 있는 듯했다. 그러다가 가끔 휴우 하고 숨을 내쉬는 듯이 모여 있는 사람들의 얼굴을 바라보

---

47) 가쓰라가와강(桂川). 교토시 서부를 남하하는 강.
48) 기다린지절(祇蛇林寺). 히가시쿄고쿠 대로(東京極大路)의 동쪽, 나카미카도 대로(中御門大路)의 남쪽에 있던 사원. 1000년 4월 진코 상인(仁康上人)에 의해 창건되었다.
49) 지은 죄과를 참회하기 위하여 닦는 법.

면 그 시선에 눈을 맞추려는 사람들이 이쪽으로 밀고 저쪽으로 밀고 하며 웅성거렸다.

드디어 고승이 입수하기로 한 당일 이른 아침에는 불당으로 들어갔는데 먼저 들어가 있던 많은 승려들이 그 뒤를 이었다. 이 승려는 종이옷과 가사 등을 입은 채 뒤에 있는 허드렛일에 쓰는 수레에 올라탔다. 무슨 말을 하는지 입술이 움직이고 있었다. 사람들과 눈을 마주치지 않고 때때로 큰 숨을 쉬고 있었다. 가는 길에 죽 늘어서 있는 구경꾼들은 신전에 뿌리는 쌀을 싸라기눈이 내리는 것처럼 뿌렸다. 그러자 고승은 가끔 말을 하였다.

"정말로 이렇게 눈과 코로 들어와서는 견딜 수가 없으니 마음이 있으면 종이봉지 같은 것에 넣어 내가 원래 있던 절로 보내 주시오."

이 말을 들은 미천한 자들은 손을 모아 절을 하였다. 분별이 좀 있는 자들은 이렇게 소곤대었다.

"이 고승이 왜 저런 말을 하는 거지? 당장에라도 물에 들어가 죽겠다는 사람이 '긴다리'50)로 보내게. 눈코로 들어가 견딜 수가 없네' 라고 하는 것은 아무래도 이상해."

수레는 점점 앞으로 나아가 시치조(七條) 대로 끝까지 나갔다. 그러자 물속으로 투신자살하는 고승을 배례하기 위해 교토 거리에 비할 수 없을 정도로 강가의 돌보다도 많은 사람들이 모여 있었다. 강가에 수레를 붙여 세워 두고 고승은 물었다.

"지금 몇 시인가?"

함께 있던 승려들이 일러주었다.

---

50) 기다린지절(祇蛇林寺)의 속칭인가.

"신시(申時)가 넘었습니다."

"왕생 시각으로는 아직 이르군. 좀 더 기다리세."

기다리다 못해 멀리에서 온 사람은 돌아가기도 해서 강가에는 사람이 적어졌다. '끝까지 지켜봐야겠다.'고 생각하고 있는 사람들은 아직 남아 있었다. 그곳에 있던 한 승려가 말했다.

"왕생하는데 시간을 정해야 하는 겐가? 납득이 가지 않는 말일세."

그러는 사이에 고승이 훈도시[51] 하나만 입고 서쪽을 향해 강으로 첨벙 뛰어 들었다. 그런데 배 가장자리에 있는 밧줄에 발을 걸고 깊이 들어가지 않고 발버둥치고 있었다. 제자 승려가 발을 벗겨 주자 거꾸로 떨어져 허우적거렸다. 마침 강으로 내려가 자세히 보려고 서 있던 남자가 이 고승의 손을 잡아 끌어올려 주었다. 고승은 양손으로 얼굴의 물을 털고 입에 삼킨 물을 뱉더니 끌어올려 준 남자를 향해 합장하며,

"큰 은혜를 입었습니다. 이 은혜는 어쨌든 극락에서 갚지요."

라며 육지 쪽을 향해 뛰어 올라갔다. 대거 모여 있던 사람들과 아이들이 그를 향해 강변의 돌을 주워 뿌리듯이 던졌다.

알몸을 한 승려가 강변을 따라 달리는 것을 보고 모여 있던 사람들이 연신 돌을 던져대는 바람에 고승의 머리는 깨져 버렸다.

이 승려였는지 모르겠으나 야마토에서 한 승려가 어떤 사람에게 참외를 보내면서 편지 겉봉투에 '전에 물에 뛰어든 고승입니다.'라고 썼다고 한다.

---

51) 남성의 음부를 가리기 위한 폭이 좁고 긴 천.

10.
니치조 상인이 요시노야마산에서 도깨비를
만나다 (134)

옛날, 요시노야마산(吉野山)[52]의 니치조 상인[53]이 요시노 산속을
수행하며 걷고 있었는데 신장이 일곱 척이나 되는 도깨비가 나타났
다. 몸 색깔은 감청색에 머리는 불같이 벌겋고, 목은 가늘며, 가슴뼈는
유난히 튀어나와 모가 많고, 배는 불룩하고 정강이가 가늘었는데 이
행자를 만나자 팔짱을 끼고 얼굴을 들이대고 계속 우는 것이었다. 상
인이 물었다.

"너는 도대체 어떤 도깨비냐?"

도깨비가 흐느껴 울면서 대답했다.

"저는 사오백 년이나 지난 옛날 사람인데 어떤 사람으로 인해 이 세
상에 원한을 갖게 되어 이제는 이런 도깨비의 몸이 되었습니다. 그런

---

52) 나라현(奈良縣) 중부의 명산.
53) 니치조 상인(日藏上人, 905~967?). 헤이안 시대의 수도자. 진언밀교의 승려. 요시
　　노군(郡)에 있는 정토종 뇨이린지절(如意輪寺)을 창시했다.

데 그 원수를 소원대로 잡아 죽였습니다. 그 아들과 손자, 증손, 현손에 이르기까지 하나도 남김없이 잡아 죽여서 이제는 죽일 자가 없어졌습니다. 그래서 또 그들이 다시 태어난 곳까지 찾아내어 잡아 죽이려고 합니다만 다시 태어난 곳을 전혀 알 수 없어 잡아 죽일 방도가 없습니다. 분노의 불꽃은 이전과 마찬가지로 불타고 있는데 원수의 자손은 끊어지고 말았습니다. 저 혼자만 이 그칠 줄 모르는 분노의 불꽃에 타올라 어찌 할 수 없는 고통만 당하고 있습니다. 이런 마음이 일지 않았더라면 극락이나 천계(天界)에 태어났을지도 모릅니다. 뜻밖에도 원한을 가져 이런 몸이 되어 이루 다 헤아릴 수 없는 영겁의 고통을 받는 것이 한스러울 따름입니다. 다른 사람에게 원한을 가지는 것은 결국은 내 몸으로 되돌아오는 것이었습니다. 원수의 자손은 끊어졌어도 제 목숨은 끊어지지도 않습니다. 이렇게 될 줄 미리 알았더라면 이런 원한은 절대로 가지지 않았을 것입니다."

말을 계속 이어가며 도깨비는 눈물을 흘리며 한없이 울었다. 그러는 사이에 머리 위에서 불꽃이 점점 타오르기 시작했다. 그리고 산속 깊은 곳으로 걸어 들어갔다.

니치조 상인은 이 도깨비를 불쌍하게 생각해 그를 위해 여러 가지로 속죄가 될 만한 불공을 드렸다고 한다.

11.
단고 태수 야스마사가 부임길에 무네쓰네의
아버지를 만나다 (135)

이것도 지금은 옛이야기가 되었다. 단고 지방 태수 야스마사(保
昌)[54)가 부임지로 내려갔을 때 요사(与佐)[55) 산에서 백발의 무사와 만
났다. 길 옆 나무 밑으로 들어가 말을 세우고 있었는데 태수의 가신들
이 말했다.

"이 노인은 어째서 말에서 내리지 않는 것이냐? 괘씸하구나. 잘못을
물어 끌어내려라."

"혼자서 천의 수를 상대할 수 있는, 말을 다루는 솜씨가 훌륭한 용사
이니라. 범상치 않은 인물이야. 나무라서는 안 되느니."

태수가 말리며 그냥 지나갔다. 세 정(町)가량 간 곳에서 오야(大

---

54) 야스마사(保昌). 후지와라노 무네타다(藤原致忠)의 아들(958~1036). 단고 지방
에 부임한 것은 1021년~1024년 무렵의 일이다.
55) 요사(与佐). 교토부(京都府) 미야즈시(宮津市)의 후코야마산(普甲山). 요사의 오
야마산(大山)라고도 불렸다.

矢) 사에몬노조(左衛門尉)[56] 무네쓰네(致経)가 다수의 군병을 이끌고 오는 길에 만났다. 태수가 인사를 하자, 무네쓰네가 물었다.

"거기서 한 노인을 만나셨을 텐데 이 무네쓰네의 아버지 헤고 대부(平五大夫)[57]입니다. 완고한 시골 노인이라 영문도 몰라 필시 무례를 범했을 것입니다."

무네쓰네가 지나간 후 태수는 '역시 그랬었군.'라고 했다고 한다.

---

56) 다이라노 무네요리(平致賴). 헤이안 시대의 무장으로 생몰연대는 확실하지 않다. 무네쓰네(致経)의 아버지.

57) 다이라노 무네요리(平致賴, ?~1011). 헤이안 시대의 무장(武將). 헤고 대부라고도 불렸는데 헤고(平五)는 다이라(平)가의 5남이라는 뜻이고 대부(大夫)는 5품의 칭호이다.

12.
출가하는 공덕 (136)

이것도 지금은 옛이야기가 되었다. 쓰쿠시[58)에 도사카노사에[59)라는 도조신(道祖神)이 있었다. 그 불당에서 수행하고 있던 승려가 묵으며 잠을 자던 날 밤에, 한밤중이 되었나 싶었을 즈음에 말발굽소리가 계속 들려서 '많은 사람들이 지나가는구나.' 하며 듣고 있었다. 그런데,

"도사카노사에 신은 계신가?"

하고 묻는 소리가 들렸다. 묵고 있던 승려가 이상하게 여겨 가만히 들어 보니 이 불당 안에서,

"있습니다."

라고 대답하는 듯했다. 놀라서 듣고 있는데 이야기 소리가 들렸다.

"내일 무사시데라절(武藏寺)[60)에 가시는가?"

---

58) 쓰쿠시(筑紫). 규슈(九州)의 옛 이름.
59) 자세한 것은 알 수 없다.
60) 지쿠젠(筑前) 지방 미카사군(三笠郡, 현재의 후쿠오카현 지쿠시노시) 무사시(武

"안 갑니다. 무슨 일이 있습니까?"

"내일 무사시데라절에 새 부처님이 출현하신다고 해서 범천(梵天), 제석천(帝釋天), 제천(諸天), 용신(龍神)이 모이시는 것을 모르시는가?"

"그런 일이 있는 줄은 전혀 몰랐습니다. 가르쳐 주셔서 기쁩니다. 어찌 가지 않을 수 있겠습니까? 꼭 가겠습니다."

"그럼 내일 사시(巳時) 즈음일세. 꼭 오게나. 기다리고 있겠네."

승려는 이 말을 듣고, '참 신기한 이야기를 들었는데. 내일은 다른 곳으로 가려고 했는데 어디를 가든 이것을 먼저 보고 가야겠다.' 라고 생각하고 날이 밝기도 지루해 하며 무사시노데라절에 가 보았으나 그런 기미도 없었다. 평소보다 오히려 조용하고 사람도 보이지 않았다. 무슨 까닭이 있겠지 하고 불전에서 사시(巳時)가 되기를 기다리며 '좀 있으면 오시(午時)가 되어 버리는데 어찌 된 일일까?' 하는 생각을 하고 있었다. 그 때 나이가 이른 남짓 되어 보이는 노인이 머리도 벗겨져서 백발이라고는 해도 거의 얼마 되지 않는 머리에 자루 같은 건을 쓰고 원래도 작은데 허리까지 굽은 채 지팡이를 의지해 걸어오고 있었다. 뒤에는 비구니가 서 있었다. 작고 검은 통에 무엇인지 물건을 넣어 들고 있었다. 불당으로 가더니 남자는 불전에서 두세 번 정도 절을 하고 나서 크고 긴 모감주나무 염주를 굴리고, 비구니는 들고 있던 그 작은 통을 노인 옆에 놓더니 "스님을 부르지요." 하고 나갔다.

잠시 후 예순 정도 되는 스님이 와서 부처에게 배례하고 나서 물었다.

藏) 온천에 있는 무사시데라절.

"무슨 일로 부르셨는지요?"

"언제 저세상에 갈지 모르는 오늘 내일 하는 몸이 되었으나 이 백발이 조금이라도 남아 있을 때 잘라 부처님의 제자가 되고 싶습니다."

스님이 눈을 비비며 말했다.

"정말로 존귀한 일입니다. 그럼 자, 자, 어서."

작은 통에 들어있던 것은 따뜻한 물이었는데 그것으로 머리를 씻고 머리카락을 잘라 계율을 받았다. 그리고 또한 부처에게 배례를 올리고 나서 돌아갔다. 그 후에는 전혀 별 다를 바가 없었다.

결국 이 노인이 승려가 되는 것을 기특한 일이라고 기뻐하여 제천의 신들도 모여서 새로운 부처가 출현한다고 하였던 것이다. 출가하면 그 분(分)에 맞게 공덕이 있는 것은 지금 시작된 것이 아니지만 하물며 한창 젊은 사람이 용케 불심을 일으켜 분에 맞게 출가를 하는 공덕은 이를 보아도 더욱 확실함을 알 수 있다.

제12권

01.
달마가 인도 승려의 수행을 보다 (137)

　옛날, 인도에 절이 하나 있었다. 그곳에 사는 승려들도 아주 많았다. 달마 화상이 이 절로 들어와 승려들이 수행하는 모습을 엿보니 어느 방에서는 염불을 하고, 경전을 읽고, 각각 수행을 하고 있었다. 또한 다른 방을 보니 여든 아흔 되는 노승이 둘이서 그저 바둑을 두고 있었다. 불상도 없고 경전도 보이지 않았다. 오로지 바둑만 두고 있을 뿐이었다. 달마가 그 방을 나와 다른 승려에게 물어보았더니 이렇게 대답했다.

　"이 노승 두 분은 젊었을 때부터 바둑 외에는 아무것도 하지 않습니다. 거의 불법이라는 명칭마저 들은 적이 없습니다. 그래서 절의 승려들이 업신여겨 교류를 하는 일도 없습니다. 헛되이 공양물만 받고 있는 것이지요. 모두들 사도를 신봉하는 사악한 사람으로 생각하고 있습니다……."

　스님은 이 말을 듣고 틀림없이 이유가 있으리라고 생각하여 이 노승 옆에 앉아서 바둑을 두는 모습을 지켜보았다. 그러자 한 사람은 서 있고, 또 한 사람은 앉아 있었는데 눈앞에서 순식간에 두 사람 다 사라져 버렸다. 이상하게 생각하고 있는데 서 있던 스님이 돌아와 앉았는가 싶더니 또 다시 그 앉아 있던 스님이 없어져 버렸다. 그런데 가만히 보고 있으니 다시 나타나는 것이었다. '역시 그랬군.'이라고 생각하며 말했다.

"바둑 외에 아무것도 하시지 않는다고 들었습니다만, 멋지게 득도를 하신 고승들이셨군요. 그 비법을 들려 주십시오."

"오랫동안 바둑 외에는 아무것도 하지 않았습니다. 다만 흑이 이길 때는 스스로의 번뇌가 이겼다고 슬퍼하고, 백이 이길 때는 보리심[1]이 이겼다고 기뻐하는 것이지요. 바둑을 둠으로써 번뇌의 흑이 점점 사라지고, 보리의 백이 이기기를 바라는 것입니다. 그러니까 이 공덕에 의해 증과(證果)[2]의 몸이 되는 것이지요."

화상이 방을 나와 이것을 다른 스님들에게 이야기하여 오랫동안 미워하고 무시해 온 사람들도 뉘우치고 모두 공경하게 되었다고 한다.

---

1) 번뇌를 끊고 진리를 깨닫는 일, 성불하여 극락왕생하는 일.
2) 수행의 인연으로 얻는 깨달음의 결과.

02.
제바보살이 용수보살에게 간 이야기 (138)

옛날, 서인도에 용수보살(龍樹菩薩)[3]이라고 하는 상인(上人)이 있었다. 정말로 지혜가 깊었다. 또 중인도[4]에 제바보살(提婆菩薩)[5]이라는 상인이 용수보살의 지혜가 깊다는 말을 듣고 서인도로 찾아갔다. 마침 문밖에 서서 안내를 청하려고 하는 참에 밖에 나갔다 돌아오는 제자가 와서 물었다.

"뉘신지요?"

"대사가 지혜가 깊으시다 하기에 험난하고 어려운 길을 넘어 중인도에서 먼 길을 왔습니다. 이 말씀을 드려 주시지요."

제자가 용수에게 전하자 용수는 작은 상자에 물을 넣어 주었다. 제

---

3) 용수보살(龍樹菩薩). 2~3세기경의 인도의 승려로 대승불교의 교리를 체계화하는 데 크게 기여하여 대승 8종의 종조로 불린다.
4) 인도의 중서부를 말한다.
5) 제바보살(提婆菩薩). 3세기경의 사람. 용수보살의 수제자.

바는 그 의미를 알고 옷깃에서 바늘을 하나 꺼내 이 물에 넣어 돌려보냈다.

"어서 모셔오너라."

용수는 크게 놀라 방을 깨끗이 치우고 맞이했다.

제자는 '물을 드리는 것은 먼 나라에서 먼 길을 오셨기 때문에 피곤하실 테니 그래서 목을 축이시라고 드린 것으로 알았는데 이 사람이 바늘을 넣어 돌려보내자 이를 본 대사가 놀라서 우러러보신 것은 납득이 가지 않는 일인데.' 라며 묘하게 생각했다. 후에 이 일을 대사에게 묻자 대답해 주었다.

"물을 준 것은 '내 지혜는 작은 상자 속의 물과 같은데 당신은 만 리의 험한 길을 마다하지 않고 찾아오셨으니 그 지혜를 여기에 띄워 보시오.' 라는 의미에서 물을 준 것이었다. 상인이 넌지시 내 마음을 알고 바늘을 물에 넣어 돌려준 것은 '내 바늘만큼의 작은 지혜로 당신의 대해(大海)와 같은 지혜의 끝을 밝혀내고 싶다.'는 뜻이었다. 너희들은 오랫동안 나를 따르면서도 이 마음을 몰라서 묻는다. 하지만 상인께서는 처음 오셨음에도 불구하고 나의 마음을 헤아리신다. 이것이 지혜의 있고 없음의 차이인 것이니라."

이렇게 제바 상인은 병의 물을 옮기듯이 남김없이 용수 상인에게서 법문을 습득해 중인도로 돌아갔다고 한다.

03.
지에 승정이 계율 받는 날을 연기하다 (139)

　지에 승정 료겐[6]이 천태종의 최고 지위인 천태좌주(天台座主)로 있
을 때의 일이다. 수계(受戒)를 하기로 되어 있는 날에 모두가 언제나
처럼 준비를 하고 좌주가 나오기를 기다리고 있었다. 그런데 좌주가
도중에 갑자기 되돌아가서 동행하던 사람들은 무슨 일인가 하고 의아
하게 생각했다. 많은 사찰의 승려와 역승(役僧)[7]들도 비난을 했다.

　"이런 중대사에 진즉에 날짜도 정해져 있는 것을 이제 와서 이렇다
할 이유도 없이 연기하시다니 당치도 않은 일이지."

　전국의 사미[8]들까지 빠짐없이 집합해 수계를 할 예정이었는데 좌주

---

6) 지에 승정(慈惠僧正) 료겐(良源). 료겐(良源, 912~985)는 헤이안 시대 천태종 승
　려이다. 시호는 지에 대사(慈惠大師). 제18대 천태좌주(天台座主, 천태종의 최고
　지위)이자, 히에잔산(比叡山, 제1권의 주 42를 참조) 엔랴쿠지절(延曆寺)을 중흥시
　킨 아버지로 알려져 있다.
7) 장례나 수법(修法), 법회 때에 도사를 따라다니며 맡은 바 일에 종사하는 승려.
8) 사미(沙彌). 불문에 들어가서 십계(十戒)를 받고 구족계(具足戒)를 받기 위하여 수

는 요카와[9]의 소강(小綱)[10]을 사자로 보내 말했다.

"오늘의 수계는 연기한다. 다시 소집하여 행할 것이다."

"어째서 중지하시는 것입니까?"

"그 이유는 전혀 모릅니다. 다만 어서 달려가 이 사정을 전하라고만 하셨습니다."

사자의 말을 듣고 모여 있던 사람들은 저마다 납득이 가지 않는 일이라고 생각하면서도 모두 되돌아갔다.

그 날 미시(未時)가 되자 바람이 세차게 불어 남문이 갑자기 무너져 버렸다. 그제서 사람들은 저마다 좌주가 이러한 이변이 있을 것을 미리 알고 연기한 것이라고 짐작하였던 것이다. 만일 수계가 행해졌더라면 많은 사람들이 모두 압사했을 것이라고 모두들 감탄해 마지않았다.

행하고 있는 어린 남자 승려. 보통 20세가 되면 비구(比丘)가 됨.

9) 요카와(橫川). 동탑 및 서탑과 함께 히에잔산 엔랴쿠지절의 세 개의 탑 중에 하나.

10) 소강(小綱). 잡무에 종사하는 하위 승려.

04.
나이키 상인이 법사 음양사의 종이관을 망가뜨리다 (140)

나이키[11] 상인 자쿠신[12]이라는 사람이 있었다. 도심(道心)이 굳건한 사람이었다. 불당을 짓고 탑을 세우는 것이 좋은 과보(果報)를 받는 최상의 선행이라며 사람들에게 금품을 공양할 것을 권하였다. 그가 하리마 지방에 가서 재목을 구입해 오려고 하였다. 가는 도중에 승려이자 음양사를 하는 자가 종이로 만든 관(冠)을 쓰고 불제(祓除)하는 것을 보고 급하게 말에서 내려 달려가 물었다.

"무엇을 하시는 스님이신가?"

"불제를 하고 있는 것입니다."

"어째서 종이 관을 쓰고 계시는 건가?"

---

11) 나이키(內記). 옛날, 조칙(詔勅)이나 상주문, 위기(位記) 등을 쓰고 궁중의 기록을 맡아 보던 벼슬아치.

12) 나이키 상인(內記上人) 자쿠신(寂心). 요시시게노 야스타네(慶滋保胤, 933 ~1002)를 말한다. 시문에 능하고 유학자였다. 986년에 출가, 다이나이키(大內記, 정6품)를 역임하여 나이키 입도(內記入道)라고 불렸다. 자쿠신은 법명이다.

"불제 장소를 지키는 신들[13]은 승려를 싫어해서 불제를 하는 동안
에 잠시 쓰고 있는 것입니다."

그 말에 상인은 소리 높여 엉엉 울며 음양사에게 달려들었다. 음양
사는 영문을 몰라 깜짝 놀라 불제를 중단하고 물었다.

"이게 도대체 무슨 일입니까?"

불제를 시킨 사람도 아연실색하여 앉아 있었다. 상인은 음양사의
관을 빼앗아 찢어버리고 하염없이 흐느껴 울면서 말했다.

"스님은 불제자가 되었으면서도 무슨 생각으로 불제를 하는 곳을
지키는 신들이 싫어한다고 해서 여래가 싫어하시는 계법을 어기고 잠
시 동안이라 할지언정 무간지옥에 떨어질 죄업을 지으시는가? 정말로
슬프도다. 그저 이 자쿠신을 죽여주시오."

"스님의 말씀은 지당하신 말씀이십니다. 허나 생계를 꾸려나가기
어려워서 도리(道理)는 도리인지라 이러고 있는 것이지요. 이렇게 하
지 않으면 처자를 양육할 수도, 제 목숨을 이어갈 수도 없습니다. 진정
한 도심이 없어서 상인(上人)도 되지 못하고 승려 노릇은 하고 있지만
속인과 같은 사람인지라 후세는 어찌될까 싶어 슬플 따름입니다만,
세상사 녹록치 않아 이러고 있는 것입니다."

"그건 그렇다 하더라도 어째서 삼세여래라고도 해야 할 승려의 머
리에 관을 쓰시는가? 살림이 어려워 이런 일을 하는 것이라면 불당을
짓도록 선도하여 모은 것을 모두 다 당신에게 드리겠네. 한 사람을 깨
달음의 길에 이르도록 권하는 것은 불당이나 사찰을 세우는 것 못지

---

13) 세오리쓰히메노카미(瀬織津姫神), 이부키도누시노카미(氣吹戶主神), 하야아키쓰
히메노카미(速秋津姫神), 하야스사라히메노카미(速須佐良姫神) 4신을 말한다.

않은 공덕일세.”

　상인은 제자들을 보내 재목을 구입하려고 권진(勸進)해서 모은 것을 모두 가져오도록 하여 이 음양사에게 주었다. 그리고 그 자신은 그 자리에서 교토로 되돌아갔다고 한다.

05.
지경자 에지쓰의 효험 (141)

옛날, 간인[14] 대신이 삼품(三位) 중장(中將)[15]이었을 때 학질을 심하게 앓았다. 신메(神名)라는 곳에 에지쓰(叡實)[16]라는 지경자(持経者)[17]가 있는데 기도로 학질을 정말로 잘 치료해 준다고 누군가가 말했다. 그래서 이 지경자에게 기도를 부탁해야겠다고 나갔는데 아라미가와강(荒見川) 근처에서 의외로 빨리 발작이 일어났다. 이미 절 가까이까지 왔기에 여기서 되돌아갈 수도 없고 하여 힘겹게 신메까지 가서 방사(坊舍)의 처마에 수레를 대고 안내를 청하였다.

---

14) 간인(閑院). 후지와라노 긴스에(藤原公季, 956~1029). 헤이안 중기의 고관.
15) 근위부(近衛府)의 차관인 근위중장(近衛中將, 4품)으로 3품에 오른 사람.
16) 에지쓰(叡實). 아타고야마산(愛石山)에서 수행하였으며 만년에는 규슈(九州)에 살았다.
17) 지경자(持経者)는 항상 경전을 들고 다니며 독송(讀誦)을 하는 사람을 말한다. 특히 법화경을 가지고 다니는 행자를 가리키며 오로지 법화경 독송만 하는 사람을 가리키는 사례가 많다.

"요즘 마늘을 먹고 있어서 입에서 냄새가 납니다."

"꼭 좀 상인을 뵙고 싶습니다. 지금 되돌아가는 것은 무리일 듯합니다."

"그럼 어서 들어오시지요."

내려놓았던 방사의 덧문을 치우고 새로운 멍석을 깔고 "자, 어서"라고 해서 들어갔다. 지경자는 목욕을 하고 한참 있다가 나와서 대면했다. 키가 큰 스님으로 앙상하게 야위어 있고 보기에도 존귀한 모습이었다. 스님이 말했다.

"감기가 아주 심해서 의원 말에 따라 마늘을 먹고 있습니다. 이럴 때 이렇게 오셔서 어쩔 수 없이 나왔습니다. 법화경은 정(淨)함과 부정(不淨)함을 가리지 않는[18] 고마운 경전이니 읽겠습니다. 마늘을 먹어 부정한 몸이지만 나쁠 것은 없습니다."

그러고는 염주를 돌리며 옆으로 다가왔는데 그 모습이 믿음직스럽기 그지없었다. 목에 손을 대고 자기 무릎을 베개삼아 베게 하더니 수량품(壽量品)을 큰 목소리로 읽었는데 정말로 존귀한 소리였다. 이토록 고귀하게 들리는 경우도 있구나 하는 생각이 들었다. 약간 잠긴 목소리로 소리 높여 읽는 것이 몸에 사무치는 느낌이었다. 지경자는 눈에서 닭똥 같은 눈물을 뚝뚝 흘리며 한없이 울었다. 그 때 열이 식고 몸이 아주 개운해지면서 완전히 좋아졌다. 그래서 거듭 후세의 일까지 굳게 약속하고 돌아왔다. 그 일이 있은 후로 효험이 있다는 에지쓰의 평판은 더욱더 퍼져나갔다고 한다.

---

18) 파와 마늘과 같이 냄새가 강한 것을 먹으면 부정한 몸이 된다고 하여 술과 함께 승려가 가까이 해서는 안 되는 것으로 여겨지고 있었다.

06.
구야 상인의 팔꿈치를 관음원 승정이 기도해
치유하다 (142)

옛날, 구야 상인[19]이 아뢸 일이 있어서 이치조(一條) 대신[20]이 있는 곳으로 찾아가 구로도가 유하는 방에 대기하고 있었다. 그런데 요케 승정[21]도 마침 그 곳에 와 있었다. 여러 가지 이야기를 나누다가 승정이 상인에게 물었다.

"그 팔꿈치는 어쩌시다가 다치셨습니까?"

"우리 어머니가 제가 어릴 때 화가 나서 한쪽 손을 잡고 던져서 부러진 것이라고 들었습니다. 어릴 때의 일이라 기억하지 못합니다. 다

---

19) 구야 상인(空也上人, 903~972). 일본 정토교의 선구자. 생존했을 때부터 왕실출신(일설에는 다이고 왕醍醐天皇의 사생아)이라는 소문이 있었다.
20) 미나모토노 마사자네(源雅信, 920~993). 우다(宇多)천황의 아들 아쓰미 친왕(敦實親王)의 3남으로 겐지(源氏)의 조상. 후지와라(藤原)씨 전성기를 이룩한 후지와라노 미치나가(藤原道長) 정실 미나모토노 린시(源倫子)의 아버지이기도 하다. 관현 가무에 뛰어났다.
21) 요케 승정(余慶僧正). 지벤(智弁, 919~991). 후쿠오카현 출신으로 제20대 천태좌주가 되었으며, 간논인(觀音院) 승정이라고도 불린다.

행히 왼손입니다. 오른손이 부러졌더라면 얼마나 불편했겠습니까?"

"당신은 존귀한 상인이십니다. 사람들은 왕의 아드님이라고까지 합니다. 내가 열심히 기도해서 팔꿈치를 치료했으면 하는데 어떻게 생각하십니까?"

"더할 나위 없이 기쁜 일이지요. 정말로 감사한 일입니다. 부디 기도해 주십시오."

승정이 상인에게 가까이 다가가자 구로도 방에 있던 사람들이 모여들어 이를 지켜보았다. 그 때 승정은 정수리에서 검은 연기를 내며 기도를 하였다. 그러자 한참 있다가 상인의 굽은 팔꿈치가 딱 소리를 내며 펴졌다. 이내 오른쪽 팔꿈치처럼 펴졌다. 상인은 눈물을 흘리면서 세 번 배례를 하였다. 이를 본 사람들은 모두 환성을 질렀는데 그 중에는 감동하는 사람이 있는가 하면 감격해 눈물을 흘리는 사람도 있었다.

그 날 상인은 젊은 승려 세 명을 함께 데리고 갔었다. 한 사람은 새끼줄을 주워 모으는 승려였다. 그는 길에 떨어져 있는 낡은 새끼줄을 주워 벽토에 더해 낡은 불당의 허물어진 벽을 발랐다. 또 한 사람은 참외 껍질을 주워 모아 물로 씻어 옥중의 죄수들에게 나누어 주고 있었다. 나머지 한 사람은 떨어져 있는 반고지(反古紙)를 주워 모아 종이로 다시 만들어 경문을 베껴 썼다. 상인은 팔꿈치를 치료해 준 답례로 이 반고지를 줍는 승려를 승정에게 진상했더니 승정은 기꺼이 그를 제자로 삼아 기칸(義觀)이라는 이름을 붙여주었다. 존귀한 일이다.

07.
소가 상인이 산조 저택에 가서 상궤를 벗어난
행위를 하다 (143)

　옛날, 도우노미네[22)에 소가 상인[23)이라는 존귀한 승려가 있었다. 성질이 무척 거칠고 엄격하였다. 명리를 돌아보지 않고 일부러 미친 척행동을 했다. 산조 황태후[24)가 비구니가 되려고 계사(戒師)[25)로 모시

---

22) 도우노미네(多武峰). 나라현 사쿠라이시(奈良縣 櫻井市)에 있는 산. 해발 619미터. 덴치 왕(天智天皇, 재위 668~672)의 최측근이었던 후지와라노 가마타리(藤原鎌足, 614~669)가 묻힌 곳으로 후지와라 씨족의 성지가 된 곳이다. 천태종 도우노미네묘라쿠지절(多武峯妙樂寺)이 있었다.
23) 소가 상인(增賀上人). 누구인지 확실하지 않지만 후지와라노 고레히라(藤原伊衡, 876~939)의 아들이라는 설이 있다. 고레히라는 정4품 참의(參議)의 벼슬을 하였다.
24) 산조(三條) 황태후. 후지와라노 아키코(藤原詮子, 961~1001)이다. 엔유 왕(円融天皇, 재위 969~984)의 뇨고(女御, 중궁 아래의 후궁)였고, 이치조 왕(一條天皇, 재위 986~1011)의 생모였다. 981년 9월에 병으로 출가했다. 황태후는 선왕의 후비를 일컫는 경칭으로 황태후가 되면 일반적으로 궁궐을 나와 궁 가까이에 있는 저택에서 거주한다. 산조(三條)는 헤이안 시대 때 교토 도읍의 동서로 가르는 대로로 이 주변에 저택이 있어 이름 붙여진 것으로 보인다.
25) 계사(戒師). 불자가 지켜야 할 행동규범을 일러주는 승려.

고 싶다며 사람을 보내왔다.

"참으로 거룩하신 일입니다. 제가 훌륭한 비구님이 되시도록 해 드리지요."

제자들은 심부름 온 사람을 질타하지는 않을까 하여 걱정하였는데 의외로 순순히 따라나서서 뜻밖으로 여겼다.

이리하여 산조 저택에 도착하여 찾아온 이유를 고하자 반갑게 안으로 맞아들였다. 황태후가 비구니가 된다고 하여 고관대신이나 승려들이 꽤나 모여들고 궁궐에서도 사람들이 나왔다. 그들이 보기에 상인은 눈매는 매서운데 풍채는 고귀하면서도 어딘지 모르게 깐깐한 모습이었다.

이윽고 황태후의 방으로 상인을 불러들여 가리개 가까이에서 출가 절차를 받고 아름답고 기다란 머리카락을 가리개 밖으로 내어 상인에게 자르도록 했다. 발 안쪽에 있던 상궁들이 이를 지켜보며 하염없이 눈물을 흘렸다.

머리를 자른 후 나가려다 말고 상인은 버럭 소리를 질렀다.

"이 소가를 대체 무엇 때문에 굳이 부른 것이냐? 납득이 가지 않는구먼. 행여 내 물건이 크다고 들으신 겐가? 남들 것보다 크기는 하나 이제는 연견(練絹)²⁶⁾같이 흐물흐물하거늘."

발 안쪽 가까이에 대기하던 상궁들과 그 밖의 고관대신, 당상관, 승려들은 이를 듣고 기가 차서 열린 입이 닫히지 않는 심정이었다. 황태후의 기분도 언짢기가 이루 말할 수 없었다. 존귀하다고 여겼던 마음

---

26) 연견(練絹). 비단을 두들겨 올과 올 사이 틈새가 없도록 다듬은 것을 말한다. 그 부드러운 것을 남자의 생식기가 발기하지 않고 힘없는 것에 비유하고 있다.

도 싹 사라지고 모두들 몸에서는 진땀이 배어나와 혼이 나간 듯한 기분이었다.

상인은 나가려다가 힘없이 소매를 여미며 말했다.

"나이가 들어 감기가 거듭되니 이제는 시도 때도 없이 아무때나 설사만 싸댑니다. 그래서 오려 하지 않았으나 이렇게 굳이 부르셔서 조심하고 있었습니다. 그런데 이제 더 이상 참기가 어려우니 서둘러 나가려 합니다."

그리고 나가는 길에 서쪽 별채 툇마루에 쪼그리고 앉아 엉덩이를 젖히고 마치 주전자의 주둥이에서 물을 쏟아내듯 푸드득 쌌다. 그 소리가 무척 크게 나서 황태후의 방까지 들렸다. 젊은 당상관들은 왁자지껄 시끄럽게 웃어댔다. 다른 승려들은 '저런 미친놈을 다 불러들이시다니.' 하며 비난을 했다.

이러한 방식으로 매사에 일부러 상궤에서 벗어나는 엉뚱한 행동을 했지만 그럴 때마다 존귀하다는 평판은 더욱더 높아졌다고 한다.

08.
쇼호 승정이 이치조 대로를 지나가다 (144)

옛날, 도다이지절[27]에 상좌[28]법사라는 무척 부유한 승려가 있었다. 조금도 사람들에게 베풀지 않는 구두쇠였는데 탐욕으로 많은 죄를 짊어진 사람처럼 보였다. 쇼호 승정[29]은 그 당시 아직 젊었었는데 탐욕스러운 이 상좌의 꼴이 한심스러워서 일부러 내기를 걸었다.

"법사님은 제가 어떻게 하면 스님들께 보시를 하시겠습니까?"

그러자 상좌는 내기를 해서 만약 진다면 승려에게 보시를 해야 하는데 그렇게는 하기 싫고 그렇다고 많은 사람들 앞에서 이까짓 일에

---

27) 도다이지절(東大寺). 제1권의 주 14를 참조.
28) 상좌(上座). 도다이지절 등에 설치된 삼강(三綱. 상좌(上座), 사주(寺主), 도유나(都維那)) 계급 중에 최고 지위.
29) 쇼호 승정(聖寶僧正). 리겐 대사(理源大師, 832~909)로 알려지고 있다. 헤이안 시대 진언종의 승려이며 다이고지절(醍醐寺)을 개조했다. 덴치 왕(天智天皇, 재위 668~672)의 6대손으로 906년에 승정이 되었다. 승정은 승려 계급 중 최고위로 대승정(大僧正), 승정(僧正), 권승정(權僧正)의 세 계급으로 나뉜다.

대답하지 않는 것도 체면이 서지 않는다고 보고 쇼호가 도저히 할 수 없을 듯한 일을 생각해냈다.

"가모 축제[30]날에 옷을 완전히 벗고 맨몸에 훈도시[31]만을 착용하여 칼 차듯 마른 연어를 허리춤에 찔러 넣고 깡마른 암소를 타고 이치조 대로[32]를 오미야[33]에서 가와라(河原)[34]까지 '나는 도다이지절의 쇼호다.'라고 소리 높이 외치며 지나가시오. 그리하면 이 절 승려들을 비롯해 아랫것들에까지 보시를 크게 하지요."

상좌는 내심으로 그렇게까지는 설마 못할 것이라는 생각에 내기를 걸었던 것이다. 쇼호는 승려들을 모두 불러 모아 대불 앞에서 종을 치면서 부처에게 서약을 하고 자리를 떴다.

그날이 다가오자 이치조 도미노코지길[35]에는 쇼호가 지나가는 것을 구경하려는 승려들이 가득 모여들었다. 상좌법사도 와 있었다. 잠시 후 큰길에서는 구경꾼들이 굉장히 웅성거리기 시작했다. 무슨 일인지 하며 궁금하여 머리를 내밀고 서쪽을 건너다보니 암소를 탄 승려가 알몸으로 마른 연어를 허리에 차고 소의 꽁무니를 탁탁 치며 오고 있었다. 그 뒤에는 수 백 수 천이나 되는 아이들이 따르며 목청껏

---

30) 가모 축제(賀茂祭). 음력 4월 중 유일(酉日)에 가모 신사(교토시에 위치함)에서 행해진 제례. 가미가모(上賀茂, 교토시 기타구(北歐)에 위치함)와 시모가모(下鴨, 교토시 사쿄구(左京區)에 위치함) 두 신사에서 행해진다.

31) 훈도시(褌). 남성의 음부를 가리기 위해 차던 긴 천.

32) 이치조 대로(一條大路). 현재의 교토시 동서로 통하는 주요한 도로의 하나. 헤이안 시대에는 대궐의 북측에 위치한 대로였다.

33) 오미야(大宮). 헤이안 시대 대궐 동측에 있고 남북으로 난 길. 북쪽의 이치조 대로에 통한다.

34) 가와라(河原). 교토시 사쿄구(左京區)에 있는 지명.

35) 도미노코지길(富小路). 현재의 후야초도오리(麩屋町通)로 교토 시내 남북으로 난 도로.

외쳤다.

"도다이지절 쇼호 스님께서 상좌법사님과 내기를 하고 지나가고 계세요!"

그 해에 도다이지절 축제는 이 광경이 가장 큰 구경거리가 되었다.

이리하여 승려들은 각자 절에 돌아와서 상좌법사에게 푸짐하게 보시를 받았다. 왕이 이 이야기를 듣고 "쇼호는 자신의 몸을 버려서까지 사람들을 인도하는 훌륭한 사람이구나. 지금 세상에 어찌 저런 존귀한 사람이 다 있는고."라며 쇼호를 불러 승정의 지위까지 내렸다.[36) 가미다이고(上醍醐)[37)는 이 승정이 건립한 것이라고 한다.

---

36) 쇼호는 다이고 왕(醍醐天皇, 재임 897~930) 시절에 902년 권승정(權僧正), 그 4년 후에는 승정(僧正)에 임명되었는데 모두 그의 만년 때의 일이었다. 이 이야기는 젊었을 때 일화이기 때문에 분토쿠 왕(文德天皇, 재임 850~858)에서 세와 왕(淸和天皇, 재임 858~876) 때의 일이다.

37) 가미다이고(上醍醐). 다이고지절(醍醐寺) 자체는 874년에 창간되었는데 그 건립 이전에 다이고 산상(山上)에 있었던 당사(堂舍)를 말한다. 다이고지절은 교토시 후시미구(京都市 伏見區)에 있는 진언종 다이고파(醍醐派)의 총본산 사찰이다. 후시미구 동측에 있는 다이고산(醍醐山)에 2만 여 평의 대지를 가진 큰 절이다.

09.
오곡을 끊은 고승의 본모습이 드러나다 (145)

옛날, 오랫동안 수행을 쌓은 덕 높은 상인(上人)이 있었다. 오곡을 끊은 지 몇 해나 되었다. 왕이 듣고 신천원[38]에 살도록 하고 각별히 공경을 하였다. 상인은 나무 잎사귀만을 먹고 있었다. 그때에 장난을 좋아하는 귀족 자제들이 모여서 이 승려의 마음을 한번 떠보자고 나갔는데 상인은 무척이나 성스럽게 보였다. 그래서 물었다.

"곡물을 끊고 몇 해나 지나셨는지요?"

"젊었을 때부터 끊었으니 오십여 해 되었습니다."

이에 한 당상관이 말했다.

"곡식을 먹지 않은 사람이 눈 똥은 어떠할까? 우리 일반인들과는 다

---

38) 신천원(神泉苑). 궁궐 안 남측에 있는 거대한 연못으로 왕의 유람지. 현재의 교토
   시 나카교구 오이케도오리 신센엔초(中京區 御池通 神泉苑町) 일대. 824년에 홍
   법대사 즉 구카이(空海, 774~835. 일본 진언종 개조임)가 기우를 올려 효험이 있
   은 후 가뭄 때에는 이 장소에서 기우제를 행하였다.

르겠지. 어디 가서 한번 확인해보자."

그래서 두세 사람을 데리고 가서 살펴보니 밥알이 섞인 똥이 많았다. 이상하게 생각되어 상인이 밖으로 나간 사이에 앉은 자리를 살펴보자며 다타미를 들춰 보니 땅을 조금 판 곳에 헝겊주머니가 있고 그 안에 쌀이 들어있었다. 귀족 자제들이 그것을 보고 손뼉을 치며 "스님이 쌀똥을 누었네! 스님이 쌀똥을 쌌어!" 하고 놀리며 웃었기 때문에, 상인은 거기서 도망을 쳐버렸다. 그 후 어디로 갔는지 오랫동안 자취를 감춰버렸다고 한다.

10.
스에나오 소장의 노래 (146)

옛날에 스에나오 소장[39]이라는 사람이 있었다. 병이 났으나 차도가 좀 있어서 대궐로 들어갔다. 긴타다 벤[40]이 소부료의 스케[41]로 구로도 이었을 때의 일이었다.

"몸이 아직 완쾌되지 않았으나 일이 걱정되어 입궐하였습니다. 나중은 어찌 될지 모르겠습니다만 이 정도로 좋아졌으니 내일 모레 즈

---

39) 스에나오 소장(季直小將). 후지와라노 스에나오(藤原季直, ?~919)이다. 막부나 영주의 전속 매 사냥꾼으로 유명하며 일반적으로 '가타노 소장(交野少將)'이라고 하였다. 소장(少將)은 근위부(近衛府)에 소속되고 중장(中將) 아래에 해당하는 벼슬. 품계는 정5품.

40) 긴타다(公忠) 벤(弁べん). 미나모토노 긴타다(源公忠, 889~948)를 일컫는다. 고 코 왕(孝行天皇, 재위 884~887)의 손자로 지위는 구로도이며 오우미 지방(近江 國, 현재 시가현(滋賀縣)) 태수였다. 벤은 태정관의 관직으로 좌·우로 나뉘어 있고 다벤(大弁)은 정4품, 주벤(中弁)은 정5품, 쇼벤(少弁)은 정5품에 각각 상당한 다. 긴타다는 929년에 우다벤(右大弁)이 되었다.

41) 소부료(掃部寮)의 스케(助). 소부료는 대궐 행사 때의 준비나 대궐 청소를 맡은 관청이며 스케는 차관(종6품)에 상당한다. 긴타다가 취임한 것은 913년이다.

음에 다시 나올 것입니다. 주상께 잘 말씀 올려주시오.”

이 말을 남기고 그는 퇴출했다.

그리고 사흘정도 지나 소장 댁에서 글을 보내왔다.

원통하여라 후일에 만나자고 기약하다니

오늘로 마지막이라고 해둘 것을

소장은 그날로 명을 달리하였다. 애석한 일이었다.

11.
초동이 은제 노래를 읊다 (147)

옛날에 은제(隱題)[42] 노래를 몹시 즐긴 왕이 필률[43]에 대해 읊도록 하였는데 그 누구도 잘 읊지를 못했을 때 어느 초동이 새벽녘에 산에 간다며 나서서 이렇게 말했다.

"얼마 전 임금님께서는 신하들에게 필률을 읊게 하셨는데 아무도 잘 짓지를 못한 모양이야. 그런데 나는 멋들어지게 지었단 말이지."

그러자 함께 산에 가던 아이가 빈정댔다.

"주제넘게 그런 말 하는 게 아니야. 분수도 모르고 잘난 체 하고 있어."

"어찌 분수도 모른다고만 할 수 있나?"

---

42) 은제(隱題). 사물의 이름을 드러내지 않고 노래 속에 읊는 작시법(作詩法).
43) 필률(觱篥). 관악기의 하나로 대나무로 만든 가로피리이다. 갈대 잎을 상단에 끼워 불어서 울리도록 했고 구멍은 앞쪽에 7개, 뒤쪽에 2개 있다. 소리는 높고 애조를 띤다.

하고 초동이 노래를 읊었다.

　돌고 돌아오는 봄봄봄 봄마다 벚꽃은
　얼마나 피고 졌는지 누군가에 묻고 싶어라[44]

참으로 초동이 읊었다고는 보이지 않는 뜻밖의 노래이었다.

---

[44] 필률은 일본어로 'ひちりき'이며 이 소리를 '얼마나(いくたび) 피고 졌는지(ちりき)'라는 시구에 교묘하게 담고 있다.
　돌고 돌아오는 봄봄봄 봄마다 벚꽃은　めぐりくる春々ごとに櫻花
　얼마나 피고 졌는지 누군가에 묻고 싶어라　いくたびちりき人に問はばや

12.
다카타다의 무사가 노래를 읊다 (148)

　옛날에 다카타다⁴⁵⁾라는 사람이 에치젠 지방⁴⁶⁾ 태수로 있었을 때의
일이다. 아주 처지가 딱한 불우한 무사가 있었는데 밤낮으로 부지런
히 일을 하지만 겨울철에도 홑겹 옷 한 장을 입고 있었다. 눈이 많이
내리던 어느 날 이 무사는 청소를 하겠다며 무언가 귀신에라도 홀린
사람마냥 추위에 오들오들 떨고 있었는데 태수가 그 모습을 보고 말
했다.

　"노래를 읊어보아라. 눈이 참으로 운치 있게 내리는구나."

　"노래 제목은 무엇으로 할까요?"

　"알몸으로 있는 것을 제목으로 하여라."

---

45) 다카타다(高忠). 누구인지 확실치 않다. 동일한 이야기가 실린 설화집〈곤자쿠 이
　　야기집(今昔物語集)〉(12세기), 권19(13화)에서는 에치젠 태수 후지와라노 다카
　　타다(藤原孝忠)라고 하지만 그가 누구인지도 명확하지 않다.

46) 에치젠 지방(越前國). 현재의 후쿠이현(福井縣) 레호쿠(嶺北) 지역.

그러자 덜덜 떨리는 목소리를 높여 곧 읊어냈다.

　　알몸을 한 이 몸에 내리는 흰 눈 같은 백발은
　　털어도 털어내도 없어지지 않는구나

　태수는 크게 칭찬을 하며 입었던 옷을 벗어 하사했다. 태수의 부인
도 불쌍히 여겨 향이 그윽하게 밴 연자빛깔 옷을 하사했다. 그러자 무
사는 그 두 벌을 접어 둘둘 말아 옆구리에 끼고 물러났다. 무사들이 머
무르는 방으로 돌아오자 모여 있던 무사들이 놀라 의아해하며 이것저
것 물었는데, 이러저러하다는 까닭을 듣고 모두 감탄해 마지않았다.
　그런데 그 후 이 무사의 모습이 보이지 않아서 어떻게 된 것인지 이
상하게 여긴 태수가 물어보았더니 저택의 북쪽 산에 존엄한 고승이
있어 그곳으로 가서 하사받은 옷 두 벌을 몽땅 보시하면서 이런 말을
했다고 한다.
　"이제 저도 늙었습니다. 내 몸의 불운은 나이 들면서 더해갑니다. 이
생에서는 부질없는 몸이었던 같아요. 다음 생은 이러지 말아야 할 텐
데 싶어 승려가 되려고 합니다만 계를 받을 사승(師僧)께 드릴 것이
없어 여태껏 이러고 지냈습니다. 뜻밖에 이런 물건을 하사받아 더없
이 기뻐 이것을 보시하는 것입니다."
　그리고는,
　"출가시켜 주십시오."
　하고 목놓아 흐느껴 울었다. 그래서 고승도 몹시 존귀하게 생각되
어 그를 승려로 삼았다는 것이다. 늙은 무사는 거기서도 자취를 감추
어 버렸다. 어디에 갔는지는 알지 못했다고 한다.

13.
쓰라유키의 노래 (149)

　　옛날에 쓰라유키[47]가 도사 지방[48] 태수가 되어 임지에 내려가 있었
을 때,[49] 임기가 끝나는 해에 더할 나위 없이 애지중지하던 일곱 여덟
살 먹은 딸아이가 시름시름 앓다가 죽고 말았다. 그래서 슬픔에 겨워
병이 날 정도로 아이를 그리워하고 있는 중에 몇 개월이 훌쩍 지나갔
다. 이렇게 마냥 여기에 있을 수만은 없으니 서울로 올라가자고 하다
가도 '아이가 여기서 이런 것을 했지.' 하는 생각이 들면 그 모습이
눈앞에 어른거려 견딜 수 없어서 나무기둥에 이렇게 써 두었다.

　　상경하려는 이때에 슬픔이 떠나지 않는 것은

---

47) 쓰라유키(貫之). 기노 쓰라유키(紀貫之, 866~945)이며, 헤이안 시대의 가인(歌
　人)이다.
48) 도사 지방(土佐國). 현재의 고치현(高知縣).
49) 쓰라유키는 930년 1월에 도사 태수로 임명되어 도사 지방에 내려가 934년 12월
　에 도사를 떠났다.

가지 못하는 아이가 있어서이라

이렇게 노래를 써둔 나무기둥이 근래까지 남아있었다고 한다.

14.
동부 지방 사람이 노래를 읊다 (150)

옛날에 동부 지방 사람[50]이 노래를 몹시 즐겨 읊었는데 반딧불을 보고 이렇게 읊었다.

아! 반짝반짝, 벌레 꽁무니에 불붙은 채
아이 혼 마냥 이리저리 날아다니네[51]

동부 지방 사람이 지은 것처럼 하여 읊었으나 실은 쓰라유키가 노래한 것이라고 한다.[52]

---

50) 동부 지방 사람. 아즈마비토(東人あづまびと)라 하여 옛날 도읍 야마토(大和, 현재의 나라현(奈良縣) 북서부)에서 동쪽 방향에 살고 있는 사람들을 지칭하는 말인데, 특히 관토(關東)의 가마쿠라(鎌倉), 에도(江戸) 사람을 말한다. 도읍인과 대립되는 이미지를 지닌다.
51) 죽은 시체에서 빠져나온 혼은 비오는 밤에 맑은 빛을 내며 우주를 날아다닌다고 믿었다.
52) 와카(和歌)는 우아하고 세련되게 읊는 것이 당시 귀족들의 풍치였는데 '벌레 꽁무

15.
가와라노인 저택에 도루 공(公)의 혼이
머물다 (151)

  옛날에 가와라노인[53]은 도루 좌대신[54]의 저택이었다. 미치노쿠 시오가마[55] 해변의 경치를 본떠 정원을 만들고 바닷물을 퍼 와서 소금을 볶게 하는 등 갖은 홍치를 즐기며 살았다. 대신이 죽은 후에는 우다인[56]에게 진상되었다. 그 후는 엔기 왕[57]이 가끔씩 행차하였다.

  우다인이 이 저택에 살고 있었을 때, 한밤중에 서쪽 별채에 있는 의

  니'처럼 비속어를 넣어 읊었기 때문에 시골사람의 흉내를 내어 노래한 것으로 여겼던 것이다.
53) 가와라노인(河原院). 미나모토노 도루(아래 주 54를 참조)가 호화롭게 지은 정원을 둔 대저택을 말한다.
54) 도루(融) 좌대신. 미나모토노 도루(源融, 822~895)를 가리키며 사가 왕(嵯峨天皇, 재위 809~823)의 아들로 좌대신이 된 것은 872년이다.
55) 미치노쿠 시오가마(陸奥 塩釜). 현재의 미야기현 시오가마시(宮城縣 塩竈市)에 있는 해변. 미치노쿠는 제9권의 주 3을 참조.
56) 우다인(宇多院). 우다 왕(宇多天皇, 재위 887~897)이다.
57) 엔기 왕(延喜天皇). 제2권의 주 59를 참조.

복 따위를 넣어두는 방문이 열리더니 사각 사각 옷깃 스치는 소리를
내며 누군가 들어오는 인기척이 났다. 그래서 소리 나는 쪽을 바라보
니 관복을 곱게 차려입은 사람이 허리에는 칼을 차고 홀을 든 채 두 칸
정도 거리를 두고 공손하게 앉아있었다. 우다인이 물었다.

"그대는 누구인가?"

"이 집주인 늙은이옵니다."

"도오루 대신인가?"

"그러하옵니다."

"그래 무슨 일로 오신 겐가?"

"제 집이라 여기 살고 있사온데 상왕(上皇)께서 계시니 황공하오나
비좁아 답답하옵니다. 어찌하올지?"

"참으로 이상한 말을 다하시네. 대신의 자손이 내게 주어 살고 있으
니. 내가 강제로 빼앗아 살고 있다면 몰라도 말일세. 어찌 예의도 없이
이렇게 나를 원망하시는 겐가?"

소리를 높여 말하자, 혼령은 홀연히 사라져버렸다.

그 당시 사람들은 "과연 상왕께서는 어딘가 남다른 분이시다. 예사
사람 같으면 대신의 혼령을 만나서 그 정도로 단호하게는 말을 못했
을 것이야."라고 했다고 한다.

16.
여덟 살배기 아이가 공자와 문답하다 (152)

옛날에 중국에서 공자가 길을 걸어 가다가 여덟 살 가량의 아이를 만났다. 아이가 공자에게 물었다.

"해가 지는 곳과 낙양(洛陽),[58] 어느 쪽이 멉니까?"

"해가 지는 곳이 멀다. 낙양은 가까우니라."

공자의 대답에 아이가 말했다.

"해가 뜨고 지는 곳은 보여요. 낙양은 여태 보지 못했어요. 그러니 해가 뜨는 곳은 가깝고요 낙양은 멀다고 봐요."

공자는 아이의 총명함에 감탄을 했다. 공자에게 그런 질문을 던지는 이가 없는데 물어보는 그 아이는 그저 보통아이가 아닌 것이라고 사람들이 전했다.

---

58) 낙양(洛陽). 중국 허난성 서부에 있고 주나라 때의 도읍지.

17.
정 태위 (153)

옛날에 지극정성으로 부모를 모시는 효자가 있었다. 조석으로 나무를 베어 부모를 봉양하였다. 그 효심이 하늘에 닿아 하늘도 감동을 하여 효자가 노도 없는 배를 타고 맞은 편 섬으로 가고자 하면 아침 무렵에는 남풍이 불어 북쪽 섬으로 배를 몰았다. 또 돌아오는 저녁때는 북풍이 불어 땔나무를 실은 배를 집으로 몰았다.

이렇게 한동안 지내는 사이에 소문이 조정에까지 들어가 효자는 대신으로 임명되어 녹을 받게 되었다. 이 사람이 바로 그 정 태위[59]였다고 한다.

---

59) 정 태위(鄭太尉). 정홍(鄭弘)을 말한다. 자는 거군(巨君), 회계(會稽) 사람이다. 천한 직업에서 출세하여 후한의 현종을 받들었으며 84년에 태위가 되었다. 태위는 진과 후한 때의 관직명으로 무관 중에 제일 높은 벼슬이다.

18.
빈곤한 속세인이 불심을 일으켜 재물을 얻다 (154)

옛날에 중국 어느 시골 벽촌에 한 남자가 살고 있었다. 집이 무척 가난하여 재산이 없었다. 처자식을 먹일 여력도 없고 돈을 벌려 해도 벌리지 않았다. 마냥 허송세월을 보내니 생각다 못해 어느 승려를 찾아가 재산을 모을 방법을 물었다. 지혜가 많은 승려가 대답했다.

"재물을 얻으려면 진실한 마음을 가져야 하오. 그러면 재물도 쌓이고 다음 생에도 좋은 곳에 태어날 것이오."

남자가 다시 물었다.

"진실한 마음이라는 것이 무엇입니까?"

"진실한 마음을 갖는다는 것은 다름이 아니라 불법을 믿는 것이오."

"어떻게 하면 되는 겁니까? 말씀해 주시면 말씀에 따라 딴 마음을 품지 않고 진심을 다하여 부처님을 모시겠습니다. 가르쳐 주십시오."

그러자 승려가 말했다.

"불법은 따로 있는 것이 아니라 자기 마음속에 부처님이 계십니다.

내 마음을 떠나서는 부처님은 존재하지 않는다고 합니다. 그러니 자신의 마음으로 말미암아 부처님을 만나실 수 있습니다."

남자는 양손을 모아 울면서 공손히 절을 하였다. 그 후 승려의 말만을 마음에 새겨 밤낮으로 기도를 올리니 범천(梵天), 제석천(帝釋天) 등 여러 신들이 왕림하여 보호하므로 뜻하지 않게 재물이 쌓여 생활도 풍족해졌다. 임종할 때는 더욱 정성을 다해 염불하여 극락정토에 바로 태어났던 것이다. 이 일을 보거나 들은 사람들은 감탄하며 그를 우러러 공경하였다고 한다.

19.
무네유키의 가신이 호랑이를 쏘다 (155)

　옛날에 이키 지방[60] 태수 무네유키(宗行)가 사소한 일로 가신을 죽이려고 했기 때문에 그 가신은 거룻배를 타고 신라로 도망을 쳐 숨어 있었다. 그 당시 신라의 김해라는 곳에서는 한바탕 소란이 일었다.

　"무슨 일입니까?"

　"호랑이가 고을에 들어와서 사람을 잡아먹었다고 하오."

　"호랑이는 몇 마리입니까?"

　"단 한 마리인데 갑자기 나타나 사람을 물어가는 일이 여러 번이나 됩니다."

　"내가 그 호랑이를 활로 잡아보고 싶소이다. 호랑이는 힘이 무지막지하니 싸우다가 안 되면 그놈과 함께 죽지요. 어찌 그냥 헛되이 들짐승 먹이가 되겠소이까? 이 나라 사람들은 무예가 뛰어나지 못하는 것

---

60) 이키 지방(壹岐國). 나가사키현 이키노시마(長崎縣 壹岐の島). 규슈와 대마도의 중간에 위치하고 한반도와 연결되는 교통의 요지였다.

같소."

누군가가 이 말을 듣고 태수에게 알렸다.

"일본인이 이러저러한 말을 하고 있었습니다."

"용감한 사람이구나. 그를 불러들이도록 하라."

그래서 사람이 와서 불러오라는 태수의 말을 전하니 남자는 태수에게 갔다.

"그대가 사람을 잡아먹은 그 호랑이를 잡겠다고 했다 하는데 정말이더냐?"

"그러합니다."

"우리나라 사람들이 무예가 뛰어나지 못하다고도 했다는데 왜 그런 소리를 했는가?"

"이 나라 사람들은 일신상의 안전을 먼저 생각하고 적을 죽이려 하기에 어설피 이도 저도 아니게 됩니다. 저런 맹수에게는 화를 당할까봐 선뜻 나서 맞서려고 하지 않지요. 하지만 우리나라 사람들은 오로지 제 목숨을 걸고 싸우려 하니 잘 되는 경우도 있는 것 같습니다. 활 무예로 살아가는 사람이 어찌 자신의 몸 하나를 아끼겠습니까?"

"그럼 그대가 기필코 호랑이를 잡을 수 있단 말인가?"

"제가 죽든 살든 호랑이를 꼭 잡아 보이겠습니다."

"참으로 용감한 사람이로다. 그렇다면 조심하여 반드시 잡도록 하라. 사례는 내 후하게 하겠네."

그러자 남자가 말했다.

"그런데 호랑이는 어디에 있습니까? 그 놈이 사람을 어떻게 잡아먹었습니까?"

"언젠가 고을 안에 들어와서 사람의 목을 물어 어깨에 얹고 달아난 일이 있었네.”

“호랑이는 어떻게 사람을 노립니까?”

옆에 있던 사람이 말했다.

“호랑이는 사람을 물려고 할 때는 고양이가 쥐를 노리듯 숨죽여 바짝 엎드려 가만히 있다가 큰 입을 벌리고 순식간에 덮쳐 목을 물고 몸뚱이는 어깨에 올려 도망칩니다.”

“아무튼 어찌되든 화살 하나라도 쏘아보고 잡아먹히든지 하지요. 호랑이가 있는 곳을 가르쳐 주십시오.”

“여기서 서쪽으로 스물 네 정(町)⁶¹⁾ 가면 마밭이 있는데 거기에 숨어 있소. 사람들은 누구나 두려워서 그 주변에는 얼씬도 하지 않는다오.”

“거기가 어디인지는 잘 모르겠습니다만, 가보겠습니다.”

이렇게 말하고 남자는 활통을 짊어지고 출발했다. 신라 사람들은 “일본 사람은 바보로군. 틀림없이 호랑이에게 잡아먹힐 게야.”라며 모여서 비난을 했다.

이리하여 이 남자는 물어 물어서 호랑이가 있는 곳으로 가보니 정말로 마밭이 저 멀리까지 펼쳐져 있었다. 마의 길이는 넉 자나 될 성싶었다. 그 안을 헤집고 나아가자 과연 호랑이가 누워 있었다. 뾰족한 활을 활시위에 대고 한쪽 무릎을 세우고 앉았다. 호랑이는 사람 냄새를 맡고 몸을 납작 엎드리듯 숨기며 고양이가 쥐를 노리듯 당장이라도 달려들 태세였는데, 활시위에 댄 화살을 잡고 숨죽이고 있으니 호랑이가 큰 입을 벌리고 벌떡 일어나 남자의 몸 위로 덮쳐왔다. 활을 세차게 당겨 몸 위를 덮치는 그 순간에 쏘았기 때문에 화살이 호랑이 턱

---

61) 정(町). 거리의 단위로 1정(약 110미터)은 60간(間)이다.

밑에서 머리를 뚫고 목뒤덜미로 일곱 여덟 치를 쑥 통과해 버렸다. 호랑이가 벌렁 나자빠져서 발버둥을 치고 있었다. 남자는 다시 끝이 갈라진 날 있는 화살을 시위에 메겨 호랑이의 배를 향해 두 번을 쐈다. 두 번 모두 땅까지 화살이 꽂혀 마침내 호랑이를 죽이고, 화살이 꽂힌 호랑이를 내버려둔 채 고을로 돌아와 태수에게 여차여차하여 호랑이를 잡았다고 그 경위를 설명했다. 그러자 태수는 탄성을 지르며 감탄해 마지않았다. 많은 사람들을 데리고 죽은 호랑이가 있는 곳으로 가서 보니 실로 화살이 세 개나 호랑이를 관통하고 있었다. 보기에도 실로 대단한 솜씨였다.

"과연 백 마리 천 마리의 호랑이가 덮쳐 오더라도 일본 사람이 열 남짓 말을 타고 맞서 활을 쏜다면 호랑이는 날뛰지 못할 것이군. 우리나라 사람은 한 자 정도 되는 화살에 송곳 같은 화살촉을 붙여 독을 발라 쏘기 때문에 그 독으로 호랑이가 죽는 것이지 그 자리에서 곧바로 쏴 죽이지는 못해. 일본 사람은 자기 목숨을 전혀 아끼지 않고 큰 화살로 쏘니까 그 자리에서 바로 잡을 수 있어. 역시 무예에 있어서는 일본 사람에게는 적수가 되지 못할 것 같으니 더욱 두려워할 나라가 아닌가."

사람들은 이렇게 말하며 무서워했다.

그 후 태수는 이 남자를 보내기 아쉬워 후한 대우를 하였지만, 처자가 그리워진 남자는 규슈로 되돌아와 무네유키 집으로 가서 그간의 일을 이야기했다. 그랬더니 무네유키는 일본의 위신을 높인 자라며 저지른 죄를 용서해 주었다. 포상으로 많은 것을 받았는데 무네유키에게도 바쳤다. 많은 상인들이 신라 사람들이 하는 소리를 듣고 전하여 규슈에서도 일본 무사는 대단히 훌륭하다며 칭찬이 자자했다고 한다.

20.
견당사의 아이가 호랑이에게 잡아먹히다 (156)

　옛날에 견당사[62]로 중국에 건너간 사람에게 열 살배기 아이가 있었는데 일본에 두고 가자니 보지 않고 떨어져 살 수 없어서 데리고 갔다.

　그렇게 중국에 살고 있었는데, 밖에 나갈 수 없을 정도로 잔뜩 눈이 쌓인 날이 있었다. 그런데 이 날 아이가 놀러나간 채 늦게까지 돌아오지 않아 이상하다 싶어 찾아나서 보니 눈 위에 아이의 발자국이 있고 그 뒤를 따라 큰 개 발자국도 나 있었는데 도중에 이 아이의 발자국은 사라지고 없었다.

　발자국이 산을 향해 나 있어서 틀림없이 호랑이에게 물려 간 것이라는 생각이 미치자 슬픔을 가눌 길이 없었다. 당장 칼을 뽑아들고 발

---

62) 견당사(遣唐使). 일본에서 중국의 문화를 배우고 선진 문물을 받아들이기 위해 중국에 파견된 사절단이다. 630년에서 838년까지 13차례에 이른다. 그러나 이 이야기는 545년 3월에 중국이 아니라 백제에 파견된 가시와데노 오미하스히(膳臣巴提便)가 그 해 11월 큰 눈이 내린 밤에 아이를 잡아먹은 호랑이를 죽였다고 역사서 〈일본서기〉에 이전(異傳)으로 전한다.

자국을 좇아 산 쪽으로 들어갔다. 그러자 암굴 입구에서 호랑이가 이 아이를 물어 죽여 배를 핥으며 누워 있는 것이 보였다.

견당사가 칼을 들고 달려들어도 도망치지 않고 웅크리고 있었다. 칼로 그 머리를 내려치니 잉어대가리가 동강나듯이 갈라졌다. 이번에는 옆구리를 물어뜯으려고 달려드는 호랑이의 등을 내려쳤더니 등뼈가 잘려나가 맥을 추지 못했다.

이리하여 아이는 죽었지만 죽은 아이를 옆구리에 끼고 집에 돌아오니 마을 사람들은 이를 보고 몹시 놀라워했다.

중국 사람들은 호랑이를 만나면 도망치는 것도 어려운데 이렇게 호랑이를 죽이고 죽은 아이까지 찾아왔으니 대단한 일로 "역시 일본은 무술에 있어서는 비견할 나라가 없다."라며 칭찬을 아끼지 않았다지만, 아이가 죽었으니 어쩔 도리가 없는 일이었다.

21.
어떤 고관대신이 중장 시절에 죄수를
만나다 (157)

옛날에 한 고관대신이 아직 근위부 중장[63]이었을 무렵, 대궐로 출근하는 도중에 잡혀가는 승려가 있어 물어보았다.

"그 승려는 무슨 짓을 저질렀는가?"

"오랫동안 돌보아준 주인을 죽인 자입니다."

"그거 참으로 중죄를 지었군. 극악무도한 짓을 저질렀어!"

무심코 내뱉으며 지나가는데 이 말을 들은 이 승려가 서릿발 선 매서운 눈초리로 쏘아보아 중장은 괜한 말을 했나 싶어 왠지 섬뜩한 기분이 들었다. 가던 길을 계속 가는데 또 한 남자가 잡혀가고 있어 앞선 승려의 일에도 겁먹지 않고 물어보았다.

"이 자는 무슨 짓을 저질렀는가?"

---

63) 중장(中將). 근위부(近衛府)의 대장(大將)과 소장(少將)의 중간에 위치한 관직. 품계는 일반적으로 4품. 근위부는 제1권의 주 33을 참조.

"남의 집에 쫓겨 들어온 자입니다. 뒤를 쫓던 남자가 도망쳐서 이 자를 잡아가는 중입니다."

"별 탈이 없는 사람이 아닌가?"

잡혀가는 남자의 얼굴을 알고 있었기 때문에 풀어줄 것을 부탁하여 보내주었다.

대개 이러한 심성을 가지고 남의 불행을 보면 도와주는 사람으로 앞의 승려도 죄가 가벼우면 청해서 용서해주려고 물었던 것인데 저지른 죄과가 워낙 무거워 그와 같이 말을 했지만, 승려는 그것을 불온하게 여겼던 것이다. 그러고 나서 얼마 지나지 않아 대사면이 있어 그 승려도 감옥에서 풀려났다.

그런데 달이 휘영청 밝은 어느 날 밤에 사람들은 모두 퇴궐하거나 잠들어 있었지만 이 중장은 달을 감상하며 배회하고 있었다. 그때 누군가가 흙 담장을 뛰어 넘는다 싶더니 중장의 뒤쪽에서 중장을 끌어안고 날듯이 밖으로 뛰쳐나갔다. 어처구니가 없고 당황하여 무슨 일이 일어났는지 분간이 가지 않는 판에 무시무시한 자들이 몰려와서 멀리 후미진 산속 험악하고 무서운 곳으로 끌고 갔다. 그리고 잡목을 엮어 높이 쌓아올려 만든 듯한 곳에 꼼짝도 못하게 묶어두고는 말했다.

"쓸데없이 참견하는 놈은 이런 맛을 보는 거다. 대수롭지 않은 것을 중죄라고 거들어 갖은 고생을 다했단 말이야. 그 복수로 너를 불에 태워죽이겠다!"

사내들이 불을 마구 붙이니 마치 꿈을 꾸고 있는 듯하고 아직 젊고 세상물정을 모르던 때이기도 하여 제정신이 아니었다. 열기는 점차 뜨거워져 이제 곧 죽겠구나 하는데 산 위에서 엄청난 소리를 내며 화살[64]들이 날아왔다. 그 주위에 있던 사내들이 깜짝 놀라 '무슨 일이냐?'며 허둥대는 사이에도 화살은 비오듯 날아왔다. 이쪽의 사내들도 잠시 동안 화살을 쏘아대었지만 저쪽 사람의 수도 많다보니 대항할 수 없었던지 불이 번져가는 것은 아랑곳 하지 않고 흩어져 도망을 가 버렸다.

그때 한 남자가 나와서 말했다.

"얼마나 놀라셨습니까? 저는 모월 모일에 잡혀가다 나리의 덕분으로 풀려난 자입니다. 그때 참으로 고마워서 은혜를 갚으려고 기회를 엿보고 있었습니다. 그 당시에 그 승려의 일을 나쁘게 말씀하시어 승려가 늘 나리를 노리고 있는 것을 알고 나리께 알려드리려고 하였으나 제가 이렇게 늘 나리의 곁에 붙어 있으니 괜찮으리라 여겼습니다. 그런데 제가 잠시 한 눈을 판 사이에 이 지경이 되었습니다. 저 놈이 토담을 넘어 나올 때 맞닥뜨렸습니다만 그 자리에서 나리를 구해드리면 다치실 것 같아 여기까지 쫓아와서 이렇게 활로 놈들을 쫓아낸 것입니다."

그리고는 중장을 말에 태워 처음에 화를 입은 장소로 데려다주었다. 날이 희미하게 밝아서야 중장은 집으로 무사히 돌아왔다고 한다.

나이를 먹고 나서 실은 이러한 일을 겪었다고 사람들에게 이야기를 했던 것이다. 그 사람은 시조 다이나곤[65]이었다고 하는데 그게 사실일런지.

---

64) 원문에는 鏑矢(かぶらや)로 되어있다. 나무 또는 사슴뿔로 만든 순무 모양의 속이 빈 화살촉을 화살 끝에 붙인 화살을 말한다. 화살이 날아갈 때 빈 공간에 바람이 통하여 소리가 크게 난다.
65) 시조(四條) 다이나곤. 후지와라노 긴토(藤原公任, 966~1041)로 보는 설이 있다. 긴토는 섭정한 후지와라노 요리타다(藤原賴忠, 924~989)의 아들로 한시, 음악, 노래에 뛰어났다. 983~992년 동안 좌근위부(左近衛府)의 중장이었다.

22.
요제인 궁에 사는 요괴 (158)

옛날에 요제인[66]이 왕위를 물려주고 살던 곳은 오미야[67]에서는 북측, 니시노토인[68]에서는 서측, 아부라노코지[69]에서는 동측에 해당했다.

그 궁에는 요괴가 살고 있었다. 큰 연못을 마주보게 하여 지은 누각에 야간 수문장이 자고 있었는데 한밤중 즈음에 가느다란 손이 이 남자의 얼굴을 살살 비볐다. 어쩐지 섬뜩한 기분이 들어 칼을 뽑아 한쪽손으로 놈을 잡고 보니 옅은 남색 상위와 바지 하카마를 입은 노인으로 아주 초라한 모습을 하고 있었다. 노인이 말했다.

---

66) 요제인(陽成院). 요제 왕(陽成天皇, 재위 876~884).
67) 오미야(大宮). 현재의 오미야도오리(大宮通)로 헤이안 도읍 교토 내 남북으로 난 대로(大路).
68) 니시노토인(西洞院). 현재의 니시노토인도오리(西洞院通).
69) 아부라노코지(油の小路). 현재의 아부라노코지도오리(油小路通).

"나는 옛적부터 여기서 살고 있는 이 집주인이다. 우라시마타로[70]의 제자이기도 하다. 여기서 산 지가 천이백 여 해나 된다. 내 말을 잘 들어라. 여기에 사당을 지어 나를 모셔라. 그러면 어떻게든 지켜주겠다."

"나 혼자 힘으로는 할 수 없는 일이오. 이러한 상황을 상왕께 말씀 올려서 어떻게 해 보겠소."

"얄밉게 변명을 늘어놓고 있군."

그리고는 수문장을 세 번이나 위로 차올려 완전히 녹초가 되도록 한 다음 떨어지는 것을 입을 벌려 먹어버렸다. 요괴는 처음에는 보통 남자의 신장 크기로 보였는데 보고 있는 사이에 엄청나게 커져서 이 남자를 그냥 한 입에 삼켜버렸다고 한다.

---

70) 우라시마타로(浦島太郞). 일본 설화에 등장하는 전설상의 인물로 어부의 아들로 용궁을 방문했다.

23.
미나세전(殿)의 날다람쥐 (159)

　　고토바인[71] 때, 미나세전[72]에 밤마다 산에서 우산 크기만 한 광체가 빛을 발하며 사당으로 날아드는 일이 있었다. 서면(西面)과 북면(北面)을 경비하는 자들이 저마다 각자 이 정체를 밝혀 공로를 세우겠다는 마음에 용을 써 지켜보았으나 그 보람도 없이 날만 지나갔다. 그러던 어느 날 밤에 가게카타[73]라는 자가 혼자서 뜰에 있는 연못 안에 만들어놓은 섬에 누워 망을 보고 있었는데 예의 광체가 산에서 연못 위로 날아갔다. 일어날 겨를도 없이 똑바로 누운 채로 활을 힘껏 당겨 쏘

---

71) 고토바인(後鳥羽院). 고토바 왕(後鳥羽天皇, 재위 1183~1198)으로, 쓰치미카도 (土御門, 재위 1198~1210)·준토쿠(順德, 재위 1210~1221)·주쿄(仲恭, 재위 1221.05.13~1221.07.29일) 왕 3대에 걸쳐 원정(院政)을 행하였다.

72) 미나세전(水無瀨殿). 고토바인의 별궁. 오사카부 미시마군 시마모토초(大阪府 三島郡 島本町) 미나세 강의 남쪽에 있었다.

73) 가게카타. 가마쿠라 시대(鎌倉時代, 1185~1333)의 인물로, 우병위부(右兵衛府)의 3등관이었던 오가노 가게카타(大神景賢)라는 설이 있다. 병위부는 제3권의 주 43을 참조.

았더니 무언가가 맞은 소리와 함께 연못에 떨어지는 것이 있었다. 이 일을 사람들에게 알려 불을 켜고 연못을 살펴보니 기분 나쁠 정도로 큰 날다람쥐가 나이 들어 털도 벗겨진 채 억센 몸을 하고 물에 빠져 있었다.

24.
이치조 관람용 가옥에 나타난 요괴 (160)

옛날에 이치조(一條)⁷⁴⁾에 있는 관람용 가옥⁷⁵⁾에 묵고 있던 한 남자가 기생과 함께 누워 있었는데 한밤중이 되었을 무렵, 바람이 세차고 비가 내려 무시무시한데 큰 길에서 '제행무상'을 제창하며 지나는 자가 있었다.

"누구지?" 하고 덧문을 조금 밀어 올려 밖을 내다보니 처마까지 닿을만한 키에 말대가리를 한 요괴였다.

무서워서 덧문을 닫고 안으로 들어왔는데 이 요괴가 격자문을 밀치고 얼굴을 들이밀고는 "용케도 봤네, 봤어!"라고 하였다. 들어오면 찌르려고 칼을 뽑아 여자 곁에 두고 기다리고 있으니 "잘 보시라." 하고는 그냥 지나쳐갔다.

---

74) 이치조(一條). 이치조 대로를 말한다. 제12권의 주 32를 참조.
75) 가모 신사의 축제나 행차를 구경하기 위해 이치조 대로에 설치한 상설 건물.

저것이 백귀야행[76]이라는 놈인가 하는 생각에 겁이 덜컹 났다. 그로부터는 두 번 다시 이치조의 관람용 가옥에는 머물지 않았다고 한다.

---

76) 백귀야행(百鬼夜行). 밤에 열을 지어 돌아다닌다는 요괴.

제13권

01.
관모 끈 임자가 금을 얻다 (161)

  옛날에 병위부의 스케(佐)[1]를 지낸 사람이 있었다. 관모의 끈[2]이 길어서 사람들은 그를 '끈 임자'라고 불렀다. 교토 도읍 서쪽의 하치조 대로와 교코쿠 대로[3]가 교차하는 부근 밭 안에 별로 좋지 않은 자그마한 집이 한 채 있었다. 이 사람이 마침 그 앞을 지나다 저녁 소낙비가 와서 말에서 내려 그 집으로 들어갔다. 집안에는 한 여자가 있었다. 소낙비가 그칠 때까지 기다리려고 말을 끌고 들어가 작은 당궤 같은 평평한 돌에 엉덩이를 대고 앉아 있었다. 그는 작은 돌을 집어들어 자신이 앉아 있는 돌을 장난삼아 두드리고 있었는데 돌에 맞아 약간 패인 곳에 금빛이 났다. '뜻밖인데.' 라고 생각하고 벗겨진 곳을 얼른 흙으

---

1) 스케(佐). 병위부(兵衛府, 제3권의 주 43을 참조)의 차관. 품계는 종5품.
2) 관모를 상투에 고정시키는 끈.
3) 하치조 대로(八條大路)와 교코쿠 대로(京極大路)는 교토 도읍에서 서쪽 변두리이다.

로 덮어 감추고 여자에게 물어보았다.

"이 돌은 어찌 여기에 있소?"

"글쎄요. 이전부터 거기에 그렇게 있었던 겁니다. 옛날에 이 집터에는 부호의 집이 있었어요. 이 집은 그 창고였던 모양이고요."

여자의 말을 듣고 나서 자세히 살펴보니 과연 큰 주춧돌 같은 돌들이 있었다.

"앉아 계시는 그 돌은 창고자리를 밭으로 만들려고 두렁을 팔 때 땅밑에서 파낸 것입니다. 그것이 이렇게 집안에 있어서 파내려고 했지만 여자 몸으로 힘이 모자라 파내지 못했어요. 매번 거치적거려 화가 나지만 하는 수 없이 그대로 둔 거예요."

그래서 끈 임자는 '이 돌을 내가 가져야겠다. 나중에 눈치 빠른 놈의 눈에 띌지도 모르니.'라고 생각하고 여자에게 말했다.

"이 돌을 내가 가져가겠소."

"그거 잘 되었군요."

그래서 그 주변에 안면이 있는 천민을 시켜 짐수레를 빌려 돌을 싣고 나가려다가 돌을 그냥 가져가면 죄를 받을 것 같아 입고 있던 좋은 솜옷을 벗어 이 여자에게 주었다. 여자는 영문도 모르고 호들갑을 떨었다.

"이 돌은 당신에게 쓸데없지만 우리 집에 가져가면 쓸모가 있소. 그래 그냥 가져가기에는 미안하니 이 옷을 주는 것이오."

"당치 않은 말씀입니다. 필요 없는 돌인데 솜이 가득 든 이런 훌륭한 옷을 주시다니요, 더없이 과분합니다."

그리고는 옆에 있는 장대에 옷을 걸고서 두 손 모아 머리를 숙였다.

이윽고 짐을 싣고 집으로 가져와 조금씩 깎아 팔아 물건을 사니 쌀,

돈, 비단, 무늬 든 비단 등 많은 것을 살 수 있어서 엄청난 부자가 되었
다.

그런데 교토 서쪽인 시조 대로에서 북쪽, 고카몬 대로에서는 서쪽
에[4] 사람이 살지 않는 질퍽질퍽한 늪지가 일 정(町)가량 있었다.

그 늪지를 사들여도 값은 그리 들지 않을 것이라는 생각에 헐값을
주고 늪지도 사들였다. 땅주인은 쓸모없는 늪지라 밭으로 만들 수도
없고 집도 지을 수 없는 무용지물의 땅이라고 생각하여 싼 가격으로
라도 사겠다는 이 남자를 얼빠진 놈이라고 여기며 팔아넘겼다.

끈 임자는 이 늪지를 사들인 후 세쓰 지방[5]으로 내려갔다. 배 네다
섯 척을 가지고 나니와(難波) 해변으로 나갔다. 술과 죽 등을 많이 준
비하고 낫도 많이 준비하였다.

그리고 지나는 행인들을 불러 모아 "이 술과 죽을 드릴 테니 이 갈
대를 조금씩 베어 주시오."라고 했더니, 행인들은 기꺼이 모여들어 네
댓 다발, 열 다발, 두 서른 다발씩 베어 건넸다.

이러한 방식으로 사나흘 베도록 하니 벤 갈대가 산더미 같이 쌓였
다. 그것을 배 열 척에 싣고 교토로 향했다. 술을 충분히 준비해 놓아
상경하면서 왕래하는 사람들에게 "맨손으로 올라가지 말고 이 배의
그물을 좀 당겨주시오."[6]라고 부탁했다.

그러자 사람들이 술을 마시며 그물을 당겨주어 금세 가모가와강(賀
茂川)[7] 하류의 선착장에 도착했다. 거기서부터는 달구지 짐꾼에게 운

---

4) 현재의 교토시 나카교구 미부모리마치(京都市 中京區 壬生森町) 일대.
5) 세쓰 지방(攝津國). 현재의 오사카부(大阪府).
6) 교토에 올라가는 강변에 따라 난 둑에서 행인들이 그물을 당긴다.
7) 가모가와강(賀茂川). 교토시에 흐르는 일급 하천.

임을 주고 갈대를 그 늪지로 옮겨 깔고는 아랫것들을 고용하여 그 위에 흙을 덮고 마음먹은 대로 집을 지었다.

남쪽으로 일 정(町)의 땅은 다이나곤 미나모토노 사다무[8]라는 사람의 저택이었고, 북쪽으로 일 정의 땅은 이 끈 임자가 늪지를 묻어 만든 저택이었다. 그것을 이 다이나곤이 사들여 두 정 너비로 넓혔던 것이다. 그것이 소위 지금의 니시노미야(西の宮)이다. 이것은 예의 여자의 집에 있었던 금돌을 얻어 그것으로 밑천 삼아 만든 것이었다고 한다.

<hr />

8) 미나모토노 사다무(源定, 815~863). 사가 왕(嵯峨天皇, 재위 809~823)의 아들.

02.
모토스케가 말에서 떨어지다 (162)

옛날에 가인(歌人) 모토스케[9]가 내장료의 스케[10]라는 자리에 올라 가모 축제[11] 칙사로 일할 때의 일이었다. 그가 이치조 대로를 지날 때 당상관들이 수레를 잔뜩 늘어세워 놓고 구경을 하고 있었다. 그런데 모토스케는 그 앞을 유유히 지나면 될 것을 당상관들이 쳐다보는 것을 의식한 나머지 말을 세차게 차 말이 버둥대는 바람에 말에서 떨어지고 말았다. 나이를 먹은 그는 머리를 아래로 한 채 땅에 곤두박질쳤다. 귀족 자제들이 저런, 큰일 났다며 바라보고 있는 중에 재빠르게 일

---

9) 모토스케(元輔). 기요하라 모토스케(淸原元輔, 908~990)로, 헤이안 시대 수필 〈마쿠라노소시(枕草子)〉를 지은 세쇼나곤(淸少納言)의 아버지이다. 스오(周防, 현재의 야마쿠치현(山口縣) 동남쪽)와 히고(肥後, 현재의 구마모토현(熊本縣))의 태수를 역임했다.

10) 내장료의 스케(助). 내장료(內藏寮)의 차관. 품계는 정·종6품. 내장료는 왕을 보좌하거나 공문서, 제위 등 조정의 사무 전반을 담당한 중무성(中務省) 관청에 속하는 부서이다.

11) 가모 축제(賀茂祭). 제12권의 주 30을 참조.

어나긴 했지만 머리에 쓴 관이 벗겨져 버렸다. 그런데 머리에는 상투가 없었다. 그냥 반질반질한 단지를 뒤집어쓴 모양을 하고 있었다.

말 끄는 시종이 당황하여 관모를 얼른 주워 씌우려고 하였지만, 모토스케는 그것을 머리 뒤쪽으로 밀어내며 "저런 호들갑은. 기다려라. 도련님들께 드릴 말씀이 있느니라." 하고 당상관들이 있는 수레로 다가갔다. 햇빛이 비쳐 머리가 번들거려 보기가 흉측했다. 한길에 있는 사람들이 성시를 이루며 시끌벅적하게 웃었다. 수레를 탄 사람도 객석의 구경꾼들도 웃으며 떠들고 있는데 모토스케는 그 중 한 수레 쪽으로 다가서서 말했다.

"이보시오. 말에서 떨어져 관이 벗겨진 게[12] 뭐 그리 우습게 보인단 말이오? 그렇게들 생각 마시오. 그 이유는 이러하오. 매사 조심스러운 사람도 물건에 걸려 넘어지는 것은 늘상 있는 일인데 하물며 말에서는 언제 떨어질지 모른다오. 말이 분별력이 있는 것도 아니고 또 이 길에는 군데군데 돌이 튀어나와 있지 않소. 말은 끈으로 주둥이를 죄고 있으니 걸으려고 해도 제대로 걸을 수가 없어요. 게다가 이리 당기고 저리 당기고 하여 빙글빙글 돌기 때문에 자칫하면 떨어지기 십상이오. 말을 욕할 수도 없지 않소. 중국식 안장은 납작하여 등자에는 발을 걸 수가 없어요. 게다가 말이 세차게 돌에 걸리기라도 하면 떨어지기 일쑤라오. 떨어지는 것은 꼴불견이 아니란 말이오. 또 관모가 벗겨진 것도 그러하오. 관모는 끈 따위로 묶어둘 수 없고 건자(巾子) 안에 머리카락을 잘 쓸어 넣어 고정시키는 것이오. 그런데 내 머리는 나이가 들어 빠져 관모를 고정시킬 수 없단 말이오. 그래서 관모가 벗겨져

---

12) 당시에는 관을 쓰지 않는 것은 예의를 모르는 수치로 여겼다.

도 그것을 원망할 길이 없지 않소. 또 이러한 일은 예전에 없었던 것도 아니고. 대신 아무개는 대상제(大嘗祭)[13] 정화의식[14] 때에 떨어졌지요. 주나곤 아무개는 이러저러한 해에 출타 중에 떨어지기도 하였소. 이러한 예를 들자면 한이 없어요. 그러니 사정을 알지 못하는 요즘 젊은 도련님들이 웃을 일이 아니란 말이오. 웃는 게 오히려 바보짓이오."

수레 하나하나에 손가락을 접어 헤아리며 일러주었다.

이렇게 말을 다 마치고 나서 관모를 가지고 오라고 하여 받아 썼다. 그때 왁자그르르 한바탕 웃음바다가 되었다. 관모를 씌어주려던 시종이 옆에 와서 물었다.

"관모를 떨어뜨렸을 때 바로 쓰시지 않으시고 어찌 그런 쓸데없는 말씀을 하셨습니까?"

"바보 같은 소리 마라. 도리에 맞는 이런 말을 해두어야지 나중에라도 웃지 않을 게야. 이렇게라도 해두지 않으면 험담하기 좋아하는 도련님들은 두고두고 웃음거리로 삼을 것이야."

시기적절하게 사람을 웃길 줄 아는 그런 인물이었던 것이다.

---

13) 대상제(大嘗祭). 오니에노 마쓰리(大嘗祭)라 하여 새 왕이 즉위 한 첫 11월에 그 해 수확한 곡식을 신에게 바치는 의식이다.
14) 고케(御禊)라 하여 오니에노 마쓰리를 하기 전 10월에 왕이 교토시에 흐르는 아라미가와(荒見川)나 가모가와(賀茂川) 강변에 나가서 행해진 부정을 씻는 의식을 말한다.

03.
도시노부가 사람을 미혹하는 신령을
만나다 (163)

　옛날에 산조인[15]이 야하타[16]로 가는 행차에, 좌경직[17]의 사칸[18]으로 구니노 도시노부[19]라는 자가 동행을 했는데 나가오카[20]에 있는 데라도[21]라는 부근을 지날 때에 사람들이 이런 말을 했다.

　"이 부근에는 사람을 미혹하는 신령이 있다고 합니다."

　"나 도시노부도 그런 말을 들은 적이 있소."

---

15) 산조인(三條院). 산조 왕(三條天皇, 재위 1011~1016)으로 양위 후 머문 처소명칭을 따서 이렇게 불렀다.

16) 야하타(八幡). 이와시미즈하치만구(岩淸水八幡宮)를 말한다. 교토부 야와타시(京都府 八幡市)에 있는 신사이다.

17) 좌경직(左京職). 제2권의 주 21을 참조.

18) 사칸(屬). 위의 주 참조.

19) 구니노 도시노부. 원문에 '邦の俊宣'라고 되어 있는데 누구인지 확실치 않다.

20) 나가오카(長岡). 784~794년간에 도읍지였으며 현재의 교토부 무코시(京都府 向日市).

21) 데라도(寺戸). 현재 교토부 무코시 시내.

이렇게 응답을 하고 길을 가는데 아무리 걸어도 길이 진척되지 않고 해도 점점 기울어갔다. 지금 같으면 야마자키[22] 근처에 당도할 시각인데 이상하게도 여전히 나가오카 근처를 지나 오토쿠니가와강 부근을 지나는가 싶더니 다시 데라도 언덕을 올라가고 있었다. 데라도를 지나 앞을 재촉하자 또 오토쿠니가와강 부근에 와서 강을 건너는가 싶더니 앞서 지난 가쓰라가와강[23]을 다시 건너고 있었다.

점차 날도 저물었다. 앞뒤 따르는 사람들은 그림자 하나 보이지 않고 전후로 길게 이어져 있던 사람들의 모습도 보이지 않았다. 밤이 깊어 데라도 서쪽의 판잣집 처마 아래에 내려 밤을 지새우고 다음날 새벽에 생각을 해보았다.

'좌경직 관리인 나는 어젯밤에는 구조(九條)에서 숙박했어야 했거늘. 여기까지 와버리다니 어처구니가 없군. 더욱이 같은 장소를 밤새 돌고 돈 것은 구조 부근부터 사람을 홀리는 신령이 들어붙어 나를 끌고 다녔던 것인데 그것도 모르고 이 지경이 되어버렸군.'

그리고 밤이 밝아 새벽이 되어서야 서경(西京)[24]에 있는 자신의 집으로 돌아왔다.

이 이야기는 도시모토가 제 입으로 말한 것이다.

---

22) 야마자키(山崎). 교토부 오토쿠니군 오야마자키초(京都府 乙訓郡 大山崎町).
23) 가쓰라가와강(桂川). 교토부에 흐르는 강.
24) 교토의 스자쿠 대로(朱雀大路)에서 서쪽 구역.

04.
거북이를 사서 놓아주다 (164)

　옛날, 인도 사람이 귀한 물건을 사기 위해 아들에게 오십 관(貫)[25] 의 돈을 줘서 보냈다. 아들이 큰 강가를 지나는데 배를 탄 사람이 있었 다. 배 쪽을 건너다보니 거북이가 뱃전에서 머리를 내밀고 있었다. 돈 을 가진 아들이 멈춰 서서 물었다.

　"거북이를 어떻게 할 셈이오?"

　"죽여 어디에 쓸 생각이오."

　"그 거북이를 내가 사지요."

　이 뱃사람이 아주 소중한 일에 쓰려고 준비해 둔 거북이어서 아무 리 돈을 많이 줘도 팔지 않는다고 해도, 아들은 손을 싹싹 빌듯 하여 가진 이 오십 관을 다 주고 거북이를 사서 놓아주었다. 그리고 속으로 아버지가 귀한 물건을 사고자 돈을 줘서 나를 다른 지역으로 보냈는

---

25) 금화를 헤아리는 단위이다.

데 그 돈을 거북이 사는 데 다 써버렸으니 얼마나 화를 내실까 하고 생각하였다. 하지만 그렇다고 집에 돌아가지 않을 수 없어 돌아가는 도중에 어떤 사람이 말했다.

"당신한테 거북이를 판 사람은 이 강 하류 나루터에서 배가 뒤집혀 죽었습니다."

이 말을 들은 후 집에 돌아와 거북이를 사는 데 돈을 써버린 경위를 말하려고 하는데 아버지가 먼저 말을 꺼내 물었다.

"왜 이 돈을 나한테 되돌려 주느냐?"

"그런 일 없습니다. 그 돈으로 이러저러하여 거북이를 사서 놓아주었어요. 그것을 말씀드리려고 이렇게 돌아왔습니다."

아들이 대답했다.

"검은 복장을 한 사내 다섯 명이 각기 돈 열 관씩 들고 왔었다. 이게 그 돈이야."

아버지가 보인 돈은 아직 물에 젖어 있었다.

실은 사서 놓아준 거북이가 강에 떨어지는 그 돈을 보고 주워서 아들이 돌아오기 전에 앞서 그의 아버지에게 보냈던 것이었다.

05.
꿈을 산 사람 (165)

옛날, 비추 지방[26]에 한 군사(郡司)[27]가 있었다. 그 자식에 히키노 마키히토[28]라는 자가 있었다. 그가 젊었을 때 꿈을 꾸었는데 그 꿈이 무슨 의미인지 알고자 해몽하는 여자를 찾아가 해몽을 한 후 한창 잡담을 하고 있었다. 마침 그곳으로 많은 사람들이 시끌벅적하게 들어오는 소리가 났다. 그들 중에는 태수의 장남이 있었다. 나이는 열 일곱 여덟 가량의 젊은이였다. 마음씨는 어떤지 알 수 없으나 얼굴생김새는 말끔했다. 동행한 사람이 네댓 명 되었다.

"여기가 꿈 풀이를 한다는 집이더냐?"

"그렇습니다."

---

26) 비추 지방(備中國). 현재의 오카야마현(岡山縣) 서쪽 지역.

27) 군사(郡司). 제1권의 주 12를 참조.

28) 히키노 마키히토. 기비노 마키비(吉備眞備, 695~775)로 알려진다. 당나라에 갔다가 귀국하여 쇼무 왕(聖武天皇, 재임 724~749)에게 신임을 얻고 재차 당나라에 갔다가 766년에 우대신(右大臣)에 올랐다.

동행한 무사들이 대답을 하며 들어오기에 마키히토는 집 안쪽으로
들어가 한 방에 들어 문구멍으로 이 방을 엿보았다. 그러자 태수의 장
남이 방에 들어와서 말했다.

"이러저러한 꿈을 꾸었느니라. 어떤 꿈이더냐?"

여자가 꿈 풀이를 했다.

"입신출세하실 좋은 꿈입니다. 반드시 대신[29]까지 오를 것입니다.
아무리 봐도 훌륭한 꿈을 꾸셨습니다. 부디 절대로 다른 사람에게 말
해서는 안 됩니다."

태수의 아들은 여자의 해몽을 듣고 기뻐하며 입었던 옷을 사례로
주고 돌아갔다.

그때 마키히토가 방에서 나와 여자에게 말했다.

"꿈을 훔친다는 이야기를 들은 적이 있네. 태수 아들의 꿈을 내게 주
게나. 태수는 네 해의 임기를 마치면 상경하네. 나는 이 지방 사람이니
여기서 계속 살 거고, 게다가 군사 아들인 나를 중히 여기는 게 좋을
걸세."

"말씀대로 하겠습니다. 그럼 아까 태수 도련님이 들어오신 것처럼
들어오셔서 그 도련님이 말씀하신 대로 하나도 빠짐없이 꿈을 이야기
하십시오."

마키히토는 기뻐하며 태수 아들이 했던 대로 들어와서 꿈 이야기를
하니 여자도 태수 아들에게 말했던 것처럼 똑같이 말을 했다. 마키히
토는 아주 흡족히 여기며 입은 옷을 벗어 여자에게 주고 나왔다.

---

29) 대신(大臣). 최고 행정기관인 태정관(太政官)의 최고관직인 태정대신(太政大臣,
   정·종1품), 좌대신, 우대신, 내대신(정·종2품)을 아우르는 말이다.

그런 일이 있은 후 마키히토가 학문을 익히니 날마다 눈에 띄게 진척이 되어 학식 높은 사람이 되었다. 왕도 그의 평판을 듣고 불러 학문을 시험해보자 참으로 재능이 깊어 당나라에 가서 선진문물을 잘 배워오라며 파견을 했다. 오랫동안 당나라에 머물면서 여러 학문을 배우고 돌아오니 왕이 뛰어난 인물이라며 차츰 높은 벼슬을 맡겨 대신에까지 올랐다.

그러하기에 꿈을 훔친다는 것은 정말로 무서운 일이다. 그 꿈을 빼앗긴 비추 태수 아들은 관직도 얻지 못하고 끝나고 말았다. 만약 꿈을 빼앗기지 않았더라면 대신에도 올랐을 텐데 말이다. 그러니까 꿈은 남한테 말하는 것이 아니라고 전해지는 것이다.

06.
오이노 미쓰토 여동생의 강인한 힘 (166)

옛날에 가이 지방[30]의 씨름선수 오이노 미쓰토[31]는 키는 작달막했지만 몸집이 크고 단단하며 힘이 세고 발 움직임이 빨랐다. 얼굴생김새를 비롯해 인품을 갖춘 훌륭한 선수였다. 그의 여동생은 스무 예닐곱 가량으로 자태나 됨됨이, 또 사람을 대하는 태도도 썩 좋았는데 호리호리하였다. 오빠와는 떨어져 살았는데 그 집 문으로 사람에게 쫓겨 칼을 들고 들어온 사내가 이 여동생을 인질로 삼아 배에 칼을 들이대고 있었다.

이 집 사람이 오빠 미쓰토에게 달려가서 전했다.

"아씨가 인질로 잡혔습니다."

"그 애는 사쓰마[32]의 우지나가[33]가 아니면 인질이 되지 않느니라."

---

30) 가이 지방(甲斐國). 현재의 야마나시현(山梨縣).
31) 오이노 미쓰토(大井光遠). 이치조 왕(一條天皇, 재위 986~1011) 때의 씨름선수.
32) 사쓰마(薩摩). 가고시마(鹿兒島)의 서쪽 지역.
33) 우지나가(氏長). 오토모 우지나가(大伴氏長)로 9세기말에 씨름선수로 유명하였다.

미쓰토는 그렇게 대답하고는 아무렇지도 않는 듯이 태연하였다. 그래서 이를 고한 남자는 의아해하며 돌아와 숨어서 몰래 상황을 지켜보았다. 때는 9월 즈음이어서 인질이 된 여동생은 연자빛깔 홑옷에다 단풍빛깔 아랫도리를 입고 손으로 입을 막고 있었다.[34] 집에 들어온 사내는 키가 크고 생김새가 무서웠는데 여동생의 뒤쪽에서 발로 안듯 잡고 금방이라도 배를 찌를 듯 큰 칼날을 들이대고 있었다.

이 여동생은 왼손으로는 얼굴을 감싸 울면서 오른손으로는 앞에 있는 다듬기 전의 거친 시죽(矢竹) 이삼십 개를 잡아 아무렇지 않게 마디 부분을 마루에 대고 손가락으로 눌러 뭉겠다. 그러자 시죽은 썩어 부드러워진 나무를 눌러 으깨듯이 부셔져 버렸다. 도둑이 눈을 돌려 그 광경을 보고는 깜짝 놀랐다.

'힘이 장사인 오빠가 쇠망치로 부숴도 이 정도는 되지 않을 텐데. 놀라운 힘이구나. 이래서는 도리어 내가 당장이라도 으깨질 게야. 이 여자를 인질로 잡고 있어도 소용이 없겠어. 도망을 쳐야겠어.'

이런 생각을 하며 사람 눈을 피해 재빠르게 내달렸는데 그와 동시에 사람들이 그의 앞으로 달려가서 붙잡았다. 그리고 도둑을 묶어 미쓰토에게로 데리고 갔다. 미쓰토가 물었다.

"무슨 생각으로 도망을 쳤느냐?"

"큰 시죽 마디를 썩은 나무를 으깨듯 으깨 부숴버리니 너무 놀라고 두려워서 도망을 쳤습니다."

그러자 미쓰토는 웃으며 말했다.

"네가 무슨 짓을 하던 동생은 아마 너를 해치려고 하지 않았을 것

---

34) 두려움에 떨 때 하는 행위이다.

이야. 해치려 했다면 네 놈의 손을 잡아 비틀어 쳐올렸을 것이고 그러면 너의 어깨뼈는 위로 튀어나오며 부려졌을 것이다. 팔은 완전히 빠졌을 거고. 천만다행으로 동생이 너를 비틀지 않았어. 나도 너 같은 것은 맨손으로 죽일 수 있어. 팔을 비틀어 배나 가슴을 밟으면 너는 살아남지 못해. 그런데 동생의 힘은 나 같은 사람 갑절이나 되거든. 저렇게 호리호리하게 여자 같아도 내가 장난삼아 동생 손을 잡아 힘겨루기를 하면 잡은 내 팔이 도리어 잡혀 저절로 펴져서 동생을 놓게 된다 말이지. 참으로 동생이 남자였다면 맞설 상대가 없을 텐데…… 여자라서 애석하단 말이야.”

이 말을 듣고 도둑은 까무러칠 뻔하였다. 여자라 좋은 인질이 되겠다고 생각했는데 얼토당토않은 일이었다.

“너를 당장에라도 죽일 수 있지만. 동생 목숨이 위험했다면 죽일 것이나 도리어 네가 죽을 뻔했는데 용케도 재빨리 도망을 쳐서 목숨을 건졌구나. 동생은 큰 사슴뿔을 무릎에 얹어 작은 고목가지를 꺾듯 너를 꺾을 수 있었는데 말이야.”

이렇게 말하며 도둑을 쫓아버렸다.

07.
중국인이 양으로 환생한 딸을 알지 못하고
죽이다 (167)

　옛날에 중국에 한 관리가 되어 임지로 내려가려는 자가 있었다. 이름은 경식(慶植)이라고 하였다. 그에게는 딸이 하나 있었다. 누구도 따를 수 없을 만큼 자태가 아름다웠지만 여남은 살 먹어 죽어서 부모의 슬픔은 이루 말할 수가 없었다.

　그런데 이태 정도 지나 시골 임지에 내려가게 되어 일가친척이나 동배형제들에게 작별 인사를 할 생각이었는데 사람들이 모이면 대접할 양을 시장에서 사오기로 했다. 그때 아이의 어머니가 꿈을 꾸었는데 죽은 딸이 푸른 옷을 입고 머리에는 하얀 헝겊을 둘러 옥비녀 한 쌍을 꽂은 모습으로 나타났다. 딸의 모습은 살았을 때와 다를 바 없었다. 그가 어머니를 향해 말을 했다.

　"제가 살았을 적에 부모님께서는 저를 애지중지하여 만사 마음대로 하도록 내버려 두셨습니다. 그래서 저는 사전에 말씀드리지도 않고 물건을 멋대로 사용하고 또 남들에게 주기도 하였습니다. 훔친 것이라고는 할 수 없지만 부모님께 양해를 구하지 않고 저지른 죄로 인해 저는 지금 양으로 다시 태어나게 되었습니다. 이 집에 와서 그 죗값을 치르고자 합니다. 내일이면 목이 흰 양을 사 와서 죽이려고 할 것입니다. 제발 저의 목숨을 구해 주세요."

어머니는 놀라 잠에서 깨어나 그 다음날 아침에 음식을 장만하는 곳으로 가보니 정말로 푸른 몸에 목이 흰 양이 있었다. 정강이와 등이 하얗고 머리에는 반점 두 개가 있었다. 반점이 있는 자리는 사람들이 비녀를 꽂는 곳이었다. 이것을 보고 요리하는 사람에게 말하며 말렸다.

"잠시 기다려라. 그 양을 죽이지 마라. 나리가 돌아오시면 사정을 말하고 그 양을 살려주련다."

그런데 태수가 밖에서 돌아와서는 꾸짖었다.

"사람들께 대접할 음식이 왜 이리 늦느냐?"

"그게 사실은 양을 요리해서 내려고 하는데 마님께서 '나리께 말씀드려 양을 살려주려 하니 죽이지 말고 잠시 기다리라.'고 하며 말리셔서 기다리고 있었습니다."

태수는 화를 냈다.

"무슨 당치 않은 소리를 하느냐?"

양을 죽이려고 매달았는데 그곳으로 손님들이 와서 보니 무척 귀엽고 예쁜 얼굴을 한 여남은 살 먹은 여자아이가 밧줄에 머리카락이 묶인 채 매달려 있었다. 여자아이가 말했다.

"나는 태수의 딸인데 양이 되었습니다. 내 목숨을 여러분들께서 구해주세요."

"아, 저런! 양을 죽이지 말라. 태수께 말씀드리겠다."

사람들이 태수에게로 갔다. 그런데 음식을 장만하는 사람에게는 이 양이 보통의 양으로 보였다. 그래서 필시 태수가 음식이 늦다며 화를 내리라 생각해 양을 죽여 버렸다. 양 우는 소리가 죽인 사람의 귀에는 그저 양이 우는 소리로만 들렸다.

양을 죽여서 볶고 삶고 여러 음식을 마련했지만 손님들은 누구도 입에 대지 않고 돌아갔다. 태수가 이상히 여기고 사람들에게 물어보니 이러저러하다고 자초지종을 말했다. 태수는 그제서 까닭을 알고 허둥대며 괴로워하였는데 마침내 그것으로 병을 얻어 죽어버리는 바람에 시골 임지에도 내려가지 못한 채 끝나고 말았다고 한다.

08.
이즈모지절 별당이 메기가 된 아버지를 알고도 죽여서 먹다 (168)

옛날에 궁궐 북쪽에 가미쓰 이즈모지[35]라는 절이 창건된 후 세월이 지나 불당이 기울었지만 제대로 수리할 사람도 없었다. 그 근처에 이 절의 별당이 살고 있었다. 그의 이름은 조카쿠(上覺)라고 하였다. 이 사람은 사망한 전 별당의 아들이었다. 이 절은 잇따라 처자를 둔 승려가 절을 운영하고 있었는데 점점 절은 낡아 황폐해져 갔다. 그런데 이 절은 덴교 대사[36]가 당나라에서 천태종을 세우려고 장소를 물색할 때에 그림으로 그려 보냈던 그 절이었다고 한다. 다카오,[37] 히에잔산,[38]

---

35) 가미쓰 이즈모지(上つ出雲寺). 일본에 천태종을 보급한 사이초(最澄, 767~822)가 782~806년에 창건한, 불의로 죽은 사람의 영을 달래는 제례 법당이다. 교토시 가미교구(上京區)에 있는 가미고료 신사(上御靈社) 경내에 있었다. 주지가 있었던 것을 보면 큰 사찰이었던 것을 짐작하게 한다.
36) 덴교 대사(伝敎大師). 사이초를 말한다.
37) 다카오(高雄). 교토시 우쿄구 우메가하타(右京區 梅ヶ畑)의 일대. 산 정상에는 다카오야마진고지절(高雄山神護寺)이 있다.
38) 히에잔산(比叡山). 제1권의 주 42를 참조.

가미쓰 이즈모지 중에 어느 곳에 세우는 것이 좋겠는가? 이런 얘기가 있었을 때에 '그 절터는 다른 어느 곳보다 빼어나지만 승려들이 칠칠치 못할 것이다.'라고 하여, 그래서 취소된 곳이었다. 참으로 성스러운 땅인데 어찌 된 셈인지 이토록 황폐해져 버렸다.

그런데 이 조카쿠가 꿈을 꿨는데 전 별당인 아버지가 몹시 늙은 모습으로 지팡이를 짚고 나타나서 말했다.

"내일 모래 미시(未時)에 바람이 세차게 불어 이 절은 붕괴될 것이다. 그런데 나는 이 절 지붕 기와 밑에서 세 척 되는 메기가 되어 살고 있단다. 갈 곳도 없고, 물도 적고, 좁고 어두운 공간에 있으려니 정말로 괴롭구나. 절이 넘어져 거기서 흘러나와 내가 뜰에 기어 다니면 아이들이 나를 때려죽이려 할 것이다. 그때 네 앞으로 갈 테니 아이들이 잡지 못하도록 하고 나를 가모가와강[39]에 방류하거라. 그러면 살아난 기분이 들 것이다. 물이 많은 곳으로 가서 즐기며 살겠다."

조카쿠가 잠에서 깨고는 이러한 꿈을 꿨다고 식구들에게 이야기하자, 도대체 무슨 일이냐며 모두 걱정들을 했다. 그리고 그 날은 저물었다.

죽은 아버지가 알린 그 날이 오자, 오시(午時) 끝날 무렵부터 갑자기 하늘이 흐려지더니 바람이 강하게 불어 나무가 꺾이고 집이 쓰러질 정도였다. 사람들은 허겁지겁 집들을 바로잡는 등 소동을 피우지만 바람은 점점 거세게 불어댔다. 마을의 집들이 모조리 바람에 날려 쓰러지고 야산의 대나무, 나무들도 넘어지고 부러졌다. 이 절도 정말로 미시 즈음이 되자 바람에 날려 쓰러져버렸다. 기둥은 꺾이고 용마

39) 제13권의 주 7을 참조.

루는 무너져 손 쓸 도리가 없었다. 지붕 뒤쪽 공간에 해마다 빗물이 고여 커다란 물고기가 많았다. 주변 사람들이 통을 들고 고기를 쓸어 담느라 떠들썩한데 그때 세 척 될 성싶은 메기가 팔딱거리며 뜰로 기어 나왔다. 꿈에서 고한 것처럼 메기는 조카쿠 앞으로 왔는데 그것을 알아차리지 못하고 크고 살쪄 있는 것에만 눈이 팔려 큰 쇠작대기로 대가리를 찔러 들고 장남을 부르며 "이것 봐라!"고 하였다. 그러자 물고기가 커서 힘에 부쳐 풀 베는 가위로 아가미를 잘라 싸게 하여 집안으로 들고 들어갔다. 다른 고기들도 가지런히 통에 담아 여자들 머리에 얹어 옮기게 하고 자신의 승방으로 돌아왔다.

"이 메기는 당신 꿈에 본 그 고기가 아니오. 왜 죽였어요?"

아내가 걱정을 하였다. 그러나,

"우리 아이가 아니더라도 다른 애들이 죽었을 텐데 뭐. 하는 수 없지. 나는……"

이와 같이 말을 하고는,

"다른 사람도 아니고 우리 장남이나 차남이 먹을 테니, 죽은 아버지도 기뻐하실 것이오."

하며 메기를 똑똑 잘라 삶아 먹었다.

"기묘한 맛이군. 어찌 된 셈인지 다른 메기보다도 맛이 좋아. 아버지 살이라 그럴 거야. 이 국물을 후루룩 마셔라."

이렇게 말을 하며 다함께 먹고 있는데 큰 뼈가 조카쿠의 목에 걸려 '꿱, 꿱' 하고 소리를 질러 보지만 바로 빠지지도 않아서 괴로워하다 마침내 죽고 말았다. 아내는 께름칙하게 생각되어 그 후 메기를 못 먹게 되었다고 한다.

09.
염불승이 마왕생(魔往生)[40]하다 (169)

　옛날, 미노 지방[41] 이부키야마산[42]에서 오랫동안 수행을 쌓은 덕 높은 승려가 있었다. 아미타불 아니고는 알지 못하고 오로지 염불만 하며 세월을 보내고 있었다. 하루는 밤이 깊도록 불전에서 염불을 하고 있는데 공중에서 소리가 들려왔다.

　"너는 정성을 다해 나를 믿는구나. 이제는 염불의 횟수도 많이 쌓였으니 내일 미시(未時)에 반드시 너를 맞이하러 오겠노라. 조금도 염불을 게을리 해서는 안 되느니라."

　승려는 그 소리를 듣고 더욱더 염불에 공을 들여 물을 뿌리고, 향불도 피우며, 산화[43]도 하고, 제자들에게도 함께 염불하도록 하여 서쪽

---

40) 마(魔)의 장난에 놀아나 정토가 아닌 다른 곳에 왕생하는 것.
41) 미노 지방(美濃國). 현재의 기후현(岐阜縣) 남부.
42) 이부키야마산(伊吹山). 시가현(滋賀縣)과 기후현에 걸쳐 있는 산. 해발 1377미터.
43) 산화(散華). 불전에 꽃을 뿌리는 공양의식.

을 향해 앉아 있었다. 그러는 중에 점차 빛을 발하는 듯한 것이 나타났
다. 손을 모아 비비며 염불을 올리고 쳐다보니 부처 몸에서 금색 빛을
발하며 이쪽으로 비쳐왔다. 마치 가을 달빛이 구름 사이로 비치는 것
같았다. 갖가지 꽃이 떨어지고 백호[44]의 빛이 승려를 비췄다. 이때 승
려는 엉덩이를 치켜세우듯 우러러 절하기를 그치지 않았다. 염주 끈
도 끊어질 정도였다. 관음보살이 연화좌를 받쳐 들어 승려 앞에 다가
오니 자색구름이 짙게 드리웠는데 승려는 그 가까이로 기어가 연화좌
에 올랐다. 그리고 서쪽으로 사라졌다. 승방에 남은 제자들도 성스러
움에 눈물을 흘리면서 승려의 내생을 빌었다.

그로부터 일곱 여드렛날이 지나 승려의 잡일을 도왔던 제자 중들이
염불스님께 따뜻한 물을 끼얹어 드리자며 나무를 자르러 깊은 산속으
로 들어갔는데, 맞은편 저 멀리 폭포에 감춰지듯 무성히 자란 삼나무
가 있었다. 그 나뭇가지에서 고함을 지르는 사람 목소리가 들려왔다.
이상히 여기며 올려다보니 중이 벌거벗은 채로 가지에 묶여 있었다.
나무를 잘 타는 제자 중이 올라가 보니 일전에 극락왕생한 스승이 덩
굴 풀로 묶여 있었다.

"스승님께서 어찌 이런 일을 당하셨습니까?"

다가가서 묶은 것을 풀려고 했다. 그러자 스승이 말했다.

"부처님께서 이제 곧 맞이하러 올 테니 잠시 이렇게 있도록 하라고
하시고 가셨는데 왜 끈을 푸는 것이냐?"

그래도 끈을 풀자 소리를 쳤다.

"아미타불. 나를 죽이려는 자가 있네. 어이, 어이!"

---

44) 백호(白毫). 부처의 양 눈썹 사이에 있다는 희고 빛나는 털.

그러나 중들이 나무에 올라가 스승을 풀어 내려와 승방으로 데리고 왔는데 참으로 어이없는 일이라며 제자들은 탄식을 쏟아냈다. 스승은 제정신을 잃은 채 이틀 사흘 만에 죽고 말았다. 행덕은 있으되 지혜가 모자라는 승려는 이와 같이 덴구[45]에게 속아 넘어갔던 것이다.

---

45) 덴구(天狗). 얼굴이 붉고 코가 길며 하늘을 나는 신통력을 가진 산속에 산다는 상상의 동물.

10.
지카쿠 대사가 교힐성에 들어가다 (170)

　옛날, 지카쿠 대사[46]가 불법을 배워 전하려고 당나라에 건너가 있을 때, 회창(會昌) 연간[47]에 당나라 무종[48]이 불교를 탄압하여 당탑(堂塔)[49]을 부수고 비구와 비구니를 잡아다 죽이거나 환속시키는 난을 만났다. 대사도 쫓겨 도망치다 어느 불당 안으로 들어갔다. 쫓는 역졸이 불당으로 들어와 찾았는데 대사는 어찌 할 도리가 없어 불상 속에 숨어들어 부동존(不動尊)에게 기도를 하였다. 역졸이 돌아다니며 찾는 중에 여태 없었던 새 부동존이 다른 불상에 섞여 있는 것이 보였다. 수상히 여기고 안아 내리니 대사는 본래의 모습이 되었다. 역졸이 놀

---

46) 지카쿠 대사(慈覺大師). 14세에 히에잔산(比叡山)에 올라 사이초(最澄, 제8권
　　의 주 36을 참조)에 사사했다. 838년에 당나라에 들어가 오대산 등에서 수학하고
　　847년에 일본에 돌아왔다. 854년에 제3대 천태좌주에 취임했다.
47) 회창(會昌) 연간. 당나라 무종(武宗)의 치세 841~846년간을 말한다.
48) 회창 3년(843) 이후 도교 이외의 다른 종교를 금지하고 불교에 큰 탄압을 가했다.
49) 당탑(堂塔). 불당과 탑묘(塔廟).

라서 황제에게 이 사실을 아뢰자, 황제가 다른 나라의 중이니 빨리 이 나라에서 추방하라고 하여 대사를 놓아주었다.

대사는 다행스럽게 여기고 다른 지방으로 도망을 쳤다. 도중에 멀리 산을 넘어가자 인가가 있었다. 집 주위로 흙 담장을 높이 쌓아올렸는데 문이 하나 있고 거기에 한 사내가 서 있었다. 반가움에 물었더니 사내가 대답했다.

"이 집은 부잣집이오. 스님은 어디에서 온 뉘신지요?"

"일본에서 불법을 배워 전하려고 온 중이오. 그런데 이렇게 어이없는 난을 만나 잠시 숨어있고 싶소이다."

"이곳은 사람이 좀체 오지 않는 곳이오. 잠시 여기에 계시다가 세상이 조용해지고 나면 나가서 불법을 배우시지요."

그래서 대사가 기뻐하며 안으로 들어가니 사내는 문을 단단히 잠갔다. 그리고 안으로 들어가기에 그 뒤를 따라가 보자 온갖 집들이 연이어 서 있고 사람들로 떠들썩했다. 대사는 한쪽 구석으로 안내되었다.

그런데 불법을 배울 곳이 있는가 하고 찾아 돌아다녔지만 경전이나 승려 등은 전혀 보이지 않았다. 마을 뒤쪽 산기슭에 집이 한 채 있었다. 그쪽으로 다가가 살펴보자 사람의 신음소리가 많이 들려왔다. 이상해서 담 틈새로 들여다보니 사람이 묶여서 거꾸로 매달려 있고 그 밑에는 항아리들이 놓여 있는데 떨어지는 피를 받고 있었다. 기겁을 하고 연유를 물어봐도 대답이 없었다. 너무나 이상하여 또 다른 곳으로 가서 엿듣자니 마찬가지로 신음소리가 났다. 안을 들여다보자 놀라울 만큼 창백한 얼굴을 한 많은 사람들이 앙상한 몸을 하고 누워 있었다. 그 중에 한 사람에게 손짓하여 가까이 오게 해서 물었다.

"이게 도대체 어찌 된 일이오? 이런 엄청난 일을 겪는 연유가 무엇이오?"

그 사람은 막대기를 찾아 가느다란 팔을 내밀어 땅에 뭔가를 썼다. 그것을 보자 이런 내용이었다.

"여기는 교힐성[50]이라는 곳이오. 여기에 들어온 사람에게는 우선 말 못하는 약을 먹이고 다음은 살찌우는 약을 먹입니다. 그런 후 높은 곳에 매달아 군데군데 찔러 피를 한 방울 한 방울 흘리도록 하여 그 피로 베를 물들여 팔고 있습니다. 그것을 모르고 들어왔다가 이렇게 당한 것입니다. 주는 음식 안에 깨알 같은 거무스름한 것이 있는데 말을 못하게 하는 약이오. 그러한 것을 주면 먹는 시늉을 하고 버리시오. 그리고 사람이 말을 시키면 신음소리만 내시오. 그런 다음에 어떻게든 도망갈 준비를 했다가 도망을 치시오. 그러나 문이 굳게 잠겨 있어 쉬이 도망치지도 못한답니다."

대사는 자세한 사정을 알고 나서 원래의 장소로 돌아와 앉아 있었다.

그러고 있으니 누군가가 음식을 가져왔다. 들은 대로 이상한 것이 음식 안에 들어있었다. 먹는 시늉을 하고는 품속에 넣었다 나중에 버렸다. 또 누군가가 와서 말을 시키기에 신음소리만 냈다. 그 사람은 이제 약 효능이 나타났다고 보고 살찌는 약을 이것저것 먹였다. 대사는 또 먹는 시늉만 하였다. 그러고 나서 사람이 나간 틈을 타 동북쪽을 향해 '히에잔산[51]에 계신 우리 부처님 구해주소서.'라며 손을 모아 빌자, 큰 개 한 마리가 나타나더니 대사의 소매를 물고 끌었다. 까닭이 있다

---

50) 교힐성(纐纈城). 교힐은 홀치기 염색을 말하며 교힐성은 홀치기 염색할 베를 만드는 성이다.
51) 히에잔산. 제1권의 주 42를 참조.

는 생각에 끄는 쪽으로 따라가니 뜻밖에 수문 있는 곳으로 끌고 왔다. 그 수문을 통해 밖에 나오자마자 개는 사라져 버렸다.

이제야 살았다 싶어 발이 향하는 대로 부리나케 달렸다. 멀리 산을 넘어 마을이 있었다. 누군가가 대사를 보고 물었다.

"어디에서 오신 뉘신지요? 왜 이렇게 달리십니까?"

"이러이러한 곳에 갔었는데 도망쳐온 것입니다."

"아이고, 큰일 날 뻔 하셨습니다. 그곳은 교힐성이라는 곳입니다. 거기에 들어간 사람은 살아 돌아온 이가 없어요. 부처님의 각별한 구원이 없으셨다면 빠져나올 수 없었을 것입니다. 참으로 존귀한 스님이십니다."

이 사람은 절을 하고 지나갔다.

그리고 계속 도망을 쳐서 도읍으로 돌아와 숨어 있는 중에 회창 육년에 무종이 죽었다.[52] 다음해 대중(大中) 원년에 현종[53]이 즉위한 후는 불법을 탄압하는 일이 없어져 대사는 뜻대로 불법을 배운 지 열 해가 지나 일본으로 돌아와서 진언종을 보급했다고 한다.

---

52) 무종이 죽은 해는 846년이다.
53) 현종. 당 현종으로 재위기간은 846년~859년.

11.
인도에 간 중이 구멍에 들어가다 (171)

옛날에 중국에 살던 승려가 인도에 건너가 이렇다 할 목적 없이 여기저기 구경을 하고 싶어 어슬렁어슬렁 돌아다녔다. 돌아다니다가 어느 산 한쪽에 큼직한 구멍이 나 있는 것이 눈에 들어왔다.

그 구멍 앞에 있던 소가 구멍 안으로 들어가기에 호기심에 승려도 소 뒤를 따라 들어갔다. 한참 들어가자 밝은 곳으로 나왔다. 주위를 둘러보니 별세계인 듯 본 적도 없는 아름다운 색깔의 꽃들이 흐드러지게 피어 있었다.

소가 그 꽃을 따먹었다. 승려도 꽃 한 송이를 꺾어 먹어보니 맛이 천상의 감로도 흉내 내지 못할 정도로 진귀하여 맛에 이끌려 많이 따서 먹었다. 그러자 금방 살이 푹푹 쪄왔다.

영문도 모르고 왠지 무서운 생각이 들어 구멍 있던 곳으로 돌아왔는데 몸이 비대해져 있어 처음에 쉽게 들어온 구멍이 좁게 느껴졌다. 가까스로 구멍 입구까지는 빠져 나왔지만 더 이상 밖으로 나올 수 없어 괴롭기가 이루 말할 수 없었다. 앞을 지나는 사람을 불러 "여보시오! 나를 도와주시오."라고 하였으나 그 소리를 알아듣는 이도 없었다. 도와주는 사람도 없었다. 사람들 눈에는 무엇으로 보였는지 이상한 일이었다.

승려는 며칠이 지나 그대로 죽어버렸다. 나중에는 돌이 되어 구멍 입구에 머리를 내밀고 있는 모양을 하고 있었다. 현장 삼장[54]이 인도에 건너갔을 때의 일기에 이 이야기가 기록되어 있다.

---

54) 현장 삼장(玄奘 三藏, 602~664). 당나라 때의 승려. 629년에 인도에 건너갔고 중국에 불교경전을 도입했다. 75부 1335권의 경론을 번역했다.

12.
자쿠쇼 상인이 바리때를 날리다 (172)

옛날에 미가와 입도(入道) 자쿠쇼[55]가 중국에 건너갔을 때의 일이다. 당나라 왕[56]이 존엄한 고승들을 불러 모아 법당을 꾸미고 음식을 마련하여 경전 강의를 시킨 일이 있었다. 왕이 말했다.

"오늘 재연(齋筵)에는 음식 나르는 사람이 필요 없느니라. 각자 자신의 바리때를 던져 음식을 받도록 하라."

왕이 이렇게 말한 것은 일본의 승려를 떠볼 속셈으로 한 말이었다.

그래서 승려들은 왕의 말대로 제일 상석에 앉은 순서대로 바리때를 던져 음식을 받았다. 미가와 입도는 말석에 앉아 있었다. 입도의 순번이 되자 바리때를 들고 일어서려고 했다.

"왜 일어나시오. 바리때를 던지시오."

---

55) 자쿠쇼(寂昭, 962~1034). 천태종의 승려로 출가전의 이름은 오에노 사다모토(大江定基). 미가와 입도(三河入道)라고도 불렸다. 1003년에 송나라에 갔다.
56) 송(宋)나라 왕이라고 해야 한다. 북송의 제3대 진종 조항(趙恒)이다.

사람들이 일어서는 미가와 입도를 말렸다.

"바리때를 던지려면 그를 위한 수행을 익히고 나서나 할 수 있습니다. 그런데 저는 아직 그 불법을 배우지 못했어요. 일본에도 그런 불법을 행한 사람이 예전에는 있었지만 말세(末世)의 세상이 되고 보니 행하는 자가 없어졌습니다. 그러니 내가 어찌 바리때를 던질 수 있겠습니까?"

이렇게 말하고 앉아 있으려니,

"일본에서 오신 스님! 어서 바리때를 던지시오. 어서."

하고 재촉을 하기에 자쿠쇼는 일본을 향해 정성껏 기도를 올렸다.

"우리나라 삼보(三寶)이시여![57] 천지 신들이시여! 도와주옵소서. 창피를 당하지 않도록 해 주시옵소서."

그러자 바리때가 저절로 팽이처럼 빙글빙글 돌면서 중국의 승려들이 던진 바리때보다 날렵하게 날아가서는 음식을 받아 돌아왔다. 그제서 왕을 비롯해 승려들이 "존귀한 분이십니다." 하고 자쿠쇼를 우러러보며 절을 하였다고 한다.

---

57) 삼보(三寶). 불(佛)·법(法)·승(僧)을 말한다.

13.
기요타키가와강 하류에 사는 승려 (173)

옛날에 기요타키가와강[58] 안쪽에 섶나무로 암자를 만들어 수행하는 승려가 있었다. 물을 원할 때는 물통을 던져 조절하여 물을 퍼서 마셨다. 이렇게 하는 것이 오래되었으므로 자기만큼 이 법술을 행하는 수행자도 없을 것이라며 때때로 자만심이 일어났다.

이러할 즈음에 자신이 살고 있는 강 상류에서 이쪽으로 물통을 던져 물을 퍼 가는 자가 있었다. 누가 이런 짓을 할 수 있담? 부러움에 화가 나서 누구인지 확인해야겠다고 하는 중에 또 예의 물통이 날아와 물을 퍼 갔다. 이에 물통을 따라 상류로 올라가자니 오륙 정(町)[59] 간 곳에 암자가 보였다. 그쪽으로 다가가서 살펴보자 세 칸 크기의 암자

---

58) 기요타키가와강(清瀧川). 교토시 북부를 흐르는 요도가와강(淀川, 시가현(滋賀縣) 비와코(琵琶湖) 호수에서 흘러나오는 유일한 하천으로 교토 오사카를 흐름) 수맥의 가쓰라가와강(桂川) 지류의 일급 하천이다.
59) 일 정(一町)은 약109미터.

였다. 지불당⁶⁰⁾은 각별히 훌륭하였다. 참으로 존귀하였다. 말끔하게
살고 있었다. 뜰에는 귤나무가 있었다. 그 나무 밑에는 행도(行道)⁶¹⁾한
흔적이 남아있었다. 알가붕⁶²⁾ 밑에는 공양했던 시든 꽃이 많이 쌓여있
었다. 선돌에는 이끼가 끼여 있었다. 거룩하기가 이루 말 할 수가 없었
다. 창틈으로 안을 들여다보자 궤안(几案)에는 읽다만 경전이 말려 있
었다.

밤낮으로 피운 향의 연기가 자욱했다. 자세히 살펴보니 나이는 일
흔 여든 가량 되어 보이는 존귀한 승려가 오고저(五鈷杵)⁶³⁾를 잡고 팔
걸이에 몸을 실은 채 자고 있었다.

이 승려를 한번 시험해봐야겠다는 생각에 슬쩍 다가가서 화계(火
界) 주문을 외며 빌었다. 그러자 갑자기 불꽃이 일어나더니 암자에 불
이 붙었다. 노승이 자면서 산장⁶⁴⁾을 들고 쇄수기(灑水器)의 물에 담갔
다가 여기저기 사방에 흘렸다. 그때 암자의 불은 꺼지고 강 하류의 승
려 자신의 옷에 불이 붙어 타들어 갔다. 당황하여 허둥대며 소리를 지
르자 노승이 눈을 들어 산장을 들고 강 하류의 승려 머리에 물을 뿌렸
다. 불은 꺼졌다. 노승이 물었다.

"무슨 속셈으로 이런 짓을 하는 겐가?"

"나는 오랫동안 이 강 부근에 암자를 짓고 수행한 자입니다. 요전부
터 물통을 던져 물을 퍼 가기에 어떤 사람의 짓인지 확인하려고 왔습

---

60) 지불당(持佛堂). 신앙하는 불상, 즉 염지불(念持佛)을 안치한 당.
61) 행도(行道). 불경을 외면서 일정한 자리를 맴도는 것을 말한다.
62) 알가붕(閼伽棚). 불전에 공양하는 물이나 꽃 따위를 놓는 선반.
63) 오고저(五鈷杵). 양 손잡이 끝부분이 다섯 가지로 구성한 금강저(金剛杵)이다.
64) 산장(散杖). 밀교의 수행에서 쇄수기(灑水器) 안에 있는 물을 뿌릴 때에 사용하는
　　한 자 되는 막대기.

니다. 잠시 시험해 보려고 기도를 한 것입니다. 부디 살펴 주십시오. 오늘부터 제자가 되어 모시겠습니다.”

노승은 이 사람이 도대체 무슨 소리를 하는지 도통 관심 없는 듯했다고 한다.

강 하류의 승려가 ‘자신만큼 존귀한 사람은 없다.’라는 교만심이 있어, 부처가 얄미워하여 그보다 뛰어난 승려를 만들어 맞대결을 하게 했던 것이라고 전해진다.

14.
우파굴다의 제자 (174)

옛날에 인도에 부처의 제자로 우파굴다(優婆崛多)⁶⁵⁾라는 고승이 있었다. 석가가 입적한 지 백년 정도 지났을 즈음이었는데 그 고승에게 제자가 있었다. 우파굴다는 이 제자의 마음을 어떻게 본 것인지 늘 훈계를 했다.

"여자를 가까이 하지 말거라. 여자를 가까이 하면 생사의 괴로움이 돌고 도는 쳇바퀴와 같아지니라."

그러면 제자는 말했다.

"스승님은 저를 어떻게 보시고 종종 그런 말씀을 하십니까? 저도 불도를 깨달은 몸이니 결코 여자를 가까이하는 일은 없을 것입니다."

다른 제자들도 '우리 제자들 중에 각별히 존귀한 분인데 왜 저런 말

---

65) 우파굴다(優婆崛多). 기원전 3세기 중인도 마토라국의 사람. 상나화수(商那和修)에 사사하고 아나한과(阿羅漢果)를 얻어 아육왕을 교화하여 그 구원을 받아 무상호불(無相好佛)이라 불렸다.

씀을 하신다지.'라며 스승의 말을 묘하게 생각했다. 그러던 중에 이 제자가 어딘가에 가는 길에 강을 건너는데 한 여인이 나타나 같이 강을 건너다 물결에 휩쓸려 흘러갔다.

"아이고, 좀 살려 주세요. 스님!"

제자는 스승의 말씀도 있고 하여 못 들은 척하자고 생각하는데 그 사이에 여인은 마냥 물결에 휩쓸려 떴다 가라앉았다 하며 떠내려갔다. 그것이 안타까워 다가가서 손을 잡아 건너게 해 주었다. 그런데 여인의 손이 하얗고 통통하여 기분이 썩 좋았기 때문에 놓기가 싫었다.

"이 손을 당장 놓으세요."

어쩐지 제자를 두려워하는 듯한 모습으로 말을 하니 제자는 말했다.

"전생부터 인연이 깊었던 거지요. 마음속 깊이 사모합니다. 내 말을 들어 주시오."

"다 죽어가는 목숨을 살려주셨는데 무슨 일인들 어찌 말씀에 따르지 않겠습니까?"

기뻐하며 제자는 싸리와 참억새가 무성한 곳으로 여인의 손을 잡아 끌었다.

"자 이쪽으로."

여인을 데리고 들어가서 넘어뜨려 막 범하려다 여인의 가랑이 위로 여인을 쳐다보니 뜻밖에도 여인은 자기의 스승이었다. 깜짝 놀라 화닥닥 몸을 빼려고 하니 우파굴다가 가랑이에 힘을 주어 좁히며 말했다.

"너는 무슨 생각으로 이 늙은 스승을 이렇게 괴롭히느냐? 네가 이래도 욕정이 없는 깨달은 성자이더냐?"

제자는 아무 생각도 들지 않고 다만 부끄러워서 가랑이에 낀 몸을 일으키려고 했으나 강하게 꼭 좁히고 있어 빠져나오지를 못했다. 이렇게 소동을 벌리고 있으니 길 가던 행인들이 모여들어 구경을 했다. 부끄럽고 한심하기 짝이 없었다.

이와 같이 사람들에게 부끄럼을 사도록 한 후 우파굴다는 일어나 제자를 잡아 절로 데리고 와 종을 쳐서 중들을 모아 놓고 있었던 이야기를 쭉 했다. 중들은 한없이 킥킥거렸다. 제자는 살아있어도 산 듯한 기분이 아니었다. 그러나 이런 일을 겪고 나서 제자는 죄를 참회하여 아나함과[66]를 얻게 되었다.

우파굴다 존자는 이와 같이 술책을 써서 제자를 인도하여 불도를 깨우치게 했던 것이다.

---

66) 아나함과(阿那含果). 4과(四果)의 하나로 욕계(欲界)의 아홉 가지 번뇌를 모두 끊고 죽은 뒤에 천상에 가서 다시 인간으로 돌아오지 않는 성문(聲聞)의 세 번째 지위이다.

제14권

01.
해운비구의 제자 (175)

옛날에 해운비구[1]가 길을 가는데 열 살 가량 되어 보이는 동자를 도중에서 만났다. 비구는 동자에게 물었다.

"애야, 무슨 일로 길을 가니?"

"그냥 걷고 있어요."

그래서 비구가 다시 물었다.

"너는 법화경을 읽었느냐?"

"법화경이 뭐예요? 처음 듣는데요."

"그럼 내가 사는 데에 함께 간다면 법화경을 가르쳐주마."

"그렇게 하지요."

---

1) 해운비구(海雲比丘). 당나라 때 오대산에 있던 승려. 〈고승전〉에서는 보현보살의 화신이라 하고, 또 선재동자(善財童子, 화엄경 입법계품(入法界品)에 나오는 구도자의 이름)를 불도에 이끄는 선지식이라고도 한다.

동자는 따라 갔다. 이렇게 오대산[2]에 있는 숙소에 당도하여 비구는 법화경을 가르쳤다.

그런데 동자가 불경을 배울 때 어리게 보이는 승려가 늘 와서는 이야기를 나누었다. 그가 누구인지는 몰랐다. 비구가 물었다.

"늘 오시는 젊은 대덕(大德)이 누구신지 너는 아느냐?"

"모르겠습니다."

"그분이야말로 이 산에 사시는 문수보살이시니라. 내게 말씀 나누고자 오시는 것이다."

이렇게 가르쳐 주었지만 동자는 문수가 누구인지를 몰라 별다른 반응을 보이지 않았다. 비구가 동자에게 말했다.

"너는 결코 여자를 가까이 해서는 안 되느니라. 가까이 오지 못하게 하고 친해지지 않도록 해라."

어느 날 동자가 어떤 곳으로 가는 길에 흑갈색 털이 드문드문 난 흰 말을 타고 정성스레 화장을 한 예쁜 여인을 만났다. 이 여인이 말을 걸어왔다.

"보세요. 이 말 주둥이를 잡고 좀 끌어주세요. 길이 너무 험해 말에서 떨어질 것 같아요."

동자는 못들은 체하며 가던 길을 계속 가는데 이 말이 날뛰는 바람에 여인이 땅으로 곤두박질을 쳤다. 여인이 원망 섞인 말로 부탁했다.

"저를 좀 도와주세요. 죽겠어요."

---

2) 오대산(五臺山). 중국 산시성(山西省) 청량산(淸凉山)의 다른 이름. 다섯 봉우리가 솟아있고 최고봉은 해발 3058미터. 중국 불교의 유수한 영지로 많은 고승을 배출했다. 문수보살이 산다고 전해지는 곳으로 신라의 자장율사가 당나라에 유학했을 때 공부했던 곳이기도 하다.

그래도 동자는 못들은 척 하였다. 스승이 여자 곁에 접근하지 말라는 말을 생각해 내고 오대산으로 돌아와서 여자와 있었던 이야기를 비구에게 했다.

"스승님, 그래도 못들은 척하고 돌아왔습니다."

"잘 견뎌냈다. 그 여인은 문수보살의 화신이니라. 네 마음을 떠 보려고 그러신 게야."

하고 동자를 칭찬하였다.

어느덧 동자는 법화경 전부를 독파했다.

"법화경을 전부 읽었구나. 이제는 승려가 되어 계를 받도록 하거라."

비구가 동자를 출가시켰다. 그리고 이렇게 말했다.

"나는 계를 전수할 수가 없느니라. 낙양의 선정사(禪定寺)에 계시는 윤(倫)법사라는 분이 요전에 황제의 칙지를 받고 계를 전수하셨다. 그분에게 가서 계를 받는 게 좋겠구나. 그리고 이제는 너를 만나지 못하게 된다."

그는 하염없이 울었다. 그래서 동자가 말했다.

"계를 받고 바로 돌아오겠습니다. 스승님께서는 무슨 생각으로 그런 말씀을 하십니까?"

또한,

"왜 이토록 우시는지요?"

그러자,

"그냥 슬픈 일이 있느니라."

하며 스승은 울기만 했다. 그리고 동자에게 말했다.

"계를 받으러 가서 어디서 왔느냐고 묻거들랑 청량산의 해운비구님께서 보내서 왔다고 고하거라."

이렇게 일러주고 눈물을 훔치며 동자를 전송했다.

동자는 스승의 말에 따라 윤법사가 있는 곳을 찾아가 계를 받으러 온 뜻을 고하니 예상했던 대로 이렇게 물었다.

"어디에서 왔느냐?"

스승이 일러준 대로 대답을 하자, 윤법사는 놀라며 '존귀한 일이로다.' 하고 예배를 하였다.

"오대산에는 문수보살만이 사시는 곳이다. 너와 같은 사미³⁾가 해운비구라는 선지식을 만나 용케도 문수보살을 친견하였구나!"

윤법사는 공경해 마지않았다.

그런 후 동자는 계를 받고 오대산으로 돌아와 스승이 늘 거처하던 승방을 살펴보았으나 사람이 살고 있는 기척이 전혀 없었다. 슬픔에 겨워 산속을 찾아 헤매어도 끝내 스승을 찾지 못했다.

앞의 이야기에 나온 우파굴다의 제자는 현명하였지만 마음이 연약해 여인을 가까이 하였다. 이 해운비구의 제자는 어린데도 심지가 강하여 여인을 가까이 하지 않았다. 그래서 문수보살은 이 자를 현명한 사람으로 여기고 교화하여 불도에 인도하였던 것이다. 그러하므로 세상 사람들은 계를 어겨서는 안 될 것이다.

---

3) 사미(沙彌). 제12권의 주 8을 참조.

02.
간초 승정의 용력 (176)

옛날에 헨조지절[4]의 승정[5] 간초[6]라는 사람은 닌나지절[7]도 관리하고 있었기 때문에 닌나지절의 허물어진 곳을 수리하려고 목공들을 많이 모아 일을 시키고 있었다. 저녁에 해가 저물어 목공들이 각자 돌아간 후, 오늘 한 작업은 어느 정도 진척되었는지 보고자 하여 법복 옷자락을 들어 올려 허리에 줄로 동여매고 굽 높은 나막신을 신고 혼자 작업장으로 나왔다. 위로 올라가는 발판 아래에서 어둑어둑할 때까지

---

4) 헨조지절(遍照寺). 교토시 우쿄구(京都市 右京區) 히로사와(廣澤) 연못 북측에 있는 고의진언종(古義眞言宗)의 사찰. 국가진혼(鎭護), 왕실번영을 기원하기 위해 가잔 왕(花山天皇, 재위 984~986)의 칙명으로 989년에 간초(寬朝, 제11권의 주 23을 참조)가 창건했다.
5) 승정(僧正). 승관(僧官) 중에 최고 지위.
6) 간초(寬朝, 916~998). 위의 주 4를 참조.
7) 닌나지절(仁和寺). 교토시 우쿄구 오무로(御室)에 있는 진원종의 사찰. 교코 왕(光孝天皇, 재위 884~887)의 유지에 따라 888년에 우다 왕이 창건했다. 양위 후에 거주하여 오무로고쇼(御室御所)라고도 한다. 간초가 이 절의 책임자가 된 것은 967년이다.

둘러보고 있자니 검은 옷을 입은 한 사내가 승정 앞에 불쑥 나타났다.
사내는 에보시[8] 모자를 눈언저리까지 푹 덮어쓰고 있어서 얼굴은 잘
보이지 않았는데 승정 앞에서 무릎을 꿇고 앉았다. 손에는 빼어든 칼
날을 숨기듯이 거꾸로 들고 있었다.

"그대는 뉘신가?"

그러자 사내가 한쪽 무릎을 세우고 대답했다.

"헐벗은 자입니다. 추워서 견딜 수 없으니 입고 계신 옷 한두 가지를
벗기고자 합니다."

지금이라도 당장 달려들 기색이었다. 그래서 승정은 말했다.

"아무 일도 아닌 것을 가지고 이렇게 무섭게 협박하지 않아도 되지
않은가? 솔직히 말하지 않고 이 무슨 괘씸한 짓인가?"

이렇게 말하면서 불쑥 사내의 뒤쪽으로 돌아 엉덩이를 뻥 찼는데
사내는 차이자마자 사라지듯 보이지 않게 되었다. 승정은 천천히 걸
어 승방으로 돌아오며 소리를 질렀다.

"누가 있느냐?"

젊은 법사가 승방에서 달려 나왔다.

"들어가서 불을 가져 오너라. 웬 사내가 갑자기 나타나 내 옷을 벗
기려다가 사라졌는데 수상해서 찾아보련다. 다른 스님들도 불러 오너
라."

젊은 승려는 달려가서 소리쳤다.

"큰 스님께서 날강도를 만나셨소. 스님들은 어서 나오시오."

승방 여기저기에 있던 승려들이 횃불을 밝혀 칼을 들고 일곱 여덟

---

8) 에보시(烏帽子). 제1권의 주 9를 참조.

혹은 열 명 주르륵 나왔다.

"강도는 어디에 있습니까?"

"방금 여기에 있었는데 내 옷을 벗기려고 하더군. 옷을 빼앗기면 추울 것 같아 그놈의 엉덩이를 뻥 찼더니 사라졌네. 햇불을 높이 들어 숨어있는지 찾아보게."

승려들은 이상한 말씀을 다 하신다며 햇불을 흔들며 위쪽을 둘러보니, 높은 발판 안쪽에 떨어져 옴짝달싹도 못하는 남자가 있었다.

"저기에 사람이 있어요. 목수인가 싶으나 검은 옷차림이오."

승려가 올라가 살펴보니 발판 안에 끼여 꼼짝도 못하고 겁먹은 모습이었다. 거꾸로 쥔 칼은 여전히 그대로 가지고 있었다. 그것을 발견하고 승려들이 다가가 칼을 빼앗고 상투와 팔을 잡아 끌어내어 데리고 내려왔다. 승방에 데리고 오니 승정이 말했다.

"이후부터는 늙은 중이라고 얕보지 마라. 괘씸한 놈 같으니라고."

그러고는 입고 있던 옷 중에 솜이 든 두툼한 것을 벗어주고 사내를 쫓아버렸다.

03.
쓰네요리가 구렁이를 만나다 (177)

 옛날, 쓰네요리[9]라는 씨름꾼의 집 옆에 오래된 강이 있었고 거기에 수심 깊은 곳이 있었다. 어느 여름날 쓰네요리는 옷 한 장에 옷자락을 끌어올려 끈으로 맨 채 버선을 신고 양 갈래 손잡이 지팡이를 짚고 시동 하나 데리고 강 근처 그늘진 곳을 여기저기 걷고 있었다. 걷다가 시원한 바람을 쐬기 위해 수심 깊은 곳 옆 나무그늘에 앉았다. 물은 검푸르고 무시무시한 것이 깊이도 가늠할 수 없었다. 갈대와 줄 등이 무성하였다. 맞은 편 강둑까지는 예닐곱 단(段) 남짓 되어 보였다. 그쪽을 바라다보며 물가 근처에 서 있으니 저쪽 물결이 갑자기 일렁이더니 이쪽으로 밀려왔다. 무슨 일인가 하고 있는데 물결이 이쪽 강둑까지

---

9) 쓰네요리. 누구인지 확실하지 않는데 유사한 이야기를 보이는 11세기경의 설화집 〈곤자쿠 이야기집(今昔物語集)〉(권23~22화)에서는 단고 지방(丹後國, 현재 교토부 북부)의 '아마노 쓰네요(海恒世)라는 우(右) 씨름꾼(相撲取)가 있었다'라고 되어있다. 아마노 쓰네요는 984년에 7월에 좌(左)의 최고등급인 마카미노 나리무라(眞髮成村)와 승부를 겨루다가 상처를 입고 그것이 원인이 되어 죽었다.

밀려왔을 때, 뱀이 물속에서 머리를 쑥 내밀었다. '큰 놈인 것 같은데 물 밖으로 나오려고 하나' 하고 지켜보고 있으니 뱀은 머리를 치켜들어 이쪽을 찬찬히 응시하였다. '어쩔 셈인가?' 물가에서 한 자가량 떨어진 곳으로 물러서서 지켜봤다. 뱀은 잠시 동안 가만히 응시하다가 물속으로 다시 머리를 집어넣었다. 그러고 나서 저쪽 강둑에 물이 넘치는 것처럼 보였는데 또 이쪽으로 물결이 출렁이더니 이번에는 뱀이 꼬리를 물가로 내밀어 자신이 서 있는 곳으로 접근해 왔다. 이 뱀이 무얼 하려는 모양이라 하는 대로 지켜보고 있자, 꼬리를 더욱 내밀더니 쓰네요리의 다리를 서너 차례 감았다. '도대체 왜 이러지?' 잠시 두고 보고 있자니 다리를 감고는 바짝 힘껏 당겼다. '나를 강으로 끌고 가려는 모양이구나' 하고 그제야 깨닫고 발에 힘을 주어 단단히 서 있으니, 뱀이 더욱 세게 당긴다 싶더니만 신고 있던 나막신 굽이 부려져 버렸다. 넘어지려는 것을 다시 단단히 힘을 주어 완강히 버텼다. 뱀도 무섭도록 세게 끌어당겼다. 이제라도 끌려갈듯 하여 발에 더욱 힘을 가했기 때문에 지면에 대여섯 치가량이나 발이 빠져든 상태였다. 그놈 세게도 당긴다고 생각할 즈음에 새끼줄이 끊어지듯이 뚝뚝 끊어지는가 싶었는데 물속에서 피가 불룩 솟아올랐다. 뱀이 잘렸군! 하고 다리를 당기자 찢어져 힘이 빠진 뱀 꼬리가 물속에서 올라왔다.

그래서 다리에 감긴 뱀 꼬리를 끌어당겨 풀고 다리를 물에 씻었으나 감긴 자국이 없어지지 않았다. "술로 씻어보시오."라고 누군가가 말을 하기에 술을 가져오게 하여 씻은 후, 종자들을 불러 꼬리 부분을 물에서 끌어올리게 하여 보니 그 크기가 이만저만이 아니었다. 잘린 부분의 직경이 한 치는 되어 보였다. 잘린 윗부분을 확인하려고 사람을 보내니 저쪽 강변의 큰 나무에 몸통을 몇 번이나 둥글둥글 말아 꼬리를 이쪽으로 내밀어 쓰네요리의 다리를 감아 끌어 당겼고 당기다가 힘이 달려 결국 몸통 중간이 끊어져 버렸다는 것이다. 자기 몸이 끊어지는지도 모르고 저토록 당겼다니 어이없는 일이었다.

그 후 뱀의 힘이 사람 몇 명의 힘이 되는지 시험해 보려고 굵은 새끼줄을 뱀이 감은 다리에 감아 열 사람이 당겨보았지만, "그래도 부족하다"고 하여 육십 명 가량이 매달려 당기자 "그 정도 되는 힘이었다."고 하였다.

그것으로 헤아려보면 아마도 쓰네요리의 힘은 사람 백 명을 합친 정도는 되는 것으로 보인다.

04.
우오카이 (178)

옛날에 견당사가 중국에 가 있는 동안에 아내를 얻어 아이를 낳았다. 그 아이가 아직 어린 중에 견당사는 일본으로 돌아왔다. 그가 중국을 떠날 때 아내에게 약속하며 말했다.

"다른 견당사가 오면 그 편으로 소식을 전하겠소. 또 이 아이가 유모의 손이 필요 없는 시기가 되면 내 데리고 가리다."

견당사가 귀국한 후 아이 엄마는 다른 견당사가 올 때마다 "소식을 보냈습니까?"라고 물었으나 아무런 소식이 없었다. 아이 엄마는 크게 상심하여 아이를 안고 그 목에 '모 견당사의 자식'이라는 팻말을 써 붙여 일본을 향해 서서 "전생의 인연이 있다면 너희 부자는 만나게 되리라." 하고는 아이를 바다로 던져 버리고 돌아갔다.

그런데 아이 아버지가 어느 날 나니와[10] 해변 근처를 가는데 먼 바

---

10) 나니와(難波). 현재의 오사카시(大阪市) 및 그 주변.

다에 새가 떠있듯 하얀 것이 보였다. 그것이 점차 가까이 흘러오자 아이로 보였다. 이상하게 생각되어 말을 멈춰 바라보는 동안에 더욱 가까이 왔다. 뽀얗고 귀여운 얼굴을 한 네 살배기 아이가 파도에 밀려왔다. 말을 가까이 대어 보자 아이는 큰 물고기의 등에 타 있었다. 종자를 시켜 안아 올리게 하여 들여다보니 목에 팻말이 있었는데 '모 견당사의 자식'이라고 쓰여 있었다. '나의 아이였던가? 중국을 떠날 때 데리고 가겠다고 언약을 했지만 소식을 전하지 않으니 아이 엄마가 화가 나서 바다에 던졌는데 전생의 인연이 있어 이렇게 물고기를 타고 여기까지 온 모양이구나.' 하는 생각에 가슴이 찡하여 아이를 고이고이 키웠다. 그 후에 중국으로 가는 견당사 편에 그간의 일을 쭉 써서 보냈다. 아이 엄마도 아이가 벌써 죽었을 것이라 체념하고 있던 참에 그러하다는 소식을 전해와 믿을 수 없는 일이라며 기뻐하였다.

그 후 이 아이는 점점 자라나 글씨를 아주 잘 썼다. 물고기에게 구조되었기 때문에 이름을 우오카이(魚養)[11]라고 하였던 것이다. 남도(南都) 칠대사(七大寺)[12]에 걸린 현판은 이 사람이 전부 쓴 것이라고 전해진다.

---

11) 우오카이(魚養). 770~805년에 활약한 아사노 스쿠네 나가이(朝野宿禰魚養). 가쓰라기노 소쓰히코(葛城襲津彦, 고대의 호족으로 가쓰라기 성의 시조)의 여섯 번째 아들 구마미치 스쿠네(熊道宿禰, 아사노 성의 시조)의 후예이다. 〈남도칠대사순례기(南都七大寺巡禮記)〉에서는 아버지 견당사와 당나라 어머니 사이에 태어나 자라서는 천하제일의 능필가가 되었다고 했다.

12) 칠대사(七大寺). 대사찰로 꼽는 일곱 절. 남도(南都), 곧 나라(奈良)에 있는 도다이지(東大寺)·고후쿠지(興福寺)·간코지(元興寺)·다이안지(大安寺)·야쿠시지(藥師寺)·사이다이지(西大寺)·호류지(法隆寺)이다.

05.
신라 황후와 금제 발판 (179)

이것도 지금은 옛이야기가 되었다. 신라에 황후가 있었다. 그 황후는 몰래 외간남자를 만나고 있었다.[13] 왕이 이 일을 알고 황후를 포박하여 새끼줄로 머리카락을 묶어 높은 곳에 매달아 놓았는데 발은 땅에서 두석 자 떨어져 있었다. 황후는 어찌할 도리가 없어 마음속으로 생각했다.

'이런 일을 당해도 구해주는 이가 없구나. 들은 바에 의하면 우리나라 동쪽에 일본이라는 나라가 있다고 한다. 그 나라에는 하세 관음[14]이라는 부처님이 계신다고. 그 보살님의 자비는 우리나라까지 들릴

---

13) 〈하세데라영험기(長谷寺靈驗記)〉에는 무왕의 제일 황후의 이야기로 실려 있다. 외간남자는 무왕(武王)의 측근 의현(義顯)이라 하고 무왕이 출진한 사이에 불러들였다고 한다. 또한 〈곤자쿠 이야기집〉(권16, 제19화)에도 같은 이야기가 실려 있다.

14) 하세 관음(長谷觀音). 나라현 사쿠라이시에 있는 하세데라절(長谷寺)의 관세음보살.

정도로 측량할 수 없다고 하는데 기도를 드리면 어찌 도와주시지 않
겠는가?'

그리고 눈을 감아 조용히 기도를 올렸는데 그러는 중에 금제 발판[15]
이 발 밑에 생겨났다.[16] 그 발판을 밟고 서니 모든 괴로움이 사라졌다.
사람들의 눈에는 이 발판은 보이지 않았다. 이리하여 얼마 지나서 황
후는 풀려났다.[17]

그 후에 황후는 소지하던 많은 보물을 사람 편으로 보내 하세데라
절에 공양하였다. 보물 중 큰 방울, 거울, 금제 발(簾) 등은 지금도 절
에 있다고 한다. 이 절의 관세음보살에 기도하면 타국의 사람도 가호
를 받지 않는 일은 없다고 한다.

---

15) 원문에는 탑(榻)으로 되어있다.
16) 〈하세데라영험기〉에서는 「갑자기 열 네다섯 살가량의 동자가 나타나서 금제 발판
    에 황후의 발을 놓게 했다.」라고 되어있다.
17) 〈하세데라영험기〉에서는 「스무 하루가 지나서.」라고 하였다.

06.
진주의 가치는 헤아리기 어렵다 (180)

이것도 지금은 옛이야기가 되었다. 쓰쿠시[18]에 대부[19] 사다시게[20]라
는 자가 있었다. 하코자키[21]의 대부 노리시게[22]의 조부였다. 그 사다시
게가 도쿄에 올라갈 때 고(故) 우지도노[23]에게 선물을 헌상하고 또 지
인들에게도 하려는 생각에 중국 사람으로부터 돈 육칠천 필(疋)[24]을
빌리고 저당으로 칼 열 자루를 맡겼다.

그리고 상경하여 우지도노를 찾아뵙고 또 지인들에게도 생각대로
선물을 전달하고 돌아오려고 요도가와강[25] 선착장에서 배를 탔을 때
동승한 사람이 음식을 베풀어 주어 맛있게 먹고 있었다. 조각배로 장
사하는 사람들이 그곳으로 다가와 "이것 사시오. 저것 사시오." 하며
다녔는데 그 중에 "이 구슬을 사시오." 하며 소리치는 사람이 있었지
만 귀담아 듣는 이가 없었다. 그런데 사다시게 밑에서 허드렛일 하는
사내가 뱃머리에 서 있다가 "이쪽으로 오시오. 그 구슬 좀 봅시다." 하

---

18) 쓰쿠시(筑紫). 기타규슈(北九州)를 말하지만 규슈 전체로 사용되기도 한다.
19) 대부(大夫). 제1권의 주 57을 참조.
20) 사다시게(さだしげ). 누구인지 확실치 않다.
21) 하코자키(箱崎). 대륙과 교역 항구였던 후쿠오카시 히가시구(福岡市 東區)에 있다.
22) 노리시게(のりしげ). 다자히후의 관리 하타 노리시게(秦則重)로 알려지나 그의 신상은 알 수 없다.
23) 우지도노(宇治殿). 후지와라노 요리미치(藤原頼通, 992~1074)로, 섭정의 최성기를 맞은 후지와라노 미치나가(藤原道長)의 장남이다.
24) 필(疋). 돈을 세는 단위로 한 필이 열 푼이었다가 후에 스물다섯 푼이 되었다.
25) 요도가와강(淀川). 교토시 후시미구(京都市 伏見區)에 있는 강.

여, 구슬 주인은 바지허리춤에서 큰 콩알만 한 진주를 하나 꺼내어 건넸다. 사내는 입고 있던 옷[26]을 벗어 "이 옷과 바꾸지 않겠소?" 하자, 구슬 주인은 이득이 된다는 생각에 허둥지둥 옷을 빼앗듯 받아 서둘러 노를 저어갔다. 사내도 비싸게 샀다는 생각이 들었으나 상인이 바삐 떠나는 바람에 아쉽다고 생각하면서 바지허리춤에 싸 두고 다른 옷을 걸쳤다.

그러던 중에 수일 지나 하카타[27]라는 곳에 도착했다. 사다시게는 배에서 내려 곧바로 '저당을 적게 맡겼는데도 많은 돈을 빌려주셔서 ……'라는 인사를 하려고 돈을 빌려준 중국인을 찾아갔다. 중국인도 기다렸다는 듯이 반기며 술 등을 내어 이야기를 나누었다. 그때에 구슬을 산 사내는 주인과 이야기를 나누는 중국인의 종을 만나 허리춤에서 구슬을 꺼내며 말했다.

"이 구슬을 사시오."

종은 구슬을 받아 손바닥에 놓고 흔들어 보고는 놀랍다는 표정을 지었다.

"얼마면 팔겠소?"

사내는 사려는 기색을 보고 말했다.

"열 관(貫)[28] 주시오."

종이 반기는 기색이었다.

"열 관에 사지요."

그래서 사내는 다시 말했다.

---

26) 원문에는 스이칸(水干)으로 되어있다. 스이칸은 서민의 평상복을 말한다.
27) 하카타(博多). 후쿠오카현 후쿠오카시(福岡縣 福岡市) 동부에 있는 무역항구.
28) 관(貫). 돈의 단위로 약 100냥이다.

"실은 스무 관이오."

이도 반겼다.

"스무 관에 사겠소."

구슬 가격이 상당하다고 보고 사내는 말했다.

"그거 되돌려 주시오."

종은 아까웠지만 구슬 주인이 간곡히 부탁하여서 마지못해 되돌려
주었다.

"가격을 다시 정해서 팔리다."

사내는 진주를 다시 허리춤에 넣고 그 자리를 떴다. 그래서 중국인
종이 하는 수 없어 사다시게와 이야기를 나누는 선장에게로 가서 뭔
가를 재잘재잘 지껄이더니 이 선장은 머리를 끄덕이며 사다시게에게
말했다.

"밑에서 일하는 사람 중에 진주를 가진 자가 있소이다. 그것을 나한
테 파시오."

사다시게는 사람을 불렀다.

"동행한 아랫것들 중에 진주를 가진 자가 있느냐? 찾아오너라."

그러자 재잘거리던 중국인 종이 달려가더니만 바로 사내의 소매를
잡고,

"이 사람이오."

하며 끌고 왔다. 사다시게가 물었다.

"네가 정말 진주를 가지고 있느냐?"

사내는 떨떠름한 얼굴로 그렇다고 했다.

"어디 보자!"

사다시게는 사내가 허리에서 구슬을 꺼내는 것을 보고 측근 가신에

게 가져오라고 명하고, 받아서는 마주앉은 선장에게 건넸다. 선장은 구슬을 흔들어 보고는 집안으로 뛰어 들어갔다. 무슨 일인가 싶어 보고 있으니 칠십 관 빌릴 때 맡긴 칼 열 자루를 몽땅 가지고 와서 되돌려주어, 사다시게는 놀라움을 금치 못했다. 낡은 사내 옷 한 장으로 바꾼 구슬인데 이 정도로 많은 물건을 되돌려 주다니 실로 놀랄 만한 일이었다.

진주 가격에는 한이 없다는 것은 어제오늘에 시작된 일이 아니다. 쓰쿠시에 도시쇼즈[29]라는 사람이 있었다. 다음은 그가 말한 이야기이다.

쇼즈가 어디를 가고 있는데 한 사내가 '구슬을 사시오' 하며 반고지(反古紙) 한쪽에 싼 것을 품에서 내어 보여주었다. 물건을 살펴보니 모감주나무[30] 열매보다 작은 구슬이었다.

"얼마요?"

"견 스무 필이오."

이 싼 값에 놀라 가는 길을 그만 두고 구슬 주인 사내를 데리고 집으로 되돌아와 있는 대로 비단 육십 필을 내주었다.

"이 구슬은 견 스무 필로는 사지 못할 텐데, 싸게 부르는 것이 기특하여 육십 필을 주는 것이오."

그러자 사내는 기뻐하며 돌아갔다.

그 구슬을 가지고 중국으로 갔는데 도중에 무서운 생각이 들었지만 몸에서 떼지 않고 부적처럼 목에 걸고 있었다. 바다 한가운데서 폭풍

---

29) 도시쇼즈. 누구인지 확실치 않다.
30) 모감주나무. 낙엽수로 목란자(木欒子)라고도 하고 그 씨는 염주로 사용하기도 하여 염주나무라고도 한다.

우를 만났는데 중국인들은 이런 풍랑을 만나면 배 안에 있는 가장 귀하다고 여기는 보물을 바다 속에 던졌다. 그래서 누군가가 소리를 쳤다.

"당신이 가진 그 구슬을 바다에 던지시오."

그러나 쇼즈는 말했다.

"이 구슬을 던지면 살아도 살맛이 나지 않으니 던지려면 나를 던지시오."

이렇게 말하고 구슬을 감싸 안고 있었다. 그들도 차마 사람을 던져 넣을 수는 없는 노릇이고, 그러는 중에 구슬을 잃을 운명이 아니었던지 폭풍우도 가라앉아 다행히도 구슬을 바다에 던지지 않고 끝났다. 그 배의 선장이라는 자도 큰 구슬을 가지고 있었는데 약간 찌부러진 듯하여 자신의 것보다 못했다.

이윽고 중국에 도착하여 구슬을 사려는 사람에게 가는 도중에 쇼즈가 맡고 있던 선장의 구슬을 잃어버렸다. 허겁지겁 온 길을 되돌아가며 찾아보아도 없었다. 어디로 사라진 것인지 난처하여 쇼즈 구슬을 가져가 선장에게 건넸다.

"당신 구슬을 잃어 버렸소. 하는 수 없으니 이것을 가지시오."

선장이 말했다.

"내 구슬은 이것보다는 못하오. 그런데 대신에 당신 것을 받으면 죄를 받아요."

선장은 구슬을 되돌려 주었다. 정말이지 일본 사람과는 차이가 났다. 일본 사람 같으면 어찌 받지 않았겠나?

이리하여 구슬을 잃어버린 것을 한하다가 유곽으로 갔다. 기녀가 이야기를 나누며 쇼즈 가슴을 어루만지다 말을 했다.

"어찌 가슴이 콩닥콩닥 뛰고 계십니까?"

"이러저러한 사람의 귀한 구슬을 잃어버려 큰일이라 안절부절 못하네."

"그러시군요."

숙소에 돌아와서 이틀정도 지났는데 예의 기녀로부터 전갈이 왔다.

"중요한 말씀을 드리고자 하니 주저 마시고 지금 당장 오셔요."

무슨 일인가 싶어 서둘러 갔다. 그런데 보통 때 들어가던 곳이 아니라 으슥한 곳으로 불러들였다. 무슨 일인가 생각하며 들어가자 유녀가 말을 꺼냈다.

"이것이 혹여 당신이 떨어뜨린 그 구슬인지요?"

기녀가 내미는 것을 보니 틀림없이 자신이 떨어뜨린 그 구슬이었다.

"이것을 어떻게 네가?"

"구슬을 팔려고 여기를 지나는 자가 있어 구슬을 잃어버렸다는 당신의 말이 생각나서 불러들여 보니 구슬이 커서 어쩌면 말씀하시던 그 구슬인가 하여 이 자를 붙잡아 두고 당신에게 연락을 드린 거예요."

"의심할 여지없이 그 구슬이네. 이 구슬을 가진 사람은?"

"저기에 있어요."

그래서 남자를 불러들여 중국인 선장이 있는 곳으로 데리고 갔다.

"여차여차한 일이 있었소. 그 주변에서 잃어버린 구슬이오."

남자도 틀리다고 억지를 부릴 수 없었던 모양이었다.

"그 주변에서 주웠습니다."

하여, 남자에게 얼마간의 사례를 하고 돌려보냈다.

그리고 잃어버린 구슬을 되돌려준 후의 일이다. 그 당시 중국에서는 능직 두루마리 하나는 미노산(美濃産)[31] 비단 다섯 필로 통용된다는데, 쇼즈는 구슬을 능직 오천 단(段)으로 바꿨던 거였다. 그 값으로 치자면 일본에서는 비단 육십 필로 바꾼 구슬을 오만 관에 팔아넘긴 셈이 된다. 그것을 생각하면 중국인이 사다시게에게 저당으로 받은 칠십 관을 되돌려 준 것은 그리 놀라울 일도 아니었다고 어떤 이가 말했다.

---

31) 미노산(美濃産). 미노 지방에서 산출되는 비단. 미노는 현재의 기후현(岐阜縣) 남부.

07.
북면의 여종 로쿠 (181)

이것도 지금은 옛이야기가 되었다. 시라카와인[32] 때, 북면(北面)[33] 집무처에서 허드렛일 하는 여자 중에 재치 있고 활달한 여자가 있었다. 그 이름은 로쿠(六)였다. 당상관들이 그를 치켜세우며 놀렸는데 비가 추적추적 내려 할 일이 없어 무료한 어느 날 누군가가 말했다.

"로쿠를 불러 따분함을 달래자."

그래서 사람을 보내 불러오게 했다.

"가서 로쿠를 데리고 오너라."

---

32) 제4권의 주 33을 참조.
33) 북면(北面). 시라카와인(白河院, 재위 1073~1087)이 지은 저택 북쪽에 무사 집무처가 있었는데 여기를 일반적으로 북면이라고 불렀다. 시라카와인 저택은 시라카와인(白河院)이라 하여 원래 후지와라노 요시후사(藤原良房, 804~872. 왕족 이외의 신하의 신분으로 처음으로 섭정한 인물)의 별장이었는데 후지와라노 모로자네(藤原師實, 제4권의 주 12를 참조) 때에 시라카와 왕에게 헌납하였고 시라카와 왕은 1075년에 이 땅에 호쇼지절(法勝寺, 현재의 오카자키(岡崎)공원)을 세웠다.

잠시 있으니 아뢰었다.

"로쿠를 데리고 왔습니다."

"손님방으로 들게 하라."

무사가 나가서 로쿠에게 말했다.

"이쪽으로 들어오시오"

그러나 로쿠는 이렇게 말했다.

"그것은 안 될 말씀입니다."

무사가 당상관들에게 다시 와서 전했다.

"손님방으로 들라고 해도 들어올 신분이 아니라며 황송해 합니다."

그렇게 사양하지 않아도 되거늘 하는 생각에 말했다.

"뭘 그리 주저주저하느냐? 당장 들게 하라."

그래도 사양을 하였다.

"뭔가 잘못된 일이 아닙니까? 여태까지 시라카와인 저택 내부에는 들어간 적이 없었습니다만."

그랬더니 함께 있던 많은 사람들도 책망을 했다.

"개의치 말고 당장 들라. 일이 있으니."

"참으로 황공합니다만, 그럼 들라하시니……."

하고 들어왔다. 이 곳 주인이 그 사람을 쳐다보니 형부성³⁴⁾ 관리 중 로쿠(錄)의 지위에 있는 늙은이로 귀 밑 머리와 수염이 희끗희끗하고 진한 초록빛깔의 가리기누³⁵⁾에다 사시누키³⁶⁾ 바지를 입고 있었다. 관

---

34) 형부성(刑部省). 소송이나 재판, 처벌을 담당한 관청. 로쿠(錄)의 벼슬은 대·소 (大·少)로 나뉘고 각각 정7, 정8품이다.
35) 가리기누(狩衣). 제1권의 주 59를 참조.
36) 사시누키(指貫). 제1권의 주 58을 참조.

리는 아주 예의 바르게 사락사락 옷 소리를 내며 부채를 홀(笏)처럼 들어 약간 엎드린 자세로 웅크리고 있었다. 이 모습에 모두는 정말이지 할 말을 잃고 말았다. 말이 바로 나오지 않아 잠자코 있으니 이 관리는 점점 몸 둘 바를 몰라 바짝 엎드렸다.

주인이 마냥 그냥 있을 수가 없으니 물었다.

"그래 관청에는 또 누가 있더냐?"

"누구, 아무개……"

무슨 용무로 불렀는지 점점 알 수 없어서 관리는 엎드린 자세로 뒤쪽으로 조금 물러났다. 그래서 이 주인이,

"이렇게 열심히 일을 해주다니 감탄할 뿐이네. 기록부에 자네의 이름을 적어 주상께 보여드리겠네. 이제 물러가도록 하라."

하고 돌려보냈다.

나중에 허드렛일을 하는 로쿠는 이 일을 듣고 배를 잡고 웃었다고 한다.

08.
주인 승도가 렌가를 읊다 (182)

　이것도 지금은 옛이야기가 되었다. 쇼렌인[37]의 좌주[38]가 있는 곳으로 나나노미야[39]가 찾아와 무료함을 달래려고 젊은 승강[40]이나 유직[41]들이 경신(庚申) 철야를 하며 놀았다.[42] 그때에 아주 거드름을 피우는 표정으로 상전 시동이 술을 따르며 다니고 있었는데 그 모습을 한 승

---

37) 쇼렌인(靑蓮院). 교토시 히가시야마구(東山區)에 있는 천태종의 사원.
38) 쇼레인의 좌주(座主). 후치와라노 모로자네(藤原師實, 1042~1101. 좌·우대신을 거쳐 1088년에 태정대신에 올라 섭정을 하였음)의 아들 교겐(行玄, 1097~1155). 교겐은 제48대 천태종 좌주가 되고, 쇼렌인의 초대 주지가 되었다.
39) 나나노미야(七宮). 가쿠카이호 친왕(覺快法親王, 1134~1181)으로 도바 왕(鳥羽天皇, 재위 1107~1123)의 아들. 56대 천태종의 좌주 교겐의 제자이다.
40) 승강(僧綱). 승정, 승도, 율사 혹은 법인(法印), 법안(法眼), 법교(法橋)의 높은 지위에 있는 사람을 가리킨다.
41) 유직(有職). 이강(已講), 내공(內供), 아사리(阿闍梨)의 총칭.
42) 도교에서 사람의 몸 안에 삼시충(三尸蟲)이라는 벌레가 경신 날의 밤에 잠든 사람의 체내에서 빠져나와 천제에게 가서 그 사람의 죄과를 알리고 명을 줄이도록 했다 하여, 그 때문에 경신의 밤은 잡담하며 밤을 지새우는 풍습이 있었다.

려가 슬며시 렌가(連歌)⁴³⁾로 읊었다.

상전 시동은 절간 늙은 시동 못지않은 꼴불견이어라

이에 사람들이 다음의 구를 붙이려고 잠시 생각하는데 주인(仲胤)
승도가 마침 그 자리에 있다가 "나는 벌써 생각이 났습니다."고 하여,
젊은 승려들이 "어떤 것이오." 하며 모두 얼굴을 쳐다보고 있으니 승
도가 읊었다.

기온 제례 행렬을 기다리는 꼴이로다⁴⁴⁾

이에 사람들이 서로 "이 렌가는 어떤 취향으로 읊었는지요?"라며
속삭였는데 승도가 듣고 말했다.
"이보시오. 여러분! 이것은 앞의 구에다가는 다음의 구를 붙이기 어
렵다는 취향으로 붙인 노래이오."⁴⁵⁾

---

43) 렌가(連歌). 일본 고전 시가의 한 형식. 일반적으로 두 사람 이상이 17음절
(57577)로 이루어진 와카의 전구 575와 후구 77을 번갈아 가며 읊는다.
44) 기온 제례 행렬은 야사카 신사(八坂神社)의 제례를 말한다. 야사카 신사는 교토시
히가시야마구(京都市 東山區)에 있으며 7월에 기온마쓰리(祇園祭) 행렬이 성대
하게 행해진다. 행렬 때는 일본 전통예능인 덴카쿠(田樂)가 행해지고 역신(疫神)
을 분장한 사람들도 행렬에 참가한다. 이 아래 구는 그 행렬을 보고 싶어 학수고대
하며 기다리는 것을 읊고 있다.
45) 즉 전구의 뜻과 조화가 되도록 후구를 붙인 것이 아니라 아예 포기하고 엉뚱한 후
구를 붙여 짐짓 후구를 붙인 것처럼 보인 것이라는 의미이다. '기온 제례 행렬을
기다리는 꼴이로다' 노래에서는 보고 싶어 학수고대하는 기온 제례 행렬이 '좀체
도착하지 않는다(なかなかつかない)'는 의미와, 그 동음이의어인 '좀체 붙이기 어
렵다(なかなかつかない)'는 의미를 중첩시키고 있다. 따라서 승려들은 그것을 알
아차리지 못하고 후구라고 생각하고 그 구의 뜻을 알려고 하지만 해석하기 어려

그랬더니 이를 들은 사람들은 일제히 '아하하' 하며 폭소를 터뜨렸
다고 한다.

웠던 것이다.

09.
대장이 마음으로 근신하다 (183)

　이것도 지금은 옛이야기가 되었다. 천문박사가 '달이 대장성(大將星)을 범했습니다!' 라는 감문(勘文)[46]을 상주하였다. 그래서 근위[47] 대장은 아무쪼록 근신할 필요가 있다고 하여서 오노노미야 우대장[48] 은 이것저것 기도를 올리고 가스가노야시로[49]와 야마시나데라절[50] 등 에도 빈번히 기도를 하게 하였다.

　이 시기에 좌대장은 '비와 좌대장 나카히라'[51]라고 하는 사람이었다.

---

46) 감문(勘文). 사관(史官), 신관(神官), 음양사 등이 행사 기일의 길흉, 천지지변 등 에 관해 자문하여 생각한 바를 적어 올린 의견서.

47) 근위부(近衛府)이다. 제1권의 주 33을 참조.

48) 오노노미야 우대장(小野宮右大將). 후리와라노 사네요리(藤原實賴, 900~970)를 말한다. 우대신, 좌대신을 거쳐 태정대신에 올라 섭정하였다. 우대장은 938~946 년간 했다.

49) 가스가노야시로(春日社). 나라시 가스카노초(奈良市 春日野町)에 있는 가스가타 이샤(春日大社) 신사로, 권문세족인 후리와라 가문의 씨족신을 모시고 있다.

50) 야마시나데라절(山階寺). 제8권의 주 17을 참조.

51) 나카히라(仲平). 후지와라노 나카히라(藤原仲平, 875~945)로 후리와라노 사네

도다이지절[52]의 호조 승도[53]는 이 좌대장의 기도 일을 맡은 스승이었다. 이때도 분명히 기도 의뢰가 있을 것으로 생각하고 기다렸는데도 아무런 연락이 없기에 걱정이 되어 교토에 올라와 비와전(展)을 방문하였다.

좌대장은 그를 보고 물었다.

"어찌 여기까지 발걸음을 하셨습니까?"

"저 있는 나라(奈良)에 들리는 소문에 의하면 좌·우 대장님들께서는 삼가 근신해야 한다는 판단을 천문박사께서 내리셨다고 하여 우대장님께서는 가스가노야시로신사, 야마시나데라절로 여러 기도를 하고 계시기 때문에 대장님으로부터도 필시 전갈이 있을 것으로 여겨 여쭈어 보았습니다만 그런 말씀이 없으셨다고 하길래 걱정이 되어 찾아뵌 것입니다. 기도를 드리는 것이 좋을 듯합니다."

그러자 좌대장은 말했다.

"말씀하신 대로입니다. 그런데 제 생각으로는 대장이 근신해야 한다 하지만 만약 내가 근신하면 우대장께서 좋지 않게 될 것입니다. 우대장은 뛰어난 학식을 지니셨어요. 나이도 젊고요. 오랫동안 조정 일을 봐야할 분입니다. 나는 이렇다 할 능력도 없어요. 나이도 먹었고요. 하여 무슨 일이 있다 한들 별 문제가 없으니 그래서 기도를 드리지 않는 것입니다."

이 말을 듣고 승도는 눈물을 뚝뚝 흘리며 말했다.

요리의 백부. 좌대장을 한 시기는 932~945년간이다. 교토 이치조(一條, 제12권의 주 32를 참조)에 있는 저택 비와다이(枇杷第)에 연관하여 보통 비와 좌대장이라 불렸다.
52) 도다이지절(東大寺). 제1권의 주 14를 참조.
53) 호조 승도(法藏僧都, 905~969). 도다이지절의 제46대 별당(別堂).

"대장님의 말씀은 백만 번의 기도보다 낫습니다. 그러한 마음가짐으로 계시면 아무런 걱정이 없습니다."

그리고는 물러갔다. 그리하여 과연 아무 탈 없이 좌대장은 대신에 올라[54] 일흔 남짓까지 살았다고 한다.

---

54) 나카히라는 933년에 우대신, 937년에 좌대신에 올랐다.

10.
미도 관백의 개와 세메가 영험을 발휘하다 (184)

    옛날에 미도 관백[55]은 호조지절[56]을 건립한 후 날마다 그 법당에 다녔다. 흰 개를 애지중지 기르고 있었는데 한시도 몸에서 떼지 않고 데리고 다녔다. 하루는 평소와 같이 개를 데리고 가는데 문 안으로 들어가려 하자 이 개가 앞을 가로막으려는 듯 돌면서 짖어대며 못 들어가게 했다. '왜 그러느냐?'며 수레에서 내려 들어가려 하니 개가 옷자락을 물고 말렸다. 그래서 뭔가 이상한데 하며 발판을 가지고 오게 해서 앉아 세메[57]를 어서 데리고 나오라고 사람을 보내자, 세메가 서둘러 나왔다.

    "이러한 일이 있는데 무슨 일인가?"

---

55) 미도 관백(御堂關白). 후지와라노 미치자네(藤原道眞, 966~1027). 우대신, 좌대신을 거쳐 1015년에 태정대신에 올라 섭정을 하였다. 그로 인해 관백(關白)에는 오르지 않았지만 그렇게 호칭했다.

56) 호조지절(法成寺). 현재의 교토시 가미교구(上京區)에 있었던 사찰.

57) 세메(晴明). 아베노 세메(阿倍晴明)이다. 제2권의 주 39를 참조.

세메가 잠시 점을 쳐보고 말했다.

"누군가 관백을 저주하는 부적을 길에 묻어 놓았습니다. 이것을 밟고 가시면 흉사가 생깁니다. 개는 신통력을 가져서 알려 주는 것입니다."

"그럼, 그 부적을 어디에 묻어 놓았는지 찾으라."

"바로 찾겠습니다."

세메는 잠시 점을 쳤다.

"여기에 묻어 놓았습니다."

묻은 곳을 다섯 자가량 파내니 과연 뭔가가 묻혀 있었다. 토기 두 개를 마주보게 합쳐 황금빛 종이끈을 십자 모양으로 매어 놓은 것이었다. 끈을 풀어 안을 보니 아무것도 없고 토기 밑바닥에 주사(朱砂)[58]로 한 일자가 쓰여 있을 뿐이었다.

"이 주술법은 저 말고는 아는 이가 없습니다. 혹여 도마 법사[59]가 한 짓인지도…… 물어 밝히겠습니다."

세메는 품속에서 종이를 꺼내 새 모양으로 접어 매고 주문을 외워 하늘로 던졌다. 종이는 순식간에 백로가 되어 남쪽을 향해 날아갔다.

"이 새가 날아 앉는 곳을 보고 오너라."

종놈을 달려 쫓아가게 하자, 새는 로쿠조보몬코지길과 마데노코지길[60]이 교차하는 부근에 양쪽 대문이 달린 낡은 집에 날아들었다. 바

---

58) 주사(朱砂). 진홍색의 황화수은이며 단사(丹砂) 혹은 진사(辰砂)라고도 한다. 해독과 방부의 기능을 지닌다. 도가에서는 단약을 만드는 주재료이며, 종이에 부적을 그려서 사악한 것을 쫓는 용도로 사용하였다.

59) 도마 법사(道摩法師). 아시야 도만(芦屋道滿)으로 세메의 제자. 생몰년은 확실치 않다.

60) 로쿠조보몬코지길(六條坊門小路)와 마데노코지길(万里小路). 교토시 시모교구

로 그 집주인인 노법사를 포박하여 데리고 와 저주한 이유를 심문하자 이렇게 자백했다.

"호리카와 좌대신 아키미쓰[61] 공께서 시키신 대로 하였습니다."

"일의 내막이 밝혀진 이상 유배를 보내야 마땅하나 네놈의 잘못은 아니다. 금후는 이런 짓을 절대 하지 말라."

훈계를 하고는 그의 고향인 하리마[62]로 쫓아버렸다.

이 아키미쓰 공은 죽은 후 원령이 되어 미도 같은 사람에게 원한의 앙갚음을 행하였다. 그로 인해 악령좌부(惡靈左府)라고 했다는 말이 있다. 이런 일이 있고 나서 개는 더욱더 주인의 사랑을 받았다고 한다.

(下京區)에 있는 오조(五條) 다리의 서쪽 강둑 지역에 해당한다.
61) 호리카와 좌대신 아키미쓰(堀川左大臣顯光). 후지와라노 아키미쓰(藤原顯光, 944~1021)는 좌·우 대신을 역임하였으며 두 사위를 미치나가의 딸에게 빼앗긴 원망을 지니고 있었다.
62) 하리마(播磨). 현재의 효고현(兵庫縣) 서쪽 지역.

11.
다카시나 도시히라의 동생이 산술을
배우다 (185)

    이것도 지금은 옛이야기가 되었다. 단고 지방[63]의 전 국사로 다카시나 도시히라[64]라는 자가 있었다. 나중에는 승려가 되어 단고 입도(入道)라고 하였다. 그에게는 관직도 가지지 못한 동생이 있었다. 그 자가 모시는 주인을 따라 쓰쿠시[65]에 내려가 있었을 때에 중국에서 새로 건너온 사람이 있었는데 산목(算木)[66]을 아주 잘 두었다. 입도의 동생이 그를 만나 산괘(算卦)를 익히고 싶다고 하여 처음에는 마음에 두지 않고 가르치지 않았으나 얼마 동안 곁에 두고 보고는 말했다.

    "산술에 크게 재능을 가지고 있구먼. 일본에서는 잘 가르칠 수 없다네. 일본은 산목의 이치를 터득한 곳이라고 할 수 없으니 나와 함께 중국으로 건너가고자 한다면 제대로 가르쳐 주겠네."

"그 길을 터득할 수 있도록 가르쳐주시면 말씀에 따르겠습니다. 중국에 건너가서 관직 길에 오를 수만 있다면야 함께 나서지요."

상대의 기분이 내키도록 잘 말을 하여서 그에 이끌려 중국인도 정성스레 가르쳤다. 수를 헤아림에 있어 하나를 들으면 열을 아니 몹시 대견스럽게 생각했다.

"우리나라에 산목을 두는 자는 많아도 자네 같이 잘 익히는 자는 없네. 꼭 나와 함께 중국으로 건너가세."

"물론입니다. 그렇게 하겠습니다."

중국인이 덧붙였다.

"이 산목에는 병든 사람을 고치는 술(術)도 있다네. 또 병이 아니더라도 밉거나 질투가 나는 사람을 그 자리에서 당장 죽이는 술도 있네. 그런 것도 아낌없이 전수하겠네. 자세히 알려주겠네. 분명히 나와 함께 건너간다는 약조를 하면 말일세."

동생은 굳게 약속은 하지 않았지만 그러겠다고 했다.

"그래도 사람을 죽이는 술은 건너가는 배 안에서 전수하지."

중국인은 다른 술은 자세히 가르쳐 주지만 그것만은 삼가고 가르쳐 주지 않았다.

이렇게 가르쳐 주는 대로 순조롭게 익히고 있었다. 그런데 갑자기 주인이 일이 생겨 상경하게 되어 동생도 함께 올라가게 되었다. 중국인이 그를 말렸지만 듣기 좋게 변명을 하였다.

"오랫동안 모시던 주인님이 이러이러한 일이 생겨 급히 상경하신다 하는데 모셔 드리지 않으면 안 됩니다. 이해해 주시기 바랍니다. 약속은 어기지 않을 것입니다."

그래서 '과연' 하며 중국인도 그의 말을 믿었다.

"그럼 꼭 돌아오시게. 오늘 내일이라도 중국으로 가려 하였네만 자네가 오기를 기다렸다 가지."

그리고 약속을 다짐하고 동생은 상경하였다. 살아가는 것이 괴롭고 하여 몰래 중국에나 가볼까 하는 생각을 했지만 교토에 올라오니 친한 사람들도 말리고 도시히라 입도도 말려서 쓰쿠시에도 내려가지 못했다.

중국인은 얼마동안 기다렸지만 소식이 없어 애써 인편을 세워 글을 써 보내 원망을 했지만, 늙은 부모님이 계시어 오늘내일 어떻게 되실지 모르는 상태인지라 상황을 좀 지켜본 다음에 내려가고자 합니다는 답신만 보내고 결국 내려가지 못하고 말았다. 중국인은 기다리다 못해 나를 속였구나 하는 생각에 중국으로 떠나는 길에 야무지게 저주의 주술을 걸고 돌아갔다. 동생은 처음에는 무척 똘똘하였지만 중국인이 주술을 걸고 난 후로는 얼이 빠져 사물을 제대로 분간하지 못하게 되었다. 상태가 이렇다보니 하는 수 없어 승려가 되었다. '입도님'이라는 소리를 들으며 노리갯감이 될 정도로 얼간이가 되고 아무 쓸모없는 인간이 되어버려 도시히라 입도가 있는 곳이나 산사에 왕래하며 지냈다.

어느 날, 시중드는 젊은 여인들이 모여 경신(庚申) 철야를 하는 한쪽 구석에 이 '입도님'이 멍청하게 앉아 있었다. 밤이 점차 깊어지자 모두들 잠이 쏟아졌는데 그때 여인들 중에 까불거리는 여자가 있었다.

"입도님! 입도님 같은 분은 재미나는 이야기를 잘 하시지요. 사람들이 웃을만한 이야기를 좀 하세요. 모두들 잠이 깨게요."

"나는 말솜씨가 없어 사람을 웃길만한 이야기는 알지 못하오. 그래도 웃고 싶다면 웃게 해 주지요."

"이야기도 안 하시고 사람을 웃기는 거라면 무슨 흉내놀이[67]라도 하시는지요? 이야기보다 훨씬 재미있겠는데요. 호호."

입도가 아무런 짓거리도 하지 않았는데 여자는 웃었다.

"그렇지 않아요. 그냥 여하튼 사람들이 웃도록 하지요."

"무엇을 하시려고? 빨리 웃겨주세요. 자 어서요."

여자는 재촉했다. 그래서 입도는 뭔가를 들고 불이 밝은 곳으로 나왔다. 무엇을 하려는가 보고 있자니 산목을 넣은 보자기를 풀어 산목을 줄줄 꺼냈다.

"이게 웃기는 일인가요? 그럼 자자, 모두들 웃으십시다."

여자들이 놀려대는데도 입도는 아무 말 없이 산목을 줄줄 펼쳐놓았다. 그 폭은 칠, 팔 부(分)[68] 정도였는데 그 중에 하나를 손에 받치고 말했다.

"여러분! 너무 괴로울 정도로는 웃지 말아요. 그럼 웃어 봅시다."

"산목을 두는 꼴이 더없이 바보스럽고 웃겨요. 어떻게 하면 괴로울 만큼 웃게 됩니까?"

여자들이 입을 모아 말했다. 그런데 산목 여덟 부를 다 늘어놓자마자 그 자리에 있던 사람들은 저도 모르게 크게 웃기 시작했다.

심하게 웃고 나서 멈추려고 하지만 멈추어지지 않았다. 배꼽이 빠질 것 같고 숨이 넘어갈 듯하였다. 괴로워서 눈물을 흘려도 웃음이 멈

---

67) '사루가쿠(猿樂)'라 하여 골계적인 흉내를 내서 즐기는 놀이이다.
68) 너비는 약 2.1~2.4 센티, 길이는 10센티이다.

추지 않았다. 더 참을 수 없어 웃던 사람들은 입을 떼지 못한 채 입도를 향해 손을 싹싹 빌며 애원했다.

"그러니까 내가 애초에 말하지 않았소? 이제 다 웃었어요?"

모두는 고개를 끄덕이고 이리저리 뒹굴며 웃다가 손을 모아 빌었다. 제 맛을 완전히 보여주고는 술을 둔 산목을 주르르 흩트리니 모두 웃음을 뚝 그쳤다.

"아마 조금만 더 있었다면 우리들은 죽었을 것이야. 정말로 견디기 힘들었어."

여인들은 너무 웃어 지칠 대로 지쳐 모두 병자같이 드러누워 있었다.

그러기에 산목을 두어 사람을 죽이기도 하고 살리기도 하는 술이 있다고 하였는데 그것도 전수하였다면 엄청난 일이 되었을 텐데 하고 사람들도 평하였다. 산술의 묘법은 무서운 것이었다고 한다.

제15권

01.
기요미하라 왕과 오토모 왕자가 서로 전쟁을 벌이다 (186)

　옛날에 덴지 왕[1]의 아들로 오토모 왕자[2]라는 사람이 있었다. 태정대신[3]이 되어 정치를 행하고 있었다. 그의 마음속에는 왕이 서거하면 내가 그 자리에 오를 텐데 하는 생각을 가지고 있었다. 왕자의 숙부인 기요미하라 왕[4]은 그 당시는 태자이었는데 이 왕자의 속내를 눈치 채고

---

1) 덴지 왕(天智天皇, 재위 668~672). 선왕인 사이메 왕(齊明天皇, 재임 655~661) 사후 줄곧 태자로 있다가 667년에 오미 지방(近江國, 현재의 시가현 오쓰(滋賀縣 大津))에 천도하고 다음 해 668년에 즉위했다. 공지공민제(公地公民制)와 율령제로 중앙집권국가를 만들기 위해 대화(大化, 일본 최초의 연호. 645~650년간을 말함)의 개신(改新)이라는 개혁을 단행한 인물이다.

2) 오토모 왕자(大友皇子). 고분 왕(弘文天皇, 재위 672년 1월~8월)으로 덴지 왕의 장남이다. 덴지 왕이 죽고 왕의 자리를 두고 숙부인 오아마 왕자(大海人皇子)와 싸워서 패하고 자살했다. 숙부와 조카가 벌인 전쟁을 진신(壬申)의 난(672.7.24~672.8.21)이라 하며 이 전쟁에서 이긴 오아마 왕자는 덴무 왕(天武天皇, 재위 673~686)으로 즉위했다.

3) 태정대신(太政大臣). 당시 최고의 행정기관인 태정관(太政官)의 장관. 품계는 정1품.

4) 기요미하라 왕(淸見原天皇). 덴무 왕(天武天皇)을 말한다.

있었다. 그래서 '오토모 왕자는 지금 권력을 잡아 정치를 하고 계시고 세상의 평판도 좋으며 위세도 대단하시다. 나는 태자이니 그의 세력에 미치지 못한다. 반드시 살해당할 것이야.'라며 두려운 마음에 왕이 병을 얻자 바로 요시노야마[5] 산속으로 들어가 출가한다며 그 산에 틀어박혔다.

그때 오토모 왕자에게 사람이 고하기를, "태자를 요시노야마에 두는 것은 호랑이에게 날개를 달아 들에 풀어놓는 격입니다. 궁궐 안 대신 곁에 두어야만 생각대로 하실 수 있습니다."라고 하여, 왕자는 과연 그러하다고 생각하고 군사를 정비하여 모셔오는 것 같이 하여 죽이도록 꾀하였다.

이 오토모 왕자의 처로 태자의 딸[6]이 궁에 들어가 있었다. 딸이 아버지를 죽이려는 것을 알고 놀라서 어떻게든 이 음모를 아버지께 알려야겠다고 생각했지만 알릴 방법이 없었다. 고민을 거듭하다가 마침 구운 붕어[7]가 있어 그 배 안에 글을 아주 작게 적어 넣어 보냈다. 태자가 이것을 보고 그러지 않아도 두려워하던 판에 '그렇다면야……' 하고 서둘러 천한 포의(布衣)와 하카마 바지로 갈아입고 짚신을 신고 대궐 사람들이 모르게 홀로 산을 넘어 북쪽으로 갔다. 이리하여 길도 알지 못하여 대여섯 날 걸려서 야마시로 지방[8] 다하라[9]라는 곳에 겨우

---

5) 요시노야마산(吉野山). 나라현(奈良縣) 중심부에 있는 산. 현재까지 벚꽃으로 유명한 관광지이다.
6) 도치 공주(十一皇女, ?~678)이다. 아버지는 오아마 왕자이며 어머니는 재색겸비로 유명한 누카타노 오키미(額田王)이다.
7) 붕어의 내장을 들어내고 그 안에 술과 소금으로 간을 한 다시마, 곶감, 밤, 호두 등을 넣어 구운 것을 말한다.
8) 야마시로 지방(山城國). 현재의 교토부 남부.
9) 다하라(田原). 현재의 교토부 쓰즈키군 우지다하라(京都府 綴喜郡 宇治田原). 밤의

도착하였다. 그 곳 마을 사람이 이상히 여기면서도 보기에 지체 높은 분 사람처럼 보여 밤을 굽고 삶아 소반에 담아냈다. 태자가 그 두 종류의 밤을 보고는 "생각하는 바가 성취되면 싹을 틔워 나무가 되거라." 하고 산 한쪽에다 심었다. 마을 사람은 이상하게 여기며 밤 심은 곳에 표시를 해 두었다.

태자는 그 곳을 떠나 시마 지방[10]으로 산을 타고 넘어갔다. 그 지역 사람이 수상히 여겨 물으니 이렇게 대답하였다.

"길을 잃어버렸소. 목이 마르오. 물 좀 주시오."

그래서 큰 두레박으로 물을 퍼서 주자 기뻐하며,

"네 일족을 이 땅의 태수로 삼으리."

라고 하고 더욱이 미노 지방[11]으로 향했다.

미노 지방의 스노마타[12] 선착장에 이르렀지만 배가 없어 머뭇거리고 있을 때, 여인이 큰 통에 든 빨래를 빨고 있었다.

"무슨 방법을 써서라도 이 강을 건너가게 해 주지 않겠는가?"

"그저께 오토모 왕자의 사신이라는 자가 와서 건널 배를 전부 숨기고 돌아가 버려서 여기를 건너가더라도 그 다음의 많은 선착장은 건널 수 없을 것입니다. 이토록 손을 써 놓고 지금쯤 병사를 이끌고 공격해 오고 있을 것입니다. 어찌 도망칠 수 있겠어요."

"그럼 어떻게 하면 좋은가?"

"보아하니 그저 평범한 사람도 아닌 것 같으니 숨겨드리죠."

산지이다.
10) 시마 지방(志摩國). 미에현(三重縣) 시마 반도(志摩半島) 지역.
11) 미노 지방(美濃國). 기후현(岐阜縣) 남부.
12) 스노마타(墨俣). 기후현 안바치군 스노마타초(安八郡 墨俣町).

여인은 큰 빨래 통을 뒤집어 그 밑에 태자를 숨기고 통 위에 빨랫감을 걸쳐 물을 묻혀 빨았다. 잠시 있으니 군사 사오백 명 정도가 와서 여인에게 물었다.

"이 강을 건너는 사람을 보지 못했느냐?"

"고귀한 분이 병사 천여 명을 데리고 왔습니다. 지금쯤은 시나노 지방[13]에 닿았을 겁니다. 용 같은 준마를 타고 나는 듯이 지나갔습니다. 이 작은 병력으로는 가령 적을 쫓아가더라도 모두 죽임을 당합니다. 돌아가셔서 병사를 늘려 쫓는 게 좋을 듯합니다."

오토모 왕자의 병사들은 그게 좋을 것 같아 되돌아갔다.

잠시 있다가 태자가 여인에게 물었다.

"이 주변에서 병사를 모으면 모이겠는가?"

여인은 여기저기 돌아다니며 지역 유지였던 자들을 모아 설득하였다. 그러자 곧이어 이삼천 명의 병사가 모였다. 태자는 이 병사들을 이끌고 오토모 왕자를 바싹 추격해 오우미 지방[14] 오쓰라는 곳에서 싸워 승리를 거두었고 오토모 왕자의 병사들은 참패해 뿔뿔이 흩어져 도망갔다. 오토모 왕자는 마침내 야마자키(山崎)에서 공격을 당해 참수되었다. 그런 후 태자는 야마토 지방[15]으로 돌아가서 왕위에 등극하였다.

다하라에서 묻은 볶은 밤, 삶은 밤은 그대로 싹을 틔웠다. 지금도 '다하라의 밤'이라며 대궐에 헌납하고 있다. 시마 지방에서 물을 준 자는 다카시나(高階)라는 성(姓)을 가진 자인데 도움을 준 인연으로 그

---

13) 시나노 지방(信濃國). 나가노현(長野縣).
14) 오우미 지역(近江國). 시가현(滋賀縣).
15) 야마토 지방(大和國). 나라현(奈良縣).

자손은 그 지방의 태수가 되어 있다. 물을 퍼서 준 두레박은 지금도 야
쿠시지절[16]에 있다. 태자를 숨겨준 스노마타 여인은 후와 신사[17]의 명
신이었다고 한다.

---

16) 야쿠시지절(藥師寺). 나라현 나라시 니시도쿄초(奈良縣 奈良市 西ノ京町)에 있는
    사찰로 법상종의 대본산. 덴무 왕이 건립했다.
17) 후와 신사(不破神社). 난구 신사(南宮神社)를 말한다. 기후현 후와군 다루이초(岐
    阜縣 不破郡 垂井町)에 위치한다.

02.
요리토키가 호인(胡人)을 만나다 (187)

　옛날에 쓰쿠시에 살았던 무네토 법사[18]가 '호국(胡國)이라는 나라는 중국보다 훨씬 북쪽에 있다고 들었지만 일본의 무쓰[19] 땅에 이어지고 있을는지도?'라고 말한 일이 있었다고 한다.

　이 무네토의 아버지는 요리토키[20]라는 사람으로 무쓰 지방 오랑케[21]이었는데 조정에 순응하지 않아 치려고 했을 때 말했다.

　"예로부터 오늘날까지 조정에 대항하여 이긴 자가 없었다. 나는 아

---

18) 무네토 법사(宗任法師). 아베노 무네토(阿倍宗任)로 요리토키(아래의 주 20을 참조)의 아들. 1062년에 관군과 싸워 투항하고 이요(伊予, 현재의 에히메현(愛媛縣))에 유배되고 나중에 다자이후(大宰府, 현재의 후쿠오카현 다자이후시(福岡縣太宰府市))로 옮겼다.
19) 무쓰(陸奥). 현재의 아오모리(青森), 이와테(岩手), 미야기(宮城), 후쿠시마(福島)의 일대.
20) 요리토키(賴時). 아베노 요리토기(安部賴時, ?~1057)는 무쓰 지방의 장이었고 조정에 대항하다가 1057년에 빗나간 화살을 맞고 죽었다.
21) 아이누족을 말한다.

무런 잘못이 없다고 생각해도 매번 공격을 당하니 이 억울함을 떨칠
수가 없는데, 다행히 이 무쓰에서 바라보니 북쪽에 땅이 있는 듯하다.
가서 살펴보고 살만한 곳이면 나를 따르는 자를 모두 데리고 가서 살
겠다.”

그리고는 우선 배 한 척을 준비하여 갔는데 동행한 사람은 요리토
기와 둘째 아들 구리야가와, 셋째 아들 무네토, 그리고 측근 가신 스무
명 정도였다. 배 안에 음식과 술 등을 잔뜩 싣고 배를 저어 출발하니
무쓰에서 보일 정도로 가까운 거리라 얼마 지나지 않아 도착하였다.

도착한 땅은 좌우로 광활한 갈대밭이 펼쳐져 있었다. 큰 강의 항구
를 발견하고 그쪽으로 배를 밀어 넣었다. 사람이 사는지를 둘러봐도
인기척도 없었다. 육지에 오를 수 있는지를 살펴봐도 온통 갈대만 무
성할 뿐 길을 내어 밟은 흔적도 없었다. 행여 사람이 사는 흔적이라도
있을까 하여 강을 따라 상류로 이레 동안 올라갔지만 상황은 마찬가
지였다. 놀라울 따름이라며 스무 날 정도 더 올라가 보았으나 역시 사
람의 흔적은 없었다.

서른 날정도 거슬러 올라갔을 즈음에 땅이 울리는 듯한 소리가 났
다. 무슨 일인가 싶어 두려운 마음에 갈대밭에 배를 바싹 대고 숨죽여
소리 나는 쪽을 살폈다. 그러자 마치 그림에 있을 법한 모습을 한 호인
(胡人)[22]이 머리는 빨간 것으로 동여매고 말을 타고 강어귀로 나타났
다. 이건 도대체 어떠한 자인가 하고 지켜보고 있자니 그 뒤를 따라 수
없이 사람들이 잇따라 나왔다.

그들은 강변에 모여들어 무슨 말인지 알아듣지 못하는 말을 주고받

---

22) 북적(北狄)의 사람. 중국 고대의 북방 기마민족.

으며 일제히 재빠르게 강을 건너가는데 천 명 가량은 되어 보였다. 땅울리는 소리가 났던 것은 그들의 발소리가 멀리서 들렸던 것이었다.

발로 걷는 자들은 말을 탄 자 옆에 끌려 당기듯 강을 건너는데 건너는 그곳이 여울처럼 보였다. 서른 날정도 거슬러 올라와도 여울 한 곳도 찾지 못했는데, 강이라 얕은 곳이 있으련만 아까 거기가 바로 여울이구나 하는 생각에 사람들이 지나 간 후 배를 가까이 대어보았다. 그러나 변함없이 수심을 알 수 없는 깊은 곳이었다. 호인들은 말을 나란히 줄지어 헤엄치게 하여 걷는 자들이 거기에 매달려 건너간 것이었다. 계속 더 거슬러 올라가도 끝을 알 수 없어 두려운 마음에 거기서 그만 되돌아와 버렸다. 그 후 얼마 지나지 않아 요리토키는 죽고 말았다.

이러한 연유로 호국과 일본의 동쪽 오지(奧地)는 서로 맞닿아 있는 것 같다고 했던 것이다.

03.
가모 축제 행렬에서 다케마사와 가네유키를
구경하다 (188)

이것도 지금은 옛이야기가 되었다. 가모 축제[23]의 행렬에 시모쓰케노 다케마사[24]와 하타노 가네유키[25]를 파견한 일이 있었다. 행렬이 되돌아오는 길에 홋쇼지도노[26]가 무라사키노[27]에서 구경을 하고 있었는데 다케마사고 가네유키고 나리가 보고 있을 터이라 각별히 위엄을 갖추고 지나갔다.

다케마사가 자못 뽐내듯 지나갔다. 이어서 가네유키가 또 지나갔다.

23) 가모 축제. 제12권의 주 30을 참조.
24) 시모쓰케노 다케마사(下野武正). 누구인지 확실치 않는데, 후지와라노 다다자네(藤原忠實, 1078~1162. 태정대신으로 섭정을 하였음)와 그의 아들 다다미치(忠通, 1097~1164)의 호위 무사로 추정된다.
25) 하타노 가네유키(秦兼行). 다다미치의 호위 무사.
26) 홋쇼지도노(法性寺殿). 후지와라노 다다자네이다. 위의 주 24를 참조.
27) 무라사키노(紫野). 현재의 교토시 기타구(北區) 무라사키노이며 대궐의 사냥터였다. 가모의 사인(齋院, 가모 신사에서 무녀로 일했던 왕족출신의 미혼녀. 왕이 즉위할 때마다 뽑힘) 거처가 있던 곳이다.

둘 다 각자 말할 수 없을 정도로 유별나게 눈에 띄었다.

그 모습을 보고 홋쇼지도노가 "다시 한 번 북쪽으로 지나도록 하라."고 분부하여 행렬은 다시 북쪽으로 향해 지나갔다. 그리고 계속 갈 수는 없으니 되돌아 이번에는 가네유키가 먼저 남쪽으로 나아갔다. 다음에는 다케마사가 지나가리라는 생각에 사람들이 한껏 기대를 품고 기다리니 그의 모습은 좀처럼 나타나지 않았다. 어찌 되었는지 궁금하던 차에 다케마사가 맞은편에 친 장막보다도 동쪽을 향해 지나는 것이었다. 무얼 하고 있는 건지 지켜보자 장막 위로 관모의 건자(巾子)만 보이면서 남쪽으로 지나갔는데, 사람들은 그것을 두고 "보기 드문 호위무사의 재치다."라며 칭찬을 아끼지 않았다고 한다.

04.
가도베노 후쇼가 활을 쏘아 해적을
물리치다 (189)

　이것도 지금은 옛이야기가 되었다. 가도베노 후쇼[28]라는 도네리[29]가 있었다. 젊고 가난한 사람이었는데 합성궁[30]을 즐겨 쏘았다. 밤에도 활을 쏘았기 때문에 작은 집 지붕판자까지 빼내 불을 피워두고 쏘았다. 아내도 그것을 보아 넘길 수 없었고 이웃사람들도 "참 무슨 짓을 하는 겐가?" 하고 나무랐다. 그러면 "집이 허물어져 길바닥에 나앉아도 상관없습니다."라며 더욱더 지붕판자를 떼어내어 불을 밝히고 연습을 계속하였다. 그래서 그를 비난하지 않는 자가 없었다.

　그러는 사이에 지붕판자는 다 없어져 버렸다. 끝내는 서까래나 평고대[31]도 쪼개 불을 지폈다. 또 나중에는 용마루나 들보도 태웠다. 심

---

28) 가도베노 후쇼(門部府生). 대궐 문의 경호를 담당하는 위문부(衛門府)의 하급관리.
29) 도네리(舍人). 제2권의 주 34를 참조.
30) 합성궁. 대나무와 나무를 조합하여 만든 강력한 활.
31) 평고대. 서까래 끝에 건너대는 가늘고 긴 나무.

지어는 도리[32]도 기둥도 쪼개 태웠다. "이거야 말로 못 말리는 짓이
군."라고 주변사람들이 이구동성으로 말을 했는데, 결국은 마루와 그
밑에 까는 횡목마저 쪼개 불을 지펴서 옆집에 얹혀살게 되었다. 그 곳
집주인이 이 사람 하는 짓을 보고 '우리 집도 남지 않겠다.'고 걱정하
고 꺼렸지만, 후쇼는 "지금은 이렇게 신세를 지고 있습니다만 마냥 이
렇게만 있겠습니까? 지켜봐 주시오."와 같은 말을 하며 지내고 있었
다. 그렇게 보내는 중에 활솜씨가 좋다는 평판이 나 활 대회 행사[33]에
불려나가 활을 훌륭하게 쏘아, 왕의 칭찬을 듣고 마침내는 씨름 출전
선수를 소집하는 사자로 지방에 파견되었다.[34]

지방을 돌아다니며 좋은 씨름꾼을 많이 모았다. 또 좋은 물건도 수
없이 손에 넣은 후 일행은 교토로 올라가는데, 도중에 해적이 모이는
가바네 섬[35]을 지나가게 되었을 때 일행 중에 누군가가 말했다.

"저기 보십시오. 저 배들은 해적들이 아닙니까. 어떻게 하지요?"

"그 참, 조용히들 하라. 해적이 천 만 명일지라도 이제 잘 보고들 있
게."

가도베노 후쇼는 이렇게 말하고 나서 피롱[36]에서 활 경기 때 입던

---

32) 도리. 기둥과 기둥 위에 얹어 그 위에 서까래를 놓는 나무.
33) 정월 초열흘에 행해지는 궁중행사이다. 왕이 자리하고 근위부와 병위부(제3권의
　　주 43을 참조)의 관리들이 활 경쟁을 하여 승리한 자에게는 축하선물을, 패한 자
　　에게는 벌주가 주어졌다.
34) 대궐에서 7월에 행해지는 스모 경기에 나올 선수를 소집하기 위해 2,3월경에 각
　　지역에 사람을 파견하는데 그 임무를 맡은 것이다. 활 경기에서 승리하는 자가 파
　　견되었다.
35) 가바네 섬(かばね嶋). 현재의 오카야먀현(岡山縣)의 세토(瀬戸) 내해(內海)에 있
　　었다.
36) 피롱(皮籠). 짐승의 가죽으로 만든 함.

옷을 꺼내어 갖춰 입고 관모와 끈도 격식대로 말끔히 차려입었다. 그러자 종자(從者)들이 말했다.

"제정신이 아니십니다. 상대하기에 힘이 부칠망정 어떻게든 술책을 강구하셔야지요."

일행들은 초조해하며 떠들어댔다. 후쇼는 가지런한 차림으로 한쪽 어깨를 들어내더니 오른쪽과 후방을 둘러본 다음 배 지붕 위에 올라서서 말했다.

"마흔 여섯 보[37]까지 접근했는가?"

"아직 멀었습니다."

극도로 공포에 질려 입에서는 노란 물을 토해내고 있었다.

"이제 가까이 왔느냐?"

"마흔 여섯 보까지 접근했습니다."

그때에 후쇼가 지붕 맨 꼭대기에 올라서 작법대로 쏠 자세를 취한 후 활을 치켜들고 잠시 있다가 활대를 높이 들어 바싹 잡아당겼다. 거무튀튀한 옷을 입은 해적의 두목 같은 남자가 빨간 부채를 펴들고 지시하고 있었다.

"빨리 빨리 노를 저어 저쪽 배에 접근하여 올라타라. 빨리 건너가서 물건을 옮기도록 하라!"

그래도 후쇼는 조금도 동요하지 않고 조용히 바싹 활시위를 잡아당겨 여유를 부리며 쐈다. 그리고 활대를 비스듬히 하여 날아가는 활을 바라보았는데 활은 눈에 보이지 않을 속도로 해적 두목 쪽으로 날아갔다. 그리고 놀랍게도 화살촉이 두목의 왼쪽 눈에 박혀 버렸다. 그와

---

37) 활쏘기에 적당한 거리이다. 열다섯 칸, 즉 약 27미터가 된다.

동시에 "앗" 하는 소리가 나더니 두목은 부채를 내던진 채 나자빠졌다. 해적이 두목 눈에서 활을 뽑아 보니 싸움을 할 때 쓰는 것도 아니고 아주 작은 활살이었다.

"아니, 이것은 흔히 볼 수 있는 게 아닌데. 신의 화살이다. 서둘러 각자의 배로 돌아가라!"

해적들은 그길로 달아나 버렸다.

그때가 되어 후쇼는 엷은 미소를 지으며,

"내 앞에서 감히 위험한 짓거리를 하고 있어."

하고는 걷어 부친 소매를 내리고 침을 뱉으며 앉아 있었다. 해적은 도망칠 때 보자기 하나와 약간의 물건을 떨어뜨리고 갔는데 그것이 바다 위에 둥둥 떠 있었기 때문에, 후쇼는 그것을 끌어올리며 웃고 있었다는 것이다.

05.
도사 판관대 미치키요가 관백을 다른 사람으로 오인하다 (190)

  이것도 지금은 옛이야기가 되었다. 도사 판관대 미치키요[38]라는 자가 있었다. 노래를 읊고 〈겐지 이야기〉나 〈사고로모 이야기〉의 구절을 흥얼거리고 꽃구경 달구경하며 즐겨 돌아다녔다. 이러한 풍류인이어서 고토쿠다이지 좌대신[39]이 미치키요에게 "닌나지절[40]에 꽃구경을

---

38) 도사 판관대(土佐判官代) 미치키요(通淸). 미치키요는 미나모토노 미치키요(源通淸, 1123~?)이며 구로도로 품계는 종5품이었다. 도사 판관대는 명확하지 않는데, 다만 판관대는 대궐내의 다른 관직 판관과 구별하여 상왕(上皇)의 직무를 보는 기관에 소속된 판관으로 상왕의 크고 작은 잡일이나 문서 작성 등의 일을 담당하였다는 설이 있다.

39) 고토쿠다이지 좌대신(後德大寺左大臣). 후지와라노 사네사다(藤原實定, 1139~1191)를 가리키며 1186년에는 우대신, 1189년에는 좌대신에 올랐다. 품계는 정2품.

40) 닌나지절(仁和寺). 교토시 구쿄구 오무로(右京區 御室)에 있는 진언종 오무로파(御室派)의 총본산. 산호(山號)는 오우치야마(大內山). 우다 왕(宇多天皇, 재위 887~897)이 창립하였으며 세계문화유산에 등록되어 있는 절이다. 벚꽃의 명산지다.

가려하는데 꼭 함께 갑시다."라고 불러냈다. 미치키요는 반가운 말씀
이라며 곧장 낡은 수레를 타고 나섰다. 그러자 가는 길에 뒤쪽에서 수
레 두세 대가 연이으며 사람들이 오기에 틀림없이 이 좌대신이 탄 것
이라 생각하고 수레 뒤쪽 발을 걸어 올리고는 부채를 펼쳐 맞이하듯
말했다.

"아이고 참, 초대하신 분이 늦으셔야. 어서 오십시오!"

그런데 뒤쪽 수레에 탄 사람은 실은 관백으로 어디로 출타하는 중
이었다. 관백을 모시는 무사가 미치키요가 하는 행동을 보고 말을 힘
차게 몰아와서 수레의 뒤쪽 발을 잘라 떨어뜨렸다. 이에 미치키요는
허둥지둥 당황한 나머지 앞쪽으로 나뒹굴었는데 그가 쓴 모자도 함께
벗겨져 버렸다. 참으로 그 꼴이 말이 아니었다고 한다. 이러한 풍류인
같은 자는 조금 얼이 빠진 바보스러운 면도 있었던 것일까.

06.
고쿠라쿠지절 승려가 인왕경의 영험을 드러내다
(191)

　이것도 지금은 옛이야기가 되었다. 호리카와 태정대신[41]이라는 사람이 역병에 걸려 심하게 앓고 있었다. 기도 등을 이것저것 하는데 이름이 있다는 승려는 불려가지 않은 이가 없었다. 이 정도로 많은 승려를 모아 빌어서 온 집안이 아주 시끌벅적했다.

　그런데 고쿠라쿠지절[42]은 이 대신이 건립한 사찰이었다. 그 절에 살고 있는 승려들에게는 기도하라는 분부가 떨어지지 않았기 때문에 관청으로부터의 부름도 받지 않았다. 이에 한 승려가 생각을 했다. 이 절에서 편안하게 지낼 수 있는 것도 다 대신의 덕분이다. 대신께서 돌아

---

41) 호리카와 태정대신(堀川太政大臣). 후지와라노 모토쓰네(藤原基経, 836~891)이다. 집권자였던 숙부 후지와라노 요시후사(藤原良房, 804~872)의 양자가 되어 세와(清和, 재위 858~876)·요제(陽成, 재위 876~884)·고코(光孝, 재위 884~887)·우다(宇多, 재위 887~897) 4대 왕에 걸쳐 섭정하였다.

42) 고쿠라쿠지절(極樂寺). 교토시 후시미구에 있었고 후지와라 씨족의 복을 비는 사찰 중 하나였다.

가시면 생계가 어려워질 텐데. 부르시지 않더라도 찾아뵈어야겠어. 이렇게 생각하고 인왕경[43]을 들고 대신의 댁으로 갔다. 집 안이 소란스러워 중문 북쪽 낭하 구석에 웅크리고 앉아 누구도 눈길을 주지 않는데도 인왕경을 여념 없이 읽었다.

네 시간 가량 지나 태정대신이 물었다.

"고쿠라지절의 아무개 대덕께서는 여기 계시는가?"

한 사람이 아뢰었다.

"중문 옆 낭하에 계십니다."

"이쪽으로 모시도록 하라."

대신이 명을 내리자 사람들은 이상하게 여겼다. 모여 있는 고승들은 찾지 않고 부르지도 않았는데 주제넘게 왔다고 생각한 승려를 부르니 이해가 가지 않았다. 승려에게 가서 대신이 부른다고 전하자 올라왔다. 승려가 들어와서는 고승들이 쭉 앉아있는 뒤쪽 툇마루에 웅크리고 있었다.

"고쿠라지절 대덕은 들어오셨는가?"

대신의 물음에 남쪽 툇마루에 대기하고 있다고 아뢰었다.

"이 방안으로 모셔라!"

대신은 자신이 누워있는 방으로 승려를 불러들였다. 좀처럼 말씀도 없을 정도로 병상이 악화되어 있었는데 이 승려를 부를 때의 모습은 더없이 좋아 보인지라 사람들은 의아해했다. 대신이 말했다.

"자다가 꿈을 꿨는데 험악한 귀신들이 나타나서 내 몸을 마구 치며

---

43) 인왕경(仁王經). 〈인왕반야바라밀경(仁王般若波羅蜜經)〉(구마라집 번역)을 말하며 이것을 번역한 〈인왕호국반야바라밀경(仁王護國般若波羅蜜經)〉이 있다.

괴롭히더이다. 그때에 머리를 묶은[44] 동자 하나가 가느다란 채찍을 들고 중문 쪽에서 들어와 채찍을 휘두르며 이 귀신들을 쫓아내자 귀신들은 모두 흩어져 사라졌어요. 그래서 내가 그 동자에게 '너는 누구이기에 이리 하는가?'라고 물어보자, '고쿠라쿠지절의 아무개가 대신께서 이렇게 앓고 계시는 것이 안타까워 오랫동안 읽어온 인왕경을 들고 와 아침부터 중문 옆에서 열심히 암송하며 기도하고 계십니다. 그 승려의 호법동자가 이처럼 대신을 앓게 한 악귀들을 쫓아버린 것입니다.'라고 하였어요. 그리고 꿈을 깼는데 몸이 씻은 듯이 나아서 감사의 말씀을 드리려고 부른 것이오."

대신은 손을 모아 감사하며 행걸이에 걸린 옷을 가져오게 해서 사례로 주었다.

"절에 돌아가서도 계속 기도해 주시오."

승려는 대신의 말에 흡족해하며 물러갔다. 그 자리에 있었던 승려나 일반사람들이 이것을 보고 모두 공경의 눈초리로 감탄해 마지않았다. 중문 옆에서 온종일 쪼그려 앉아 있었을 때는 그 누구도 쳐다보지 않았지만, 이렇게 각별한 대우를 받고 보란 듯이 돌아간 것이다.

모름지기 기도라는 것은 승려의 '정부정(淨不淨)'과는 상관이 없는 것이다. 그저 오로지 일심을 다해 기도하면 영험이 나타나는 법이다. 예로부터 '환자의 병을 낫게 하려면 출가한 환자의 어머니에게 기도를 시켜라.'라고 전해지는 말도 그러한 뜻에서 하는 것이다.

---

44) 미즈라(みずら)라 하여 머리를 중앙에서 좌우로 갈라서 양쪽 귀 부분에서 묶은 머리 형태이다.

07.
이라에노 요쓰네에게 비사문천의 글이 하달되다
(192)

옛날에 에치젠 지방[45]에 이라에노 요쓰네[46]라는 자가 있었다. 유달리 비사문천(毘沙門天)을 신앙하고 있었는데, 그간 아무것도 먹지 못해 먹을 것이 필요하여 도와달라고 빌고 있었다. 그러자 사람소리가 들려왔다.

"문 앞에 아리따운 여인이 찾아와 주인장에게 이야기할 게 있다고 하오."

누구인가 싶어 나가보니 여인이 그릇에 가득 담긴 음식을 내밀며 말했다.

"이것 좀 드세요. 뭔가 드시고 싶다고 하시니."

요쓰네는 기뻐하며 받아들고 들어와 음식을 조금 입에 대어 보았

---

45) 이치젠 지방(越前國). 현재의 후쿠이현(福井縣) 동북 지역.
46) 이라에노 요쓰네(伊良緣野世恒). 누구인지 확실치 않다.

다. 그런데 금방 배가 부른 느낌이 들고 이틀 사흘 먹지 않아도 배가 고프지 않았다. 음식을 두었다가 먹고 싶을 때마다 조금씩 내어먹고 있는 사이에 몇 달이 지나 음식도 떨어져 버렸다. 어쩌나 하고 다시 기도를 하였더니 또 전과 같이 누군가가 찾아와서 말을 전하기에 허둥지둥 나가보자 예전에 본 그 여인이 서 있었다.

"이 문서를 드립니다. 여기서 북쪽의 계곡 산마루를 백 정(百町)[47] 넘어가다 보면 중턱에 높은 봉우리가 있습니다. 거기에 서서 '나리타' 라고 부르면 누군가가 나올 것입니다. 그에게 이 글을 보여주고 주는 물건을 받으십시오."

이 말을 남기고 여자는 가버렸다. 문서에는 '쌀 두 되를 주어라.'라고 쓰여 있었다. 그래서 들은 대로 바로 찾아가 보자 정말로 커다란 봉우리가 있었다. 거기서 '나리타!' 하고 부르니 무시무시한 소리로 대답하며 나타나는 자가 있었다. 그 자를 보니 이마에는 뿔이 나고 눈이 하나이며 빨간 것으로 아랫도리를 가리고 있었는데 다가와서 무릎을 꿇었다.

"이 글을 보시오. 글대로 쌀을 주시오."

"그렇게 하겠습니다."

나리타가 글을 보고는,

"여기는 두 되라고 쓰여 있지만 한 되 주라고 하였습니다."

하고 한 되를 주었다. 그래서 한 되만을 받아 돌아와 그 주머니에서 쌀을 내어 사용하였는데 주머니 안에는 쌀 한 되가 또 들어있었다. 한 되의 쌀은 끊이는 일이 없어 천 석 만 석을 꺼내도 주머니에는 여전히

---

47) 정(町). 거리의 단위로 1정(약 110미터)은 60간(間)이다.

한 되가 남아 없어지지 않았다.

그 지방의 태수가 이를 듣고 요쓰네를 불렀다.

"그 주머니를 나한테 넘겨라."

이 지방에 살고 있는 이상 거역할 수가 없어서 내어주며 말했다.

"명하신대로 쌀 백 석을 바치겠습니다."

태수는 쌀 한 되를 사용해도 주머니에 여전히 한 되가 들어있기 때문에 대단한 보물을 손에 넣었다고 여기고 있는 사이에 어느덧 쌀 백 석을 모두 다 내어버리자 쌀은 더 이상 나오지 않았다. 보자기만이 남게 되어 내키지는 않지만 요쓰네에게 돌려줄 수밖에 없었다. 주머니가 요쓰네에게 돌아오자 또 쌀 한 되를 산출했다. 이렇게 해서 요쓰네는 비견할 만한 사람도 없을 정도로 막대한 자산가가 되어 살았다.

08.
소오 화상이 도솔천에 오르다, 소메도노 왕후의
쾌차를 빌다 (193)

옛날에 히에잔산 무도지절[48)]에 소오 화상[49)]이라는 자가 있었다. 히
라산[50)] 서쪽 가쓰라가와노 산타키(三瀧)[51)]라는 곳에도 다니며 수행을
쌓았다. 그 폭포에서 부동존(不動尊)을 향해 "부동존이시여! 저를 업
고 도솔천 내원[52)]에 계시는 미륵보살님께 데려다 주십시오." 하며 간

---

48) 히에잔산 무도지절(比叡山 無動寺). 시가현 오쓰시(滋賀縣 大津市)에 있는 히에
   잔산의 동탑(東塔, 히에잔산을 둘러싸고 있는 세 탑 중 하나임). 865년에 천태종
   의 승려 소오(相應)가 건립했다.

49) 소오 화상(相応和尚, 831~918). 17세에 출가하여 엔닌(円仁)의 밑에서 수행했다.
   회봉행(回峰行, 산을 빙 도는 천태종의 수행으로 히에잔산에서 행해짐)의 시조.
   엔닌(794~864)은 제3대 천태종 좌주이고 지카쿠 대사(慈覺大師)로 알려지는 인
   물이다.

50) 히라산(比良山). 시가현(滋賀縣) 비와코(琵琶湖) 호수 서쪽에 있는 산지.

51) 가쓰라가와노 산타키(葛川の三瀧). 시가현 오쓰시(大津市)에 있다. 소오가 건립
   한 가쓰라가와소쿠쇼묘오인(葛川息障明王院) 부동당(不動堂)이 있다.

52) 도솔천(都率天) 내원(內院). 도솔천은 불교계에서 말하는 천(天)의 하나로 미륵
   보살이 머물고 있는 천상의 정토. 그 내원은 칠보로 장식된 궁궐로 미륵보살이 여
   기서 설법하며 남섬부주(南贍部洲, 인간 세계)에 하생(下生)하여 성불하기를 기

절히 빌었다. 그러자 "아주 어려운 일이다만 간절하게 기도를 하니 데리고 가겠노라. 네 엉덩이를 씻도록 하라." 라는 말씀이 있었다. 화상은 폭포 아래에서 물을 뒤집어쓰고 엉덩이를 깨끗이 씻은 후 명왕의 머리에 올라 도솔천에 올랐다.

그곳 도솔천 내원 문 현판에는 '묘법연화'라고 쓰여 있었다. 명왕이 "여기에 들어가는 자는 법화경을 외며 들어가라. 외우지 않으면 들어가지 못하느니라."라고 하여, 높이 올려다보며 화상이 말했다. "저는 법화경을 읽을 수는 있어도 아직 외울 수는 없습니다."라고 하니, 명왕은 "그럼 안 되겠구나. 깨우치지 못하고 있으면 들어갈 수가 없느니라. 돌아가서 암송이 되면 나중에 다시 오너라."라고 하며 화상을 업고 가 쓰라가와에 데려다 주었는데 화상은 이루 말할 수 없이 슬펐다. 그 후에 본존 앞에서 법화경을 다 외운 다음에 뜻하는 바를 이루었다고 한다. 그 부동존은 지금도 무도지에 안치되어 있는 등신불[53]이다.

이 화상은 이렇듯 신이한 영험을 지니고 있었으므로 소메도노 왕후[54]가 원령이 들어붙어 심히 괴로워할 때, 누군가가 "무도지의 소오 화상이라는 자는 지카쿠 대사[55]의 제자로 그야말로 뛰어난 수행자입니다."라고 하여, 화상에게 사자를 파견하였다. 화상은 바로 사자의 뒤를 따라 와서 중문에 서 있었다. 사람들이 화상을 쳐다보니 신장이 큰

다리는 곳이다.
53) 등신불(等身佛). 어른의 신장과 같은 불상.
54) 소메도노(染殿). 후지와라노 아키코(藤原明子, 829~900)이다. 섭정을 행한 후지와라노 요시후사(藤原良房, 804~872)의 딸로 몬토쿠 왕(文德天皇, 재위 850~858)의 비이고, 세와 왕(淸和天皇, 재위 858~876)의 모친이다. '소메도노'는 요시후사의 저택명이다.
55) 지카쿠 대사(慈覺大師). 제13권의 주 46을 참조.

것이 마치 도깨비와 같고, 거칠게 짠 옷에다 삼목으로 만든 나막신을 신고 커다란 모감주나무 염주를 들고 있었다. 그의 차림으로 보아 어전으로는 불러올릴 수 없는 자로 참으로 비루하고 하찮은 법사라고 생각하고 그냥 툇마루 근처에서 가지기도를 올리도록 하는 것이 좋겠다고 모두 말해서, "계단 난간 언저리에 서서 기도하시오."라고 명을 내렸다. 그래서 소오 화상은 계단 오른쪽 난간에 서서 마음을 다해 정성껏 기도를 올렸다.

왕후는 침전의 안채에 누워 있었다. 무척 괴로워하는 목소리가 간혹 발 밖으로 흘러나왔다. 그 소리가 화상 있는 곳에 희미하게 들리자 화상은 소리 높여 가지기도를 하였다. 화상의 목소리는 부동명왕이라도 나타난 듯이 어전에서 시중드는 사람들의 귀에 들려 머리털이 쭈뼛 설 정도였다. 잠시 있으니 왕후가 붉은 옷 두 장에 싸여 공과 같이 발 밖으로 뒹굴듯 화상 눈앞 툇마루에 던져졌다. 사람들이 술렁였다.

"흉측합니다. 마마를 안으로 모시고 화상도 어전에 드시오."

이렇게 말을 해도 화상은,

"이런 거지꼴로 어찌 어전에 들겠소."

하며 올라가지 않았다. 처음부터 방으로 들게 하지 않아 심기가 불편하고 분하게 생각되어 그대로 툇마루에서 왕후를 네댓 자 공중으로 들어 올려 때렸다. 사람들이 곤혹스럽다 못해 가리개 따위를 쳐서 감추고 중문을 닫고 사람들을 물렸지만 이미 다 보인 뒤였다. 기도하며 네댓 차례나 치면서 방안으로 던져 넣고 또 던져 넣고 하며 원령을 쫓은 후 원래대로 왕후를 방안으로 던진 후 화상은 돌아가려고 했다.

"잠시 기다리시오."

사람들이 말렸다. 그러나,

"오래 서 있어서 허리가 아픕니다."

하고 듣지 않고 나갔다.

왕후는 방에 던져진 후로 원령에 시달리던 괴로움도 사라지고 기분도 홀가분해졌다. 불법의 영험이 현저하다고 하여 화상을 승도(僧都)로 임명한다는 교지가 내려졌다. 그러나 화상은 이런 거지같은 승려가 어떻게 승강(僧綱)[56]이 되겠냐며 받아들이지 않았다. 그 후에도 불렀지만 교토는 사람을 천하게 만드는 곳이라며 두 번 다시 가지 않았다고 한다.

---

56) 승강(僧綱). 제14권의 주 40을 참조.

09.
인계 상인이 왕생하다 (194)

　이것도 지금은 옛이야기가 되었다. 남경[57]에 인계 상인[58]이라는 자가 있었다. 야마시나데라절[59]의 승려였다. 그의 학식과 재주는 절 안에서 따를 자가 없었다. 그런데 갑자기 구도의 마음이 일어나 절을 떠나려는데 그 당시 별당 고쇼 승도[60]가 그를 아깝게 여겨 잡고 보내주지 않았다. 상인은 꾀를 내어 서쪽 마을에 사는 아무개의 딸을 아내로 삼아 다니니 점차 사람들의 구설에 오르내리게 되었다. 소문이 널

57) 남경(南京). 나라(奈良)를 말한다.
58) 인계 상인(仁戒上人). 누구인지 확실치 않다. 인가(仁賀)라는 설이 있고, 〈속본조왕생전(續本朝往生傳)〉의 「인하전(仁賀傳)」에는 「고후쿠지절(興福寺)의 영재이다. 내생을 두려워하여 명예를 버리고……」라는 기록이 보인다.
59) 야마시나데라절(山階寺). 현재의 고후쿠지절(興福寺). 제8권의 주 17을 참조.
60) 고쇼 승도(興正僧都). 구세(空晴, 876~957)로 보는 견해가 있다. 구세는 947년에 고후쿠지절 별당에 취임하고 946년부터 소승도(少僧都)였다. 승도에는 대승도(大僧都), 권대승도(權大僧都), 소승도(少僧都), 권소승도(權少僧都)의 네 계급이 있었다.

리 퍼져나가도록 일부러 대문 앞에서 이 여자의 목을 감싸고 그 꽁무니에만 붙어 따라 다녔다. 지나는 사람들이 쳐다보면 한심하기 짝이 없었고 정말로 망측하였다. 자기가 쓸모없는 인간이라는 것을 보이기 위해 한 짓이었다. 그러나 이와 같은 행동을 하였지만 아내와 다니면서도 잠자리는 전혀 같이하지 않았다. 법당에 들어서는 한숨도 붙이지 않고 밤새도록 눈물을 흘리며 수행을 쌓았다. 이 일을 별당 승도가 듣고 그를 더욱 공경해 하며 불러들이자, 곤란해진 나머지 거기서 달아나 가쓰라기노시모군(郡)[61]의 군사(郡司) 사위가 되었다. 일부러 염주도 들지 않고 오로지 심중으로만 구도의 마음을 더욱 견고히 하여 수행에 힘썼다.

여기에 소노시모군(郡)[62]의 군사가 이 상인을 눈여겨보고 깊이 존경하여, 정처 없이 떠돌아다니는 상인의 뒤를 따라다니듯이 하며 의식(衣食), 목욕 등을 공양하였다. 상인은 뭐 때문에 이 군사부부가 친절히 돌봐주는가 하여 물어보았더니 군사가 대답했다.

"무슨 목적이 있어 돕는 것은 아닙니다. 공경하기 때문이지요. 다만 한 가지 드릴 말씀이 있습니다."

"그것이 무엇입니까?"

"스님께서 임종하실 때 뵐 수 있을까요?"

승려는 임종이 그의 생각대로 되는 듯이,

"그러지요."

하며 흔쾌히 받아들이자 군사도 두 손을 모아 합장하며 기뻐했다.

---

61) 가쓰라기노시모군(葛下郡). 현재의 나라현 기타가쓰라기군(奈良縣 北葛城郡).
62) 소노시모군(添下郡). 현재의 나라현 이코마군(奈良縣 生駒郡).

어느 겨울 눈 쌓인 날 저녁에 상인이 군사의 집을 찾아왔다. 군사는 반가이 맞으며 평소처럼 음식을 아랫것들에게도 맡기지 않고 부부가 손수 장만하여 대접을 했다. 상인은 목욕도 하고 자리에 누웠다. 그 이튿날 새벽에 일찍 군사부부가 일어나 또 갖은 음식을 마련하고 있는데 상인이 자고 있는 방에서 향기로운 냄새가 한없이 흘러나왔다. 향기는 곧 온 집안을 가득 채웠다. 상인이 명향(名香) 같은 것을 피우고 있는 것이려니 생각했다. 그런데 새벽녘에 떠나겠다던 상인이 아침이 되어도 좀처럼 일어나지 않았다.

"죽이 다 되었다고 고하게."

상인의 제자에게 말했다.

"성격이 급하신 분입니다. 쓸데없는 말을 하면 맞습니다. 곧 일어나시겠지요."

이 말만 하고 제자는 앉아 있었다.

그러는 중에 해도 중천에 떠올라서 평소는 이리 오래 주무시지 않는데 이상하다고 생각하고 문으로 다가가 인기척을 냈으나 대답이 없었다. 문을 열어보니 상인은 서쪽을 향해 단좌합장(端坐合掌)한 채로 이미 죽어 있었다. 너무나 놀라 무어라 표현할 길이 없었다. 군사부부도 제자들도 울고불고하면서 예배를 올리곤 했다. 새벽녘에 향기가 나던 것은 극락정토에서 맞이하러 온 것이었음을 깨달았다. 임종 때 뵙고 싶다고 간청하여 여기에 와서 임종을 하신 것이구나 하며 군사는 슬피 울며 장례도 도맡아 치렀다고 한다.

10.
진시황이 인도에서 온 승려를 구금하다 (195)

옛날에 중국 진시황[63] 시대에 인도에서 승려가 건너왔다. 진시황은 의심이 들어 물었다.

"너는 누구냐? 무슨 일로 우리나라에 온 것이냐?"

"석가모니불의 제자입니다. 불법을 전하려고 먼 서쪽 인도에서 왔습니다."

진시황은 화를 내며 말했다.

"네 모습이 정말로 괴이하구나. 민둥머리잖느냐.[64] 입은 옷도 보통 사람과 다르고. 부처의 제자라고 칭하는데 그 부처가 누구더냐? 수상한 놈이라 그냥 돌려보낼 수 없어. 이놈을 감옥에 가두어라. 앞으로 이런 괴상망측한 말을 내뱉는 자는 죽이겠다!"

---

63) 진시황(秦始皇, 259~210). 진나라의 초대 황제. 만리장성을 세우고 36군을 두며 도량형을 통일하고 도로정비, 문서갱유 등의 정책으로 중앙집권국가를 확립했다.
64) 머리털 없는 것이 당시에는 이상하게 여겨졌다.

그리고 승려를 감옥에 가두고 "단단히 묶어두고 엄중히 지키도록 하라."고 엄하게 선지(宣旨)를 내렸다.

감옥의 관리는 어명을 받은 대로 중죄인을 가두는 곳에 승려를 가두고 문에 여러 개의 자물쇠를 채웠다. 이 승려는 "못된 왕을 만나 이런 처지가 되었구나. 스승이신 석가모니여래께서 입멸하셨지만[65] 영험을 나타내주실 것이리라. 저를 구해주소서!"라며 정성들여 기도를 올렸다. 그러자 석가불이 한 장(丈) 여섯 자(尺) 되는 모습으로 붉은 황금빛을 발하며 공중에서 날아와 중죄인을 가둔 옥문을 발로 밟아 부수고 이 승려를 데리고 사라졌다. 그 틈에 많은 도둑들도 모두 달아나 버렸다.

감옥의 관리가 공중에서 소리가 들려 무슨 일인가 싶어 나와 보니 황금빛을 발하며 승려가 한 장 여섯 자 되는 크기로 공중에서 날아와 옥문을 밟아 부수고 갇힌 인도의 승려를 데리고 가는 것이었다. 공중의 소리는 그 때문에 나는 소리여서 이 상황을 황제에게 아뢰니 황제는 무척 두려움에 떨었다고 한다. 그때에 전하려 하였던 불법은 후에 한나라 때가 되어서야 전래된 것이다.

---

65) 석가의 입멸은 서설이 있는데 대략 기원전 484년 전후이다.

11.
'뒤 늦은 천금'의 말 (196)

옛날에 중국에 장자[66]라는 사람이 있었다. 집이 몹시 가난하여 그날 먹을 양식이 떨어져버렸다. 이웃에 감하후[67]라는 사람이 있었는데 그 집으로 가서 그날 먹을 조(粟)를 부탁하자 감하후가 말했다.

"닷새 지나서 오십시오. 돈 천량이 들어올 건데 그것을 드리지요. 어찌 당신 같이 존귀한 분께 오늘 하루분의 조만 드리겠어요. 그렇게 하는 것은 오히려 제가 부끄러울 따름입니다."

그래서 장자는 말했다.

"어제 길을 가는데 뒤에서 부르는 소리가 났어요. 뒤돌아보자 사람은 없더군요. 그런데 수레바퀴로 패인 곳에 물이 조금 고여 있었는데

---

66) 장자(莊子). 중국 전국시대 때의 사상가. 초나라 사람으로 이름은 주(周)이다. 노장 사상을 이어받고 유교의 인위적은 예교를 거부하고 무위자연, 자연회귀를 주장하였다.
67) 감하후(監河侯). 누구인지 확실치 않다.

그 물에 붕어 한 마리가 팔딱거리고 있었습니다. 어찌하여 거기에 붕어가 있는가 싶어 가까이 다가가서 보니 아주 적은 물에 실로 큰 붕어가 있었어요. 그래 붕어에게 물었지요. '붕어야! 어찌 여기에 이러고 있는 게냐?' 붕어가 대답했습니다. '나는 화백신의 사자로 강호(江湖)에 가는 길인데 잘못 날아서 이 구덩이에 떨어졌어요. 목이 말라 죽을 지경이에요. 구해달라고 부른 것입니다.' 그래서 내가 대답하기를 '나는 이삼 일 있다가 강호라는 곳에 놀러가려고 한다. 너를 데리고 가서 놓아 주겠다.'라고 했어요. 그랬더니 붕어가 말했습니다. '도저히 그때까지는 기다릴 수 없어요. 오늘 저에게 물 한 주전자를 주세요. 그것으로 목을 축이게요.' 그래서 그렇게 해서 붕어를 도와주었습니다. 붕어가 말한 바를 나도 절실히 깨달았습니다. 오늘 먹지 않으면 오늘의 목숨은 보존할 수 없습니다. 제때가 지난 뒤늦은 천금은 아무 쓸모가 없다는 것을 말입니다."

　이로 인해 '뒤늦은 천금'이라는 말이 유명하게 된 것이다.

12.
도척과 공자가 문답하다 (197)

　이것도 지금은 옛이야기가 되었다. 중국에 유하혜[68]라는 사람이 있었다. 참으로 현명한 사람으로 사람들의 존경을 받았다. 그 제자 중에 도척(盜跖)[69]이라는 도적이 있었다. 그는 어느 산 중턱에 거처를 두고 온갖 나쁜 자들을 불러 모아 하수인으로 삼고 남의 물건을 약탈하여 자기 것으로 만들었다. 어디 갈 때는 이 나쁜 무리 이삼천 명을 몰고 다녔다. 길에서 만나는 사람을 살해하고 수치심을 주고 나쁜 짓거리만을 일삼고 살았다. 그러던 어느 날 유하혜가 길을 가는 도중에 공자를 만났는데 공자가 말했다.

　"어디에 가십니까? 만나 뵙고 말씀드릴 게 있었는데 마침 잘 되었습

---

68) 유하혜(柳下惠). 〈장자〉에는 '유하리(柳下李)'로 되어있으며, 기원전 6세기경의 사람. 춘추시대 노나라의 대부(大夫)로 성은 전(展), 이름은 획(獲), 자는 이(李)이다. 희공(僖公)을 모신 덕 높은 선비였다.
69) 도척(盜跖). 중국 고대 때 대도적으로 알려진 전설적인 존재.

니다."

"무슨 일이십니까?"

"가르침을 주고자 하는 것입니다만, 그대의 제자가 온갖 나쁜 짓거리를 즐겨 많은 사람들을 울리고 있는데 어찌 말리지 않는지요?"

"제가 말을 해도 전혀 듣지 않습니다. 그래서 탄식을 하며 세월만 보내고 있지요."

"그대가 가르치지 않으면 내가 가서 타이르겠소. 그게 좋지 않겠소?"

"가실 필요가 없습니다. 아무리 좋은 말을 해가며 가르쳐도 들을 자가 아닙니다. 오히려 좋지 않은 불상사가 생길까봐 두렵습니다. 그래서는 안 될 일입니다."

"나쁜 인간이라도 사람으로 태어났으니 좋은 말에는 귀를 기울이는 경우도 있는 법이오. 말해도 뻔할 터, 듣지 않을 거라고 체념해버리는 게 틀린 것입니다. 잘 보고 계세요. 가르쳐 보이겠소."

공자는 이렇게 공언하고 도척이 있는 곳으로 갔다.

말에서 내려 대문에 서서 안을 들여다보니 날짐승, 새들을 죽이고, 온갖 나쁜 짓을 할 때 쓰는 물건이란 물건은 죄다 모아놓고 있었다. 공자가 사람을 불러내어 전하게 하였다.

"노나라 공자라는 자가 왔다고 전하거라."

곧 사자가 돌아와서 말했다.

"우리 두목님의 말씀에, 이미 소문은 듣고 있으나 뭐 하러 왔느냐? 그 사람은 남을 훈계하는 사람이라고 하던데 나를 가르치러 왔는가? 내 마음에 흡족하면 그 말에 따를 것이나 그렇지 않으면 간을 회로 쳐먹겠다고 하셨습니다."

그러자 공자는 안으로 들어가 마당에 서서 우선 도척에게 예를 차리고 올라가 자리를 잡았다. 도척을 바라다보니 그의 머리카락은 하늘로 치솟아 쑥이 헝클어진 것처럼 뒤엉켜 있고 큰 눈에는 눈알을 부라렸다. 코는 부풀어 실룩거리고 이빨을 깨물고 수염을 쫑긋 세우고 있었다.

도척이 말했다.

"네가 온 이유가 무엇이더냐? 확실히 말해라."

화난 목소리가 무서울 정도로 컸다. 공자는 생각했다.

'익히 들은 바이지만 이 정도로 무서운 자라고는 생각지 못했다. 얼굴생김새며 언행이며 목소리까지 사람 같아 보이지 않는군.'

간담이 서늘하고 떨렸지만 꾹 참고 입을 열었다.

"사람이 살아가는 데는 도리로 몸을 치장하고 마음의 규범으로 삼소. 하늘을 우러러보고 땅을 굽어보며 세상을 살피고 올바른 정치를 하는 자를 존경하오. 아랫사람을 보살피고 남에게 정을 베푸는 것을 뜻으로 삼는다오. 그런데 들은 바에 의하면 그대는 마음대로 날뛰며 온갖 나쁜 짓을 다 저지른다고 하는데 당장은 그것이 마음에 흡족할지라도 끝내는 좋지 않을 것이오. 그래서 사람은 좋은 일을 해야 한다고 보오. 그러니 내 말대로 따르도록 하시오. 이 말을 하고자 온 것이오."

그때 도척이 우뢰 같은 소리로 웃으며 말했다.

"네가 하는 말은 하나도 맞지 않는구나. 그 이유는 이러하다. 옛날 요순의 두 제왕은 세상에서 존경을 한 몸에 받았지만 그 자손은 바늘을 세울 정도의 땅덩어리도 다스리지 못했어. 또한 세상에서 현명한 사람은 백이와 숙제이지만 그들 또한 수양산에서 숨어살다가 굶어 죽었어. 또 당신 제자 중에 안회라는 자가 있었지. 교육을 잘 했지만 그도 불행히 단명을 하였고. 또한 제자 중에 자로[70]라는 자가 있었지. 그도 위(衛)나라의 성문(城門)에서 죽임을 당했어. 이러한 예들을 보자면 현명한 자들의 최후는 좋을 리가 없단 말이야. 나는 나쁜 짓을 자행하지만 여태껏 몸에 재앙이 닥치지 않았어. 칭찬받는 자도 기껏해야 네댓새를 가지 못해. 비난받는 자도 또한 네댓새를 가지 못하고. 좋은 일이건 나쁜 일이건 언제까지나 칭찬을 듣거나 언제까지나 비난을 받는 법도 없지. 그래서 나는 내가 하고 싶은 대로 하고 사는 것이야. 너도 또한 나무를 잘라 관모로 삼고 가죽을 옷으로 삼으며 세상을 두려워하고 위정자를 무서워하며 받들어도 재차 노나라에서 쫓겨나고 위나라에도 있을 수 없었지. 너는 왜 현명하게 행동을 하지 않느냐? 너의 말은 참으로 어리석구나. 당장 돌아가라. 네 말은 하나도 쓸모가 없으니.”

그때 공자는 도척의 말을 듣고 더 이상 무슨 말을 해야 할지 생각나지 않아 자리에서 일어나 쫓기듯 나와서 말을 탔지만, 잔뜩 겁을 먹은 모양으로 말 재갈을 두 번이나 놓치고 등자에 발을 몇 번이나 잘못 밟아 끼웠다. 이 일로 인해 세상 사람들이 평하기를 ‘공자 헛발 짚다’[71]라고 했던 것이다.

---

70) 자로(子路). 공자의 제자. 노나라의 변(卞) 땅 사람으로 성은 중(仲), 이름은 유(由)였다.

71) 성인군자라도 때에 따라서는 실패하는 일이 있다는 뜻이다. 원문에는 ‘고시 다오레스(孔子倒れす)’로 되어있고, 현재는 ‘구지노 다오레(孔子の倒れ)’라고 한다.

박 연 숙

(일본)오차노미즈여자대학 대학원 졸업(인문과학박사)

계명대학교 대학원 국어국문학과 졸업(문학박사)

현재 계명대학교 시간강사

〈저서〉　『한국과 일본의 계모설화 비교 연구』(민속원, 2010)

　　　　『한일설화소설비교연구』(인문사, 2012)

　　　　『한·일 주보설화 비교 연구』(민속원, 2017)

〈번역서〉『일본 옛이야기 모음집 오토기조시』(공저)(지식과교양, 2017)

박 미 경

(일본)오차노미즈여자대학 대학원 졸업(인문과학박사)

현재 충남대학교 교육대학원 초빙교수

〈저서〉　『화혼양재와 한국근대』(공저)

　　　　『일본어 고전문법의 세계』(공저)

　　　　『이야기와 감동이 있는 일본문화 탐방』(공저)

〈번역서〉『일본잡지 모던일본과 조선 1939』

　　　　『일본잡지 모던일본과 조선 1940』

　　　　『다카하시 도루의 조선속담집』

　　　　『메이지 일본의 알몸을 훔쳐보다1-2』

　　　　『大阪朝日新聞 韓國關係記事集1-2』

　　　　『大阪朝日新聞 義烈鬪爭記事集1-2』

　　　　『明治日本の錦絵は韓国の歴史をどう歪めたか』

일본 중세시대 설화집
우지슈이 이야기

초판 인쇄 | 2018년 10월 12일
초판 발행 | 2018년 10월 12일

역   자 박연숙 · 박미경

책임편집 윤수경

발 행 처 도서출판 지식과교양
등록번호 제2010-19호
주   소 서울시 도봉구 삼양로142길 7-6(쌍문동) 백상 102호
전   화 (02) 900-4520 (대표) / 편집부 (02) 996-0041
팩   스 (02) 996-0043
전자우편 kncbook@hanmail.net

ISBN 978-89-6764-128-3 93830   정가 46,000원